纯真告别

Valley of the Dolls

【美】杰奎琳·苏珊 著

马爱农 蒯乐昊 译

Jacqueline Susann

北京联合出版公司
Beijing United Publishing Co.,Ltd.

原来我们用尽一生，

只为和心中的纯真更晚一些告别。

* * *

你必须攀上高耸的珠峰，
才能达到那虚幻之谷。
山顶的风光没几人能领略，
一路攀登，艰险重重。
你虽不知上面景致如何，
却做梦也没有想到
会在那里遭遇虚幻之谷。
你站在高高的峰顶，
以为那份喜悦一定会涌上心间，
然而它并没有如期出现。
你走得太远，已听不到喝彩，
也不能向观众鞠躬致意。
那高处只有你一个人，
孤独的感觉把你淹没。
空气稀薄，令你窒息。
你获得了辉煌的成功——
全世界都称颂你为英雄。
但你觉得最大的乐趣
在于刚从山脚出发的时候。

那时心里只充盈着希望，
激荡着成功的梦想。
你满眼所见只是巍峨的山峰，
并没有人提起那虚幻之谷的存在。
但你到达顶峰之后，
所见的情形完全不同。
那里的环境使你心灰意冷，
什么也看不到，也听不见——
而且你心力交瘁，
无法品味成功带来的欣悦。

安妮·威莱斯，本来无意攀登，
却在不经意间跨出了第一步。
因为她左右四顾，
小声告诉自己：
“这还不够，
我还需要更多。”
而当她遇到了莱昂·柏克，
再想抽身回头已为时太晚。

CONTENTS 目录

Anne

安 妮

一九四五年九月

她到的那天，气温高达华氏九十度[1]。纽约像个大蒸笼——像一头愤怒的钢筋水泥怪兽，猝不及防地被一股反常的热浪袭倒了。但是她并不在乎这酷热，也不介意那个被称为时代广场的娱乐场里满是杂物。她只觉得纽约是世界上最令人激奋的城市。

职业介绍所里那个姑娘微笑着说："啊，对你来说不成问题，尽管你没有工作经历。所有的好秘书都能找到报酬丰厚的清闲工作。不过，说句实话，亲爱的，如果我有你这副相貌，我就直接去找约翰·鲍厄斯或康诺弗了。"

"他们是谁？"安妮问。

"城里的顶级模特儿介绍所就是他们开的。我真想做一个模特儿啊，可惜我个子太矮，也不够骨感。而你正是他们想找的那种人啊。"

"我还是愿意在事务所里工作。"安妮说。

"好吧，但我觉得你真是太傻了。"她递给安妮几张纸，"给，这些都是很不错的线索，不过你还是先去找亨利·贝拉米吧。他是演艺界的一位大律师。他的秘书刚刚嫁给了约翰·沃尔什。"看到安妮毫无反应，那姑娘又说，"可别告诉我你从来没听说过约翰·沃尔什！他获得了三次奥斯卡奖，我刚从报纸上看到，他让息影的嘉宝再次出山，还准备执导她复出后的第一部电影呢。"

安妮用微笑向姑娘保证，她再也不会忘记约翰·沃尔什了。

"现在你熟悉一下情况和你将要遇到的人。"那个姑娘继续说，"贝拉米和贝娄——一家很有规模的事务所。他们跟各种各样的大客户打交道。还有迈娜，就是嫁给约翰·沃尔什的那个姑娘，她在长相方面根本不能跟你比。你不费吹灰之力就能逮到一个活生生的。"

"一个活生生的什么？"

1　1华氏度=1摄氏度×1.8+32。

“男人……没准儿还能成为丈夫呢。”那个姑娘又看了看安妮的申请表，“对了，你说你是从哪儿来的？是美国国内吧？”

安妮笑了：“劳伦斯维尔。就在科德角半岛前端，从波士顿乘火车大约一小时就能到。如果我想找一个丈夫，我完全可以留在那里。在劳伦斯维尔，每个人都是一毕业就结婚的。我愿意先工作一段时间。”

“你居然舍得离开那样一个地方？在这儿每个人都忙着找丈夫。包括我！也许你可以写一封推荐信，把我送到那个劳伦斯维尔去呢。”

“你的意思是你只想找个人嫁掉？”安妮感到很好奇。

“不是随便找个人，是找一个能给我一件漂亮的河狸皮大衣、一个钟点女工，并且让我每天睡到中午才起床的人。而我认识的那些家伙，不仅想让我继续工作，还希望我一边手忙脚乱地烧饭弄菜，一边像穿着长睡衣的卡洛尔·兰迪斯那样妩媚多姿。”看到安妮大笑，那个姑娘又说，“好吧，你会明白的。等到你跟城里的几个多情男子打交道后，我打赌你会赶紧搭上最快的列车逃回劳伦斯维尔去。可别忘了半路停下来把我也捎上啊。”

她永远不会再回劳伦斯维尔！她不是简单地离开劳伦斯维尔——她是逃出来的，逃脱与劳伦斯维尔某个正派小伙子的婚姻，逃脱劳伦斯维尔那种安分守己、循规蹈矩的生活。她母亲一辈子过的就是这种循规蹈矩的生活。她外婆也是。在同一幢循规蹈矩的大房子里。在新英格兰，一个体面的家庭世世代代都生活在那样一幢房子里，住在里面的人，情感也是循规蹈矩的，被压抑在所谓的“礼仪”吱嘎作响的铁铠甲之下，几近窒息。

（“安妮，淑女从来不大声地笑。”“安妮，淑女从来不在大庭广众之下掉眼泪。”“可是这不是大庭广众，妈妈，我是在厨房里，在你面前哭。”“淑女只能偷偷地掉眼泪。你不是个小孩子了，安妮，你十二岁了，艾米姨妈也在厨房里呢。去，到你自己的房间去。”）

不知怎的，劳伦斯维尔的影响竟然追着她到了拉德克利夫。哦，那里的姑娘大声说笑，痛痛快快地掉眼泪，叽叽喳喳地聊天，尽情享受着人生的“快乐”和“忧愁”。可是她们从来不邀请她进入她们的世界，似乎她身上带着一个大招牌，上面写着：“避开。我是冷漠内敛的新英格兰人。”她越来越退缩进书本里，她在书里发现一个不断重复的模式：似乎她接触到的每一位作家最终都逃离了他出生的那座城市。海明威经常在欧洲、古巴和比米尼岛三地轮流居住。才华横溢但精神备受困扰的菲茨杰拉德，也跑到国外去生活。就连脸膛红润、身体粗壮的辛克莱·刘易斯也在欧洲找到了浪漫和激情。

她要逃离劳伦斯维尔！就是这么简单。她在大学高年级做出决定，并且在复活节放假期间向她的母亲和艾米姨妈宣布了这个决定。

“妈妈……艾米姨妈……等我念完大学，我要去纽约。”

“那地方太糟糕了，不适合度假。”

“我打算在那里生活。”

“这件事你跟威利·亨德森商量过吗？”

“没有，干吗要跟他商量？”

“可是，你们俩从十六岁起就在一起，大家都断定——”

“就是这个问题。在劳伦斯维尔，一切都被大家断定了。”

“安妮，你的声音太高了，”母亲心平气和地说，“威利·亨德森是个很不错的小伙子。我跟他的爸爸妈妈一起上过学。”

“可是我不爱他，妈妈。”

“男人都是不能爱的。”这句话是艾米姨妈说的。

“你不爱爸爸吗，妈妈？”这不是一个问句，简直是一种谴责。

“我当然爱他。”母亲的声音变得恼火了，“艾米姨妈的意思是……咳……男人是不一样的。他们考虑问题、做事情的方式都跟女人不一样。就拿你父亲来说吧，他是一个很难让人理解的男人。他情绪冲动，喜欢喝酒。如果他娶了另外一个女人，结局可能会很悲惨呢。”

“我从来没看见爸爸喝酒。”安妮维护父亲。

“当然没有。有禁酒令呢，而且我从来不让家里有一滴酒。我没让他的坏习惯站住脚，就把它给消灭了。哦，起初他许多方面是很野蛮的——你知道的，他的奶奶是法国人。”

“拉丁人总是有点儿疯疯癫癫。”艾米姨妈赞同道。

“爸爸一点儿也不疯癫！”安妮突然希望能够多了解父亲一点儿。似乎是很久以前……那天，他身子一晃，仆倒在地，就在这间厨房里。她当时十二岁。父亲一句话也没说，只是悄无声息地瘫倒在地板上，悄无声息地死去了，甚至没等医生赶来。

“你说得对，安妮。你父亲一点儿也不疯癫。他是个男人，但他是个好样儿的男人。别忘了，安妮，他母亲是班尼斯特家的人。埃莉·班尼斯特跟你妈妈一直是同学。”

“可是，妈妈，你是否真的爱过爸爸呢？我是说，当你爱的男人把你搂在怀里，跟你接吻的时候，应该是很美妙的，是不是？你跟爸爸在一起是不是很美妙呢？”

“安妮！你怎么敢拿这样的事情问你母亲？！”艾米姨妈说。

“不幸的是，结婚之后，男人想要的就不只是接吻了。”母亲硬邦邦地说，接着她又小心翼翼地问，“你吻过威利·亨德森吗？”

安妮做了个鬼脸：“吻过……吻过几次。”

“你感觉好吗？”母亲问。

“真恶心。”他的嘴唇很柔软——几乎可以说是黏糊糊的——呼吸里带着口臭。

“你还吻过别的男孩吗？”

安妮耸了耸肩：“哦，几年前，威利和我刚开始谈朋友时，我们在派对上玩转瓶子的游戏[1]。我想，我大概把镇上的男孩子都吻遍了，回想起来，每一次都是一样令人厌恶。”她笑了起来，“妈妈，我想劳伦斯维尔根本就没有一个像样的接吻者。”

母亲的幽默感又回来了：“你是个淑女，安妮。所以，你不喜欢接吻。淑女都不喜欢。”

“哦，妈妈，我也不知道我喜欢什么、我是什么样的人，所以我才想到纽约去。”

母亲耸了耸肩：“安妮，你有五千美元。你父亲专门留给你，让你按照自己的愿望使用。等我走了，还会有一大笔钱。我们虽说不像亨德森家那么富裕，但日子也算是过得舒服的，而且我们家在劳伦斯维尔还是很有地位的。我希望你能回来，在这幢房子里安顿下来。我母亲就出生在这里。当然啦，威利·亨德森可能愿意再建一个厢房——反正有的是地皮——但至少这是我们的房子。”

“我不爱威利·亨德森，妈妈！”

“根本就没有你所说的那种爱情。那种爱情，只有在廉价电影和小说里才能找到。爱就是一种伙伴关系，有共同的朋友、共同的兴趣。性才是你说的爱情的内涵，而且，我告诉你吧，小姐，即使它存在，结婚之后——或者当女孩明白是怎么回事之后，它也会很快消亡的。不过，去你的纽约吧。我不会阻拦你。我相信威利会等你的。可是，请你记住我的话，安妮，过不了几个星期，你就会跑回家来——你会庆幸自己离开了那座肮脏的城市。”

确实，在她来的那天，这里是肮脏的，而且又热又挤。水手和士兵大摇大摆地走在百老汇大街上，火辣辣的目光里透着过节般的兴奋，还有战争结束后那种狂热的激动。虽然这里肮脏、潮湿，还有陌生感，但是安妮还是很兴奋，并感觉到勃勃的生机。纽约的人行道上露着裂缝，布满碎纸杂物，相比之下，新英格兰的绿树和纯净的空气就显得冷冰冰的，毫无生气。那个没刮胡子的男人接过预付的一星期房租，从窗口撤下“房屋出租”的牌子，那模样真像老家那个邮差金斯顿先生，但他的笑容更加热情。“这个房间不太像样，”他承认道，“但天花板很高，空气比较流通。我一直在这里，你有什么东西要修，尽管叫我。”安妮觉得他很喜欢自己，她也喜欢他。在纽约，人们都按照表面的样子接受对方，似乎每个人都是刚刚出生，没有过去的历史需要确认或隐瞒。

1　转瓶选择接吻对象的游戏。玩时，一人将瓶旋转，瓶停止旋转时瓶口所指者得与转瓶者接吻。

现在，她站在刻着“贝拉米和贝娄”字样的气势宏伟的玻璃门前，一心希望亨利·贝拉米能同样地接受她。

亨利·贝拉米简直不敢相信自己的眼睛。她不可能是真实存在的。她可以算是他见过的最漂亮的姑娘之一了，而他对漂亮姑娘是司空见惯的。她没有像当下流行的那样，留着夸张的高卷式发型，穿着木屐式的坡形高跟鞋，她只是让一头秀发自然地垂着，那浅金黄色看上去是那么纯正。但真正让他心动的，是她的那双眼睛，是无比清澈的天蓝色，却又像冰一般冷漠。

“你为什么想要这份工作呢，威莱斯小姐？”他莫名地感到紧张。该死的，他是感到好奇。她穿着朴素的深色亚麻布衣服，没有戴任何首饰，只戴着一块小巧干净的手表，但她身上有一种气质，使人相信她并不需要工作。

“我想在纽约生活，贝拉米先生。”

就这一句，直截了当的回答。为什么它使他觉得自己在打探别人的隐私呢？他本来是有权提出问题的呀。如果他让事情显得太容易，她大概就不会接受这份工作了。那个想法也是荒唐的。她不就坐在这里吗？她可不是进来喝一杯茶的。为什么他觉得似乎自己也是求职者，迫不及待地想给她留下一个好印象呢？

他扫了一眼职业介绍所送来的表格：“二十岁，英语本科文凭，是吗？拉德克利夫。可是没有办公室工作经历。请你告诉我，这种华而不实的背景在这里能起什么作用呢？能帮我对付一个像海伦·劳森那样的讨厌鬼吗，或者让一个鲍勃·沃尔夫那样的酒徒按时交出每星期的广播剧剧本？或者说服某个娘娘腔的歌手甩掉约翰逊·哈里斯的事务所，让我来代理他的事情？”

“这些事情都要由我来做？”她问。

“不，我做。但你必须帮助我。”

“我原以为你是个律师。”

他看到她拿起手套，便立刻堆起一脸轻松的微笑：“我是一个演艺界律师。这是两码事。我为我的客户起草合同。起草没有漏洞的合同，除非漏洞对他们有利。我还替他们处理税务，帮他们投资；若是他们有了麻烦，为他们摆平，婚姻出了问题，帮他们裁决，保证他们的妻子和情妇不会碰面，做他们孩子的教父，做他们的奶妈，特别是他们要上新戏的时候。”

“可是我原以为演员和剧作家都有经纪人和代理人。”

“是有。”他注意到手套又放回她的膝盖上了，“可是‘特大号’的事情由我来处理，他们还需要我给他们提建议。比如，代理人自然鼓动他们去做报酬最高的工作，他关心的是他那百分之十的回扣，而我会考虑哪种工作对他们最有好处。简而言之，演艺界的律师必须集代理人、母亲和上帝的角色于一身。至于你嘛，如果你得到这份工作，就必须成为他们的守护神。”

安妮笑了：“那为什么演艺界的律师没有取代所有的代理人呢？”

“没准儿会的，如果有像我这样足够卖命的大傻帽儿。”他及时止住自己，“原谅我用了这词儿。我说起话来都没意识到什么话会脱口而出。”

“什么词儿？大傻帽儿？”她好奇地重复道。

这话从她嘴里说出来，显得太夸张了，他不由得大声笑了起来：“这是一个犹太词儿，翻译过来准会让你脸红的。但现在已经成了一句俚语——没什么……哦，可别让贝拉米花里胡哨的标签把你糊弄住，还有我这张古怪的新教圣公会教徒的脸。我生下来的时候姓伯恩鲍姆。小时候，我夏天在游船上当导游——给船讯专栏写稿。他们不喜欢他们漂亮的专栏的标题是“伯恩鲍姆撰稿的船讯”，一个家伙就建议我改称贝拉米。我在那些游船上认识了许多重要人物。一位巡回演出的歌手成了我的第一个客户。许多人都只知道我是贝拉米，我也就摆脱不了这个名字。但我总是不让别人忘记，在贝拉米这个名字背后，实际上是伯恩鲍姆。”他笑了笑，“现在，情况你都了解了。你认为你对付得了吗？”

这次她的笑容是发自内心的：“我愿意试试。我打字挺快的，但对速记法不太精通。”

他挥了挥手：“外面那两个女人可以去参加速记比赛。我需要的不仅仅是个秘书。”

她的笑容消失了：“我好像没听明白。”

该死的！他并没有那样的意思。他把香烟在烟灰缸里捻灭。天哪，她坐得笔直。他下意识地在椅子里挺直了腰板。

“是这样，威莱斯小姐，不仅仅是个秘书，这意思是用不着遵守惯常朝九晚五的上班时间。有的时候，你只要中午来就行了。如果我安排你夜里工作，就不要求你白天来上班。可是另一方面，如果有紧急情况，即使你当天加班到凌晨四点，我也希望你在事务所开门之前就来上班，因为你自己需要过来。换句话说，你自己安排工作时间。但有些晚上你也必须随叫随到。”

他停顿一秒钟，见她并无反应，于是他急忙继续说下去：“比如我跟一位可能成为客户的人在21夜总会吃饭。如果这顿饭吃得好，话说得投机，他就很可能会跟我签约。但我大概不得不喝下六七杯酒，听他大倒苦水，抱怨他现在的经纪人。我自然要拿我的性命赌咒发誓，我决不会这么做事。无论他说什么，我都要拍胸脯答应——哪怕在月亮上刻他的名字。当然，我根本不可能像我保证的那样对他。换了谁也做不到。但我需要做一些诚实的努力，避免重复他现在的经纪人所犯的错误，尽量履行我的诺言。只是到了第二天早晨，我他妈的一个字也不记得了。这时候就需要你了。你不会醉得昏头昏脑，因为在这个激动人心的夜晚，你只会慢慢喝下一杯雪莉酒，我说过的每一句话你都记得清清楚楚。第二天，你就会给我一张清单，上面列出我所有的承诺，等我脑子清醒了就可以仔细研究它们。”

她笑了：“我就像一台录音电话。”

“完全正确。你觉得你对付得了吗？”

“好吧，我的记忆力好得惊人，而且我不喜欢喝雪莉酒。”

这次他们一同大笑起来。

“好，安妮。你想明天就开始吗？”

她点点头：“我同时为贝娄先生工作吗？”

他眼睛望着空中，轻声说道：“没有什么贝娄先生。哦，只有他的侄子乔治，不过乔治不是‘贝拉米和贝娄事务所’里的贝娄。那是乔治的叔叔吉姆·贝娄。吉姆参战前，我出钱使他免服兵役。我想说服他别去参战，但是不行，他穿着那身蓝制服戴着一个军衔去了华盛顿。”他叹了口气，“战争只适合年轻人。吉姆·贝娄那时候已经五十三岁了。打仗年纪太老……送死又太年轻。”

“他战死在欧洲还是太平洋？”

“他在一艘潜水艇里死于心脏病，该死的傻瓜！”可是他粗声粗气的嗓音，更强调了他对死者的深切情意。接着，他情绪突然一变，脸上闪现出热情的笑容：“好吧，安妮，我们俩对生活中的故事，已经互相交流了不少。开始我可以给你七十五美元一星期——你觉得怎么样？”

这比她预想的多。房租十八美元，吃饭大约需要十五美元。于是她对他说，她完全可以应付。

一九四五年十月

九月过得真不错。她找到了自己喜欢的工作，有了一个名叫尼丽的女性朋友，还有了一个温柔又热情的护花使者，名叫艾伦·库珀。

十月带来了莱昂·柏克。

她一上班，就受到接待员和两位秘书的欢迎和认可。她每天都跟她们一起在街角的小店里吃午饭。莱昂·柏克是她们最爱谈论的话题，高级秘书斯坦伯格小姐最擅长此道。她在亨利·贝拉米身边工作了十年，以前就认识莱昂·柏克。

莱昂在事务所里工作了两年，美国就宣战了；“珍珠港事件”爆发后的第二天，他应募入伍。吉姆·贝娄经常提议让他的侄子加入这个公司。亨利倒并不反感乔治·贝娄，但还是拒绝了。“生意是生意，亲戚是亲戚。”他这么坚持。可是莱昂走了之后，亨利就没有其他选择了。

乔治并没有什么不好的地方。他是一个很有能力的律师，但缺少莱昂·柏克身上的那种魅力——至少在斯坦伯格小姐看来是这样。事务所全体职员热切地关注着莱昂在战争中的一举一动，当他得到上尉军衔时，亨利特地放假半天为他庆祝。莱昂的最后一封信是八月从伦敦寄回来的。莱昂还活着，他顺致问候——但只字不提回来的事。

亨利起初还每天关注邮件。可是九月过后，依然没有片言只语，他只好闷闷不乐地认命了，以为莱昂永远退出了公司。但斯坦伯格小姐不肯放弃。结果证明斯坦伯格小姐是对的。十月份来了电报。

电文直奔主题：

亲爱的亨利：

总算结束了，我还完好无损。在伦敦拜访了几位亲戚，又在布莱顿逗留，欣赏海景，稍事休息。目前在华盛顿等候正式派遣。只等他们让我把军装换回我那套旧的蓝西装，我就回来。

祝好。

莱昂

亨利·贝拉米读完电文，顿时乐开了花。他从椅子里一跃而起："莱昂要回来了！妈的，我就知道他会回来的！"

接下来的十天，事务所里乱成一锅粥，装修工人进进出出，人们兴奋不已，怀着期待的心情叽叽喳喳个不停。

"我都等不及了，"接待员叹息着说，"听起来，他就像我的梦中情人。"

斯坦伯格小姐的笑容里含着许多别人不知道的秘密："他是每一个人的梦中情人。即使他的模样没有把你征服，那纯正的英国口音也会让你就范的。"

"他是英国人？"安妮很吃惊。

"生在这里，"斯坦伯格小姐解释说，"他母亲是内尔·莱昂。那时候还没有你呢，也没有我。当时她是英国一位很出名的音乐剧明星。她到这里来演出，就嫁给了一位美国律师汤姆·柏克。她退出了演艺界，莱昂就在这里出生，所以是一位美国公民。但他母亲还保留着英国公民身份。后来莱昂的父亲死了——我想莱昂当时大概只有五岁——她就把他带回了伦敦。她重返舞台，莱昂就在那里上了学。后来她也死了，莱昂回来，上了这里的法律学校。"

"我知道我会疯狂地爱上莱昂的。"比较年轻的那位秘书说。

斯坦伯格小姐耸了耸肩："事务所的每个姑娘都被他迷得神魂颠倒。不过，安妮，我迫不及待地想看到他对你的反应呢！”

“我？”安妮似乎很惊讶。

“是啊，你。你们俩的气质差不多，都有些清高孤傲。莱昂会用他那笑容晃得你睁不开眼睛，让你一开始就被他迷惑，以为他对你很友好。其实你永远也不可能真的接近他，谁也不可能，就连贝拉米先生也不例外。说实在的，贝拉米先生对莱昂是有点儿敬畏的，这不仅仅是因为他的模样和风度。莱昂还是个实干家。你看着吧，莱昂·柏克总有一天会拥有这座城市的。我看见贝拉米先生办过几项很漂亮的业务，每一份利益都要靠自己拼命争取，因为大家都知道他很精明，千方百计地提防着他呢。莱昂只要带着他那英国式的魅力、电影明星般的长相走进来，啪！不费吹灰之力就能得到他想要的一切。过了一阵，你才会反应过来，你实际上并不知道他是怎样的一个人——不知道他是怎么看你、怎么看别人的。我的意思是，他似乎对大家都一视同仁，所以你就有一种感觉，在他的内心深处，似乎除了工作，并不在乎任何人、任何事。他为了工作可以不择手段。可是，不管你对他有什么样的看法，你还是会爱慕他，崇拜他。”

十天后的一个星期五上午，第二封电报来了：

亲爱的亨利：

蓝西装换上了。明晚到纽约。直接来找你。请为我订旅馆房间。准备星期一开始工作。

问候。

莱昂

亨利·贝拉米中午放假庆祝。安妮刚处理完邮件，乔治·贝娄就来到她办公桌旁。

“我们也找个地方庆祝一下，好不好？”他很随意地问。

安妮无法掩饰她的吃惊。她跟乔治·贝娄的关系只限于公事公办的“早上好”和礼节性的点头致意。

“我想请你吃午饭。”他解释说。

“真对不起，我已经答应跟姑娘们一起在小店里吃了。”

他帮她穿上外衣。“真遗憾，”他说，“这大概是我们在地球上的最后一天了。”他悲哀地一笑，慢慢地回他的办公室去了。

吃午饭时，安妮心不在焉地听大家没完没了地谈论莱昂·柏克，心里纳闷儿自己为什么拒绝了乔治的邀请。害怕把关系弄得复杂？一顿饭有什么大不了的？真傻啊。为了对艾伦·库珀保持忠诚？是啊……艾伦是她在纽约认识的唯一一个男人，是个心肠很好的男人。从这一点上说，他确实应该得到她的一些忠诚。

她回想起艾伦那天冒冒失失地闯进事务所，一心想做成一笔生意——安妮后来才弄清他是在卖保险。亨利那天冷淡得出奇，三言两语就把他打发走了，简直是太不客气了，这使安妮动了恻隐之心。她送艾伦出门时，轻声说了一句："祝你下一站好运。"她的声音很亲切，似乎令他大为意外。

两个小时后，她的电话响了。

"我是艾伦·库珀。你还记得我吗——那个精神抖擞的推销员？是这样，我想让你知道，比起我的其他遭遇来，我对亨利的拜访算是一个巨大的成功呢。至少我在贝娄的办公室里遇到了你啊。"

"你是说你一份也没有卖出去？"她从心底里为他难过。

"没有。去哪儿都被人赶出来。今天大概是我触霉头的日子……除非你愿意陪我喝一杯，给它一个快乐的尾声。"

"我不——"

"不喝酒？我也不喝。那我们就一起吃饭吧。"

事情就这样开了头，并且一路发展下去。他很有趣，很有幽默感。安妮只把他看作一个朋友，而不是恋人。她经常下班后懒得再换衣服。他似乎从来不注意她穿什么。只要她来陪他，他似乎就感激不尽了。他们去一些没有名气的小餐馆，她总是挑选菜单上最便宜的菜肴。她很想自己付账，又担心会使他的自尊心受到伤害。

艾伦作为一个推销员真是毫无前途。他心肠太软，脾气太好，不适合做这份工作。他向安妮打听劳伦斯维尔的情况、她上学时的往事，以及事务所的事情。他使安妮觉得自己是世界上最有趣、最迷人的姑娘。

因为他没有提出任何要求，安妮就继续和他见面。他有时会在看电影的时候握住她的手。晚上分手的时候，他并没有试图吻她。安妮跟他在一起觉得很轻松，心中还混杂着一种好奇、若有所失的感觉。没能被可怜的艾伦唤起激情，她简直觉得很过意不去，但她满足于维持现状。一想起要吻他，她就想起了在劳伦斯维尔亲吻威利·亨德森时的那种厌恶感，这使她再一次怀疑自己是不是有能力去爱。也许她是不正常的——也许母亲说得对，激情和浪漫只存在于小说中。

那天午后，乔治·贝娄又来到她的办公桌旁。"我再来尝试一次，"他说，"一月十六日怎么样？你的约会不可能排到那个时候。"

"啊，那是将近三个月以后了。"

"哦，我倒愿意在那之前开始呢。可是海伦·劳森刚打来电话，气势汹汹地要找亨利，这使我想起她的演出在十六日开始。"

“没错，《直冲云霄》是下个星期排演。”

“那么，你愿不愿意跟我一起去呢？”

“我愿意，乔治。我觉得海伦·劳森很了不起。她以前在波士顿的每场演出都很轰动。我小的时候，我爸爸带我去看过她表演的《蓬巴度夫人》。”

“好，就这么说定了。哦，安妮，这场戏开始排演之后，海伦很可能会三天两头闯到这里来。如果你们俩在一起闲聊天，你可千万别说‘我还是小姑娘的时候就喜欢你’这类的话，她会拿刀子劈了你的。”

“可我当年确实是个小姑娘啊。想想挺可笑的，其实也就是十年前。但那个时候海伦·劳森就是一个成熟的女人了。她当时至少有三十五岁。”

“在这里，我们要假装她只有二十八岁。”

“乔治，你准是在开玩笑吧！其实，海伦·劳森是没有年龄的。她是一个了不起的明星，是她的人格和才华使她具有这么大的魅力。我相信她不会那么傻，认为自己的模样还像个年轻姑娘。”

乔治耸了耸肩：“这么说吧，从现在起过二十年，我再给你打电话，问问你是什么感觉。想让自己看上去像二十八岁，这似乎是大多数女人到了四十岁都会得的一种传染病。为了安全起见，别在海伦面前谈起年龄的话题。别忘了在你的日历上做个记号。一月十六日。好了，开开心心地过个周末，放松一下。星期一，那位征服一切的英雄凯旋，这里肯定会非常忙乱的。”

接待员穿了一件崭新的紧身彩格呢连衣裙，小秘书的高卷式发型堆得有两英寸高，就连斯坦伯格小姐也破天荒地穿上了去年春天那身海军蓝套裙。安妮坐在亨利办公室外面她的小天地里，努力集中心思处理邮件。可是像别人一样，她的注意力也被门吸引了去。

他十一点钟到。尽管听了同事们的议论，自己也做过许多猜测，安妮还是没有想到莱昂·柏克竟是这样一个魅力四射的人。

亨利·贝拉米个子很高，而莱昂·柏克比他还要高出整整三英寸[1]。他的头发像印第安人的一样乌黑，皮肤似乎被太阳晒成了永不褪色的棕褐色。亨利领着莱昂走来走去，给大家做介绍，掩饰不住内心的得意。接待员跟莱昂握手时，脸涨得通红，小秘书一个劲儿地傻笑，斯坦伯格小姐激动得忸怩作态，搔首弄姿。

安妮第一次庆幸自己具有新英格兰人的刻板和矜持。她知道，当莱昂·柏克跟她握手时，她表现出了一种内心所没有的镇定。

“亨利不停地谈到你，现在我们终于见面，也就很容易理解了。”英国口音绝对

1　1英寸＝2.54厘米。

是一种优势。安妮亲切有礼地做了回答，还好，亨利·贝拉米接着就领莱昂朝新装修好的办公室走去。

“安妮，你跟我们一起进来。”亨利命令道。

“太漂亮了。”莱昂说，“我真有点儿诚惶诚恐，不知道该怎样工作才能回报。”他慢慢坐进一张椅子里，脸上露出一个慵懒的微笑。安妮突然明白了斯坦伯格小姐的意思。莱昂·柏克确实对每个人微笑，他那随和的笑容深不可测。

亨利像慈父一样满脸带笑：“你还是一把懒骨头，跟走之前一样。我每年都要给你重新装修一遍。好了，我们言归正传吧。安妮，莱昂需要一套房子。他安顿下来之前先跟我住在一起。”亨利解释说，“你相信吗？我们竟然没能给他订到旅馆房间。”

她相信。但她不明白这件事跟她有什么关系。

“我想叫你给他找一个地方。”亨利说。

“你想叫我给柏克先生找一套房子？”

“没错，你能够办到。”亨利说，“这就是超出秘书工作的部分。”

这次莱昂发自内心地笑了起来：“她是个美人儿，亨利。你说的关于她的一切都没有错。但她不是霍迪尼[1]。”他朝安妮眨了眨眼睛，“亨利一直过着一种养尊处优的生活。他最近没有在纽约找过房子。”

亨利摇了摇头：“听着，这个姑娘两个月前来到这里，还分不清第七大道和百老汇大街呢。但就在第一天，她不仅找到了一处公寓，而且落实了这份工作，还把我哄得团团转。”

“不，我那里不算什么公寓，房子很小……”

他直视的目光令人心慌：“我亲爱的安妮，战争期间我在那么多被炸得千疮百孔的地方睡过觉，现在只要有个天花板，对我来说就是豪华宾馆了。”

“安妮肯定会有所收获的。”亨利坚持道，“到曼哈顿东区去试试。有客厅、卧室、浴室和厨房，带家具，每个月大约一百五十美元。如果没办法，一百七十五美元也行。现在就开始，今天下午也算上，明天也不用来上班，需要多少时间都行……但是找不到公寓就别来见我。”

“亨利，我们大概再也见不到这个姑娘了。”莱昂警告他。

“我把宝压在安妮身上。她肯定会有所收获的。”

她的房间在褐砂石楼房的二楼。今天，那两道楼梯突然显得那么遥远，难以攀登。她站在楼梯口，手里抓着翻得破破烂烂的《纽约时报》。整个下午，她都在查看

1 霍迪尼（1874—1926），美国魔术师，生于匈牙利，以能从镣铐、捆绑及各种封锁的容器中脱身的绝技而闻名。

报上登的每一处公寓，但它们都被人租走了。她的脚又酸又痛。那天早晨她穿的是上班的行头，不是四处奔波找公寓的衣服。第二天她要早点儿出发——穿平底鞋。

她上楼前先敲了敲尼丽的房门，没有人回答。她拖着沉重的脚步走上摇摇晃晃的楼梯，走进自己的房间。听见破旧的散热器里传出热蒸汽的嘶嘶声，她才松了口气。

尽管莱昂・柏克的态度是“我什么都能接受”，但她还是没法儿想象他住在这样一个房间里。房间本身倒并不糟糕，很干净，位置也很方便上班。当然啦，跟她在劳伦斯维尔的那间宽敞的卧室比起来，这里寒酸极了！高低不平的沙发床似乎过不了一年就会散架。有时，她真不知道有多少人曾经在上面睡过——有好几百吧，但她不认识他们。也许就是因为不认识，才使她觉得这是她的床。只要她付了房租，这房间里的东西就都属于她了。那个破破烂烂的小床头柜，上面东一道西一道地布满划痕，还被烟头烫出了许多焦疤；还有那个三屉橱，那些抽屉必须永远开着一道缝，如果关紧了，想打开就得使出吃奶的力气，把手就会被拉掉；还有那把胀得鼓鼓的安乐椅，它的肚子被里面的弹簧顶得似乎随时都会被撑破。

可以把房间弄得更漂亮一些，可是每到周末，就剩不下多少钱了（她决定不去碰存在银行里的那五千美元）。她漂亮的黑裙子和黑色晚礼服的账单还没有付清呢。

她听见了熟悉的敲门声，没有抬头便大声说：“请进。”

尼丽走进屋，一屁股坐在椅子上，椅子呻吟着，眼看就要四分五裂了：“你看《时报》上的广告做什么？想搬家？”

安妮把她的新任务说了一遍，尼丽哈哈大笑：“你的意思是他不想要露天大阳台，不想要四个大得能走进去的壁橱？”接着，她觉得这事儿根本不可能，就把话题转向了那件“重要的事”，“安妮，你今天有机会说那件事了吗？”

“那件事”是两个星期来尼丽缠着安妮帮她做的。

“尼丽，怎么可能呢？今天就更没戏了……莱昂・柏克刚回来。”

“可是我们一定要进《直冲云霄》。说来也怪，不知道为什么，海伦・劳森好像很喜欢我们的演出。我们被叫去试演了三次，每次试演，她都在场。现在只要亨利・贝拉米说一句话，一切就搞定了。”

“我们”指的是尼丽和她的两个搭档。尼丽以前的名字是埃塞尔・阿格尼丝・奥尼尔（“像不像一把手枪？”她大叫着说），可是自从童年起，尼丽这个绰号就叫响了，由于她只是“笨娃娃”三人舞蹈组合的一员，所以也就没有必要在名字上再做什么文章。

起初，安妮跟尼丽只是在大厅里随意地点点头，但很快就发展出亲密的友情。尼丽看上去就像一个没心没肺、整天兴致勃勃的青春期少女。她有一个小翘鼻子、大大的褐色眼睛，满脸雀斑，褐色的头发卷卷的。实际上，尼丽就是一个少女，一个青春女孩，她从七岁起就跟着杂耍团巡回演出。

很难想象尼丽是一个演员。但是有一天夜里，她拉着安妮到市中心一家旅馆参加一个俱乐部的聚会。在那里，发生了奇怪的变化。厚厚的化妆油彩遮盖了那些雀斑，一件又薄又透、缀满闪光装饰片的衣服使她孩子气的身段变得成熟起来。他们的表演乏善可陈，缺乏新意。两个男人戴着磨损的阔边帽，穿着紧身裤，随着节奏摇摆，不可避免地又是跺脚又是打响指，权当是在跳西班牙舞。安妮在老家时曾在杂耍团里看见过类似的表演，从来没见过尼丽这样的演员。她也拿不准尼丽是好得出奇，还是糟糕得要命。尼丽始终没有真正成为“笨娃娃”的一部分。她跟他们一起跳舞，跟他们一起转圈，也跟他们一起鞠躬，但他们并不是三人组合。她的眼睛只盯着尼丽。

可是脱掉演出服、洗去舞台妆、坐在塌陷的椅子里的尼丽，只是一个精力充沛的十七岁姑娘。她是安妮第一位真正的朋友。

“我真希望我能帮你，尼丽，可是我不能拿私人的事情去麻烦贝拉米先生。我跟他的关系只是公事公办。”

“那又怎么样？城里每个人都知道他以前是海伦·劳森的情人，现在海伦还样样事情都听他的。”

“他是什么？”

“是她的情人，她的姘头。你可别说你不知道。”

“尼丽，你是从哪儿听来的这么荒唐的鬼话？”

“荒唐！天哪，你是说谁也没有跟你说过这事？那是很多年前的事，后来海伦又有过三个丈夫，但他们俩的事这么多年来一直传得沸沸扬扬。不然我为什么缠着你去跟贝拉米说呢？明天你能跟他提一提吗？”

“明天我还要找房子呢。而且，尼丽，我告诉过你——这样不好，把自己的私生活带到事务所去。”

尼丽叹了口气：“那些华而不实的规矩只会碍你的事，安妮。你需要什么，只管提出来就是了，不用顾忌什么，直接开口。”

“如果被人拒绝了怎么办呢？”

尼丽耸了耸肩：“那又怎么样？你又不会损失什么。这样你至少给了自己百分之五十的机会。”

听了尼丽的逻辑，安妮微微发笑。尼丽没有受过正经的教育，但她天生具有一只杂种狗的智慧，还有能使一只小狗在一窝狗崽子中脱颖而出的那点儿灵气。这只小狗笨拙、率真、充满热情，她的天真中还夹杂着一丝令人感到意外的世故。

尼丽人生的最初七年，是在寄养家庭里度过的。后来，比她大十岁的姐姐认识了“笨娃娃”中的查理并嫁给了他。他们把表演形式改成了三人组合，她立刻把尼丽从寄人篱下和正规学校教育的单调生活中救了出来，使她过上了跟着三流杂耍剧团巡回演出的日子。尼丽就此结束了学校教育，但演员中总有人顺带着教尼丽学一点儿语文和算术。她透过火车车窗学习地理，从同台演出的欧洲节目中零零碎碎地了解一些历史。每次地方教育委员会的调查员过来检查时，总有一个友好的看门人给她通风报信。

尼丽十四岁时，姐姐离开舞台，生孩子，对节目倒背如流的尼丽便取代了她。现在，小打小闹了这么多年之后，“笨娃娃”终于有机会在百老汇演出了。

“也许我可以跟乔治·贝娄提一提。”安妮一边补妆，一边若有所思地说，“他邀请我参加《直冲云霄》的首演式呢。”

“那就绕了个大弯子，”尼丽说，“但总比没有强。”她看着安妮换上一件花呢套装，“噢，今晚要去见艾伦？”

安妮点点头。

“我一猜就是。如果跟贝拉米先生出去就是黑色套装。天哪，总是一身黑色套装，他就不会觉得厌烦吗？”

“我跟贝拉米先生出去时，他从来不注意我穿什么，那是办公事。”

“哈！”尼丽冷笑一声，“天哪，在那家事务所上班听起来真是怪刺激的，比较起来，演艺界就显得单调无味了。有乔治邀请你去参加首演式，还有贝拉米先生带你去21夜总会吃那些豪华大餐，你还在事务所里找到了艾伦。现在又出了一个莱昂·柏克！天哪，安妮，你有四个男人，我却一个也没有！”

安妮大笑起来：“贝拉米先生那里不算约会，首演式要到明年一月呢，对莱昂·柏克来说，我只是一个租房子的代理人。至于艾伦……唉……艾伦和我只是在约会。”

“那也比我的活动多四倍呢。我从来没有过一次真正的约会。我认识的男人除了我的姐夫，就是他的搭档狄基，而狄基还是个同性恋。我最了不起的社交生活就是到华尔格林杂货店去，跟另外一些业余演员聊聊天。”

“你没有认识一个能带你出去玩玩的演员吗？”

“哈！你居然问这样的问题，说明你对演员太不了解了。带你出去玩玩？他们连一杯五分钱的可乐都不肯替你买。并不是说演员天生一毛不拔，而是他们太容易失业了，不得不这样。而且他们大多数人晚上都要打工——在饭店端盘子，开电梯，在旅馆当服务员，只要能让他们白天出去找工作、见经理，他们什么都干。”

“你们是不是很快就要上路了？”安妮突然意识到她将会多么想念尼丽。

“我希望不要。我姐姐说小宝宝刚开始认识他爸爸，为了挣钱，查理走马灯一样去那些俱乐部演出，累得晕头转向。可是狄基开始嚷嚷了。我们巡回演出可以挣到更多的钱。布法罗、多伦多和蒙特利尔都希望我们到那里的夜总会去表演。正是因为这个，我们一定要上《直冲云霄》。海伦·劳森的演出总是特别火。这样我们就能在纽约待整整一个季节，甚至更长时间。说不定我还会遇到一个像样的男人，把自己嫁出去呢。"

"你就是为了这个才想参加演出的？遇到一个人，把自己嫁出去？"

"那还用说，那样我就有地位了，就能成为某某夫人，在某个地方安定下来，有自己的朋友，左邻右舍都会知道我是谁。"

"可是爱情呢？要找到一个真心相爱的人，可不是那么容易的啊！"

尼丽皱了皱鼻子："看吧——如果有人爱我，我就爱他。天哪，安妮，你只要去找贝拉米先生……"

安妮笑了："好吧，尼丽，我会的。一有机会我就说。谁知道呢，说不定你会成为第二个巴甫洛娃[1]呢。"

"那是什么？"

"她是一位伟大的舞蹈家。"

尼丽放声大笑起来："那些当明星之类的鬼话太可笑了。噢，我想我可能会成为明星，但不是凭这样的表演。每次我往观众面前一站，身体就会出现一些奇怪的变化。我舞跳得不错，我觉得，如果他们的喝彩声足够响亮的话，我简直能飞起来。我的嗓音并不出色，但我觉得，如果他们喜欢我，我唱歌剧都不在话下。每次我站在舞台上，就会有这种感觉……就好像他们都把我抱在怀里似的。我跟狄基和查理谈过这个问题，但他们认为我疯了。他们什么感觉也没有。"

"尼丽，也许你应该去学习，上表演课。也许你的事业可以达到顶峰呢。"

尼丽摇了摇头："机会太渺茫了。我在巡回演出时遇到过许多过去的演员，他们跟我说过他们怎样差一点儿就成功了。"

"但你说的是那些天资不够好的人。"安妮说。

"告诉你吧，待在演艺界不肯走的人，没有一个是因为这种工作有趣，报酬丰厚。每个进入演艺圈的丫头片子都以为自己能成功。但是在每一个玛丽·马丁、埃塞尔·默尔曼或海伦·劳森背后，都有成百上千个差一点儿就成功的无名演员在不入流的草台班子里忍饥挨饿。"

安妮沉默了，她没法儿跟尼丽的逻辑辩论。她拍了拍面颊，完成化妆的最后一步："好吧，尼丽，我会尽量跟贝拉米先生争取的。可是谁知道呢，也许你不管怎样都会得到那份工作。既然他们叫你们去试演了三次，肯定是喜欢你们的表演的。"

1　巴甫洛娃（1881—1931），俄国女芭蕾舞蹈家，以演出独舞《天鹅之死》而享有盛名。

尼丽笑得很响亮："这正是让我纳闷儿的地方。他们为什么叫我们去呢？海伦·劳森怎么会喜欢我们糟糕透顶的表演呢？除非城里的其他舞蹈队都患了天花什么的。听着，如果我认为我们的表演很精彩，我就不会死皮赖脸地求你了。我不明白为什么海伦·劳森看上去那么感兴趣——除非她看上查理了。我想，她对任何一个穿裤子的家伙都有兴趣，查理虽说长得不太漂亮，但样子也不难看。"

"如果她真的喜欢查理，查理会怎么办呢？毕竟，还有你姐姐呢。"

"哦，如果有必要的话，他会把海伦·劳森搞到手的。"尼丽不带任何感情地说，"他会认为，在某种程度上，他是为了我姐姐才这么做的。反正，他不会真的喜欢跟海伦一起鬼混的。海伦其实长得并不漂亮。"

"尼丽，你的意思是你会袖手旁观，让这种事情发生？你姐姐永远都不会原谅你的。"

"安妮，你不仅说起话来像个贞女，考虑问题也像个祭司。不错，我是个处女，但我知道对一个男人来说，性和爱是两种不同的东西。查理以前住马路边最便宜的房间，却把收入的四分之三都寄给我姐姐，让她和小宝宝能过上舒服的日子。但这并不排除他偶尔也会跟剧团里的某个漂亮姑娘逢场作戏。他只是需要性……这跟他对基蒂和小宝宝的爱没有关系。我守身如玉，因为我知道男人把贞操看得很重，我希望有个男人就像查理爱基蒂那样爱我。可是男人就不一样了，你不能指望他是个处男。"

安妮房间的蜂鸣器响了，也就是说艾伦已经到大门口了。安妮按了一下按钮，表示她马上就下楼，然后一把抓起大衣和手包："行了，尼丽，我得走了。艾伦可能打了出租车。"

"等等——你还有那种特别好吃的巧克力软糖小饼吗？"尼丽开始往小壁橱里探头探脑。

"把那一盒都拿走吧。"安妮拉开房门时说。

"哦，太棒了！"尼丽怀里抱着那盒饼干跟了出来，"我有一本从图书馆借的《飘》，还有一盒牛奶，还有这么多的小饼。哇！多么美妙的享受啊！"

他们去了一家法国小餐馆。艾伦专心地听安妮讲了她的新任务。安妮讲完后，他一口喝光剩下的咖啡，叫服务员来买单。

"安妮，我想，终于到时候了。"

"到什么时候了？"

"到说明真相的时候了。你应该光荣地离开亨利·贝拉米了。"

"可是我不想离开贝拉米先生。"

"你会的。"他的笑容很古怪，他整个的神态都变了，非常自信，"我个人认为，给莱昂·柏克找到一处公寓，应该是一个很大的业绩。”

“你的意思是你知道哪儿有？”

他点了点头，脸上带着神秘的笑容，似乎暗自想到了一个笑话。到了外面，他招来一辆出租车，吩咐开到萨顿广场去。

“艾伦，我们去哪儿？”

“去看看莱昂·柏克的新公寓。”

“这么晚了还去？这到底是谁的公寓呢？”

“你会明白的。”他说，“耐心一点儿好了。”于是一路沉默。

出租车在东河附近一幢很时尚的楼房前停住了。看门人立刻抖擞起精神：“晚上好，库珀先生。”电梯工点头致意，不假思索地将电梯停在了十层。艾伦镇定自若地将一把钥匙插进公寓门的锁眼儿。他打开电灯，面前便出现了一间装饰得非常考究的客厅。他又按下另一个开关，柔美的音乐声在屋里飘起。这真是一套完美的公寓，像是为莱昂·柏克量身定做的。

“艾伦，这是谁的房子？”

“我的。来看看其他房间吧。卧室很大……壁橱很宽敞。”他拉开滑门，“浴室在这里，厨房在那里，很小，但有一扇窗户。”

她一言不发地跟着他走来走去。这真是难以想象，谦逊、不起眼的艾伦竟然住在这里！

“现在我给你看美中不足的一个地方。”他走进客厅，拉开落地窗帘，眼前出现了临近的一套公寓，那窗户离得真近，几乎伸手就能摸到。

“就是这一点令人遗憾。”他说，“这个梦幻之家什么都好，可惜风景不理想。尽管我不得不承认对面有个大胖子令我着迷。他独自一个人生活，整整两年了，我没有看见他吃过一点儿东西。他靠啤酒过活儿——早饭，中饭，晚饭。看！”似乎是得到了信号，一个敦实的男人穿着贴身内衣，慢吞吞地走进厨房，打开一瓶啤酒。

艾伦拉上了窗帘：“一开始我很为他担心。我认为他肯定会缺少维生素什么的，没想到他似乎越活越欢实了。”他领着安妮走向长沙发，“怎么样，它符合柏克先生的要求吧？”

“我觉得太理想了，尽管有那个大胖子。不过，艾伦，你为什么要放弃这么神奇的一套公寓呢？”

“我又找到了一处更好的。我可以明天就搬走。不过，我想让你先去看看。你也要喜欢它才行，这是很重要的。”

天哪！难道他是在向她求婚吗？！好脾气、好心眼儿的艾伦？她可不想伤害他。也许她可以假装没有听懂。

她迫使自己的声音变得漫不经心，不带任何感情："艾伦，我负责给莱昂·柏克找一处公寓，这并不是说我就是这方面的行家。这只是为了不耽误事务所的公事，因为莱昂·柏克没有那么多时间。如果这处公寓是你自己找到的，你显然不需要我的任何建议……"她知道自己的语速太快了。

"你说他能给一百五十美元，"艾伦说，"但他也能出到一百七十五美元。你知道吗？我们就按一百五十美元给他。那会使你成为一个真正的英雄。他可以从我这里转租过去。这是我没买家具时的租价，但我准备把家具免费送给他。"

她突然替他担忧起来："可是你的新住处也会需要这些家具的，"她反驳道，"而且，这肯定花了不少……"

"没关系，"他轻松愉快地说，"莱昂·柏克立刻就能搬进来吗？"

"嗯，我想——"

"肯定没问题。"艾伦说，"走吧，我带你去看我的新住处。"他催着她走出门，下了电梯，她反对，说"太晚了"，但他毫不理会。

又来到街上，那个机警的看门人冲了过来："要出租车吗，库珀先生？"

"不要，乔，我们就在街上走走。"

他领着她走过这个街区，进入另一幢楼房，这幢楼房似乎是悬在河面上的。

这套新的公寓简直是电影的布景。客厅里铺着长达四十英尺[1]厚厚的白色地毯。酒柜上镶嵌着意大利大理石。还有一道长长的楼梯，显然是通向楼上的几个房间。然而最令人激动的是它的风景。

玻璃门敞开着，通向外面俯瞰河面的宽敞阳台。他领她来到外面。寒风吹得她面颊湿漉漉的，但眼前的美景真是让人心旷神怡。网状桥灯在河上凌空闪烁，无数颗晶莹的钻石在水面闪闪烁烁。她看呆了，痴迷了，完全忘记了艾伦的存在。

"我们为新公寓喝一杯怎么样？"他问。

她从沉思中醒过来，接过艾伦递过来的一瓶可乐。

"艾伦，这是谁的公寓？"她小声地问。

"只要我想要，就是我的。"

"但它现在属于谁呢？"

"一个名叫奇诺的男人。但是，他说，这里对他来说太大了。他现在住在沃尔多夫——他更喜欢那里。"

"可是，艾伦，你没有钱享受这样的地方！"

"如果你知道我有钱享受什么，你准会大吃一惊的。"他脸上又露出那种奇怪的

1　1英尺＝0.3048米。

笑容。

她转身走进屋里："艾伦，我想我得回去了。我累得要命……脑子也不清楚了。"

"安妮……"他一把抓住她的胳膊，"我很有钱，安妮——非常非常有钱。"

她默默地望着他。突然，她知道他说的是实话。

"我爱你，安妮。起初，我真是不敢相信你在什么都不知道的情况下一直跟我交往了这么久。"

"知道什么？"

"知道我是谁。"

"你是谁？"

"噢，我还是艾伦·库珀。你对我的了解只有这么多：我的名字。只是对你来说，这个名字似乎不能说明任何问题。你把我当成一个不得志、不起眼的保险推销员。"他咧嘴笑了，"你不知道过去这几个星期我是什么感受，把你藏在那些廉价餐馆里，看着你点菜单上最便宜的东西，知道你是为我的生意发愁。安妮，以前从来没有人真正关心过我。起初我以为这是一个骗局，以为你知道一切，在故意欺骗我。哦，以前就有人做过这种尝试，所以我才问了那么多问题——你从哪儿来，关于劳伦斯维尔的一切，然后请了一位侦探去核实。"

他看见安妮眯起眼睛，便一把抓住她的双手："安妮，不要生气。你太完美了，简直不像是真实的，奇诺怎么也不肯相信。后来报告回来了，一切都是属实的——家庭，寡居的母亲，姨妈，还有你良好的新英格兰背景——你是有品位的，安妮，真正有品位。天哪，当我弄清这一切时，我真想发射火箭。我以前一直以为这种事情肯定不会发生在我身上——不相信我崇拜的某个人会喜欢我！你明白那对我意味着什么吗？"他拉着她在屋里跳起舞来，"你喜欢我！真的喜欢我！不是喜欢我的财富，而是喜欢我本人！"

她挣脱他，大口地喘着气："艾伦，我怎么会知道你是谁——知道所有这一切呢——除非你自己告诉我？"

"我真不明白你竟然会不知道。我三天两头出现在报纸上。我以为你的某个女朋友准会告诉你的。或者，亨利·贝拉米肯定会说的。"

"我不看报纸，我只有尼丽一个女朋友，她只看《名利场》。而我在事务所从来不跟贝拉米先生谈论我的私事或其他任何事情。"

"嘿，现在你可以给他们一个特大新闻了，关于我们的！"他把她搂进怀里，吻她。

她站立不稳，然后猛地挣脱他的怀抱。上帝啊，这种事又发生了！在他的亲吻下，她心头泛起一种厌恶的感觉。

他温柔地看着她："我可爱的小安妮。我知道你一定被弄糊涂了。"

她走到镜子前，修补她的口红。她的手在颤抖。她准是出了问题。为什么她会对一个男人的亲吻这样反感呢？许多姑娘都喜欢亲吻她们不爱的男人。这应该是很正常的事。而她喜欢艾伦，他并不是一个陌生人。看来，不能怪威利·亨德森和劳伦斯维尔的那些男孩子，问题肯定出在她自己身上。

他站在她身后："我爱你，安妮。我明白这件事来得太快，足以把任何人弄糊涂。但是我想娶你，想让你见见奇诺——我的父亲。"

他递给她一把钥匙："明天把这个交给莱昂·柏克。叫他打电话到我办公室跟我联系。我立刻就办好转租手续。还有，安妮，如果你觉得这套公寓布置得太过分了，你可以把所有的东西都扔出去，重新布置。奇诺在它上面花了不少钱，但不知怎的，我猜想你可能不喜欢它。如果你愿意，我们可以买一套新式住宅——随你想要什么都行。"

"艾伦……我……"

"我们这一晚上已经谈得够多了。我爱你，你会嫁给我的，现在只要记住这一点就行了。"

他们驱车回家时，安妮沉浸在自己的思绪中。现在她知道真相了，她性冷淡。这是学校里女生们经常小声议论的一个词儿。有些女人天生那样——她们从来不会达到高潮，或感受到任何真正的激情。而她就是这样一个女人。天哪，她甚至连一个吻都没法儿享受！也许，找到艾伦这样的人算是她的运气。他脾气温和，也许能够帮助她，不妨嫁给他吧。母亲说得对，那种伟大的激情是不会发生在一个对亲吻都感到恶心的"淑女"身上的。她至少逃脱了威利·亨德森和劳伦斯维尔，有些人甚至连半个梦想都实现不了呢。

到了她的褐砂石楼房前，艾伦让出租车停下了。"争取梦见我，安妮。"他探过身，轻轻地吻了吻她的面颊，"晚安。"

她注视着出租车远去，然后跑进楼房，砰砰地敲尼丽的房门。尼丽出来了，一边还埋头盯着《飘》。她没有把书放下，示意安妮进来，自己则继续看书。

"尼丽，你暂且把那本书放一放。这件事很重要。"

"现在，不管你拿什么来，我都不会离开白瑞德[1]的！"

"尼丽，你听说过艾伦·库珀吗？"

"哟，怎么啦，说笑话吗？"

"我没有比现在更认真的了。艾伦·库珀是谁？这个名字使你想起了什么？"

1 《飘》中的男主角。

尼丽打了个哈欠，把书合上，仔细地折起页角，把白瑞德留住："好吧，如果你想玩游戏，我奉陪。艾伦·库珀是一个很不错的小伙子，每星期跟你约会三四次。根据我从窗口看到的情形，我承认他并不是卡里·格兰特，但他很可靠。好了，现在我可以接着看白瑞德了吗？他可要有趣多了，但郝思嘉好像一点儿也不欣赏他。"

"这么说你从来没有听说过艾伦·库珀？"

"没有。为什么我要听说过他？他演过电影还是怎么着？我知道加里·库珀和杰基·库珀，可是艾伦·库珀……"她耸了耸肩。

"好吧，接着看白瑞德吧。"安妮说着朝门口走去。

"你今晚怎么怪怪的，"尼丽嘟囔道，"喂，你没喝酒什么的吧？"

"没有。明天见。"

尼丽心不在焉地点点头。她的心思已经又回到白瑞德和郝思嘉身上去了。

安妮睁着眼睛躺在黑暗中，梳理自己的思路。艾伦不是一个可怜的、不起眼的保险推销员——艾伦是有钱人。可是凭什么她就应该听说过他呢？还有什么事情是她应该知道的？她怎样才能更多地了解他？乔治·贝娄！当然，如果想知道艾伦或任何人的情况，乔治·贝娄肯定会告诉她的。

当安妮走进乔治·贝娄的办公室时，他吃惊地抬起头："哟，你不是应该在外面找公寓吗？"

"我可以和你谈谈吗，乔治？是私事。"

他走过来，关上了门："随时可以。坐下吧。随便谈什么个人问题都行。对了，来点儿咖啡怎么样？"他从保温瓶里给她倒了一杯，"好了，我们开始吧。你有烦心事？"

她端详着咖啡："乔治，你知道艾伦·库珀吗？"

"谁不知道呀？"他仔细打量着她，"哟……可别告诉我你跟他搞到一块儿去了！"

"我认识他。我知道他非常有钱。"

"有钱！"他发出了令人不快的笑声，"宝贝儿，他们得想出一个新词儿才能形容他那种财富。当然啦，是他的父亲奇诺创建了那个企业。他们拥有这座城市一半的房地产。据说，他们是那些希腊船王、百万富翁的合伙人。几年前《时代》杂志登过一篇关于奇诺的文章。也许我可以从图书馆里给你找到一份。他们说他的财富多得无法估算。那上面还登了艾伦的照片呢，他是整个企业的唯一继承人。你可以想象，这给他们俩做了一个多大的广告啊！从那以后，他们就需要特大号的冲锋枪才能驱散那些姑娘。因此，如果你认识了艾伦，我要给你一个忠告——不要对他认真。他是一个卑鄙的家伙。"

“他看上去挺好的。”安妮坚持道。

乔治笑了起来：“哦，他比玻璃还要滑溜——但我认为他骨子里跟他父亲一样难对付。他自己做成了几笔非常精明的生意。听说，他为了逃脱服兵役，买下了几个做降落伞的工厂。”

安妮站起身来：“谢谢，乔治。”

“随时过来，亲爱的。我可以告诉你城里每个色狼的情况——你长得这么漂亮，肯定会跟他们都认识的。”

亨利·贝拉米一看见安妮，就失望地拉长了脸：“可别告诉我你现在就放弃了！安妮，我知道这件事不好办。我今天亲自给几家租房中介公司打了电话。可是你必须继续尝试。”

“我给柏克先生找到公寓了。”

“啊！我的天哪，你真是太了不起了！”他按响莱昂办公室的蜂鸣器，把他传唤过来。

“我拿到钥匙了，”她说，“柏克先生今天下午可以过去看看。”

“今天上午为什么不行？”莱昂走进来说道，“不能给他们机会改变主意。安妮，你真是太神奇了！地址是什么？”

他匆匆记录下来：“地点太棒了。我租得起吗？”

“一个月一百五十美元。”

他摇了摇头：“你真是个魔术师。但为什么你拿着钥匙？房客出去了？”

“没有。他大概在自己的办公室里。”

“叫什么名字？”

“艾伦·库珀。”她轻声说。

莱昂只是把名字写在纸上，但亨利好奇地看着安妮：“你是怎么找到这套公寓的，安妮？通过广告？”

“不是。艾伦·库珀是我的一个朋友。”

亨利的表情放松了：“如果他是你的一个朋友，他就不可能是我知道的那个艾伦·库珀。”

“我就是在这个办公室里认识他的，贝拉米先生。”

“在这儿？”亨利似乎被搞糊涂了，“上帝，居然是这样！”他猛地一跃而起，椅子重重地撞到墙上，“安妮！你和艾伦·库珀！不……”他不敢相信地摇摇头。

“我认识他的时候，以为他只是一个卖保险的。”她说。

“那个浑蛋到这里来是为了摆脱一个歌舞喜剧里的女演员。他是我们的一个小客户，想叫我给那个姑娘一笔钱，再吓唬吓唬她。我很快就把他打发出去了。”他气呼呼地瞪了安妮一眼，“但看来还不够快！”

“亨利！”莱昂的声音很严厉，“安妮完全有能力自己挑选朋友。”接着他又朝那个年长的男人笑了笑，补充道，“你这样可不公平。你派安妮去完成一件根本不可能完成的任务，她有了成绩，你不仅没有大张旗鼓地表扬，反而气势汹汹地责骂她，还探听她的私生活。”

“艾伦·库珀……”亨利难以置信地把这个名字又说了一遍，“莱昂，如果你认识这个艾伦·库珀——”

莱昂笑了：“我不想认识他。我只想租他的房子。”

“你从来没听说过他吗？”亨利问。

莱昂显得若有所思：“好像听说过。我想，他的财富多得惊人。但不能因为这个就谴责他。”

“可是安妮根本就不是那样一个家伙的对手。她是玩不过他们的。她肯定会受到伤害。”亨利坚持道。

安妮静静地站在那里，觉得心里有点儿不快，他们那样谈论她，就像她不在旁边一样。

“好吧！”亨利转过身，把椅子拖回原处，“这件事跟我无关。我只希望记录自己的感觉。从现在起，这就是你自己的事了。”

“我相信她是知道游戏规则的。”莱昂说。他转向安妮，微笑着说：“我很想去看看这套房子。亨利，能不能让安妮跟我一起去呢？”

亨利挥挥手叫他们离开，自己继续工作。他们走出办公室时，安妮听见他重重地叹了口气。

他们驱车穿过城区时，安妮的注意力始终在出租车窗上。这是十月底一个美妙的日子，空气温和宜人，褪了色的太阳拼命假装现在是春天。

“别生气，”莱昂轻声地说，“亨利大发雷霆是因为他喜欢你，希望你一切都好。他不想让你受到伤害。”

“我没有生气——只是被搞糊涂了。”

“既然每个人似乎都主动地给你提出忠告，我就不妨也加上几条。千万不要根据别人的观点评判一个人。我们每个人面对不同的人都会表现出不同的一面。”

安妮脸上有了笑容：“你的意思是，就连希特勒在爱娃·布劳恩面前也是温柔风趣的？”

“差不多就是这个意思，而且国王亨利也没有杀死他所有的妻子。如果我没有记错的话，最后那个妻子还把他管得服服帖帖的呢。”

“可是艾伦确实挺不错的。”她坚持道。

“我相信是的。如果这就是他的房子，确实够气派的。”

出租车已经停下了。值班的是另一个看门人。“我们来看看库珀先生的套房。”安妮说。

他点点头：“库珀先生跟我说过了。在十层。”

安妮把钥匙递给莱昂：“我在大厅里等着。”

“什么？没有导游？来吧，姑娘，我还指望你把房子的好处一一指给我看呢。床单放在哪里，炉子怎么使用，保险丝盒藏在什么地方……”

安妮觉得自己脸红了：“我只来过一次，给你看房子。”

“那你知道的也比我多。”他很随意地说。

他对这套房子的一切都很满意，甚至坚持说他喜欢看到对面那个大胖子：“使这里显得更有人情味。我今天下午就跟艾伦·库珀联系，向他表示感谢。但首先我必须表达对你的谢意。我提议去大吃一顿，记在亨利的账上。”

他们去了红酸果饭店。她喜欢那里柔和、微蓝的昏暗光线，天花板上闪烁的假星星，以及宽大舒适的扶手椅。她喝了一杯雪莉酒。在过去的二十四小时里，走马灯似的发生了这么多事情，她觉得心绪烦乱，不知所措。

莱昂没有强迫她说话。他轻松地谈论新公寓的奇妙之处、饭店里家常菜的美味可口，以及他对百姓生活的新认识。安妮渐渐觉得自己放松了下来。她喜欢他清脆利落的口音，喜欢房间里令人欣慰的氛围。她喜欢注视着他的脸……他脸上的表情变化……他一闪而过的笑容。

“你必须忍受亨利胡乱干涉你的生活，”他探身替安妮点燃香烟，说道，“这只是因为他希望你一切都好。他简直有点儿崇拜你呢。”

“他崇拜的人是你。”安妮说，“他把你看得比天还高。你是‘贝拉米和贝娄’的未来。”

“那是他四年前的感觉。”莱昂说，“四年里人是会变的。”

“贝拉米先生对你的看法没有变。”

他拿起安妮的手：“安妮，我们能不能不再‘先生’长‘先生’短？我是莱昂，贝拉米‘先生’是亨利。”

安妮笑了：“好吧……莱昂。你一定知道亨利一直多么焦急地等你回来。”她突然停住了，这跟她毫无关系。她以前是从不干涉别人私事的，但她急迫地想要维护亨利。她突然理解亨利为什么反对艾伦了——这才算是朋友。她也格外清楚地明白了尼丽话里的道理。既然是真正的朋友，就不可能保持彬彬有礼、毫无人情味。她要去跟亨利说说尼丽和《直冲云霄》。她感受到了一种新的自由，似乎又摆脱了一副把她束缚在劳伦斯维尔的镣铐。

“我知道亨利的希望和计划。”莱昂回答，“也许我不会让他失望。可是，上帝！这充其量也是一种下三烂的行当，律师不是律师，代理不是代理。”

“但每个人都说你是一个——一个精力充沛的人。你必须爱上某件事情，才能释放这些精力。”

“我以前喜欢争斗……喜欢挑战……甚至喜欢独断专行。”

安妮困惑了。他说的每句话都与他的名气相矛盾。

他以为她的沉默是在替亨利担忧：“好了，不要烦恼。我大概只是有点儿战斗疲劳。”

“但是你很高兴回到亨利这里，是吗？”

“我回来了，不是吗？”

安妮显得迷惑不解：“听你的口气，似乎你更愿意去做别的事情。”

“难道每个人都能做自己想做的事情吗？”

“我现在做的就是我想做的事情。”

他脸上笑容一闪：“我受宠若惊。”

“我指的是为亨利工作，在纽约生活。不过，你想做什么呢，莱昂？”

他把两条长腿在桌子底下伸直：“首先，我想变得特别富有。坐在牙买加某个迷人的旅游胜地，身边有几个跟你长得一模一样的漂亮姑娘伺候我，写出一部关于战争的畅销小说。”

“你想写作？”

“当然。”他耸了耸肩，“每个从军队里出来的人，不是都觉得只有他才能写出唯一真实的战争小说吗？”

“那你为什么不写呢？”

“首先，替亨利工作占据了我全部的时间，我继承的那套可爱的房子并不是不要租金。文学界遭受了损失，亨利·贝拉米恐怕倒得了好处。”

安妮发现不能把莱昂·柏克简单地分类、归档。他是有感情的，但他总是用微笑或矛盾的话语来掩饰它们。

“真奇怪，我感觉你不像个轻易放弃的人。”她大胆地说。

他眯起了眼睛：“对不起，我不明白。”

“试都没试就放弃。我的意思是，如果你想写作，如果你真的感到自己有话要说，那就开始写吧。每个人都至少应该尝试一下他想做的事情。到了后来，条件和责任会迫使人们做出妥协。但现在就妥协……就像还没开始就后退了。”

他探过身子，用手托着她的下巴。两人目光交汇，他专注地望着她：“亨利显然并不了解你。你不可能是他谈论的那个姑娘。到目前为止，他唯一说得不错的是你惊人的美貌。可是，天哪，你还是个斗士，没错。”

她往后靠在椅背上：“今天的我，并不是真正的我。”她觉得心力交瘁，“我有点儿心慌意乱。事情发生得太突然了。如果你二十年来从没遇到过什么事情，我想你也会表现异常的。我的意思是……关于艾伦·库珀。一直到昨天晚上，我才知道他究竟是什么人。”

“别让亨利的看法影响了你。他对任何陌生人都没有好感。如果有必要的话，他会用手榴弹把你的求婚者们都轰走呢。”

“艾伦只是一个朋友……”

“那真是个大好消息。”这次他的脸上不带任何笑容。

她觉得很慌乱。为了掩饰尴尬，她说：“我刚才说了，人们应该尝试一下他们真正想做的事情。我是真的这样想的。我来纽约就是这么做的。任何人都不应该放弃一个梦想，不给它一个实现的机会。”

“我没有梦想，安妮，从来没有。写作的想法是战争结束后产生的。战前，我一门心思只想成功，挣了许多钱。但现在我甚至拿不准自己是不是还需要它们。实际上，我也不知道自己有没有特别想做的事情。”接着，他的情绪突然一变，脸上绽开笑容，“对了，有一件事是我想做的。我想感受每分每秒的时间，并让每一寸光阴都不虚度。”

“我能够理解。”安妮说，“对于参加过战争的人来说，这是一种很自然的心态。”

“哦？我都开始怀疑这里还有没有女人记得那场战争。”

“噢，我相信每个人都对战争深有感触。”

“我不能同意。当你到了战场，身临其境的时候，你不会认为生活中还有其他的事情。你不能相信在某个地方，人们睡在舒适的床上，或坐在这样的饭店里。欧洲的情形完全不同。不管走到哪里，你都会看到被炸得千疮百孔的房屋——不断有东西提醒你战争就在身边。可是当我回到这里，所有的死亡和流血都显得那么遥远，似乎那一切不可能真的发生过，而只是一个可怕的噩梦。纽约还在这里，派拉蒙大厦依然高高矗立，它的大钟一如既往地走着。人行道上的裂缝仍然存在，广场上仍然聚集着那些鸽子或它们的亲戚，剧场外面仍然排着长队，人们等着看的仍然是那些明星。

“昨天晚上，我跟一个美人儿出去，她花好几个小时跟我诉说她在战争期间遭受的苦难，没有尼龙袜，没有塑料唇膏盒子，没有扁平发夹……真是太可怕了。我想，最让她难受的是缺少尼龙袜。她是一个模特儿，她的玉腿对她来说至关重要。她说，她非常庆幸我们后来发现了原子弹——原子弹爆炸时，她正好穿到最后一双袜子——第六双。”

“我想，如果你置身战争之中，除了能活着出来，其他的一切都是次要的。”安妮轻轻地说。

“甚至没有机会想那么远。”他回答道，“只能是过一天算一天。如果你允许自己考虑未来——考虑个人的前途——你准会发疯的。突然之间，你会想起你做过的所有那些毫无意义、浪费时间的事情……那些虚掷的时光永远找不回来了。于是你发现，时间才是最宝贵的东西，因为时间就是生命。只有这种东西是一去不复返的。你失去一个女朋友，还可以再把她赢回来——或另外再找一个。可是一秒钟——这一秒钟一旦过去，就再也不会回来了。”他的声音很柔和，充满了回忆，安妮注意到了他眼角细细的鱼尾纹。

“还有那个下士……我们在一座谷仓的废墟里过夜。我们俩都不困。下士不停地用手筛着一些泥土，嘴里念叨着说：‘这土真好啊。’他似乎在宾夕法尼亚有一座农庄。他开始跟我谈到他的桃树遇到的一些麻烦，还谈到他回去后想要扩大农庄的计划。他想，等他的孩子长大时，把它建设成一座像样的农庄。可是土壤的问题让他发愁，不够肥沃。他翻来覆去地念叨这个话题。很快，我发现自己也在为他那倒霉的土壤操心了——甚至给他提了一些建议。我想，我睡着后梦见了肥料，梦见了成片成片的桃树。第二天是个倒霉的日子，我们不小心闯进了雷区……遇到了狙击手……天气恶劣透了。那天夜里，我整理阵亡人员的报告，检查他们的身份识别牌，其中之一就是那个下士。我坐在那里，呆呆地望着身份牌……昨天夜里还是一个活生生的人——为肥料和土壤发愁，浪费了他生命中的最后一个夜晚，现在他的血液将会浇灌异国的土壤了。”

他望着安妮，突然又笑了：“现在我在这里说这些事情，浪费你的时间。”

“不，请继续往下说。”

他用异样的目光看着她：“我今天说了这么多事情……这些事情或许应该永远埋藏在我心里的。”他示意买单，“可是我已经占用了你很多的时间。让这个下午过得更有价值吧。去买一件新衣服，去做做头发——或者干一件漂亮姑娘应该干的事情。”

“本姑娘要回办公室去。”

“别做这种事。我在给你下命令。亨利以为你要在外面奔走好几天呢。你至少应该享受半天的假，再加两星期工资作为奖金。我会落实的。”

“可是我不认为——”

“别说傻话。我本来以为要偷偷塞给租房代理人一个月的租金呢。我们就把这当成我为贝拉米和贝娄办的第一件公务。给你两星期工资作为奖金，放你一下午的假。”

那天下午安妮没有去上班，也没有做莱昂提议的那些事情。她走在第五大街上，看了看最新的冬装款式。她坐在广场上，想起了莱昂·柏克。他使她以前认识的每一个人都相形见绌。她已经为笑容可掬、神秘莫测的莱昂所倾倒，而谈论战争的那个莱昂——他显得那样可亲可近，富有人情味。他为那个下士动过真情。莱昂·柏克到底是个什么样的人呢？

她离开广场，沿着第五大街走回来。天渐渐晚了，她得回家换换衣服。艾伦要来接她。艾伦！她不能嫁给艾伦！那将会使她所说的每一句话不攻自破。那才真的是放弃呢！现在就对一个梦想——即使只是其中的一部分——做出让步，也未免太早了吧。

吃饭的时候一定要告诉他，但一定要说得委婉、有策略。她不能一开口就说："你好，艾伦，我不想嫁给你。"她要在吃饭过程中想办法触及这个话题，轻松而坚决地把话挑明。就是这样简单。

然而事情并不简单，不再是安静的法国小餐馆了。艾伦不再需要隐藏身份。他们去了21夜总会。侍者朝他鞠躬，每个人都叫着他的名字。夜总会的大多数人他似乎都认识。

"对了，安妮，你喜欢乡村生活吗？"他突然问道，"我们在格林尼治有一处房子……"

这就开始了。

"不，我在劳伦斯维尔过够了乡村生活。说老实话，艾伦，我有件事要对你说……有件事你必须明白……"

他看了看表，突然示意买单。

"艾伦！"

"说吧，我听着呢。"他在账单上签字。

"就是关于你昨天晚上说的事情，还有你刚才说的乡村生活。艾伦，我确实很喜欢你，但是——"

"哦，多亏你提醒了我。我把租约给莱昂·柏克送去了。今天下午跟他谈了谈。他说起话来倒像个很不错的家伙，是英国人？"

"他在英国长大。艾伦，你听我说——"

他站了起来："你在出租车里跟我说吧。"

"请你坐下来。我情愿在这里告诉你。"

他笑了，拿起她的大衣："出租车里很黑——更加浪漫。而且，我们已经晚了。"

她无奈地站起来："我们要去哪儿？"

"摩洛哥夜总会。"他付完小费，走出夜总会，一路上跟许多人草草握了握手。到了出租车里，他舒舒服服地坐下来，笑着说："我父亲在摩洛哥呢。我告诉他我们也要过去。好了，你想告诉我什么？”

“艾伦，你对我的感情，真使我受宠若惊，而且我非常感谢你给莱昂·柏克提供了那套房子。它省了我许多麻烦，使我不用在人行道上东奔西走。我认为你是我认识的最好的人之一，可是——”她看见了“摩洛哥”的霓虹灯招牌，一口气把话说了出来——“可是关于结婚……关于你昨天晚上说的事……对不起，艾伦，我——”

“晚上好，库珀先生！”摩洛哥夜总会的看门人唱歌般地招呼道，一边迅速打开出租车门，“您父亲在里面呢。”

“谢谢，彼得。”又一张钞票递了过去。艾伦领着安妮进了夜总会。她没有能让他明白自己的意思——难道艾伦故意装聋作哑？

奇诺·库珀跟一群人坐在靠近柜台的一张大圆桌旁。他冲艾伦招招手，示意他一会儿就过来。侍者领着艾伦来到一张靠墙的桌子边。现在是十点半，对于摩洛哥来说时间还早。尽管这是安妮第一次光顾这家著名的夜总会，但她在报纸杂志上看见过照片，各种庆祝活动都在著名的斑马条纹背景下举行。她环顾四周，确实有许多斑马条纹，但除此之外，这不过是一间大屋子，有个像模像样的乐队在演奏一些流行曲调。

奇诺立刻就来到他们桌旁，不等介绍就抓起安妮的手，使劲摇晃着。

“这就是她，嗯？”他轻轻吹了声口哨，“小子，眼光不错。这个姑娘值得等待。她是个真正有品位的人，甚至不用开口说话，我就看得出来。”他打了一个响指，一位领班似乎是凭空冒了出来。“拿些香槟酒来。”他的眼睛没有离开安妮，嘴里吩咐道。

“安妮不喝酒。”艾伦说。

“今晚她得喝点儿，”奇诺开心地说，“今晚不同寻常。”

安妮笑了。奇诺的热情很有感染力。他肤色黝黑，体格结实，看上去健康英俊。他的黑头发里已经有了缕缕灰白，但那充沛的活力和火一样的热情使他看起来简直像个小伙子。

香槟酒倒好了，他朝安妮举起酒杯：“为了我们家这位新的女士。”他一口喝掉半杯，用手背擦了擦嘴，说，“你是天主教徒吗？”

“不，我——”安妮话没说完。

“没事，你嫁给艾伦后可以改变信仰。我跟保禄会[1]的凯利主教定个约会。他可以偷偷下个指令，一下子就给你办完。”

“库珀先生——”要找到自己的声音简直颇费力气。

---

1 保禄会，1858年创立于纽约的天主教传教组织。

艾伦立刻打断了她："我们还没有谈到宗教问题，爸爸。没有理由叫安妮改变信仰。"

奇诺考虑着："好吧，如果她坚决反对……就不改变吧。只要她在教堂里举行婚礼，并答应把孩子们培养成天主教徒——"

"库珀先生，我不想跟艾伦结婚！"好了！终于说出来了，清楚，响亮。

他眯起眼睛："为什么？你那么反对天主教？"

"我什么也不反对。"

"那是什么地方不对劲儿呢？"

"我不爱艾伦。"

起初奇诺的目光很茫然，然后他困惑不解地转向艾伦："她在说什么？"

"她说她不爱我。"艾伦回答。

"怎么，难道是在开玩笑吗？你好像说过你要跟她结婚的。"

"是啊，我们会结婚的。但我先要让她爱上我。"

"你们都疯了还是怎么的？"奇诺问。

艾伦和颜悦色地笑了："告诉你吧，爸爸——在昨天晚上之前，安妮一直以为我是一个辛辛苦苦卖保险的小推销员。她必须重新调整她的思路。"

"有什么可调整的？"奇诺问，"从什么时候起，钱倒成了一个障碍？"

"我们从来没有谈过爱情，爸爸。我想，安妮一直没有允许自己对我动真情。她花了那么多时间担心我丢掉工作。"

奇诺好奇地看着安妮："这几个星期，你真的跟他出去，在他告诉我的那些廉价小饭馆里吃饭？"

安妮淡淡地笑了笑。她开始感到他们太引人注目了。奇诺说起话来高门大嗓，安妮相信屋里一半的人都在津津有味地听他们谈话。

奇诺拍了一下大腿，哈哈大笑："这真是有意思！"他又给自己倒了一些香槟。一位侍者奔过来想帮他，奇诺示意他走开。"我以前都是用牙齿把瓶盖咬开。现在六个侍者都觉得我需要他们来帮我倒酒。"他转向安妮，"我喜欢你！欢迎你进入我们家。"

"可是我不想跟艾伦结婚。"

他漫不经心地挥了挥手："听着——如果你忍受了六个星期的蹩脚伙食，把他当个窝囊废接受了，那你现在准会爱上他的。喝香槟吧。开始培养贵族口味，你完全支付得起。来，罗尼。"一个瘦瘦的年轻人不知从什么地方冒了出来，静静地站在他们桌旁。

"这是罗尼·沃尔夫。"奇诺对安妮说，"坐下，罗尼。"奇诺打了个响指，对着空气喊道："给沃尔夫先生拿他平常喝的饮料。"一位侍者从真空中现身，把一壶咖啡放在陌生人面前。

"好了，你千万别说你从来没听说过罗尼——每个人都读他写的专栏。"奇诺得意地说。

"安妮刚来纽约不久，"艾伦赶紧说道，"她只知道《纽约时报》。"

"那报纸不错。"罗尼爽快地说。他抽出一本破破烂烂的黑皮本子，犀利的黑眼睛看看艾伦，又看看奇诺："好吧，先告诉我她的名字——是谁提出要求的？父亲还是儿子？"

"这次是我们两个人，"奇诺说，"这个小姑娘很快就是我们家的人了。安妮·威莱斯。不要拼错名字，罗尼，她要嫁给艾伦。"

罗尼吹了声口哨，好奇又恭敬地看着安妮："真是爆炸性新闻，好的。在纽约，新出道的模特儿可是很抢手的啊。也许是女演员？先别告诉我——看我能不能猜着。得克萨斯来的？"

"我是马萨诸塞州人，我在一家事务所工作。"安妮冷冷地说。

罗尼眨了眨眼睛："接着你恐怕还会告诉我你会打字呢。"

"我并不认为这能成为你专栏的新闻。而且，我认为你应该知道，艾伦和我——"

"好了，安妮，"奇诺赶紧说道，"罗尼是一位朋友。"

"不，让她接着说。"罗尼用近乎尊敬的目光看着她。

"哇，再喝点儿香槟吧。"奇诺说着，又把她的杯子倒满了。她端起酒杯，小口地喝着，竭力按捺内心的怒火。她想坚持说她不会跟艾伦结婚，但她知道奇诺刚才是故意打断她，还会再次打断她的话的。在媒体面前被人反驳，对他来说肯定是很尴尬的。只等罗尼·沃尔夫一走，她就告诉奇诺不要发布这样的声明。她已经告诉过他们两个——父亲和儿子——她不会跟艾伦结婚的。难道有钱就使人目空一切？就使人听不见别人说话？

"你在为谁工作？"罗尼问。

"亨利·贝拉米，"艾伦说，"但只是暂时的。"

"艾伦！"她生气地转向他，可是罗尼打断了她的话。

"是这样，威莱斯小姐——提问是我的工作。"他坦率而友好地笑了笑，"我喜欢你。碰到一个不是为了当演员、做模特儿才到纽约来的姑娘，真叫人耳目一新。"他仔细打量她，"绝妙的颧骨。只要你愿意，就可以财源滚滚。如果鲍厄斯或朗沃斯看见你，你说不定比你的男朋友还要有钱呢。"他朝奇诺眨眨眼睛。

"如果她想工作，我们可以给她买下一家模特儿代理公司，"奇诺财大气粗地说，"可是她必须安顿下来，生儿育女。"

“库珀先生——”安妮的脸热得发烫。

艾伦插嘴说：“爸爸，我们先说要紧的。”

罗尼大笑起来：“你的朋友来了，奇诺。她知道这个新闻吗？”

大家一抬头，看见一个高个子的绝色美女朝桌子走来。奇诺没有起身，只探过去拍了拍椅子：“这是阿黛尔·马丁。坐下吧，宝贝儿，向安妮·威莱斯问声好，她是我儿子的未婚妻。”

阿黛尔描过的眉毛高高扬起。她仿佛没有看见安妮，她看看艾伦，又看看罗尼，想要得到确认。

罗尼点点头，他看到阿黛尔惊愕的神情，开心得两眼放光。可是那个姑娘很快就恢复了常态。她挤坐在奇诺身边，朝安妮淡淡地一笑：“你是怎么得手的，亲爱的？整整七个月，我千方百计地想把这位傻大个儿拽到教堂去结婚。把那个神奇的咒语告诉我，我们两个同时举行婚礼。”她含情脉脉地抬头看着奇诺。

“你是一个干事业的姑娘，阿黛尔。”罗尼说着，朝奇诺眨了一下眼睛。

阿黛尔凶狠地瞪着他：“听着，罗尼，当歌舞演员是需要一定的天赋的。你可别胡乱贬低。”

罗尼笑着把本子收了起来：“我认为你是全城最优秀的歌舞演员，阿黛尔。”

“你可以把这话再说一遍，”她说，怒气平息了，“为了跟我这宝贝儿待在一起，我回绝了两个片约。”她探身吻了吻奇诺的面颊。

罗尼站起身，甩甩脑袋告辞了。安妮看着他加入了另一桌，另一位侍者敏捷地又给他端来一壶咖啡。罗尼慢慢喝着咖啡，掏出他的小黑本子，热切的双眼不断地扫向门口，打量每一个新进来的人。

艾伦循着安妮的目光望去：“罗尼是个很不错的人，不是到处跑资料的外勤……他的文章都是自己写的。”

阿黛尔讥笑道：“他是个爱管闲事的家伙。”

“你是因为他说我们打算订婚，才生他的气的。”奇诺说。

“哼，那真是胡扯，弄得我像个大傻瓜。”接着她又笑了，“怎么样，宝贝儿？在结婚的问题上，你可不要输给你的儿子哟。”

“我已经结过婚了，”奇诺说，“罗赞娜死后，我的婚姻生活也就结束了。一个男人只能有一个妻子。艳遇？多多益善。但妻子只有一个。”

“这是谁规定的？”阿黛尔问。

奇诺给那姑娘倒了一些香槟。安妮感觉到他们已经多次涉及这个话题。“阿黛尔，别谈这个了。”他的声音冷冷的，“即使我想再婚，也不可能是你。你是离过婚的。”

看到阿黛尔生气了，他又说：“噢，对了，我叫欧文明天给你送两件大衣去。你自己挑吧。”

阿黛尔脸上的表情顿时多云转晴：“都是水貂皮的？”

“还会是什么？难道会是麝鼠皮的？”

“哦，奇诺……”她朝他偎依过去，“有时候你惹我那么生气，但我又不得不原谅你。我太爱你了。”

奇诺低头看看安妮压在座位底下皱巴巴的丝绸衣服：“喂，艾伦，如果我给安妮送去一件作为订婚礼物，你不会有意见吧？”说完，他不等回答就转向安妮：“你喜欢什么颜色？”

“颜色？”安妮一直以为水貂皮都是棕色的。

“亲爱的，他指的是圈养的还是野生的，”阿黛尔解释道，“我认为野生水貂皮配你的头发肯定棒极了。”

“恐怕我不能接受。”安妮轻轻地说。

“为什么？”奇诺立刻问道。

“也许安妮希望她的大衣由我来送——等我们结婚以后。”艾伦赶紧说。

奇诺大笑起来：“你的意思是，你希望你的水貂皮大衣是合法的？”

“一件水貂皮大衣，有什么合法不合法的？”阿黛尔问，“我认为拒绝才是不合法的。”

安妮感到很不安。香槟酒使她全身暖洋洋的。夜总会里挤满了人。侍者手忙脚乱地把小桌子放在地板上，迎接新来的重要顾客，中间的舞池便显得越来越小。人们挤在天鹅绒绳子的一边，房间的这一边已经人满为患——奇怪的是另一边却有几张桌子空着。艾伦解释说那里是“西伯利亚”。如果你坐在房间的那一边，你的尊严就扫地了。只有外地人和不入流的人才坐在那里，他们搞不清这中间的差别。但如果一个“常客”不得不坐到那里去，准会羞愧得无地自容的。

不断地有人拥进来，不断地互相做着介绍。一次，另一位专栏作家过来坐了一会儿，还有人给他们拍了照片。奇诺又要了一些香槟酒。一些看上去完全是阿黛尔翻版的姑娘在桌旁停下脚步，向艾伦表示祝贺，并深表同情地朝阿黛尔眨眨眼睛。有人很亲热地跟艾伦打招呼——拥抱，亲吻，信誓旦旦地表示要永远忠于他，或者大声问“安妮知道她有多幸运吗”，那目光里充满嫉妒和好奇。

安妮静静地坐着，外表平静，内心却越来越紧张。她只能在回家路上跟艾伦说清楚这件事了。然后他可以给罗尼·沃尔夫和另一位专栏作家打电话。她必须要让他明白。

她轻轻拍了拍他的手臂：“艾伦，已经一点了。我应该回家了。”

奇诺显得很吃惊：“回家？这是什么话？晚会刚刚开始。”

“我明天还要上班呢，库珀先生。”

奇诺笑得很灿烂："小姑娘，你用不着再做任何事情，只要善待我的儿子就行了。"

"可是我有一份工作——"

"辞掉它。"奇诺一边说，一边给每人倒上香槟。

"辞掉我的工作？"

"为什么不？"这次提问的是阿黛尔·马丁，"如果奇诺要我嫁给他，我不出一秒钟就会放弃我的事业。"

"什么事业？"奇诺大笑起来，"每天夜里像背景一样傻站两个小时？"他转向安妮，"这位美国小姐必须到这儿来上班。她属于某个演员俱乐部，但是没有合同。"

"我喜欢我的工作，我不愿意不告而别。"安妮回答。

奇诺耸了耸肩："好吧，这一点我同意。你是个有教养的人，应该提前通知一下那个人。明天就告诉他，让他有机会再找一个人。"他示意结账，"我们都早点儿撤退，换换口味吧。"

安妮穿上大衣。当她和艾伦独自乘出租车回家时，她就把这件事说清楚……

然而，没有什么出租车。一辆带司机的黑色长轿车在门口等着。奇诺招呼他们坐进去。"进去，"他说，"我们想把辛苦的小秘书送回家。"

当他们到达她住的褐砂石楼房时，奇诺和阿黛尔坐在车里等着，艾伦把她送到了门口。

"艾伦，"她低声说，"我要跟你谈谈。"

他低下头轻轻地吻她："安妮，我知道今晚有些疯狂，但以后不会再这样了。你必须见见奇诺。现在都结束了。明天我们单独出去。"

"我喜欢奇诺。可是，艾伦，你必须告诉他！"

"告诉他什么？"

"艾伦，我不想跟你结婚！我从来没说过要嫁给你。"

他轻轻地抚摸她的秀发："你有些心慌意乱，我不怪你。今晚的架势足以吓坏任何人。到了明天，一切都会不一样的。"他用双手托起她的脸，"信不信由你，你肯定会嫁给我的。"

"不会的，艾伦。"

"安妮……你爱上了别人？"

"没有，可是——"

"对我来说这就够了。给我一次机会吧。"

"喂！"奇诺从车窗里喊道，"别再说废话了，赶紧跟她吻别吧！"

艾伦埋头轻轻地吻她："我明天晚上七点半来接你。"他转身跑下了台阶。

安妮瑟瑟发抖地站在那里，看着汽车远去。好吧，她已经努力了。如果罗尼·沃尔夫把文章发表了，他只好再把它撤回。她跑上楼，来到她的房间。门上贴着一张白色信封，上面用孩子气的字体写着：

不管你什么时候回来，都叫醒我。十万火急！尼丽。

她看了看表，已经两点了。可是“十万火急”几个字下面画了横线。她慢慢地走下楼，轻轻敲了敲门，心里隐约希望尼丽不要听见。可是她听见床吱吱嘎嘎地响，接着门缝底下透出了银白色的灯光。门开了，尼丽揉着眼睛。

“天哪，现在几点了？”

“很晚了，但你的纸条上写着有急事。”

“是啊，快进来吧。”

“不能等到明天吗？我也累得要命，尼丽。”

“我现在完全清醒了。冻死我了！”尼丽两只光脚交替踩在冰冷的地板上。安妮跟她走进屋子，尼丽重新跳到床上，钻进被窝。她弓起膝盖，调皮地笑了：“嘿，你猜猜看！”

“尼丽——要么你自己告诉我，要么就让我去睡觉。”

“我们拿到演出了！”

“很好。行了，尼丽，如果你不介意的话，我得——”

“什么？很好？然后祝我晚安？这是我一生中最大的事情！我们进了《直冲云霄》剧组，可你根本不当回事！”

“我确实为你激动，”安妮说，竭力让自己的声音变得热情一些，“只是这个夜晚过得太可怕了。”

尼丽立刻显得十分关心：“出什么事了？是艾伦对你非礼了？”

“不是。他要我嫁给他。”

“这有什么可怕的呢？”

“我不想嫁给他。”

“那就告诉他。”

“我说了，可他不听。”

尼丽耸了耸肩：“那就明天再告诉他一遍。”

“可是明天就见报了。”

尼丽奇怪地看着她：“安妮，你又让人莫名其妙了。哪个专栏作家会关心你跟一个卖保险的傻小子的婚事呢？”

“因为那个卖保险的傻小子是一个百万富翁。”

等尼丽终于明白过来时，她欣喜若狂："安妮！"她腾地跳下床，在屋子里跳起舞来，"安妮！你一步登天了！"

"可是，尼丽，我不爱艾伦！"

"有了那么多钱，是不难学会的。"尼丽坚持道。

"但是我不想结婚，也不想放弃我的工作。我第一次按照自己的愿望生活，不想就这样轻易放弃。我只自由了两个月——"

"自由！你管这叫自由？"尼丽尖声尖气地说，"住在走廊里隔出的小房间里，早上七点钟就得起来，冲到事务所去上班，中午在街头小店里吃饭，也许隔三岔五地跟着贝拉米和客户上21夜总会去一趟，穿着那件黑绸子外衣，把你冻得要死！你想永远自由地过这种气派的日子？明天就是十一月一日了。你就等着一月和二月来临吧。天哪，纽约的二月真是太棒了！遍地都是黑乎乎的烂泥。那个时候，你房间里那台臭烘烘的散热器简直就像一根火柴。你放弃的是什么？你告诉我！"

"我的身份，也许还有我的未来，我整个的生活，还没有开始就放弃了。尼丽，我家里的每个人一辈子都平平淡淡。他们结婚，生孩子，就是这样。我希望我能遭遇一些惊心动魄的事情。我希望去感受，去——"

"惊心动魄的事情确实发生了呀！"尼丽大叫着说，"你只不过是一下子交上了好运。难道你因为用不着当牛做马苦干几年，穿六块钱一双的鞋子和降价甩卖的衣服而生气吗？安妮，如果你把这件好事弄吹了，可就不会再有第二次机会啦。你以为等你做秘书做得腻烦的时候，还会有个百万富翁突然出现在你面前，对你说，'好了，安妮，现在该结婚了吧'？哈！"

"我并不是特别想找一个有钱人。那并不重要。"

尼丽讥笑道："你从来没有受过穷。"

"尼丽……让我这么说吧。你现在心情激动，因为你们进了《直冲云霄》剧组。如果排练了几个星期之后，某个像艾伦这样的人走进你的生活，希望你嫁给他，不等开演就退出剧组，你会怎么样呢？"

"我？确实，事情来得太快，让人眼花缭乱。好吧，就算我真的很有才华，就算我哪一天有机会证明这一点，我辛辛苦苦干上许多年，到头来会得到什么呢？钱，地位，别人的尊敬。就是这些，再也没有别的。而且我必须卖命工作许多年才能得到这些。艾伦把所有的东西用银盘子托着送到你面前了。"

安妮不敢相信自己的耳朵。尼丽的脸擦洗干净后，看上去比她的实际年龄十七岁还要年轻，她却能这样世故，这样一针见血。她转身朝门口走去。她太累了，没有精力跟尼丽辩论："晚安，尼丽。我们明天再谈。"

"什么也不用谈。你就嫁给他！如果《直冲云霄》演砸了，我要来跟你一起过。"

一九四五年十一月

闹钟的声音终于停了，安妮醒来时觉得像往常一样神清气爽。可是她一伸懒腰，脑子完全清醒后，突然就感到一阵惶恐。有什么事儿不对劲儿……

艾伦！昨天夜里！罗尼·沃尔夫！接着她的恐慌变成了愤怒。她已经尽力了。拒绝的方式到底有多少种呢？

她很快地穿好衣服。一到事务所就给艾伦打电话。她要立刻彻底解决这件事。

她赶到那里时，事务所外面的大厅里站着好几个男人，他们让开一条路，让她过去。突然一个人喊道："嘿，就是她！"照相机噼噼啪啪地闪，问题连珠炮似的提出来。在一片混乱中，她听见了艾伦的名字。她从他们中间挤过去，但他们跟她进了办公室，嘴里还喊着她的名字。真像她小时候做的一场噩梦，她被人追赶，却没有一个人试图帮助她。她看见了接待员——面带微笑！还有秘书和斯坦伯格小姐——也是面带微笑！最后，她浑身发抖地站在她的办公桌后面，周围都是人，她内心却觉得万分孤独。"你是什么时候认识艾伦·库珀的，威莱斯小姐？"照相机的闪光灯刺得她睁不开眼睛。"嘿，安妮，往这边看，好吗……真是个好姑娘……笑一笑，安妮……"闪光……闪光……"是在教堂举行婚礼吗，威莱斯小姐？""嘿，安妮！做灰姑娘的感觉怎么样？"

她真想放声尖叫。她绕过他们，逃进了亨利·贝拉米的办公室。她跌跌撞撞地一头冲进去，莱昂·柏克一把抓住了她。她刚想说话，门就被撞开了。他们居然跟了进来！而亨利脸上也带着笑……跟他们打招呼。莱昂也微微笑着。

亨利像慈父一样搂住她："好了，安妮，你得学会适应。并不是每天都有一个姑娘跟百万富翁订婚。"他感觉到她在发抖，把她抓得更紧了，"好了，放松一点儿，说几句话吧。毕竟，这些小伙子也得挣口饭吃啊。"

她面对那些记者："你们想要什么？"

"他们想对此事做后续报道。"亨利走到他的办公桌前，拿起一份早报。安妮呆呆地看着头版的大幅照片。那是她，脸上笑着……还有艾伦……还有斑马纹的墙壁。黑色醒目的大标题：

百老汇最新的灰姑娘——艾伦·库珀将与小秘书结婚。

亨利又搂住她："好吧，伙计们。再给我们照一张。标题可以是'亨利·贝拉米向他的新贵秘书表示祝贺'。"闪光灯又闪个没完。有人叫她笑一笑……有人要求再拍一张……有人爬到一张椅子上，从上面给她照……几个声音同时叫她往那边看，而他们的声音似乎是从很远的地方传来的。她的耳边仿佛响着汹涌的海浪声，而透过所有这一切，她看见莱昂在一旁注视着，脸上带着淡淡的笑容。

然后亨利跟那些人握手，扮演一个热情的东道主的角色，把他们引出了事务所。关门时，安妮听见他说："是啊，他们就在这个办公室认识的……"

她呆呆地望着关上的房门。这突然的寂静似乎比刚才的混乱更不真实。莱昂走过来，递给她一根点燃的香烟。她深深地吸了一口，呛得咳嗽起来。

"慢点儿。"莱昂和颜悦色地说。

安妮瘫倒在一把椅子里，抬头望着他："我该怎么办？"

"你做得很好，慢慢就习惯了。到时候你甚至会喜欢这些呢。"

"我不想跟艾伦·库珀结婚。"

"别让这事儿把你吓倒。每个人看到自己上了头版都会紧张的。"

亨利匆匆回到办公室。"好了！"他带着由衷的骄傲看着安妮，"你昨天为什么让我那样大出洋相？如果早知道那个家伙是认真的，我绝不会说那些话的。"

"安妮是个难得的天才，"莱昂说，"她自己不说话，只让别人说。"

安妮感到喉咙发紧（淑女不能当着别人的面哭）。这太荒唐了。莱昂脸上带着那种冷漠的微笑……亨利表现得像个骄傲的父亲。

"我现在就给职业介绍所打电话。"亨利说，"你的日程表肯定都排满了，安妮。别为事务所的事情操心了，我们会处理好的。我另外找一个人。"

安妮觉得头重脚轻。有一种异样的虚脱感从她的腹部泛起，似乎要把她的脑袋从身体上分离出去。每个人都在拉扯她。亨利居然已经在号码簿上查找职业介绍所的电话了！

"你希望我辞掉工作？"她的声音发紧。

亨利揽着她的肩膀，热情地笑道："亲爱的，你大概还不明白这一切。等你开始准备婚礼名单，发邀请函，装饰新房，接受采访……到时候你自己还需要一个秘书呢。"

"亨利，我要跟你谈谈。"

"我先出去。"莱昂说，"确实应该单独跟亨利告个别。"他冲安妮点点头，又眨眨眼睛，"祝你好运。你应该得到最好的。"

安妮看着房门关上，转向亨利："我真不敢相信，你们似乎谁都不在乎。"

亨利显得很疑惑："在乎？我们当然在乎。我们都为你感到高兴呢。"

"可是——就是那样，你们希望我离开这里，再也不要见到我……而且根本不把这当回事儿。你只是另找一个姑娘代替我，生活还照样继续。"

"我在乎的。"亨利轻声说，"我太在乎了。你以为有谁比得上你吗？你以为我愿意另找一个人来吗？可是如果我表现得太在乎，我还算是朋友吗？而且，你算是什么朋友呢？你指望离开这里，从此再也不见我？不行！我可不能让你那样轻易逃脱。我还指望被邀请去参加婚礼……当你第一个孩子的教父。见鬼，我要当你所有孩子的教父。我甚至要学会去喜欢艾伦。说实在的，我对他其实并没有意见。他只是太他妈的有钱了，我担心你会吃亏。但现在不同了，现在我喜欢他的钱！”

安妮觉得嗓子眼儿又堵住了：“莱昂也不在乎。”

“莱昂！”亨利显得很不理解，“莱昂为什么要在乎？他的邮件由斯坦伯格小姐负责处理，而且——”他突然停住了，脸上的表情起了变化，“哦，糟糕……”他几乎是在呻吟了，“不会吧，安妮。一顿蹩脚的午餐，你的魂儿就被勾走了？”

安妮移开目光：“不是那样……但我们谈得很投机……我本来以为我们是朋友……”

他一屁股坐在皮沙发上：“过来。”安妮也坐下来，亨利抓住她的两只手，“是这样，安妮，如果我有一个儿子，我会希望他像莱昂一样。但如果我有一个女儿，我会叫她远远地避开莱昂！”

“那不能说明什么……”

“亲爱的……有些男人虽然不是故意的，却给女人带来灾难。艾伦就曾经是这样的人，但是你已经使他停止作恶了。”

“什么样的灾难呢？”安妮问。

他耸了耸肩：“他们得手太容易了。对艾伦来说，是因为他的钱，对莱昂来说，是因为他长得太他妈的漂亮了。其实我也能理解。那些家伙既然得到女人不费吹灰之力，又为什么要拴在一个女人身上呢？可是，安妮，你得到了艾伦，全城的人都以为这种事情是不可能发生的。你不仅不去放焰火庆祝，反而坐在这里闷闷不乐。”

“亨利，我不爱艾伦。我跟他约会六个星期，一直是漫不经心的。我甚至不知道他是什么人。我的意思是，我以为他只是一个卖保险的。接着，突然，两天前的那个夜里，这一切就开始了。”

亨利眯起了眼睛：“你觉得他还很陌生，对吗？”

“是的。”

“可是跟莱昂只吃了一顿午饭，你们就突然变成了灵魂之交？”

“不是那样的。我现在是在谈艾伦。我不爱他。莱昂跟这件事一点儿关系也没有。”

“你没说实话。”

“亨利，我发誓。我对艾伦一点儿感觉也没有。”

“那你怎么跟他约会了这么多星期？他本来好好的，莱昂一来就不对了。”

“不是那样的。我跟他约会是因为我不认识别的人。我很同情他。他看上去没有什么想法。我们之间从来没有说过甜言蜜语。是啊，晚上分手的时候他甚至从来没有吻过我。接着，两天前的那个夜里……”她停下来，竭力使自己保持镇静，接着再说时，她的声音很轻，“亨利，我告诉艾伦我不爱他，而且我也告诉了他的父亲。”

“你把这话告诉了他们？”他似乎不敢相信。

“是啊，告诉了他们俩。”

“他们怎么说？”

“那才真是叫人不敢相信呢。我从没接触过他们那样的人。他们似乎把自己不愿意听到的话都当成耳旁风。艾伦不停地说他爱我，还说我慢慢就会爱上他的。”

“那是可能的，”亨利轻声说，“有时候这才是最理想的爱情：被人爱着。”

“不！我想要的不仅仅是这个。”

“当然——比如你还想留在这里！”亨利一针见血地说，“需要我替你分析分析吗？你拒绝了艾伦。当然要拒绝，为什么不呢？向你求婚的百万富翁遍地都是。过一阵儿，这件事便风平浪静，艾伦又会去跟别人约会。然后你以为莱昂会跟你谈恋爱。这就是你想要的，是不是？哦，一开始那确实很美妙。大概也就一个月的光景吧。然后有一天，我走进事务所，看见你的两个眼睛红红的。你假装说头疼，但是眼睛继续红着，于是我去找莱昂谈话。他会耸耸肩说：‘亨利，没错，我是跟这姑娘约会过。我挺喜欢她的，但我并不属于她。你跟她谈谈，好吗？让她别再缠着我了。’”

“听你这话，好像你有过这样的经历。”安妮尖刻地说，“你总是说这番话给你的女秘书听吗？”

“不——不是说给我的女秘书听。再说，我们从来没有过你这样的女秘书。啊，是的，我以前确实说过这番话，说过十几次，说给那些比你更懂世故的姑娘听。不幸的是，我不得不在伤害已经造成、她们已经爱得死去活来之后才说这番话。但至少她们并没有随随便便地放弃百万富翁。”

“你把他说成了一个卑鄙的家伙。”她说。

“什么卑鄙的家伙？他是个男人，单身，自由自在。不管哪个姑娘对他有吸引力，都是合适的——目前就是这样。而这种机会多得要命，城里合适的姑娘也多得要命。”

“我不能相信每个男人都是这种感觉。”

“莱昂·柏克不是‘每个男人’，就像纽约不是‘每个城市’一样。当然，也许有一天莱昂玩够了，会找个姑娘安顿下来。但那要到很久很久以后——即使到了那时，他也绝不会真的跟那个姑娘踏踏实实地过日子。”

电话铃响了。安妮本能地起身去接。亨利挥手叫她让开：“坐下，女继承人。记住，你已经不在这里工作了。”他走到办公桌前：“你好……没问题，叫她来听电话。

你好，詹妮弗。是啊，都弄妥了……什么？是啊，你觉得怎么样？不瞒你说，她就坐在这儿呢。她当然激动得要命。你要是能看见她就好了——她开心得直跳舞，把我的地毯都快踏破了。”他转向安妮：“詹妮弗·诺斯向你表达她的祝贺。”他又对电话说：“是啊，她真是个幸运儿。听着，宝贝儿，合同今天就可以准备好。我这里一弄妥，就把它们寄给你去签字……很好，亲爱的……五点钟左右再给你打电话核实一下。”他挂上了电话：“真是一个机灵的姑娘，詹妮弗·诺斯。”

“她是谁？”

亨利叹了口气：“哦，天哪，难道你从来不看报纸吗？她刚刚摆脱了一位王子，几乎每天都出现在报纸头版上。她不知从什么地方杀进这座城市，像一股龙卷风——实际上她来自加利福尼亚，岁数和你差不多大——然后，砰！来了这位王子，货真价实，腰缠万贯。王子向她求婚，什么手段都用上了——貂皮大衣，钻石戒指。美联社，合众社——所有的媒体都报道了这件事。泽西市的一位市长为他们主持了婚礼。城里每一位达官贵人都去参加婚宴了。四天后，报纸头版说她要求取消婚约。”

“可你并不是离婚律师。”

“不是。她有一位很好的律师处理这件事，那位律师推荐我做她的商业经纪人。她确实需要这么一个人。虽说她是个机灵的姑娘，却做了一件非常愚蠢的事情。她似乎签了一份类似婚前协议之类的小玩意儿。如果她想退出，就一分钱也拿不到。而她确实想退出，不肯说为什么——只想摆脱那个人，所以有点儿麻烦。”

“她很有才华吗？”

亨利笑了：“她不需要才华。她只要愿意，随时都能去拍电影。你从没见过有谁接吻像她那么娴熟。还有她的身段……我差不多要说詹妮弗·诺斯是世界上最漂亮的姑娘。”他顿了顿，“实际上那不符合实情。你比她漂亮，安妮。男人越看你，越觉得你漂亮。可是，詹妮弗，她的美直接撞击你的眼球。看她一眼，就感受到一千伏的电压。她发挥了她的作用。只要我们取消那个婚约，她就进《直冲云霄》剧组。我不用费事就能安排她去拍一部大片。”

“她会唱歌？”安妮问。

“我告诉过你——她什么也不会。”

“但如果她进了《直冲云霄》……”

“我安排她扮演一个小角色——比如说一个漂亮的歌舞演员——宣传海报上有她的特写。海伦同意了。这是我教海伦的一点：让演出充满才华，但要让你周围有漂亮的布景。可是我为什么要谈论海伦或詹妮弗呢？我关心的是你。她们的事情以后再去处理好了。”

“亨利，我想保住在你这里的工作……”

“翻译过来就是‘亨利，我想跟莱昂·柏克约会’。”他干脆地点破她。

“如果你为这个担心，我根本就不会看他一眼。”

亨利摇了摇头：“你是想让自己伤透心，我不会帮你这么做的。现在赶紧离开这里吧——你被解雇了！去嫁给艾伦·库珀，去过幸福的日子吧。”

安妮站了起来：“好吧，我这就走。但我不会嫁给艾伦·库珀的。我另外找一份工作。”她朝门口走去。

“去吧。如果你把自己的生活搞得一团糟，至少我用不着在旁边看着。”

“你不是一个真正的朋友，亨利。”

“我是你有过的最好的朋友。”

“那就让我留下来吧。”安妮恳求道，“亨利，你不明白。我不想嫁给艾伦。但如果我离开这里，再找一份工作，那也许会是一份我不喜欢的工作。如果我换了工作，艾伦就会给我施加压力，所有的媒体都会追着报道……艾伦的父亲就会连连向我发问。你不知道奇诺和艾伦激动起来是个什么架势，就好像你被绑架了，完全没有自己的意志。亨利，求求你了——帮帮我吧。我不想嫁给艾伦·库珀！”

“安妮，他有几百万甚至几千万的财富。”

“我逃出来，摆脱了劳伦斯维尔的威利·亨德森，亨利。也许他的财富没有艾伦那么多，但他也很有钱。我从小就认识威利，认识他们全家。这一切对我来说毫无意义，难道你不明白吗？我不在乎钱。”

亨利沉默了一会儿。“好吧，”最后他说，“你可以留下……但有一个条件。你要维持跟艾伦的婚约。”

“亨利！你疯了吗？我刚才说的话你没有听见吗？我不想跟艾伦结婚。”

“我没有说结婚。我说的是订婚！那样你才是安全的。”

“安全？”

“是啊，至少我不会担心你跟莱昂搅在一起。莱昂有一点好——他从不勾引别的男人的女人。”

她淡淡地笑了笑：“至少你还承认他有点儿美德。”

“什么美德？他是不想惹那种麻烦。遍地都有无牵无挂的姑娘追着找他。”

“那我怎么办呢？如果我维持婚约，我拿艾伦怎么办呢？”

“拖住他。你能办到的。既然你的聪明让你得到了他，那么你的聪明也能让你拖住他。”

“但那样做是不光彩的。我不想嫁给艾伦，而作为一个普通人，我还是挺喜欢他的。这样做不公平。”

“从长远来看，这样做更公平。首先，你对我是公平的。开演的事已经弄得我焦头烂额，你就别让我替你操心啦。而且对艾伦也是公平的……没错，是这样。他至少需要一个机会体面地谈情说爱。但最重要的是对你自己公平，因为现在你的眼睛被莱昂·柏克挡住，看不到很远的地方。”他举起一只手，不让她表示反对，“不管你怎么想，你现在迷上他了。但是你先别着急，去读一读百老汇报纸上的文章，看看他换女朋友的速度多快。那顿美妙午餐的光环很快就会褪色的。这样你就挽救了自己的贞操，也免得自己日后伤心难过了。”看到安妮红了脸，他笑了，“瞧，安妮，你真是一个稀有品种——我们一定要好好保护你。”

安妮考虑了一会儿，摇了摇头：“我不能这么做，亨利。这是生活在谎言里。”

“安妮……”他的声音很温和，“到时候你就会明白，并不是每件事情都是黑白分明的。你可以对艾伦实话实说，告诉他你刚来纽约不久，还想再自由自在地生活一段时间，不急于进入婚姻生活。你什么时候满二十一岁？”

“五月。”

“很好，就叫他等到那个时候。”

“然后呢？”

“到了五月，又会有一颗原子弹掉下来。艾伦可能会遇到另外一个姑娘。莱昂·柏克可能会变成一个同性恋者。谁知道呢，什么事都可能发生。你说不定还会爱上艾伦呢。不过，你五月份也可以改变主意。记住，只要没有举行婚礼，你就没有被拴牢。即使到了那时候，只要没有最后宣誓，你还是可以逃婚的。”

“听你说得那么容易。”

“攀登珠穆朗玛峰绝不是一件容易的事。你只能一次跨出一步，不能回头，两只眼睛始终望着山顶。”

安妮回家时，看见那座褐砂石楼房前面站着许多记者和摄影师。她低下头，三步并作两步冲上台阶，从他们中间挤过去，进入楼里，总算安全了。尼丽正站在大厅里等她。

“安妮，哦，天哪——今天早上我姐姐给我打电话，我差点儿都要昏过去了。给，”她骄傲地递过来一个扁平的包裹，“这是我给你的订婚礼物。”

是一本大大的剪贴簿，里面贴满了关于安妮的报道和照片。“我为它忙了一天，”尼丽得意地说，“贴了满满六页，这才刚刚开始。等到结婚的那一天吧……天哪，你会变得大名鼎鼎呢！”

那天晚上，艾伦坐着豪华高级小轿车来了。“我们俩单独吃晚饭，”他说，“不过，奇诺要过来陪我们一起喝咖啡。我知道我向你保证过我们独自待着，但他坚持要带我们到拉洪德去看托尼·波拉的首演式。”

“托尼·波拉？”

他笑了："安妮，你难道要告诉我你不是他的歌迷？"

"我从来没听说过他。"

艾伦大笑起来："他是继西纳特拉之后歌坛上最引起轰动的人物。"他探身对司机说："里安，穿过公园往前开，我叫你停的时候你再停。"然后他摇上车窗："你大概饿坏了，但我有特别的理由开车走一段路。"

他拿起安妮的手。安妮把手抽了回来："艾伦，我一定要跟你谈谈。"

"先不要——你闭上眼睛。"他啪地打开一只天鹅绒小盒子，"现在你可以看了。我希望它合适。"

即使在昏暗的车里，只有明灭不定的路灯的光投在它上面，那钻石仍然璀璨耀眼。

安妮退缩着："我不能接受！"

"你不喜欢吗？"

"喜欢！我从来没见过这么神奇的东西！"

"十克拉，"他随意地说，"但切割成方形，一点儿也不惹人注目。"

"确实是的。"她不自然地笑了起来，"每个女秘书都有一枚。"

"这倒提醒了我——你向亨利·贝拉米递交辞职报告了吗？"

"没有，我没打算这么做。艾伦，你一定要听我说。我们没有订婚——"

他把戒指套进她的手指："正合适。"

安妮专注地望着他："艾伦……你难道不明白我要对你说什么吗？"

"明白。你想说你不爱我。"

"那你为什么还要这么做？"

"因为精诚所至，金石为开。我从来没有真正想要得到什么——直到我遇见了你。我打定主意要得到你，安妮。给我一个机会吧。我只要求这么多。过去几个星期里，你一直把我看成一个腼腆的愣头儿青。跟真实的我交往一个月，你也许会爱我，也许会恨我，我愿意碰碰运气。"

他摇下车窗："好了，里安，现在送我们去白鹳夜总会吧。"

她没有说话。难道他真的认为事情会发生变化？其实不管有钱没钱，他的气质魅力是不会改变的。不管是在廉价的法国餐馆，还是在豪华的摩洛哥夜总会，艾伦就是艾伦。

她觉得自己被紧紧包围了。亨利坐在桌子后面，头头是道地分析，得出最后的结论，那当然很简单。他用不着跟人打交道，不可能看见艾伦眼睛里的神情。

整个路程中，安妮的情绪一直很低落，找不出什么话。他们被一大堆领班迎进白鹳夜总会的小包间（"只有这个房间了"），得到了一个礼包（"是香水——谢尔曼送给他最喜欢的所有主顾的”）和一瓶香槟酒（“我们最好把它喝掉，不然会伤害谢尔曼的感情的”）。

十点钟的时候，奇诺来了，高门大嗓地朝各个桌上的朋友打招呼，使艾伦微微皱起了眉头。最后，奇诺终于来到他们桌旁，迫不及待地朝香槟酒发起进攻。

“爸爸，你不应该这样每张桌子周旋，”艾伦轻声说，“你知道他们不喜欢这样。”

“谁管它呢？”奇诺大声说，“听着，孩子，这里是你的地盘，你可以为所欲为。我上这儿来可不是为了看别人的眼色。只要有人愿意挣我的钱，我就想怎么舒服就怎么舒服……不去管那些荒唐的规矩。你怎么做，别人管不着。”

后来，他们离开白鹳夜总会，去了拉洪德，艾伦似乎才松了口气。

所有的领班异口同声地热烈欢迎奇诺，看来拉洪德也是他常来的地方。奇诺跟几个领班拥抱了一下，管他们叫“伙计”，他们把他领到一个精心挑选的前台桌子旁。现在是十一点，夜总会里已经挤满了人。奇诺要了香槟酒和一瓶苏格兰威士忌。“阿黛尔喜欢苏格兰威士忌，”他说，“她演出结束后就来。她说香槟太容易使人发胖了。”

安妮注视着人们挤向桌子，为得到更好的位置而争执，偷偷地往领班手里塞钱。夜总会雇来给报社供稿的摄影师跑过来，给安妮和艾伦拍了照片，又回到门口等着迎接别的大人物。

十一点半的时候，阿黛尔来了，脸上带着厚厚的舞台妆。

“你脸上带着那些垃圾做什么？”奇诺问道，“你知道我最讨厌这个。”

“哎呀，亲爱的，我已经用粉擦过了，而且摘掉了我的假睫毛。我不想错过一点点，如果把这个洗掉，重新化妆，花费的时间就太长了。”她一边说话，一边环顾四周，“天哪，这是这个季节最隆重的一个首演式。每个人都来了。”她兴致勃勃地朝一个专栏作家挥了挥手。

“两三年前是西纳特拉，”艾伦说，“现在女人们被托尼·波拉弄得神魂颠倒。我真不明白。”

“别瞎说了，”奇诺咧嘴笑着说，“他们都是我们的伙计。”

“嘿，看……”阿黛尔指指点点，“海伦·劳森在门口。看她的貂皮大衣，颜色都发红了。我敢说准有十个年头了。她有那么多钱呢。我听说她小气得要命——哟，那肯定是詹妮弗·诺斯！”

“老天！”奇诺猛地拍了一下桌子，“那才是我说的好身段呢！喂，阿黛尔——你往她身边一站，简直就像个小伙子。”

安妮的注意力也被詹妮弗·诺斯吸引了过去。她已经被摄影记者团团围住了。那个姑娘的美是无懈可击的。她高高的个子，一副魔鬼身材。一袭白裙，上面有无数个水晶珠子闪闪烁烁，胸口开得很低，足以证明她出色的乳沟绝对是货真价实的。她的长发金黄闪亮，几乎泛着白色。但最吸引安妮注意的是她的脸，美得那样自然，与头发和身段的那种戏剧性的美形成了惊人的反差。那是一张完美的脸，拥有线条柔和的方下巴、高高的颧骨、智慧的额头。一双眼睛热情、友好，挺直的小短鼻子像属于一个漂亮的小孩子，还有那洁白平整的牙齿，和小姑娘般的酒窝儿。这是一张天真无邪的脸，带着发自内心的激动和毫无保留的热情注视着周围的一切，似乎丝毫没有意识到她的身段所造成的轰动。这张脸上带着微笑，对每个要求她注意的人表示真诚的兴趣。她的身段和全身的服饰，在瞠目结舌的人群和不断闪烁的照相机面前不停地摆着姿势，灵活地起伏波动，但那张脸似乎没有注意到周围的喧闹，洋溢着结识几个新朋友的热情。

领班们费了九牛二虎之力，总算径直把她领到房间那头的台边区。那群人坐定之后，安妮才看见亨利·贝拉米。

“嘿，你的老板真会挑选约会对象，”艾伦说，“海伦·劳森和詹妮弗·诺斯，简直像个连续赌。”

“不，还有一个男人呢。”阿黛尔说，“看，他刚坐下来。那肯定是詹妮弗的男伴。哇，他可真够帅的！”

“那是莱昂·柏克。”安妮轻声说。

“噢，原来他就是柏克。”艾伦说。

安妮点点头，一边注视着莱昂帮詹妮弗把毛皮大衣在椅背上搭好。詹妮弗朝他粲然一笑，感谢他的殷勤。

艾伦吹了声口哨：“不知道今天夜里那个金发维纳斯会不会在我那张旧床上跳舞。”

“她是贝拉米先生的客户，”安妮冷冷地说，“我认为莱昂·柏克只是陪同。”

“当然。而且为了这个讨厌的差事，他还要求亨利付他加班费呢。”

“嘿，亨利靠海伦·劳森发了一大笔财，”奇诺说，“那个老妖婆的回报比电话电报公司的还要丰厚呢。她身上有不少好处可捞，但我还是要掏五十块钱给经纪人，买两个座位去看她的表演。她的嗓子真是美妙极了。”

艾伦指着不断拥进来的达官贵人，一一详细介绍他们的身份和生平。安妮假装很感兴趣，但她的注意力总是回到亨利那一桌上。詹妮弗那样的姑娘能说出什么有趣的话来？莱昂在对她说些什么？他显然不是对她说那个被轰炸过的谷仓和那个下士。安妮看见他把脑袋往后一仰，开怀大笑。他在贝拉米事务所可从来没这么笑过。是啊，她就是事务所那个可怕的姑娘，居然逼他写作，弄得他心事重重，回忆起了那些不堪回首的往事。她看见他点燃一根香烟递给詹妮弗，便把目光移开了。

灯光突然暗了下来。侍者奔来奔去，记下客人最后的吩咐。渐渐地，所有的活动都停止了，观众满怀期待地沉默下来，房间里变得漆黑一片，乐队开始演奏一首支持托尼·波拉的歌。聚光灯集中在舞台上，托尼登台亮相，赢得了狂风暴雨般的热烈掌声。他鞠了一躬，优雅而谦虚地接受了观众的喝彩。他高高的个子，长得很俊秀，透着一股小男孩般的帅气，这使他显得柔弱而更有吸引力，姑娘会信赖他，妇人会想要保护他。

他尽管显得有些害羞，却唱得很好，并且自如而自信地调动观众。唱完第一批歌曲后，他松了松领带，表示他唱得确实很卖力，然后他拿起一个移动麦克风，在房间里走来走去，认准各种各样的大人物，对着他们唱歌，还跟报社记者插科打诨，而且挑了几个已婚妇女，为她们献上一首情歌。当她们不顾身边丈夫的尴尬表情，公开向他表示好感时，他脸上露出了羞涩的微笑。

然后他经过詹妮弗身边，他们的目光相遇了。他漏了一句歌词，赶紧又接上了。接着，似乎不相信刚才所见，他慢慢地又退回来，目光盯在詹妮弗身上，把那首歌唱完了。观众全都变成了爱管别人私事的人，饶有兴味地注视着。托尼唱完那首歌，鞠了一躬，回到房间中央，继续表演完其他的节目，没有再看詹妮弗一眼。

观众不肯放他下去。他一遍又一遍地鞠躬。灯光亮了，但喝彩声没有停息，还伴随着跺脚声，和“再来一个！再来一个！”的叫喊声。乐队拿不定主意，演奏了他的主打歌的几个小节，似乎在等待一个明确的指令。喝彩声越来越急切了，他站在那里，脸上带着男孩子般的感激的微笑。他指指喉咙，表示自己很累了。喝彩声更响了。然后，他好脾气地耸了耸肩，匆匆地跟他的钢琴伴奏商量了一下，又回到舞台中央。

当音乐声响起时，他转过身，直接对着詹妮弗歌唱。这是一首当下流行的情歌，像许多流行歌曲一样，歌词表达了十分私密的情感。它似乎是专门写出来让托尼·波拉向詹妮弗和房间里的八百个人坦白他突然找到爱情的。

唱完歌，他朝观众深鞠一躬，转回身，盯着詹妮弗看了足以令人尴尬的很长时间，然后退了出去。喝彩声经久不息，但灯光亮了，乐队开始演奏一首激越的舞曲。

艾伦请安妮跳舞。她起身时，注意到莱昂领着詹妮弗进了舞池。莱昂看见了她，挥了挥手。

“安妮！这一定是艾伦，我的房东。”他的笑容随和而亲切。他们一边随着音乐摇摆，一边互相做了介绍。有好几次，安妮被一些挤过来围观詹妮弗的舞伴撞得东倒西歪。

詹妮弗亲切地朝安妮笑着：“真是要了我的命！每次我一动，这条裙子上起码甩出一百粒珠子来。”

安妮想找一句话作答，却只是僵硬地笑了笑。他们分开了，艾伦搂着她跳到了小舞池的另一边。

人群很快变得稀少了，只有几个跌跌撞撞的人坐下来喝够他们最低限度要喝的酒。安妮注意到詹妮弗那桌是第一批离开的。她猜想他们去了哪里。也许是某个有大舞池的地方。她的脑袋隐隐作痛，她迫不及待地想要离开，但奇诺似乎并不打算就这样结束这个夜晚。

“我们到摩洛哥去喝一杯临睡前的安神酒。”侍者把账单拿来时，他说。

安妮私下里感激阿黛尔，是她说时间太晚了——第二天她还有日场演出呢。

几天后，安妮又上了报纸。罗尼·沃尔夫发了一条关于那枚戒指的消息。安妮上班时，发现斯坦伯格小姐和姑娘们都兴奋不已地等着她。

“让我们看看！”接待员要求道，“你什么时候得到的？”

“真的有十个多克拉吗？”斯坦伯格小姐问。

安妮不情愿地伸出了手，她们看到戒指，一起发出了惊叫。安妮一直把戒指反戴在手上，逃过了她们的目光。它太值钱了，放在她的房间里不安全，而她一再向自己保证，一有机会就把它还给艾伦——没想到现在它上了报纸。

她正在分拣邮件，莱昂·柏克进来了。他在她的桌旁停下，拿起她的手，吹了声口哨，又把她的手放下了。“很重，是不是？”接着他又说，“他似乎是个出手很大方的男人呢，安妮。”

“他很不错，”安妮勉强说道，“詹妮弗·诺斯看上去也很不错。”

他脸上掠过一丝古怪的表情。“詹妮弗·诺斯是我认识的最好的姑娘之一，”他轻声说，“确实不错。”说完，他便进了自己的办公室。

安妮沮丧地往椅背上一靠。难道她的口气透着虚伪？詹妮弗是很不错。她说的是真心话。也许是因为她心慌意乱，才弄得这样不对劲儿。

她没有跟姑娘们一起去吃午饭，而是在第五大道上逛了一小时。她茫然地瞪着一家礼品店的橱窗，想起了尼丽。她前一天给尼丽买了一只兔后足[1]——《直冲云霄》今天上午开始排演。她真羡慕尼丽，这样活力充沛，这样简单明朗。像尼丽这样一个姑娘，是不会遭遇任何不幸的。

她回到办公室时桌上竖着一张报纸。大概是哪个姑娘放在那里的。大概又是一篇关于那枚戒指的消息。她正要把它扔进废纸篓，突然看见报纸一角钉着事务所的便笺，上面印着“莱昂·柏克的备忘录”，并由他亲笔所写：“也许安妮·威莱斯会感兴趣。见第二版的报道。”

1 西方迷信，视兔后足能避邪。

是一张漂亮的照片，詹妮弗和托尼·波拉！黑色醒目的说明文字是："百老汇的最新罗曼史。"报道用的是调侃挖苦的笔调。"像一道闪电击中了我。"文中引用托尼的话说。詹妮弗的话则不太具有爆炸性，但她也红着脸承认，他们两人是互相吸引。他们是演出结束后由双方共同的朋友莱昂·柏克介绍认识的。

"莱昂把她带进来交给了我，"托尼继续说道，"他对我说：'托尼，我对你说过首演式上我有一份礼物给你。'"

安妮合上报纸，身子往后一靠，突然一阵无法形容的喜悦使她全身无力。"莱昂把她交给了我……"这句话在她脑海里反复出现。

"安妮……"

她从沉思中惊醒。尼丽站在她的办公桌前。

"安妮，我知道我不该上这儿来。但是我不能回家。我一定得来见你。"尼丽的脸上泪痕斑斑。

"你怎么没去排演？"安妮问。

尼丽突然控制不住，哭了起来。

安妮担忧地看了一眼亨利办公室紧闭的房门。"尼丽，坐下吧。"她把尼丽推进她的椅子里，"坐下……控制一下情绪。我去拿我的外衣，我们这就回家。"

"我不想回家，"尼丽固执地说，"我不能面对那个房间。今天早晨离开时我是那么高兴。我用口红在镜子上写上'笨娃娃杀进百老汇'。我现在没法儿再面对它。"

"可是，尼丽，你不能坐在这里——精神崩溃呀。"

"谁说我不能？我又没上过拉德克利夫。如果我觉得自己要精神崩溃了，我爱在哪儿崩溃就在哪儿崩溃。现在我碰巧在这里。"眼泪哗哗地顺着她的面颊滚落，洒在她的衣服上，"呜呜呜！"她哭得更响了，"看……我的新衣服，都被我的眼泪弄脏了。全糟蹋了，是不是？"

"把外衣的扣子扣上，能洗干净的。"她注视着尼丽听话地扣上了外衣。私下里，她并不为那件衣服感到可惜。它太难看了。（"尼丽，职场里的人一般不穿紫色塔夫绸的衣服的。"尼丽把那件衣服拿回家时，她曾这样说。"你不穿，"尼丽跟她争辩，"但是我想在排演时出出风头。"）

安妮坐了下来："好吧，尼丽，如果你坚持要留在这里，那就小声地把事情告诉我。你为什么没参加排演呢？"

"安妮，我不在剧组里了。"

"你的意思是他们不用'笨娃娃'了？"

"哦，安妮，太可怕了！他们用——又不用……"

"好吧，从头上说起。怎么回事？"

“我今天早晨赶到那里，还提早了五分钟呢。我打扮得漂漂亮亮的，把你送的兔后足放在我的包里。后来，一个留板寸头、瘦骨伶仃的娘娘腔进来了，手里拿着一个剧本。接着狄基和查理也来了——”

“尼丽，拣主要的说！”

“没什么主要的。我在告诉你事情的经过。后来女歌舞演员就进来了。我开始感到自己差劲极了，尽管我穿着新衣服。你真该看看她们那些女演员的打扮。有六个穿着真正的貂皮大衣，其他的也穿着河狸皮或银狐皮的，没有一件布料做的衣服！而且她们都互相认识，但就是不认识我们。后来詹妮弗·诺斯来了，你还以为是丽塔·海沃斯大驾光临了呢。助理导演三步并作两步地向她冲过去，嘴里低声细语地说他是多么高兴她能加入。詹妮弗迟到了十分钟，但瞧助理导演那个样子，似乎只要她能来，就让人激动得要命了。我觉得难受极了，好像我们跟那里格格不入。我们看着就像搞杂耍的，像廉价俱乐部的演员。查理的脸刮得不够干净，狄基看上去比任何时候都显得女里女气，我的塔夫绸衣服突然看着像只值十块九毛八。大约有十五分钟，每个人都在互相打招呼，谈论他们上次一起合作的剧目。就连歌唱团的小男孩也互相认识。后来导演来了。我认为他也是个娘娘腔。”

“尼丽……”安妮拼命掩饰自己的焦虑，“请你告诉我到底发生了什么事。”

“我正说着呢！一点儿也没漏掉。后来海伦·劳森像英国女王一样走了进来。导演给她做介绍。他说：‘你们瞧瞧吧，大明星劳森小姐。’我觉得似乎我们都应该站起来唱《星条旗之歌》什么的。导演带着她走了一圈，向她介绍那些她不认识的人。然后她到了我们面前——”尼丽停住话头，眼里又涌出了泪水。

“然后怎么样啦？”安妮追问。

“她朝狄基和查理点点头，但是眼睛根本不朝我看，好像我压根儿不存在似的。她冷得像冰一样，安妮。然后她很不客气地对狄基和查理说：‘噢，是啊，你们是“笨娃娃”。我们要一起表演一个舞蹈。你们最好多吃一些菠菜，因为你们要把我抛来抛去。’”

“她？”

“没错，她。我站起来说：‘您好，劳森小姐。您知道的，“笨娃娃”组合一共有三个人。我也是其中之一。我是尼丽……’她连瞧都没瞧我，就转向导演说：‘我想，一切都安排妥了。’然后她一转身就走了。大约几分钟后，导演把查理叫到一个角落里，叽叽咕咕地小声说起来。似乎导演在数落查理，查理试着为自己辩解。然后查理回来了，说：‘你看，尼丽，他们选中我们并不是真的让我们跳我们的舞蹈。他们选中我们，是想让我们表演一个滑稽舞蹈小品。是一个梦幻片段，我们要把海伦·劳森抛来抛去。’”

“那么你呢？”安妮问道，“你也是有合同的。”

尼丽摇了摇头：“我们的合同都是由查理代签的。这份合同上只写着‘笨娃娃’，一星期五百美元。他和狄基每人拿二百，我拿一百。现在查理说，我即使什么也不干，那一百块钱也照拿。但我不相信他。既然他这么轻易地就把我甩掉了，我怎么能相信他会给我钱？我该怎么办呢？就坐在那个脏兮兮的房间里，什么也不干？我一个人也不认识——而我的整个生活就是演出啊。”

“太可怕了，”安妮承认，“但是我也理解查理的难处。如果他们强迫他这么做，他为了那些钱，也不可能退出来的。也许，你为了让自己有事情做，应该另外找一份工作。”

“做什么呢？”

“嗯……我们回家再说吧，总能想出办法来的。我可以送你去我去过的那家职业介绍所，然后——”

“我不会打字，也没有学历。我什么也不会做——而且，我想演戏！”尼丽又伤心地哭了起来。

“求求你了，尼丽。”安妮恳求道。她知道斯坦伯格小姐和姑娘们都在旁边看着，接着她最担心的事情变成了现实：莱昂·柏克打开了他办公室的门。他走过来，望着号啕大哭的尼丽，安妮无奈地朝他笑了笑。

“这是尼丽。她有点儿难过。”

“这么说恐怕太轻描淡写了。”

尼丽抬起头。“哦，对不起。我一哭起来声音就很响。”她望着他，眼睛睁得滚圆，“你不是亨利·贝拉米，是吗？”

“不是，我是莱昂·柏克。”

尼丽泪蒙眬地露出微笑：“天哪，现在我明白安妮的意思了。”

“尼丽今天大失所望。”安妮赶紧说道。

“失望！我连死的心都有。”为了证明这一点，尼丽又是一阵痛哭。

“不过，在这张硬邦邦的椅子上死去肯定很不舒服，”莱昂说，“为什么不到我的办公室去度过这最后的时刻呢？”

尼丽舒舒服服地坐进莱昂的大皮椅里，把整个事情又原原本本地说了一遍，中间夹杂着凄厉的哭声。

她说完，安妮望着莱昂说：“发生这种事情，真令人震惊。这部戏对她来说太重要了。”

莱昂同情地点点头：“但我不相信海伦会做出这种事情。”

“她是个刽子手。”尼丽嚷道。

莱昂摇了摇头："哦，我并不是护着她，她的脾气确实不好——但这种事不像是海伦做的。她要裁人，也会叫别人替她去裁——除非她被弄了个措手不及。"

"事情就像我说的那样，这可不是我瞎编的。"尼丽坚持道。

莱昂点燃一根香烟，似乎沉思了一会儿，然后他说："如果不再是'笨娃娃'中的一员，你还愿意进入剧组吗？"

"那些下三烂！就这样把我踢了出来，我说什么也不愿意再跟他们一起工作了。但我在剧组里能做什么呢？"

"音乐喜剧是有很大灵活性的，"莱昂说，"现在只需要我们把它拉抻一下就行了。"他拿起电话，拨了一个号码，安妮和尼丽在旁边听着。只听到他要求跟这部剧的制作人吉尔伯特·卡斯通话。莱昂的语气随和亲切，跟对方互致问候，讨论即将开始的足球赛。然后，他似乎是不经意地想起来似的，说道："对了，吉尔，你签了一个名叫'笨娃娃'的演出小组……是的，我知道海伦想用他们搞一个滑稽舞蹈小品。但你不知道'笨娃娃'其实有三个人……是啊……这当然与你无关……"吉尔·卡斯唠唠叨叨地说个没完，莱昂用手捂住话筒，小声对尼丽说："你姐夫真是个卑鄙的家伙——他在签合同之前就把你出卖了。"

尼丽猛地跳了起来："你是说那个丑八怪叫我来排演是为了让我出洋相！哼，我要——"

莱昂示意她别出声，但尼丽眼睛里喷着怒火。"我要去把他杀掉！"她喃喃地说。

"是这样，吉尔，"莱昂用随和的语气说道，"我知道这件事跟你一点儿关系也没有。严格地来说，你是无辜的。如果那两个小伙子向你保证会照顾好他们的搭档，你自然会相信他们的话。"

安妮看见他望着尼丽。她知道他在拖延时间。他又用手捂住话筒，小声问："尼丽，你多大了？要说实话！"

"十九——"

"她十七。"安妮压低声音说。

"在有些州，我说十九岁才能工作。"尼丽分辩道。

莱昂的脸上绽开胜券在握的笑容。"是这样，吉尔，"他愉快地说，"我们当然不想惹麻烦。这个剧组里有我们的海伦·劳森，还有编舞和詹妮弗·诺斯。我们为了自己的利益考虑，也希望一切顺顺当当。我们最不希望的就是惹上官司。是啊，我说的是官司。吉尔，'笨娃娃'里那个被甩掉的小搭档才十七岁。一段时间以来，那些家伙带着她全国各地乱跑，谎报她的年龄。现在，如果她打算起诉他们，麻烦可就大了。我想，你们只是跟'笨娃娃'签了合同……并没有解散目前演出小组的协议。吉尔，我知道他们对你说一切都会安排妥当的——但实际上，并没有安排妥当。

我怎么知道她会起诉？因为她现在就坐在这儿呢。”他朝尼丽眨眨眼睛，悠闲地重新点燃一根香烟。

“好了，吉尔，我当然知道重新找一个舞蹈小组很不容易。但我想我们可以在电话里就把事情解决了。‘笨娃娃’有一份标准的演员协会的合同，报酬是五百美元，对不对？在最初五天里，你随时可以解雇他们，用不着付他们一分钱，对不对？那么你就跟他们讲清利害，重新跟他们签一份四百美元的合同，再跟他们的这位小搭档签一份一百美元的合同。把她安排在合唱队里，让她当替角，跑跑龙套——随便做什么都行，只要让她留在剧组就行。这不会让你多花一个子儿，却可以皆大欢喜……当然。好的，我这就叫她明天到排演场去报到……高兴……考巴俱乐部？什么时候，今晚？很愿意跟你们一起热闹热闹。好吧，到那儿见。”

他挂断电话，朝尼丽笑着：“小姐，你进剧组了。”

尼丽从房间那头跑过来，伸出双臂搂住他，表达她自然流露的感激之情：“哦，柏克先生……天哪，你太厉害了！”然后她冲到安妮面前，紧紧地抱住她：“哦，安妮，我爱你！我永远不会忘记这件事。你是我唯一的朋友。就连我的姐夫也背叛了我。还有我的姐姐——那个卑鄙的家伙，她肯定什么都知道！查理如果不让她知道，是不敢这样欺负我的。哦，安妮，有朝一日我成功了——或者有了什么成就——或者你需要什么，我会报答你的。我发誓，我会——”

安妮轻轻挣脱她热烈的拥抱：“我为你高兴，尼丽。真的。”

电话铃响了，莱昂拿起话筒。“又是吉尔·卡斯。”他用手捂住话筒小声说。安妮感到一阵惶恐，却听到莱昂哈哈大笑起来。

“我不知道，吉尔。”他转向尼丽，“对了——你叫什么名字？”

那双孩子气的眼睛睁得好大：“尼丽。”

“尼丽，”莱昂对着话筒重复，“对，N-e-e-l-y。”他望着尼丽，想得到确认。尼丽含糊地点点头。然后莱昂问：“尼丽什么？”

尼丽瞪着他：“哦，天哪……我不知道。我是说，我从来不用为名字伤脑筋，因为我一直是‘笨娃娃’里的一员。我不能用埃塞尔·阿格尼丝·奥尼尔。”

莱昂用手捂住话筒：“要不我叫他等到明天，等你想出一个名字来再说？”

“给他机会改变主意？绝对不行！安妮，我管自己叫什么好呢？我可以用你的姓吗？尼丽·威莱斯？”

安妮笑了：“你可以想出一个更加带劲儿的名字。”

尼丽焦急地看着莱昂：“柏克先生？”

他摇摇头：“尼丽·柏克不够神奇。”

尼丽呆了片刻，突然眼睛里放出光来：“尼丽·奥哈拉！”

“什么？”莱昂和安妮都惊讶得说不出话来。

“尼丽·奥哈拉。太完美了。我是爱尔兰人，思嘉是我最喜欢的人物——”

“她刚读完《飘》[1]。”安妮解释道。

“尼丽，我相信我们能想出一个更加悦耳动听的名字。”莱昂建议道。

“更加什么？”

“是的，吉尔，我没有挂，”莱昂说，“我们刚才为一个名字开了个小小的董事会。”

“我就想当尼丽·奥哈拉。”尼丽固执地坚持。

“是尼丽·奥哈拉。”莱昂微笑着说，“对，奥哈拉。没问题。明天排演的时候签合同——她是个挺拘谨的姑娘。记住，吉尔，合同要弄得公正、可靠——标准的演员协会的合同，而不是合唱队的合同。我们这就让这个姑娘到演员协会去，立刻入会。有一笔很苛刻的入会费——一百多美元吧。你是不是需要预支一笔……”

“我存了七百美元呢。”尼丽得意地说。

“很好。如果你真的决定就用这个名字，我很愿意办妥一些必要的手续，使这个名字合法化。”

“你是说不让别人偷走它？”

莱昂笑了：“是啊——这么说就更容易明白了。你的支票账户，社会保险……”

“支票账户？天哪，我什么时候需要支票账户啊？”

电话铃又响了。“哦，天哪，”尼丽喃喃地说，“他准是改变主意了。”

莱昂拿起话筒。“喂？哦，你好……”他的声音变了，“是啊，我看见报纸上的报道了。我一直跟你说我只是扮演丘比特的角色……好了……”他笑了起来，“你弄得我有些飘飘然了。是这样，美丽的天使，我办公室里还有几个人，我让她们等着呢。我们今天晚上再谈吧。你愿意到考巴去看演出吗？吉尔·卡斯邀请我们过去……很好，我大约八点钟去接你……真乖。再见。”他朝尼丽和安妮转过身，脸上带着淡淡的微笑，请求她们原谅刚才的打扰。

安妮站了起来：“我们已经占用了你很多时间。非常感谢你，莱昂。”

“不用客气。我欠你一个大大的人情呢……实际上，多亏了你，我才有一张床可以睡觉。至少这件事能帮我们扯平。”

来到外面的办公室，尼丽踮着脚旋转一圈，欣喜若狂地搂住安妮：“安妮，我太高兴了，简直要放声大喊出来！”

“我很为你高兴，尼丽。”

尼丽盯着她看：“哟，怎么啦？你看上去不大开心。是因为我这样闯进来你生气

1 奥哈拉是《飘》中女主人公思嘉的姓。

了吗？真对不起。可是莱昂没有生气，贝拉米先生一点儿都不知道我来过这里。看，现在问题都解决了。求求你，安妮，说你没有生气，不然我这一天都过不踏实。”

“我没有生气——只是有点儿累了。真的，尼丽。”安妮在自己的办公桌旁坐了下来。

尼丽显得困惑不解。“是啊，我猜想我们刚才都太激动了。”她探过身，搂了搂安妮，“哦，安妮，总有一天我会报答你的……用某种方式。我发誓！”

安妮注视着尼丽快步走出了事务所。她下意识地把一张白纸插进打字机。碳墨弄脏了她的订婚戒指。她小心地把它擦干净，开始打字。

安妮发现自己每天都跟《直冲云霄》一起生活。起初，她只是听尼丽详细叙述每天排演的情形。尼丽在合唱队里，整整三天，她不厌其烦地向安妮演示每一个步骤。然后传来惊人的消息：尼丽有了一个“角色”——在群众场里有三句话的台词。但她最大的成绩是当上了替补角色。

“你受得了吗？”尼丽问，“我——替补泰瑞·金！泰瑞是第二领唱，跟海伦同台的都是最令人乏味的黄毛丫头。但泰瑞·金又性感又漂亮。想象一下吧，我居然要使自己显得又性感又漂亮！”

“那他们为什么选中了你呢？”

“他们大概是昏了头吧。歌舞队里只有我一个人会唱歌。而且，他们一般要到开演才会雇用真正的替补。我只是巡回演出时的替身演员。”

“你唱得很好吗，尼丽？”

“哦？我唱歌的水平跟跳舞差不多。不过，我必须承认，我的步子比歌舞队的大多数姑娘敏捷得多。”她做了一个大踢腿，差点儿把一个灯泡踢碎，“现在我只差一个男朋友，然后就踏实了。”

“剧组里没有人能吸引你吗？”

“你在开玩笑吗？音乐喜剧就像一个性爱的大沙漠——除非你是一个男同性恋。狄基在歌舞队那些男孩子中间如鱼得水——那就像个大杂烩。领队倒是个异性恋——长得也很英俊——但他有妻子，看上去跟他母亲差不多大，而且她每一秒钟都坐在旁边盯着他。在泰瑞·金对面演奏的那个家伙如果脱掉假发，完全是个秃子。唯一正常的人是扮演海伦父亲的一个老色鬼。他至少六十五岁了，但总是自我感觉好得不得了。不过，歌舞队里有个姑娘，她有一个男朋友，那人有个朋友名叫梅尔·哈里斯。他是个新闻广告员，那姑娘准备安排我和她一起去跟他们约会。我希望能有点儿结果……如果开演那天晚上我还没有伴侣，可就太可怕了。你还是准备跟乔治·贝娄一起去看纽约的首演式吗？”

“当然不会。我已经……是啊……我已经跟艾伦订婚了。”

“那就让我给你买两张首演式的票吧。我要当成礼物送给你。”

“你们能免费弄到票吗？”

“你在开玩笑吗？谁也弄不到，就连海伦・劳森也不能。但她总是买下每天晚上的四张保留座位，有人告诉我，如果戏演红了，她就把那些票卖给票贩子，赚一笔钱。”

“可是，尼丽，我不能让你给我买票……艾伦会买的。而且，尼丽，如果那个叫梅尔什么的人跟你没成，我们会在首演式结束后把你接出来的。”

到了下个星期，尼丽去跟梅尔约会了。他简直好极了，尼丽一再强调。他把尼丽带到俏佳人咖啡屋，把自己的情况原原本本地告诉了她。他二十六岁，毕业于纽约大学，是新闻广告员，但希望将来做一个制作人。他住在市中心的一家小旅馆里，每个星期五晚上到布鲁克林跟家人一起吃饭。

“你看，犹太男人的家庭观念很强。”尼丽解释说。

“你真的喜欢他吗？”安妮问。

“我爱他！”

“尼丽，你们只约会了一次，你怎么可能爱上他呢？”

“这话可轮不到你来说。你跟莱昂・柏克也只吃过一顿午饭。”

“尼丽！莱昂・柏克和我之间什么事也没有。我甚至根本不想他。实话告诉你吧，我渐渐地很喜欢艾伦了。”

“好吧，反正我知道我爱梅尔。他帅极了，不像莱昂那么帅，但也很了不起啦。”

“他到底长什么样儿？”

尼丽耸了耸肩：“也许有点儿像乔奇・吉赛尔，但在我眼里他潇洒极了。而且他一点儿也不粗暴无礼，即使我跟他撒谎说我二十岁了。我担心十七岁会把他吓跑。”

尼丽把脑袋偏向敞开的房门。她们坐在安妮的房间里，电话在楼下尼丽的房门口。这样既方便，又危险。她总是不得不给楼房里的每个人传递口信。

“这次准是找我的。”她听见细细的电话铃声，尖叫着说。

五分钟后，她冲了回来，兴奋得喘不过气来：“是他！他今晚要带我到马提尼去。他与那儿的一个歌手有合作。”

“他一定干得很不错。”安妮说。

“不，他一星期只挣一百块。他为欧文・斯坦内工作，欧文经手大约十二项大型广告业务。但梅尔很快就会出来自己干的，他正在跟电台联系。你知道，犹太男人做丈夫最理想了。”

“我也听说过。但他们对爱尔兰女孩子是什么感觉呢？”尼丽皱起眉头，“咳，反正我可以告诉他我是半个犹太人。我选了奥哈拉做我的艺名。”

“尼丽，你不可能瞒得过去的。”

“只要我愿意，就能做到。我打算嫁给他。你看着吧。”她搂着自己在房间里跳舞，嘴里轻轻唱着歌。

“这首歌真好听。是什么歌？”

“是剧里的歌。对了，安妮，你干吗不接受艾伦父亲送给你的那件貂皮大衣，把你那件黑大衣卖给我呢？我需要一件黑衣服。”

“尼丽，把那首歌再唱一遍。”

“为什么？”

“你就再唱一遍吧。”

“这是泰瑞·金的歌。但是我认为海伦·劳森打算把它拿走。她已经拿了泰瑞的一首歌。可怜的泰瑞只剩下两首了，这一首和另外一首。有一首是感伤的恋歌——海伦不可能把它拿走。海伦演的角色在剧里不能唱那首歌，那是违反剧情的。”

“再唱一遍那首歌，尼丽——就是你刚才唱的那首。”

“如果我唱了，等你拿到貂皮大衣就把你的黑衣服卖给我，好吗？”

“我把它送给你……如果我接受那件貂皮大衣的话。快唱吧。”

尼丽叹了口气，然后像个被逼着朗诵的孩子一样，站在房间中央，开始唱那首抒情歌曲。安妮简直不敢相信自己的耳朵。尼丽的嗓音很特别，清纯悦耳，低音部分唱得清晰、婉转，高音部分唱得激昂、壮美。

“尼丽！你真的会唱歌！”

“哦，唱歌谁不会呀。”尼丽大笑着说。

“不一定的。即使生命受到威胁，我也唱不出一首曲子来。”

“如果你在杂耍团里长大，你就会唱了。我会跳舞，玩杂耍，甚至会变戏法呢。站在舞台旁边多看几次就学会了。”

“可是，尼丽，你唱得真好啊。好极了。”

尼丽耸了耸肩：“再加五分钱，我就能买一杯咖啡了。”

到了排演的第二个星期快要结束时，安妮真的跟《直冲云霄》有了接触。一天下午，安妮正准备下班，亨利打来了电话。

“安妮，谢天谢地，你还没走。哎呀，亲爱的，你简直是我的救命恩人呢。我被拴在全国广播公司了。埃德·霍尔森的广播剧今天晚上九点钟播出，最后二十分钟还得重写。埃尔是个难伺候的家伙——那些剧作家都准备甩手不干，而且他把制作人赶跑了。我实在离不开。而海伦·劳森指望我过去一趟，把她新的文件资料都带给她呢。东西就在我桌上。”

“我派速递公司的人送过去行吗？”

“不行，要当面交给她。但千万别说我在全国广播公司。就跟她说我在参加她感兴趣的那处房地产的董事会会议，脱不开身，不能过去。只要她认为我在帮她赚钱，她就不会介意的。一定要当面交给她，而且看在上帝的分上，要让她相信你说的话。”

“我尽量吧。”安妮保证道。

“把东西交到布思剧场的后台。他们随时都会散场的。告诉她，我明天会跟她详细解释一切。”

安妮自叹倒霉，居然被亨利抓住了，如果刚才早点儿离开就好了。她不太擅长做这种事情。去跟海伦·劳森见面，这可不是一件平平常常、可以轻松面对的事情。

当她到达剧场，怯生生地推开那扇黑黑的生了锈的舞台后门时，心里非常紧张。就连那个坐在暖气旁边看赛马报告的老门房看上去也那么凶恶。

门房抬起头来：“怎么？你想干吗？”

安妮纳闷儿，为什么在那些电影里，快乐的歌舞女演员都管一个慈父般的门房叫“老爹”。而眼前这个门房死死地盯着她，就好像她是警察抓的嫌疑犯似的。

安妮解释来意，并指了指文件夹作为证明。门房一甩脑袋，说了声“在里面”，就接着看他的报纸了。

“在里面”她跟一个手拿剧本的狂热男人撞了个满怀。“你跑到这里来做什么？”他没好气地小声问。

她又把事情经过解释了一遍，心里直骂亨利。

“哦，他们还在排演呢，”他嘟囔着说，“你不能站在舞台旁边。穿过那道门，坐在观众席里，等我们散了再说吧。”

安妮摸索着走进黑暗、空荡荡的剧场。吉尔·卡斯坐在第三排的通道里，帽子歪戴着遮住眼睛，挡住耀眼的舞台灯光。歌舞女演员们三三两两地疲惫地靠着没有布景的舞台后墙坐着。有些在小声说话，有些在按摩自己的腿肚子，还有一个在织毛线。尼丽坐得笔直，眼睛盯着海伦·劳森。海伦站在舞台中央，和一个英俊的高个子男人一起唱一首情歌。

她以她著名的风格，劲头十足地唱着那些歌词。她的笑容是灿烂、愉快的，即便是在唱情歌，她也表现出了人们所熟悉的那种充沛的活力和有力的手势。当歌词幽默诙谐时，她的眼睛里闪烁出调皮的光芒，当歌词不可避免地转为哀怨悲伤时，她脸上的表情变得严肃起来。她的身材已经开始显露出中年人的迹象——腰身浑圆，臀部微微下坠。安妮想起海伦昔日的容颜，觉得自己似乎注视着一座雕像残酷地扭曲变形。岁月对普通人比较仁慈，而对名人——尤其是女明星们——便成了一把破坏艺术品的锋利小斧。海伦的身材一直是她的最大资本。穿着最新式样的服装表演广播戏剧，曾经是海伦·劳森的一个显著特色。她的脸虽然缺乏古典美，但也是非常生动、很有魅力的，再配上那一头令人惊艳的长长黑发。

海伦已经五年没有在百老汇演出了。她最后一部戏连演了两年，然后她又巡回演出了一年。她在那次巡回演出中认识了她最后一任丈夫。他们在内布拉斯加州的奥马哈进行了旋风般的谈情说爱，然后是盛大的婚礼。海伦告诉媒体，她打算等那部剧一演完就在他的大牧场上安顿下来，她将在那里扮演她最重要的角色，她最后一个角色——做一个好妻了。那个大块头、满脸带笑的丈夫莱德·英格拉姆也向媒体保证，海伦的位置是他的大牧场。"我从没看过这个小姑娘演的戏，"他这样告诉全世界，"没关系，我早就应该毁掉她的事业了。她是我的。"

海伦安顿下来了——安顿了两年。然后她的形象又一次出现在美联社和合众社的电讯里，她告诉全世界，"大牧场里的生活简直像地狱"，百老汇才是她真正的家园。亨利立刻帮她办妥了离婚手续，剧作家、歌词作者们纷纷带着他们的新作品来找海伦，现在海伦又回到了她真正的归宿——排演《直冲云霄》。

安妮觉得，海伦不可能是令人感兴趣的恋爱对象。她的下巴上有了那么多赘肉，简直成了双下巴。然而她在唱一首情歌，眼睛里仍然闪烁着快乐的光芒，她身上的活力不减当年，那头令人艳羡的黑色鬈发仍然垂到肩头……安妮从这首歌的歌词中听出，海伦扮演的是一个寻找新的爱情的寡妇。那倒也许会成功——但是海伦为什么不先减掉十五磅，再接这出戏呢？难道她没有意识到岁月给她带来的变化？也许这种变化非常缓慢，你根本注意不到。"我已经八年没有见到她了，"安妮心想，"所以觉得大吃一惊。"也许在海伦自己眼里，她的模样并没有什么改变。

当安妮注视着海伦唱歌时，脑海里便掠过了这些思绪。

与此同时，她也意识到海伦的魅力并不依赖于她的面容和身材。她身上有某种东西使你不得不注视她，使你很快就忘记了她臃肿的腰、松垂的下巴，只感受到她无限的热情和洒脱的幽默。

她唱完后，吉尔伯特·卡斯大声喊道："太好了，海伦！妙不可言！"

海伦走到舞台边，垂眼看着他说："真是一首垃圾！"他的表情丝毫没变："你会喜欢它的，亲爱的姑娘。对于少男少女的情歌，你一开始总是这种感觉。"

"你在开玩笑吗？我就很喜欢《漂亮姑娘》里我跟休·米勒合唱的那首。我刚听第二遍就喜欢它了。休总是找不准音——我不得不给他扳回来。至少鲍勃一直唱得很准。"她一甩脑袋，示意她身边那个英俊的、泥塑木雕般的男人，"所以别跟我说什么我会慢慢喜欢它的。它糟糕透了！什么也没说出来。我讨厌把喜剧跟恋歌混在一起。调子还不错，但你最好让贝娄重新编一套好听点儿的歌词。"

她一转身走下了舞台。助理导演大声宣布："第二天十一点钟集合，需要试穿演出服的演员的名字都贴在布告板上了，看在上帝的分上，请赶紧到试衣间去。"周围乱哄哄的，似乎没有人关心海伦对那首歌的抨击——包括吉尔伯特·卡斯。他慢慢地从座位上站起来，点燃一根香烟，走到剧场后面去了。

舞台上的人都散尽后，安妮谨慎地走到后台。手拿剧本的年轻人指了指海伦更衣间的房门。

安妮敲了敲门，那个熟悉的粗哑声音喊道："进来！"

海伦吃惊地抬起头："你是谁呀？"

"我是安妮·威莱斯，我——"

"你看，我又忙又累。你想要什么？"

"我带来了这个文件夹。"安妮把它放在化妆台上，"贝拉米先生派我送来的。"

"噢，那么，亨利在哪儿呢？"

"他在开一个房地产董事会，脱不开身。但他说明天会跟你通话，解释你不明白的所有地方。"

"好吧，好吧。"海伦转向镜子，挥挥手打发安妮出去。安妮正要朝门口走去，海伦突然喊道："喂，等一下。你就是我在报上看到的那个姑娘？就是那个得到艾伦·库珀、得到那枚戒指的人？"

"我是安妮·威莱斯。"

海伦笑了："噢，很好……很高兴认识你。坐下吧。我并不是故意态度不好，但你应该知道，有些家伙从门房的眼皮底下溜进来看我。他们都是想来兜售东西的。对了，让我看看那枚戒指！"她抓起安妮的手，赞叹地吹了声口哨，"哇，太美了！我有一枚比它大一倍，是我自己给自己买的。"她站起来，套上她的貂皮大衣，"这也是我自己买的。从来没有男人真正给过我什么。"她哀怨地说，接着她又耸耸肩，"得了，永远有明天呢。也许我会遇到一个合适的男人，他把数不清的礼物抛撒给我，并且把我从这无休止的激烈竞争中拯救出去。"

看到安妮惊讶的神情，她咧嘴笑了笑："是啊，我说得没错。你以为这很好玩吗，先是令人厌恶的四个星期的排演，然后还要忍受在外地的试演？即使成功了、轰动了，又能怎么样呢？有什么了不起——演出完了，你仍然要跟《新闻》和《镜报》的人周旋。"她朝门口走去，"你要去哪儿？我有车，可以把你捎上。"

"噢，我可以步行，"安妮赶紧说道，"我就住在附近。"

"我也是，但我的合同里规定——制作人出钱给我雇一辆汽车，并配司机每天接送，在排演期间和纽约演出结束之后。除非我运气好，有人跟我约会。"她幽默地笑着补充道。

她们走出舞台的门，外面下着毛毛雨，安妮便接受了海伦让她搭车的建议。“先把我送回去，”海伦大声对司机说，“然后把威莱斯小姐送到她要去的地方。”

车子在海伦住的公寓大楼前停住了，海伦突然很冲动地抓住安妮的手，说：“上来跟我一起喝一杯吧，安妮。我最讨厌一个人喝酒。现在才六点钟。你可以从我的住处给你的朋友打电话。他可以上这儿来接你。”

安妮很想回家——这一天过得太累了——但是海伦的声音显得那么孤独、那么急切。于是她跟着海伦进了楼房。

到了房间里，海伦得意地环顾四周，情绪起了变化：“喜欢吗，安妮？我付给那个帮我设计的娘娘腔一大笔钱呢。那儿有一幅弗拉曼克[1]的真迹……还有一幅是雷诺阿[2]的。”

这是一套很温暖、很诱人的房间。安妮无比赞赏地望着弗拉曼克创作的苍凉的雪景。她怎么也想象不到海伦居然还有这一面……

“我对艺术一窍不通，”海伦继续说道，“但我喜欢我周围都是最好的东西。我活到如今这个地位，完全负担得起。所以我叫亨利给我挑几张好画，能配得上这套房子，而且这本身也是很好的投资。雷诺阿倒是蛮好的，可是那幅雪景——呸！但亨利说弗拉曼克作品的价格会翻番的。到书房里来吧。那是我最喜欢的房间……酒柜就在那里。”

书房的墙上排列着海伦戏剧生涯的一系列图片。那些光面照片整整齐齐地镶在镜框里，以装配线一般的精确度码在一起。有海伦二十多岁，穿着超短裙，留着满头小鬈发，在巴比·鲁斯的棒球棒子上签名的照片。有的照片是海伦微笑着跟纽约州一位市长在一起……海伦跟一位著名的参议员在一起……海伦跟一位大名鼎鼎的歌曲作者在一起……海伦接受百老汇最佳明星奖……海伦跟她的第二任丈夫乘船去欧洲……海伦跟戏剧界的其他杰出人物一起，摆出含情脉脉的姿势。另外还有饰板、镶边的名册、奖状，全都在宣告海伦的杰出和优秀。

房间里还有一个书柜，里面塞满了真皮封面的大部头书——狄更斯，莎士比亚，巴尔扎克，莫泊桑，萨克雷，普鲁斯特，尼采。安妮推测这个书柜也是亨利负责布置的。

海伦注意到她在打量那些书：“都是正宗的经典货色，是不是？我告诉你吧，亨利什么都懂。但我怎么也没法儿相信真的有人读这些垃圾。我有一次读了几页……天哪！”

---

1 弗拉曼克（1876—1958），法国画家，原画风格接近野兽派，后用厚涂的白色、灰色和深蓝色作风景画，形成法国式的个人表现派风格。

2 雷诺阿（1841—1919），法国印象派画家，创作题材广泛，尤以人物见长。

“其中有些书确实很难读，”安妮表示同意，“特别是尼采的。”

海伦睁大了眼睛：“你读过这些书？你知道内容？我这辈子都没读过一本书。”

“你准是在跟我开玩笑。”安妮坚持道。

“不是。演戏的时候，我全身心地投入。戏演完了，如果运气好，我就去约会。如果没有约会，我就独自从剧场回家。等我洗完澡，看完行业报纸和专栏文章后，我就困得不行了。我一直睡到第二天中午，翻翻下午的报纸，处理处理邮件，给朋友们打打电话……然后就差不多该吃晚饭了。演戏的时候，我从来不到外面吃晚饭，而且一直到戏演完我才喝酒。可是演完戏，我只想放松地大叫几声。噢，是啊……我最后一次结婚后差点儿读完一本书。那时我已经知道婚姻快要破裂了。你的香槟酒里放什么——碎冰块吗？”

“如果你不介意的话，给我来一杯可乐吧。”安妮说。

“哦，来吧，喝一点儿我的香槟。我只喝这种东西，如果你不帮我喝一点儿，我今天晚上会把一整瓶都干掉的。告诉你吧，香槟酒使人发胖。”她深有感触地拍了拍自己的腰，“我仍然在拼命减掉我在大牧场里增加的体重。”她递给安妮一只玻璃杯，“喝吧！你在大牧场上生活过吗？”

“没有。我来自新英格兰。”

“我本来以为我会在那片大牧场上过一辈子呢。过来……”她把安妮拉进卧室，“看见那张床了吗？有八英尺宽呢。是我当年跟弗兰克结婚时，专门请人定做的床。他是我爱过的唯一一个男人。我嫁给莱德时，把这个倒霉玩意儿一直运到了奥马哈，后来又把它运到了这儿。我敢说，我把这张床运来运去所花的钱，已经超过了它最初的价钱。那就是弗兰克。”她指着床头柜上的一张照片说。

“他很有魅力。”安妮喃喃地说。

“他死了。”泪水涌上了海伦的眼睛，“我们离婚两年后，他在一次车祸中丧生。都是他后来娶的那个婊子害的。”海伦的叹息似乎发自内心最深处。

安妮看了一眼床头柜上的钟。已经六点半了。

“我用一下你的电话可以吗？”

“到书房去，用那儿的电话。在那儿更自在一些。”

安妮给艾伦打电话，海伦又倒了一些香槟。

“你在哪儿？”艾伦问，“我给你打过三次电话，每次都是尼丽接的。她已经对我很不耐烦了，特别是她正在穿衣打扮，要跟她那位大情人约会呢。对了，这倒提醒了我，我跟奇诺在一起。他想问一句，你介意他今晚跟我们一起吃饭吗？”

“我很愿意，艾伦，你知道的。”

“太好了。我们半小时后来接你。”

“好的，但我不在家。我在海伦·劳森这里。”

短暂的停顿之后，艾伦说：“你可以吃饭的时候再跟我谈这件事。你想要我到那儿去接你吗？”

他把地址记了下来。“她在海伦·劳森那儿，”安妮听见他在告诉奇诺，“什么？你在开玩笑吧！”这也是对奇诺说的。然后他转向安妮：“安妮，信不信由你，奇诺让你把海伦·劳森也带来一起吃饭。”

“哦……他们互相认识吗？”安妮问。

“不认识，那有什么关系呢？”

“艾伦，我不能——”

“你问问她！”

安妮迟疑不决。对于海伦这样一个有身份的女人，可不能随随便便地叫她去与一个陌生男人约会，而且那个人不是别人，是奇诺！海伦注意到了她的迟疑：“安妮，电话挂断了吗？”安妮转向海伦：“艾伦想问一句，你是不是愿意加入我们。他父亲也过来。”

“做他父亲的约会对象？”

“嗯……就我们四个人。”

“当然！”海伦大声说，“我在摩洛哥夜总会见过他。他长得很性感啊。”

“她非常愿意。”安妮淡淡地对着话筒说。然后她挂断电话：“他们半小时后来接我们。”

“半小时？你怎么来得及回去换衣服呢？”

“不用。我就这样子去。”

“可是你穿着一件厚绒呢轻便大衣和一件花呢西服。”

“艾伦以前也这样带我出去过，他不在乎。”

海伦鼓起脸，噘起嘴，活像一个胖嘟嘟的小娃娃：“唉，安妮，我以前也愿意那样打扮自己。但现在不行了。如果我穿成你那样，看上去准像一棵圣诞树。而我想给奇诺留下一个好印象。他是个抢手的家伙。”

这简直不可能是真的。海伦·劳森听说要跟奇诺约会，表现得活像一个高中女生。这种突然出现的羞答答的做派，不符合海伦的个性，她平时都是粗暴严厉、派头十足的。安妮真希望这种小女生式的噘嘴、撒娇是海伦天性中不为人知的一面。

“再给他们打个电话，叫他们晚点儿过来。”海伦建议道，“那样你就来得及回家换衣服了。”

安妮摇了摇头：“我太累了，干了一整天的工作。”

“你以为我一直都在做什么？”海伦的口气像一个被排挤在游戏之外的小孩子，

"我今天早晨九点钟起床，跟'笨娃娃'的那两个笨蛋跳了一套舞。我至少六次摔疼了屁股。我还把那首难听的歌唱了一百遍。可我还迫不及待地想出去呢。我比你还大一点儿呢。我今年……三十四了。"

"我从来没有那样充沛的精力。"安妮说，没有让自己的惊讶流露出来。三十四！乔治·贝娄说得没错。

"你多大了，安妮？"

"二十。"

"别瞎扯了！我在报纸上看到了。你到底多大？"安妮眼睛里的神情使海伦改变了语气，她脸上绽开了小姑娘般的笑容，"喂，你是不是那种听见脏话就会昏过去的女孩子？每次我一说脏话，我老妈就气得要命。告诉你吧，我要试着改掉这个毛病了。今天晚上我一说脏话，你就用这种冷冰冰的目光瞪我一下。"

安妮笑了。海伦的情绪大起大落，倒也有她的动人之处。她的真诚是不设防的，而且，她虽然有那么高的地位，内心却是这样脆弱。

"你真的只有二十岁吗，安妮？"接着她又赶紧找补道，"真是太神奇了，你的行动这么迅速，一下子就抓住了一个艾伦·库珀这样的家伙。我准备穿一件黑衣服，稍微戴几样首饰。"她到卧室里去换衣服，嘴里不停地说着，"喂，你也进来吧。我的嗓子也许是百老汇最漂亮的，但我在那方面总是不顺心。"海伦一边换衣服，一边滔滔不绝，大多数都是关于她的几任丈夫，以及他们对她多么恶劣，"我只想得到爱情。"她忧伤地一遍又一遍地说，"弗兰克爱我——他是一个艺术家。天哪，如果他能看见我有一幅雷诺阿的真迹——倒不是说弗兰克绘画的风格也是这样的。他是一个插图画家，而业余时间经常画一些他称为严肃的东西。他的梦想是有朝一日能有足够的钱，不再去画插图，而专门画他想画的东西。"

"哦，那时候你出道了吗？"

"还没有！我们结婚时，我在主演《萨迪之家》。那是我主演的第三部戏。我一星期挣三千，他只挣一百，所以你看得出来，我真的是为了爱情而结婚的。"

"那他为什么不能画他喜欢的东西呢？"

"难道要我资助他？你在开玩笑吗？如果我那么做，我怎么知道一个男人娶我是为了爱情还是为了我的钱呢？我当时就跟他把话讲清楚了。我有一套很大的房子，我愿意过舒服的日子。我说：'弗兰克，你可以搬进来。我来付房租。反正一直都是由我付的。女佣、我的衣服、吃的喝的，也都由我来付。但如果我们出去，你就要买单了。'他经常抱怨，说在城里消费两个晚上就把他一星期的薪水都花光了。而房租什么的都用不着他掏钱。上帝啊，我爱他。我甚至想跟他生个孩子，那意味着毁掉整整一个演出季。所以你能看出来我多爱他。但我一直没有怀孕。来，帮我拉上拉链。我看起来怎么样？”

海伦看起来很漂亮。安妮认为她的首饰戴得太多了，但她毕竟是海伦·劳森，即使这样也没有关系。

门铃响了。海伦拿过一件火红的丝绸大衣，上面缀着许多闪亮的小圆片。她看着安妮：“是不是太鲜艳了？”

“你干吗不穿你今天下午穿的那件貂皮大衣呢？”安妮问。

“那我会显得多么老土啊！黑色套裙，棕色大衣。对了，我想，你大概是有什么衣服就会穿什么衣服。我可不是那些没见过世面的浅薄小女孩。”

门铃又响了。“好的，好的！”海伦喊道。她迟疑了一秒钟，拿起貂皮大衣，笑着说：“你赢了，天使。我知道你是有品位的。”

奇诺和海伦之间的约会像罗马式烟火筒一样精彩纷呈。他们选定了摩洛哥夜总会，那是他们俩都喜欢的一个地方。他们点了相同的食物，听了对方的笑话，没完没了地放声大笑，喝了数不清的香槟酒。专栏作家在他们的桌旁停下脚步，向海伦致意。乐队一遍又一遍地演奏海伦昔日成名剧中的曲子。安妮很快就被这种狂欢的气氛所感染，竟然发现自己听了海伦的几个下流笑话后哈哈大笑。不喜欢海伦是不可能的。

奇诺咆哮着表示赞同。“我爱这个姑娘！”他拍着海伦的后背大声说，“她想到什么就说什么，一点儿也不装腔作势。告诉你吧，海伦，我们已经决定举办一个盛大的晚会，庆祝你的首演式。”

海伦的整个做派都变了。她的笑容变得羞答答的，并且用细声细气、小姑娘般的声音说：“哦，奇诺，那太棒了！我真愿意在首演式上让你做我的男伴。”

奇诺猝不及防。安妮知道他本来打算带阿黛尔去的。他想当然地以为海伦会有自己的男伴。

“确切的日期是哪一天？”奇诺慢吞吞地问。

“一月十六日。我们两星期后就去纽黑文，然后在费城演三个星期。”

“那我们就去纽黑文。”奇诺赶紧说道：“安妮，艾伦和我——”

“不行！”海伦喊道，“纽黑文糟糕透了。我们只在那里演三场，把问题都解决了再去费城。”

“我们要考虑到客观情况。”奇诺随和地说。

“不是那样，”海伦噘着嘴说，她的脸扭曲起来，起了许多婴儿般的皱纹，变得很难看，“可是我们星期五晚上开演，第二天还有一个日场演出，上午经常还要排演，为了往戏里加进一些新的内容。如果你来了，我就需要夜里待到很晚，还要喝酒。而如果第二天有日场，前一天夜里我是不能喝酒的。”

“对我来说，一月份太遥远了，没法儿做出安排，”奇诺坚决地说，“我有生意要做，那时候可能不在国内。纽黑文倒是有可能——除非你不想要我们来。”

海伦朝奇诺偎依过来，用胳膊搂住他，腼腆地眨巴着眼睛：“哇，不是的……我可不想放过你们。那就定在纽黑文了。首演式那天晚上你如果在纽约，可要来参加哟。”

“你是说让我看两遍？”

“听着，你这个浑蛋，许多人把我的演出连看五遍呢。”海伦好声好气地说。“来，安妮，”她说，“我们到女卫生间去，补一补妆。”

盥洗室的女服务员一把搂住了海伦。“她是我的第一位服装师。”海伦告诉安妮。

“你要看到她那时候的样子就好了，”那个女人慈爱地说，“两条长腿，像小哈巴狗一样招人喜爱。”

“我的腿仍然很漂亮，”海伦说，“但我必须减掉几磅肉。等到上了路，就会瘦下来的。”海伦坐下来，往脸上扑粉。当女服务员转过去帮助一位新来的顾客时，海伦说：“安妮，我喜欢奇诺。”

她的声音很轻，脸上没有什么表情，似乎更强化了这句话背后的感情。海伦摆弄着头发，眼睛盯着镜子里的自己：“我是说真的喜欢他，安妮。你认为他喜欢我吗？”

“我想他肯定喜欢你。”安妮说，尽量使自己的语气显得自然。

海伦急切地转向她：“我需要一个男人。真的，安妮，那是我唯一需要的——一个我爱的人。”

这张脸饱经风霜、充满忧伤，这双眼睛渴望得到安慰，安妮的心被打动了。她想起她听说过的那些关于海伦·劳森的激烈的传闻，那些闲言碎语无疑是许多小人因为嫉妒她的成功，或震惊于她的粗暴，故意传播出来的。可是眼前这个女人，在她粗俗的面具下面，有着敏感的天性，有着对爱情的极端渴望，很难相信有谁会真的不喜欢她。

“哦，我喜欢你，安妮。我们会成为好朋友的。而且我们可以经常双双赴约。我没有机会交到许多女朋友。喂，阿梅丽娅，”海伦朝女服务员吼道，“给我一支铅笔和一张纸。”

女服务员拿来一个本子：“劳森小姐……既然你来了，你能不能给我的小侄女签个名字呢？”

“上个星期我给你签了三次，”海伦一边草草签下自己的名字，一边嘟囔道，“你想干什么，拿去卖钱？”她把本子递给女服务员，然后匆匆写下一个号码，递给安妮：“这是我的电话号码，可别弄丢了，它没在电话簿上登记。还有，看在老天的分上，别把它告诉任何人——除了奇诺。如果可能的话，把它刻在奇诺身上。给，把你的号码也写下来。”

“你总能在亨利·贝拉米的事务所找到我的。”

“是啊，是啊，我知道——但万一你在家时我想找你呢？”

安妮写下西五十二大街客厅里的电话号码。

“但我每天上午九点到下午五点都在办公室，”她又说了一遍，“晚上我一般都要跟艾伦出去。”

“好的。”海伦把那张纸塞进她的钱包，“我们得赶紧回去了。他们会以为我们掉进厕所里了。”

当那辆黑色轿车把安妮送到她的楼房前时，已经将近凌晨三点了。他们先把海伦送回了家。奇诺差不多快睡着了，艾伦也显得很疲倦，但安妮过了这个兴奋的夜晚，情绪仍然很亢奋。尼丽房门底下透出灯光，她便轻轻地敲了敲门。

“我一直在等你。”尼丽说，“我今晚也出去约会了！我跟梅尔说了实话，我说我只有十七岁。但他不在乎。他说我的人生阅历比大多数二十岁的姑娘还多。我还告诉他我是一个处女。”接着她又问，“你这么晚到哪儿去了？”

安妮从排演场的见面开始，把她这个晚上跟海伦·劳森在一起的情形都告诉了尼丽。她讲完后，尼丽不相信地摇摇头：“你倒像是过得很开心似的。下一次，你就该告诉我你很喜欢海伦·劳森了。”

“我确实非常喜欢她，尼丽。所有那些关于她的传闻都是一些不认识她的人说的。一旦你认识了她，真正了解了她，你肯定会喜欢她的。你坦白地说，现在你不再认为第一天是她把你从剧组赶出去的，现在你跟她一起合作了，你真的不喜欢她吗？”

“哦，当然，她是蛮可爱的。”

“我说正经的呢。”

“你病了吗？”尼丽探过来摸了摸安妮的额头，“她是个可怕的女人。没有人喜欢她。”

“那不是真的。说她坏话的人其实都不真正了解她。”

“是这样，所有喜欢她的人都坐在观众席里，那是因为有乐队和舞台把他们跟她隔开了。其实他们喜欢的并不是她，他们喜欢的是她扮演的角色。听着，人们忽略了一件事——海伦不仅仅是个了不起的音乐喜剧明星，她还是一个出色的演员。就因为她扮演了那些热情、心地纯洁的姑娘，你就信以为真了。而海伦实际上——当她不演戏的时候——是冷冰冰的，像机器一样。”

“尼丽，你并不了解她真实的一面。”

“哦，天哪！你饶了我吧，安妮。你跟艾伦约会了整整一个月，却对他一点儿也不了解。可是，砰地一下！跟海伦·劳森过了一个晚上，你倒成了个权威。你打算跟所有同她一起合作、了解她、讨厌她、憎恨她的人唱对台戏吗？她粗暴，无礼，没有感情，庸俗，下流。也许她今晚对你使用了社交手段，也许她想从你这里得到什么。可是，我告诉你吧，如果你挡了她的路，她准会把你当成一条毛毛虫一样，一脚踩死的。”

“你把她看成了那样。你很久以前就听到了传闻，所以根本就没有试着看清她真实的一面。我不怀疑她工作时态度粗暴。那是她的工作。她必须奋斗才能得到她想要的东西。但是让她抛开她的工作，你就会发现一个敏感、孤独的女人，渴望得到一个真正的朋友，渴望去爱上一个人。”

“爱！”尼丽尖叫起来，“安妮，真正的海伦·劳森就是我在排演时看到的那个魔鬼。这跟做明星没有任何关系。她天生就是那样的人。你就不会变成那样。是啊，如果有朝一日成了明星，我会感激得要命，居然有观众喜欢我……居然有人愿意买票来看我……居然有剧作家为我写剧本。哇！我会去亲吻全世界的人。告诉你吧，就连梅尔，他只在一场义演中见过海伦一次，就管她叫‘撕人魔’杰克[1]。”

“我不想跟你争辩了，”安妮疲倦地说，“但我不希望你在我面前说海伦的坏话，尼丽。我喜欢她。”

“天——”

门外的电话铃响了。

“哪个傻瓜在这个时候打电话来？”尼丽问，“肯定是打错了。”

“我去接。”安妮走去接电话。

“嘿，姑娘……”话筒里传来海伦愉快的声音。

“海伦！出什么事了吗？”

“海伦！”尼丽从敞开的房门里喊道，“哎呀，你不是开玩笑吧？你们成了好朋友！”

“我只想打电话给你说声晚安，”海伦兴高采烈地说，“我已经脱了衣服，洗了自己的内衣和袜子，往脸上搽了油，把头发散了下来，现在正躺在床上呢。”

安妮站在没有暖气的大厅过道里，想象着海伦舒舒服服地躺在那张八英尺宽的大床上，不由自主地打了个冷战。尽管尼丽就站在旁边听着，她的好奇心还是占了上风：“海伦，你说你自己洗袜子和内衣？”

“哇，你准是在开玩笑。”尼丽小声说。

“那当然，”海伦说，“这是真的。这是我老妈教我养成的一个习惯，尽管我有一个贴身女仆，但我每天晚上上床前还是要做这件事。我猜这就是我身上的爱尔兰传

1 指1888年8至11月间在伦敦东区杀死至少七名妓女而始终未查明身份的一名杀人犯。

统，是属于奥利里的一面。”

“那就是你的真姓？”

尼丽受不了啦：“我要回去了。如果还想聊天，我得把我的浴衣披上。这外面冻死人了。”她跑进了房间。

“不——我的真姓是拉夫林，”海伦回答，“是苏格兰姓氏。我是苏格兰人、法国人和爱尔兰人。但是后来我把拉夫林改成了劳森，我认为那样更容易出名。”

“听你这么说，好像你早就知道自己会出名似的。”

“我当然知道。我十岁就参加义演，十六岁学习声乐，两年后开始试演。我进了百老汇的一个剧组，在里面演一个小角色，只有一首歌，却赢得了所有人的注意。大家似乎都很吃惊，只有我不觉得意外。如果我不认为自己是个了不起的歌唱家，我压根儿就不会去试演的。”

“后来你一直没有什么麻烦？从来不需要去找工作吗？”

“她一炮打响了。”尼丽又回来了，身上裹着一件暖和的浴衣，嘴里啃着一块无花果饼干，“所以她对我这样的人这么刻薄——她根本不知道奋斗是什么滋味。”

“是啊，我基本上不费什么劲儿。”海伦继续说，“我承认并不是每个人都那么容易的。只要你有天分，你就能成功。就是这话！可能需要花长一点儿的时间，但一个人只要真有天分，就绝不会被漏掉。我就听不惯那些鬼话……什么怀才不遇、生不逢时之类的。成功其实是不费吹灰之力的。是啊，许多女孩子都会唱歌。我听过许多乐队的歌手，她们每星期挣七十五块钱，声音比我还好听，但她们没有天分。”

安妮把身体的重量交替着从一条腿上移到另一条腿上，身子冷得直抖。她把外衣留在尼丽的房间里了：“海伦，我得上床睡觉了。暖气关掉了，我快要冻死了。”

“我等着。”

“可是我不能……我的意思是……电话……”

“线不够长？”

“电话在厅里。”

“什么？”

“在厅里。我住在寄宿公寓里，没有自己的电话。”

“你准是在开玩笑吧！你是说，你手指上戴着一块价值五万美元的石头，却连一部电话也没有？那你到底住在哪儿呢？”

“西五十二大街——离莱昂和艾迪很近。”

“可那个地段又脏又乱呀！”海伦尖叫起来，接着她的声音变了，“不过管它呢，反正你很快就要结婚了。你房间里居然没有一部私人电话，怎么能活得下去呢？”

“其实我并不需要。”

“哦，天哪！”安妮听见话筒里打了一个哈欠，还有翻报纸的声音，“哦，我看到又有两个专栏登了我的消息。”海伦睡意蒙眬地说，“好吧，天使，去睡觉吧。明天下班后到排演场来吧。”

“哟，我下班很晚的。然后我得赶紧跑回家，换好衣服去见艾伦。”

“是啊，你最好那样。我是说换换衣服。你其实长得挺好看的，安妮，但那身呢子大衣和花呢裤子实在是应该淘汰了。记住，世界上最重要的就是有一个男人爱你。为他打扮打扮吧。我明天给你办公室打电话。”电话咔嗒一声挂断了。

安妮走回尼丽的房间，拿起自己的大衣和手袋。尼丽跟她走到门口。

“我不明白，安妮。”她站在那里摇头，“我真不明白。如果我不是亲耳听见，简直不敢相信。”接着她脸上的表情变了，“但我还是得说，她肯定有她自己的动机。”

“不，没有。她今天过得很愉快……她实际上真的很孤独。而且她喜欢奇诺。”

“那就是了！”尼丽叫了起来，“她只是想利用你来接近奇诺。”

“不是那样的。在我没有安排约会之前，她就是热情、友好的。她把我叫到她的房子里——”

尼丽调皮地笑了：“也许那个女强人上了年纪，变得古怪了。”

“尼丽！”

“是有这种事情的。告诉你吧，有一些大牌明星——特别是像海伦这样性欲很强的女人——男人总是对她们不理不睬，使她们没了兴致，就想从女人身上找点儿新鲜的刺激。有一个过气的电影明星，她在夜总会里跟我们一起演出，她就是——”

“尼丽，海伦绝对是正常的！”

尼丽打了个哈欠：“好吧，我不想为这个跟你争论。她对男人的狂热简直是臭名远扬。只要是穿裤子的家伙，她都要粘上去。大家都知道她那个德行。所以她才丢了她的第一个丈夫。她丈夫回到家，发现她正跟她很久以前认识的一个流氓在鬼混。”

“尼丽，那不是真的。她很爱她的第一个丈夫。”

“安妮，我整天坐在那里跟那些姑娘聊天。谁都知道海伦以前在一家非法经营的酒店里唱歌，那家酒店就是托尼·拉杰塔开的。海伦为了他如痴如醉。但他是意大利人，还是天主教徒，有妻子，还有七个孩子。当然，他跟海伦鬼混——但仅此而已。后来海伦演了她的第一部戏，亨利·贝拉米就插进来，强迫她跟托尼断了。海伦的名气越来越大，如果那个妻子跟她打官司，就可能损害海伦的形象。她跟亨利好了很长时间，但她仍然偷偷地跟托尼睡觉。除了亨利，谁都知道。亨利只是一直替她料理事务，使她成了一位明星和百万富婆。后来托尼又有了别人，海伦气得要命，一怒之下嫁给了她碰到的第一个男人——那位画家。这个时候，已经没有非法经营的黑店了，托尼开了一家漂亮的酒店——一家法国和意大利风味的餐馆——海伦经常把她嫁的那位画家带进来，跟他亲亲热热，故意让托尼看了吃醋。我想，这个办法成功了，因为有一天那位画家回家时，发现海伦正和托尼在那里重温旧情呢……他离开了海伦，后来就像变了个人似的。他又结婚了——但已经变成了一个酒鬼。”

“这些乱七八糟的事情，你都是从哪儿听来的？”

“托尼的事我早就知道。是啊，只要有人提到海伦的名字，他们就说她是‘托尼的妞儿’，亨利·贝拉米和她丈夫的事，我是听剧组里的孩子说的。每个人都知道——”

“每个人都知道，”安妮不耐烦地打断她，“就像你一样——是通过道听途说知道的。而你呢，又像大家一样，把你听到的这篇鬼话告诉你碰到的每一个人，然后就传开了。可是你当时在场吗？你亲眼见过海伦和托尼在一起吗？我跟海伦谈过。我知道她对她丈夫的感情是什么样儿的。不错，尼丽，海伦确实在一些方面很粗暴，我认为她成功得太快了，没有来得及适应自己的才华。她一下子就达到了顶峰，而内心仍然是个来自新罗谢尔的小姑娘。她假装自己很粗暴，这样才不会受到伤害。”

“好吧，我不跟你争了。”尼丽说，“她可爱，她讨人喜欢，既然你们俩看起来好得难解难分。你是唯一了解她的人，你不妨告诉她一声，你的第二个最好的朋友也是很有天分的。说不定她会让我到剧里演一些小角色呢。”

安妮笑了：“尼丽，没有人能够取代你。”

“那当然，这一点我明白。我们三个人聚在一起，像小姑娘一样聊聊天。”

“为什么不呢？尼丽，明天排演的时候走到海伦面前，告诉她，你是我的好朋友。”

“哦，没戏。”

“为什么不能？”

“因为没有一个人敢走过去跟海伦聊天。”

“试试吧，你会感到很吃惊的。”

“好吧。也许我会跟她交流交流洗袜子的心得体会。她是用力士还是爱芙莉？或者，既然她有那样的嗜好，我很高兴把我的几条需要洗的衬裙给她送去呢。”

“晚安，尼丽。”

“晚安。可是，安妮，我说的是真话。如果这种伟大的友谊能够维持，如果你有了机会，千万要替我说一句话。试试吧……求求你了，好吗？”

“瞧，我可以称之为一种奇特的四人组合。”乔治·贝娄把晨报放在安妮的桌上，说道。安妮瞪着昨晚在摩洛哥夜总会拍摄的那张照片。海伦看上去怪模怪样，奇诺咧着嘴傻笑，艾伦的半个身子都在照片外面，只有照片上的她比真人还要漂亮。

她勉强笑了笑：“谁是尼克·朗沃斯？”她一边仔细看着桌上的留言条，一边问道。

“城里的一家顶级模特儿代理公司。怎么——朗沃斯要把你挖过去？”

“不知道。我一进来就看见这些留言条，叫我给他打电话。”

“那你应该赶紧给他打。你天生就是做模特儿的材料。不过最后的结果反正都差不多。天意难违啊。”他看了看她手上的戒指。

电话铃响了。乔治挥了挥手，溜达着走进自己的办公室。

是艾伦：“昨天晚上太累了，恢复过来没有？”

“玩得真痛快啊，是不是？”安妮愉快地问。

艾伦没有说话。

“艾伦？”

“我怀疑我的耳朵出毛病了。”

“我喜欢海伦·劳森。”安妮敏感地说。

“你喜欢她什么呢？她那些迷人的笑话？她淑女般的风度？听着，奇诺确实叫人难以忍受，但我不可能摆脱奇诺，他是我父亲。可是海伦——”

“我喜欢你的父亲。”

“你用不着说客气话，安妮。我总说亲人无法选择——但朋友是可以选择的。”

“艾伦，你说这样的话太不应该了。”

“为什么？我只是实话实说。如果我跟奇诺没有亲缘关系，只是碰巧认识他，我会觉得他咋咋呼呼的，惹人讨厌。我也许赞赏他做生意方面的能力，就像我赞赏海伦在舞台上的才华。但是从社交的角度来说，我情愿不要他们两个。等我们结婚以后，我们找一批全新的人，合适的人。今晚我再把这个问题跟你解释解释。”

安妮的脑袋开始突突地疼，像有锤子在里面敲着：“艾伦，我昨晚睡得很少。我想我今天晚上恐怕不能出去了。我打算下班后直接回家，上床睡觉。”

“这也是我们需要讨论的一件事。你还打算把那份工作干多久？一直要干到我们结婚的那一天？”

“我想工作，艾伦——而且我不想结婚。我跟你说过的。”

艾伦勉强笑了一声：“你累了。好吧，今晚放你一马。可是，安妮……我知道我答应过不催你的，但你开始考虑考虑结婚的事吧。只是考虑考虑……我只要求这么多。”

那天过得很慢。朗沃斯代理公司又打来电话。安妮告诉他们，她对成为一名朗沃斯的模特儿不感兴趣。是的，如果她改变主意，她会给他们打电话的。

吃过午饭后，亨利来了。安妮把邮件拿进他的办公室，他却把它们扔到一边。“坐下。”他点燃一根香烟，“埃德·霍尔森的剧本倒是好评如潮，但那浑蛋简直要把人折磨死了。”

“是剧本还是埃德·霍尔森？”安妮把脑袋靠在皮椅子上，按摩着自己的太阳穴。

“霍尔森。如果你的客户是个酒鬼，你有什么办法？一个该死的天才，然而是个酒鬼！”他摇了摇头，“一演完戏就喝醉了，就当着赞助商的面。当然啦，我不得不假装以前这种事从没有发生过。每星期拿两万，却跟赞助商一起喝醉了。我的运气还不错——他这次醉酒还算文明。如果他发起酒疯来，就会骂别人是吝啬的讨厌鬼。”

“那你为什么还要跟他打交道？”

“算算每星期两万的百分之二十五是多少，你就会得到答案了。他碰巧是一个真正的天才。我挑选我喜欢的人做朋友，挑选有才华的人做客户。”

安妮头疼得更厉害了，好像有东西在她眼睛后面梆梆地敲。“我想，很难在所有的事情上都做到诚实。”她疲惫地说。

“这跟个人的诚实与否没有关系。这是做生意上的诚实。你得挑选最好的，而不能让你自己的感情占上风。当你开始用心而不是大脑考虑问题时，你就输定了。”

他桌上的私人电话响了起来：“你好。噢，你好，亲爱的，事情怎么样啦？是啊，我当然看见了。你看上去真漂亮，宝贝儿。当然，她就坐在这儿呢。”他把话筒递给安妮。安妮疑惑地望着他。“是海伦。”他说。

“嘿！”海伦愉快地喊道，“工作中的女孩怎么样了？”

“有点儿累。”

“我也是。我不得不十点钟赶来排演。刚才休息了五分钟。告诉你吧——今天晚上在考帕有一个新戏开演。我给奇诺打了电话，建议我们四个人一起去看，他非常赞成。我们赶去看第二场。这样我们两个人都有时间先小睡一会儿。”

“艾伦知道吗？”

“我怎么会知道呢？”海伦顿了一下，接着她用小姑娘似的声音继续说道，“你不想去考帕吗，安妮？”

“嗯……想去，我想那肯定很好玩儿。特别是如果我能先睡一会儿的话。”

“当然。而且要穿得特别漂亮——每个人都会去的。”

“你是指穿长裙吗？”

“不，一条漂亮的短裙就行了。还有，请别忘了穿一件毛皮外衣。那件驼毛的就行。”

“我有一件黑颜色的外衣……”安妮突然抬起头来。

莱昂·柏克走进了办公室。

“太好了。哦，你回到家里，会看到我送给你的一份小礼物。”

“礼物？为什么呢？”

“只是一个小玩意儿。好了，我得回去挣钱了。”电话咔嗒一声挂断了。

“安妮是海伦·劳森新交的好朋友。”亨利对莱昂说。

莱昂坐下来，伸直两条长腿：“安妮属于坚强的新英格兰人。她会死里逃生的。”

安妮淡淡地笑了笑：“这句话我几乎都说腻了，但我碰巧真的很喜欢海伦·劳森。”

“太好了，”亨利欢快地说，“海伦需要一个真正的朋友。说句心里话，我觉得她非常孤独。”

莱昂大声笑了起来：“海伦每个季节都换一个新朋友。”

“她从来没有过真正的朋友。”亨利坚持道，“大多数女人都想利用海伦，甚至拿她逗乐解闷。她一下子飞黄腾达，没有学会那些微妙的细节。但她们学会了——在歌舞演员更衣室里，跟别的女演员学的——她们知道该看什么书，或谎称自己看过什么书，知道该怎么穿衣打扮。等她们最后成功时，她们已经把粗糙的地方都打磨得很圆滑了。海伦花了两年时间在一家非法经营的酒店里唱歌。她什么也没学到。然后，她演第一部戏就一炮走红。而对于一个红得发紫的人，人们总是对她的一切全盘接受。海伦突然变得高不可攀，没人能告诉她怎么穿衣服、怎么说话。她们听到她粗鄙的语言，总是善意地哈哈大笑，使她觉得自己的话很风趣。别离开她，安妮，她需要一个像你这样的人。”

亨利的电话发出蜂鸣声。接待员报出来电者的姓名。亨利点点头，把话筒递给安妮：“是艾伦。”

“我可以到外面去接。”安妮赶紧说道。

亨利挥了挥手：“没关系，我们都是你的朋友。”

安妮接过电话，意识到莱昂正注视着她。

“刚才你说自己太累，不能跟我一起安安静静地吃一顿晚饭！”话筒里传来艾伦刺耳的声音，“这会儿我又听说我们要一起去考帕。”

“这是海伦和奇诺安排的。”安妮心虚地说。

“我明白了。拒绝我很容易，但是不能让海伦扫兴。你是谁呀？名人的跟班？”

“艾伦，我在贝拉米先生的办公室呢。如果你愿意，我们就取消今晚的活动吧。”

“不……等一等。我并不想小题大做。我们还是去吧。”

亨利的私人电话响了。

“我待会儿再跟你谈，艾伦。”

“安妮，对不起。我知道你在为亨利工作，海伦是他的客户。可是过了今晚，我们把她摆脱掉好不好？如果你非要见她，就跟她一起去买买东西，一起吃吃午饭——可是千万别把她带进我的生活。”

亨利举着话筒。是海伦打来的。

“艾伦，今晚见吧。”安妮挂断了电话。亨利把另一个话筒递给她。

“看来我们要给她配一个私人秘书了。”亨利眨了一下眼睛对莱昂说。

“嘿，你的地址是什么？”海伦大声说道，“我需要你的地址，好把那件小玩意儿给你送去。”

安妮告诉了她。

“哦，该死，这里没有铅笔。你等一下——”

“海伦，”安妮赶紧说道，“问问尼丽·奥哈拉。”

“谁？”

“尼丽·奥哈拉。她就在你的剧组里。我们住在同一幢楼里。她会把地址写下来给你的。”

“她在做什么？在歌舞队里？”

“是啊。她本来是‘笨娃娃’里的一员。”

对方出现了短暂的停顿：“噢，那个人。”

“她是我一个非常要好的朋友，海伦。她只有十七岁。她在剧组里只是跳舞，但她也能唱歌。她真的很有天赋。”

“好的，”海伦轻快地说，“我去问她好了。你说她会唱歌？也许我可以安排她再做点儿什么。她是够倒霉的。说实在的，那件事一点儿也不能怪我。不过没关系……也许我现在可以做点儿什么。我有了一个主意。”

安妮回到自己的桌子前埋头工作。漫长的一天终于快要结束了，她的脑袋仍然一跳一跳地疼。回到家里，她三步并作两步地跑上楼，一心只想上床小睡一会儿。尼丽的房门大开着，她从里面冲出来，跟着安妮上来了。

“我确实很累了，尼丽。我们以后再谈。”

“我不会待多久的。我只想看看你见到海伦那件礼物时脸上的表情。在你的房间里。我叫来了参加排演的临时演员，让他把你的房门打开了。”

安妮在自己的房间里东张西望。她没有看见包裹之类的，哪儿都没有什么新的东西。

“那儿！”尼丽指着摇摇晃晃的床头柜。安妮呆呆地望着一部闪闪发亮的黑色电话。

“她付了安装费，还预付了两个月的电话费。她说，两个月过后，你大概就嫁给艾伦了。”

“可是我不能让她这么做。”

“反正她已经做了。我也说不清，安妮……也许你在她身上施了什么魔法。在你告诉她我是你的朋友之后，她确实对我挺好。”然后，看到安妮脸上露出笑容，尼丽又没好气地说，“但是那改变不了什么。我仍然认为她是个魔鬼！”

考帕夜总会是前一天夜晚的重复。所有的注意力都围着海伦打转。她尖厉刺耳的笑声，她兴高采烈地召唤她认识的每一个人的声音。奇诺在旁边给她鼓劲儿，不断地给她斟满香槟酒。安妮被海伦的热情所感染，再加上多喝了一杯香槟酒，也积极参与这种亲密无间的热闹场合。艾伦却一直很淡漠，不爱说话。

"我们先把安妮送回去。"他们终于在豪华轿车里坐定后，海伦宣布。

"好的，我是最近的。"安妮躲避着艾伦质问的目光，赶紧说道。车子在她那幢褐砂石楼房前面停了下来，她不等司机为她打开车门，就匆匆跳了下来。"待着别动，"她对艾伦说，"外面冷极了。"她挥挥手，飞快地跑上台阶，意识到了艾伦闷闷不乐地紧咬着牙关，即使在黑暗中也能看出他的不快。

二十分钟后，她的新电话发出了第一声生命的喊叫。

"我得把它启动一下。"海伦欢快地说，"把你吵醒了吧？"

"没有……不过我已经在床上了。"安妮觉得自己真够奢侈的。即使在劳伦斯维尔，床边就有电话也是从来没听说过的。

"好玩吗，嗯？"

"我过得很开心。这是我一生中最愉快的一个夜晚。"

"是啊……"海伦顿了顿，然后换了一种语气，"安妮，我跟奇诺不会有什么发展了。"

"他今晚挺高兴的。"安妮如实地说。

"可是他分手的时候都没有亲我一下。"海伦悲哀地说，"你走了之后，那个乖儿子也下了车。我以为他肯定会提出上楼喝一杯的。我偎依在他身上，说我有一瓶冰过的上好的酒。可是等车开到我住的地方，他只是拍了拍我的后背，说：'晚安，伙计。'"

"嗯……"安妮搜寻着合适的字眼，"那表示他对你很尊重。"

"谁想要尊重？我只想痛痛快快地做爱！"

安妮倒抽冷气的声音清晰可闻，但海伦直顾着往下说道："听着，天使，等你像我经历了这么多事情之后，你就会知道，男人就通过这一点来表示他被你迷住了。"

"你在开玩笑吧，海伦。实际上正好相反呀。"

"相反个鬼！那他通过什么来表现？"

"请你出去，跟你一起，愉快地度过一些时光。"

"你开什么玩笑！在我看来，如果一个男人喜欢你，他就巴不得跟你上床。即使那个浑蛋莱德·英格拉姆——我最后一个丈夫也不例外——嘿，我们见面的第一个晚上他就扑到我身上来了。我们结婚后，他放慢了节拍，大概每星期三到四次。后来是一个月一次，再后来就什么都没有了。从那时候起，我就派侦探跟踪他，发现他在背叛我。"

"可是，海伦，我跟艾伦约会了这么多次，他却一次都没有……对我放肆。"

"别跟我来这一套！"

一时间，双方的沉默使人无法承受。然后海伦突然发出她那种小姑娘般的笑声："好了，别生气，安妮宝贝。我相信你。可是，天哪，你难道不想吗？我是说，你怎么知道自己愿意跟这个男人结婚呢？他说不定在床上很差劲儿呢。你总愿意先试一试吧，是不是？"

"我才不愿意呢。"

这次，海伦暂时沉默了。接着，她以一种含着敬意的不自然的声音说："那么你只是对他的钱感兴趣。"

"我当时以为艾伦只是一个卖保险的可怜虫，却跟他交往了六个星期。"

短暂的沉默。

"那真见鬼——难道你是那种性冷淡的女人？"

"我认为不是。"

"你'认为'，这是什么意思？恐怕你接着还要告诉我，你是一个处女吧，安妮？你没挂断电话吧？哦，天哪，我相信你肯定是个处女。"

"听你的口气，好像那是一种毛病。"

"不，但即使只有二十岁，许多女孩子已经不是……我是说，咳，如果你喜欢一个男人，你肯定希望他对你下手，你是等不及的。"

"你对奇诺就是那种感觉吗？"

"当然——我还没有爱上他呢。但我很可能会爱上他的。"

"唉，再等等吧。"安妮疲倦地说。

"我明天晚上再试试。马提尼夜总会有个首演式。"

"你跟他有约会吗？"

"还没有。我明天给他办公室打电话，跟他约一下。"

"海伦……为什么不等等呢？"

"等什么？"

"给他一个机会打电话给你。"

"如果我等着，他却没打来电话呢？"

"但是你肯定不愿意强迫他跟你出去，对不对？"

她听见海伦打了个哈欠："为什么？有时候，你跟一个男人处久了，他跟你习惯了，不管一开始他是不是愿意主动跟你约会。"

安妮觉得奇诺不可能接连三个晚上都不理睬阿黛尔。但最主要的是，她不愿意海伦自取其辱："海伦，拜托你了。明天不要给奇诺打电话，给他一个机会打电话给你。"

"如果他不打呢？"

"他也许不打。他也许接连几天——甚至一个星期不打电话。"

"一个星期！哇，那可不行，我等不了那么久！"

"也许用不了等那么久。可是试一试吧……明天先别打电话。也许奇诺不愿意接连三个晚上都出去。"

"好吧，"海伦叹了口气说，"其实我仍然觉得我那种办法最好。好吧，我就给他一天时间给我打电话。但我还是想去马提尼看首演式。"

"没有别人可以陪你去吗？"

"哦，随便找个人当然没问题。我的设计师，或者钢琴伴奏鲍比·伊夫斯都可以陪我去。但他们俩都是同性恋。就是这个问题——如今已经没有几个真正的男人了。同性恋一大堆，没有男子汉。我可不愿意跟一个娘娘腔去参加首演式，那就像贴出一个告示：'我只能找到这样的货色。'"

"我认为你能挑选到自己喜欢的男人。"

"每个女孩子刚到纽约时都会那么想。以前确实是那样，在禁酒时期的那段好日子。我猜想，他们让饮酒合法化肯定有他们的道理，但以前那段日子确实很美妙啊。那些无证经营的地下酒店真是棒极了——像公园大道酒吧、哈哈夜总会什么的。现在没有什么夜生活了。我真喜欢那些日子，你打扮得漂漂亮亮，埃迪·杜钦在卡西诺公园里演奏，查理兄弟帮的人坐在前排靠近舞台的座位上，你到哈莱姆去吃早饭……那些日子，托尼随手甩出五十块钱小费都不当回事儿。现在呢，如果有个家伙掏出两毛五分钱请你喝一杯，他都觉得是笔了不起的大花费呢。上帝，我是多么爱托尼啊！那才是个响当当的男子汉呢！"

"我好像听你说弗兰克是你爱过的唯一一个男人。"

"没错。托尼让人激动——床上功夫一流——但他是个狼心狗肺的。弗兰克心肠好，善良，而且……"海伦突然哭了起来，"哦，安妮，我真的很爱弗兰克……真的……我只爱过他一个男人。现在他不在了。"

"可是，海伦，你毕竟拥有过真正的爱情。"安妮结结巴巴地说。

"我想，是吧……"海伦似乎得到了安慰，"我想我是幸运的，得到了我真心爱的一个男人。有些女人一辈子都得不到。"

"你不爱亨利吗？"

"你这是什么意思？"

"嗯，你曾经爱过亨利·贝拉米，是不是？"不知怎的，安妮觉得自己说错了话。

“他是这么对你说的？”海伦的声音冷冰冰的。

她的语气突然改变了，简直令人难以置信，安妮被惊呆了。眨眼间，她们之间亲密温暖的友情就消失得无影无踪。

“不是，我看到他谈起你时总是很热情，就想当然地以为是这样。”安妮淡淡地说。因为困惑和疲惫，她脑子有点儿发晕。

“嘿，慢着！天哪，你太敏感了。我当然了解亨利，了解得一清二楚。可是为什么人们就不能忘记这件事呢？我们上过床，但那说明不了什么问题。反正对我来说是这样。我从来没有多么喜欢过他。那时候我很年轻，亨利对我的事业很重要，而且我抛头露面时身边又没有一个男人——咳，这都是些陈芝麻烂谷子的事了。我有时候都忘记我们俩之间有过这一档子事了。但他仍然是我生意上的经纪人，所以，看在上帝的分上，你千万别把这话告诉他。”

“咳，海伦，我怎么会呢？我喜欢亨利。你也不愿意伤害他。”

海伦打了个哈欠：“真滑稽，一年前我们一起出去。我情绪很不好，亨利就陪我回家。我们决定看在过去旧情的分上，再试一把。没戏！我假装不出来，亨利也硬不起来。咳，亨利毕竟上了岁数——已经五十多了。我猜想他那玩意儿已经不太容易有活力了。”

安妮克制住一声不由自主的惊叫，然后说道：“可是奇诺也五十多岁了……”

“他是个意大利人，那些意大利人一辈子都是热火朝天的。意大利人的床上功夫是没人能比的。那个奇诺！我等不及了！听着，我现在就要给他打电话，跟他道晚安……让他梦见我。”

“海伦！你不能！现在是凌晨四点。你会把他吵醒的。”

“不会，因为我突然就想起他来了。知道这意味着什么吗？这意味着他正在想我。如果你突然想起某个人来，那就意味着那个人正在想你。”

“不是突然想起来的，”安妮严肃地说，海伦的热情使她重新对她们的友谊有了信心，“差不多有一个小时了，我们一直在断断续续地谈奇诺。你千万不要现在给他打电话，海伦。”

“好吧，”海伦答应了，“我听你的。我就等他给我打电话吧。”

“那就对了。”

“行了，天使，”海伦睡意蒙眬地说，“明天再聊。睡个好觉……”

三天过去了，奇诺没有打电话。海伦每天好几次给安妮施加压力。她给安妮的办公室打电话，她在安妮换衣服准备跟艾伦约会时打电话，她在凌晨两点钟打电话。

尼丽也逼着安妮给她拿主意。她要到布鲁克林区去跟梅尔的家人一起吃饭。她把自己所有的衣服都拖了出来，一定要安妮帮她做出决定。实际上她自己觉得穿那件紫色塔夫绸衣服最合适，她只想再确定一下。安妮坚持让她穿一件黄褐色的羊毛衫，两人展开了激烈的辩论。“天哪，这使我老了两岁。”她们吵得没完没了。最后尼丽做出了让步，违背她自己的本意，穿着那件黄褐色羊毛衫赴约去了。

事务所里因为埃德·霍尔森的广播剧而忙乱不堪。周围兴奋的气氛也使安妮情绪亢奋。她埋头工作。亨利需要她，海伦和尼丽需要她。她在攀登珠穆朗玛峰，空气清新，令人振奋，即使每一秒钟都如履薄冰，但这才是真正的生活——而不是站在场外观看。

在奇诺沉默的第四天，海伦要求采取行动。“听着，我不管他多忙，”她在电话里嚷道，“如果一个男人喜欢你，他至少能腾出空儿来问声好吧。”

“嗯……也许我错了。我是说……也许他并不在乎。”安妮小心翼翼地说。艾伦买了晚上的戏票，时间已经不早了，她还要回家换衣服。

“他喜欢我，我能感觉出来。”海伦固执地说，“我现在就给他打电话。”

“海伦，求求你……”

“听着。你的建议根本就不管用。我听了你的话，结果一无所获。”

“可是，你说，如果他在乎你，他会打电话的……”安妮耐着性子说。

“我放手的时间太长了。如果我早打电话，现在他就习惯我在他身边了。上帝！这就是我一辈子的命运，总是触霉头，碰一鼻子灰……”她哭了起来，“说真的，安妮——每次我对一个男人好一些，他就把我甩了。我受的伤害比任何一个女孩子都多。我什么也没有得到。我只是工作，工作，工作——为大家挣钱——而我自己是这么孤独。我以为奇诺喜欢我。那天晚上在摩洛哥你也这么说。为什么他不给我打电话呢，安妮？”

安妮的心里顿时充满了对那个女人的同情。她觉得自己有责任——是她介绍他们俩认识的。奇诺一个电话也不打，这是不应该的。他偶尔见见她不会对他有什么妨碍。他应该感到受宠若惊。

“海伦，再等一天……求求你。”

那天晚上看完戏后，安妮提议到摩洛哥夜总会去。奇诺坐在他惯常坐的桌子旁。他热情奔放地朝他们挥手，一定要他们过去跟他坐在一起。阿黛尔穿着崭新的貂皮大衣，光彩照人，一只胳膊当仁不让地挽住奇诺。安妮突然一阵迷茫，不知道自己希望得到什么结果。她忘记阿黛尔多么漂亮了。罗尼·沃尔夫也来了。阿黛尔提到一家新的夜总会第二天晚上开业，奇诺立刻兴高采烈地组织了一个聚会，邀请安妮和艾伦也一起过去。

真是不应该来摩洛哥的。她来做什么呢？莫非她异想天开，以为奇诺看见她就会想起海伦？她注视着奇诺的手搂住阿黛尔的肩膀，想起了脸庞浮肿、身段肥胖的海伦。她真是由衷地同情那个人到中年的女明星。

“来吧，安妮，跟我跳个舞吧。”

是奇诺，他把庞大臃肿的身体从桌子后面拖出来。“我还没有跟我儿子的未婚妻跳过舞呢。”他朝罗尼·沃尔夫眨了眨眼睛，“这样的好机会可不能错过。”

他们绕着舞池转了一圈，奇诺跟他认识的每个人都点过头之后，压低声音说：“听着，安妮，你得帮我一个忙，替我摆脱掉那个叫劳森的女人。”

“我不明白……”她竭力装作什么都不知道。

“她今天晚上给我打了电话，想知道我们什么时候再到城里去玩。你知道吗——她竟然有脸问我是不是病了，因为我没有给她打电话。”

“可是你为什么不给她打电话呢？我以为你很喜欢她的。”

“当然。她是个不错的妞儿，我喜欢带她出来玩玩，她笑起来怪讨人喜欢的。我倒是愿意再带她出来——如果她没有别的非分的想法。”

安妮的声音冷冷的：“我认为你这是无中生有。”

“安妮……”他把声音放得更低了，“我本来不想告诉你这些，但你必须知道才能理解。那天夜里，你和艾伦都下车之后，那个老婊子居然摸着我的——我的私处……求我上楼去喝一杯。我假装没听明白。天哪，我总算逃出来了！”他后怕地打了个激灵。

“我认为她……很迷人。”安妮底气不足地说。

“那是因为她年纪大得可以做你母亲，你尊重老年人，尊重她的才华。可是，听着，安妮，对一个男人来说，她并不迷人。哦，当然啦，当她站在舞台上放声歌唱时，没有人比得上她。可是谈恋爱就另当别论了……”他朝桌子那边的阿黛尔瞥了一眼，“我只对我怀里的这个身体感兴趣。”

安妮深深地吸了口气。想到海伦将要遭受这样无情的羞辱，她觉得无法忍受。过一段时间——等剧组离开纽约后——海伦大概会把他忘记。但此时此刻，海伦的尊严受到了威胁。

“我真为你感到吃惊，奇诺，”她小声地说，“一个像你这样的男人……一个创建了一个帝国的男人。你是说，你爱上一个姑娘仅仅是因为她有一张漂亮脸蛋儿？海伦·劳森是一个活着的传奇人物。她这样的人跟你一起抛头露面，你应该感到骄傲才是。她是个很有风采的人啊。”

“亲爱的，你完全弄错了。谁提到爱情了？你以为我爱上了那边那个没心没肺的傻妞儿？我曾经爱过一次——那是艾伦的母亲。她是一位淑女。可是一个男人到了我这个岁数还考虑爱情，那他准是自找麻烦。现在谁还需要爱情？我只想找一个漂亮姑娘，她有一副好身段。她用不着有聪明的脑瓜，也用不着是个传奇人物。她只要模样中看，能够让我满足就行了。我用几件毛皮大衣和不值钱的首饰付账，哄她高兴。”他耸耸肩，“我要海伦·劳森做什么用？她就像个发情的老公牛。好了，安妮，帮我一个忙吧——帮我摆脱她，不然我就要对她不客气了。”

“可是你要到纽黑文去参加她的首演式呢？”

“纽黑文？”

“奇诺……是你自己提出来的。你答应的！”

“纽黑文。天哪，坐火车得好几个小时呢。我当时一定是喝醉了。咳——反正我们去不去她都不会太在乎的。就对她说我要去费城。”

“真的？”

“不是，但那是很久以后的事。到时候我会想出办法来的。”

“不行，奇诺。她是我的朋友。我不想参与这种欺骗。”

“好吧，那我去告诉她。我对她说，她是一个母夜叉，离我越远越好。”

“如果你那么做，我永远也不会原谅你。”安妮的声音很低，但黑黑的眼睛里喷着怒火。

奇诺看看她，笑了：“安妮，安妮，你想让我怎么做呢？我不想伤害她。但我也不可能给她当情人啊。”

“你可以到费城去参加首演式。”

“然后呢？那只会使她有非分之想。”

“我可不会把自己看得那么重要。”安妮冷冷地说，“你是一个很有魅力的男人，但我并不认为缺少你的关注，海伦就会郁郁寡欢。只是因为我介绍你认识了她，而且一个人既然做出了承诺，我认为就应该守信用。她的戏在百老汇首演时，你必须站在剧场后门等着看她。”

“好吧，好吧。上帝不允许我跟家里未来的新成员发生矛盾。咱们就这么说定了。我去费城——那里有一趟晚班车，我可以当天夜里赶回来——但你必须答应到时候帮我摆脱她，成交？”

“好的，奇诺，成交。”

海伦比以前更难缠了。安妮编出一套假话，说奇诺忙着处理一笔新的生意，没有时间见她，但他会去费城参加首演式。

“忙着处理一笔生意，这是什么意思？”海伦尖叫起来，“你以为我在做什么呢？削土豆吗？”

“可是你愿意他去费城而不是纽黑文，对吗？”

“是啊，可是别跟我扯什么做生意之类的鬼话。听着，我不管多忙，如果我喜欢一个人，我总能找到时间去见他的。”

“好了，别谈奇诺了，”安妮疲倦地说，“他不值得你这么费心。”

“可是我需要一个男人——我一个人也没有，安妮。”她的声音变得很小，“所以我一定要得到奇诺。”

“海伦，也许奇诺并不真的需要一个固定的女人……”

“他当然需要。他的一切我都打听清楚了。他跟一个歌舞女演员——一个名叫阿黛尔什么的大美妞儿——混在一起。”

“这你也知道？”

“当然，我看报纸的呀。可是，你看，他一边跟她交往着，一边就跟我约会了，是不是？所以他对她并不怎么上心。我听说他跟那个姑娘已经好了六个月了，但你注意到了吗，他并没有要求她辞掉演出，整天跟他待在一起。所以，我估摸着他准备再换一个人。那个人就是我呀！我们在一起的两个晚上都玩得很开心。我看得出来他喜欢我。我猜想，也许是我的身份使他有点儿害怕——那些传闻，那些胡说八道。我现在就给他打电话！”

“海伦！”

“看在老天的分上，够了！他会拒绝我，今天晚上我见不到他。可是干坐在这里不打电话，也不会把他带到我面前来。”

“海伦，他要去费城呢。”

“我怎么能肯定呢？”

“因为艾伦和我也要去。我向你保证他肯定会去的。”

“好吧，”海伦又高兴起来，“也许这样最好。接下来的十天肯定特别忙乱。费城的首演式后有一场盛大的晚会。奇诺和我很快地露一下面，然后就溜进我的套房，好好儿地乐他一场。天哪，安妮，一旦我让他上了床……”

纽黑文首演式——尼丽称之为“开场日”——之前的那个星期，像是爆发了一场没完没了的危机。为了埃德·霍尔森的广播剧，事务所不断地召开情绪激烈的紧急会议，剧作家们走马灯似的来来去去。海伦一天打来好几个电话，有时只是闲聊，但大都是抱怨奇诺。他接连三个晚上跟阿黛尔·马丁去了摩洛哥夜总会——海伦的服装设计师看见他们了。他怎么不去忙他的生意了？

“可是，海伦……他用不着十一点以后再去见她。他们也许只是一起匆匆地喝一杯。”

“我也愿意跟他一起匆匆地喝一杯啊。”

“我相信他是太看重你了，不愿意让你空等……”

接着，在一片混乱中，艾伦突然表明了立场。海伦暂时退出了，他们又恢复以前那种轻松随意的关系。那天，他们在白鹳夜总会，安妮百无聊赖地用一根木棒搅拌着香槟酒，假装在慢慢地喝。

突然，艾伦说话了：“安妮，咱们还要继续耗多久呢？”

“你这是什么意思？”

“我们什么时候结婚？”

“结婚？”安妮茫然地重复着这个词。

“哎，这是大家都知道的事。”

“可是，艾伦……我以为你明白的。我的意思是……”

“我是说过我可以等。而且我确实等了。已经一个月了。”

“艾伦，我不想结婚。”

当他再次说话时，他的眼神有些异样；“我想把一些事情搞清楚，为了让自己放心。你是不喜欢结婚——还是不喜欢我？”

“你知道我不是不喜欢你。我认为你很不错。”

“哦，上帝……”一声呻吟。

“但如果我不爱你，我不能说我爱你。”安妮可怜巴巴地说。

“跟我说说吧。你爱过什么人没有？”

“没有，但是——”

“你认为自己有能力去爱别人吗？”

“当然！”

“但那个人不是我。”

安妮继续搅拌香槟，呆呆地望着那些泡沫。她不敢去看他的眼睛。

“安妮，我认为你对性有畏惧心理。”

这次，她抬起头来望着他：“我想，你接下来要说我还处于沉睡状态……你会改变这一切的。”

“对极了。”

安妮假装喝香槟，避开他的目光。

“我想，大概以前有人跟你说过这样的话。”他说。

“不，我是在一些很蹩脚的电影里听到过。”

“有些话因为真实，反而显得是老生常谈。对事实嗤之以鼻总是省事得多。”

“事实？”

“事实就是你害怕生活。”

“这就是你的想法？就因为我不肯匆匆忙忙地跟你结婚？”她的眼睛里含着一点儿微笑。

“年满二十岁，仍然是个处女，你认为这正常吗？”

“贞操不是毛病。”

“在劳伦斯维尔也许不是。可是你又说你不愿意像劳伦斯维尔的人那样生活。那就让我告诉你几点事实吧。二十岁的姑娘大多数都不是处女了。实际上，她们大多数都跟她们并不十分喜欢的男人上过床。她们的好奇心和性的本能使她们做出尝试。我认为你恐怕从来没有跟哪个男人有过搂搂抱抱的动作。如果根本不去尝试，你怎么会知道你不喜欢某种东西呢？你从来没有对某种东西有过冲动和激情吗？有没有什么人，你在他面前感到特别轻松自在？你有没有用你的双臂搂住某个人？男人，女人，或孩子？安妮，我一定要将你突破。我爱你。我不能允许你自生自灭，萎缩成一个新英格兰的老处女。”他抓住她的两只手，“来——暂时把我忘记。你有没有真正喜欢的人？有时候我真想使劲摇晃你，看看能不能往你这张完美的脸里注入一些感情。上个星期四对你没有任何意义吗？”

“星期四？”她的思绪飞快地往回翻。

“是感恩节，安妮。我们在21夜总会庆祝的。天哪，什么事都对你没有触动吗？当时我希望你能邀请我跟你一起回家，到劳伦斯维尔过感恩节。我想见见你的母亲和姨妈。”

“星期五事务所必须有人值班，斯坦伯格小姐去匹兹堡看望她的家人了。”

“那么你呢？你是个独生女儿。你和你母亲的关系不亲密吗？她对我们的事怎么想？你有没有意识到你从来不提她？”

安妮又开始玩弄搅拌棒。起初她每星期都写信回家。但母亲的回信总像是迫不得已，例行公事，所以她写过几封后就不再写了。母亲确实对纽约、尼丽和亨利·贝拉米不感兴趣。

“报纸上登出我们订婚的消息后，我给我母亲打过电话。”

“她怎么说？”

（“我说，安妮，你自己做的事情，大概总是心里有数的。劳伦斯维尔的人都在波士顿报纸上看到了这个消息。我想，纽约的男人一个个的都差不多。谁也搞不清他们的出身背景。我想，他跟普利茅斯的库珀家族大概没有关系吧？”）

安妮淡淡地笑了笑：“她说我自己心里有数。她像往常一样又说错了。”

“我什么时候去见她？”

“我不知道，艾伦。”

“你打算一辈子都为亨利·贝拉米工作？这就是你事业的顶峰？”

“不……”

“那你想做什么，安妮？”

“我不知道。我只知道我不想做什么！我不想回劳伦斯维尔，那样我还不如死了呢。”她打了个寒战，“我不想结婚——除非我爱上了某个人。我真的很渴望爱上某个人。艾伦，我真的非常非常地渴望。然后我想要孩子，我想要一个女儿。我要爱她……亲近她……”

艾伦朝她露出微笑：“好样的。我认识你这么久，还是第一次听你说了这么多心里话。你也许不爱我，但你想要的东西正是我想要的。我们会拥有那个小女儿——不，不要反驳。”他看到安妮要说话，用手指按住她的嘴唇，“那个小女儿要上最好的学校，要进入社交界。以你的相貌和出身背景，我们要去结识那些我们应该认识的人。我要找一个社交方面的媒体宣传员，我们要充分利用你们的家庭背景。你看着吧——我们要真的到处旅游。纽波特，棕榈滩——我再也不想去迈阿密，再也不想去考帕。”

“可是我不爱你，艾伦……”

“你什么人也不爱。但是你说到你渴望爱情……渴望拥有一个孩子时，我看见你眼睛里闪着火花。它就埋在那里，等待被开发。你这样的女人一旦尝到滋味，在床上就会很疯狂的——”

“艾伦！”

他笑了：“不要攻击你没有尝试过的东西。我不想自吹自擂，但我有过很多经验。我会唤醒你的。我会让你要个没够的——”

“我不想坐在这里听你说这些！”

“好吧，我一个字也不说了。我不会逼着你结婚的……就等到圣诞节吧。那时候我们再定个日子。”

“不，艾伦……”

“我要的东西总能得到，安妮，我想要你。我想要你爱我。你会的！现在一个字也不提了，到圣诞节再说。”

那是星期二发生的事。

星期三，《直冲云霄》剧组离开纽约，到纽黑文去准备星期五晚上的首演。

星期四，亨利·贝拉米说：“噢，对了，安妮，我们明天乘一点钟的火车去纽黑文。我给你在塔夫脱旅馆订了一个房间。”

“我？”

“你不想去吗？莱昂和我要去参加首演，而我想当然地以为你也愿意去的。毕竟，海伦是你的好朋友嘛，而且你跟剧组里那个叫奥哈拉的小姑娘关系也不错。”

“我愿意！我还从来没参加过首演式呢。”

“好了，做好心理准备吧，纽黑文的首演式可是非同凡响。”

一九四五年十二月

他们在纽约的中央火车站碰头。天气寒冷，干燥。亨利把脸刮得干干净净，显得浮肿而疲惫。莱昂·柏克用热情随和的微笑迎接安妮。

他们在特等车厢里坐定，两个男人打开公文包，埋头对付那一堆合同和法律文件。旅途只是他们日常工作的延伸。

安妮试着集中精力看杂志。明亮的阳光掠过车窗，窗外显示出冬天荒凉的乡村景色。这使她想起了劳伦斯维尔。在纽约，你不会记得冬天多么寒冷、荒凉。霓虹灯，熙熙攘攘的人群，车水马龙的街道，积雪被践踏成糊状，接着又变成灰色的污水，很快便消失了，于是你忘记了外面世界里萧瑟荒凉的田野，忘记了寒冬里的孤独，忘记了那些漫长的冬夜，跟母亲和姨妈一起坐在宽敞、一尘不染的厨房里。偶尔去看场电影，或者去打打保龄球，或者去玩玩桥牌。“哦，上帝，”她暗自祈祷，“感谢你给我勇气逃了出来。千万不要让我再回去——永远不要！”

火车驶进纽黑文昏暗的车站时，两个公文包啪的一声合上了，两个男人站起来伸了伸腿。亨利的脸上露出疲倦和担忧的表情。

“好了，我们到了——进入发射区了。”他说。

莱昂抓住安妮的胳膊：“来吧，姑娘，你会喜欢你在纽黑文参加的第一场首演式的。我们可不能让亨利败坏了你的兴致。”

“我来过纽黑文五十次了，”亨利闷闷不乐地说，“总是到了这里才想起我多么讨厌它。纽黑文一直是个令人头疼的城市。而有了海伦·劳森的演出——它简直成了一场不折不扣的灾难！”

塔夫脱旅馆看上去阴森森的，令人生畏。“洗漱一下，到酒吧来找我们。”亨利对安妮说，“如果我是你，就不会给海伦打电话。她在纽黑文是个恶婆，说不定现在还在剧场呢。我先过去跟她报到。就在旁边。”

安妮敏捷地把行李取出来。房间很小，令人感到压抑，但无论什么也影响不了她勃勃的兴致。她觉得自己就像个第一次独自出远门的小姑娘，内心里充满了期待——似乎随时都会发生一些美妙的事情。

她走到小小的窗户前，望着下面的街道。冬日的暮色逐渐笼罩这座城市，路灯开始映照昏暗的街道。旅馆对面一家小饭店的霓虹灯招牌不断地闪闪烁烁。这时，刺耳的电话铃响了起来，她赶紧返回屋里。

是尼丽。

“我刚刚排演回来。贝拉米先生到剧场来看海伦了。他告诉我你也来了！我太激动了！”

“我也是。情况怎么样？”

“糟糕透了！”尼丽喘不过气来似的说，“昨天夜里我们进行了一次彩排，一直到凌晨四点。海伦还想再删掉泰瑞·金的一首歌。泰瑞一气之下，跑出了剧场，她的代理人今天下午来了，要跟吉尔·卡斯摊牌。泰瑞说海伦不能删掉那首歌。还有，跟‘笨娃娃’一起跳的舞蹈也糟糕透了。我想，它肯定会被删掉，查理和狄克都要卷铺盖回家了。”尼丽开心地补充道。

“听起来太可怕了。海伦回来了吗？”

“没有，她还在剧场，跟亨利·贝拉米一起关在她的化妆室里。不知道他们怎么解决这些事情。”

“你的意思是今晚的戏不能首演了？”

“哦，他们肯定还是会想办法开演的，”尼丽兴高采烈地说，“但是肯定会乱成一锅粥。对了，安妮，梅尔也在这儿。”

“他大概跟我们乘的同一趟火车。”

“不，他昨天晚上就来了。”尼丽顿了顿，说道，“安妮……我……我们做了。”

“做了什么？”

“你知道的。”

“尼丽……你是说……”

“嗯，嗯。疼极了，我没达到高潮。后来梅尔用另外的办法让我达到了。”

“你在说些什么呀？”

“他用舌头舔我。”

“尼丽！”

“行了，安妮，别这样大惊小怪的。你对艾伦不冷不热的，并不能说明我就是个荡妇。我碰巧爱上了梅尔。”

“那就没什么不可以了。”

“你说得太对了！我们都需要对方。如今人们不再单单为了这个而结婚了。梅尔今天还像昨天一样尊重我，爱我，甚至还要更多，因为他现在是真的爱着我。我也爱他。不过，我们暂时还不能结婚。他要帮着补贴他的家人。但如果这部戏大获成功，我能指望我那每星期的一百块钱，我们就可以结婚啦。”

“可是，尼丽……你怎么……”安妮尴尬得说不出话来。

“你是说让他舔我吗？告诉你吧，梅尔说，两个相爱的人在一起，不管做什么都是正常的。而且，那感觉可刺激了！哦，天哪，我简直等不到今天晚上了。安妮……当他抚摸我的胸脯时，我下面就有感觉。我敢说用另外一种方法远远不及——"

"尼丽，看在上帝的分上！"

"等到这种事发生在你身上，你就会明白了。散场后见。注意看我。我在第二幕有三句台词。"

莱昂在酒吧的一张桌子旁等着。"亨利还在剧场。"他同情地做了个鬼脸，"我为你点了一杯干姜水，行吗？"

安妮微笑地看着杯子："也许我应该学会喝苏格兰威士忌。我感觉就连侍者都不满地盯着我呢。"

"那你也盯着他们。永远不要因为别人的眼色而去做你自己不喜欢的事情。坚持你的自我。"

"我觉得我好像还没有自我。"

"每个人都有自我，一个是自己的，一个是给别人看的。我认为你喜欢表面上扮演一个被动的女秘书，一边在寻找真正的自我。"

"我记得你说过我是个斗士……"

"我确实这样认为——不过是为别人而奋斗。"

安妮喝了一小口干姜水。莱昂递给她一支香烟："我说错话了吗？"

"没有，我认为你说出了一个很重要的真理。"接着她愉快地抬起头来，"但我确实为一件事奋斗过。我——"

"是的，你来到了纽约。可是，告诉我，安妮，这会成为你一生中一个辉煌的成就吗？"

"那么你呢？"她的眼睛里突然闪出怒火，"战争结束了，生活还在继续。你还准备接着奋斗吗？"

"我现在就在奋斗。"他平静地说。

"似乎我每次和你在一起，就说不出轻松愉快的话来。"安妮苦笑着说，"但这次不是我先开始的。我想我还是来一杯苏格兰威士忌吧。"

莱昂招来领班，点了两杯酒。安妮举杯祝酒："我把这杯喝光，也许就能说出一些逗你发笑的话来了。"

"我很高兴笑一笑。但你用不着喝威士忌。"

安妮一口喝掉半杯，然后沮丧地说："难喝极了，我仍然想不出什么好玩的话来说。"

莱昂从她手里夺过杯子："把我逗笑难道就那么重要？"

"那天晚上我看见你在拉洪德——跟詹妮弗·诺斯在一起，你笑得很开心。我想……"她伸手拿过酒杯。她在说什么呀？她又喝了一大口。

"接着喝，把它都喝光吧。这倒是个好主意。至少你现在正为自己奋斗呢。"

"那么你在争取什么呢，莱昂？"

"你。"

他们的目光交织在一起。"你用不着争取的。"她轻声说。莱昂一把抓住她的手。艾伦送的钻石戒指深深扎进她的手指，像是它本身就带着怒气似的。安妮感觉到了钻石的尖锐，但脸上丝毫没有显露出来。莱昂的眼睛离得这么近……

"嘿，看得出来，你们俩都喝醉了。"亨利·贝拉米兴高采烈地大步朝他们走来。他示意侍者来一杯酒。

安妮迅速抽回自己的手。戒指果然扎进了肉里。亨利坐下来，叹了口气。

"你们继续拉着手好了。"他漠不关心地说，"别让我妨碍了你们。唉，你们都年轻啊，抓住好时光吧。我说的是心里话——当你年轻的时候，你以为自己会永远年轻。直到有一天你突然醒来，发现自己已经年过半百。报纸上讣告栏里的名字不再是你不熟悉的老头儿老太太，而是你的同龄人、你的朋友。"酒来了，他一口气把它喝个精光。

"好了，亨利，"莱昂大笑着说，"不会这么糟糕的。"他把手从桌子底下伸过来，亲热地抓住安妮的手。

"比这还要糟糕呢。"亨利坚持道，"说实在的，我还从没遇到过这么糟糕的事情呢。要么是海伦的脾气更坏了，要么就是我老了。"

"海伦本来就是一条凶狠的大梭子鱼，等到戏在纽约开演就好了。"莱昂轻松地说。

亨利抽出一个本子，瞪着上面草草列出的一个清单："想听听她的几点牢骚吗？这还只是刚刚开始呢。'唱韵律歌曲时灯光不好；第二幕的晚礼服难看得要命；乐队给情歌伴奏的声音太响；泰瑞·金的情歌阻碍了剧情，而且她把它唱得像一首挽歌；梦幻场景里的合唱歌曲太长了；我的每一首歌都以灯暗为结束——希望能有一首以鞠躬谢幕为结束；希望跟男演员一起演唱的情歌改成我的独唱——那个人的音准很差；泰瑞·金的角色演得太糟糕了，使整场戏失去了平衡。'"他摇摇头，示意再来一杯。

"上帝啊，我讨厌这个酒吧。"他说，一边看了看四周，热情地朝几个来参加首演式的代理人和制作人挥手致意，"我讨厌每一个到这里来等着看戏演砸的浑蛋。"他朝房间那头的某个人微笑，"是吉尔·卡斯把他们吸引过来的。他们巴不得看到一个‘绅士’制作人遭遇惨败。他过于吹嘘他的哈佛背景了……”亨利又叹了口气，“这是世界上最令人丧气的酒吧，我一生中好几个最丧气的夜晚都是在这里度过的。”

安妮和莱昂交换了一个亲密的微笑。安妮环顾四周。这真是世界上最美丽的房间。“只要我能抓住这一刻，”她对自己说，“不管我的生活里还会发生什么事情，这都将是我生命中最幸福的一刻。”

他们在老式旅馆的餐厅里吃了一顿快餐。亨利和莱昂认识餐厅里几乎所有的人。剧组里的人都没有来。他们忙着在房间里啃几口三明治，把软沓沓的头发重新做出发型。在这一片嘈杂和忙乱中，安妮不时地看着莱昂。偶尔，他们的目光碰到一起，迅速地、意味深长地交织片刻。她简直不敢相信这一切居然发生在她身上……正像她希望的那样……这感觉正像她梦想的那样……

亨利示意结账：“安妮，看得出来，首演式前你有些紧张。你的饭菜碰都没碰一下。好吧，你可以待会儿再吃。吉尔·卡斯在散场后要举办一个盛大的宴会。”

戏票一售而光。这么多戏剧界的名人都来了，观众的热情不亚于纽约的首演式。安妮坐在第三排，坐在莱昂和亨利中间。灯光暗下来了，乐队开始演奏序曲。莱昂摸索着抓住她的手。她的手也稍稍使了使劲，幸福得一阵阵晕眩。

随着一首欢快的歌曲，戏开场了。服装崭新鲜亮，五颜六色；那些歌舞女演员几个小时前还是有气无力，毫无魅力，现在脸上有了桃红色的妆，一个个显得光彩照人。几分钟内，空气就像被电流击中了一样——有一道无形的电波在观众和演员之间流动。

当詹妮弗·诺斯走上舞台，聚光灯将她与别的女演员隔开时，整个剧场里发出一片低低的惊呼。她身穿一件似乎完全按照她的完美身材裁剪的衣裙，上面缀着金色的小珠子，她款款走来，身体随着音乐起伏波动。

“天哪，”亨利压低声音说，他从安妮前面探过身子，“莱昂，我们不能错过。二十世纪的威斯在这里，派拉蒙的梅耶斯也在这里。她准可以签到一个五年的合同。”

“那一定要条件非常优厚才行，”莱昂回答，“她现在跟托尼·波拉难解难分。她不会离开他的，除非合同条件太好，使她难以放弃。”

“托尼肯定不会娶她的。这件事交给我来办吧。”

“你的小朋友出来了。”莱昂急急地说。安妮正好看见尼丽由两个歌舞男演员陪着，在舞台上匆匆跑过，消失不见了。

当海伦上场时，观众们爆发出热烈的掌声，情绪几乎到了疯狂的边缘，所有的活动都暂时停止了。海伦静静地站在那里，脸上带着淡淡的笑容，接受观众们的狂热。舞台上的每个人都是因为她；剧场里挤满了观众都是因为她；乐池里的每一位乐手都是因为她；整个剧本就是为她而写。海伦在聚光灯的保护下，将所有人的爱照单全收。如果奇诺在这里，他肯定也会像其他人一样尖叫，一样鼓掌喝彩。散场之后，他会央求安妮“帮我把她摆脱掉”，但此时此刻，海伦是每个人心中的偶像。

整个戏从头到尾，都是海伦一个人在表演。每一首歌都带来新一轮更疯狂、更强烈的欢呼与喝彩。观众不复存在，他们成了一群信徒，对海伦·劳森的崇拜把他们凝聚在一起。那些毫无遮拦的笑声，使坐在观众席里的安妮听了直皱眉头，但传到聚光灯那边，便显得健康、充满活力了。尼丽的角色虽然不起眼，但也迸出了火花。詹妮弗·诺斯穿着一件暴露的新衣服重新登场，观众的喝彩声震耳欲聋。泰瑞·金演唱了两首歌，也博得了观众赞美的掌声，她的歌喉比海伦的更加甜美，更加动人，但海伦的魅力无人能比，她的权威本身就是一种艺术。

“我认为泰瑞很不错。”安妮小声对莱昂说，“但她跟海伦是不能比的。她只是一个一般的演员。”

“不幸的是，她的长相颇为不俗。”莱昂回答道。

幕间休息时，大伙儿都挤在小小的休息厅里。吉尔伯特·卡斯朝亨利打了个招呼，于是他们跟着他进了隔壁的酒吧间。

“吉尔，这是海伦最成功的一场演出。”亨利说。他们都慢慢喝着淡淡的威士忌。

“我也是这么看的，”伙计吉尔豪爽地笑着说，“这里删掉一点儿，那里删掉一点儿，最后出来的就是这么个东西。我不需要波士顿了，只要在费城再演四个星期就可以了。”

“很容易，如果删减得恰到好处。”

他们默默地望着对方。接着卡斯迅速挤出一点儿笑容：“好了，亨利，你知道我处境艰难。我不能解雇泰瑞·金。她有演出合同制约着呢。”

“她是怎么得到的？”

他耸了耸肩：“问得好。你以为有哪个像样的姑娘没有这玩意儿，就敢在海伦·劳森的戏里签约？看看历史记录吧。贝蒂·莫比尔——在波士顿被解雇，因为太受关注。谢利·海尼斯——她的角色在费城被删掉，因为太受关注。还要我接着往下说吗？如果没有一份演出制约合同，你根本不可能让一个像样的姑娘进入海伦·劳森的剧组，除非你愿意请一个笨蛋进来。”

“海伦不会让她在纽约露面的，我可以告诉你这一点。”亨利轻声地说。

“亨利，我求求你了——跟她谈谈吧。”吉尔恳求道，“如果我解雇了泰瑞，我怎么向我的赞助商交代呢？这个季节还有两部戏等着我呢，我需要那些赞助商。如果我解雇了泰瑞，就得付她每星期四百块钱，一直付到六月一日，我还要付给那个替代她的演员同样一份工资。海伦的工资，再加上她的回扣……唉，这种事情我可没法儿接受啊。”

“如果你留着泰瑞，到时候付出的代价更大，还要加上一大堆烦恼。如果泰瑞·金留下来，海伦就会不停地抱怨歌曲不对、配器不对。你就不得不在波士顿再待三个星期。算算运输、旅途，你一星期就得损失八千块钱。接着，突然之间，海伦对她所有的服装都不满意了。她还要求你另外找几个歌词作者。七七八八算下来，得多花出去两万五千块。而如果摆脱了泰瑞，海伦对戏里的一切都会满意得要命，包括你，你可以在费城演完后再进来。事情就是这么简单。”

吉尔打了个寒战：“可是，还有另一方面……”

亨利默默地点了点头。

吉尔叹了口气：“我试试看吧。我年纪大了，办这些事情有点儿力不从心。”

亨利往吧台上留了几张钞票，他们一起回到了剧场。

第二幕渐渐达到高潮。海伦接连唱了两首歌，中间不断被热烈的掌声打断，然后在观众第三次强烈要求下，不得不再次返回舞台。演出获得了空前的成功，观众怎么也不肯让她离开舞台。大幕最后一次落下来之后，他们还在那里一个劲儿地鼓掌。

亨利的节目单上标着各种各样的记号，都是需要删改的地方。当他们一起站在拥挤的休息厅里时，他的眉头皱得紧紧的。

“从你的表情上看，我还以为戏演砸了呢。”安妮欢快地说。

“不，亲爱的，我只是知道前面有一场恶战。”接着他又笑了，“这是她最成功的一场演出。她是超水平发挥了。”他把手里的香烟捻灭，“好了，我们挤到后台去吧。”

海伦化妆室的外面看上去特别拥挤和混乱。大厅里挤满了前来表示良好祝愿的人，他们耐心地排队等候，要给明星一个匆匆的亲吻和一句赞美的祝贺。海伦站在门口，浓重的妆容在近处显得很怪异。她面带微笑，以虚假的热情接受人们的赞美。这时，她看见了正奋力挤过人群的亨利、安妮和莱昂。“嘿！”她高兴地喊道，“到里面去。”她朝化妆室门口点了点头。安妮经过时，海伦咬着她的耳朵小声说：“等我摆脱掉这些讨厌的家伙，我们就去参加吉尔的晚会。”然后她一脸灿烂地转向下一个排队的人，绽开她那愉快的微笑，继续夸张地跟别人打招呼。

他们赶到时，晚会正在热闹地进行，但海伦到场时，所有的活动都停了下来，人们都把目光转向门口。一刹那的沉默之后，是排山倒海般的热烈鼓掌与欢呼。海伦面带微笑接受大家的欢迎，并和蔼可亲地挥了挥手，让晚会继续进行。剧组的新闻宣传员三步并作两步地赶上前，领着她去见当地媒体和几位重要的赞助商。莱昂把安妮领到一个僻静的角落，给她端来一杯干姜水和一盘杂乱无章、干巴巴的鸡肉三明治。

“房间那头有热的东西，”他一边在她身边坐下，一边说道，“等人群散开一些我就去拿。”

“我其实并不饿。”安妮小口咬着寡淡无味的三明治说，她的目光在房间里到处搜寻，“我没有看见尼丽。”

“恐怕只有主要演员才会被邀请来参加这场晚会。歌唱团和歌舞女演员有他们自己的聚会。”

“为什么？那太糟糕了！”

“不见得。他们可以聚在一起，从熟食店买到比三明治好得多的东西，躲在某个人的房间里，大肆嘲笑那些达官贵人，玩得非常开心。”

房间里突然又是一片寂静。安妮本能地将目光投向门口。吉姆·泰勒，纽黑文最主要的专栏作家，陪着詹妮弗·诺斯一起走了进来。安妮每次看见詹妮弗，那姑娘令人称奇的美貌都会令她吃惊。她注视着赞助商们蜂拥过去，希望能够认识她。安妮又一次对詹妮弗热情、游刃自如地对每个人表示关注的样子备感吃惊。

海伦慢慢地走过来，拉开一把椅子：“你们两个真聪明，躲到这样一个角落里。上帝啊，我真讨厌这些晚会。可是吉尔伯特用这种方式答谢那些赞助商，让他们有一个夜晚跟演艺界的人打成一片。”她说到“演艺界”时故意加重语气，脸上露出调侃的笑容。

吉尔·卡斯也过来了：“那边有特别美味的宫廷鸡肉，还有中国菜。”

“吉尔，你在这些晚会上为什么总是提供这些垃圾呢？”海伦问。

“那是好东西。是旅馆推荐的。”

“我相信他们肯定还推荐了烤牛排——但那玩意儿太贵了。”

“好了，海伦，”吉尔好声好气地说，“这个夜晚是属于你的。好好享受吧。”他钻进乱糟糟的人群中，不见了。

“喂，吉尔！”海伦尖声叫道，“我们需要谈一谈。”她从椅子上一跃而起，追了过去。

“他无处可逃。”莱昂微笑着说。

“你认为她会留下——留下泰瑞·金吗？”安妮问。

“她可不会心慈手软，一点儿也不会。”

“也许我应该跟海伦谈谈，”安妮若有所思地说，“泰瑞·金很不错，应该给她一个机会。而且她跟海伦是根本不能比的。我相信我能说服海伦——”

“安妮，别去试了。你会被削掉脑袋的。”

“不，莱昂，我们是朋友。问题就在这里，谁也不把海伦当一个人对待。她其实很好说话的。我知道她一定会听我的。”

莱昂握住她的手，凝视着她的眼睛：“我相信你说的是心里话。安妮……出色的安妮……像你这样可爱的一个人，怎么会卷到这种世俗的竞争中来呢？你只是自以为你了解海伦。在她化妆的油彩下面，是铁一般强硬的意志。”

“你错了，莱昂。我确实了解海伦。我夜里跟她深谈过，谈了好几个小时，谈到很晚——那时候面具都摘掉了——她说的都是心坎儿里的话。她是一个非常好的女人。那些粗暴和强硬都是伪装出来的。谁也没有花工夫去挖掘她内心的东西。”

莱昂摇了摇头：“我认同她确实有这可爱的一面——但这不是海伦，这或许只是海伦很小的一个侧面，平常很少显示出来，稍加注意就会立刻消失。而她的粗暴、强硬却总是存在的。”

“哦，莱昂……”

突然，门口人群拥挤。一位侍者走进来，怀抱一堆提前发行的早报。海伦抓过一份，飞快地浏览上面的剧评。吉尔·卡斯大声读了出来。

演出获得了空前的成功。评论家们夸奖剧中的音乐，表扬剧本，并且浓墨重彩地赞美海伦。她是一个活着的传奇人物，是当今最伟大的音乐剧明星，是一位很有造诣的女演员，等等。泰瑞·金也捞到了几句好评，詹妮弗·诺斯的容貌得到了非常夸张的描绘。

人们纷纷互相祝贺。赞助商们脸上带着傻乎乎的笑容，走来走去地跟大家握手，赞美之辞几乎要把海伦淹没了。

“我们正好趁这个机会溜之大吉。”莱昂建议道。

他们刚走到门口，就被亨利挡住了去路。“想去哪儿？”他不动声色地问。

“我们想去饭店吃点儿像样的东西。”莱昂回答。

“哦，不行，伙计，你不能撇下我一个人对付这件事。”

“什么事？”莱昂率直地问，“演出很成功呀。”

“没错。只是海伦一定要立刻就见吉尔伯特。”

“什么时候？”

“十分钟后，在吉尔的套房里。我需要你，起码你可以给我一点儿精神上的支持。”

安妮用微笑掩饰住内心的失望：“去吧，莱昂，已经晚了。其实我并不太饿。”

“你可别走，”莱昂说着，伸手拉她挽住自己的胳膊，“你了解真实的海伦。也许今晚你可以帮我们把她摆平。我们需要得到所有的帮助。”

吉尔·卡斯套房里的气氛跟晚会上的活动形成了十分强烈的对比。海伦坐在一张长沙发上，慢慢地喝着一杯香槟酒，孩子气地噘着嘴巴，样子难看极了。舞台妆变得斑驳，红一道黑一道的，使脸上的皱纹显得更加清楚，沟沟坎坎，惨不忍睹。

“简直是太荒唐了！”吉尔·卡斯绝望地张开双臂，仰天长叹道，“我们一个个地坐在这里哭丧着脸，像在守灵似的，而我们的戏是这个季节最成功的。”

“成功个屁！”海伦恶狠狠地说，“我的戏哪一部不成功？你会因此发大财的，吉尔。你可以卖出很高的电影票房，我可以退到后面，看着贝蒂·格拉伯或丽塔·海沃斯扮演我的角色。没关系，这就是游戏规则。可是我不能退到后面，看着泰瑞·金这样一个小婊子靠了我的努力捞到好莱坞的入场券。”

“海伦，根本就没有人提到她。”

“哦，是吗？一家报纸说她是块演电影的料，戏里最精彩的歌也是她唱的。”

亨利说话了：“海伦，我们仔细考虑过这一点。那首歌不可能改写得适合你的角色。那些小伙子为此熬了两个晚上，绞尽脑汁。那是一首非常纯朴的歌。”

“他们还说詹妮弗·诺斯也是一块演电影的料呢。”吉尔补充道。

“詹妮弗·诺斯没有唱歌！”

“海伦，泰瑞·金不会妨碍你的。”亨利恳求道。

“不会个屁！那是因为她别想捞着机会。这是我的戏，我可不是圣诞老人。劳森的戏里只有一个明星出现，那就是劳森本人。”

“但那个姑娘的表现确实不错，”吉尔坚持道，“她唱的那两首歌给戏增色不少。给戏增色，也就是给你增色。就像你刚才说的，这是你的戏。”

“好吧，既然她这么好，他妈的就让她主演你的下一部戏好了。你的赞助商们会在她身上投多少钱？”

亨利站了起来：“海伦，你是个大牌明星，怎么会计较这个？那个姑娘不会妨碍你的，而且她也应该得到一个机会。你不是也有刚出道的时候吗？还记得你的第一部戏吗？如果南茜·肖坚持在纽黑文把你开除，你今天会在哪里呢？”

“他妈的南茜·肖今天又在哪里呢？”海伦气冲冲地说，“听着，亨利，当年我出道时，她都快四十了。如果她聪明一点儿，就会赶紧摆脱我。可是她自以为了不起——她是个大美人，所有那些大美人都以为自己了不起。她觉得我在长相上跟她没法儿比。也许我确实没有她长得漂亮。但我在那部戏里一下子就演红了。泰瑞·金就不可能发生这种事情。她不是海伦·劳森。你仔细想想，南茜·肖也不是海伦·劳森。但我从她的错误里吸取了教训，谁也别想利用我和我的戏给自己捞油水。”

吉尔耸了耸肩：“她可是有演出合同的。”

海伦的笑容很难看：“我知道那些演出合同是怎么回事。”

“可是，海伦，她已经很引人注意了。我不能对我的赞助商说，因为她演得不好，我们把她给开了。”

“我同意。”海伦低声细气地说。

“而且，如果让大家知道她被开除了，对你的事业也不会有多少好处。”

“没错！”海伦赞同道，“我们都不愿意发生这样的事。至少这一点是定下来了。”她眯起眼睛，“好了，快去办吧。想个合理的办法把她赶走。你能办到的，你以前就干过这个。”吉尔·卡斯整个人似乎突然矮了三英寸。然后，他重重地叹了口气，说：“好吧，但最好等到费城开演之后。”

“这可不行！”海伦咆哮起来，“让她再得到更多的注意？这个周末就叫她滚蛋！”

吉尔有点儿耐不住性子了：“我的好姑娘，然后呢？星期一在费城的首演，谁来代替她呢？”

“派人把佩妮·麦克斯维尔叫来。她试演过这个角色，学东西很快。而且，我本来就想要她的。”

“她在排演马克斯·塞勒的新戏呢。”

“你在开玩笑吧！天哪！她唱歌声音高得刺耳，而且长得像头肥猪！”

“那就说定了，”吉尔说，“费城的首演还是泰瑞。只能让她演。即使我明天早晨给纽约的所有代理人打一圈电话，也没有人能赶来救场。”

“我认识一个人，”安妮突然说道，大家都转过头来瞪着她，“我知道这件事跟我无关。”她不安地补充道。

“你认识的人是谁，亲爱的？”海伦亲切地问。

“尼丽·奥哈拉，是泰瑞的替角。她每一首歌都会唱，而且唱得非常好。”

“绝对不行。”吉尔傲慢地说，“我只是在巡演时把她作为替角。我打算一到纽约就换上一个真正的替角。她太不起眼了，总让我想起孤儿安妮。”

海伦的眼睛又眯了起来：“一个天真少女应该是什么样呢？懒洋洋、大奶子的红头发怪物？”

“海伦，这个角色很重要，我不能在费城的首演上起用一个无名小辈，这太冒险了。”

“她生下来就跟着杂耍剧团走南闯北，”安妮介绍道，“早就见惯了观众。说真的，卡斯先生，尼丽说不定会很出色呢。”

他迟疑着：“好吧……我想，我们可以先让她试试。如果她不合适，我在费城还有三个星期可以另外找人。”

海伦站了起来：“那就一切都解决了。我们都可以睡觉去了。”

“像小羊羔一样进入梦乡，”吉尔气恼地说，“只有我还要去对付那个泰瑞·金。”

“我想，你在跟她签约之前已经跟她打过好多交道了。”海伦毫不客气地说，然后她走到门边，“叫大家明天十一点过来排练——别算上我。好了，就开始行动吧。我需要睡睡觉。明天还有日场演出呢。”她转向安妮：“真高兴你今晚能过来，安妮宝贝。我上床后再跟你联系。”

吉尔在海伦身后关上房门。“你们这些家伙一点儿也帮不上忙。”他责怪地说。

“我尽力了，”亨利耸着肩膀说，“但我知道不会管用。”他看着莱昂和安妮：“去吧，忙你们自己的事吧。我留下来跟吉尔一起商量商量怎么下刀子。”

等电梯时，莱昂说：“我们去试试马路对面那家小饭店怎么样？”

“我不饿。”

“累吗？”

“不，一点儿也不累。”她的眼睛闪闪发亮。

“我想，我可以在户外待一会儿。怎么样，想不想领教一下纽黑文的冬天？”

他们顺着空荡荡的街道往前走。“他们会怎么对待泰瑞·金呢？”安妮问。

“逼她滚蛋。”莱昂的呼吸在黑暗中形成哈气。

“怎么逼呢？”

“明天来看排演吧——如果你的神经够坚强的话。”

她打了个冷战：“唉，至少尼丽得到了一个机会。”

“你很了不起。我真愿意有你这样一位朋友。”

她突然看着他：“莱昂，你以为我是谁？你以为我在寒冷的十二月的夜晚跟你在大街上闲逛，只是因为我喜欢被冻成冰棍儿？”

“我跟你散步是因为我是你的朋友，安妮。我还是个现实主义者。纽黑文会成为过去，而你手指上戴着一块大石头，还有一个不错的男人跟它配套。你的条件太好了，不适合来一场闪电般的外地艳遇。”

“只能是艳遇吗？”

“还能是什么？”他停住脚步，低头看着她。

“你想是什么就是什么，莱昂。”

他没有说话，搂住她转了个身，朝旅馆走去。两人一直沉默着，直到进入他的房间。这里跟分配给她的那间式样老旧、没有色彩的房间完全一样。莱昂接过她的大衣，温柔地端详了她片刻，然后张开双臂。她朝他扑了过去，迎向他的嘴唇。他们吻在了一起，他的嘴唇被寒夜冻得冷冰冰的，却是坚毅的、充满渴求的。她用手抚摸着他的身体。她惊讶地发现自己是那样热切地回吻他，就像她一直在等待这样的亲吻似的。她紧紧地偎依着他，越来越陶醉在美妙的热吻中。

最后，她挣脱出来，望着他，眼里含着泪水：“哦，莱昂，谢谢你让我相信……”

“相信？”

“我说不清楚……你抱住我。”她搂住他，他再一次亲吻她，她祈祷他的吻永远不要结束。她的整个身体都在他的抚摸下狂喜地颤抖。

突然，他退后一点儿，扶住她的肩膀，声音嘶哑而温和：“安妮，我非常想要你，但你必须做出决定。”他低头看着她的戒指，“对于这件事情的意义，你愿意怎样都可以。如果到头来只是在纽黑文的逢场作戏，我也能够理解。”

“莱昂，我不想让它成为一场异地的艳遇。”

“坐下来，安妮。”他轻轻地领她来到床边，“我要是以为你只是逢场作戏，我根本不会动这份心。如果我想找个姑娘过周末，供我挑选的人多得是，我用不着来找一个名花有主的人。纽黑文的首演搞得人歇斯底里，情绪亢奋。今晚会过去，星期一会到来……星期一你就要回纽约去了。那将是另外一个世界，这整个周末都会显得是一场梦。我希望你知道，如果那样的情况出现……我也能理解。”

“那么你呢？”她问，“对你来说也是歇斯底里，情绪亢奋？”

他笑了起来：“哦，我的上帝！安妮，你知道我经历过多少纽黑文、费城和波士顿吗？这个夜晚没有什么新奇——只有一个美妙的例外。你在这儿。”

她用指尖轻轻碰了碰他的脸：“我爱你，莱昂。”

“我不会抓住你不撒手的。”

“你不相信我？”

“我认为，此时此刻，你说的是真话。你这样的姑娘不会轻易跟一个男人上床，除非你相信自己爱上了他。”

“我从没对任何人说过这话，莱昂，我真的爱你。”

他站起来点燃一根香烟。转回身来时，他的脸上神色严峻：“我送你回你自己的房间吧。”他走过来拿起她的大衣。

她坐在床上没动：“莱昂……我不明白……”

“这事儿可以等一等。等你星期一到了纽约再看看自己是什么感觉。”

“我的感觉不会变。”

“我可不想冒险。”

她慢慢地站起身。“你真的想让我走？”她的视线模糊了。

“上帝啊，安妮，我也不舍得让你走啊，可是为你考虑……我……”

“莱昂……我想留下来。”她几乎是低声下气地说。

他好奇地看着她，似乎在掂量她话里的含义。然后，他像往常一样笑容一闪，把夹克衫脱下来扔到一边。他走过来，张开怀抱：“来吧，你这个美丽的俏佳人。我本来还想表现得高尚一些，可是你摧毁了我的最后一点儿定力。”

她的嘴唇抽动着，想迎合他脸上的笑容。他轻轻地抱了她一下，又松开了。现在该做什么？他在解他的领带，她应该做什么呢？她打心眼儿里愿意跟他上床，但总该保有点儿矜持吧！她总不能像脱衣舞女王那样，迫不及待地脱去自己的衣服吧！哦，天哪，她为什么没有穿上那条新的衬裙呢——为什么没有问问别人碰到这种情况应该怎么办呢？现在他在脱衬衫了。她必须做点儿什么——总不能傻乎乎地站在那里……

他解开皮带，若无其事地指了指卫生间："想要一个更衣室吗？"

她默默地点点头，冲进了卫生间。关上门后，她才放心地脱掉了衣服。然后怎么办呢？她总不能光着身子大摇大摆地走进卧室吧。她曾经幻想过这种时刻，把自己奉献给某个真心相爱的男人。但不是这样——不是在纽黑文的一家小旅馆里！在她的白日梦中，她总是幻想有一张奢侈的双人床，幻想自己穿着一件薄如蝉翼的白色睡衣，飘飘欲仙地投进丈夫怀里。光线是幽暗朦胧的，她轻轻地滑进被子里，滑进爱人温存的怀抱里。她的幻想总是到这里就戛然而止，从来没有涉及真正的做爱过程——她只想象出了那种激情、那种浪漫的环境，而幻想中的爱人只是一个模糊的影子，面目不清。现在他的脸变得清晰了——而她没有穿着薄如蝉翼的睡衣。她一丝不挂地站在光线昏暗的卫生间里，瑟瑟发抖，不知道自己该做什么。

"嘿，过来，待在那里多孤单啊！"莱昂喊道。

她焦急地东张西望，匆忙中抓了一条大浴巾裹在身上，腼腆地推开了门。

莱昂在床上，被子盖到腰部。他捻灭手里的香烟，张开胳膊。她转身摸索着卫生间的电灯开关。

"让它开着吧。"他说，"我想看见你……想让自己相信你真的在我怀里。"

她走到床边，他握住她的双手。毛巾滑落到地板上。"我可爱的安妮。"他轻声说道。他的赞赏，以及他赞美她身体时那种轻松自然的语气消除了她的尴尬。他一把掀开被子，把她拉进自己怀里。他刚硬有力的身体贴在她身上，她突然觉得这是世界上最自然的感觉，就像他的唇压在她的唇上，深深地、饥渴地亲吻她时的那种不可思议、令人眩晕的全新感觉一样。她感到自己以一种她做梦也没有想到的激情回应他的爱抚，她的嘴唇贪婪地渴求着更多，似乎怎么亲吻都不够热烈。他的双手抚摸着她的身体，先是很温和，然后逐渐热烈。然而她内心火热的激情超越了所有肉体的感觉。他居然躺在她的怀里……离得这么近，她可以尽情地亲吻他的眼睑、他的额头、他的嘴唇……并且知道他需要她，喜欢她……

接着，事情便发生了。哦，上帝，终于等到了这一刻！她想让他高兴，但疼痛突如其来，她不由得叫出声来。他立刻抽回身，松开了她。

"安妮……"她可以看到他眼睛里的惊讶。

"接着来吧，莱昂，"她恳求道，"没关系的。"

他呻吟着仰面躺倒："仁慈的上帝啊！这不可能……"

"可是，莱昂，没关系的。我爱你。"

他探过身温柔地吻她。然后他枕着双臂躺在那里，望着昏暗的空气出神。

她一动不动。他伸手取了一支香烟，并且递给她一支。她没有要，而是默默地、可怜巴巴地注视着他。他深深地吸了口烟，说："安妮，你一定要相信我。如果我早知道是这样，我绝不会碰你的。"

她猛地跳下床，冲进卫生间，把门重重地关上。她用一条毛巾捂住脸，捂住哭泣的声音。

他立刻跟过来推开了门："别哭了，亲爱的。一切都完好无损——你还是一个处女。"

"我不是为这个哭！"

"那你为什么？"

"你！你不要我！"

"哦，我最亲爱的……"他把她揽进怀里，"我当然要你，我不顾一切地想要你。但我不能。知道吗，我做梦也没有想到……"

她的哭声中透出了淡淡的怒气："你以为怎么样？我不是个荡妇！"

"当然不是。我只是以为，这么多年来，在上大学时或者，跟艾伦——肯定……"

"艾伦从来没碰过我！"

"看来是这样。"

"难道，你就这么在乎我是个处女？"

"我怎么能不在乎？"

"对不起。"她完全不能相信这些话是从她自己嘴里说出来的。整个场面实在太荒唐了。他们赤身裸体地站在卫生间里，站在没有灯罩的丑陋的灯光下，激烈地讨论原本应该很神圣的东西。她抓起一条毛巾挡住自己："请你出去，让我穿衣服。我从来没想过我要为自己没有经验而道歉。我以为我爱的男人会……会高兴……"她说不下去了，她转过脸，不让他看见她眼里新涌出来的屈辱的泪水。

说时迟那时快，他一把抱起她，进了卧室。"他当然高兴，"他低声说，"只是高兴得昏了头……表现得像个蠢头蠢脑的傻瓜。"

他把她轻轻地放在床上，自己在她身边躺下。"我尽量温柔一些，"他轻声说，"如果你觉得自己不愿意做了，就告诉我。"

"我愿意……"她把脑袋埋在他的颈窝里，声音有点儿发闷，"我爱你，莱昂。我愿意让你感到幸福。"

"可是这需要双方配合——这对你来说也许很难。第一次一般都不容易，我理解。"

“你不知道吗？我是说，你从来没有跟一个处女做过？”

“没有，”他笑着承认，“所以，你看，我跟你一样紧张呢。”

“我只要你爱我，莱昂，只要你让我拥有你。”

她紧紧地靠在他身上。疼痛和不适她都不在乎——她只知道，属于这个优秀的男人是世界上最幸福的事。疼痛袭来时，她咬紧牙关，一声不吭。突然，她感到他的身体突然绷紧，却抽身离开了她，她感到意外。但是他发出了满足的呻吟……她这才突然明白了，她的幸福成倍地增加。他在激情的顶峰还想到要保护她。她挨过去抱住了他。他背上湿漉漉的全是汗。她在一刹那明白了让你所爱的男人感到高兴才是最大的满足。此时此刻，她觉得自己是世界上最重要、最有力量的女人。她内心产生出对自己的性爱能力强烈的自豪感。

后来，他重又温柔地把她搂在怀里。“今晚对你来说没有多少快感，”他说，“但情况会好起来的——我向你保证。”

“只要保证紧紧地搂住我就行了。哦，莱昂，我太爱你了！”

“我也爱你。我可以用整个晚上来向你描绘你多么美好。”他抚摸着她的头发，“你多么美丽……但我认为我们俩都需要睡一会儿。明天十一点还有排练呢。”

“排练？”

“是啊，他们是这么说的。到时候你也过来，告诉我你管那叫什么。”他探身把被子拉起来，“好了，我们都睡会儿觉吧。”他温柔地抱住她，闭上了眼睛。

“莱昂……我不能睡在这儿。”

“为什么？”他的声音已经充满困意。

“我不知道……万一海伦或尼丽明天一早给我打电话呢？”

“把她们忘了吧。我希望醒来时看到你在我怀里。”

她亲了亲他的脸、他的前额和眼睛，然后轻轻地挣脱了他的怀抱：“我们会的，莱昂，会有很多、很多次的。但今晚不行。”她走进卫生间，迅速穿好衣服。不是因为海伦或尼丽——只是一下子发生的事情太多了。如果躺在他身边，她肯定睡不着。而到了早上……唉，这种事情应该一步一步地慢慢来。男人对它的态度比女人随意多了。但是世界上最重要的事情已经发生了。她知道了爱的感觉——她知道了这才是生活的全部意义。

她从卫生间出来，走向床边。她刚想开口说话，却发现他已经睡着了。她微笑着走到桌旁，找了一张旅馆的便笺，草草写道：“晚安，睡美人。明天见。我爱你。”她把便条支在电话旁，轻手轻脚地离开了房间。

她睁着眼睛躺在自己的床上，激动得无法入睡。她在脑海里把整个夜晚发生的事情重放了一遍，回忆他说过的每一句话、他脸上的每一个表情。“情况会好起来的——我向你保证。”会吗？难道她也会带着他所感受到的那种狂喜，发抖、战栗，全身绷紧吗？没关系。唯一要紧的是莱昂，只要能把他搂在怀里，能让他高兴——只要能知道她有感受爱的能力，知道这个优秀的男人愿意让她的身体贴紧他……她渐渐沉入了柔软的黑甜乡。

她是九点钟起床的。这是一个清爽、寒风凛冽的日子。她朝窗外望去，看见一个男人用手抓住帽子，顶着大风赶路，还有一个姑娘在等公共汽车。她为他们感到难过。她为世界上的每一个人感到难过，因为他们不可能拥有她此时此刻的感受。“哦，你们这些可怜的人！你们以为这不过是另一个寒冷的日子。抬头看看我吧——我想告诉你们我多么幸福。整个世界都属于我。就在这幢大楼里有一个男人——世界上最优秀的男人——而他是属于我的！”小餐馆湿漉漉的霓虹灯招牌仿佛在朝她眨巴眼睛。她也冲它眨了眨眼。真是一个美丽的日子！一个美丽的小餐馆！一个美丽的小镇！

她冲了一个热水澡，当热水渗进她体内的痛处时，那里实实在在地唤起了对他的记忆。她的情绪一下子高涨起来。

她花了许多工夫对付头发，把口红重抹了两次。她不停地看看钟，又看看电话机。

十点一刻的时候，她开始有些坐立不安了。难道他的意思是在剧场与她碰头？然而他说的是“我们一起去”呀。莫非他只是说“你去吧”？

电话铃一响，她赶紧冲了过去。是尼丽。“散场以后你至少可以过来跟我打个招呼呀。”她说。

“我以为你会去参加晚会呢。”

“我？我只被当成歌舞队的。现在我还要去排演。还有完没完呀，日场演出之前还要排演？可怜的梅尔——他受了打击。”

“他在哪儿？”

“在楼下的咖啡店里。我到那儿去跟他见面。”

“我要来看你排演。”

“为什么要来？很单调乏味的。”

“尼丽……你先什么也别说……但是你有可能代替泰瑞·金。你知道她的歌曲，是吗？”

“知道？”尼丽尖着声音说，“倒背如流！海伦的歌我也都知道。安妮，你在跟我开玩笑吧？”

“不是，他们有个计划。昨晚开会时我也在场。但是你什么也别说，只是静观事态发展。”

“哦，天哪！我简直不敢相信。哦，上帝，等我先去告诉梅尔！再见。在剧场见！”

十点四十五分了，莱昂还没有打来电话。她已经三次走过去想打电话给他，但又制止住了自己。她点燃一根香烟，站在那里望着窗外冬日里的阳光。时间一分一秒地过去……不知什么地方，教堂的钟声敲响了。怎么办，现在怎么办呢？难道她一整天都在房间里转来转去？或者独自一人到剧场去？不行，那样似乎不太合适。如果他在剧场，却没有打电话给她，那会显得好像她在追他。太荒唐了！这不是劳伦斯维尔，莱昂也不仅仅是一个约会对象。现在没有那些愚蠢的规矩。她果断地走向电话，问了他房间的号码。

起初他的声音有些发闷。然后他突然有了活力："我的上帝，亲爱的！真的已经十一点五分了？我好像让旅馆十点钟叫醒我的！"

"你恐怕不可能这么做，除非你半夜什么时候又醒过来了。"

他的笑声有些拘谨："我刚刚看了你的留言。天哪，我是一个真正的加勒哈德骑士！快下来陪我刮胡子吧。"她几乎能听见他一边打电话一边伸了个懒腰，"我给我们俩要一些咖啡。"

门微微开着，他听到她轻轻的敲门声，愉快地喊了声"请进"。他穿着短裤站在浴室里。他伸手将她拉过去，很小心地吻她，不让他脸上的肥皂沫碰到她。然后他继续刮脸。他这种轻松随意的态度，似乎使他们刚刚建立的关系更加亲密了，似乎她在这里注视他穿着短裤刮脸是世界上最自然不过的事情。她坐在乱糟糟的床上，内心的喜悦是她一生中从来没有过的。他洗去脸上剩余的肥皂沫，也跟了进来。这次他俯下身温柔地吻她。然后他开始认真地穿上衬衫，打领带的时候嘴里吹着口哨。幸福使得她全身瘫软无力。这种感觉是她从来都没有过的。

她不知道莱昂是不是也有同样亲密无间的感觉。这不可能。大概有许多姑娘都见过他穿着短裤刮脸……她立刻把这种想法从脑子里赶了出去。没有哪个姑娘有过她此时此刻的感觉，这完全不一样。什么也不能破坏她一生中这个最美妙的日子！

侍者敲了敲门，推进来一张桌子。莱昂在账单上草草签了个字。他示意安妮坐下，而他自己站在那里，三口两口喝光了他的橘子汁。然后他端着咖啡走到电话机旁，要求接亨利·贝拉米的房间。

亨利也要迟到了。莱昂大笑起来。"好吧，胆小鬼，我们把手表都调一调吧。我调成十一点半。我们就说，我们都是十一点四十分进去的。"他挂上电话，转向安妮，脸上带着诙谐的微笑："你觉得自己有勇气面对这场交锋吗？"

"我可不想错过。会发生什么事呢？"

"倒也没什么。只是几个身强力壮的大男人联合起来对付一个小姑娘，强迫她退出剧组。"

"看你的样子，好像以前处理过这种事情。"

“确实处理过。有时候很难办。不知什么时候，你碰到一个泰瑞·金，她实际上是一个没有发育成熟的海伦·劳森。你把刀子架在她的背上，她却一滴血也不流。那时候你就输定了。”

他们在电梯里碰见了亨利。他看见安妮和莱昂在一起，即使心里很吃惊，脸上也并没有表现出来。

除了海伦，剧组的人都在剧场里。歌舞队的女演员们无精打采地坐着，或者用毛皮大衣裹着身子，墨镜后面藏着她们没有化妆的眼睛。她们慢慢喝着纸杯里的咖啡，满脸的不高兴。尼丽坐在一张椅子边上，神情紧张，随时准备一跃而起。

安妮和亨利、莱昂一起坐在第四排。詹妮弗·诺斯一阵风似的走了进来，向大家道歉，说她睡过头了。舞台监督正在跟乐队指挥窃窃私语，这时转过身来，和蔼可亲地点了点头：“我的公主，你的戏份一点儿也没有变。如果你愿意，可以再回床上去睡几个小时。”

詹妮弗莞尔一笑，下来走进黑暗的剧场。亨利示意她坐到他们身边去。她认出了安妮，脸上露出了热情的微笑。“真是太棒了，”她兴致勃勃地说，“我们成功了！我不应该说我们——我什么也没有做。但这真是一场了不起的演出，我能参加表演，太激动了。”

“你在戏里非常可爱。”安妮由衷地说。

“谢谢，但是我想我的名字恐怕不会增加多少票房收入。”

“不要低估了你自己。”亨利回答，“一旦这部戏在纽约火了，你就会在报纸上占据大量的篇幅。我向你保证，开演之后不出六个星期，你就会签到拍电影的合同。”

詹妮弗笑得露出了酒窝儿。“哦，亨利……说实在的，那我可太高兴了。”接着她又微微蹙起眉头，“但必须是大合同才行。我不要那些小明星的小合同。”

“小明星经常会变成耀眼的大明星。”亨利谨慎地说。詹妮弗的眉头蹙得更紧了：“那是有才华的小明星。我可没有什么才华，亨利。所以我需要一个对我合适的合同。如果他们付给你大价钱，他们肯定会狠狠地用你。他们还要调教你——训练你。”

“这件事由我来决定吧。如果钱不多，但有一个很好的排练房，我建议你接受，你就接受。眼看着电视就要普及了，他们不大轻易跟人签那种大合同了。”

“那么，也许我在纽约的运气会好一些。鲍厄斯和朗沃斯已经提出要我去做模特儿了，那样，再加上演戏，我也可以挣到不少呢。”

亨利突然转向她：“跟我说实话吧，詹妮弗，你想不想签电影合同？想不想干一番事业？如果你真的不在乎，我可不想费那么大的劲儿。还有，你跟托尼·波拉怎么样了？你们俩有几分认真？”

詹妮弗笑了：“都是报纸胡乱炒作。我喜欢托尼，但我认为我们俩都不愿意草率地结婚。而且，我在法律上还是米拉罗王子的妻子呢。”

“取消婚姻的文件差不多已经签好了。你只要记住你出庭时要说的几句话——你是一个信奉天主教的好姑娘，你想要孩子，而这个浑蛋不想要孩子。”

“你是天主教徒吗？”

詹妮弗耸了耸肩：“我妈妈是，我爸爸不是。他们离婚了。我其实根本就没有受过洗礼，但是没有人会去核实的，对不对，亨利？”

“就按我说的去做吧。你是个天主教徒，你想让神父给你们主持婚礼，但是王子想要的是非教会主持的婚礼。这样你就差不多击中了要害。然后你再说说你想要孩子。安妮可以做你的证人。”

“我什么？”安妮插嘴问道。

“我们必须有个证人。我本来想告诉你的。别担心，这个案子已经成定局了。你只要说你是詹妮弗的一个朋友，她跟这位王子结婚前和你说过知心话，说她嫁给这个蠢货心里是多么激动，说她甚至愿意到意大利去生活，还说她想要一大堆孩子。千万别忘记孩子这一部分。”

“可是那样我就是在宣誓之后说谎话了。”安妮分辩道。

“把手指交叉起来。”亨利说，然后他把注意力转向舞台，低声说：“准备好……这就开始了！”

泰瑞·金站在舞台中央，以难以置信的表情瞪着舞台监督。

“删掉那首情歌？”她嚷道，“你疯了吗？你没有看戏评。”

“戏太长了，亲爱的，而且我们的情歌已经够多了。”舞台监督的语气漫不经心。

“那又怎么样？删掉另外一首情歌好了。你知道得很清楚，我的那首歌是戏里最精彩的一首！”

“就按我说的办！”他厌倦地说。

“吉尔·卡斯在哪儿？”

“他不在这儿。他忙着跟剧作家打交道呢。比尔！喂，比尔·托莱！”

一个演青少年角色的瘦瘦的年轻演员出现了。

“比尔，你和泰瑞的那场爱情戏被删掉了。在费城演出的时候，我们在这里给你安排了一场独舞。你不再告诉泰瑞你多么爱她，而是跳一段舞蹈。这样情节可以加快一些。”

比尔点点头，欣然接受，然后转身走了。

“他跳这段舞蹈的时候，我做什么呢？坐在我的化妆间里？”泰瑞用刺耳的声音问，“你有没有意识到，如果这段爱情戏被删掉，那首情歌也没有了，我就只剩下第一幕的两句台词和第二幕的一首韵律歌了？”

“那首韵律歌也保留着，”舞台监督回答，“但是我们要把歌舞队安排在你身后。唱到第二段时，他们开始跳舞。”

“那么我做什么？”

“你不用再唱第二段，而是走到舞台左边。你就站在那儿……然后灯光熄灭，你就悄悄下台，由歌舞队把那首歌唱完。”

“这就是你打的如意算盘！”她一把抓起大衣，冲下舞台，冲出了剧场。舞台监督继续告诉大家哪儿要删减、哪儿要合并，好像什么事也没有发生似的。

十分钟后，泰瑞又出现了，胳膊挽着一个模样活像一只浣熊的矮个儿男人。“浣熊”沿着剧场过道匆匆走来。“这一切到底是怎么回事？”他质问道。

舞台监督转过身，望着台下。“什么怎么回事？”他假装什么都不知道似的问。

“听着，勒洛伊！”浣熊吼道，“别以为你那张小姑娘一样天真的脸蛋儿能把我糊弄住。我知道这里面的把戏。海伦害怕泰瑞。只是这次泰瑞运气不错。她唱的那首情歌是戏里最精彩的一首。你总不可能对我说，那些小伙子愿意让海伦把他们最精彩的一首歌从戏里删掉吧？”

“给他们打个电话。”勒洛伊提议道。

“我打过了。他们在跟吉尔·卡斯一起开会。而且，你是说卡斯愿意花四百块钱让泰瑞只念两句台词、唱半首韵律歌？”

“如果泰瑞愿意留下来演那点儿戏份，我想，卡斯也没有办法。”

“哦，问题就在这里。对付演员协会的伎俩。你巴不得她主动退出。然后你就花点儿小钱另外找个人演她的角色。而如果你们解雇泰瑞，就必须付她工资，一直付到明年六月，还要加上替补她的人的工资。”

“没有人会解雇泰瑞·金。”

“你们也付不起这个代价。所以你们才千方百计地想让她自己退出。”

舞台监督坐在舞台边缘，夸张地耐着性子，说道：“没有人千方百计地想让泰瑞退出。我们现在不是在谈个人。我们是从整体上看这部戏。作为经纪人，你考虑的只是你的客户。我不怪你，艾尔，那是你的正事。而我的正事就是考虑这部戏。它太长了。我删减的地方，是吉尔·卡斯、剧作家和我们大家都认为应该删减的，没有考虑会影响到谁。”

“浣熊”在剧场的厚地毯上把香烟踩灭：“别跟我说这套鬼话！你是在执行卡斯从海伦·劳森那儿领来的命令。他没有选择——他必须保护那个老铁甲。那个女人的那副破锣嗓子需要保护，不能被一个优秀歌手比下去。”

“我们不要针对个人。”勒洛伊不客气地说。

“为什么？你和我都知道她已经老了，过时了。如果那个老妖怪现在还想出道，第一次试演根本就通不过——”

“我认为我们可以删掉这部分！”黑暗中突然传出亨利的声音。

经纪人飞快地转过身子：“我刚才没有看见你，贝拉米先生。你好。我说，这不是针对个人。我是在为我的客户争取权益——这大概就像你二十年前为劳森小姐所做的一样。”

“我为海伦争取权益时，并没有趁一个大明星不在场替自己辩护时肆意诋毁她。”亨利粗声大气地说，“你是个什么东西——一个小混混，在西四十六大街有一张办公桌。你怎么敢站在这里，侮辱当代戏剧界最伟大的一个明星？”

矮个子男人吓得直往后退缩：“贝拉米先生……如果你处在我的位置上，会怎么做呢？”

“那得看我的客户是谁。如果是海伦·劳森，我们就会递一个辞职通知，不失尊严地扬长而去。因为对于一个海伦·劳森——即使是刚刚出道的海伦·劳森——也能找到另一部戏，得到一个更好的角色。但是，如果是你那个客户，给多少钱我都接受。我会留下来念那两句台词、唱那半首歌，并且为了工钱跟制作人搞好关系。在百老汇的首演式上，其他所有的制作人都把她看成一个不起眼的小玩意儿又有什么关系？那是她自己倒霉，跟你无关。你把她摆脱掉以后，说不定还能找到另外一个人。但你最好还是让她留在剧组里，抓紧你那肮脏的百分之十的回扣，因为看得出来你很害怕。这大概是她能得到的唯一一部戏，你肯定不愿意放弃这笔到手的钱吧？”

泰瑞·金突然醒过神来：“听着，我不管在哪儿都能唱得比海伦·劳森好！艾尔和我才没有害怕呢。这部下三烂的戏不是唯一的一部——我会成为一个比海伦·劳森还要伟大的明星。我当然要走！保持我的尊严！现在就走！”她简直声嘶力竭了。

“亲爱的，等等……”艾尔恳求道，“你中了他们的圈套！”

“那么你想让我怎么做？”她恶狠狠地说，“参加费城和纽约的首演式，做一个不起眼的小演员？就为了让你能拿到你那肮脏的百分之十？”

“那跟这件事没关系，你知道的。我们在夜总会演出能拿到这笔钱的两倍。但是我们都认为在百老汇演出能帮我们搞到拍电影的合同。”

“拍电影的合同！”是亨利在说话，“上帝啊，这种想法只配去拍拍鲁比·凯勒的电影。作为经纪人，如果认为只要进了百老汇就能得到电影合同，那都是二流货色。不错，百老汇确实有帮助，但你在百老汇必须有所作为。除非你的客户需要的是一份专业合同——用不着这部戏，我就能给她搞到一份。但是真正的电影合同，没门。只有明星才能得到。经纪人塑造一个明星，就是不管在什么地方，不管是在百老汇还是小酒吧，都不让她轻易地抛头露面，除非能够让她展示出明星的风采。不过，照我看来，你显然并不认为你的客户有明星的风采，因为你会让她继续扮演这种不起眼的小角色。”

泰端一把抓住艾尔的胳膊：“走吧，艾尔，我们离开这儿。”

“等等。我们还有合同呢，而且你还有日场演出。”艾尔提醒她。

“被删掉了那么多，我不想再在这个舞台上表演了。”

“恐怕你不得不演。”亨利回答，“你必须提前两个星期递交辞职通知，演完费城的戏。”

“我不会受那样的侮辱的，”泰瑞毫不含糊地说，“我不会作为一个不起眼的小演员在费城的戏评家面前露面的。”

“这里闹哄哄的在做什么呢？”吉尔·卡斯一边顺着过道走来，一边大声问道，“谁不想露面？”

“卡斯先生！”泰瑞几乎眼泪汪汪地向他冲去，“你删掉了我的戏份。我不能作为一个不起眼的小演员在舞台上露面。”

“我对她说，她不想演也得演，”亨利慢悠悠地说，“即使她现在就递交辞职申请。”

“好了，等一等，”吉尔亲切地说，“谁也不愿意毫无必要地伤害别人。”他同情地看着泰瑞，“我亲爱的孩子，我没有意识到删减之后你的戏份变得这么少。确实是个不起眼的小角色了……”他显得很忧虑。

“我不能演。”泰瑞毫不退让地说。

吉尔突然笑了：“你用不着演。”

“那么日场演出怎么办呢？”亨利问。

吉尔挥了挥手：“先不管它。我们可以安排替补演员。反正是个不起眼的小角色，没有多大关系的。”他用胳膊搂住泰瑞，“我们回我的套房去吧——艾尔，你也去。泰瑞可以写一份正式的辞职申请，我发给她两个月的工资作为补偿。”他停下来想了想，“我来告诉你我准备怎么办。我要叫来我的媒体宣传员，让他通知纽约的各大报纸，你的退出就会被炒得沸沸扬扬。好姑娘……到下个星期，城里的每个制作人都会追着找你呢。你主动离开了海伦·劳森的剧组，这可使你身价倍增啊。”

他领着她走过通道，出了剧场，“浣熊”没精打采地跟在后面。

他们一离开，亨利就走向舞台，跟导演迅速商量了一下。他点点头，立刻行动起来。“尼丽·奥哈拉！”他喊道，尼丽朝他跑了过去，“你能在两点半之前学会那首节奏歌曲吗？”

“那首曲子我现在就会唱。”

他淡淡一笑："好吧，我们排练那首歌曲，再插进舞蹈。好了，孩子们，我们要工作了。尼丽，到服装间去，看看泰瑞的衣服你穿着合适不合适。现在，歌舞队，我们从头开始排练。"

亨利站了起来："我们走吧。我想我们都需要一些新鲜空气。"

到了外面，他们尴尬地默默站着。"我想去小睡一会儿。"詹妮弗说。她拔腿朝旅馆走去。亨利一言不发地站着，两眼发愣。莱昂捏了捏安妮的手。

"我觉得这真令人恶心，"安妮说，接着她勉强微笑着说，"我想，演艺界就是这个样子。"

"不是演艺界的问题，"亨利气呼呼地说，"这事儿就是令人恶心。不管你怎么找借口，它都令人恶心。我真想吐。我觉得就像拳击大王在跟两个一瘸一拐的侏儒较量。天哪！好吧，我去给海伦打个电话，把这个好消息告诉她。"他慢慢地朝旅馆走去。

莱昂和安妮到马路对面去吃午饭。莱昂给两人要了炒鸡蛋。"亨利错了，"莱昂说，"我们挠那只小猫，她没有反过来挠我们。经纪人就是经纪人，哪里是亨利·贝拉米的对手。亨利是个常胜将军，二十年前他就是个常胜将军。二十年前，如果你去挠挠海伦·劳森试试，她准会抓破你的手指。亨利不是个吸血鬼——只是他们太沉不住气了。"

"可是他们删掉了那首情歌，还删掉了那首韵律歌的一半。你让泰瑞怎么反抗呢？亨利的话是有道理的。"

莱昂向他的鸡蛋发起进攻："你真的以为那首情歌就此删掉了？只要泰瑞在辞职报告上签名，只要她坐上回纽约的火车，一切就会恢复原来的样子。如果泰瑞坚持不走，他们就会一直僵到巡演结束。海伦会弄得每个人的日子都很难过，但到了首演的那天晚上，一切都会恢复原样，泰瑞就赢了。这就像玩扑克牌。泰瑞抓了一手好牌，但是亨利虚张声势，把她吓得乱了阵脚。"

十五分钟后，亨利来和他们一起吃午饭。他勉强吞下了一份干巴巴的鸡肉三明治，声称他的胃溃疡又发作了。一点半的时候，歌舞队里的几个人溜达着过来吃一份三明治快餐。他们三三两两地坐着，议论刚才发生的事情。尼丽成了当天的特大新闻。

安妮决定不在日场演出之前到后台去看尼丽。以她对尼丽的了解，她知道尼丽现在一定激动得坐立不安。在整个演出期间，安妮和莱昂一起站在拥挤的剧场后排。尼丽轻松自若地演完了她扮演的角色。据安妮看来，她既不会给演出丢脸，也不会给演出增色。那个角色已经被删减得所剩无几，没有多大意义了。

"安妮，我知道这件事肯定跟你有点儿关系，"尼丽看到安妮到后台来向她表示祝贺，激动地说，"海伦今天把事情都告诉我了。哦，安妮，我太爱你了。你真像我的姐姐一样。哦……梅尔来了。"

安妮一转身就看见了一个年轻人，他刚才一直站在角落里，竭力不使自己引人注意。这时他快步走上前来，跟她握了握手，又退回去靠着墙边站着。他高高的个子，精瘦精瘦的，一双机警的黑眼睛盯在尼丽身上，透着毫不掩饰的爱慕。他的激情立刻打动了安妮，她一下子由衷地为尼丽感到高兴。

“她太出色了，是不是？”梅尔骄傲地说。

“很了不起。”安妮热情地说。

“下个星期一在费城，那首情歌和那段爱情戏就又归我了，”尼丽连珠炮似的说，“海伦·劳森说，她要保证我有一套新衣服，在纽约演出时穿。她认为泰瑞的衣服我穿着不合适，显得太成熟了。”

海伦对尼丽感到很兴奋。“你的女朋友真是太棒了！”安妮到她的房间去看她时，她大喊着说。

安妮感到有些意外。尼丽表现得确实不错，但海伦的热情似乎有些过分。“跟她一比，那个婊子简直没法儿看了。”海伦继续说道，“尼丽正符合这个角色的要求——一个漂亮、纯洁的女孩子。你看着吧，等她星期一唱那首情歌时，肯定会引起轰动的。一个满脸清纯的小姑娘，嗲嗲地唱着情歌，简直让人陶醉呢。”

安妮朝门口走去。

“嘿，你急急忙忙到哪儿去？”海伦问。

“莱昂·柏克还在楼下等我呢。”

海伦用异样的目光打量着她：“听着，我昨晚看见你们在晚会上手拉着手。如果你想在纽黑文来个逢场作戏，那也可以。可是你别忘了，你手指上的那个冰疙瘩可是个真家伙。”

“我准备把它还回去。”

“什么？”海伦惊叫起来，“听着，安妮——看在上帝的分上，可别把一夜情当真了啊。”安妮转过脸去，海伦的口气缓和了下来，“是这样，亲爱的……你还年轻。我知道是怎么回事，莱昂确实是个难得的男子汉。跟他玩玩可以，毕竟你只能活一次，但是千万别为了一夜的浪漫激情放弃了艾伦。”

安妮淡淡一笑，朝门口走去。

“你现在就回纽约？”海伦问。

“我想，是吧。”

“我们明天早上要到费城去排练。恢复那首情歌，再把几个地方弄得紧凑一些。我想，到了星期一晚上，演出就会很完整、很精彩了，你的女朋友也能得到一个像样的角色。我已经告诉吉尔·卡斯，纽约的首演式不用再找别人了，我对尼丽很满意。”

“祝你们星期一好运。”安妮勉强地说。

“到时候再见吧，你跟奇诺和艾伦一起来。别忘了，演出过后我们有一个盛大的约会呢。”

艾伦！首演式！奇诺！

“到时候见！”海伦开心地喊道。

莱昂在外面等着：“该拜访的人都拜访过了？”

安妮点点头。莱昂让她挽住自己的胳膊。“我给我们弄到了一张免费乘车的票，”他说，“我们可以乘下一趟车回去。我本来担心我们会在这里脱不开身，但亨利打算留下来。他从这里直接去费城，我们星期一到那里去跟他会合。”

安妮看到莱昂想当然地断定她从此以后就会自然地“跟他一起”，内心突然一阵激动。但是一想到她必须面对艾伦，心又往下一沉。她生平第一次理解了“绝交信”的价值。如果她能给他留一张纸条把事情解决了该多好啊。“亲爱的艾伦，随信附上十克拉的钻戒。我认为你是个很好的人，可是我已经另有所爱。这件事是在我们分离后的四十八小时内发生的。”

他们在火车上吃了饭，而且没经商量，一下车就直奔莱昂的住处。安妮进屋时，不由得微微打了个激灵。她对这套房子几乎已经熟悉了。

莱昂似乎猜透了她的心思：“这实际上是你的房子，我一直是这样认为的。”

“你的意思是，你……以前……就真的想到过我……”

他把她搂进怀里：“安妮，你以为我在纽黑文才突然第一次看见你吗？”

“我不知道……我从来没有想过你会意识到我的存在。”

“唉，我也不记得你朝我递过秋波。”他说。

“我认为我一直在爱你，”她说，“我只是不想承认，甚至不想对自己承认。”

“想想吧，我们浪费了多少时间……”

“这都怪你。一个姑娘家能做什么呢？她总不能走到一个男人面前，对他说：‘顺便说一句，虽然我们刚刚认识，但我认为你就是我一直在等待的那个人。’”

“我倒认为这是一个绝妙的主意。信不信由你吧，第一个这么做的女孩子肯定会给人留下难忘的印象，特别是如果她长得跟你很像的话。好了，你在长沙发上坐一会儿，我去弄点儿饮料。我准备给你喝一杯清淡的苏格兰酒。这会让你放松下来。”

“我显得紧张不安吗？”

他把酒杯递给她：“一点儿也不。但你肯定会觉得有点儿心神不定。所有的事情都是第一次经历……我……做爱……”他在她身边坐下，温柔地抚摸她的头发。

安妮偎依在他身上：“我感觉这辈子从来没有跟人这么亲近过。我想要知道你的一切……我不希望我们之间有任何秘密。我们是一体的，莱昂，我中有你，你中有我，我属于你。”

莱昂挪开身体，若有所思地喝着饮料：“我不知道我能不能达到那种程度的爱，安妮。我不想伤害你。”

“你不会伤害我的，莱昂。你已经给了我这么多。即使从今往后不再发生什么，我也会因为我一生中最美妙的这两天而感激不尽的。”

他温和地微笑着，然后拿起安妮的手，拍了拍那根戴着大戒指的手指：“我们是不是忘记了什么？”

“那已经结束了。我要把戒指还回去。”

“安妮……我对你的感情……是非常真实的。我希望你知道这一点。但是我能够给你的只有这么多。我——”

“这就够了！我只想要这个——你的爱情。我不爱艾伦，从来没有爱过。我一直没有真心打算嫁给他。事情发生得太快，我陷在里面身不由己。即使没有跟你发生这些事，我也绝不会跟他结婚的。”

“我很愿意相信你，安妮，这样我的良心会好过一些。”

“你的良心？莱昂，你不爱我吗？”

他茫然地直视，似乎在寻找答案。他看见泪水迅速涌上了安妮的眼睛。“安妮！”他一把抓住她的肩膀，“是的，是的，我爱你。我爱你，我需要你。但是你的那种爱让我害怕——我不知道我的爱对你来说是不是足够。”

安妮欣慰地闭上了眼睛。“哦，莱昂，你把我吓坏了。你当然不可能像我爱你那样爱我。我也不指望那样。谁也不可能那样去爱一个人。”她仔细地端详着他，“只要爱我就行了，我只要求这么多。你能爱我多少，就爱我多少吧。同时，让我爱你。”

第二天，她在他的怀抱中醒来。她躺在那里，没有动弹，细细端详着他刚硬的轮廓。熟睡中的他漂亮极了。做爱时又感到疼痛，但她陶醉在她给他带来的满足中。她第一次感到自己属于某个人。所有的悄悄话，那些过于私密、难以启齿，甚至跟女孩子们都没有谈论过的事情，她都能轻松自如地拿出来说给莱昂听。安全期避孕法，所有的预防措施……

她轻轻地从他的怀抱里挣脱出来，走进厨房。她煮上咖啡，又往锅里敲了几个鸡蛋，这才看了看钟。已经是下午了。

她把鸡蛋端上桌子时，他醒来了。他表扬了她的烹饪手艺——鸡蛋恰到火候，咖啡煮得堪称艺术。吃过“早饭”，他坐下来读《纽约时报》，她去冲澡。

她出来时已经穿好衣服，胳膊上搭着大衣，他吃惊地抬起了头。

“你要把我撇下？”他拉她坐在长沙发上，“我还从来没有经历过这样闪电式的罗曼史呢。”他亲吻她的脖子，她觉得自己一下子变得瘫软了。她强迫自己脱身。

“莱昂，我明天不能穿这身衣服去办公室。我需要换一换长筒袜……内衣……我必须回家一趟。”

他看了看表：“合情合理。我七点钟去接你，我们一起吃晚饭。你准备好从这里去上班。”

她感激地吻了吻他。她刚才还担心他不要她回来呢。她奢侈地打了一辆出租车。已经是下午三点了，她有许多事情要在七点钟之前做完。

她一踏进自己的房间，就觉得特别压抑和窒息。柜子上有一大瓶鲜花，卡片是艾伦送的：“希望你想我，就像我想你一样。你进来就给我打电话。我爱你。艾伦。”

星期五之前，这个房间一直没有人居住。现在她觉得自己像个陌生人。她逃离了这个房间，就像她逃离劳伦斯维尔一样。她看着那些玫瑰花。再也不能拖延了。她明天就要跟莱昂一起到费城去，而艾伦也要去的——还有奇诺！

她开始给艾伦拨电话，但拨到一半，又把电话放下了。也许她可以给他拍一封电报。但她必须把戒指还回去。现在这枚戒指沉甸甸地、毫无生气地耷拉在她的手指上。

她重新拨号。刚响第二下，他就接了：“怎么样，纽黑文和你那个老妖婆朋友都好吗？”

“演出大获成功。”

“我知道。奇诺昨晚在摩洛哥碰到了几个去纽黑文的人。”

“摩洛哥怎么样？”

“我没去。你还记得吗？我是个已订婚的男人。我两个晚上都乖乖地待在家里，读一本好书，等待我的女人回来。”

“艾伦……艾伦，我有件事情要告诉你。”她不顾一切地说下去，她知道必须一口气说完，不然她就会失去勇气，“艾伦，我不是你的女人，我没有跟你订婚，我想把戒指还给你。”

电话那头是长久的沉默。然后他说：“安妮，我马上就过来。”

“不要，艾伦……我们找个地方见面……我要把戒指还给你。”

“我不想要戒指。我想跟你谈谈。”

“可是没有什么可谈的。”

“是吗？我爱了你三个月，现在你想打一个电话就把这一切一笔勾销？发生了什么事？难道在纽黑文有人说了我的坏话？不错，我以前确实做了许多荒唐的事。有时候我表现得不那么规矩正派——但那都是我认识你之前啊。你不能拿我以前做的事情来评判现在的我。自从你出现以后，一切对我来说都毫无意义了。肯定是有人想把你从我身边吓跑，我一定要去看你，把事情弄个水落石出。我不会这样轻易放弃的。我有权利为自己说几句话。”

“艾伦，纽黑文没有人说你的坏话。你跟我谈话也不会改变一切。”

“我马上就过来。”

“艾伦，你别来！”安妮尖叫起来，“我恋爱了！”

这次，电话那头沉默的时间更长了。安妮最后迟疑地说：“艾伦？你听明白了吗？”

“他是谁？”

“莱昂·柏克。”

他的笑声令人不快：“你说的是住在我老房子里的那个无家可归的小白脸？好吧……很高兴给你们提供了一个体面的蜜月小屋。”

“艾伦，事情就这样发生了。”

“当然，就是这样，就在你感到不再爱我时发生了。”

“我从来没有跟你说过我爱你。你还记得吗，一直是你坚持要订婚的？”

“好吧，安妮，祝你好运。”

“我怎么把戒指还给你呢？”

“我都不为它着急，你着什么急呢？”

“但是我想把它还给你。”

“你是说莱昂·柏克看到它戴在你手指上，觉得受到了冒犯，还是他已经另外送给你一枚，取而代之了？以我对他的了解，你只能得到一个控制你的鼻圈。”

“艾伦，我们好合好散。”

“你想怎么样？难道让我给你发一个悦耳动听的电报？天哪，这真是报应。我这辈子第一次平等地对待一个姑娘，到头来却是这样的下场！可是我会等着瞧的。跟莱昂·柏克结婚，可不是一件容易的事。”

“求求你，艾伦……我可不可以明天跟你一起吃午饭，把戒指还给你？”

“不用，我的那个小冰山，你留着吧。”

“什么？”

“留着！你这个浑蛋……我不需要那枚戒指。那种玩意儿，我可以买下一大堆。你将来倒是用得着它。它可是很值钱的。或者，你最好还是戴着它！每次哪个男人像你甩我一样甩了你时，就让这枚戒指扎进你的手指。我有一种预感，莱昂·柏克会成为那一大堆男人中的第一个！”电话啪地挂断了，震得她耳朵嗡嗡直响。

她立刻给他打了回去：“艾伦，我知道你对我很恼火——你刚才说的那些话，都是气头上的话。我希望我们还做朋友。”

“我只跟男人做朋友。”他冷冷地说。

“好吧，但那枚戒指我不能留着。”

“如果你是为了这个打电话来，就别谈了！”

“艾伦，等等！”她知道他又要挂电话了，“我想提醒你一下奇诺的事。他答应明天去费城的。”

“你是说，我们的那个计划还没取消？”他的声音里突然透出一丝希望。

“不，不是我们。我现在不能跟你们一起去了，但是奇诺没有理由不去。海伦盼着他去呢。”

“哦，天哪！你准是在开玩笑吧？”他的笑声听上去简直像是呻吟。

“怎么？海伦还给他订了一个房间呢。他的活动跟你无关。我认为海伦不应该因为我们俩的事而遭受失望。”

“你这么认为？对你直说了吧，我什么都听说了。你认为奇诺想去？你认为他跟那个老妖婆周旋是一件开心的事？”

“不许这么称呼海伦！她很有魅力，她愿意跟你父亲在一起，你父亲应该感到受宠若惊。海伦是一个了不起的明星，还是——”

“还是一个不要脸的讨厌鬼！城里的姑娘，我父亲想要谁都不在话下。这是一个男人的世界——女人只有年轻的时候才能出出风头。你到时候也会明白这一点的。你那个海伦·劳森也许是百老汇最耀眼的红星，但只要下了舞台，她仍然是个肥胖臃肿、夸夸其谈的骚货。没错，我父亲答应明天去的……你别以为他没有想办法摆脱她。是我逼着他去的。这真是个天大的笑话。我是为了你才逼他这么做的。我花了整个周末的时间，想办法怎么把他留在那里过夜。他同意去，但发誓说演出一结束就开车回来。最后我说，如果他能对海伦让步，哪怕只跟她周旋一个晚上，就算是给了我一份结婚礼物。你能想象到吗？一个男人跟他的父亲讨价还价，就为了取悦他的女人！整个周末，我都在做奇诺的思想工作。整个周末，你都在……”他说不下去了，声音几乎哽咽，“好吧，至少这件事带来一个好处，奇诺得到了解脱。现在我把皮球扔给你——扔给莱昂·柏克。让他的父亲去讨好你的女朋友吧！”话筒里传来了忙音。

《直冲云霄》在费城的首演，比在纽黑文的首次公演要精致、流畅得多。安妮很惊讶，这么短的时间里能完成这么大的变化。她坐在莱昂身边，觉得自己不是观众中的一员，而是与剧组站在一边。莱昂握住她的手，她不知道他是否注意到那枚大钻戒已经不在她手指上了。戒指装在一只普通的硬纸信封里，此刻正躺在她新租用的贵重物品保管箱里呢。把这么大的独粒钻石孤零零地留在那个冰冷的铁皮匣子里，似乎有点儿不近人情。当时，那块钻石愤愤不平地射出光芒，似乎在抗议它无缘无故遭受的冷遇。

莱昂的悄声低语，把她的思绪又拉回到舞台上。尼丽崭露头角的时刻到了。那首情歌已经恢复原样。尼丽放开歌喉，安妮坐在椅子边缘出神地聆听。这是一种截然不同的表演。泰瑞·金穿着她红艳艳的紧身缎子衣裙，显得艳俗而淫荡。而尼丽穿的是一件小圆领的蓝裙子，看上去清高、忧郁，给人留下了深刻的印象。她的声音凄婉动人，颤悠悠地带着点儿哭腔。现在这是一首感伤的恋歌，与之前完全不同，调子更加哀怨忧伤。她的演唱获得了全场观众的热烈欢迎。

演出中，安妮好几次忐忑不安地看了看第四排那三个空着的座位。海伦预订了这几个座位，她本来应该坐在那里，坐在艾伦和奇诺中间的。她还没有把那个消息透露给海伦。她觉得那样会影响海伦的演出的。

十一点一刻，大幕落下。演出毫无疑问地获得了巨大的成功。就连总是忧心忡忡的亨利·贝拉米脸上也散尽乌云。莱昂和安妮来到后台时，亨利从他们身边经过："晚会在沃里克举行。"

莱昂看了看表："你其实并不想去，对吗？"

安妮还没有考虑过这个问题。她猜想亨利肯定在旅馆里给他们订了房间。他们是一下火车就直奔剧场的。她拎了一只特别大的提包，里面塞了一套睡衣和一把牙刷。她突然发现莱昂并没有带着他平常从不离身的公文包。

"如果我们赶紧跑到后台，向海伦和尼丽表示一下祝贺，还来得及赶上十二点二十五分回纽约的火车。"

"就听你的吧，莱昂。"

"我真想和你一起在休息车厢里喝一杯。我们都需要好好睡一觉，这场晚会肯定会一直开到明天早晨。"

他们挤过簇拥在化妆室外走廊上的人群。安妮径直去了尼丽的房间。尼丽正站在门外，身边围着几名记者。三三两两的剧组成员停下脚步，向她表示祝贺。梅尔默默地站在她身边，脸上闪烁着骄傲的光芒。

安妮上前拥抱她："尼丽，你表演得太出色了！"

"真的吗？是真话？等我习惯了，还会更好呢。这身衣服是临时穿穿的，我另外做了一套新的，纽约公演时穿。"

莱昂也向她表示祝贺。尼丽显得很吃惊："怎么不见艾伦？"

"我换个时间再告诉你。"安妮小声说。

"没出什么事吧？"尼丽盯着问，"天哪，海伦看到奇诺今晚没有露面，委屈得像个女中学生。而你应该跟艾伦在一起的呀。"

安妮觉得自己的脸红了。尼丽清脆的声音传得半个走廊都能听见。

“艾伦没来。”安妮压低声音说。

“看得出来，”尼丽说，“哎哟——戒指！”她一把抓住安妮的手，“戒指怎么不见了？”

“尼丽，我们换个时间再谈吧。我还要过去祝贺海伦呢。”

“既然奇诺没来，你最好赶紧离开吧。”

他们穿过拥挤的人群，来到海伦的化妆间。海伦挣脱身边的几个人，张开臂膀迎向安妮。“嘿！”她高兴地说，随即，她的目光充满期待地向安妮身后望去。当她只看见莱昂时，便疑惑地瞪着安妮：“其他人在哪儿？”

“他们没有来。”

“什么？”

“说来话长，海伦。”

“那个浑蛋！到底怎么回事？”

“我以后再告诉你。”

“最好赶紧告诉我。进来，你趁我换衣服的时候告诉我吧。”

“海伦……我们——莱昂和我——我们要乘十二点二十五分的火车回纽约呢。”

“你在开玩笑吧！”

安妮默默地摇了摇头。

“你是说你们不打算去参加晚会了？”

“我明天还要上班呢，海伦。”

“胡扯！既然我说我要你在这儿，你就得待在这儿！这是亨利能为我做的最起码的事情。让他今晚回去，你留下来。”接着，她转向房间里的其他人，大声喊道：“喂，晚会在沃里克举行。你们赶紧离开吧，我要换衣服。”

像平常一样，人们七嘴八舌地跟她告别，并夹杂着更多的祝贺。

房间里只剩他们三个人了，海伦转向安妮和莱昂：“莱昂，你在大厅里等着。我换衣服的时候，安妮可以坐在这里。”

莱昂看了看手表：“安妮，如果我们想赶上最后一趟像样的火车，现在就该走了。”

“哦，该死！亨利没有把你留下来作为替补吗？接下来我就该听说他把那个猫头鹰嘴脸的乔治·贝娄给我派来了。我一定要好好教训教训他！那么究竟是谁陪我去参加晚会呢？”

“亨利为什么没有留下来？”安妮问。

“因为我对他说奇诺会来。”海伦恶狠狠地说，“我想听听到底是怎么回事。快说吧。”

莱昂又看了看表："我去叫一辆出租车，安妮。"他朝海伦淡淡一笑，走了出去。

"天哪，难道我要在这里站一个晚上吗？"海伦说着，一屁股坐在化妆台上，开始往脸上扑粉、卸妆。

"海伦，今晚的演出太精彩了。"安妮说，"对不起，我现在得走了，莱昂想赶那趟火车……"

"看在上天的分上，他要赶就让他赶去吧。这跟你有什么关系？"

安妮寻找借口："我没有订旅馆。"

"那又怎么样？我的套房里有两张床，你可以跟我住在一起。"

"但我是跟莱昂一起来的。"她焦急地朝门口望去。

海伦的眼睛一下子睁大了："啊，我明白了。你还在跟莱昂勾勾搭搭。天哪，你跟别人没有什么两样。我本来以为你是个有品位的姑娘，对你很感兴趣，跟你交朋友，结果你把我给撇下了。好吧，你走吧。我这辈子注定这么倒霉。我把自己全部交出去……总是对人那么信任……"眼泪顺着她的面颊滚下来，"我信任你，安妮……我唯一的朋友。没想到你跟其他人一样，捉弄我，挖我的墙脚，在我需要你的时候抛弃了我。你看看我现在，在首演的夜晚一个人孤零零的——没有男人，唯一的女朋友也想脚底抹油……"

"海伦，我是你的朋友。也许稍晚一些还有一趟火车。我去跟莱昂谈谈……"

"没有，过了十二点二十五分，就只有运牛奶的慢车了。"海伦开始擦拭被眼泪冲得一塌糊涂的睫毛膏，"没关系，你去吧。我真是昏了头，还指望你跟别人不一样。"

"等等……我去跟莱昂谈谈。"她一头冲出了房间。

莱昂已经叫好了出租车。安妮冲到他身边："莱昂，我们不能把她一个人撇下，她觉得太受伤害了。"

莱昂盯着她："安妮，没有什么东西能够伤害海伦。"

"你不理解她。她在哭呢，她觉得她在首演的夜晚孤单极了。"

"海伦的眼泪说来就来，来得快，去得也快。知道吗，安妮，这个世界上的海伦·劳森们，她们的孤独是她们自己酿造的。"

"可是我们不能这样对待她。"

"我们不欠海伦任何东西，除了在生意上为她效力。比如，算计泰瑞·金这样的小事。这一点她理解，而且提出要求。但在我的合同里，没有哪一条规定我必须陪她去参加晚会。"

"可是，莱昂，她是我的朋友。"

"那么你决定留下？"

“我觉得我们应该……”

他微微一笑。“好吧。再见了，朋友。”他轻飘飘地说了一句，就钻进了出租车。

安妮起先简直不敢相信。可是出租车已经远去了。她不知道应该生气还是应该害怕。她让莱昂失望了吗？还是莱昂让她失望了？可如果她跟他一起走了，肯定会让海伦失望的。上帝知道，她已经让艾伦失望了。她突然觉得泪水涌上了眼眶。她周围的一切似乎都在崩溃。她伤害了每一个人——而受伤害最严重的，是她自己。

沃里克的晚会是纽黑文那场晚会的翻版，只是尼丽一露面就成了一个羽翼丰满的主角。纽约来了更多的人，各种报刊的记者——海伦一杯接一杯地喝酒，从头到脚仍然是那位坦率热情、脾气随和的大牌明星。安妮回来时，化妆间里挤满了人，她没机会向海伦解释奇诺的事。整个活动期间她坐在一旁观看，觉得自己像个局外人，心里牵挂着莱昂，对什么都提不起兴趣。凌晨两点的时候，她看见尼丽和梅尔偷偷溜走了，她真是羡慕他们。莱昂这会儿肯定刚到纽约。她想，他会不会很生气——同时也觉得很沮丧呢？

凌晨三点，她们回到海伦的套房里。海伦打开一小瓶香槟酒，给自己倒了满满一大杯：“好吧，现在告诉我吧——奇诺怎么了？”

安妮寻找合适的字眼。“我想，这一切都怪我。”她小心翼翼地说，“你知道吗，我跟艾伦分手了。”

“为什么？”

“嗯——莱昂和我……我们好上了……”

“那又怎么样？”海伦问，“我早就知道你在纽黑文跟莱昂逢场作戏。这跟艾伦有什么关系？”

“我既然爱上了莱昂，就不能再去见艾伦了。”

海伦眯起了眼睛：“你在开玩笑吗？你总不会以为他跟你上了床，就会跟你结婚吧，嗯？”

“他当然会的——”

“他提到了结婚？”

“海伦，这件事是三天前刚发生的。”

“那么你那位大情人在哪儿呢？我注意到他并没有跟你黏在一起。”

安妮没有回答。海伦一口气表达了她的观点：“听着，一个男人如果爱你，肯定会整天缠着你。艾伦就缠着你——他肯定难过得要命。我猜，奇诺就是因为这个才没有来。他大概以为我跟你一样轻浮。”

“海伦！”

“你以为你这种样子很有品位。手上戴着一个男人的戒指，跟那个英国佬在床上鬼混！还把我跟奇诺的事也搅黄了。他肯定以为我们是一路货色。他现在不敢来见我了——生怕我会伤害他，就像你伤害他儿子一样。”

“我跟艾伦的事情，跟你和奇诺一点儿关系也没有。”

“那他为什么没来？他对我很有好感，我看得出来。我们一起玩得很开心。如果不是你投进了莱昂·柏克的怀抱，奇诺早就过来陪我了。我失去了我心爱的男人，就因为你是一个小荡妇。”

安妮冲到房间那头，抓起她的大衣。

“你想去哪儿？”海伦问，又给自己倒了一杯酒。

“随便——只要能离开你！”

“哈！”海伦讥笑道，“亲爱的，你除了堕落，没有地方可去。你以为还会有谁喜欢你吗？喜欢你这个呆板拘谨的清教徒？我至少实实在在，有啥说啥。你呢，整天假装自己是小姐、淑女。当然啦，只要你手上戴着那枚戒指，你就还算是个人物，我耐着性子忍受你。我想，既然艾伦·库珀愿意娶你，你准有点儿不寻常的地方。你也就靠这个才出了点儿名。现在你什么都不是——只是又一个被莱昂·柏克玩弄的小婊子。”

安妮呆呆地望着她：“我还以为你是我的朋友——”

“朋友！你白日做梦吧，竟然以为我是你的朋友！你算个什么东西？一个狗屁不如的小秘书，一个不要脸的讨厌鬼！就因为你，我失去了一个喜欢我的男人，哼！”海伦站起身，两条腿不住地打晃，“我要睡觉了——如果你愿意，就睡在沙发上吧！”

安妮气过了头，反倒平静下来：“海伦，你失去了你这辈子唯一的朋友。”

海伦的脸扭曲着：“如果我要依靠你才能得到欢笑和乐趣，那真是天大的笑话。”

安妮朝门走去：“再见，海伦。祝你好运。”

“不，小妹妹，需要好运的是你。你还剩下什么？不过是跟莱昂·柏克再上几次床，然后他就对你厌烦了。他是很容易厌烦的。我知道——六年前我也跟他有过一腿。”看到安妮惊愕的目光，她笑了，“没错，我和莱昂。当时我正在上一部新戏，他刚进亨利·贝拉米的公司。他做得挺到位——在我面前扮演一个大情圣。他巴不得别人看见他跟我在一起。但我可不像你这样头脑简单。我讲究实际——跟他上床时就尽情享受，分开了就不再去想。而且，信不信由你，我能够给他的，可比你这个微不足道的小秘书多得多！”

安妮打开门，一头冲了出去，心里又厌恶，又气愤。她冲到电梯口，猛地停住脚步。她手忙脚乱地在包里找来找去，感到越来越紧张。她身上没有钱。她当时急匆匆地赶来见莱昂，没想到要去兑换一张支票。她最后又搜了一遍，总算找到八角五分钱。现在已经是凌晨四点——她不能给尼丽打电话。但是她也不能步行去纽约呀。

她坐在走廊里电梯旁边的一张椅子上。如果她到休息厅去，一直坐到差不多上午九点，就可以给尼丽打电话了。哦，天哪，她把一切都搞砸了。她感到自己被一种强烈的失落感包围了。海伦不再是她的朋友。不过，看样子，海伦从来就没有成为她的朋友……每个人都提醒过她。而且大家也提醒她不要对莱昂太认真。莱昂和海伦。不——这不可能！可是海伦不会编造出这种离奇的谎话来的。哦，天哪！海伦为什么要告诉她呢？她哭了起来，用手把哭声捂住。

她听见电梯停下了。她用手绢擦擦眼睛，仍然低垂着脑袋。一个姑娘从电梯里出来，从她身边走过，随即又停下脚步，回过头来。

“是安妮吗？”

安妮赶紧又擦了擦眼睛。是詹妮弗·诺斯。

“怎么啦？”詹妮弗问。

安妮望着眼前这个光彩照人的姑娘：“好像一切都不对劲儿了。”

詹妮弗同情地笑了：“我也有过这样的日子。来吧，我的房间就在那边。也许我们可以好好谈谈。”她拉起安妮的手，不由分说地领着她往走廊那头走去。

安妮坐在床沿，一支接一支地抽烟，把事情的经过原原本本地告诉了詹妮弗。

最后，詹妮弗调皮地笑了：“哇，瞧你这个周末过的！”

“我跑来麻烦你，真是对不起，”安妮说，“而且是在这种时候。”

“没关系，反正我也睡不着觉。”詹妮弗笑着说，“那是最让我头疼的一件事。不过你的一个问题算是解决了。你今晚可以睡在这里。”

“不——我真的想赶紧回纽约去。你借给我一点儿钱好吗？我明天寄给你一张支票。”

詹妮弗从她的手包里掏出钱包扔过来：“自己拿吧。不过我觉得你真是疯了。我这里有两张床。你可以在这里好好地睡一夜，明天坐一趟体面的火车回去。”

“我还是想现在就回去。”安妮从厚厚的钱包里抽出一张十块钱的钞票，“我寄一张支票给你。”

詹妮弗摇了摇头：“不用，等我回到纽约——你可以请我吃一顿饭。我想听听事情是怎么结束的。”

“已经结束了。”

詹妮弗笑了：“没错，跟海伦是结束了——也许跟艾伦也结束了，但是跟莱昂并没有结束。看你提到他名字时的表情，就知道事情没有结束。”

“可是，听了海伦说的那些话，我还怎么回去见他呢？”

詹妮弗似乎觉得不可思议："难道你在乎这种事？你不会以为他是个处男吧？"

"不，可是，海伦……莱昂似乎一直都没把她当成女人。"

"也许六年前，他觉得她还比较有女人味吧。他大概被她震住了。你知道的，他在为亨利·贝拉米工作，很想干出点儿成绩来。如果他跟海伦之间真的发生了什么，我也不会怪他——他大概是身不由己。可是我觉得海伦不应该这么卑鄙，明明知道你在乎，还把这事儿抖搂给你听。"

"可是她说莱昂对她始乱终弃……"

"安妮，我敢说所有的男人对海伦都是始乱终弃。而她为了安抚自己的自尊心，就让自己相信男人对谁都是这样。她还自欺欺人地让自己相信奇诺喜欢她。安妮，我相信莱昂肯定是离不开你了，也许不是因为爱，但他确实很迷恋你。"

"可是我把一切都搞砸了。他撇下我，自己走了。"

"他大概觉得是你把他撇下了。从某种程度上说，你确实是这样，选择了海伦而不是他。"

"我没有选择。我当时很同情海伦，她是我的朋友。"

"什么朋友！"詹妮弗做了个鬼脸，"听着，明天见了莱昂，要表现得乖乖的。让你的眼睛里充满泪水，对他说你觉得自己真是太愚蠢了，竟然以为你跟海伦之间还存在着某种友谊。你装成一个小可怜儿，一副受了委屈的样子。看在老天的分上，千万别提海伦告诉你的有关他的事儿！"她跟安妮走到门口，"记住，要想得到一个男人，只有一种办法——让他需要你。不是用语言。好好考虑考虑吧。说实在的，我应该把你囚禁在这里一两天，免得你把事情搞得一团糟。"

"不，我还是想回去。"

"安妮……"詹妮弗跟她走到门口，"我喜欢你。我们会成为好朋友的。我也需要一个真正的朋友。相信我吧——如果你想得到莱昂，就按我说的去做。"

安妮勉强笑了笑："我试试吧，詹妮弗，我试试吧……"

返回纽约的旅程似乎永远没有尽头。最后终于到达佩恩车站时，太阳已经冉冉升起。已经是早晨了……人群潮水般地从长岛的方向涌来。她的时间只够洗个澡，对付一顿早饭，然后赶去上班。在出租车里，她感到眼睛又酸又涩，当爬上楼梯回到她的小屋时，两条腿像灌了铅似的沉重。

她看见她的门缝底下塞着一张电报。莱昂！肯定是他！她把它撕开了。

艾米姨妈昨夜在睡梦中去世。葬礼将在星期三举行。如果你能参加就太好了。爱你。母亲。

她呆呆地看着电报。这真是母亲的口气，不说“请你回来吧”，也不说“我需要你”，而是“如果你能参加就太好了……”。

好吧，她不会去的，反正母亲也并不真的在乎，并不真的想要她回去。只是在劳伦斯维尔的人看来，如果她能回去就“太好了”。可是她属于这儿……她属于莱昂。她拿起电话，冲动地拨了他的号码。铃声响了四下，他接了。他的声音里充满了睡意。安妮感到一阵气愤。她在冷冰冰的火车里坐了一夜，他倒睡得挺香……

“喂？”他现在醒了，口气很不耐烦。她这才意识到自己拿着话筒没有说话。

“喂……哪位？”莱昂的声音顺着电话线传来，非常刺耳。

她害怕了。他听上去怒气冲冲的。

“是伊丽莎白吗？”

伊丽莎白！安妮呆呆地瞪着电话。

“行啦，别玩这套孩子气的把戏了。”莱昂冷冷地说，“伊丽莎白，如果你想说话就赶紧说，不然我就挂了。”

他等了等，就咔嗒一下放下了电话。

伊丽莎白？谁是伊丽莎白？安妮这才发现她对莱昂的生活一无所知，不由得感到万分沮丧。实际上她才认识他四天。天哪，难道仅仅是四天吗？！当然会有一个伊丽莎白——也许还有许多个伊丽莎白呢。

她让西部联盟电报公司发电报给她母亲，说她立刻就赶回去，接着便订好了火车票。去波士顿的下一趟列车是九点半开车。她匆匆忙忙地往包里扔了几件东西。时间已经是八点半了——她还有时间到银行去兑换一张支票。但是事务所还没有开门。她必须让亨利知道她不能去上班了。于是她又给西部联盟拨电话发电报。

亲爱的亨利，我有事离开。星期五回来再做解释。安妮。

她出发去了波士顿，没有想到她这封例行公事式的电报会被人误解。

亨利气呼呼地把电报揉成一团：“他妈的——她大概跟艾伦·库珀私奔了。”他把这种怀疑埋在心里，但发现自己对斯坦伯格小姐和事务所的其他职员特别不耐烦。到了星期五，当他走进事务所，发现安妮端端正正地坐在桌子前时，他惊喜得瞪大了眼睛。

“你回来了！”他喊道。

“我说过星期五回来的呀。”

“我还以为你肯定结婚去了。”他说。

“结婚？”她吃惊地瞪着他。乔治·贝娄也进来了。他看到她似乎也很惊讶。

“结婚？”安妮又说一遍，“跟谁结婚？”

“我还以为……”亨利显得有些不知所措，“我还担心你跟艾伦私奔了呢。”

“私奔？我姨妈去世了。我不得不到波士顿去。事务所没有开门，我就给你拍了一份电报。谁说我私奔了？”

亨利一把搂住她：“别介意。你总算回来了，我太高兴了。”

就在这时，莱昂进来了。他一看到安妮，猛地停住了脚步。亨利松开安妮，像男孩子似的欣喜若狂地转过身：“她回来了，莱昂……”

“是啊，我看见了。”莱昂的声音里不带任何感情。

安妮垂下眼帘：“对不起，让你们误会了。”

“她姨妈去世了。”亨利兴高采烈地说。然后他强迫自己装出一副严肃的样子，说：“对不起，安妮。”接着他又转向莱昂：“她只是去波士顿参加葬礼了。”

莱昂笑了笑，回自己的办公室去了。

“进来吧。”亨利恳切地说，“来，想喝咖啡吗？来一块丹麦酥皮饼？给你涨工资？什么都行——我太高兴了——你尽管提吧。”

他办公桌上的蜂鸣器响了。他拧了一下旋钮，安妮听见莱昂干脆利落的声音：“亨利，麻烦你让安妮把尼丽·奥哈拉的业务合同拿来给我，好吗？”

亨利眨眨眼睛，关掉了对讲机。他打开文件柜，在几份文件中间翻找着：“我们在打理你那个小朋友呢。她没有代理人。她不会有多大出息——只能在舞台上唱唱跳跳——但是为了你，我们把她接下了。”他把合同递给安妮，示意她到莱昂的办公室去。

她一走进去，莱昂便站了起来：“我想，亨利已经告诉过你，我们把尼丽接了下来。是她自己坚持的——说这使她感到自己像个明星。”

安妮的眼睛盯着合同：“是啊，亨利对我说了。”

他走到她面前，接过合同：“那么他有没有对你说，过去这四天里我简直成了可怜的孤魂？”

她看着他，他一把将她揽进怀里。“哦，莱昂，莱昂……”她偎依在他身上。

“我为你的姨妈感到难过。我们都不知道你为什么走了——亨利断定你再也不会回来了。我不能相信。我不愿意相信你就此离开了我的生活。我知道我的表现很糟糕，安妮——那天夜里我应该在那里等的。海伦是你的朋友，而且……”

“不，是我错了。我再也不会把任何事情放在你的前面。海伦不值得我这么做。谁都不值得我这么做。哦，莱昂，我太爱你了。”

“我爱你，安妮。”

“真的！哦，莱昂，是真的吗？”她在他身上贴得更紧了。他亲了亲她的额头。

“真的，真的。”他轻轻地说。她望着他，知道他的话发自内心。于是她又一次对自己说，她再也不可能像此时此刻这样幸福了。

她是在莱昂的住处度过这个周末的。她热烈地回应着莱昂的亲热温存。第二天夜里，她感受到了高潮，浑身颤抖，瘫软无力。莱昂轻轻地抱住她，抚摸她的头发。

“哦，莱昂——它来了。”她微微颤抖着说。

“第一次。”他说。

“我还开始担心自己不行了呢。”

“没问题——女孩子一开始是很难有感觉或达到高潮的。”

她热烈地亲吻着他的脸：“我有感觉了，莱昂——我是一个女人！”

那天夜里，她做爱时非常主动。她做梦也没有想到，她肉体的激情跟她的感情同样热烈，她喜悦的同时，也感到有点儿害怕。她不仅深爱着莱昂这个人，而且在肉体上渴求他。她的爱简直是欲壑难填。

这个完美的周末，只有一件事隐隐约约地令人烦心。星期一她要到法庭去为詹妮弗注销婚约做证。

“我知道你不愿意做这件事，安妮，”亨利这么说过，“但是我只能相信你一个人。詹妮弗在纽约是初来乍到。她不认识其他女孩子。很快就会结束的，还没等你反应过来，事情就办完了。不要担心。只要九点半去办事处就行了。我们是十点半到法庭。詹妮弗专门从费城赶过来。在离开事务所前，我们先把整个过程排练一遍。”

这个周末她几次提到这件事。有几次她甚至在莱昂的怀抱里也心事重重。

“我说，如果你真的为此烦心，也用不着勉强自己。”莱昂说。

“我知道这很荒唐，莱昂，但我心里真的很害怕。这是做伪证呀，是不是？”

“从技术上来说，确实是的。但是大家每天都这么做。我的意思是，没有人真的在乎的。法官也是睁只眼闭只眼。但如果它违背了你的原则，你就实话告诉亨利好了。如果有必要的话，他可以让斯坦伯格小姐去。”

“那他为什么不一开始就让她去呢？”

“他也想过的。我们自然第一个就想到她。但是即使碰到一个富有同情心的法官，我们会有什么结果呢？难道詹妮弗·诺斯那种姑娘会把斯坦伯格小姐当成她的知心朋友，跟她无话不谈吗？”他伸手去拿电话，“别为这事儿发愁了。我这就给亨利打电话。你不欠詹妮弗·诺斯任何东西，凭什么要——”

“哦，天哪！”她从床上坐起来，“莱昂，别给亨利打电话。”

“为什么？”

“我欠了詹妮弗很多很多——不说别的，我还欠着她十美元呢。瞧我忘得一干二净。她借钱给我买了从费城回来的火车票。”她对他讲过海伦·劳森的那件事，同时小心地省去了海伦提到他的那些话。但是她忘记告诉他詹妮弗怎样对她深表同情，把她从困境中解救了出来。“我本来想把钱寄还给她的。但是等我回到纽约，看到那封电报，就赶紧去了劳伦斯维尔。”

“好了，你不用这么紧张。我相信詹妮弗不会把这十块钱放在心上的。我明天就还给她。”

“可是，她那天夜里对我可好了。我想，我至少应该去替她做证。”

“太好了，如果你认为这样你们俩能够扯平。”

她望着他：“这真是一种彻底了断的说法，莱昂，就像把账结清，就此了结你跟某人的关系。我记得你对我就说过这句话，就像当着我的面把门关上一样。”

“对你说过，什么时候？”

“当我为了尼丽得到工作而向你表示感谢的时候。你说，这下就跟我帮你找到这套房子的事扯平了。”

“现在是我们的房子了。”他说。

她迷惑不解地看着他：“我们的房子？”

“怎么不是呢？除非你舍不得离开西五十二大街的那个房间。我想，这里的壁橱足够我们俩用的。而且我这个人干净整洁，住在一起不惹人讨厌。”

安妮一把搂住他：“哦，莱昂！我们认识没有多长时间，但我觉得我早就认识你了。从见到你的那一刻起，我就知道你是我这辈子想嫁的那个男人。”

他轻轻地挣脱她的拥抱：“我只是请你搬过来住，安妮。我只要求这么多——就目前来说。”

她转过脸去不看他，与其说是受到了伤害，不如说是感到尴尬。莱昂轻轻地扳着她的肩膀，让她转过来面对自己：“安妮，我真的爱你。”

她拼命地眨巴眼睛，把眼泪忍回去，但说出话来时是哽咽着的：“人们相爱时就会结婚。”

“在劳伦斯维尔也许是这样——在那里，一切都在出生时就安排好了，未来的前途铁板钉钉。”

“你的未来也是铁板钉钉呀。亨利对你很信任……”

“我不知道我是不是愿意一直待在亨利身边。我突然之间对什么都没有把握了——但我清楚地知道我不想过亨利那种生活。”他显得若有所思，“你知道吗，战争结束后，我决定不再回到亨利这里，回到我过去的生活里。但我还是回来了，亨利的热情感染了我。我差点儿就滑到过去的老路上去了。后来我们在红酸果饭店吃了那顿午饭。那天你像是给我打了一剂强心针——促使我开始思考。然后是在纽黑文的那个周末——还有泰瑞·金的那档子事儿。”他摇了摇头，“接着你突然失踪，使我感受到了毁灭性的打击。我开始认真考虑每件事情的价值，并且做出了一个决定。我打算开始写那本书了。”

“那太好了，莱昂。可是难道婚姻会改变这一切吗？”

“我承认自己还有一些老观念。我认为做丈夫的就应该供养妻子。如果我娶了你，我就要全力以赴地投入亨利公司的业务。我会挣很多钱，而我们的婚姻生活会很糟糕。”

“你打算离开亨利吗？”

“很遗憾，我不能。我存的钱够我对付几个月的，但是太冒险了。我要留在亨利的公司里，边工作边写作。夜里抽空写几个小时……还有周末……这不是理想的办法，但是很遗憾，目前只有这一个办法——我没有乡下的老宅可以供我隐居。我完全清楚将来可能遭遇的风险。即使书稿被接受了，付给一个无名小作者的预付金也不会很高。书要经过六到八个月才能出来。有时候，即使是一本好书，作者也只能挣到很少一笔钱。一炮打响的畅销书毕竟少之又少。因此，摆在我面前的路有两条：一是留在亨利公司，用业余时间写作；二是找一个年老的富婆来贴补我。”

“我既不老也不富，但钱倒是有一些，而且我可以继续工作。”

他用手梳理她的头发，注视着那一头浓密、丝绸般的秀发在他手指间流淌：“靠你从亨利那里领到的高额薪水再加上我的积蓄，我们也租不起这样的房子呀。”

“可是我跟你说了，我有钱。我爸爸给我留下了五千，我刚刚又从姨妈那里继承了七千，那就是一万二，莱昂——足够了。”

他吹了声口哨：“我的天哪，我给我自己找了个女继承人。”他温柔地亲吻她，“安妮，我真的很感动。但是这样是不行的。目前，自己是不是能写我还没有把握，我对这本书会不会成功没有把握。就在此时此刻，肯定有五十万退伍老兵坐在打字机前，敲出他们在诺曼底、冲绳岛和伦敦空袭战中的亲身经历。我们中的每一个人——确实都有东西可说。就看谁说在前面——谁说得最好。”

“我相信你肯定能写，”她坚持道，“我就是知道。”

“那你比我知道的还要多呢。这才是心心相印，令人欣慰——我因为这个而爱你。”

“莱昂……等书写完了，你就会娶我吗？”

“我会很愿意的——如果书出来很受欢迎的话。”

她沉默了一会儿：“可是你自己说过……即使一本书成功了也挣不到多少钱。”

“我并没说钱就是晴雨表。如果第一本书成功了，即使一分钱也挣不到，我也会继续写下去。我甚至会写得更加努力，因为我知道写作已经不再是一个梦想。我们总有办法对付下去的。但如果我的书没有一个出版商肯接受，我就立刻回到亨利身边干我的老本行。我会重新变成以前那个莱昂·柏克，加倍工作，弥补被浪费的几年时光——但我担心你恐怕不会很喜欢我了。”

“过去的莱昂·柏克是什么样的？”

他沉思了一会儿：“从不浪费时间。是的，这种说法很合适。我做任何事情都是经过深思熟虑的。甚至包括这个——”他用手抚摸她的乳房。

海伦尖厉刺耳的声音又在她耳畔响起。看来那是真的——以前的莱昂肯定会跟海伦逢场作戏。他实际上已经承认了。

他把她搂进怀里：“可是那个莱昂·柏克已经在战场上阵亡，或者在那个小伙子谈论桃树的那天夜里就死去了。如果这样的话——也许那个小伙子的最后一个夜晚并没有虚度。”

安妮用手臂搂住他：“你再也不能回到从前了，既然你现在说了这样的话。即使第一本书不成功，你还可以接着写第二本、第三本。你就是你现在这个样子，不管什么都不会再改变你了。如果你想待在亨利身边，边工作边写作，我会等你。即使要写上十几本书才会成功，我也会永远等下去，只要你坚持做你自己。”

“我不知道我有没有那么伟大，但总比做亨利·贝拉米要强。而我现在就朝着他的那条路上走呢。实际上，我会做得比亨利还要大，因为我没有他那么温和善良。亨利犹豫不决，瞻前顾后，考虑的东西太多。而我是单向思维。我会成为一个特大号的亨利——事业干得轰轰烈烈，个人生活一败涂地。”

“你是那样看待亨利的？”

“亨利苦干了三十年才达到他今天的位置——我想，你会说他达到了顶峰。这是一句老掉牙的话。他管这叫珠穆朗玛峰。从经济上和事业上来说，他现在确实到达了顶峰。可是他的个人生活呢？如果有谁要写亨利的大概情况，会有几张照片介绍他在戏剧和商业上的成就。至于他的个人生活，只有一行——未婚，没有亲属在世。简而言之，除了事业之外，没有生活，孤零零地站在珠穆朗玛峰上。”

“但是你恰好证明了我的观点，莱昂。亨利一直在等待结婚。你也在做同样的事情。”

“不。因为在珠穆朗玛峰上的婚姻是毫无意义的。也有一些像亨利那样的男人结了婚，有了家庭，有了孩子，但他们的个人生活还是照样如此。好吧，我们假设亨利结了婚，娶了一位商界之外的良家女子。这时候孩子们都已各自成家，照顾他们自己的孩子去了。他的老伴儿会在佛罗里达过冬。她早就不在亨利耳边唠叨，说他‘行踪不定，来去匆匆’了，这会儿她已经习惯于独守空房，没有他的陪伴——他从来没有陪伴过她。她已经安下心来享受亨利卖命工作所换来的那些好东西了——宽敞的公寓或乡村别墅，毛皮大衣，生活品位。许多结过婚的亨利，最后都在顶峰忍受孤独。他们不得不忍受孤独，因为他们一路走上来时疏远了所有的人。在这种你死我活的竞争中，你坑蒙拐骗，男盗女娼，为了达到亨利今天的位置而不择手段。这个行当就需要你这么做。这正是我一直痛骂的。不是亨利的人品不好，不管是谁干这一行，时间久了都会变成这样。”

两人一言不发地坐了一会儿。

莱昂首先打破沉默：“对不起，我发了这么多牢骚。”

“不，我很高兴。现在我更理解你了。我只有一件事情放心不下。”

他亲切地望着她：“什么？”

“你打算什么时候跟我结婚？”

他朗声大笑起来。她心想，他是不是知道自己笑起来多帅气？在她认识的人中，还没有人笑起来是这个样子的——把头往后一仰，纵情地哈哈大笑，笑声无比爽朗悦耳。

“我来告诉你吧——你将第一个阅读我写完的手稿，然后你把你的意见告诉我。”

她紧紧地偎依着他。“我得睡觉了，”她小声说，“明天还有许多事情要做呢。”

“啊，对了，那件注销婚约的事。”

“嗯……莱昂……你这套房子有没有一把备用的钥匙？”

他把她抱得紧紧的：“我去配一把。这么说你准备搬进来了？”

“不，我打算明天一大早就搬来一台打字机和大量的白纸。一台崭新的、亮闪闪的打字机，算是我在结婚前送给你的礼物。”

“我接受……但有一个条件，你也要跟它一起搬进来。”

“不。你需要我的时候，我会像这样随时过来陪你。我会跟你一起过周末，帮你打字。但我不会跟你住在一起。我会为你而活……等待着。”

他亲了亲她的额头：“作为一名律师，我应该告诉你，这个局面对你是不利的。但是作为你的恋人，我答应你，我一定加倍努力，不让你失望。”

出庭的过程非常简单。安妮注视着他们事先排练好的程序，原有的担心立刻就烟消云散了。亨利把几份文件递给法官，法官假装看了一遍，问了几个问题，詹妮弗用排练过的声音做了回答，安妮也把自己要说的几句话背了一遍。十分钟不到，詹妮弗就拿到了终止婚姻的证明。

亨利带两个姑娘去吃午饭。他吃得狼吞虎咽。“我还有工作等着呢，”他解释说，“但你们两个姑娘可以坐在这里慢慢聊聊。安妮，今天下午放你的假了。”

亨利刚走，詹妮弗就转向安妮问道：“好了，告诉我吧，你跟莱昂之间怎么样啦？”

安妮把事情原原本本地讲给她听，詹妮弗听得很认真。安妮很吃惊自己怎么这么快就对詹妮弗无话不谈了。詹妮弗身上有某种东西，使你不由自主地愿意相信她。

詹妮弗摇了摇头："听他说话的口气挺硬的。你永远不可能控制他。"

"可是我并不想控制莱昂……"

"我不是那个意思。必须让男人感觉到是他在控制局势，不过只要你能控制你自己，你就能控制他。想办法让他在你手指上套一枚戒指，然后你爱怎么低眉顺眼就随你的便吧。"

安妮看着自己没戴戒指的手："那不重要。我有一枚戒指，是你见过的最大的钻戒，在贵重物品保管箱里躺着呢。"

詹妮弗瞪着她，对她的尊敬又添了几分："你是说你居然甩掉了艾伦而留下了戒指？"

"他不想收回去。"

詹妮弗摇了摇头："你的床上功夫准是非同小可。我想，答案肯定就在这里。"

"我从来没跟艾伦上过床。"

詹妮弗一时说不出话来。然后她咧嘴笑了："那倒是挺特别的。你对艾伦来说是一项挑战。"

"唉，恐怕我对莱昂来说就不是挑战了。"

"我还是会为你祈祷的。你至少有一件事情做对了——拒绝搬去跟他住在一起。我也是这样对付托尼·波拉的。他要我退出剧组，跟他一起去巡演。他也闭口不谈结婚的事。但我可不是个随军的妓女。对了，你现在的房子多大？"

"只有一间屋子。我住在一座公寓楼里——跟尼丽在一起。"

"剧组回来以后，我没有地方可住，"詹妮弗说，"如果我们能找个地方合住就太好了。"

"这个主意真妙，但是公寓套房太贵了，即使两人分摊，我恐怕也承担不起。"

"对了！"詹妮弗眼睛闪闪发光，"我想出一个好主意。你说尼丽也只住一间屋子。如果我们三个合住怎么样？这样我们就负担得起了。"

"这可太好了。"安妮说。

"我们三个星期后回纽约，到那时候你大概就可以找到房子了。"

"我看看吧，但事情不太好办。莱昂的房子我倒是一下子就找到了，但那是艾伦替我找的。"

詹妮弗突然眯起一双蓝眼睛："安妮，你打算把那枚戒指怎么办？"

安妮耸了耸肩："我想，就让它在那保险箱里待着吧。我当然不想再戴它了。"

"就把它留在那儿？实际上它可以拿来派上用场的。"

"怎么会呢？"

“卖掉它，把钱拿来投资。”

“可它并不真的属于我。”

“你提出要还给他，但他拒绝了。现在它就是你的了，是你自己挣来的。每次你强迫自己跟你无法忍受的一个男人在一起，你都应该有所收获。把它卖掉吧。”

安妮想起了莱昂。也许詹妮弗说得对。到了年底，如果那本书写得不成功，她就真的需要手里有一笔钱……

“我想你说得不错。我可以卖掉戒指，把钱存进银行，让利息不断增加。”

“你千万别做这种事情，”詹妮弗说，“把戒指卖掉，请亨利·贝拉米把钱拿去在证券市场上投资。不出几年，你的钱就会翻上一番。一场战争过后，证券市场的行情总是看涨的。”

“那样是不是太冒险了？”

“现在不会。只要亨利帮你打理，就没有风险。亨利对我说，股票很快就要暴涨。我真希望自己能有一些钱。我现在一个子儿也没有——只有身上穿的衣服和演出挣的那点儿小钱。如果我哪一天弄到一笔大钱，我立刻就让亨利拿去帮我投资。”

Jennifer

詹妮弗

一九四五年十二月

《直冲云霄》在费城有三场演出。亨利预计得没错，他们可以取消波士顿的巡演，从而把纽约的演出提前。全体演职人员都热切期盼着在纽约的首场演出，他们有信心引起轰动。但是压力也是巨大的，纽约评论家们的反应很难预期，一切都是未知数。

詹妮弗显然正处在首场演出前的歇斯底里状态。费城的演出是最有利可图的合约。她站在酒店的门廊处，对费城的律师闪烁着她最为明艳的笑容，而后者正坚持要求演出前的最后一夜狂欢。

“已经三点了，”她乞求道，“我得睡上一会儿。”

“你明天白天可以睡一整天。来吧，我知道有一家很棒的酒吧还在营业——就在这条街上。”

“天太冷了，而且说老实话，我想睡觉，鲁比。另外，我不能喝酒，哪怕是多喝一杯可乐，都会让我发胖的。”

“你穿着那件衣服，怎么还会冷呢？”他意味深长地看着她穿的新河狸皮大衣。

她含情脉脉地抚摸着衣服：“你真是个天使，送我这件大衣，它确实比我的貂皮大衣要暖和。但是我非得睡上那么一会儿。”

“让我跟你上去吧。”他乞求着。

“你昨晚已经跟我在一起了，鲁比。”

“难道有规定不能连续两晚吗？”

“在我工作的时候是的，明天给我打电话。”她微笑中带着许诺的意味。

“什么时候？”

“六点左右。”她点了点头，抛给他一个飞吻，走进了电梯。

门缝底下的地板上有一些字条，一张是一个专栏记者留的，还有两张是要求给克里夫兰的二十四号接线员回电。哦，现在给她妈妈打电话太晚了，她看着克里夫兰最后一条消息的发送时间——凌晨一点半。即便是她妈妈，也不会固执地等回电等这么久的。还有一张字条来自安妮，她已经签租了她所找到的房子，一切都很如意。安妮是个好姑娘，詹妮弗嫉妒她，嫉妒她对莱昂的感觉。能有那样的感觉一定很棒，但是如果你有感觉的话，你又不能做其他事情了。她抚摸着河狸皮大衣——跟鲁比睡了一夜换来的，这就是拥有完美身材的好处，可以得到你想要的东西。她想知道真正在乎一个人、爱上一个人的滋味，爱上一个像莱昂·柏克这样的人，要爱上莱昂很容易……她想起了他们第一次相遇时的情景。

"我们今晚要去看托尼·波拉的首场演出。"亨利说，"你得出场，让公众注意到你。我已经安排了莱昂·柏克护送你去，我护送海伦。"她对莱昂毫无准备，她为去见一个她想要的男人感到一阵激动，那是她纯粹出于自己喜欢而想要的一个男人。那个晚上她本来想留住他的，结果托尼·波拉跳了出来。那是一个紧张的抉择时刻，聚光灯照在托尼身上，而托尼在为她歌唱。剧场里的每一个人都在看着，她的笑容一下子就僵在了脸上。她一边感受着莱昂的磁性魅力，同时又清楚地意识到托尼公开表达的爱慕。作为男人，托尼是无法与莱昂相比的。他们年岁相仿，她估摸着，两人都在三十岁上下，但一个永远是个孩子，另一个却早就成长为男人。但是莱昂·柏克不过是个经纪人，而托尼是明星，然后她就做出了抉择……就那么简单。

她脱了衣服，漫不经心地将衣服丢在地上。也许明晚她应该留鲁比在这里过夜，这样她就能再得到一件晚礼服。她皱了皱鼻子。他毫无魅力，而且喘气声太粗，但是她需要衣服，长着鲁比那样相貌的男人总是很慷慨，他们也必须慷慨。那么莱昂·柏克……他是她承担不起的奢侈品。某种看不见的机器几乎在她的脑中，以IBM电脑的精准盘算着，自动筛除任何不切实际的念头，并且在难以抉择的时刻堵住她的激情。

并不是每次都这样。一开始她的激情还会挣扎着涌回来，但那是很久以前的事了。现在决定会自动做出。她又想到了莱昂·柏克。太糟糕了——那个夜晚的时机不好，只能在莱昂和托尼之间选择其一，而如何选择几乎是没有争议的。

莱昂似乎对此很理解。她突然有了一个新的念头："我们是一样的！"当然，这就是答案，她也是他负担不起的奢侈品。但是，安妮——安妮一定不适合他的路数。一个奇怪的新念头又一次攫住了她。也许她对莱昂没有吸引力。但那太可笑了。她对每个男人都有着致命的吸引力。她除去胸罩和短裤，将它们丢在地板上。她站在落地镜子前，严苛地审视着自己的身体。身材很完美。她又转过身去检查胸部的侧面轮廓。它们依然跟以往一样坚挺。她抬起手臂，系统地做了二十五下扩胸的运动。然后她打开药柜，拿出一大罐深茶色的保养油脂，用几乎是外科手术般的精确性，把油涂在胸部，柔和而有力地向上按摩。然后，她又以同样精心的态度，给脸部卸妆。等这些都完成以后，她打开另一个罐子，取了些霜涂在眼睛下方。她从一个盒子里拿出一贴V字形的膏药，架在鼻梁上，贴在两眼之间。她又做了二十五下胸部运动，然后披上了睡袍。

她看了看钟。上帝啊，已经快四点了，她仍毫无睡意。他们什么时候能打开酒店的取暖器？她都快冻僵了。她钻进被窝，浏览着早晨的报纸。上面有她的两张照片，有一张是电讯社的照片，是她跟托尼在一起。托尼！要不是因为他姐姐，他早就该向她求婚了。她一想起玛丽安，眉头就皱了起来，防皱膏药仿佛警告般地使她感到一阵刺痛。她马上把脸部表情放松了。她能拿玛丽安怎么办呢？他们根本摆脱不了她。要不是托尼急于跟她上床，她就压根儿别想单独见到他。想想看，在床上是唯一能够摆脱玛丽安的时刻。

电话铃怯怯地响起，似乎害怕在这样的时间打扰了谁似的。有时托尼也会整晚不睡。她满怀希望地拿起了听筒。是克里夫兰的接线员。她叹了口气，接受了转接电话。

“詹……”她母亲嘀咕着抱怨，“我找了你一晚上了。”

“我刚回来，妈妈，我想，给你回电话太晚了。”

“我怎么睡得着呢？我很不安，克里夫兰的报纸上有你的一大篇报道，说你跟王子解除了婚约，没有得到一分钱。”

“没错。”

“詹，你疯了吗？你知道约翰明年就要退休了。我们不可能靠他的养老金生活。如果那样的话，我们会入不敷出的。”

“我上个星期给你寄了五十美元，妈妈。我一拿到这个星期的薪金支票，马上就再给你寄五十。”

“我知道，但是外婆病了，我得带她去看医生。而且我们的燃油器也坏了，还有——”

“我看看是不是能再挖到点儿钱，妈妈，”她又想起了鲁比，“但是我演出的收入只有一百二十五块——除去社会保险和所得税。”

“詹，我忍饥挨饿，送你去瑞士读书，不是为了让你去当一个只挣那么点儿钱的女演员。”

“你根本没有挨饿，妈妈。那是爸爸留给我的钱，而且你那年送我去瑞士，只是为了拆散我跟哈利。”

“因为我决定詹妮弗·约翰逊不能只当个默默无闻的穷姑娘，跟一个机修工结婚！”

“哈利不是普通的机修工，他在学习当工程师，而且我爱他。”

“好吧，可他现在还是机修工，有着黑乎乎的指甲和三个邋遢的小孩。哈莉特·艾恩丝也曾经是方圆几十里的美人儿，跟你年纪一般大，但现在看起来已经像四十岁，就是因为跟他结了婚。”

“妈妈，二十岁的姑娘怎么可能看起来像四十岁呢？”

“如果一个姑娘没有钱，而且因为爱而结婚，她就会老得很快。爱是不会持久的。男人只在乎一件事。还记得你爸爸。”

“妈妈，这是长途电话，”詹妮弗疲倦地说，“你打电话来不是只为了抱怨爸爸吧？另外，约翰是你的好老公，我甚至不记得爸爸了，但是我敢肯定他没有约翰那么好。”

“他是个浑蛋，你的父亲，是个有钱而英俊的浑蛋，但是我爱他。我们家族从来都没钱，但是我们有名望。别忘了——你外婆是弗吉尼亚·崔蒙特，而且我始终觉得你应该用‘崔蒙特’做你的艺名，而不是那个可笑的‘诺斯’。”

“我们不是说好了我要取个奇怪的名字，好让别人认不出我吗？如果我要让别人相信我只有十九岁，我就必须是詹妮弗·诺斯。如果我取名崔蒙特，弗吉尼亚州的人就能找出我的家族。如果我叫约翰逊，克里夫兰的人又会记起我。”

“你现在这么出名，他们全都记起你了。自从你逃婚以后，全城的人都在谈论你。有一份报纸打冷枪，怀疑你所宣称的只有十九岁，但是他们都慑于王子的威望，所以没事。而且我一直以为这没关系，因为你已经安全地结了婚。结果你现在扔下一切跑了，还一个子儿都没捞着。”

“妈妈，你为什么觉得是我逃婚呢？那只是因为在我们去意大利之前，我发现他根本没有钱。”

“你这话是什么意思？我看过报纸上的照片，那钻石项链、那貂皮大衣……”

“钻石项链是他家传的，貂皮大衣是他给我的，不过我怀疑他是从皮货商那里免费拿来的，因为我们给皮货商做了公关宣传。他在沃尔多夫有一整个楼层，但是一个葡萄酒商在付账，他是他们的形象大使。他的头衔是货真价实的——非常尊贵——但是他一文不名，他们家族在墨索里尼当政的时候一败涂地。他们在那不勒斯郊外有一些可怕的大城堡，我可以住在那里，戴着祖传的珠宝，向国际组织乞讨……生活在优雅的贫穷里。我很幸运，及时发现了真相。他告诉我他很有钱，是因为他认为一个漂亮的美国老婆在意大利将是很有价值的资源。等我们结了婚，我才发现这可怕的事实。他开始叫我陪某些富有的意大利酒商玩乐——他们想让我干什么我就得干什么。妈妈，他是个高级皮条客，你明白吗？我能保留住这件貂皮大衣，已经很幸运了。”

“好吧，那这个托尼·波拉呢？”她母亲问。

“他真的很可爱。”

“詹！”

“妈妈，他是很可爱嘛……而且我喜欢他，而他又碰巧有一大笔钱。另外，我的律师认为我有可能得到一份电影合约。”

“别提什么电影了！”

“为什么？我可以演出的。”

“太迟了，你不是十九岁。听着，你很幸运——有一张漂亮脸蛋儿和男人梦寐以求的身体……但是你的体形是不会持久的。你跟这个托尼·波拉是怎么说你的身世的？”

“在部分事实的基础上，我的口风很紧。我说，我的父亲很富有，但是在英国的一次轰炸中丧生了，他把所有财产都留给了他的第二任妻子。”

“这是真的……其余的呢？”

“我说，父亲留给我很少的一点儿钱，刚够我读完瑞士的学校。既然我得冒充十九岁，我就隐去了待在欧洲的那五年。”

“你跟他怎么说我的？”

“我说你死了。”

“什么？”

“妈妈，我怎么跟他说呢？说我还有一个母亲、一个继父和一个外婆住在克里夫兰，迫不及待地要搬来跟我们一起住？”

“但是如果你跟他结了婚，你怎么跟他解释呢？”

“你将是我的阿姨——我母亲最亲的妹妹，由我供养。”

“好吧，你留心保持体重了吗？”

“我很瘦，妈妈……”

“我知道，但是不能增，也不能减。那样对你的胸部不好，像你那样的大胸脯很快会下垂的，那样看起来很碍眼。在你还拥有它们的时候，让它们卖个好价钱。男人都是动物——他们似乎很喜欢女人的胸部。我要不是平胸的话，也许就不会失去你父亲了，那么我就可以过着体面的生活……”她开始抽泣，“哦，詹，我再也受不了啦，我想搬去跟你住，宝贝儿！”

“妈妈——你现在不能丢下约翰和外婆。”

“为什么不能？让约翰跟外婆待着好了。有那个不中用的工作，他还想去哪里？他甚至永远都买不起房子。”

“妈妈！”詹妮弗咬紧牙关保持耐心，“妈妈，拜托了，先让我跟托尼结婚，然后我会照顾你们的。”

“他提过结婚了吗？”

“还没有——”

“那你还在等什么？詹，再过五年你就三十了，你父亲就是在我二十九岁的时候厌倦了我。詹，你的时间不多了。”

“没那么简单，妈妈。他有个姐姐，她控制着他，掌管他所有的支票。他们的母亲在托尼一出世的时候就死了，是他姐姐把他抚养长大的。她很爱他，而且她讨厌我。”

“詹，你得凶一点儿，把她除掉，取代她的位置。如果你跟他结了婚，你就不能让她搬来跟你们住，那会毁了你的生活的——而且她绝对不会让我去的。宝贝儿，用用你的脑子，聪明一点儿，如果女人有了钱，就没有什么能够伤害她了。我这可都是为了你好，宝贝儿……”

暖气管开始发出轻微的声音，阳光从百叶窗里悄悄透了进来。詹妮弗仍然醒着。她母亲的电话倒没有特别打扰她，她已经习惯了。但她担心的并不是睡眠问题，她曾经在哪里读到过，保持容貌的唯一方法就是充足的睡眠，即使你无法睡觉，躺在床上休息休息也是好的。她又点了一支烟。可是在房间里踱来踱去，一夜抽光一整包香烟算什么休息呢？她走进浴室，在眼睛下面涂了更多的霜。依然没有皱纹，但这能持续多久？她已经很长一段时间每夜平均睡眠不超过三个小时了，自从——自从在西班牙的最后几个星期。她叹了口气，在那以前，她总是能睡着的。事实上，睡眠可以是一种逃避。每当遇到难以克服的问题，她总是渴望夜晚来临，直到在西班牙跟玛利亚待在一起的最后几个星期……

玛利亚是学校里最漂亮的姑娘，詹妮弗和其他的一年级外国学生都疯狂地崇拜着这个冷漠的西班牙美人。玛利亚是高年级的，她从来不跟任何人说话。她很清楚自己在其他同学心目中的偶像位置，但是没有人能够接近她，她也没有朋友。她的高傲只会增强她在其他年轻女孩心目中的魅力，她们揣摩着、嫉妒着跟玛利亚同年级的人。玛利亚快要毕业离开瑞士的时候，似乎还没有人能跨越她那女皇般的界限与她亲近，直到那一天，在图书馆里……

詹妮弗眼泪汪汪地读着母亲写来的信：钱已经用完了，她必须在学期结束后回家，她在瑞士还没有找到什么有价值的关系吗？虽然欧洲的战争使得一些新的工厂陆续开张，但克里夫兰仍处在萧条之中。哈利跟哈莉特·艾恩丝结婚了，他仍然在加油站工作。正是关于哈利的这部分内容让她哭了起来……

“好了，没什么值得这么伤心。”

詹妮弗抬头一看，是玛利亚，高贵的玛利亚在跟她说话！玛利亚坐了下来，同情地听着詹妮弗倾诉。

“我真不知道我妈妈指望什么？”詹妮弗疲倦地总结道，“也许她以为英语老师会是某个有大片土地的庄园主……"

玛利亚笑了。"父母嘛……"她的英语说得有点儿做作，但是很流畅，"我二十二岁了，却得按照我父亲的旨意结婚，为了让男方的土地跟我们的合并，或者是为了其他共同的家族利益。既然内战摧毁了我们的国家，剩余的少数大家族就有义务把他们的力量联合起来。我同意这一决定，但是，不幸的是，作为女人，我不愿意跟一头猪睡在一起……"

"我爱着哈利，"詹妮弗忧伤地说，"但是妈妈看不上他。"

"你多大了，詹妮特？"她对詹妮弗已经换上了昵称。

"十九。"

"你有过男人吗？"

詹妮弗脸涨红了，眼睛看着地板："没有，不过哈利和我……我们也很接近了。我的意思是——我让他摸过我……而且有一次，我还碰了他的……"

"我曾经跟一个男人上过床。"玛利亚宣布说。

"做了全部吗？"

"那当然了。去年夏天，我到瑞典的一个姑妈家去度假，遇到了一个俊美的男人。他是个游泳教练，去那里参加奥运会。我知道我父亲正在给我物色的男人，那是个毫无艺术细胞的希腊胖子，要不就是卡瑞诺家族的某个人，卡瑞诺家族的人一概没有下巴。所以，我决定，至少我的第一次要给一个英俊的男人。"

"我真希望我也跟哈利做过，现在他跟别的姑娘结婚了。"

"幸亏你没做！那太可怕了！那个男人……他会吃你的乳房……插到你的身体里面，很疼，然后他还会出汗，像动物那样喘着粗气。我出血了——而且怀孕了。"

詹妮弗简直不敢相信这是真的，玛利亚，高高在上的校园女皇，竟然向她吐露秘密！

"奥伦！"玛利亚厉声说出了那个名字，"他安排了一切，医生……那更疼了……然后孩子没有了，后来我发了高烧，病得很重，我被送到医院……动手术……我永远都无法怀孕了。"

"哦，玛利亚，我很难过。"

玛利亚羞涩地笑了："不，这是好事！我可以让我的父亲随心所欲地安排一切，然后我就把这个告诉对方。没有人想要不能生育的女人，我再也用不着结婚了。"她胜利般地说。

"但是你父亲是怎么说的呢？"

"哦，我姑妈会应付的，她知道真相，既然她得对我负责，她就必须站在我这一边。我就说我病了，子宫里长了肿瘤，必须切除。"

“是真的吗？”

玛利亚点点头：“是的，我的子宫被切除了——腹膜炎引起的。但是那太棒了，我再也没有例假的烦恼了。”

詹妮弗想说她很难过，但是面对一个把事故当成好运的姑娘，她无法提供她的同情心。“好吧，至少你一切都安排妥当了，”她说，“可我还得回克里夫兰。”

“你用不着回去，”玛利亚断然地说，“你长得那么美，不应该浪费生命，等待随便某个男人来虐待你。”

“但是我能怎么办呢？”

“再有两个星期，学期就要结束了。你可以跟我回西班牙过暑假，我们会想出办法来的。”

“玛利亚！”那太美妙了，“可是我没有钱——只有一张回家的票。”

“你是我的客人——我的钱多得花不完。”

对詹妮弗来说，在学校的最后两个星期完全是她个人的胜利，消息传遍了整个学校——小詹妮特·约翰逊成了玛利亚的朋友。姑娘们嫉妒得瞪大了眼睛。玛利亚继续保持着她女皇般的距离，即使对詹妮弗，也只是在穿过大厅的时候停下来与她简短地交谈几句。

离开学校的时候一到，玛利亚的态度就完全变了。她热情而且友好。她们先是坐出租车去洛桑。“我们不能马上去西班牙，这是我爸爸发来的电报……”她把电报递给詹妮弗。电报里建议玛利亚在瑞士度夏，西班牙依然经受战乱，有一百万人丧生，数十万人受伤，所以一时雇不到足够的人手。他们已经把家里的房子锁上了，举家搬到酒店居住。但是一切会很快恢复正常的，不管怎样，她可以在海外散散心。他还在电报里发来了瑞士银行的账号。

“我们有一大笔钱，”玛利亚说，“够我们来回周游世界的。但是欧洲正有战事，所以不能去法国，德国和英国也不行。”

“我们去美国吧，”詹妮弗建议道，“我们可以去纽约，我还从来没去过纽约呢。”

“怎么去？我不是美国公民。欧洲战争期间无法旅游。你说不定可以坐红十字会的船去——作为美国公民，你也许有优先权——但是海里仍然会有水雷和潜水艇。再说啦，我不想去纽约。我们可以在这里过完夏天。希特勒总有一天会胜利的，那时候就一切都好办了。”

她们在瑞士一待就是三年。

第一个晚上，她们就成了情人。一开始詹妮弗被这个提议惊呆了，但她并没有反感，事实上，她还有那么一点儿好奇。玛利亚还是高贵的校园女皇，而且玛利亚用合理的解释消除了一切变态的堕落感。“我们彼此喜欢，我想让你了解性，让你感受兴奋的高潮，你不需要被某个野蛮的男人虐待后才了解这一点。我们没有做错事，我们不是同性恋，那些可怕的变态狂把头发剪短，还穿着男里男气的衣服。我们是两个彼此敬慕的女子，懂得深情的温柔呵护。”

那晚，玛利亚骄傲地站在詹妮弗面前，脱光衣服。她的身体很可爱，但是詹妮弗感到了一阵秘密的喜悦，因为她知道自己的体形更美。她羞答答地把衣服褪到地板上。当她暴露出她的乳房时，她听见了玛利亚惊羡的喘息。

“你比我梦想的还要可爱。”玛利亚温柔地说，她的手轻柔而怜爱地抚着詹妮弗的乳房，并欠身过去将脸贴在上面，“你瞧，我喜爱而且尊重你的美丽。换成男人的话，他们现在就会撕裂你。”她的手指温柔地抚过詹妮弗的身体。让詹妮弗惊讶的是，她开始有了激动的感觉……她的身体开始颤动……

“来，”玛利亚拉住她的手，“我们躺下，抽一支烟。”

“不要，玛利亚，继续摸我。”詹妮弗恳求道。

“过一会儿，我会摸得你打心底里满意。但是我想让你觉得跟我在一起很舒适，我会很温柔的……”

玛利亚确实很温柔，而且非常耐心——每个夜晚都更加自如，慢慢地教詹妮弗去回应，消除她的尴尬。“你不能只是被爱，你还得回报爱，”玛利亚坚持着，“让我兴奋，就像我让你兴奋一样。”每个夜晚玛利亚都会激励她，直到最后，詹妮弗发现自己在用同等的热情予以回应，而且达到了她从未梦想过的狂喜的巅峰。

她享受着跟玛利亚的双重关系。到了夜晚她热切地想要她，索求无度，意乱情迷。但是在白天，她把玛利亚视为朋友，感觉不到任何个人的依恋。当她们一起逛街，或者一起去陌生的小镇游历时，玛利亚不过是另一个女孩，她没有感受到困扰。她们经常遇见一些迷人的男士——滑雪教练、学生——但是詹妮弗发现这样的邂逅很困难。玛利亚总是报之以冷漠，詹妮弗却觉得一些年轻小伙子很有吸引力。很多次，当他们跳舞时，强烈的阳刚之气紧紧地包围着她，她能从接触中感觉到身体的悸动。当某个男孩对她轻轻地表达爱慕时，她发觉自己渴望予以回应。

有一次，她溜出去跟一个特别英俊的巴拿马小伙短暂地散了一会儿步。他是个医学院的学生，战后要去纽约继续深造。他想要她。他们接吻了，她发现自己紧贴着他，在以同样的激情回吻。这种感觉太棒了，抱着一个男人坚强的臂膀，感觉男人的胸膛抵着她……在经历了玛利亚轻柔温存的小手以后，感受到男人大手的力量……男性刚毅的嘴唇。她极想要这个男孩，但她还是挣脱了，跑回了咖啡店。玛利亚已经注意到了她的缺席。那晚她们单独在一起的时候，发生了轻微的争吵。詹妮弗发誓说她头疼，只是出去透透气。最后到了床上，玛利亚才变得和缓下来……

但大多数时光都很快乐。玛利亚挥金如土，给詹妮弗买漂亮的衣服。詹妮弗学会了滑雪，不费吹灰之力她的法语就变得很流畅了。厌倦洛桑以后，她们又去了日内瓦。

三年后，她们在瑞士，玛利亚的父亲希望她回去，但是她拒绝了。随后，一九四四年，他不再给她支票。她别无选择。

“你可以跟我一起回去，”她对詹妮弗说，“但是我们得把你回美国的票兑换成现金，不然我的钱就不够了。”

詹妮弗知道她交出票就等于交出自己的自由。过去的几年里，她已经日渐厌倦了玛利亚对她身体的索求，但她更不想回到克里夫兰的母亲身边。可是，西班牙！她也许能找到某个家世显赫的西班牙帅哥。她二十二岁，从技术层面上来说还是个处女……为什么不呢？

詹妮弗在西班牙住了一年多。她遇到了许多条件合格的男人，其中不乏可以发展的对象。但是玛利亚像老鹰一样盯着她的一举一动。她们总是由玛利亚的一个姑妈陪伴着。玛利亚百般阻挠和监视，她无法有进一步的发展。詹妮弗绝望起来。玛利亚的占有欲令人窒息，她第一次理解了她母亲对贫穷的恐惧。钱可以买到自由，没有钱就绝对没有自由。在西班牙她可以过着奢华的生活，穿着华美的衣衫，但是她从属于玛利亚。一旦她回到克里夫兰，她将面对的是另一种监禁——跟某个三流的男人结婚，这个男人会同样索用她的身体。不管你从什么角度看，没有钱，你就是别人的俘虏。但是，一定会有办法的！

她开始在夜里失眠，她忍受着玛利亚与她做爱，回报以虚假的热情，假装睡着，直到玛利亚发出均匀的呼吸。她确认安全了，就偷偷溜下床，坐到窗边，没完没了地抽烟，瞪着星空冥思。

钱。她得弄到点儿钱。解决的办法在她的身体上——这是可行的。她已经这么过来了。她可以去纽约，另外起个名字，隐瞒她的年龄……也许她可以当模特儿。不管怎样，她得搞点儿钱，她绝不能再被囚禁了。

原子弹爆炸事件让马德里的所有居民为之慌乱，甚至玛利亚都大气不出地坐在收音机边，全神贯注地听着新闻快报。詹妮弗抓住这一时机，秘密地寄了封信给她的母亲，授意她写信来称病，要詹妮弗回家。

她母亲照办了，玛利亚没有选择。她们彼此道别，承诺永远忠贞，詹妮弗发誓说等母亲一康复就马上回来。当玛利亚把一本旅行支票塞到她的手中时，她感到了一阵深深的愧疚。“这可以兑换成三千美元。尽量省出足够你回来的钱，如果不够的话，给我发电报。我活着只为了等待你归来的那一天。”为了避免被怀疑，詹妮弗把她的绝大多数衣物留在了西班牙，作为她会回来的一种保证。她直接去了纽约，住进一家商务酒店，给她母亲寄去五百美元，告诉她代转所有来自西班牙的信件，但是无论如何都不要泄露她的去向和新名字。

开始的时候，玛利亚每天都写信来。詹妮弗一概不回。因为某种奇特的缘分，她到纽约的第一天就遇上了那个巴拿马的医学院学生。幸运的是，他只记得他们见过，记得他想要她。他毫无疑义地接受了她的新名字。她跟他上了三个星期的床，然后他就介绍她认识了米拉罗王子……

已经七点了——她掐灭最后一支香烟。她得睡了，跟鲁比在一起的时候她得看上去漂亮一些。也许那样，她就能得到那件晚礼服和给她母亲的钱。

Neely

尼　丽

一九四六年一月

纽约的评论界对《直冲云霄》一致反应热烈。海伦的人气达到了前所未有的高峰，尼丽也得到了几句褒奖——其热烈程度还不足以招致海伦的恨意，但其荣耀程度已经超出了尼丽自己最疯狂的预期。

没有人比尼丽本人更惊讶。一位评论家把她称作“若干年一遇的演艺新星”，这份赞美和新的公寓，让她几乎相信自己已是颇有成就了。

她无法适应公寓的奢华。安妮简直神了！她老是能碰上好运气，而且似乎都是跟艾伦联系在一起的，不过这一次是艾伦的父亲。奇诺抛弃了他的女友阿黛尔，她气疯了，马上跟伦敦多切斯特酒店签约当演出女郎。就在她离开之前，安妮遇见了她，得到了她那一流的公寓。尼丽老是把每样东西都摸个不停——床罩、台灯……她做梦也没有想到自己能住在一间铺着白色地毯的起居室里。

当然，这只是转租，阿黛尔有可能在六月初就将房子收回。但是到那个时候，詹妮弗可能已经跟托尼结婚了，安妮多半跟莱昂结婚了，而她自己跟梅尔结婚了。特别是如果梅尔得到了那份新工作，这将是多么完美的一份圣诞礼物！琼尼·马龙给了他两星期的试用时间，当广播剧的剧作家！如果他干得好的话，他们将变得很富有。梅尔说，广播剧作家每星期能挣五百块，甚至更多。梅尔一开始的时候能挣两百，她也能挣两百——而且演出已经在纽约提前了三个星期，因为他们不再需要波士顿了。老天爷呀，一切简直完美至极！

她也得买些时髦的衣服。毕竟，每个人看她穿紫色的塔夫绸都不下一百次了。老天爷呀，詹妮弗从费城回来时竟然带了满满一衣柜的衣服，难怪她老是一文不名。她说托尼·波拉很抠门儿，可是现在他送了她那枚华丽的大蓝戒指，她怎么还能那样说呢？詹妮弗说那枚戒指不过是蓝宝石的。老天爷，要是她，能得到蓝宝石就已经很快乐了。好吧，首先她得买件新的冬天的外套，欧倍赫百货公司正在打折。

她和梅尔被邀请出席琼尼·马龙的新年晚会，但是他们得先在海伦的化妆间里陪她守岁。“不到午夜十二点，你们谁也不许出这剧院的门，去参加晚会。”海伦一边说，一边倒香槟酒。

琼尼的晚会精彩绝伦，尼丽从来没有见过这样名流云集的场面。而他们都认识她！那是巨大的惊喜——每个人都知道她是谁！她一下子无法适应。而且琼尼·马龙还告诉梅尔“可以当自己是团队的长期成员”。老天爷呀，那太棒了。她真得停止一个劲儿地说“老天爷”了，她说这话的时候有好几个人笑了。不，不是恶意地嘲笑……他们也许以为她是故意开玩笑。但如果她经常跟梅尔的这些有品位的朋友在一起，也许她能学会一些好的词句。在后台，除了那些她不愿意说的脏字儿，她啥也学不着。而且梅尔也懂得很多好词儿……他上过大学。老天爷呀，一个像梅尔这样的大学生——爱上了她！

她永远忘不掉那个新年前夜，梅尔说他也是。他们回到他的酒店的时候，她搂住他：“我好快乐，梅尔——但是我害怕。”

“一九四六年将真正以刺激开场。”当他们准备上床的时候，梅尔说，“但是，你知道，今晚我为海伦·劳森感到一点儿难过。当我们离开她的化妆间时，她看上去好孤单。”

尼丽皱了皱鼻子：“听着，海伦·劳森从来没有约会。今晚她已经很幸运了，有那个笨蛋设计师带她去晚会。老天爷呀，梅尔，你的酒店真差劲——不挨到早上绝不给暖气。我们那里整夜都有暖气。”她爬上床，在他的怀中瑟瑟发抖。

“好吧——你说个日子，我就搬家。你想什么时候结婚，我们就什么时候结婚，我会给我们找个舒适的公寓的。”

尼丽偎紧了他，用腿缠绕着他取暖。

“怎么样，尼丽？你听见琼尼今晚说的了，我成功了——我可以每星期挣两百块了。”

“我也是。”

“那我们就结婚吧。”

“好吧，六月一日。”

“为什么要等到那时候？”

“因为我跟姑娘们合租的公寓到那时候期满。如果我提前退出的话，我那份三分之一的租金还得照付。我们当初同意一起租房子，就是因为我们都已处在结婚的边缘。”

“我们能对付的，把钱付给她们好了。”

“你开什么玩笑？我要付两份房租？”

“但是，尼丽，我想要你。”

她咯咯笑着：“你已经得到我了，来，要我……现在……”

“但是，尼丽——”

“我们六月一日结婚，来嘛，梅尔，跟我做爱。不，不要那样——我没带避孕膜，换一个姿势……求你，求你，梅尔……”

一九四六年二月

尼丽随意地指挥着搬运工人安置一架庞大的钢琴，安妮和詹妮弗目瞪口呆、不敢置信地看着她。

“我刚刚跟约翰逊·哈里斯代理公司签了约。”尼丽宣布道。

“亨利怎么了？”安妮问。

“啊，我们昨天长谈了一次。我告诉他约翰逊·哈里斯公司来找我，然后他就马上跟我解除了合约。我还不够出名，请不了经纪人。我需要一家代理公司在背后扶植我，亨利也同意这一点。然后，你瞧，发生了什么？”

“他们给了你一架钢琴？”詹妮弗问。

“不，是租的，但是租金由他们来付。而且他们帮我得到了在胭脂红夜总会演出的机会——三个星期以后演出。”

“但你要演《直冲云霄》。”安妮说。

“我双管齐下。我在胭脂红夜总会只演午夜场，那样的话我可以一个星期挣三百块！难道不是妙极了吗？猜猜还有什么？约翰逊·哈里斯代理公司给我请了蔡克·怀特——也是他们付钱——他将安排我、训练我在舞台上的一举一动。蔡克只为顶级的明星工作。他听到我唱歌的时候说，只要稍下功夫，我就可以非常出色。他说我是集朱迪·嘉兰和玛丽·马丁于一体。”

“好吧，但是别得罪了海伦·劳森，否则我们把你整个扔出去。”詹妮弗说着冲安妮挤了挤眼睛。

“这架钢琴难道不是很华丽吗？”尼丽问道，怜爱地用手抚摸着划痕累累的施坦威钢琴，“蔡克坚持要这样。这确实使房间有所改变，不是吗？”

詹妮弗点了点头：“当然有所改变，给房间一种真正的气氛——像排练大厅。”

尼丽孩子气的脸上似乎很懊恼：“哎呀——你们介意它放在这里吗？”

詹妮弗笑了：“不，我只是想知道，你打算把芭蕾舞场放在哪里呀？下一步就该来这个了，是吗？”

安妮大笑：“让她有点儿抱负嘛，詹。家里出个明星是好事。”

尼丽做了个讽刺的鬼脸：“我做这些全都是冲着钱。等六月份梅尔和我结了婚，我希望能积蓄下足够的钱，把房子装饰得跟这里一样好。”

“他什么时候有机会为琼尼·马龙写作？”詹妮弗问道，“他似乎是你的专职采访经纪人。我还从来没见过谁有这么高的曝光率呢。”

“他为什么不呢？”尼丽坚持着，“毕竟，我挣到的一切都是我们共同的财富。”

“你并不是来真的吧——我是说当明星？”詹妮弗问。

“干吗要当明星？就为了圣诞夜孤独地跟一些讨厌鬼约会？哦，我结婚以后还是要继续工作——但是我的婚姻永远是第一位的。而且，你还说我？你还不是为了托尼而拒绝了跟二十世纪公司的合约？”

詹妮弗耸了耸肩：“那合约不怎么样，一星期只有一百五十块。”

“但是亨利认为你应该接受。”尼丽坚持说，“如果薪水再高点儿，你会签吗？”

“也许会……我想是这样。我没有天赋，但是，尼丽，你有。”

“没错，但是光有天赋还不够。嘿，让我们把这个地方整理一下，蔡克随时会到的。”

“已经很整洁了。”安妮坚持说。

尼丽跑去清空烟灰缸：“詹，你老是用手边的每个烟灰缸。蔡克说，他很高兴我不抽烟。就连同一个房间里的烟味都会破坏歌手的嗓音。”

詹妮弗扬了扬眉毛：“莫非你的夜总会首场演出也会禁止吸烟？”

“不是，但我为什么要让我的家受污染呢？”

接下来的三个星期，蔡克·怀特暂借公寓对尼丽开始了严苛的排练。安妮和詹妮弗每次回家都看见他在。他有一种阴柔的魅力，并意识到自己的重要性。他是一位严厉的监工和优秀的音乐家，毫不留情地指导着尼丽。

“他想叫我怎么样？”她申诉着，眼泪汪汪地冲进卧室，“我这辈子从没上过音乐课也唱得挺好。突然，一下子他就想让我成为莉莉·宝丝——只用三个星期！安妮，去告诉他，放过我吧！”

然后蔡克就会出现在门口：“好了，尼丽，歇斯底里的时间过去了。让我们回去工作吧！”

“我不去，”她抽抽搭搭的，“你要求太高了。”

“那当然了。你能做到优秀，为什么只要求良好呢？”

尼丽每次都回去了……然后是继续的苛求……更多的歇斯底里……更多的苛求……似乎永无止境。

最激烈的一次争吵发生在第二个星期结束的时候。尼丽挂着眼泪跑到贝拉米和贝娄事务所。“他在哪儿？”她冲着安妮问。

“谁在哪儿？”

“亨利！我想要他重新当我的经纪人，我需要他，他得帮我把蔡克赶走。”

“亨利在全国广播公司。蔡克又怎么啦？”

“他要我把所有的衣服都烧了！”

“什么？”

“你听到了。都烧了！他说他甚至不能让我把它们送人，因为它们太丑了。包括这件新大衣。”她爱怜地摸着衣服的红狐领子，“我花了七十块呢，在欧倍赫百货公司买的。”

安妮隐藏起笑意：“哦，这衣服对你来说有点儿太成熟了。”

“你瞧，我一辈子都穿我姐姐剩下的衣服。现在我有权选择自己想要穿的。”

“蔡克想让你穿什么？”

“谁晓得？他要我过一会儿跟他在某个设计师那里见面，所以我才需要亨利——去跟他谈谈——告诉他我也有权利。”

“好了，尼丽，用不着亨利，你可以自己跟他说。”

“不，我不想跟他争，他会走人的。老天爷呀，安妮——他让我的嗓音改变了那么多，有时我甚至不能相信那是我的声音，而且只用了两个星期。你知道，我第一次感觉自己可能会很杰出，我能唱到我从未想过的高音，而且能用饱满的气力保持住。他真是个天才。”

“那么，也许他对服装的意见也是正确的。”

尼丽叹了口气：“好吧，我可以让他挑选我的首场演出服。那必须经过特别的设计，因为他让我唱某些段落时跳跳舞。但是我绝不放弃这件衣服……”

接下来的一个星期里，她把这件大衣送给了她姐姐，一起送走的还有那件紫色塔夫绸衣服和演出开始后她陆续买的六件新衣服。蔡克让她买了一件首场演出的晚礼服、两件平时外出穿的羊毛衣服和一件缝制的海军蓝外套。她愤愤地瞪着她衣柜里零星的几件衣裳，轮番换穿那两套，连东西都不敢吃——一星半点儿油污就会毁掉她半个衣柜的装备！

“想象一下，一百二十五块钱就买了这样一件。”她小心地在蓝色羊毛衫上铺开餐巾，对梅尔说。他们坐在莎迪夜总会，现在尼丽经常被安排在最好的桌位上——对这一点她惊喜不已。

“看起来挺时髦，”梅尔说，“但是好像不值这个价。”

“蔡克说，我得塑造出一种形象，然后始终保持这种形象。”

“他想用这件衣服塑造出什么样的形象呢？”

她耸了耸肩：“我哪里晓得。你看了有什么感觉？你是大学生。”

梅尔咬了一口三明治，若有所思地盯着那身衣服：“反正你看上去不像一个冉冉升起的百老汇新星，那是肯定的。”他打量着她，“倒更像一个校园女生。对了，就是这样——似乎你是刚从某个专门的女子学校出来的。”

“这样好看吗？”

“我不知道，亲爱的。你穿什么我都喜欢——甚至那件可怕的紫玩意儿。”

“梅尔！你从来没告诉过我你不喜欢那件塔夫绸的衣服！”

“我们第一次认识的时候你就穿着它，我不想伤害你的感情。”

“那我的那件红狐领子的黑大衣呢？”

“好吧，那件普普通通……你穿有点儿老气了。”

“这件海军蓝衣服就不普通吗？”

“我不知道，亲爱的，但是我觉得它与你很相配。那家伙确实品位不错。”

“哦，那好吧。”她叹了口气，小心翼翼地咬了一口三明治。

一九四六年三月

尼丽的首场演唱出乎每个人的意料。安妮跟莱昂、亨利一起去了。詹妮弗跟一大桌人坐在房间的另一头，有托尼·波拉、他的姐姐、他的作者和几个音乐人。海伦·劳森是跟一个舞台助理经纪人一起到的。她朝亨利挥手示意，但对安妮视而不见。

这是个典型的夜总会首场演出。记者到场是因为任务，名人到场是为了让记者看见，没有人对尼丽寄予太多的期待。

这样的事经常发生——一个初出道的年轻小女孩，想通过演出增加她微薄的收入。他们来的时候料到了她的活力和野心，他们走的时候带着意料不到的狂热与崇拜。

安妮简直不敢相信，演出中间她的目光跟詹妮弗相遇，她们交换了一个惊喜的眼神。亨利·贝拉米连椅子都快坐不住了。

尼丽光彩照人。灯光照得她那张娃娃脸分外美丽。衣服是简单的白色缎子衬衫和一条海军蓝的缎子短裙——显露出她优美的双腿。安妮很惊讶，她以前竟然从未注意到她的双腿，还有她完美的小巧身材、细溜溜的小柳腰和少女般的小小乳房。

“一个明星被挖走了。”亨利轻声说道，“上帝啊，莱昂——我们怎么会让她从我们的手指缝里溜走了呢？”

莱昂摇了摇头：“我们看走眼了，她是个美人儿。”

“她真的很棒，不是吗？”安妮低声说。

“棒还不足以形容她。”莱昂答道，“她简直令人匪夷所思，没有人比得上她。”

在这以后，尼丽的人气逐渐升温，她在公寓里的生活也乱成了一团。电话响个不停，起居室被用来采访、拍照、排练。尼丽在所有的广播节目中都得到了不错的收听率，她跟一家主要的广播公司签了约。麦德隆公司想要她，二十世纪公司想要她，而海伦・劳森已经压根儿不跟她说话了。

尼丽感到难过："想象一下，她就那样从我身边走过去，理都不理我。"她告诉安妮。

詹妮弗咧嘴笑了："那说明你已经是明星了。直到现在，她对我还很友好。"

"我的这档演出要待到下个季度，"尼丽解释说，"但是现在不行了。吉尔伯特・卡斯给了我一份新合同，六月一日开始，把我在演员表上隆重推出，而且薪水也涨了一百块。但是，如果海伦・劳森这样对待我的话，我就没法儿去了。"

安妮笑了："得了，尼丽，你们又没有吵架，你只是要为你六月一日退出表演找理由罢了。"

"我为什么要觉得欠了卡斯什么呢？要不是海伦害怕那个泰瑞・金抢风头的话，而且，要不是你，我根本就不会有工作。"

她最终跟世纪电影公司签了约。"这家电影公司比其他公司要小。"她解释道，"但是约翰逊・哈里斯事务所觉得它最适合我，去年他们的两部电影冲击了金像奖。他们囊括了所有新星，我可以得到真正的培养。"

梅尔对电影的事情并不高兴。

"但这是好事啊，"尼丽坚持道，"我在现在的演出里待到五月底，阿黛尔写信来说她六月中旬回来，想把房子收回，所以——"

"那詹妮弗和安妮怎么办？"梅尔问。

"哦，《直冲云霄》还要再演一年，詹妮弗可以一直待到她跟托尼结婚为止。不过事情似乎还没戏，他们只是约会——没有谈婚论嫁。"

"但是她们住哪儿呢？"

"哦，现在事情简单了，她们可以临时搬到奥温酒店去住，在那里她们会找到相当合适的套房。"

"那我们的事怎么办？"

"我们结婚——六月一日，按我们的计划。"

梅尔笑了："天哪，我以为你不会提了。"

她握住他的手："到那时我们直接去加利福尼亚度蜜月，头儿帮我找了栋房子。"

"头儿？"

"噢，我忘记跟你说他了，"尼丽叨叨着，"他上个星期来的，席瑞・H.宾——但是没人叫他席瑞或者宾先生，都叫他头儿。他是个好脾气的小个子老头儿，五十岁左右，晒得黑透了，有一头可爱的白发。他很和气——像个真正的慈父。他帮我在好莱坞租了栋房子——每个月三百块钱的租金，还有游泳池。不过，他警告我不准晒太阳，因为我的雀斑已经够多了，然后他说，如果事情进展顺利，我成功了的话，我就可以在比弗利山庄得到一所房子。”

“那有什么区别吗？”

“谁晓得？也许现在这房子在街道的另一边，他有点儿抱歉地说房子在好莱坞，我就假装听懂了。但是，想象一下，梅尔——一套带游泳池的房子！”

“尼丽，”梅尔拉住她的手，“你知道我爱你——”

“还有，梅尔，我现在一个星期能挣一千块！想想我们该多有钱吧。”

“尼丽……琼尼·马龙的演出在纽约。”

“放弃好了。”

“就这样？”

“梅尔，你疯了吗？你一个星期只挣两百块。”

“明年就可以挣三百了。”

“可是我挣一千！那还不算我的唱片所得，约翰逊·哈里斯事务所说，明年光唱片一项就能带来两万五千块的收入，想想看！”

“但是我去干什么呢？坐在游泳池边？”

“梅尔，你跟我在一起，我们是一体的。我需要你，我需要一切所能得到的公众宣传——比现在更多。”

“片场会给你指派专人的。”

“当然他们会，但是那都比不上你，他们的新闻经纪人要负责我和其他所有的明星，我希望你单独为我工作。而且，梅尔，得由你来管钱，我这辈子还没写过一张支票呢。甚至跟女孩子们合租公寓的时候，她们告诉我该付多少，我就把多少现金给她们。还有，天哪，我不知道怎么跟女仆和厨师说话，也不知道怎么雇他们。我从来没有过房子。得你来操持一切，梅尔，你一定得来，没有你我什么都不是。”

“不，尼丽，那样不行。”

“为什么？这一切都是拜你所赐。我一开始是怎么得到去胭脂红夜总会演出的机会的？”

“约翰逊·哈里斯事务所帮你签的。”

“但是，梅尔，全是因为你帮我做的那些宣传，约翰逊·哈里斯事务所才会对我感兴趣。他们不是在我演了《直冲云霄》后就冲来跟我签约的。也许我现在是比那时唱得好——这是蔡克的功劳——但是，是你让他们发现了我。”

他握住她的手：“你的声音不是蔡克赋予你的，你也并非由我一手造就。你的天赋一直就在那里，我们只是帮忙，让它受到关注而已。”

“那就继续帮我呀，梅尔，我需要你……我爱你。”

“但是，尼丽——我不知道这样是否可行。我从来没去过好莱坞，但是我知道他们那里是怎么回事。我将是尼丽·奥哈拉先生，没人会尊敬我。”

“你不会以为我要去那个了不起的好莱坞的晚会，跟那帮人打交道，是吧？就像在这儿一样。首场演出的时候我不断地收到电报，有时候我们去参加。他们也并没有叫你奥哈拉先生呀。”

“在这里不一样，尼丽。”

“梅尔……求求你……”

他伸出手，按着她的手：“好吧，我一直梦想着能在好莱坞晒出黝黑的皮肤。伙计，我将打动布鲁克林的每一个人……”

Jennifer

詹妮弗

一九四六年十二月

詹妮弗站在椅子上，试图把帽盒推到衣柜的最顶上一层。突然，两只手提箱砸了下来，她迅速低头一躲，才没有被砸到脑袋。

她呻吟着："这个衣柜真是让人不堪忍受。"

安妮帮着她把手提箱放回架子上去："我可以把我的衣柜让给你用，不过它也是满满的——塞满了你淘汰给我的衣服。"

"一家酒店怎么能指望客人只带着两件小衣服住进来呢？阿黛尔为什么不能找个英国庄园主留在伦敦呢？天哪，我多么怀念那幢房子。"

"这个衣柜够大的了，詹。只是没想到有人会有这么多衣服。"

"可是所有的衣服我通通不喜欢了。"

"詹！别再买衣服了！我现在已经拥有全纽约最好的服饰，全因为你刚穿上它们就对它们生厌了。我整天新装换个不停，莱昂的眼睛都要看得掉下来了。"

"好吧，如果托尼圣诞节送我一件新的貂皮大衣，我旧的那件就归你。"

"旧的！你去年才拿到手的！"

"我讨厌它——它让我想起王子。另外，它是浅色貂皮，配你的头发会很好看，我想要一件颜色非常深的。"

"那我跟你买好了。"

"别傻了！"

"我有钱，詹，亨利拿了戒指的钱和我的一万两千块去投资了。"

"你是怎么做的？"

"好吧，戒指我只卖了两万块，它可以值更多，但是他们说现在不是卖方市场。亨利把这些钱都投在了电话电报公司的股票上，它们涨了好多，但是我要付的股息也很高。"

"好啊，别去动你的股票。"

“你说的倒不错。你这个月在《时尚》和《竖琴师》上登了照片，但是你没存下一分钱。说实在的，詹，自从你跟朗沃斯经纪公司签约，你早该挣下一份财产了，可是你都花在了衣服上。如果你多用点儿心，就会有所不同。”

“又要买衣服，又要寄钱给我妈妈，我怎么可能存得下钱来？当模特儿每星期可以给我带来三四百美元的收入，但是这算什么钱？不，我的头彩赌注押在托尼身上。我二十六岁了，安妮——我没有靠自己奋斗的时间和前途。托尼被我的衣着迷住了，报纸上也管我叫花蝴蝶。我把这当成一种投资。我把我所有的钱都押在托尼身上，然后掷下骰子。如果能掷出婚姻来，我就可以衣食无忧了。”

“这也不是你淘汰貂皮大衣的理由呀。”

“每个人都看见我穿它穿了一年。如果我能跟托尼结婚的话，我可以拥有一打。除非莱昂的书卖得出奇地好，否则你还要等上很长时间才能拥有一件貂皮大衣。”

“好吧……我一直在祈祷，他上个星期把书写完了。”

“太棒了！那现在你们可以结婚了！”

安妮大笑起来：“没那么简单。首先，书必须得到出版商的认可。他把书稿给了贝丝·威尔森——她是非常有名的文学代理人。如果她喜欢这本书，并且愿意代理的话，莱昂就成功了一半。出版商会本能地带着更多的兴趣，去读贝丝·威尔森推荐的书稿。”

“那他什么时候能知道结果？”

“从现在开始，随时都有可能，他希望圣诞节前会有消息。嘿！有尼丽的节目！”安妮冲向收音机，调着接收指针。

“她的唱片你都听烂了。”詹妮弗说。

“太精彩了，我为她骄傲。我等不及地想看她的电影。”

詹妮弗砰的一声关上柜门：“如果我现在把它关掉，你不介意吧？我想看书。”

安妮关上了收音机：“詹，已经两点了，我们都该睡觉了。”

“我开着夜灯会打扰你吗？”

“不会。使我困惑不安的只是你睡得太少了，有时我半夜醒来，看见你的床是空的。”

“我去起居室抽烟了，这样就不会妨碍你了。”

“怎么了，詹？是关于托尼吗？”

詹妮弗耸了耸肩：“算是吧……但是我已经失眠一年多了。我因托尼而感到不安，二月份他要到加利福尼亚去录制一台广播剧。”

“也许他会在离开前向你求婚的。”

“只要玛丽安在，就不可能。只有我们俩的时候，我几乎可以让他做任何事。但是我们只有上床的时候才能单独在一起。我躲在床单底下都得不到片刻的安静。”

“那么私奔如何？”

“我考虑过——可以去马里兰州。但是没有那么简单。在床上他什么都一口应承，可是只要他下了床，还是只听玛丽安的。”她朝浴室走去，“睡吧，不用我们两个都来操心，我会想出办法的。”

“你也试着睡一会儿。”安妮一边说，一边将她的枕头拍松。

“我试试吧，但是我首先要做好每天的保养功课，给我的各个部件上上油。”詹妮弗关上浴室的门，疲倦地拿出深茶色的油脂。她在浴室无情的灯光下打量着自己的脸。眼睛下面已经形成了一些小细纹，还有四年她就三十了！《直冲云霄》要一直演到六月，但是她在其中扮演角色已经一年了，什么都没有发生。当然啦，二十来岁的人总会有演出合约的，即使她得到机会跟托尼一起去好莱坞，她也得不到他。如果不跟他去，他会思念她，竟至来找她吗？绝不可能！玛丽安会看着他的，而且他周围有的是漂亮姑娘，年轻的漂亮姑娘！

没错，托尼以为她只有二十岁，但是一旦他看见一个真正的十九二十岁的姑娘，她就会显得衰老了。玛丽安最近老是瞪着她，问一些滑稽的问题，试图从她上学的时间里找出什么蛛丝马迹来。感谢上帝，托尼不怎么聪明。她突然停住了，这是事实——托尼不怎么聪明，要不就是玛丽安管得太多了，他从来没有机会？对于演出他倒是很聪明的，音乐哪怕有一点儿走样，他都能听出来。不，只是玛丽安从来不给他机会思考罢了。玛丽安！她在眼睛下面涂抹了更多的油，她得睡觉了。回到卧室的时候，安妮已差不多睡着了，她上了床，关掉电灯。

一个小时以后她依然很清醒。这又将是一个不眠之夜。她静静地起身去了起居室。她能够睡着的，只要她有勇气。她从包里拿出一个小瓶子，瞪着那些小小的子弹头形状的胶囊，那是艾尔玛昨天晚上给她的。（“只要吃一粒就可以睡上好几个小时。”）

速可眠。艾尔玛给了她四粒。（“它们对我来说像金子一样珍贵，我不能给你更多。”）艾尔玛在演出里代替尼丽的角色，她声称这些红色的“小娃娃”救了她的命。（“我想多给你一些的，詹妮弗，但是这需要医生的处方，我每个星期只能搞到十粒。”）

她该试一粒吗？这个念头很骇人，这么小的一粒红色胶囊就能让你入睡。她走到小小的食物间，倒了一杯水。她拿着药丸愣了好几秒钟，感觉到心在怦怦乱跳。这是麻醉药，但是太可笑了！艾尔玛每个晚上都吃，一点儿事都没有。艾尔玛参加演出很紧张，她已经演了七个月，可还是很紧张。（“我感觉我开口唱歌的时候，每个人都在拿我和尼丽做比较。她现在的专辑可红了。”）

好吧，一粒药丸是不会有害的。她吞了下去，把药瓶放回包里，快步回到床上。

多长时间会奏效呢？她依然很清醒，她能听到安妮均匀的呼吸声、床头柜上闹钟的嘀嗒声、外面马路上的声音——事实上，一切听起来都更加清晰……

然后她感觉到了！哦，上帝！太美妙了！她的整个身体飘飘欲仙……她的头很沉，但又像空气那么轻。她就要睡着了……睡着……哦，美妙的红色小药丸……

第二天她去见亨利的医生。他无情地拒绝了她。她的身体状况很好。这是什么废话！不，他不会给她开速可眠（司可巴比妥）的处方。别喝咖啡，减少抽烟，她就能睡着。如果她睡不着，那就是她的身体不需要睡眠。

“那样是不行的，”艾尔玛几天后指点她说，“你不能去好医生那里直截了当地要。最好是找个差医生——道德感没那么强的医生。”

“但是去哪里找呢？艾尔玛，有了这些可爱的红色‘娃娃’，我连着睡了四个晚上，睡得好香。但是没有了它们，我又是两个晚上没睡着。”

“在西区找个三流的旅店，你可以在脏兮兮的窗户上看到医生的招牌，”艾尔玛指点她，“可别直接走进去要药，你得演戏。走进去说你是从其他地方来的——说加利福尼亚准没错。别穿貂皮大衣，不然对方会漫天要价。告诉他你睡不着。他会装模作样地检查你的心脏，你就不停地说你需要的不过是几个夜晚的睡眠。然后他就会收你十块钱，给你一个星期药量的处方。他知道你还会回来的，而且他知道轻轻松松就可以每星期赚你十块钱。但是，相信我，这钱花得绝对值。你可能要试上好几个医生才能找到你真正要找的——我就被两个医生拒绝过——但是你会找到的。别去马克雷旅店——那个医生是我的，他会起疑心的。”

詹妮弗在西区四十八号大街上找到了她的医生。他漫不经心地拽出落满灰尘的听诊器，心不在焉地听她的脉搏。她看出他就是她要找的人。一点儿都不错。他拿出他的空白处方笺。“要宁比泰（戊巴比妥）还是速可眠（司可巴比妥）？”他问。“红的那种。”詹妮弗含混地说。

“这是一个星期剂量的速可眠，”他把处方递给她，“这对你会管用的。如果不行，你再过来。”

安妮对詹妮弗的变化很高兴。她不知道药丸的事，但她欣喜地看到詹妮弗夜里能睡觉了，她不知道托尼是否已经给出了振奋人心的暗示。

在圣诞节前的几天，当安妮一如既往地收拾东西，准备去莱昂那里度周末的时候，詹妮弗下定了一个天大的决心。

“就这样，”她宣布道，“我要叫托尼今晚开车带我去埃尔顿私奔，否则我就再也不见他了。这是我昨天晚上想到的主意。如果行不通的话，至少我还有六个星期的时间，他还要在纽约逗留六个星期，我可以打扮得花枝招展，跟其他男人到处走，这会让他发疯的，疯到肯让步跟我结婚。要是我干等着他去加利福尼亚，我会死的。"

"玛丽安今晚在哪儿？"

"在她一直在的地方，跟我们在一起！今晚在波波啦夜总会有个新的首场演出，我已经告诉托尼我要从剧院回家换衣服，让他到这里来接我。玛丽安会在波波啦夜总会跟他的朋友一起等我们。我就可以单独面对他，来个出其不意。如果我表现得法……"

托尼到的时候，她穿着睡袍。

"嘿……快点儿换衣服，演出十二点半开始。"

她走向他。"先抱抱我。"她温柔地说。

他从拥抱中脱身的时候喘着气。"宝贝儿，让我透口气。上帝啊，我哪怕只是靠近你都会血脉偾张。"他的手抚摸着她的乳房，手指笨拙地解着她缎子长袍的纽扣，"老天爷……你干吗要穿有扣子的睡袍？"他从她的肩部扯下睡袍，一直拉到她的腰上。他退后几步，呼吸变得急促起来。

"詹，没人能有你这样的乳房。"他轻轻地触碰它们。

她笑了："它们是你的，托尼。"

他把脸埋在中间，跪了下去："哦，上帝，我简直不能相信。我每次触碰它们的时候，都不敢相信。"他的嘴巴贪婪起来。她温柔地抱着他的头。"我不想移开。"他含糊不清地说着。

"托尼，我们结婚吧。"

"当然，宝贝儿，当然……"他摸索着她睡袍上剩下的纽扣，袍子落到了地上。她向后退去，他用膝盖爬行跟着她。她又退开了。"托尼，所有这些，"她抚摸着她的身体，"都不是你的……而是我的！"

他追着她，她又一次闪开了。她抚摸着自己的大腿，手指触摸着两腿之间。"那个也是我的，"她温柔地说，"但是我们想要你，托尼。"她沙哑地低语，"把你的衣服脱了。"

他撕扯开自己的衬衫。扣子脱落，掉到了地板上。他赤裸着站在她面前。

"你的身材很不错，"她悠然地笑着说道，然后她退开了，"但是我的更好。"她细致地爱抚着自己的乳房，似乎因为这触摸而变得兴奋起来。他站在那里看着，呼吸变得急促，喘着粗气。他奔向她，但是她躲开了。

"你可以看，"她温柔地说，"但是你不能碰，直到这成为你的……"

"但是这是我的——你是我的！"他的声音几乎是咆哮了。

"只是借给你罢了，"她甜蜜地说，"现在我要收回来了。除非你真的想要，"她又抚摸着乳房，"想要一直留着。"

他跟在她身后，浑身发颤："我要，到我这儿来……快点儿！"

"现在不行，除非你跟我结婚。"

"没问题，"他沙哑地说，"我会跟你结婚的。"他继续跟着她，但是她躲闪着，一直带着微笑爱抚自己的身体，把玩着乳房，把手滑到两腿之间触摸自己，她的眼睛紧盯着他不放。

"你什么时候跟我结婚，托尼？"

"我们以后再谈——现在先……"他跟在她后头，完全被她玩的新把戏催眠了。她让他抓住了她……他抓住了她的乳房……嘴巴饿极了似的吮吸着……他的手伸到了她的两腿之间。然后她一把将他推开。

"詹！"他喘息着，"别闹了，你想干吗？杀了我吗？"

"跟我结婚，否则这就是你最后一次碰我，永远！"

"我结，我结……"

"现在就结，今晚就结。"

"今晚怎么可能结婚呢？我们得做婚检……还要得到结婚许可。我们明天的第一件事就是去办这些，我保证。"

"不行，到那时候，玛丽安一定会说服你改变主意。"

提起玛丽安是错误的一着，一下子把他打回到现实中。他的激情开始消散。她赶快穿过房间，扭动着她的躯体，抚摸着她的乳房。"我们想念你，托尼。"她轻声低语。

他马上追过来抓住她。

"今夜就跟我结婚，托尼，我们想属于你……"她爱抚着他。

"我怎么能够呢？"他发出哀号。

"开你的车，我们去马里兰州的埃尔顿。"

他瞪着她："你的意思是他们在那里能让我们结婚——就像那样？"

"就像那样！"她打了个榧子。

"但是，玛丽安——"

"我来告诉玛丽安，"她说，"我们结了婚就打电话，我会对她说的，让她冲我吼好了。你可以在我的怀里。我的一切都属于你……永远。"她移动身体紧贴住他，"抚摸我，托尼——这将全部属于你，你可以做你想对我做的任何事，托尼。任何事——甚至是我本来不让你做的事。"她挣脱开，站在那里摇摆着，屁股有节奏地起伏，"而且我还会做你以前求我做的事……等到我们结婚以后。"

"现在就做，"他乞求道，"现在，求你——然后我们再去埃尔顿。"

"不，去埃尔顿以后。"

“我受不了啦，我等不到那时候！”

她靠近他：“你能等的，因为今晚，我们结婚以后——”她用手指拨弄着他的身体，轻轻啮咬他的耳朵，“那时候我们就可以尽情地玩儿了。”

他的嘴唇焦渴难耐：“好吧，你赢了。就看在上帝的分上，我们走吧。”

她敞开臂膀环抱他：“你不会后悔的……我会让你疯狂。”

一阵急迫的敲门声传来。詹妮弗挣脱了拥抱：“没有人会来呀。托尼，你告诉别人你在这里了吗？”

他摇了摇头。她拉好睡袍。一脸歉意的酒店服务生拿着一份电报站在门口。

“是给安妮的。我最好打电话，到莱昂那里找她，可能是什么重要的事情。”

她坐在床上给安妮打电话。托尼跟进了卧室。哦，天哪，这是干蠢事！她站了起来，裹紧她的长袍。安妮在哪儿？为什么他们不接电话？

“喂。”这是莱昂。是的，他叫安妮接。

托尼在摸索她的袍子，她把他推开了。

“喂，安妮？刚送来一份电报给你。当然可以，你等一下。”她把电报拆开了。托尼温柔但坚决地把她推倒在床上。

她拿着电报和电话，无声地想把他推开。她用手捂紧电话：“不，托尼！现在不行，不！”他已经压在了她的上面。她看着电报，托尼的嘴巴找到了她的乳房。哦，上帝……“安妮……是的，我在这里……安妮……仁慈的主啊，你母亲去世了！”她感觉到托尼已经进入了她，粗野地在她体内撞击。她咬紧牙关，让自己的声音保持平静。“是的，安妮，电报里就说了这么多。我很难过。”她挂掉了电话，托尼从她身上滚了下来，带着筋疲力尽的满足喘个不停。

“托尼，这不公平，你这是乘人之危。”

他懒洋洋地笑了：“宝贝儿，你生来就很危险——长着这样一对东西。”他轻轻地弹弄着她的乳房。

“我们最好穿上衣服，安妮马上回来。”

他披上他的衬衣：“老天呀，我真是为你狂热，不是吗？这件衬衫上一颗纽扣都不剩了，我得赶快回酒店去换一件新衬衫。”

“收拾行李，托尼。”

“为什么？”

“我们要去马里兰州——记得吗？”

他笑了：“现在不行，宝贝儿。如果我们快一点儿，还赶得上波波啦夜总会的一部分演出。在我回来之前穿好衣服——大概二十分钟。”

“托尼，如果你今晚不跟我私奔，我就再也不会见你了。”

他走过来，调戏地轻拍她的下巴："你会见我的，宝贝儿。我是最棒的，谁能取代得了我呢？"他朝门口走去，"穿得漂亮点儿——那里会有新闻记者的。"

她看着门关上了。该死，该死！多好的机会。该死的安妮妈妈！所有的母亲都该死！甚至死了，她们都会跳出来坏你的事。她突然想起来——她这个星期还没有给她妈妈寄钱，而圣诞节又快要到了。她妈妈已经看中一件波斯羊皮大衣，她必须拥有它，她想在去世之前拥有一件皮大衣。她跑到桌边，飞快地写下一张五百块钱的支票，把它塞进信封，信封上写道："快乐的波斯羊皮，幸福的圣诞。詹妮弗。"好吧，至少她的母亲还可以过一个快乐的圣诞节。去他妈的，她自己什么时候才能有一个快乐的圣诞？

她马上开始穿衣服。她不想在托尼过来的时候还在这里。她得逼他就范。时间不多了。

她应该跟安妮去劳伦斯维尔！当然了！安妮是她的朋友。她打电话给亨利·贝拉米，告诉他这个消息。他睡意蒙眬的声音一下子变得警醒了。当然她可以跟安妮一起去，别担心，他会帮她料理好吉尔伯特·卡斯那边的事情。她还可以雇一辆车，签他的账单。开车去劳伦斯维尔比较简单，省得换火车。可怜的安妮——先是阿姨去世，然后又是母亲，都在同一年里。

安妮和莱昂赶到的时候，一切都已经安排好了。詹妮弗甚至收拾好了安妮的过夜行李："我在里面放了两件黑裙子和你的灰衣服。"

"我们可以坐早班的火车。"安妮说。

"不，现在才十二点半，反正我也睡不着，我来开车——你可以在车里睡觉。我们会在早上到达那里。我已经订好了车子，它马上就会到楼下。"

"我去参加葬礼。"莱昂说。

安妮转向他："不用了，莱昂，你并不认识妈妈。我去就行了。你把时间用在你的书上。"

"那你一到就马上给我打电话。"

詹妮弗冲下楼去。侍者和一辆闪闪发亮的黑色轿车已在那里等了。他登了记，交给詹妮弗一把钥匙。五分钟后她们已经在路上了。莱昂看着尾灯在马路上消失。一切都发生得太快了。他震惊于詹妮弗决断的作风。他错误地估计了她，她并不是懒散无能的花瓶。他顺着大街走回去，恰好跟托尼·波拉擦肩而过，后者正衣着光鲜地从出租车里走出来。

葬礼在星期一举行。她们一到劳伦斯维尔，安妮就接手冷静地安排一切。那是一场愚蠢的意外，是她母亲自己的过失。她患有白内障，过去一直是艾米阿姨开车，但是，艾米死后，她坚持要自己开。出事那天是个雨夜，她照例从教会打完桥牌回来，没有看见对面的大型货车，迎头一撞，安妮母亲当场死亡。

葬礼安详而庄重。莱昂和亨利送了大型花圈，斯坦伯格小姐和其他姑娘也送了花环。随后那个夜晚，安妮接受了吊唁，镇上的每一个人都来表达他们的哀思，同时张着嘴巴看着詹妮弗。

星期二早上，詹妮弗提出要回纽约。她们坐在阳光普照的早餐室里。詹妮弗很喜欢在劳伦斯维尔的生活，她很乐于看见镇上的人爱慕得眼珠子都鼓了出来，但最主要的是，属于安妮的这所大房子给她留下了深刻的印象。

"我得回去演出，"她说，"但我猜想，你会想在这里再住上一段时间吧。"

"为什么？"安妮问。

詹妮弗环顾四周："因为，这幢房子，就是叫人不舍得离开。"

"我已经跟我的律师谈过了，我要他把房子出售，连同家具和所有的东西。"

"但是这是一幢美丽的房子，安妮，也许你应该保留它……把它出租好了。"

"我恨这幢房子。我恨这个小镇。我想切断一切联系。如果我保留这幢房子，那就免不了要回来。如果我把它卖掉，我知道我就永远都不用回来了。"

"难道你有个可怕的童年吗？"

"不是可怕，而是空洞。"

"我觉得你并不爱你的母亲。"

"是的，我不爱她，但是我也不讨厌她。她从来没有给我机会去爱她或者恨她。那不是她的错。那是由于劳伦斯维尔。哦，詹妮弗，我宁可像原来那样在五十二号大街上的阴冷小房子里住一辈子，也不愿意待在这里。劳伦斯维尔让我窒息，我可以感觉到——它朝我压过来。"她战栗着，"想象一下，我在这里住了那么久，结识了至少三十个女孩子，但是没有一个知心朋友。我在纽约才一年多，就有了你、尼丽和莱昂。"

"好吧，你有莱昂和我，而那个音乐明星已经几个月没消息了。"

"她的电影三月份上映，想象一下——她的第一部电影要在音乐大厅首映！"

"她一定很在行。我在报纸上读到她很快投入了工作。不知道她什么时候会有孩子。还有梅尔——你认为他是不是发胖了？"

她们一起大笑，詹妮弗又倒了点儿咖啡。"好吧，我今天下午就走，这样今晚就能到。至少我还可以参加明天的日场演出。"她的眉毛皱了起来，"天哪，托尼多半以为我被绑架了，我没有在酒店留下字条，玛丽安肯定高兴得要大肆庆祝了。"

在开车回纽约的单调旅途中，她想着托尼。即使事情有了结果——即使他们结了婚——玛丽安也会始终插在他们中间。这是她跟托尼之间永远的盲点。"她抚养我长大，把她的一生都给了我。”每次詹妮弗抵制玛丽安的持续干扰时，托尼都会这样叫道，“她是唯一对我全心全意的女人。”

但是玛丽安不能陪他上床。詹妮弗的脸色凝住了。她并不是只图他的钱和安全感，她还想做个好妻子，她想要个孩子。托尼将会得到比他索求的更多的东西，她不会愚弄他。为什么要愚弄呢？男人都是一样的，托尼可以满足她，大多数男人都可以。玛利亚教她认识了自己的身体，她知道怎样去激发它，这很容易……

酒店里她的信箱塞满了字条。一些是朗沃斯经纪公司来的——哦，天哪，她忘记通知他们了——但是其余的都是托尼的。接线生告诉她，波拉先生刚刚来过电话——今天的第十次来电，詹妮弗满意地笑了。现在是凌晨两点，她回到自己的套间，脱下衣服，但是她没有吃药，她上了床等着。

二十分钟后，电话铃响了。她接听的时候听见托尼松了口气，然后他咆哮着：“该死的，你到底去哪儿了？”

“出去了。”

“别开玩笑！”然后他的声调变了，带着一种突然的激情冲动说，“听着，宝贝儿，我差点儿急疯了。你去哪儿了？”

她告诉他后，他还是没有平静下来，或许他还没有完全信服。

“你居然会冲出城去参加葬礼？”

“安妮是我最好的朋友。”

“好吧，但是你真的在那里待了他妈的很长一段时间。发生了什么事？抬棺材的人里有个帅哥？”

“他们个个都是，”她甜蜜地说，“事实上，我从来没在哪一座城市看见过这么多的帅哥。”她其实都没有跟五十岁以下的男人说过话。

“詹，”他柔和地说，“我能过去吗？”

“托尼，都快三点了。”

“我五分钟内就能到。”

她假装打了个哈欠：“对不起，我好累。”

“那就明天，下午早些时候。我三点有个录音，但是四点就可以完事了。”

“我有日场演出，明天是星期三——忘了吗？”

“好吧，日场演出结束以后我去你那里。”

“不，你知道我在两场演出之间都是不卸妆的，而且那会破坏我的发型。”

他呻吟着：“好吧，好吧！我过去带你吃晚餐。”

“再说吧……”她挂掉了电话。

第二天日场演出以后她没有回家。在两场演出之间，她强迫自己坐着看了一场电影。夜场演出的时候她告诉守门人，如果托尼演出结束后来接她回家，就说她已经走了。她在化妆间里一直坐到守门人过来锁门。是的，波拉先生来过，他照她说的给了口信。她给了他五块钱，步行回家了。

她进家门的时候，电话铃正在响。她随它去响。每过二十分钟就响一次，每一次她都跟接线生核查——都是波拉先生。早上五点，电话铃响到第三声，她才拿起电话。

他暴怒了："你去哪儿了？！"

"两场演出中间我去看了场电影。"她精心地让这话听起来像撒谎。

"哦，当然！那晚上呢？你从那里溜得倒挺快！"

"我在那里呀，一定是看门的人搞错了。"

"我能相信你整个晚上都在家里吗？"

"嗯——"

"好吧，提示你一句，从十一点半开始，我每过二十分钟就打一个电话。你是刚刚才到家！"他得胜般地说。

"我一定是睡着了，没听见电话铃声。"

"我敢打赌，也许是跟葬礼上结识的某个波士顿名人睡在一起了吧。"

她挂掉电话，带着快乐的笑容躺了下去。办法起作用了！她去了浴室，拿出满满一瓶子的红色药丸。真是意外的收获！在劳伦斯维尔她貌似天真无邪地把她的睡眠问题告诉了罗杰斯医生。他被她阳光的笑靥迷昏了头，表示完全理解和同情。葬礼总是让人们失眠。第二天，他带着一小瓶红色药丸来了，整整二十五粒速可眠！

她听见电话又不屈不挠地响起，托尼会一直打下去的。她告诉接线生不要再响铃了，说她今晚不想接听任何电话。为了保险起见，她还插好了门上的安全插销。然后她打开药瓶，拿出两粒。一粒就能起效——但是两粒！那简直是世界上最美妙的感觉。她的头轻柔地枕在枕头上，柔软的麻木感开始在她的体内滑行。哦，上帝！没有这些奇妙的红色药丸的时候，她是怎么活过来的？

她又跟托尼玩了两天猫捉老鼠的游戏。每天晚上她都满怀深情地看着那个药瓶。没有这些药丸，她根本无法做到这些。她会一夜无眠，抽烟，忧虑，然后丧失她的勇气。

星期五晚上，当她到达剧院的时候，托尼就站在舞台入口。他粗暴地抓住她的胳膊。"好吧，你赢了。"他吼道，"我准备好了车子，我们今晚去埃尔顿——现在就走。"

"但是我要演出，明天还有日场。"

"我去跟舞台经理说你病了。"

“但是如果我们私奔的话，他们明天会在报纸上看到消息的。我会被解雇的——也许还要罚违约金。”

“那又怎样？你是托尼·波拉夫人了，不用再参加演出工作了，是吧？”

（当然不是！她疯了吗？另外，亨利会把事情都搞定的。这就对了！）

她抓住了他的手臂：“去告诉他们我病了，托尼。事实上，我真的开始有点儿发晕……”

在詹妮弗的快乐和托尼的恍惚中，他们结了婚。埃尔顿的报纸接到了通知。他们微笑着摆出各种姿势，接受当地摄影记者拍照，对美联社和合众社都发表了声明。最后，他们开车到城市郊区的一家小酒店住了下来。

这会儿，托尼坐在床上，看着詹妮弗打开行李。激情创造出来的麻木感逐渐消退，他突然感到害怕。

“玛丽安会杀了我的。”他慢吞吞地说道。

詹妮弗走过来，用手臂搂住他：“你不是小孩子了，托尼，你是我的丈夫。”

“我们告诉她的时候，你得待在我旁边。”他咕哝着说。

“我是你的妻子，亲爱的，我会一直在你身边的。”

“但是她会气疯的，詹。”眼泪涌进了他的眼眶，突然他把头埋进枕头里哭了起来，“我害怕……哦，我害怕……”

有那么一会儿，詹妮弗站着没动。一阵反感让她厌倦。她有一种疯狂的冲动，想转身逃开——但是逃到哪里呢？干什么呢？没人会理解的，他们会以为她有毛病。她必须劝慰他。托尼是个明星，有天赋的人都会有怪癖。也许就是如此——他只是比大多数人更重感情罢了。

她坐到床上，把他的头揽在怀里。“一切都会好的，托尼。”她温柔地说。

“但是玛丽安会发脾气，她会抱怨的。”他眼泪汪汪地看着她，“都是你的错，是你让我这么做的。”

“我告诉过你，我会应付玛丽安的。”

“你说实话？你真的会吗？”

“是的，”她抚摸着他的头，“你只要记着我是你的妻子就行了。”他伸出手碰到了她的乳房。他慢慢地揩掉眼泪，咧开嘴笑了。他羞涩地看着她：“你还说我可以对你做我想做的任何事情。”

她勉强摆出虚弱的微笑：“是的，托尼……”

他一把扯掉她的睡袍。“转过身去。”他咆哮着。

当他撕裂般地强行进入时，她痛苦得几乎咬碎了牙齿。她感觉到他的指甲在她背上撕扯。“微笑，詹，”她对自己说，“你成功了——你是托尼·波拉夫人……”

玛丽安捏着皱巴巴的电报，眼睛茫然地看着前方。埃尔顿！好吧，事情发生了！她已经采取了种种防范措施——每星期付两百块给那个奥斯比！她抓起电话，胖胖的手指恶狠狠地拨着号码。

“抱歉，打扰了您的好梦，奥斯比先生，”她吼叫着，“但是事情恰恰发生在你的睡觉时间，你本该为我服务的时间！”

他马上警醒了：“我跟着他，八点钟到了剧院门口，他在等她。那个女人八点过一点儿到的，他们站在那里说话，大概有半小时。我知道她要进去，所以我就走开，去吃了口东西。我知道有三个小时的安全时间——她必须演出。然后我十一点的时候又去了，他不在那里。如果他要来接她，他最晚会在十一点一刻到达那里。我在那里等到十一点半，然后我就到他酒店去候着，我几个小时前刚离开那里。他没回去，我查了所有的俱乐部——他也不在。所以，我想，也许今晚那个女人另有约会，而他住到其他女人那里去了。那个女人已经躲了他好几个晚上，每次演出一结束就独自溜回家。”

“好吧，她今晚没去参加演出，”玛丽安爆发了，“他们私奔了！”

电话线那头沉默了。

“我每个星期付给你两百块，就是为了避免这种事情发生。你算是什么侦探？”

“最好的侦探。”他针锋相对地说，“但那两个人是疯子。一夜接着一夜，我在他的酒店外面站着，屁股都快冻掉了，他们却在里面的床上风流快活，又暖和又舒服。但是，去他妈的，女士，我不是美国联邦调查局。我得吃饭，有时我还得抽空去撒尿。我以为唯一真正安全的时间就是那个女人上台的时候。谁料到她会不去演出呢？”

玛丽安使劲挂上了电话。但是，他说得对，詹妮弗太狡猾了。她叹了口气，她已经够小心的了，但现在一切都可能化为乌有。公众已经被愚弄了这么长时间，他们把托尼孩子气的举动当成他特有的魅力，有些人甚至认为这是一种聪明的态度。只有玛丽安知道实情，而且她瞒过了所有的人——甚至托尼本人。跟女人在一起的时候，他在生理上具有男性的一切功能。他演员的天赋与生俱来。当他唱歌的时候，他本能地表现得体；但是从智力和情感上来说，托尼只有十岁。

现在怎么办？以前每次采访的时候她都在场，她可以帮他掩饰。但是现在出来了个詹妮弗。

詹妮弗猜到了多少？实际上她并不讨厌这个姑娘，她有可能真的被托尼迷住了。为什么不呢？他很英俊，富有才华，而且简直是一匹种马。也许她并没有注意到什么，毕竟，他们从来没有独处过——除了上床的时候。她盯着他们，跟着他们，防备着至少一两个记者的经常性追踪。她已经训练好托尼。“明星总是有随行人员的。”

她反复地告诉他，而他也已经习惯了跟大队人马一起旅行，认为这是理所应当的。这样，没有人能真正跟他有多少交谈。

本来一切都很容易，直到来了个詹妮弗。玛丽安知道他得满足他的生理需求，她也鼓励这一点，但总是使其保持在露水情缘的基础上。在他们演出的俱乐部里，有排着队的舞蹈演员乐于跟他发生关系，他离开她们的时候，只需一瓶香水做礼物，再承诺几句此情不渝，她们就满足地放手了，还觉得非常荣耀。这种情况一直保持到詹妮弗出现。她用尽办法，想把他们拆开。每次他们去其他城市，她简直是把世界上最漂亮的姑娘往他怀里送。而他也接受了她们，但是他总是会回到詹妮弗身边。她曾希望加利福尼亚之行会结束这段恋情。还有两个星期就要走了——现在却发生了这个！

玛丽安叹了口气。大多数人都认为，她追随托尼是为了沾他的光。真是沾光！她已经把这辈子都给了他，但是她离不开托尼。所以，是她，一个四十四岁的老处女，在幕后操纵着托尼取得了巨大的成功。为什么会这样呢？都是父亲的罪过，她嘲讽般地想。好吧，如今这些罪过落到了托尼身上——只是他不知道罢了。她承受着冲击，而且，那并非真是父亲的罪过，而是他们那漂泊、下贱的母亲的罪过！她向托尼和世人隐瞒了这么多秘密。她编造出美丽的画面：一位英俊的父亲在托尼出世前，在一起火车事故中丧生；而一位可爱娇弱的母亲，受不了悲痛的打击，生完小托尼，就安详地微笑着被天使们带走了，留下十四岁的玛丽安来照顾他。媒体相信了这个故事。托尼也相信。他从来不知道他的亲生父亲，就像玛丽安的亲生父亲一样，始终是个谜，甚至连他们的母亲都不知道。

他们分属不同的父亲，那些夜复一夜投入他们母亲怀抱的陌生人。制造出托尼的那个人一定非常俊美！但那时她母亲遇上的都是陌生人，一个康尼岛上的歌厅女侍没有确切的社会登记，她妈妈发誓说，玛丽安的父亲是一个匹兹堡来的帅哥。也许吧。但是托尼的父亲——不管这个浑蛋是谁——相貌肯定相当出众。托尼集中了父母的优点。他有他妈妈震慑人心的深褐色明眸，鼻子又短又直，嘴唇富有美感，而且身材颀长。玛丽安，恰恰相反，继承了另一个人的相貌。她苦笑了一下。那个匹兹堡来的男人也许是个帅哥，但他肯定没有罗伯特·泰勒那么帅。事实上，如果她在匹兹堡遇上某个五短身材、有着小小的蓝眼睛和蒜头鼻的胖男人，她多半会脱口叫出“爸爸”来。

出于情感，她选了“波拉”做姓氏。她母亲有个最和蔼也最持久的情人，就她母亲所知，那个人叫波拉斯基。他真心喜欢这个矮胖的小女孩，总不忘给她带礼物，还轻轻地爱抚她的下巴。她从来没有忘记他。许多年后，她截取他的名字作为自己和托尼的姓氏，来表达一种无言的敬意。

要对托尼和媒体隐瞒他的真实身份并不难。他们的母亲是个流浪者。每座城市都会有像贝拉这样的女人，她们已经不怎么年轻了，弹着破旧的钢琴，在当地的鸡尾酒吧里用沙哑的嗓音唱歌。开始的时候贝拉曾在托尼·帕司特夜总会唱歌，但那是她一生中唯一的辉煌时期，然后她就在各种鸡尾酒吧或啤酒吧里混迹飘荡，从一座城市到另一座城市，从一个男人到另一个男人。

玛丽安在费城的一家慈善医院里出生。贝拉把她安置在别人家里，寄养到八岁。然后，贝拉似乎在康尼岛找到了一个稳定一点儿的工作，就打发人来接女儿回家。有那么几年，玛丽安见识了两室的“豪华”公寓和波拉斯基先生的关爱。但是当波拉斯基走后，陌生男人接连不断。贝拉渐渐老了。当她发现自己又怀孕的时候，母女俩都大吃一惊。上帝啊，她已经有几个月没来月经了——原来她不过是要生讨债鬼了。

她继续工作了六个月，直到演出服装已经无法掩饰她的身形，她被解雇了。她们搬到了只有一间屋子的公寓。玛丽安那一年十四岁，她从学校退学，去当了售货员。她们没有朋友，没有邻居。后来的一天深夜，随着救护车的吼叫，贝拉被紧急送往医院，玛丽安浑身颤抖着跟在一边。在一个男孩哭喊着降临世界五分钟后，贝拉就咽了气。

玛丽安把孩子带回了家。冷漠的医院监管人轻易地相信了他们还有个奶奶等着照顾孩子。然后这个十四岁的女孩就开始独立抚养托尼。她回想起来都觉得不可思议——最初那可怕的几个星期，她努力按照配方冲调奶粉，刷洗尿布，试图让她和贝拉积攒的两百块钱能够维持得更久一点儿。她数出几分钱去买牛奶，靠罐头汤汁和大盒的薄脆饼干度日。

托尼出生四个星期的时候，发生了第一次痉挛，又是吼叫着的救护车，又是同一家医院。做了检查以后，所有的名医都来研究托尼的病情。他们让他在医院里住了一年。玛丽安担心得几乎发狂，但是起码她可以找一份全职工作，攒一点儿钱了。托尼刚回到她身边的时候，他看起来很健康。然后他又抽搐，又被送回医院，就这样一直持续到他五岁，痉挛停止了。他去上幼儿园，然后勉强读完了一年级。到二年级的时候，托尼被学校踢了出来，他们建议他去上特殊教育学校。但是她把他留在家里，她的托尼不能跟一帮疯孩子在一起。她耐心地自己教育他，他能学多少她就教多少。

是的，开始的时候看起来不可思议。但十五年后一个人已经可以在逆境中存活了，二十年后一个人甚至可以征服世界。然而，现在，似乎又是困难重重。玛丽安已经累了。

有那么几次，她曾经考虑过去找詹妮弗，告诉她关于托尼的事实真相，这样詹妮弗就会理解跟托尼结婚毫无意义。但是那太冒险了。万一这个姑娘背叛他们，把事情传扬开呢？那会毁了托尼的事业——也会毁了托尼本人。

她不能在现在这个时候放弃，她已经奋斗了那么久、那么苦。上帝啊，她甚至跟联邦军队奋战过。托尼兴高采烈地收到了征兵通知——对他来说，这就像玩士兵游戏。他的事业才刚刚开始，他一点儿都不知道她偷偷地去了华盛顿。那些没完没了的烦冗手续，那些缺乏同情心的高级军官。在遇到贝克曼少校之前她几乎要放弃了。贝克曼少校有个长得像托尼的弟弟。他看了托尼的病情报告，那些报告是从康尼岛上的医院里拿来的，全都放在一个磨损的马尼拉纸信封里。他让他的首席神经科专家给托尼做检查。最后，玛丽安收到了加进马尼拉纸信封的一份新报告，托尼被军队秘密而坚决地退了回来。贝克曼少校向新闻界宣称，托尼被军队拒绝，是因为他的耳膜穿孔。

不，她不能现在放弃。她已经战胜了军队、媒体和这个该死的世界——一个鬼鬼祟祟的小妞休想毁掉这一切。她可以紧紧地跟着他们。他们还有几个星期就要去加利福尼亚了，她可以跟他们在一起。谁知道呢——也许这样会管用的。她用长袍裹紧她那走形的身体，决然地整理着思绪。她得通知新闻记者、专栏作家——她先把消息独家透露给谁呢？不，别假装赏脸了——埃尔顿的电报会很快传播开的。等他们回来的时候，她得召集一个记者招待会，给詹妮弗和托尼安排采访……

Anne

安 妮

一九四六年十二月

安妮回到纽约的那个晚上，发现一切都乱了套。床头柜上压着詹妮弗草草写就的一张字条。

> 这是一场艰难的战争，但是我赢了。等你读到这张字条的时候，我已经是托尼·波拉夫人了。祝我好运吧。爱你。
>
> 詹

她为詹妮弗感到高兴，但是詹妮弗的胜利似乎更强化了她自己景况的凄凉。

莱昂已经把电话打到劳伦斯维尔，告诉她一个大好消息。贝丝·威尔森喜欢那本书——对它的前景看好——但是她感觉还需要重写一遍才能提供给出版商。莱昂热情高涨。当然这意味着还有六个月要在打字机旁度过——但是贝丝·威尔森喜欢它，而贝丝一向很挑剔。

她试图掩饰她的失望——花六个月时间重写。而且，现在詹妮弗也走了，酒店套房看上去空空荡荡。

她可以独自负担的。她有很多钱，或者说，将有很多钱，如果一切顺利的话。不幸的是，要割裂与劳伦斯维尔的联系，并不只是把钥匙交给沃克律师就算完事。还有没完没了的法律调停需要她参与。遗嘱需要经过正式检验。还有家具——她不能把它们扔到人行道上。沃克先生说，每一片木头都有价值，它们必须分门别类地被送到纽约或者波士顿去拍卖，这会给她带来一大笔钱。她的妈妈留给她五万美元的证券、现金和股票。艾米姨妈的钱也归她了——又是两万五千块。沃克先生认为，单是房子他就能卖出四万块，毕竟那块好地皮就有一英亩[1]半。是的，她将会很有

1 1英亩 = 4046.856平方米。

钱——绝对超出十万，还不包括拍卖家具的钱——但这同时意味着她还需要回劳伦斯维尔至少一星期，甚至更久。她战栗着。哪怕只是在那所房子里待着都让她感到没来由的压抑。

她迅速地冲了个澡，换了衣服，坐出租车去莱昂的公寓。她到的时候，他正坐在打字机边。“请到地牢里来，”他热情地拥抱了她，开始收拣被他扔在地上的皱巴巴的纸页，“别理会这堆垃圾。我每天晚上都工作，进展得很顺利。”

她勉强笑了。“我很高兴，莱昂，我知道那会是一本好书。”她拣起一摞新纸看着它们，“我去劳伦斯维尔，没有时间——但是我可以带点儿回去，把它们打印清楚。”

“我没有你可怎么办呢？我打的字歪歪扭扭，难以辨认，”他突然皱眉道，“但是这对你不公平——你已经很有耐心了。而现在又要拖延——该死的重写。”

她微笑着：“我说过，如有必要的话，我可以永远等待。不要介意我和我的心情，莱昂——那都是劳伦斯维尔的缘故。”

当她稍后躺在他的臂弯中时，劳伦斯维尔似乎远在千里之外，一切似乎从未发生过。到这时候她才想起来把詹妮弗的事情告诉莱昂。

“我替她高兴，”他说，“但是，那不是把你留在某种窘境里了吗，没有室友？”

“我有钱，莱昂，妈妈留给我一大笔钱。”

“不要告诉任何人，一些贪财的人会把你抓走。”

“莱昂，我们为什么不结婚呢？我有足够的钱可以供我们……哦，生活好长一段时间呢。”

“而你还得每天一早起来出去工作——”

“那只是为了让你保持清静，我们两个都待在这里晃悠，有点儿太局促了。但是一旦你成功了……那时我可以为你工作，打印你的手稿，处理书迷写来的邮件……”

“不行的，安妮。你知道贝丝怎么说吗？即使这是一本好书，它也只会给我带来一些微薄的声誉而已。然后我还要没有收入地工作一年。不要以为我不喜欢全职写作。过去的几个夜晚已经向我证明——当你持续不断地做一件事情时，最后会产生一种有韵律的美感。”

“所以我说得对。”她坐了起来。

“同时也说错了。我还有点儿钱，安妮，但是等我开始写下一本书的时候我就会把它花光。我就得跟你讨烟钱，那会让我羞耻得无法写作的。不，亲爱的，那样不行。”

“但你要我怎么办呢？坐在那里等着你获得普利策奖？”

“不，只是等着看看这本书是否会被接受。即使它被接受了，我也没有确实的把握它是否一定会出版。”

“会的，我知道会的。而且我会等下去。”她看上去若有所思，“出版一本书需要多长时间呢？我想知道。”

他大笑着搂住了她。

安妮在劳伦斯维尔火车站的厚木地板上来回踱步。像往常一样，当地的火车又晚点了。可怜的莱昂，到波士顿的五个小时车程已经够受的了，还要在没有暖气的当地火车里坐上一个小时，停靠那么多站……

过去的三天对她来说异常沉闷。她很感激威利·亨德森，他用新雪佛兰车带她去每个地方。每个细节都有那么多烦冗的手续，有的时候似乎一无所成。她还得在这里逗留到下个星期，跟那些从波士顿来的商贩讨论家具的事。样样事情都要讨论——她做的每件事情都会被拖沓的法律程序牵绊。她被困在劳伦斯维尔了。

但是莱昂要过来度周末。他们将在一起度过美好的两天。为了这两天，连劳伦斯维尔都变得欢快起来。她母亲的四脚大床将首次接受两个愉悦结合的人。当她整理床铺的时候，她想着，不知道有多少个夜晚，她父亲在这张床上受挫。不知道他从那个精神上始终是处女的妻子那里承受了多少次拒绝。“好吧，今晚你们会有那么一点儿惊讶。”她最后拍了一下靠枕，对大床这样说道。床吱嘎地回应了一声，似乎是震惊的抗议。

但是，现在，当她在火车站不安地踱步时，她想知道她这样做是否明智。劳伦斯维尔的每个人都会知道莱昂来这里，在她的房子里过夜。那又如何？一旦她把房子卖掉，她就永远不会回来了，该死的小镇！谁管他们怎么想！

她听见本地火车在铁轨上隆隆的喘息声，她一眼就看见了莱昂。天空中飞舞着轻飘的雪花，在他走下站台的时候，雪花飘落在他的黑发上。她感觉到胸口奇怪地一紧，她每次看到莱昂的时候都会有这种感觉。是否有那么一天，她可以视他为理所当然，轻松而舒心地知道他属于她？现在，当她看见他随和的、问候的笑容，她又感到了熟悉的惊喜，惊喜于这个杰出的男人真的属于她，他走了那么远的路来到劳伦斯维尔，只是为了跟她相守。

“我简直不相信我还能到这里，”他轻拥着她说，“我们经过了那么多镇，仁慈的上帝啊，我敢打赌没人知道在马萨诸塞州还有个地方叫‘罗马’。”

“还有劳伦斯维尔。”她说。

“每个人都知道劳伦斯维尔——你让它出名了。我们怎么去那个祖传的大宅？坐雪橇吗？”

她领着他上了出租车。在他注视窗外的乡村景色时，她偎依着他。

“我们不用告诉他要去哪里吗？”他轻声问。

“希尔先生认识镇上的每个人。如果你是一个人来的，他会自动带你去旅馆。”

他笑了：“我喜欢这样，跟纽约的出租车司机有那么一点儿不同。对了，这是一个漂亮的乡村。”

“因为下雪而变得好看了。”她毫无热情地说。

“什么时候开始下的？纽约天气还很明朗。”

她耸了耸肩：“也许八月里就开始了。这里永远都在下雪。”

他用手臂揽住她：“还不放弃，是吗？一旦你讨厌某样东西的时候，你还真是不屈不挠。”

“我给了劳伦斯维尔二十年的时光，这对任何一个小镇来说都已经够长了。”

莱昂身体前倾：“你喜欢劳伦斯维尔吗，希尔先生？”

司机骄傲地昂起头：“当然！为什么不呢？我生在这里，这是一个可爱的小镇。安妮小姐只是在经历某种成长的烦恼，她会改变的。只要她回来得够久，她就会——”

“我告诉你，我早走早好，希尔先生！”

“我断定，等到你要卖掉老房子的时候，你就会改变主意。我记得你妈妈就是在那栋房子里出生的，我敢打赌你将来的小家伙也会在那里出生。因为现在我们在威斯顿有一所新的大医院，离主干道只有八英里[1]，比你在纽约的许多医院都好呢。为什么这么说呢？小儿麻痹症传染的时候，波士顿还派人到这里来拿铁肺呢。”

出租车在马路上的雪里嘎吱嘎吱地轧过，在房子前面停下了。莱昂下了车，无声地瞪大了眼睛。

“这栋房子是你的？”他转向她，眼睛闪烁着艳羡的光，“安妮……这太美了！”

“在雪中才显得如诗如画。”她阴郁地说。

他付了钱给希尔先生，并祝他圣诞快乐，然后跟安妮走进了房子。安妮不得不承认，噼啪作响的火苗让这间大起居室显得温暖悦人。她领着他到处参观了一遍，他的眼睛对看到的每样东西都闪着赞许的光。她知道他并不是出于礼貌，他是真心喜欢这栋房子。

他们在宽敞的厨房里做了牛排，然后在起居室的火炉前吃了。莱昂坚持要在卧室的壁炉里生火，她惊讶于他对火钳的熟练与敏捷。“你忘了，我这辈子的大部分时间都是在伦敦度过的，那里的人不相信中央空调。”他提醒她。

然后他说：“这是一栋漂亮的房子，你是离它太近了才无法欣赏。要知道，它很适合你。你看起来就属于这里。”

1　1英里 = 1.609千米。

“少开这种玩笑。”她恫吓他说，“我并不把这当成恭维。”

到了星期天，雪停了，他们散步良久，逛遍了几乎半个小镇，只是没去教堂。她沿途跟村里人招手，但是并不停步，她感觉有许多双眼睛好奇地继续盯着他们。

他们回到家里，莱昂在炉边生火，安妮给他拿来一些雪莉酒。“我只能找到这个，”她抱歉地说，“连一盎司的威士忌都没有。”

“你这个堕落的女人，”他一边啜酒一边说道，“我看见你的邻居瞪大了眼睛。他们会去旅馆查出我没有登记。看来我非得马上跟你结婚不可，以恢复你在镇上的名誉。”

“我不在意镇上的人怎么看我。”

他坐到她身边：“得了，我顽固的小英格兰人，放弃偏见，承认这真的是一栋漂亮的房子吧。多么舒适的房间！壁炉上边的那幅肖像——是萨尔金特的作品吗？”

“我想，是的。那是我的祖父。我要把它卖给纽约的一家画廊，他们出价很高。”

“别卖，它还会升值的。”他沉吟片刻，“安妮，说正经的……坐在这里，你看起来从未这么美丽，这是你最完美的状态——在我看来，你一丁点儿都不抑郁。劳伦斯维尔似乎很适合你。”

“那只是因为你在这里，莱昂。”

“你的意思是，心在哪里，家就在哪里……”他搂紧了她，他们一起看着炉火。过了一会儿，他仍然梦幻般地盯着灼烧着的柴火，说道：“只有这样也许可行……”

“什么可行？”

“我们的事情。”

她偎紧了些：“我一直说可以的。你最好别再争论了。争到最后还是老样子。”

“我大约有六千美元。安妮，这里每年的税是多少？”

“这里？”

“不可能很高的。你记得吗，我曾说过我不能跟你结婚然后让你供养我？但是，作为一份善意的礼物，我可以接受这栋可爱的房子。用我的六千美元，我们可以在这里生活一年。如果我因这本书得到些许稿酬，我就可以开始写下一本。安妮——这样就行了！”他站了起来，搓着他的双手，环顾着房间四周，“仁慈的上帝，这真的是太美妙了，我可以在这里写作。”

“这里？”她的嗓子像是噎住了。

“安妮，”他跪到了地板上，“我们的关系本来并不合适。但是，在这里，在这栋可爱漂亮的房子里，我要用最合适的方式来求婚——单膝跪地。你愿意嫁给我吗？”

“当然愿意。但是，你的意思是，你想要我保留这栋房子，这样你就可以来这里写作？我很乐意——但是每个周末来这里，路程太远了……”

“我们住在这里！安妮，这是你的房子，但是我可以支付房子的税，负担家用，我来供养你，总有一天我会用某种方式挣到足够的钱来改善我们的生活。也许你父亲也是这么过来的，希尔先生说你母亲在这里出生。我们有根了，安妮。而且我能够做到，我会是一个相当出色的作家，你看着好了。”

“住在这里？”她难以置信地看着他。

“我会去纽约为我们俩向亨利辞职。如果你喜欢，我们可以在纽约结婚。詹妮弗在那里——”

“一切都在那里！”

“并没有我们生活不可或缺的东西。”

“但是，莱昂，我恨这里！我恨这个小镇——这栋房子……”

他第一次真正意识到她的惊慌。“甚至跟我在一起？”他小心翼翼地问。

她开始在房间里来回踱步，拼命地试图集中她的思绪。她必须使他理解。

“莱昂……你说你可以在这里写作。也许你是可以的，也许每天写上八个小时。但是，我干什么呢？参加这里的妇女团体？一星期玩一次宾戈游戏？跟我打小认识的那帮乏味的女孩子恢复所谓的友谊？而且她们不会那么快接受你，莱昂，你是个外来人。不是在劳伦斯维尔生活了三代以上的人，在这群势利的村民眼里根本一无是处……”

他的脸色放松了：“这就是你所担心的吗？我会被排斥。哦，别担心，我的脸皮很厚。我们可以去教堂，去拜望四邻。等他们知道我们是真的要在这里定居，他们就会放松了。”

“不——不！我做不到！我在这里活不下去！”

“为什么，安妮？”他的声音异常平静。

“莱昂，你难道不明白吗？就像你有某种特定的原则——你不能让我在纽约供养你——好吧，我也有自己的死穴，不是很多——事实上，只有一个，那就是劳伦斯维尔！我恨它！我爱纽约，在去纽约之前我生活在这里，在这个壮丽的坟墓里，我什么都不是，我生不如死。当我到了纽约，像是面罩突然掀开了，我第一次感觉到我活过来了，我在呼吸！”

“但是现在我们拥有彼此。”他的眼睛很直接地探询着。

“可是不是在这里，”她呻吟着说，“这里不行，你明白吗？在这里我的某一部分会死去。”

“那么，就我的理解，你只能在纽约爱我，你的爱是某种打包出售的东西。”

“我爱你，莱昂。”这时眼泪顺着她的脸颊流了下来，“我在哪里都会爱你，而且我可以去你工作需要的任何地方，任何地方！只要不是这里……”

“你甚至不愿意给自己一个机会去尝试一下——只要一年或者两年……”

“莱昂——我要把这栋房子卖掉……我愿意把所有的钱都给你……我愿意跟你住在只有一间屋子的小房子里。但是这里不行！”

他转身拨弄着炉火。“我看，那就算了吧，”然后他说，“在我走之前最好在火上再添一块木头，火快熄灭了。”

她看了看她的表：“还早着呢。”

“我最好赶四点钟的火车。明天会非常忙碌，因为星期三是圣诞节……”

“那我送你去车站。”

她走过去给希尔先生打电话叫车。等她回来的时候，火苗几乎已经熄灭。没有了莱昂，房间看起来突然重新变得阴森凄凉。哦，上帝，莱昂会谅解吗？坐车去火车站的路上他一言不发。“我星期二回去，”她承诺着，“什么都不能阻止我跟你共度圣诞。”

但是当他上车的时候，他没有转身挥手道别。她感觉她简直要病了。该死的劳伦斯维尔！它像一只八爪章鱼，伸出手来要把她拖陷下去。

詹妮弗第二天打来电话。她和托尼住在艾塞克斯公馆一所非常漂亮的套房里，玛丽安住在楼下大厅旁的一个房间里。玛丽安对整件事态度良好。现在他们将提前去加利福尼亚，一月二日动身。她问安妮什么时候回去，他们明天晚上要举办一场盛大的圣诞晚会。

“我会去的，”安妮承诺道，“但是这里的事情似乎永远也处理不完。我几天前跟亨利说了，他可真好——说我需要待多久就待多久。但是我会去纽约过圣诞节的。等莱昂今晚打电话来的时候我会告诉他圣诞晚会的事，我们到时候见。”

那天晚上莱昂没有打电话来。也许他生气了。除了以前在费城的那次误会，这是他们之间第一次吵架。好吧，她不会放弃的。但是她明天要给他办公室打电话，告诉他，她坐中午的火车回去。

她拖到早上十点才打电话。亨利不在办公室，莱昂也不在。乔治·贝娄接了电话。

“我不知道莱昂在哪里，”乔治跟她说，“没人告诉我这里的事情。莱昂昨天来的，中午走的。亨利星期五去加利福尼亚了——吉米·格兰特的演出有点儿紧急的事情。也许他把莱昂叫去了。就像我说的那样，没人告诉我是怎么回事。”

她打开她的行李。不用去纽约了，她的失望中夹杂着轻松。莱昂也许去加利福尼亚了——所以他才没打电话。至少他没生气。也许今天晚上他会打电话来解释的。

她独自过了圣诞节。莱昂没来电话。凌晨三点她试着给他的公寓打了一个。也许他没有去加利福尼亚。也许他确实生气了。电话没人接听。

这是她所能记得的最糟糕的一个圣诞节。她私下里把一切都怪到了劳伦斯维尔的头上。壁炉里没有柴火了，所以她打开了燃油炉。房间里暖和起来，但是依然那么阴冷，死气沉沉。她喝着茶，吃了几片薄饼干。广播里没完没了地放着教堂钟声的合奏，圣诞的颂歌更加深了她的失落感。这本该是欢乐的日子，而她却独自一人。詹妮弗跟托尼在一起，尼丽在加利福尼亚跟梅尔在一起，但是她孤零零地待在劳伦斯维尔。

接下来的几天她跟沃克先生在一起。每样东西都贴好了标签，事情也逐渐有了头绪。到这个周末她就可以离开了。但是莱昂在哪儿？已经五天过去了。在绝望中她想办法找到了亨利，他在加利福尼亚的比弗利山庄酒店。

“亨利，莱昂在哪儿？”

“我还想知道呢。”他的声音在电话线里吱嘎作响。

“他没跟你在一起吗？”

“没有，我以为他跟你在一起。”

“我从星期天起就没再接到他的一点儿信息。”

“你在开玩笑！”亨利突然紧张起来，“我昨天下午给办公室打了电话，乔治说莱昂从星期一就没再去过办公室。我想当然地认为他跟你去过圣诞节了。”

“亨利，我们得找到他！”

“怎么了？出什么事了？我的意思是——会有什么事呢？一个男人又不可能失踪，我连着三个晚上给他的公寓打电话，他不在那里。”

“我明天回去。亨利，找到他！找到他！”她突然害怕起来。

“现在冷静一点儿。你们小两口吵架了吗？”

“不能算是吵架，只是有点儿误会——但是我没想到有这么严重。”

“我也明天回去，”亨利对她说，“除非遇上糟糕的天气。我已经订了下午四点钟的飞机。现在，放松一点儿，莱昂不可能离开我们出走的。也许他星期一就会带着合理的解释回来了。你为什么不在那里过个轻松的周末呢？”

“轻松！我巴不得马上离开这里！”

她回到纽约，发现她的酒店里留了一封莱昂的信。

亲爱的安妮：

谢谢你给了我做决定的时间。我该说是五个小时做决定的时间。漫长的火车旅途，给了我足够的时间把事情想清楚。如果我想当作家，那么我只有一件事情可做，那就是写作。直到现在，我一直是在不停地寻找借口。我必须为亨利工作，然后又是你的房子——完美的安居之所。我似乎是希望把事情都打理整齐——希望整个世界舒适安逸，好让我安心写作。那我又算什么东西？一个老脸皮厚的自私之人，要求你自我牺牲，畏畏缩缩地做个小作家的妻子。在我看来，我目前处于不安稳的过渡状态。我不再是亨利认识的那个充满闯劲的莱昂·柏克，我也不是一个专注的作家。我看到自己的前途不过是些半成品的东西——半个作家，半个经纪人。推迟离开亨利，是因为我的书暂时还不能取得商业上的成功；推迟跟你结婚，是因为我无法做个称职的丈夫；推迟写作，是因为我还得帮亨利工作。到现在为止，我一直都在亨利、你和写作三者之间分心分神，很明显我无法三者兼顾。如果我不离开，我至少会耗费掉我最在意的两个人的生命。我也给亨利写了一封大意相同的信，乔治·贝娄是个好人，是亨利所需要的人，而且，亲爱的，在你那美妙的纽约，在某个地方，一定也会有适合你的人，在等待着你去发现。

我告诉过你我有一点儿钱，我在英国北部还有栋房子可去，那是我一个亲戚的，但没有入住，我可以开上几个房间，只花一点儿钱就可以在那里生活好几年，我还可以写到手指关节发青。那里冬天只有几个小时的白天，相比之下，劳伦斯维尔就像热带地区。但是在那儿，没人会打扰我。

随信附上我公寓的钥匙，亲爱的安妮，这是我唯一能为你做的实实在在的事情。詹妮弗结婚了，你会孤独，而且一套公寓仍是很不好找的。因为你的慷慨，我才租到了这个全套装备的好房子，我想，把它交还给你是唯一合适的办法，这并不为过。我带走了你的珍贵礼物——那台打字机。如果你喜欢那套公寓，那就继续租下去。但是别做诸如等我之类的傻事，我警告你——我可能会跟我所遇到的第一个英国胖妹结婚，只要她愿意给我做饭，照顾我。以后的很多年，也许我的哪本书会取得些许的成功，那时我们就都可以说：“至少，有一件事他是全心全意地去做了。”

我爱你，安妮。但你太好了，不应该只接受一个小人物的仅仅一部分，他的精力过于分散在各个领域了。所以我将专心写作——那样，至少我不会伤害其他人，除了伤害我自己。

感谢你给了我生命中最美好的一年。

莱昂

Jennifer

詹妮弗

一九四七年五月

詹妮弗坐在游泳池边的阴凉处，把安妮的来信又读了一遍。看起来安妮快乐了些，这封信上她第一次只字未提莱昂，也许她终于恢复了。但她怎能独自住在他的公寓里呢？难道还希望他某天再回来吗？想象一下，已经五个月了！音信全无！这只说明你永远无法知道男人的脑袋里到底会想些什么。瞧詹妮弗跟托尼的所有合影，看起来多么快乐——完美的好莱坞金童玉女！

阳光移到了伞下，詹妮弗探身出去，把遮阳伞架拉低些，挡住自己。哪个姑娘敢于坐在加利福尼亚的阳光下，是非长疹子不可的。她恼恨地瞪着明橙色的火辣辣的太阳，它老是在那儿。这是加利福尼亚你唯一能打包票的事。偶尔早上会有一丝薄雾，但那个黄色大火球不可避免地要出场，开始还羞答答的，后来就自我膨胀般亮堂起来，吸尽迷雾和云彩，成为瓦蓝色大空中耀武扬威的唯一赢家。

她叹了口气，从她一月到这儿，每一天都像仲夏七月。既然这里从不下雨，那些该死的橙子怎么生长呢？纽约现在正是五月，在东部，当晴好的天气最终来临时，你会心怀感激。她怀念纽约，这时那里的空气开始有了第一缕柔风，沉重的冬衣被收置一旁，人们坐在中央公园的露天咖啡座里。你还可以在纽约漫步！没到过加利福尼亚，你永远不会感受到散步原来如此可贵。无所事事的夜晚，你可以漫步在纽约的第五大道，逛逛商店，看看夜场电影，或者，走到百老汇买一只热狗吃。可是，在这儿，如果你夜晚在比弗利大道走上两步，就会有巡逻车把你带走。

好吧，至少安妮还在纽约。从她的信中所写的内容来看，她出去的应酬多了，不过她从来没提过什么特别的邂逅。也许安妮还在等莱昂，那也不坏，至少还有样实实在在的东西值得等待。

而她自己又有什么可等待的呢？等待着挨过又一天吗？今晚有个派对，这不能令她兴奋，但总比跟托尼玩牌好。他甚至根本无法集中精力，因为玛丽安总是在一旁，告诉他该出哪张牌。什么时候玛丽安哪怕能让他独立思考一小会儿呢？她啜了一口可乐。冰块已经融化了。热的可乐怎么喝起来像泻药？她懒得走回房子去换一杯新的，她懒得做任何事。派对也不会有任何乐趣，完全是应酬。托尼要在狄克·米克的新剧里担任主角，所以她得表现出热情和礼貌。“热情一点儿，礼貌一点儿，”玛丽安一直在她耳边鼓噪，“别想着摆谱。在这儿你啥也不是，每个客人都是大腕，你只须保持热情、礼貌。”她尽力了，像一具微笑的行尸走肉，在派对上游走，没有朋友。玛丽安说得对，在好莱坞，美女是不值钱的东西。那儿有大把无足轻重的美人儿，在沙伯酒吧出没的姑娘都很美丽，连女招待都是美人儿——而多数大牌明星倒未必美得惊世骇俗。简·沃曼看起来很活泼，芭芭拉·斯坦维克时髦别致，罗莎琳·拉塞尔也是，琼·克劳馥很抢眼。伙计！这可是个打击！这些年来她一直以为自己很特别，因为她有一口靓牙，鼻梁高挺，胸部丰满。可丰满的胸部已经不时髦了，艾迪·瑞恩、泰德·卡萨布兰卡和其他所有的大牌设计师开创了宽肩时尚，丰胸只得让路了。

今晚又将是一个无聊的夜晚。除了波拉夫人——未来新星的妻子，她什么也不是。哦，是啊，他上过广播，有人会这样说。可在这儿并不意味着什么，你得上电影。妻子也不意味着什么。事实上，一个妻子的社会地位就像编剧——虽然必要，但不出名。连刚出道的女演员都能在派对上引起更多的注意，这些新人总是伺机而动，随时准备出演任何角色。她们认识制片人，常有许多搞笑的小道消息可说——在达到高潮时，那个大名鼎鼎的影星总是大叫“妈呀”，而某个影界大亨则希望他的老婆能在一旁观看……显然，新人们能在派对上赢得许多注意。但是，一个妻子，一个生活闭塞的妻子，太受人尊敬就没人靠近，太无足轻重又得不到尊敬。在大多数派对上，她都是在吧台边，跟从纽约流落至此的酒保们，恋旧地谈起纽约的莎迪夜总会和玲迪夜总会。这也比跟其他那些受冷落的太太聊天简单多了，她们只知道抱怨仆人、谈论网球。

她甚至不能像婚前那样疯狂购物了。到这儿来的五个月里，她只被批准买了一件晚礼服。“你的衣服已经多得整个公寓都塞不下了！”玛丽安嗤之以鼻地说。也许她的衣服是够多的，可她已经穿厌了。难道玛丽安不明白人总得穿点儿新的吗？不过，玛丽安自己只有三件衣服，它们看起来完全一样。参加派对的时候，玛丽安穿一件老掉牙的蓝色蕾丝裙和一双已经走形的白鞋！

每个星期，玛丽安给她五十块零花钱，她全寄给了妈妈，妈妈不断地写信来说不够。她试图跟托尼谈谈钱的问题，可她老是见不着他。他不是在录音，就是在学唱新歌，要么就在排演广播剧，吃饭的时候又总得和玛丽安在一起。到了晚上，可以在大床上单独相处的时候，托尼还是老样子，竭力讨她欢心，可做爱一结束，她就别想再能逮着他了。她曾试着表达过，说如果她能成为他生活和事业的一部分，她不会厌烦的。但托尼并不理解，他总说："玛丽安掌管一切，你得去和她谈。"

谈到钱的时候也一样："你去和玛丽安谈吧，她会给你想要的一切。"而玛丽安总是千篇一律地回答："你要钱干什么？我为食物和酒宴付账，你想要零花找乐，五十块已经足够了。"

再也不能这样下去了，她还能在游泳池边枯坐多久？这个星期她已经读完了三本书，才熬到星期五。阳光再一次移到伞下，她跳了起来。她得做点儿什么，她得出去。也许尼丽在家，她刚拍完第二部电影，片场允许她休假一个月。詹妮弗进屋换了件宽松的衣服。她为尼丽感到高兴，她的首部影片引起了轰动。接下来的新片詹妮弗看了预告，也很棒。她不常见到尼丽，只是偶尔在电话里聊聊天。尼丽刚又换了电话号码，詹妮弗查不到她的新号码了。

她开车过去，虽然只有八个街区的路程，但在加利福尼亚，你就是没法儿步行。不过，这样也好，万一尼丽不在家，她还可以去沙伯酒吧，也许悉德·司库斯基在那儿，他们可以坐下来聊聊。悉德喜欢好莱坞，但他能理解她的感受。

梅尔穿着浴袍来开门。他瘦了一些，晒黑的皮肤看起来很健康。他领着詹妮弗走向游泳池："想吃午饭吗？这儿有三明治。"

詹妮弗摇摇头。她在阴凉处坐下。他们的泳池跟她的一模一样。一样的腰形池，一样的凉棚区，一样的网球场和一样的露天吧台。她眺望紫黛色的群山。难道梅尔也和她一样，整天坐着无所事事吗？

"尼丽去片场了，"他解释说，"去试服装。"

"我以为她休假一个月呢。"

"没错，可电影开拍前的一个月休假，意味着一个月的试服装、试造型和公共宣传。不过，她随时可能回家。对了，你听说了吗？泰德·卡萨布兰卡要为她设计服装呢。"

"她可真是出名了，"詹妮弗说，"泰德从来只给超级巨星设计服装。"

梅尔耸了耸瘦削的肩膀："女人会因为某些人给她们设计衣服而乐晕过去，这种事只有在好莱坞才有可能发生。在其他地方，只要花钱，什么样的设计都能买到。纽约的设计师哪个会为顾客的评头论足而操心？但在这儿，一切都是身份的象征。尼丽眼下在节食呢——这难道不可笑吗？"

"为什么？难道她变胖了吗？"

"她一百一十八磅[1]，一直是这个重量。就她五英尺半的身高来说，这是最完美的

1　1磅＝0.45千克。

体重了。但就是这个卡萨布兰卡，希望她再减掉十五磅，说这样她的脸蛋儿才会更迷人，穿衣服也更好看。除了一些绿色的小药丸，其他东西她一样都不吃了。"

尼丽突然回来了，还是那副上气不接下气的老样子。看到詹妮弗，她很高兴，"你听说了吗？"她尖叫着说，"泰德·卡萨布兰卡给我设计衣服！哦，詹妮弗，他简直棒极了！我会美得脱胎换骨的。他给我的设计真的很前卫——完全是度身定制。老天爷哪！想想我原来那件可怕的紫色塔夫绸！泰德说我得打扮成街头女孩的样子，像个淘气的爱恶作剧的小姑娘，但是很别致。毕竟，我才十八岁——正是淘气的时候。"

"我听说你在节食。"

"是啊。梅尔，给我拿点儿脱脂牛奶来。你想来点儿什么吗，詹妮弗？"

"一杯可乐。"

"我们只有苏打水，我这里不能放任何让人发胖的东西。梅尔，给詹妮弗来杯柠檬苏打。怎么样？"尼丽看着他走开，然后转向詹妮弗，关注地瞪大了孩子气的眼睛。

"哦，詹，我不知道该怎么办。他变得真厉害——他跟不上趟了，做什么都笨手笨脚的。"

"我不那么认为。他帮你做了那么多公众宣传。影片《荧屏世界》的故事真是杰作。"

尼丽摇摇头："都是制片公司安排的，他们让他出局了。他总是碍手碍脚的。他们也不让他去拍片现场，说有他在我就没法儿投入。泰德还说他是全好莱坞的笑柄。"

"我不会把这话当真的。你知道，那帮家伙总是不怀好意。"

"家伙！"尼丽瞪起眼睛，"你怎么敢这样称呼他呢！他，他是个天才，绝对的！才三十岁就挣了三百万。他可不是什么'家伙'！"

"是吗？"

"当然。你以为我今天在干吗？我告诉梅尔我去试装，其实泰德和我在他豪华的有空调的工作室里做爱，用各种姿势。我告诉你吧，他没有——"她突然停住了，梅尔正托着饮料走过来。

"我已经减了五磅。"梅尔递给她牛奶的时候，尼丽说。她拿出一个瓶子，往嘴里倒了一粒有斑点的绿色胶囊，"发明这种药简直太棒了，詹，它能完全破坏你的食欲。唯一的缺点是这种药让我兴奋得没法儿睡觉。"

"试试速可眠。"詹妮弗建议说。

"真的有用吗？"

"绝对！那种漂亮的小红药丸能把你所有的烦心事都赶跑，美美地一夜睡上九个小时。"

"不是开玩笑吧？我得试试。梅尔，马上打电话给霍特医生，让他给我送一百粒过来。"

"一百粒？"詹妮弗嗓音要被噎住了，"尼丽，这可不是阿司匹林。一晚上只能吃一粒。医生不会给你超过二十五粒的。"

"不会吗？嗯？想打个赌吗？霍特医生是我们片场的医生。你要什么他给什么。梅尔，马上就给他打电话。"梅尔慢吞吞地走向电话，"一晚上只吃一粒，是吗？"

詹妮弗点了点头。她觉得没必要告诉尼丽，她有时要吃上三粒。对尼丽来说，一粒就奏效了。而且，等她解决了跟托尼之间的问题，她也得马上减少剂量。

梅尔去打电话了，尼丽一直看着他走出视线，然后把椅子拉近了些："我得去重换个避孕膜。上个月梅尔有两次没有及时拔出来。这臭小子试图让我怀孕。"

"我以为你想要孩子的。"

"不是跟他生。我得甩了他。"

"尼丽！"

"你瞧，他是个累赘。说实话吧，詹妮弗，他完全变了，毫无激情。我跟头儿谈了，他也同意。梅尔只会碍事。他坚持说我不该减肥，不断叨叨说我现在这样就已经很好了。现在我变瘦了，也更有明星风范了。你瞧，梅尔还停留在当无名小辈的阶段，跟不上变化的脚步了。但我得小心点儿，在这里夫妻财富是共有的，梅尔能分走我一半的财产。"

"那你打算怎么办？"

"都已经安排好了，"尼丽压低了声音耳语道，"头儿在纽约给梅尔安排了个好职位，在一家顶级的公关机构。我会让他去的。接着头儿会制造一个让梅尔被当场捉奸的机会，你知道，这样我就能离婚了。"

"尼丽！你不能这样！"

"那我还能怎么办？上个星期我只暗示了一下要离婚，你知道他什么反应吗？他像个孩子一样号啕大哭，说离了我就活不下去。真是拖后腿！我要的是一个能指点我的男人，一个能让我依靠的男人，而不是一个靠着我的男人。所以，我只能设下这个局，不然他绝不肯离开我，连去纽约都不会答应。"

"你怎么知道他一定会接受这个工作呢？"

"我会让他接受的。我会告诉他，如果他好好干，事业有成的话，我也会过去，在百老汇演出，跟他一起定居纽约，并为他生个孩子。"

"你会吗？"

尼丽惊讶地看着她："离开加利福尼亚？放弃我在这里的全部？你疯了吗？我是在这里起家的，拍完下一部电影我就是羽翼丰满的超级巨星了。"

"但是，在纽约百老汇，你一样可以当个超级巨星。"

"百老汇明星！很了不起吗？简直是小儿科！当电影明星，就等于当全世界的明星。你知道我的电影要在伦敦上演吗？想象一下，连英国伦敦的人都会知道我！仅仅靠一部电影，我就能比海伦·劳森出名十倍。你只有当上电影明星，他们才会以对待明星的方式对待你，为你做任何事。我记得海伦也不得不跟我们一样，去赶到纽黑文的火车，在简陋的化妆间更衣。老天爷哪！连我们片场的厕所也比剧场明星的更衣室强得多。我的更衣室有海伦在公园大道上的公寓那么大。只要你够红，像我这样，他们就会为你做任何事，我只需要跟头儿提一下。我们头儿叫C. H. 宾，一个很棒的小个子男人，很和气，你可以像跟父亲一样跟他说话。我从没有过父亲，但我只是跟他提了一下我要减肥，老天爷呀！你猜他怎么着？他在我的别墅里建了一间桑拿房，还给我雇了一名私人按摩师，都是他们付钱。如果我要出去——比如出席首演式——他们会派司机开车来接我，还借给我裙子和毛皮大衣。如果我的下一部影片跟前两部一样轰动的话，头儿说他要跟我订一份新合同，薪水也会大增，也许涨到每星期两千块。"

"确实是好大一笔钱，尼丽。"

"不，约翰逊·哈里斯经纪公司说我值更多，他们会插手这件事情，也许能把价格抬到每星期两千五。我很可能挣到这个价。只要捏个响指就能得到我想要的一切。头儿说，也许再过一年我可以把租来的别墅扔了，在比弗利山庄另买一幢，那里更高档些。"

"为什么不把钱存起来呢？"

"为什么？我没什么好再担心的了。知道为什么吗？因为我有天赋。詹，我在纽约的时候从没意识到这一点，我以为每个人都会唱歌跳舞。但在我的第二部影片里我发现我还会演戏！你看过我哭的镜头吗？那可不是技术处理，导演只是告诉我那部分的情节，告诉我那个女孩的处境，我就来了感觉，真的哭了起来。"

詹妮弗点了点头："你让我也哭了。我上个星期看了电影预告。"

尼丽纵情张开手臂："我爱这儿的一切。这地方就像是专门为我安排的！"

梅尔回来了。"药丸马上就送到。霍特医生说这是个好主意。"他坐了下来，"今晚想看场电影吗，尼丽？"

"不行，明天六点就得早起试妆。"

他失神地望着游泳池："我哪天都不用早起，整天只是坐着，我都快发疯了。"

开车回家的路上，詹妮弗想着梅尔。她突然想知道托尼对她是什么感觉，也嫌她拖后腿吗？如果托尼没有得到影片中的角色，她一定要劝说他们回纽约，在那里他可以演广播剧。但他会得到那个角色的。她知道他会，而她就被拖在这里。即使托尼现在还没有厌烦她，他也很快会变成那样的，就像尼丽厌烦梅尔一样。在影片里会有女明星和他演对手戏，会有刚出道的新人追求他。她还能像现在这样坐上多久？她已经快二十七岁了，很快就会开始显老……

她猛地想到一个主意，差点儿闯了红灯。为什么她以前没想到呢？孩子！她可以生个孩子！孩子会把托尼带回她身边，而她也可以寄托她的思想、她的爱情。哦，老天，太好了，他们会相亲相爱。那会是个女孩，一定是！而她会是个出色的母亲。带着秘密，她兴奋地回到了家。

她为派对精心打扮了一番。从今晚开始，她将开始新的生涯。

一九四七年九月

八月，她的月经第一次没来。一开始她很兴奋，什么都没说。到了九月，月经还是没来，她就确定了。她的腰围已经增加了两英寸。

医生证实了她的期望，向她道贺。托尼这次的录音档期非常紧张，她不能打扰他，但她一定得跟什么人说说。她想尖叫着告诉指挥交通的警察，她想去沙伯酒吧向每一个人大声宣告。但是，不行，到时候托尼会公开宣布这一消息的。尼丽！她可以告诉尼丽！现在将近五点，尼丽大概还在拍片呢。

她开车来到片场。看门人查明身份后指给她看尼丽的豪华化妆间。尼丽接到了口信。

“嘿！快来，”她叫道，“你来得正是时候，我刚要给你打电话呢。你猜怎么着？全搞定了！梅尔明天就去纽约！”

“你还跟泰德在一起吗？”

“当然，你以为我是什么人？荡妇吗？我是那种只能有一个男人的女人。泰德和我——”她停了下来，对按摩师说，“好了，够了，走吧，我想和我的女朋友单独聊聊。”

女按摩师离开以后，她摘掉了毛巾：“怎么样？你喜欢这个流线型的新尼丽吗？我现在的腰围二十一英寸，体重九十八磅。”

“泰德喜欢你这么瘦吗？”

“喜不喜欢？”她裹上浴袍，“他连我的平胸都喜欢，它们也缩水了一些。但他说大胸脯的女人会让他联想到奶牛，穿起宽肩的衣服来也不好看。等梅尔的事一解决，我们就马上结婚。你猜怎么着？我们要签个婚前财产公证，这是头儿的主意……这样我们就知道彼此是为了爱情而结婚，而不是为了对方的财产。”

詹妮弗挤出一丝笑容：“尼丽，知道吗？我怀孕两个月了。”

“哦，老天爷哪！”尼丽立即转移了注意力，“听说帕萨迪纳有个不错的医生。我们有哪个女演员碰到这麻烦，头儿都会送她们去那儿。一开始他会试着药流。如果不管用的话，堕胎也不困难，他会给你用麻药的。”

“尼丽，你不明白。我想要这个孩子，我计划要个孩子，我好开心。”

“哦，那真是太妙了！你知道，你说了以后，我就能看出你的肚子了。你那绝妙的腰会走样的。”

“谁会在乎呢？只要我能拥有这个绝妙的宝宝。”詹妮弗学着尼丽的发音和用词。

尼丽快活地笑了：“等你生完以后，我借给你一些绿色药丸，把你的好身材补救回来。”

“它们对你真的很管用。”

“是啊，缺点是你得持续服药，一旦停下来，食欲就旺得发疯。但是这种火烧火燎的感觉很棒——就像连续跳了几个小时的舞。我每天晚上都对红色小药丸充满感激，它们简直救了我的命。嘿，你试过黄色的那种药丸吗？叫作‘宁比泰’。如果你每样吃上一粒——一红一黄，哇哦！你就真正睡踏实了。我试验过，红色药丸让你迅速入睡，但只能持续六个小时；黄色的起效慢一点儿，可是药力持久。所以，我想，为什么不两样一起吃呢？我只有在周末才这样做，有时我能睡上十二个小时。”

“既然我怀孕了，我就打算什么药都不吃。我不想伤害婴儿。”

“是啊，不过，要是你睡不好，你就会看起来很糟糕，不是吗？”

“我这辈子第一次不介意自己的外貌了。我想要个完美的宝宝。即使我整夜整夜地躺着睡不着，我也不在乎。”

尼丽咧嘴一笑：“你的话听起来真老套，但我想我也会有这一天。等我和泰德结了婚，并且谈好我的新合同，我也要怀个孩子。不过，还是要感谢上帝——为了那些红色、黄色和绿色的小药丸。”

詹妮弗希望托尼当晚不要另有安排。她想去山谷里的小饭店用餐，不带玛丽安，在那里，她好把这个消息告诉托尼。

她看见停车道里多出了一辆车，那是兼职女佣黛莉亚的车子。该死！这意味着今晚又有活动。

玛丽安在等她。“托尼今天签订了合同！”她那张居家妇女的脸熠熠生辉，“他们只看了试妆镜头，麦德隆公司就跟他签了五年。影片大约两个星期后开拍。今晚打扮得淑女一点儿——导演和他夫人要来共进晚餐。音乐指挥和其他人晚点儿过来。”

詹妮弗精心打扮了一番。好吧，她可以在晚饭时当众宣布这个消息！当她费劲拉上裙子拉链时，她意识到已经不能再等了，托尼很快就会注意到的。

她喝了一杯餐前马提尼酒，玛丽安惊讶地瞪着她。詹妮弗容光焕发，一会儿跟导演夫人交谈，一会儿帮忙递涂着香料的烤面包，完全是个出色的好莱坞妻子。她等到晚餐酒送上来后，小心地避开玛丽安敌意的瞪视，慢慢地站起来举杯说道：“我提议，为我干杯。”说着，她咯咯地笑了起来，“我的意思是，为我身体里正在孕育的某样东西干杯。托尼和我要有孩子了。”

大家欢呼起来，酒杯碰得叮当作响，托尼从座位上欠身过来拥抱她。但詹妮弗没有忽略玛丽安清晰可辨的喘息声和晴天霹雳般的表情。当欢闹平息下来时，她的眼神与玛丽安的相遇了，这回，那张短胖的脸上只保持着愉悦的笑容。

当最后一位宾客离去时，玛丽安仍然保持着微笑，对詹妮弗说：“到楼上去吧，小准妈妈，你要尽量多休息。我要和托尼谈点儿电影细节上的事，谈完了我马上把新爸爸奉还。”

詹妮弗刚走，她就转向托尼：“我记得我告诉过你要戴那玩意儿。”

“我是用了，”托尼懒洋洋地咧嘴一笑，“我猜那是个意外。”

“怎么可能有意外？”玛丽安不满地咂嘴，“那些橡胶很结实，我给你买的是最好的，根本不会破。”

“哦，几个月前我们就不用了，詹告诉我说不用戴，她用了避孕膜。”

“我告诉过你在这事儿上绝对不要听信任何姑娘，你会惹麻烦的。”

“连自己的老婆都要防备吗？”他笑了起来，“而且，不戴套感觉更爽。”

“有了孩子会拖你后腿的。”

“不会，我们有足够的钱，不是吗？还有足够的电影可拍。我想要个孩子，那会很有趣的。”

玛丽安眼角的余光看见詹妮弗正在下楼，她说：“如果有了孩子，你就得多留在家里了。”

詹妮弗在楼梯上停下来听着，但托尼背对着她，没看见。他耸耸肩膀说：“没问题，我就多留在家里好了。”

“那你就得放弃那个红头发的女歌手了。”

他吓了一跳：“谁告诉你的？”

“瞧吧，没什么我不知道的。不过，别担心，我不会告诉詹妮弗的。”

“告诉我什么？”詹妮弗走了进来。

玛丽安假装吃了一惊，托尼看起来很害怕。“没什么，詹。”他说，“玛丽安有些傻念头，因为我和贝茜打情骂俏。你知道，贝茜是我广播剧合唱组里的那个红头发歌手。我们只是调调情，没别的。"

"只是调情？"玛丽安猛然发作了，"每星期有三个下午他跟她在录音棚的化妆间里乱搞。詹妮弗，他跟你也许不用避孕套，可我每个星期给他买的一盒安全套还是在源源不断地被用光！"

"你看你都干了些什么？"当詹妮弗奔出房间时，托尼埋怨道。

"听着，要她把孩子打掉，你得听我的，托尼。那对你的事业没好处，有的是医生帮人堕胎。"

"我想要孩子。"他固执地说。

"托尼……"她好言相诱，"想想你的银幕形象：一个年轻英俊的当红小生——片场对外宣传中说你只有二十四岁，一个孩子会毁了这个形象的。"

"胡说！西纳特拉就有孩子，克劳斯比也是。你不能把孩子从我们这儿夺走！"他跑上楼梯追詹妮弗去了。

他进房间时，詹妮弗正趴在床上哭泣。

"亲爱的，"他坐下来摩挲她的脖子，"别介意玛丽安说什么，我们就要有孩子了。"

"别介意？！"她坐了起来，脸上被睫毛膏染得一塌糊涂，"不介意她来操纵我们的生活，甚至给你买避孕套？我每天每月地坐在家里，担心变老，担心死去，你却在跟什么女歌手寻欢作乐！我只能坐着，一天天地看着玛丽安越来越胖，越来越飞扬跋扈！"

"那我能怎么办呢？"他悲叹道。

"你可以叫她走。从现在起我是这房子的女主人。"

"我不能那样对待玛丽安。再说，她还能去哪儿呢？"

"随她的便！只要离开我们。我不介意你把挣的分一半给她，只要让我们自己生活。哪怕一次，让我们是真正的丈夫和妻子，而不是由玛丽安照管的两个小孩！"

"可谁来照管一切呢？谁来帮我签支票，帮我看合同？"

"哦，托尼，其他明星都是请经纪人的——你也可以。"

"但我为什么要找个陌生人来糊弄我呢？我的姐姐比谁都强，她总是能满足我的喜好。"

"可我不能跟她一起生活。"

他突然强硬起来："你要我把自己的亲姐姐赶出门吗？"

"托尼！"她辩解道，"我们过的是怎样的生活啊！除了应酬，就没有娱乐，因为玛丽安说开派对是浪费钱。现在玛丽安还想买下这栋糟糕的房子，从来不问问我是否喜欢。天知道我们要房子有什么用！照现在的情形，两室的公寓就足够了，因为我们根本没有生活。”

“我每星期得排练三天，”他叫道，“我得演出，我得听学新歌，我还得参加义演、拍宣传照……你还指望我怎么样？坐在身边哄你开心吗？你嫁给我的时候就知道我的生活是什么样的。玛丽安就从来不出去娱乐，她去过的地方还没有我们去过的一半多。上个月我们去参加了三场义演，她都没去，可你听见她抱怨过吗？”

“没听见，我只听见她打了几个小时的电话，想搞到一张多余的演出票。她没跟我们一起去是因为片场只给了两张票！我很惊讶，她居然没跟我们一起睡觉。”

“在你来之前，她把她全部的生活都给了我。她毫无怨言地抚养我长大，她那么无私、和气、善良，而你居然要我赶她走！”

“有我没她，有她没我！托尼！”

有好一阵儿，他们俩互相瞪着，一言不发。后来，他孩子气地笑了起来：“你不是当真的，亲爱的，你就要生孩子了——你看，在这一点上，我是站在你这边的，不是吗？现在我得去睡觉了。”他开始脱衣服。

在沉默的黑暗中，他在床上伸出手去拥抱她。

“事情还没解决呢。”她阴郁地说。

“解决什么？”

“玛丽安。”

“玛丽安得留下，你也一样。”他剥掉她的睡袍——用嘴巴找到她的乳房。她试图把他推开。

“不，我想吃它们。很快里面就会有奶水了，嗯……到时候你还会让我吮它们吗？”

她开始无声地抽泣。他抬起头看着：“来嘛，我们来做，你哭什么？”

她哭得更厉害了。

“不要告诉我因为我偶尔与贝茜上上床，你就不高兴了。”

她跳下了床。哦，天哪！怎么有他这样的男人？！

他坐起来，开了灯，看起来一脸迷惑：“我并不爱贝茜……”

她跌坐在椅子里，颤抖地交抱着自己的裸体。

“那你为什么要做呢？”她啜泣。

他耸耸肩：“就是想做了，我猜。”

“可是我一直在这里……”

“排演的时候我没法儿赶回来找你，而贝茜又总是正好在跟前……所以，你瞧，这并不意味着什么，我发誓以后再也不和她做了。妈的！我叫玛丽安明天就把她开除，怎么样？现在，来吧，我们上床。”

“并不仅仅是因为贝茜，托尼，因为你。我太不了解你了。你在想些什么？感觉到什么了？”

“我想要你，现在就要。这就是我的感觉。来吧，亲爱的……”

她不知道还能怎么办，就回到床上，接受了他的拥抱。他得到满足后，立刻转身陷入了熟睡。詹妮弗起来吃了三粒红色的药丸。等她终于睡着时，天已经开始亮了。

第二天早上，等玛丽安和托尼去排练场以后，詹妮弗给亨利·贝拉米打了个电话，告诉他事情的经过。

“看来你最好自己生活，”亨利说，“即使情况不再恶化，她也会想方设法让你流产的。”

“那我该怎么办？”

“这得看情况而定了。你现在对男主角感觉如何？”

“我不知道，有的时候，我为他感到难过，因为玛丽安像给他洗了脑。另外一些时候，就像昨晚，我只感到恶心。但托尼的本性里有可爱的成分，他并不坏。有趣的正在于此：他并不邪恶，只是好像从未长大。这都是玛丽安造成的，她让他觉得全世界都是他的囊中物，只要他能演唱，他就可以为所欲为。我想，如果我能让他摆脱玛丽安的话，我们还是可以共同生活的——但我根本说服不了他。”

“你还年轻，詹妮弗，听不进我的忠告。”

“我并不像你想象的那么年轻了，亨利，在年龄上我对你撒了谎。”

“那又怎样？你前面的路长着呢。但就我看来，你在那里根本无路可走。就算你在那里坚持把孩子生下来，玛丽安也会一手接管过去的。”

“不！”

“那就来纽约吧。如果托尼够男人的话，他会来找你的。我会试着说服他，代替玛丽安接手他的经纪事务。我们让那个老女人出局，而你就可以把托尼改造成一个真正的男人。就算他不答应，你也没什么可损失的。”

“你说得对，亨利，摆明了我不能再这样下去了。”

“我会给你在皮埃尔酒店预备一套房子的。你留个字条，就说纽约来电话要你去参加试演。把你绝大部分的衣服都留在家里，免得玛丽安说你离家出走。”

“但是托尼和玛丽安知道我怀孕了是不能参加演出的。”

“他们当然会知道，这只是撒一个技术性的谎。给其他人也写一张同样的字条——就写给安妮好了——如果需要的话，这可以作为证明。然后给我发一封电报，表示接受我的邀请来纽约。”

詹妮弗照着做了。让她欣慰的是，托尼打来电话，并跟着她赶到了纽约。他在她套房的起居室里又是哭又是求，发誓他爱她。除了赶走玛丽安，他愿意为她做她想要的一切。“可那恰恰是我唯一要求你做的。”她坚持道。

托尼顽固不化："她帮我管钱，掌管我的事业。除了玛丽安，我谁也信不过。"

"那我呢？你连我也信不过吗？"

"别逼我，詹。你是我睡过的女人里最棒的，但是——"

"睡过的！我就只是你'睡过的'！"

"你还以为你是谁？老天！玛丽安说得对，你想控制我，把我榨干！我所有的一切都得奉献给歌唱生涯。"

"那你能给我什么呢？"

"给你我的鸡巴！这就已经足够了！"

托尼回到了加利福尼亚。亨利起草了一个临时的分居协议。在孩子出生前，詹妮弗每星期可以得到五百美元；孩子出生后，除了孩子的开销和赡养费，她每星期可以得到一千美元。在肚子显形之前，她的身孕将是个秘密，等孩子一生下来就和托尼离婚。

她与托尼分居的消息登上了报纸的首页。在第一个星期里，她躲在皮埃尔酒店里闭门不出，靠着红色小药丸终日大睡。后来安妮知道了，坚持要詹妮弗搬去和她一起住。她逼着詹妮弗上剧院，每天都和她一起吃午饭，但是詹妮弗还是无精打采。

詹妮弗真正的解脱在夜晚时分方才来临——靠着那些红色的药丸。

一九四七年十月

玛丽安来纽约的时候是詹妮弗怀孕的第三个月。她在机场打了个电话，急于见到詹妮弗。

詹妮弗的精神为之一振。玛丽安已经吓不倒她了，也许反而是玛丽安害怕了。她听起来很着急，也许托尼情绪低落——也许他歌唱得不如以前了——所以她来请求和好。好吧，这就轮到她来开条件了。玛丽安必须走人。托尼必须来找她，并且道歉。

她并未宽恕他，但她仍抱有一线希望，希望摆脱了玛丽安，他能活得像个人样。而且，孩子能改变一切。她希望她的小女儿能有个爸爸，不要像她一样，在只有女人的家庭中长大。托尼会成熟起来的……他还年轻。

当她确信自己看起来非常不错，房间也干净整洁时，才让玛丽安进来。她得有个女主人的样子，她甚至摆出微笑："请坐，玛丽安，想喝点儿咖啡吗？"

这个胖女人把庞大的身子放进椅子里，坐得笔直，她的眼睛盯着詹妮弗的肚子："不喝咖啡，别来那些社交俗套了，我们直接谈正事。"

詹妮弗保持着微笑："出了什么事吗？"

玛丽安的眼睛眯了起来："这真的是托尼的种吗？"

"等着瞧好了，"詹妮弗不客气了，"我肯定她会长得像托尼的。"

玛丽安站起来踱了几步，然后转向詹妮弗，说："要多少钱你才肯打掉它。"

詹妮弗冷冷地看着她。

"你看，如果你要钱，我会给你的，"玛丽安说，"我会给你一大笔安置费，开支票。即使没了孩子，你还是可以拿到每个星期一千块。去把它打了吧。"

詹妮弗感到惶惑："托尼知道你来吗？这是他的意思吗？"

"不，托尼不知道我来，我告诉他我去芝加哥跟广播赞助商谈笔好生意。我是自己来这里求你的。等你怀孕到第四个月，堕胎就来不及了。"

詹妮弗的声音不高，但很生硬："你知道吗，玛丽安，直到刚才，我都从来没有真正恨过你。我只是一直觉得你很自私，但最起码，你是为了托尼。但现在我知道了，你是个魔鬼！"

"你是那种美国式的妈妈！"玛丽安嗤之以鼻，"我猜，在公园里推推婴儿车就能把你烦死吧？"

"我想要这个孩子。"詹妮弗热切地说，"玛丽安……我这辈子从来没有人关心过我。我的妈妈和外婆只把我当成累赘。我耳朵里听到的，都是抱怨我吃得太多，耗费东西太快，给我买鞋太贵。每次我的鞋子穿不下的时候，我都害怕极了，知道逃不了一顿好骂。等我长大一点儿，我所听到的，都是我得给家里挣多少钱——没完没了，没完没了，没完没了。所以，我跟王子结了婚，也许不是出于爱情，只是我想我得供养我的妈妈和外婆——我也试着去做一个好妻子。可王子并不关心我，他也只是在利用我！我爱托尼，我所要求的，只是让我做个妻子，但你从来不给我这个机会。你摆布我，欺压我。但我现在有了自己的孩子，她会爱我，属于我。我将为她工作，卖力地工作。我现在开始存钱了，我甚至连衣服都不买了。等孩子生下来，我就去当模特儿……我会存钱……让我的女儿样样都不缺。"

有那么一会儿，玛丽安站着没说话，瞪着自己胖嘟嘟的手指头。然后，她说："詹妮弗，也许我错看了你。如果是这样，我道歉。"她重重地叹了口气，"好吧，回到托尼身边，我让你管家……让我们试试，我会尽我的力——只要你去把孩子打掉！"

"玛丽安，走吧，我不想冒犯你。我要我的孩子，我也会回到托尼身边。一旦他知道他的孩子出世了，他就会想见她，他会想要我们娘儿俩——你看着好了。"

"詹妮弗，"玛丽安的声音几乎是和蔼的了，"听我一句，用心听着。你以为你离开了托尼，你还会是他生命里的爱人，是吗？所以，他会孩子气地巴望你回去。但也仅限于此了。他每天晚上都跟一个不同的女孩子出去。还不到三个星期，他就已经完全把你忘了。"

"求你走吧，玛丽安，"詹妮弗泪汪汪地说，"你伤我伤得还不够吗？为什么还不放手？"

"我现在是想帮你，"玛丽安申辩道，"要是我对你没感情，我尽可以由着你去，我们会有什么损失呢？财务上都已经协议好了，赡养费也可以减少。我是为了你才这么说的，我试了一切办法想让你把孩子拿掉，也是为了保护托尼。但是你非常固执。"她又开始踱步，"你想想我为什么要告诉你托尼和其他女人的事？为了伤害你吗？不，恰恰是为了保护你不受更多的伤害。你不会了解那种感觉，除非你真的把孩子抱在怀中。孩子是你的一部分，那种爱你做梦也没有感受过——如果孩子出了什么问题，那种伤害远比一个男人带来的伤害要深得多。詹妮弗，你难道从来没有注意到托尼很——嗯，很幼稚吗？"

詹妮弗惊讶地望着她，玛丽安的声音里有一种从来未有过的东西。"托尼可能是有点儿孩子气，"她承认道，"但那也许是你造成的，玛丽安——"

"詹妮弗——托尼就是个孩子，无论是智力上，还是情感上。"

"那只是因为你过于保护他。"

"不，那才是我必须保护他的原因，也是我不希望你生下他的孩子的原因。为你好，也为他好。"

"我不明白……"

玛丽安在她旁边坐下来："詹妮弗，听我说。托尼小的时候得过痉挛，他脑子里先天就有毛病。医院的医生解释给我听，但我当时太小了，一开始并没听懂。我不相信会有什么毛病。他们警告我说他可能永远无法恢复正常，但他那时才一岁，那么漂亮。我拒绝相信。但等他到了七岁，他没法儿跟上一年级的功课，我开始相信了。我那时也大了一些，我给他做了所有的检查，这时才明白了一切。

"你从来没注意到吗，詹？托尼甚至不会读连环画，他不会加到五十以上。但他并不知道自己的缺陷，我总是操心一切，来避免让他知道真相。我让他以为他啥也不懂是因为我已经为他打理了一切。这也是为什么我总是告诉他，他唯一的职责是演唱。"

"但你说他小时候得过痉挛，也许是后遗症。那样我们的孩子就不可能有问题了。"詹妮弗争辩说。

"他的这种毛病是遗传的。医生也不知道确切的病因，但等托尼到了五十岁，他有很大的概率会完全精神错乱。他的孩子一出生就会带有同样的症状，智力能发育到十二岁的水平就算幸运了，甚至会更差。"她停了下来，陷入了回忆，"詹妮弗，你不知道那种感受。当我发现托尼的情况以后我信教了，我不断祷告，去教堂——

每一所教堂——我还拉着托尼一起去。我让他进唱诗班。就是在那时我发现了他的嗓音，我知道那是他唯一的机会。我挣的每一毛钱都用来付唱歌课的学费……”她叹息着，“那是很久以前的事了——但是，现在，你肚子里的孩子未必能继承他的嗓音，但一定会继承他的疾病。”

“那你呢？”詹妮弗问，“你也会精神错乱吗？”

玛丽安摇摇头：“我们不是同一个父亲。这一点托尼也不知道。拜托了，詹妮弗——为了你自己——把孩子拿掉吧。”

“我怎么知道你说的是实话呢？”

“我带来了医疗报告，”她在包里摸索了一会儿，拿出一个鼓鼓囊囊的信封，“我并不指望你会相信我。你干吗要相信我呢？我一直都对你不好。”她递过信封，“去拿给随便哪个神经科医生看好了。但是，詹妮弗，我拜托你不要泄露出去，那会毁了托尼的事业，也会毁了托尼的。我知道，很可能有一天，他会被送进精神病院。但如果消息传出去，他现在就会被送进去。这就是为什么我要存钱。你以为我很小气，但我在给他储备一笔年金，我尽可能地把每一分钱都存进去。我不想在我死后他被送进某个糟糕的收容所。我希望，在他的有生之年，他都有足够的钱，过他喜欢的生活。不过，也许他只有十五年的好日子了——我希望，不管怎样……”

詹妮弗递回信封：“我相信你，玛丽安，没人能编出这么悲惨的故事。”

玛丽安眼中出现了泪水：“詹妮弗……我真心希望你好，也欢迎你回到托尼身边，但是你应该过更好的生活。请为他保守这个秘密，你会找到其他人的。对托尼发发善心，把孩子拿掉，忘了托尼吧。”

詹妮弗没有向安妮和亨利解释这突然的决定，她自己找了个医生，一个看起来干净而且和气的新泽西州的医生。那里手术台一尘不染，护士训练有素，花费一千美元。护士用针管在她胳膊上注射了一种叫硫喷妥纳的东西，那东西比速可眠还管用。等她醒来时，一切都结束了。两个星期后，就像一切从未发生过一样，她的腰围恢复了正常。她飞去墨西哥离婚，回来的时候，她参加了秋季演出的开幕庆典，并去商店大肆购买新装。长裙子开始流行，每个人都在为一个叫作电视的八英寸屏幕发狂。除了摔跤比赛、球赛和滚铁环比赛以外，你在电视上也看不到多少内容，但是人们纷纷传言它会彻底淘汰广播。

詹妮弗再一次成为朗沃斯经纪公司的签约模特儿。很快，安妮的壁橱里又塞满了詹妮弗扔作一团的衣物，电话铃响个不停，詹妮弗很坚决地要用新的社交生活来疗治旧伤，还拉着安妮和她一起去。

詹妮弗约会了几个男人，比较中意克劳德·恰多特。他是一个法国电影制片人——高卢人种，迷人而且好色。安妮不喜欢他，但詹妮弗陷入了一场狂热的罗曼史——长达三小时的共进午餐、飞吻、在罗杰斯大道跳舞。克劳德会说一点点英语，而詹妮弗的法语流利得让安妮惊讶。

圣诞节前夜，詹妮弗和安妮修剪着一棵小小的圣诞树。克劳德和他的几个朋友要顺道过来。

“再过十天，他就要走了。”詹妮弗恋恋不舍地说。

“你真的在乎他吗？我是说，真心的吗？”安妮问。

詹妮弗皱了皱鼻子：“嗯……他挺特别。你觉得他怎么样？说老实话。”

“我说不上来。有一半时间我听不懂他在说什么，另一半时间你们两个叽里咕噜地说法语时，我又坐在那儿琢磨他朋友磕磕巴巴的英语。但我还是从他的朋友弗朗西斯那儿听出来，你的克劳德还藏了个老婆。”

“这个自然。可能也只是个情妇。”詹妮弗满不在乎地说道，“我沾上的男人多多少少都有点儿恶棍相。他想让我去巴黎。”

“你不会想去的！”

詹妮弗耸了耸肩膀：“他想让我去法国当电影明星。他说我是个尤物，美国式外貌，又能说法语。”

“但是你总说你不会演戏。”

“他想让我演色情片，艺术的——但是得半裸。”

“什么？”

“这在那里很正常，安妮，很多大牌明星都这样，这并没有什么。哦，我指的不是下流的电影，而是写实手法的电影。如果你在这一出戏里要洗澡，他们就拍出来。”

“但你为什么要这样做呢？”

“为什么不呢？我在这里还能得到什么？我是上个季度的热点明星。很快我就二十八岁了，还有过两段失败的婚姻。我在这里是找不到我的真命天子的。我现在很有声望——先是嫁给王子，后来又嫁给电影明星——男人会觉得他们高攀不起我。也许巴黎是个选择。我知道克劳德是个骗子，他跟我搞这一整套罗曼蒂克的把戏，就是想让我跟他签约，指望通过我来挣钱。但那又怎么样？我有什么可损失的？”

“但你刚到纽约不久，为什么不再试试呢？”

“我知道得太清楚了，我在这里不会有起色的。不错，我还会有其他演出，但肯定不会是什么好角色。然后呢？我当模特儿也并不出色。我的离婚赡养费足够了，但我厌倦了摩洛哥夜总会、白鹳夜总会，还有那些一模一样的乏味脸庞。你呢？在纽约的这些年，你可曾再有恋爱故事？”

安妮摇摇头：“没有，莱昂走后，一切都变得很平淡。我在《时代》上看到他的书下个月要问世了，也许他在写他的下一本书。”

“自他走后，你和什么人上过床吗？”

“没有，我做不到。我知道这很傻，但我仍然爱着莱昂。”

Anne

安　妮

一九四八年一月

克劳德离开的那天在21夜总会举行三小时的午餐派对。安妮到达的时候，派对正当其时，有大听的伊朗鱼子酱，当然还有成桶冰过的香槟酒。詹妮弗打扮得光彩照人，替克劳德扮演着女主人的角色。那儿还有他的朋友弗朗西斯和另外一个安妮不认识的人。

“我叫凯文·吉尔默。”陌生人说。

詹妮弗咧嘴一笑：“安妮，你一定听说过凯文·吉尔默。他拥有吉莲化妆品公司。”

“当然了，你们的产品非常棒。”她取了点儿鱼子酱。

“你也要去巴黎吗？”他问。

“不，詹妮弗才是巴黎的新宠儿。”

“她会倾倒全城的，”克劳德带着浓重的口音说，“但是，安妮，我拜托你到时候送她上船，她得在这个月底到达那儿。”

詹妮弗快活地笑着偎向克劳德：“我一拿到护照，简单收拾一下，就会马上去那儿的。”

“真叫人激动，不是吗？”安妮对凯文说，竭力掩藏自己缺乏热情。

“我想，是的。这是你的牙齿吗？”

“什么？”

“你自己的牙齿？还是假牙套？”

安妮笑了，他的率直并无恶意。

“是我自己的，怎么啦？”

“你的头发呢？”

安妮觉得自己脸红了。

“也是自然的。”她平静地说。

“我知道，我能从颜色上判断出来。但是所有的头发都是你自己的吗？”他轻轻地拉了拉她的长发，“我的意思是，你没有戴丰发易吗？”

“戴什么？”

“丰发易，一种假的后贴片，好让头发看起来非常浓密。”

“为什么要戴呢？”

他突然笑了，一种跟他唐突的问题毫不吻合的羞涩的笑容：“因为大多数姑娘都得戴了才能达到这种效果。”他丧气地摇摇头，“要找个合适的姑娘太难了——头发漂亮的，牙齿就很糟糕；头发、牙齿都不错的，鼻子一定难看。我猜，你恰是我们想要的。我的意思是，你能考虑一下专门为我们工作吗？”

“做什么呢？”安妮四下张望，寻找詹妮弗来解围，但她正忙着跟克劳德用法语说绵绵情话呢。

“好吧，你瞧，现在有了电视，只要有相关的大型演出——我猜，再有一年广播就要完蛋了。我想要个‘吉莲女郎’，我想让这个女郎出现在我们所有的广告中——美发用品、指甲油、唇膏，所有的东西。我已经见过我喜欢的几个姑娘——”他一连串报出五个超级名模的名字，“但她们挣得太多了，不可能专门为我们工作。我不希望吉莲女郎穿着泰德·卡萨布兰卡的服装出现在《时尚》的封面上，或者在《竖琴师》上为香奈尔的香水代言。我希望她只作为吉莲产品的形象标志，而我一开始所能支付的是每星期三百美元。”

安妮啜饮着她的香槟，她不知道该说什么。

他把她的沉默当成拒绝：“我给你一年的合同期，后面六个月可以调整到五百美元。如果我们需要你上电视，再支付额外的钱。”

詹妮弗突然回过神来：“我好像听人提到钱？”

“我在跟你的朋友说，我希望让她当‘吉莲女郎’。”

詹妮弗的眼睛瞪得大大的：“哦，当然了！安妮是完美人选。”

“她是的，她很漂亮，但又不是太性感。完美的美国姑娘。”凯文说道。

克劳德挥了挥手：“又来了，你们这帮美国佬！你们不知道该怎么包装漂亮姑娘，总是试图把她们打扮成邻家姑娘的样子。如果公众想要的是邻家小妹的话，就没有人会去看电影了。用詹妮弗吧——她可不是隔壁小妹——她是每个男人的梦中情人。”

“我同意，但那一套在广告里并不奏效，”凯文坚持道，“不错，我们也会利用色情——但用一种非常微妙的方式。安妮是个美人，但她的美是女人有望企及的。一个女大学生或者妙龄少妇会认为，如果用了我们的产品，她就可以看起来像安妮一样，但她们永远不会认为自己会像詹妮弗。你在电影中贩卖的是对现实的逃避，而我贩卖的是实实在在的产品。安妮正适合我的产品。人们不会停下来仔细琢磨她精致的骨骼线条、她眼睛的位置，或者她头发的自然浓密。她们以为，如果用了同样的产品，这些也会在她们身上发生。安妮的美不会吓着她们，但是詹妮弗的就会。”

“好吧，我将带着我吓人的美去巴黎。”詹妮弗说，“但是，安妮，我认为你应该接受凯文的提议。你需要一次改变，我们都需要。”

安妮皱起了眉头：“我不是模特儿，我很喜欢现在的工作……”

詹妮弗轻推了她一下，站了起来：“我觉得我们该去补补妆了，来吧，安妮。”当她跟在安妮身后走出房间时，她转身朝凯文挤了个叫他放心的眼神。他点点头，抬手十指交插。

她们在大镜子前坐下，侍者站在一旁，厌烦而无趣地小心伺候着。

“好吧，”詹妮弗单刀直入，“为什么不去？”

“我不知道怎么当模特儿。”

“我也不知道怎么演电影，但这阻止不了我，去巴黎也一样。”

“你会很出色的……”

“别改变话题，你在亨利那里能挣多少？”

“现在是每星期一百五十块，但这并不重要。我的房子刚卖了个好价钱，我让亨利拿去投资，股票在涨。钱不是我考虑的因素。”

“但是新工作会很棒的。”

“我不能离开亨利——”

“是离不开亨利吗？”詹妮弗眼神里都是拷问，“安妮，你瞒不了詹。你其实是离不开那间办公室，因为那仍是你与莱昂·柏克的一丝维系。但是他不会回到你身边了，别再做梦他有一天会大踏步走进办公室来找你。一切都结束了！玩完了！”

“你怎么知道呢？我的意思是，下个星期他的书就要出版了……嗯……他会因为书到这儿来。大多数作家都是这样做的，不是吗？”

詹妮弗低头看着她的皮包，懒懒地把玩着皮包把手：“安妮……我本来不想告诉你的，但现在我觉得你应该知道：他已经……已经回英国了。”

“回去了？”她的嗓子一阵发干，她恐怕自己是要生病了，“你的意思是他来过这里？”

詹妮弗严肃地点了点头：“来了一个星期，来见他的出版商。他整个儿重写了一遍——实际上他把在这儿写的一切作废了，又回去从头写起。这就是他花了这么长的时间的原因。但那是一本好书，亨利告诉我的，他见过莱昂了。”

“亨利见过他？”

“他们一起吃了午饭，莱昂已经开始写他的第二本书了。他从出版商那里得到了一些很不错的建议，然后又回到了伦敦，他在那里有一套公寓。”

“他见了亨利……他来过这里……”她说不下去了，眼泪从脸上流了下来。

詹妮弗伸出胳膊搂住她：“安妮，别这样。亨利说，莱昂除了写作，脑子里想不到任何事，那是他现在唯一在乎的事。”

“但是亨利知道我的感受，他为什么不告诉我莱昂在这儿？”

“因为他是个男人，男人总站在男人一边。安妮，你不欠莱昂任何东西，你需要一个转变。这是天意，克劳德今天并没有邀请凯文·吉尔默，他不过是独自在周围闲逛，过来参加派对，我想，是天意如此。”

“也许你说得对，”安妮慢慢说道，“我得离开那间办公室，那简直是个受难所。”

“你终于开窍了！那你也得搬出公寓了。现在……把小脸收拾收拾，别在得到工作之前就把它弄丢了！”

刚开始亨利很恼火，但他勉强承认吉莲的工作挺不错。“都是你干的好事！”他对陪着安妮一起来发布消息的詹妮弗说道。

“你知道这样对她最好，”詹妮弗欢快地说，“来吧，亨利，你还要把安妮困在这儿多久？她可不是斯坦伯格小姐，你知道。”

“好吧，签合同前拿来给我看看，”他抱怨道，“看看是不是能在交易里加些额外的条款。电视势头很猛，我可不想在后面的谈判里落下什么。如果他想现在就用你拍广告，他得保证只用在商业广告上。”

“但是，亨利，”安妮提出异议，“我在电视镜头前肯定会发晕。”

“那跟照相机镜头没什么区别，你会有大约一年的时间来适应。另外——”他在拍纸簿上迅速写下一个名字，“去见见里尔·卡乐。每星期至少上两节私人课程，很贵，但是你付得起。”

“谁是里尔·卡乐？”安妮问。

“最好的语言和发音教练。”

“为什么我需要训练呢？”

“因为我有一种预感，商业广告将变得不只是摆摆姿势了。你得改掉你的波士顿口音。”

“亨利，我只是去当模特儿，又不是当女演员。”

“听着，安妮，”他的声音很强硬，“如果你要做一件事，就要把它做到百分之百，任何工作都不要半瓶子醋。你曾是个出色的秘书——现在，如果你要做吉莲女郎，也要做最好的。而且，你还能怎么办呢？也许，对你现在来说，保持忙碌的工作是最好的。”

他突然看起来很累，好像耗尽了所有的力气。安妮一阵情绪冲动，张开手臂抱住了他："亨利，我爱你。"

他皱着眉头掩饰感情。"现在你满意了吧？"他对詹妮弗说，"我费劲压榨了这个姑娘两年，现在她要离开了，跟我说她爱我。"

"真的，亨利。我会一直爱你的，请永远做我的朋友吧。"

"试着离开我吧，你是万里挑一的，安妮。别人都不像你。现在，快走吧，我得打电话给职介所再找个秘书。谁知道呢，也许另一个安妮·威莱斯马上就会进来。"

"你想要我留到你找到人为止吗？我可以帮助她接手工作。"

"不用啦，詹妮弗很快就要走了，你们两个女孩子多做伴吧。另外，詹妮弗，你的离婚赡养金税后有七百。我知道你等钱用，我会马上把税交掉的。演出的费用就比较复杂，你想让我把你的支票寄给你吗？"

"不用了，留着我的钱去投资吧，让我跟安妮一样有钱。"

他笑起来："我这里有两个洛克菲勒。谁说这是男人的世界？"

"我的一切可都是辛苦挣来的。"詹妮弗咧嘴一笑。

"当然，有五个月你不得不泡在游泳池里出汗，真的很辛苦。"

詹妮弗脸上掠过她最明艳的笑容："是啊，一切不过是玩玩。"

"听着，以后的生活我只提一个要求，等你再次回来时，得像个漂亮的大牌明星。"亨利坚持道，"现在你要去巴黎了，你的名气会赶上法国的拉娜·特纳。但请赏我个脸，别把所有的钱都花光。你还欠我两千块，我会在你的赡养费里扣除。但看在上帝的分上，别来支取钱，给我个机会帮你存上那么一点儿积蓄，我确实需要你们俩这样的客户！"

"这倒提醒了我，"詹妮弗甜言蜜语道，"再预付我一千块，亨利——"

"哦，少来，詹妮弗——"

"我需要衣服嘛，毕竟，我得在巴黎来个隆重登场。"

一九四八年二月

安妮急匆匆进了21夜总会，在亨利通常坐的前端餐桌与他碰面："抱歉，我迟到了，里尔·卡乐开车太慢了。"她坐了下来。

亨利注意到房间里的每个男人都转过来看她，凯文·吉尔默公司的美容专家三个星期的修饰，就已经制造出了一种不可名状但又显而易见的变化。他们并未改变她的自然美貌，却在某种程度上增强了这种美感。以前你是不知不觉地意识到安妮的美，但现在你立刻就会注意到。她的眼部化了妆，头发也更浓密了，就像狮子的鬃毛。她从头到脚看起来依然很淑女，但现在的她更令人兴奋。

“今天早上我收到了詹妮弗的一封长信。”她说，并未觉察自己的出现所引起的骚动。

“我收到一封短的，要钱。安妮，她花钱怎么这么快呢？”

安妮笑了，点了一份沙拉：“不管她挣多少，她永远在欠债。詹妮弗是个不由自主的花钱狂。我不知道为什么——她享受的好像并不是她所买的东西，大多数东西她转手就送人了。”

亨利摇摇头：“我希望她能在那里找个男人——一个好男人。她并不是一个出色的女演员，但她却有天使面孔、魔鬼身材。我希望她能好好利用这资本，这是她所能得到的全部了，等到年老色衰，詹妮弗就完了。”

“亨利！我还那么信任你。你难道也跟其他人一样，只把詹妮弗当花瓶吗？她是个很好的姑娘，只是没有男人愿意花心思去发现这一点罢了。我还以为你会跟他们不同呢。詹妮弗是个好人，是一个真正的朋友，而且那么甜美。她是我所认识的最甜美的姑娘。”

“甜美？好吧，我承认这一点，表面上的甜美，粘上去的笑容。但告诉我，安妮，你还能感觉到更深的什么吗？”

“这很难说，詹妮弗从来不多开口。你知道别的什么事吗？我从未听她说过任何人的坏话。她是甜美的，对每个人都很甜。我知道这个词用在詹妮弗身上有点儿怪，但却是个合适的词。我和她住在一起，我了解她。也许你会觉得尼丽很甜，其实她不是，尼丽犀利而且精明，但并不甜美，詹妮弗才是。你知道她从来不说王子的任何坏话吗？不只这样，她甚至对他都没有怨恨，对托尼也没有——甚至对玛丽安都没有。她只是说她忍受不了加利福尼亚的乏味。在所有的魅力光环下，她本质上是孤独的，她等待着有个男子能爱上她这个人本身。因为詹妮弗真的想要有个爱人，过普普通通的生活，生儿育女……”

“那她为什么要打掉自己的孩子？就是从那时起，她失去了我对她的支持。她从加州歇斯底里地打电话来，因为他们要她打掉孩子，至少，那个姐姐要她那么做，而她想要这个孩子。后来，等我绞尽脑汁给她争取了一笔不错的赡养费以后，她又堕胎了。你说说，一个想要孩子的女人，每星期有一千块难道还不够生活吗？”

“她从来不说这件事，也没给出任何理由，”安妮慢吞吞地说，“也许在这中间某个时候，她突然失去了独自抚养孩子的勇气。我相信，只要找到合适的男人，她会安定下来的。”

亨利盯着她看：“那你呢？”

“哦，事情进展得很顺利。我们已经结束了所有的试拍，下个星期我将开拍吉莲的首次春季广告。”

“我不是指这个，安妮，我是指你的未来。你知道，当了吉莲女郎会改变一切。一旦你开始在杂志和广告牌上露脸，令人兴奋的事就会发生在你身上。”

“我经受过考验了，”她提醒他，“记得吗？两年前我就上过头版了，所有的专栏——艾伦·库珀的灰姑娘。但那并没有改变我。”

亨利静静地说：“那改变了你。你没有跟莱昂·柏克结婚，不是吗？”

她低头盯着盘子：“我想结婚的，亨利，世界上的任何事无法与此相比，而且我依然在想。”

“那你为什么不结呢，当你有这个机会的时候？”

“他希望我在劳伦斯维尔生活。”

“这就是我的意思，”他慢慢地说道，“第一天进我办公室的那个女孩，是会为了所爱的人走到天涯海角的。这就是为什么我录用了你，我觉得很难使你满意，你不会轻易对谁动心。我没料到莱昂会回来。从他走进来的那一分钟起，我就在心里说：‘再见，安妮，你的那个人来了。’不幸的是，莱昂从来都不会真正深入地在乎一个人，无论是男人还是女人。你和我很像，当我们喜欢上某个人时，我们会把他神化。”

“莱昂是爱我的……我知道他爱。”安妮固执地说。

“但并不像他爱自己那么多。一个能像莱昂那样斩断一切维系的男人，是不会投入地去爱的。莱昂和詹妮弗在某方面有点儿像，他们陷入爱情——这些莱昂和詹妮弗——但是他们可以毫发无损地抽身而退，因为‘谁爱得少，谁走得早’。记住，安妮，你还年轻，把眼睛睁大一点儿，等你再遇上一个真心的男人，抓住他，跑向婚姻的殿堂，别在恋爱关系中停留太长的时间。”

“我想，不会再有其他人了，”她说，“只有莱昂。”

“莱昂走了！”他粗暴地说，“完了！没有了！”

“我知道，但这还是不能改变我。我无法爱上随便哪个凑合的人。我希望有一天能够结婚、生儿育女。但那得是个我爱的人。”她叹息了一声，“而且，我再也无法像爱莱昂那样去爱其他人了。”

“听着，”他说，“别像我这么笨。我也爱过，这辈子只爱过一个女人——海伦·劳森！而且，我他妈的知道——从一开始就知道——她并不爱我，她无法爱任何人。我教会了她一切，但即使我这么理智，我仍无法停止爱她。也许我从来没有给自己机会去找一个合适的女孩，但我的结局又如何呢？孤孤单单。”

“也许你和海伦还是可以……”

“你开玩笑！”

“但是你说你还爱她。”

“我爱，我爱我假想中的她，我爱我理想中的她。但是现在我看到了她的本相，我无法另觅爱人，因为我太老了，已经快赶上她了。她的外在已经开始像她的内在——一个老妖婆！谁要是当着我的面这样叫她，我非杀了他不可，可是我会这样对你说。我并不再真正地爱海伦了，但我无法打破习惯。习惯会偷袭你，安妮。在你的余生，当激情成为过去，理智占据上风的时候，习惯仍然保留着。但你不能这样，你才二十二岁，还是培养习惯的时候。相信我，莱昂绝不会浪费时间来记挂你，你也要停止再记挂他！”

安妮虚弱地微笑着：“我试试吧，我只能试试……”

Neely

尼　丽

一九五〇年

尼丽疲倦地合上剧本。不用再看一遍了，她已经背得很清楚了。她在大床上纵情伸了个懒腰，又抿了几口苏格兰酒。已经十一点半了，她仍然毫无睡意。也许她该再吃一粒药，她已经吃了两粒……也许再吃粒红的？她第二天六点得到片场。她晃进浴室，把一粒药丸送进嘴里："来吧，小娃娃，快点儿起作用。"

她跌跌撞撞地回到床上，发现她的备忘录摊开着。难道她是要记住某件事吗？她瞪着眼睛看，字迹已经模糊了，但她认出是泰德的笔迹："早点儿回家，今天是巴德和嘉德的周岁生日。"

哦，上帝！老天爷哪，那就是今天！她早上甚至没有朝备忘录看上一眼。药丸让她睡得像块石头，非得挣扎着才能起床。她需要两粒右旋苯丙胺让自己清醒。现在她已经错过生日派对了！该死的镜头重拍！她跳下床，踮着脚走进婴儿室。当她看着那两个熟睡的金发脑袋时，一阵强烈的自豪感贯穿全身。"巴德和嘉德，"她在黑暗中喃喃自语，"妈妈错过了你们的生日，但是她爱你们。哦，上帝，她多么爱你们！妈妈没有看到备忘录，不然她肯定会在的，真的。"

她踮着脚走出去，摇摇晃晃地回了自己的房间。泰德多半生气了，正跑到哪儿发火呢。哦，基督，这不是她的错。她没看到那该死的本子，虽然他把它翻开放在她的梳妆台上，可是早上五点谁他妈的能看到什么？她倒在枕头堆里。他们肯定有个蛋糕，点着蜡烛，雪曼小姐跟泰德给他们唱生日快乐歌。眼泪在她涂满面霜的脸上肆意横流。不过，老天爷呀，幸亏他们还是婴儿，不知道今天是他们的生日，也就不会受到伤害……

这会儿她想到了泰德。这该死的在哪儿？多半是在鬼混，这个双性恋的浑蛋。她记起第一次撞见他，天哪！他搂着一个英国男演员，两人正伸着舌头乱吻。那天晚上她吞下了整整一瓶药丸，他们不得不给她洗胃。她对回忆做了个鬼脸，她再也不会那样做了。

但事后泰德对她加倍甜蜜。回来后的第一天他紧紧地抱着她，解释说他跟别人那样做只是出于不自信。她已经连续两年得到奥斯卡提名了——虽然没有得奖——但这让他失去了自信，损伤了男人的自尊。就是在那个夜晚，她受孕了，有了这对双胞胎！婴儿室里那两个漂亮的金发宝宝是她的！从她的身体里诞生！她从心里感到温暖和虚弱。才二十二岁……世纪电影公司最耀眼的明星……在比弗利山庄有自己的豪宅……还有一对双胞胎男孩！

药丸还是不起作用。她不知道詹妮弗是否吃过三粒。她确信她会的。一个人非得吃点儿什么，才能拍出像詹妮弗拍的那些片子。哇哦！上一部可真是轰动。在电影院你得排四个小时的队才能买到票进场。詹妮弗在片子里露着她的上身，像本地人那样操着一口法语。也许在巴黎人们对此司空见惯，但赤裸屁股下方的字幕也不能使它变得艺术一些。而且，老天爷呀，《视觉》杂志上登的那些大文章——还有《生活》杂志——都登了詹妮弗在巴黎的豪宅里。这实际上也说明了她在和法国制片人克劳德·恰多特同居。

她想知道安妮对此有何感想。老天爷呀，她还有封安妮的信没回呢。她得谢谢安妮给她寄了莱昂的新书，虽然对这书的评价很糟糕。大家都说他变得商人气味十足了——或者说尝试变得商人气味十足却失败了。但是，去他的吧，也许他需要钱，以为这样的垃圾书能卖个好价钱。毕竟他的第一本书好评如潮，却没有赚到一个子儿。她不知道安妮是否还在意莱昂。如果她确信她的朋友读了这本书，她就必须有所反应。但所有的专栏都在暗示安妮是凯文·吉尔默的女人了。老天，想象一下安妮成了吉莲女郎！随便打开哪本杂志都能看见她的照片。哦，好吧……“星期六晚上”，她欠身写在备忘录里，她必须记住看备忘录。安妮要在“非凡喜剧时光”里替吉莲做广告，安妮上电视了！

电视……天哪，加利福尼亚每个人对待那种讨厌的小匣子的态度，似乎它真能破坏电影工业似的。但是他们都很恐慌，制片场的大部分签约演员都被解约，离开了。他们也不再跟演员签订长期的合同，只签一两部片子。幸亏她是大腕。伙计，他们都得抢着跟她签约，签了五年，美好而充实的五年……每年，钱会分五十二个星期源源不断地入账，还要这样过上五年……

她盼着泰德回家，她需要他明天去帮她说话。舞蹈的编排太难了，她能跳，可是这很荒谬。她得让泰德去说，说她穿着这样的戏服无法跳舞，这样他们就不得不降低舞蹈难度。她今天差点儿喘不过气来。那些漂亮的绿药丸能让你保持清醒和骨感，但它们也会让你的心脏怦怦跳得厉害，叫你无法完成两个小时的舞蹈程序。也许泰德在他的办公室里，也许他并没有生气，只是工作得晚了。她拿起电话。不，万一他不在办公室，她可不想知道。而且，该死的，就算他在，又能证明什么？他也可能正在办公室和某个男人乱搞。上帝，为什么她这么爱他？他并不是一个真正的男人。但是梅尔也有点儿软弱。为什么她总是被这种类型的男人迷住呢？一开始他们看起来很强势——总是帮助她，告诉她该怎么做——真的非常强壮。可到了后来，他们就疲软了。

她看了看钟——午夜了。药丸还是不起作用。她需要再来点儿苏格兰酒帮助药力发挥。该死！酒在楼下。幸好她学会用烈性酒来提高药性。不知道詹妮弗有没有发现这一点，吃药不喝烈酒等于白费劲。好吧，她得到楼下去再拿些酒。

她光着脚走下大理石楼梯。服务员们都睡了，起居室的灯关着。当她摸索着寻找手电筒时，她听到游泳池里传来泼水声。她走向通往庭院的门，谁他妈的在她的游泳池里？更衣室里的灯亮着，折射的光照向水面。原来是泰德！她松了口气，笑起来。天哪，这个疯子——这个时候了还裸泳。她摸索着解睡衣纽扣。她要跳到水里去吓他。不行，这会让她完全清醒的，她明天还得早起。当她正要朝他喊的时候，她看见一个姑娘害羞地犹豫着，提着身上裹的浴巾，从更衣室里出来了。

“来吧，把浴巾解开。水挺热的。”泰德叫道。

那个姑娘抬头瞧着黑洞洞、错落有致的房子：“要是她醒了呢？”

“你开玩笑！她吃了那些东西，即使地震了，她都醒不了。来吧，卡门，不然我就拽你下来！”

那个姑娘忸怩作态地摘下浴巾。即使在半黑暗中，尼丽还是能看出她体形很棒。尼丽眯缝起眼睛，她好像在哪里见过这个姑娘……对了！卡门·卡佛。她在一些选美比赛中得过奖，片场正在试用她。

泰德游向那个姑娘，尼丽听到一声尖叫：“哦！泰德！别在水里……不要！”

“为什么不呢？其他的方式我们都做过了。”

尼丽胃里一阵抽搐。哦，上帝！不——不是这样！泰德偶尔跟男孩乱搞她已经接受了！心理医生告诉她，这是泰德的一种病态，并不代表对她的不忠。但是，这次又是什么！她抓住苏格兰酒的瓶子，跌跌撞撞地上楼猛喝了一气，又吃了一粒药后，她爬上床。让泰德和他的婊子见鬼去吧！天哪，她明早一定头疼死了，而且五点就得起床。

突然，她坐了起来。如果她不去又能怎样？她这辈子无论是排练、试妆还是采访，从来不曾迟到过五分钟，而她又得到了什么？不错，她现在是一个星期挣五千块——但是她为什么必须演戏呢？房子的贷款还没还清——是片场借给她的钱。米切尔医生说，房子给她带来的安全感很重要，那会让她摆脱她颠沛流离的童年。这就是每小时花二十五块买来的建议！她明天得去见医生，让他解释解释今晚这件事！现在她想了想，该死的泰德付了什么？服务员、车子、他的办公室、食物和酒。

也许签财产公证是个错误。他的事业飞黄腾达,《时尚》杂志总是给他安排大量的版面。而她又有什么?每星期片场从她的收入里扣掉一千元房子的贷款，还有经纪人、所得税、她的贴身女仆、秘书……上帝！她一个子儿都存不下来。好吧，再过三年，房子的贷款就还清了。她灌下更多的苏格兰酒，一种飘飘然的感觉开始升腾。等所有的东西都付了款，就万事大吉了……

万事大吉？神圣的主啊！就让泰德在她的游泳池里跟别的女人乱搞？她跳下了床，晕乎乎的，脑袋很重，但她得把那个女人赶出她的游泳池。她跌跌撞撞地下楼，不得不扶着楼梯把手。她摸到了手电筒，一下子就把游泳池照得一览无余。

当她握着一瓶苏格兰酒，摇晃着走出来的时候，泰德和那个姑娘正从游泳池里爬上来。

“玩得很愉快吧，小毛孩？”她尖声叫道，“在我的游泳池里乱搞？记住把水排干。别忘了，泰德，你的儿子们每天早晨都要在里面玩水的。”

那个姑娘吓傻了，躲到泰德身后。尼丽小心地把瓶中的酒全倒进池里。

“也许这样能消消毒，”她嗤笑着，然后她瞪着泰德，“这回女姘头代替男姘头了。我猜，米切尔医生会告诉我，你也需要这个。”

泰德一言不发地站得笔直，他的双臂挡着身后瑟瑟发抖的姑娘。这个保护的姿态加剧了尼丽的愤怒：“你护着谁？一个弄脏我泳池的婊子？你知道，小妞儿，你对他并不意味着什么。他通常喜欢用男孩来尝尝鲜。啊，是了——也许因为你是个平胸，要不然就因为你是个女同性恋？”

那个姑娘逃开了，飞奔进更衣室。泰德纹丝不动地站着，虽然裸体，但却有种别样的尊严。有那么一瞬间，她想冲向他，告诉他，她错了，她爱他，他的高大身材和古铜色肌肤……但她不能就这么算了。

“好吧，浑蛋！给个解释！”

他轻轻地笑了：“我想你需要一副眼镜。你说她的身材像男孩子，这我不敢苟同。”

她的嘴唇发抖：“我会……”

“我打赌你会的，”他慢吞吞地说道，“是你把我逼成这样的。”

“我逼你的！”

“你总是让我觉得我是同性恋。不错，我是和几个小伙子试过。用这样奇怪的方式我觉得就不是背叛了你。但你让我觉得我对女人没有吸引力。你上一次想要我是什么时候的事了，尼丽？”

“怎么？你是我丈夫。你什么意思？‘想要你’？我总是想要你的。”

“你是想要我在旁边！帮你跟片场较量，给你设计衣服，陪你去开幕式。但是，作为一个男人……你总是太疲劳，对性事很冷淡。你上一次想到性是什么时候的事了？”

“你个混球！”她吼道，“说，不要转移话题。被我当场抓住，你的那玩意儿在风里乱晃，还有个光着身子的贱货在我的更衣室里，你居然还有脸站在这里对我说教！别忘了是谁在为这个游泳池和这栋房子买单！”

“谁想要这些？”他无动于衷地拿过一条毛巾围住了自己的腰。

“你的那套公寓我们可没法儿住。”

“为什么不行？那里有八个房间。但是你需要按摩房、投影间，全套设备。”

“我从来没有过房子。”她开始抽泣，“我太想要个房子了，我真的不在乎为它付钱。”

“那你为什么要一天十遍地把这话甩给我？而且，现在又是谁在转移话题？”

“好吧……”她的眼睛几乎睁不开了，他的声音听起来像是从远方传来的。该死的药丸，现在它们倒开始起作用了。她看着他漫不经心地在一张沙滩椅上坐下来。

“泰德……我平时六点从片场回来，今天我直到八点才到家。我累坏了。还有很多第二天的剧本要学，还得做按摩。我怎么还会想到性呢？”

“那你为什么要签这个新合同呢？”他静静地问。

“这是半年前的事了，你还在抱怨那个吗？”

“尼丽，你现在很有名，而我也事业有成。我愿意撕毁婚前的财产协议，你可以随便跟好莱坞的哪个片场签个一年拍两部片子的合同，给自己一点儿生活的空间。即使你不工作，我挣的钱也足够养活我们两个。但是，你不告诉我，自己跑去签了个新的五年合同。”

“我还欠着片场房子的钱，而且，天哪，泰德，每个人都因为电视而恐慌，而我还能幸运地得到一个长期的合同。你如果跟某个片场有长期的合约，你就属于……你就等于有整个片场作为后盾。”

“好吧，你有你的房子和合约，我拿回我的健全神志。跟你在一起我活得不像个男人了，是你把我搞成这样的。但是，尼丽，这一切结束了。我现在又挺直腰板了。”

“因为那个小婊子？”

“她让我觉得自己是个七尺男儿。”

“泰德，我需要你。”

“但是你怎么做呢？别像个男人婆。”

“性！性！性！这就是你想要的？我喜欢性，但是要恰如其分。”

“比如在某个下雨的星期六，一个月做那么一次？加利福尼亚从来不下雨。”

“听着，不要再说了。那个贱货还在那儿，带她出去！”

“我会的。”他拿出他的香烟，向更衣室走去。

“然后马上上楼，我得跟你谈谈！”

她跑进屋子，重新打开一瓶酒，灌上好一通，然后上了床。也许她应该反思这件事，也许她得表现得更性感一些。上帝啊，她爱他，她崇拜他。但她整个白天都绷得紧紧的，晚上还怎么可能保持性感呢？她看着自己平板的睡衣，也许她该穿些有褶边的晚袍。但是，天哪，她的脸上涂满了面霜，头发黏糊糊的，朝各个方向乱翘。每天早上在片场都要洗头发，所以她晚上得涂点儿羊脂。她的发质又健康又丰厚，但如果她头上带着他们给她涂的亮光漆和能折射光线的金粉睡觉，她就会变成秃头。她不得不每晚把它们掸掉，然后给头发涂上油。

她想起游泳池里的裸体姑娘，她站在那里，摇曳生姿。房间那头墙上的镜子折射出她自己的形象。“哦，老兄，”她想，“我看起来像个万圣节女鬼。”但是，天哪，那个姑娘能不好看吗？她既不用每星期挣五千块，也不是电影里的当红明星。她只是个还在半道上努力的小姑娘。等她成了明星，她也得涂着面霜和油脂，晚上九点就上床！泪水从她的脸上滚下。上帝啊，她的一生都梦想着这些：一栋大房子，一个爱人，还有孩子。现在她都得到了……只是，她没有时间享受了。

她进了浴室，把脸上的面霜洗掉，虽然她已经很困了。她在衣柜里乱翻一气，那些漂亮的睡袍在哪儿呢？啊，黄色的这件。她套上它。天哪，她的头发！她找了块黄色的丝巾把头发扎了起来。现在，看起来没那么糟糕了——很不错。她上了床，泰德随时可能上来。她听见前门传来汽车轧在碎石上的声响。好吧，那个小娼妇回家去了。现在他会很温顺地上楼来。她先让他讨一会儿饶，然后她要给他个惊喜。她要把他抱在怀里，跟他做爱。她会非常棒的，跟过去一样棒，而不是只躺着不动。他们刚相识时，他们真的很棒——不过那时她没这么累。她想睡觉了……上帝啊，他在哪儿？她跳下床，跑下楼去。

“泰德？”游泳池里漆黑一片。她推开前门，跑到车库，碎石硌着她的脚。车子不见了！也许他得送她回家。那么她是跟他一起来的，她没有车子。狗娘养的！他可以叫出租车送她回家的！等他回来了她要好好教训他。她开始抽泣起来。也许他不会回来了。哦，上帝！她都干了些什么？

一九五三年

她闹了三年才离婚。游泳池事件以后，他就拿了衣服搬出去了。她有一个星期没去工作，片场很恼火。去他妈的，她在服用了巴比妥的眩晕中想。该死的泰德！开始她一心想要离婚——他不能这样对待她！但是头儿反对，这样对她的公众形象不利，她是邻家乖乖女，有着一对双胞胎男孩的美国情人。他们已经安排了关于她家庭生活的报道，还要刊出她与泰德以及双胞胎兄弟的照片——完美的婚姻。不，不能离婚。头儿可不在乎他们对彼此的感受，只要在公众面前形象良好，她就得想法忍受。

头儿也和泰德谈了。他和世纪电影公司有合约，所以他也得听命。他护送尼丽去首映式，跟她一起接受电影杂志的拍照，做任何维持形象的事。

那就像做了三年的噩梦，一部电影接着一部电影……节食……服药……想着泰德正和那个女孩在一起，那个女孩没工作了，他不得不留着她。为了安抚尼丽，片场秘密解雇了那个姑娘。消息传出去后，别的片场也都不请她了。

奥斯卡奖搞定了一切。那是她一生中最盛大的时刻。她做梦也没有想到她真的得奖了。但他们念出她的名字时，她喘着气转向泰德。他的笑容非常热切——他是真的为她激动。

她在无数电影人、摄影师和照相机之间走向通道——泰德跟她一起，挽着她的胳膊。一切都好起来了——她得了奥斯卡奖，泰德在她的身边，对她微笑。

他一直待到相机最后一次咔嚓一声响、尼丽接受完最后一句祝贺。然后他开车送她回家，在门前对她说了声晚安，就丢下她走了。丢下这个奥斯卡获奖明星，去那个小娼妇的怀里！那就是他干的好事！

第二天早上，她打电话叫头儿到她的别墅来一趟，她现在可以对周围施加影响了。而头儿确实来了！这回该她发号施令了，她想要离婚——马上——而且她希望片场跟泰德解除合约。头儿低声下气地答应了。上帝啊，这就是奥斯卡的力量！

这还使她发现，每天到不到场工作并不是什么生死攸关的大事，她是好莱坞顶级的明星，奥斯卡奖证明了这一点。如果她晚上睡得不好，去他妈的拍片！她是尼丽·奥哈拉！如果她吃了几磅鱼子酱，去他妈的！再花上一个星期来减肥，那又怎样？是她的电影给他们带来了财富……

她坐在片场装有空调的更衣间里瑟瑟发抖，这已经是她五个星期以来的第三次罢演了。该死的约翰·斯蒂克斯，他也许是世界上最棒的导演，但在这部片子里，他简直是在虐待她。她扯下贴着的假睫毛，用力地把面霜往脸上拍。

“奥哈拉小姐，不要！我给你重新化妆又得花一个小时。”女服务员请求道。

“今天不拍了。”她狠狠地说，开始卸妆。

“但是我们没有完成计划。”

“我们？！”尼丽转向她，“哪里来的什么我们？上帝啊，谁都以为电影里自己也有份！”

有人在敲门。是约翰·斯蒂克斯。他的英俊里有种桀骜不驯、百折不挠的味道：

“来吧，尼丽，我们继续。”

她看出他发现她卸妆后的失望。“不行，小家伙，今天收工了！”她不怀好意地咧嘴一笑。

他坐了下来：“好吧，现在三点，我们可以早点儿收工。”

“上一场戏我很不满意。”她发威。

“有何不妥？”

“你知道得很清楚，所有的近距离特写镜头拍的都是我们的脚。”

“尼丽，片场花了五万块，请恰克·马丁来和你演跳舞的对手戏。他是个出色的舞蹈家，不拍舞步我们拍什么？拍他的耳朵？”

“不，他妈的，你该拍我！拍我的体态——我的脚跟不上他的，我跳得没那么好。”

“我简直不能相信自己的耳朵。”他以一种嘲弄的惊讶说道，“你是说，你甘于承认别人比你更有天赋？”

“听着，恰克·马丁在百老汇舞台剧里跳了三十年的舞，他就只会干这个——跳舞。他老得都能当我爸爸了，我才二十五岁。但我能唱歌、跳舞和演戏。不管跟谁比，我唱歌和演戏都是最棒的。要是比唱歌，没人能赶上我，没人！不过，要是比跳舞，好吧，我不如金格尔·罗杰斯或者伊莉娜·鲍威尔。但是恰克·马丁只会跳舞，他几乎跟艾斯泰尔跳得一样好，我比他差一点儿不是很正常吗？”

“如果你承认他跳得好，为什么我们就不能花五分钟来拍他的脚呢？”

“因为这是我的电影！这是我第一次在百老汇演出的时候从一位行家那里学来的。没有哪个演员可以用我的天赋来给他添彩。谁需要恰克·马丁？我的其他影片里用的都是合唱团的男孩。”

“头儿亲自挑的恰克。”约翰·斯蒂克斯点起一支香烟。尼丽也要了一支，他帮她点上：“你什么时候开始抽烟了？”

“离完婚的那天抽上的，我发现香烟能避免我吃东西。”

“对嗓子不好，尼丽。”

“我一天只抽十支，”她深吸了一口，“好吧，事情解决了。”

导演看着女服务员。

“尼丽，我们能单独谈谈吗？”

“当然，”她示意女服务员离开，“今天就到这儿吧，雪莉，明天七点，这儿见。”

等只剩下他们俩时，约翰笑了：“我很高兴你没打算明天逃班。”

“我怎么会呢？既然你今晚会整晚地坐着，苦思冥想出一套能烘托我的新拍摄方法，而不是只拍恰克·马丁的脚。”

“尼丽，你难道没想过，为什么这次头儿没用合唱团的男孩？”

“当然，当然，因为电视！这年头谁都容易恐慌，但是我并不担心这个。即使头儿愿意找恰克·马丁，再多付他五万来打败电视，这也是他自己的事。只要他不出现在我的时间里就行。”

“尼丽，你的上两部电影赔钱了。”

“得了吧！我看了《精彩综艺》，我知道总票房收入高得要命！我的上一部电影票房收入有四百万，这还不包括在欧洲的放映收入。”

“但拍那部片子用了六百万。”

“那又怎样？《精彩综艺》说我的影片将是年度票房最高的。”

“没错，如果那是投入两百五十万拍摄出来的话，还是能帮片场赚一大笔钱的。片场隐瞒了真实数据。从没听说过一部电影能超出预算这么多，头儿担心一旦被报道出来，他的股东就要召开紧急大会了。他必须在这部影片里把缺的窟窿给补上。你一开始的损失并不大，但如果这最后一次……亲爱的，没有哪部片子会花费六百万。”

“我那时得了流感，生病了，有什么办法？”

“尼丽，你吃了安眠药，有十天没来开工。”

“后来我就得了感冒。”

“拍那部电影的时候我不在，但我知道事实真相。你胡吃海喝……好吧，所以你体虚，得了病。可等你康复以后，又得花三个星期来减肥。即便如此，你还是胖了十磅，不得不重新订制所有的演出服装。”

“行了！我很难过，那个星期我刚离完婚。而且，我最中意的摄影师山姆·博思也病了，没有山姆我没法儿工作。我没有超重十磅——我九十八磅，但是那些演出服太丑了，把我显胖了。”她停了下来，凶巴巴地转向他，“还有一件事，他们给我请了新的服装设计师。那些臭衣服，泰德才不会让我穿这种垃圾！”

“爱伦·思摩得过九次奥斯卡服装设计奖。”

“好，那让她给别的奥斯卡得主做衣服好了，我可不要。”

“尼丽，我喜欢你，所以我才和你谈，而不是去和头儿谈。我不会透露你今天罢工的。哦，他会听说我们提前收工，但我会说我们比预计的提前拍完了，但是开拍下一场戏又太晚了。但你想他会蒙在鼓里多久呢？”

“蒙在鼓里什么？”

“你的突然罢工，你的火爆脾气……”

“我不必努力工作去争当明星了，我也不用担心经纪公司了。一旦你成了明星，每个人都得为你操心，什么都是你说了算。这是我从海伦·劳森那里学来的。”

“海伦·劳森已经过时了。”他抓住话头，“你跟她不同。”

“她现在在哪儿？”

“如果她愿意的话，她随时可以在百老汇出尽风头。”

“什么百老汇！她只能如此了。”

“不错，她也知道这一点。但海伦·劳森这辈子排练从未迟到过一秒钟。她唯一拥有的就是一副好嗓子。这一点她也知道。对其他任何事她也许都漫不经心，但在她嗓子的问题上，她绝对是个好生意人。她是跟你不同的一种怪物，尼丽……”

“怪物！你……你怎么……”

他笑着拧了拧她的鼻子：“当然，你是个怪物，”他和善地说道，“每个明星都是怪物。但是海伦是一个机械式的明星，只有一副嗓子。而你……哦，有的时候，亲爱的，我认为你近乎天才。你的感受迅速而且深刻。”他欠身握住她的手，“尼丽，他们都比不上你，你很独特。但这不是艺术的问题，这是锱铢必较的生意。股东们对天才不感兴趣，他们只关心票房收入。你瞧，宝贝儿，我们已经落后十天了，但如果你合作的话，我们能赶上。我们可以一天里拍完夜总会的镜头，而不是三天。我已经安排了明天的场景，演职人员也都预约了。我知道怎么攻克难关，我会熬夜工作几个晚上……拍有你在其中的群众场面，我们可以从后面开始拍。尼丽，我们做得到，我们可以按时让影片面世。”

尼丽犹豫了一会儿，然后朝他丢了个辛辣的微笑：“你差点儿说服我了，强尼小子。这是所有励志谈话里最棒的。但正像你说的，我是个怪物，妖怪总是知道方方面面。如果是七年前有人像这样跟我谈话，我会跳起来说：‘遵命，长官！遵命，长官！遵命，长官！’我玩命地工作，累到半死……最后我让片场发了财。”

“可你也让自己出了名。”

“没错，可那又让我得到了什么？”她穿过房间，给自己倒了半杯苏格兰酒，“想喝点儿什么吗？”

“啤酒，如果你有的话。”

她走到吧台，从小冰箱里拿了些啤酒。“我得到的就是这个。”她一边说一边把酒递给他，“这座城市最好的烈酒——只是不让我喝它，它会让我发胖。我还得到了游泳池，但我不能用，因为我不允许被晒黑，在彩色电影里不好看。我得到了满满两大衣柜的衣服，但是没时间也没场合穿它们，因为每个晚上我都得待在家里学第二天的剧本。约翰……”她在他脚边的地板上跪坐下来。

他摩挲着她的头发：“你只是成功得太快了。”

“不，这不是原因。我这辈子都像是在玩杂耍。我不像一些选美冠军，片场不得不教她们说话、走路和表演。他们跟我签约是因为我有天赋。当然，他们也教了我一些东西：我舞跳得更好了，我也勉强能读点儿东西了——读头儿认为我该读的那些书，你知道，是自我提高之类的书。现在我接受采访的时候，听起来不像个白痴了。我没糟蹋我的天赋。我现在二十五岁，却感觉自己像是九十岁了。我失去了两任丈夫。我所知道的全部就是学习台词，唱歌，舞蹈编排，挨饿，靠着药丸入睡，再靠着药丸保持清醒……活着应该还有更多的内容。”

“你以前表演杂耍的时候感受过更多的乐趣吗？”

“不，我讨厌让挨饿的人说那是多么美好。那很糟糕。整晚地站着，冰冷的排练，冷漠的观众……但是仍有东西支撑你继续下去并且感觉良好，那就是希望。一切如此糟糕，所以你知道它应该变好。你梦想着成功和安全，只要你得到哪怕一丝一毫，你都会欣喜若狂。希望的力量支撑你走下去，所以一切看起来还不错。但当你坐在这里想着，天哪，我已经到了……我已经是……这感觉就很糟糕。我还能怎样呢？”

“你已经有孩子了，尼丽，现在你被明星的工作耗去了太多的时间。但是你会再次找到合适的男人——到那时候，你就得在公众的爱戴和私人的生活之间来个抉择。要放弃观众的爱、只为一个男人安定下来是不容易的。你没经历过就不会了解。你将不得不权衡所有，自问天赋所带来的爱是否足以弥补一切。”

“不，不是那样。我不会从中得到享受。我从天赋里得到了什么？我所能做的只是提供天赋，让别人欣赏和享受。这就是结局吗？我得到天赋，但我得不断地提供给别人，最后我被耗干，一无所有。伙计，这不是疯了吗？我得把这个告诉米切尔医生。”

“你的精神分析师？”

她点点头：“我其实并不需要，真的。这是另一件疯狂的事情。他是泰德的精神分析师。想象一下，我——世界上最正常的姑娘——会脆弱到需要精神分析师！泰德有什么糟糕的事情我就去咨询他，后来的事你知道，我发现我自己也一有事就跑去找他。刚开始都是关于泰德的……但是他开始摸索我的过去，好像是我的过错，才让泰德烦恼。但我接受了——而且我确实对自己有了更多的了解。你知道，约翰，我从来没有感受过母爱，医生说这就是为什么当明星对我如此重要——我需要大众的爱。”

“胡说八道！”约翰火了，“听着，有的是被父母溺爱的明星也喜欢公众之爱。你成为明星是因为你有天赋，不是因为你缺少母爱。我厌烦了那些神经兮兮的医生，把什么都怪罪到这世上可怜的母亲们身上。你母亲是死得早，可难道她是故意的吗？听着，尼丽，如果你忘了你的心理医生，会对你更好，那样你才是真正的自己。”

“但我确实神经质，我发现我具备神经官能症的所有症状。”

“那又怎样？也许这才是你成为明星的原因。如果他治愈了你，你就不是你了。我也有一些怪癖，但我绝不会考虑一小时砸出去二十五美元，好让什么家伙来告诉我，我的父亲虐待了我，或者我怀念母爱。而且，就算我发现那是真的，又能如何？跑到明尼苏达州揍我老爹的鼻子？他已经八十岁了。或者给我自己找个灰头发的应召女郎，让她抚摸我的脑袋，用奶瓶给我喂奶？听着，过去的就过去了，值得寄望的是今天和明天！”

她叹了口气：“你说起来倒是容易，但当你独自度过那些漫长的夜晚——上帝啊，那些夜晚太可怕了——你感觉没有一个人可以说话……你瞧，约翰，心理医生没有偏向，他跟你无关，但却可以帮助你。他是我唯一可以信任的人。”

他站了起来：“好吧，今晚去见他吧。但是，听着，尼丽，帮自己一个忙，忘了演出服装的事，明天来拍夜总会那场戏。记住歌词，让我们的电影按时拍完。”

她的眼睛眯了起来：“哦，说了一大通原来就为这个——宰杀我之前安抚两下。”

他把杯子重重敲在桌上：“也许你说得对——你确实需要心理医生。这就是治疗对你起的作用？让你怀疑每一个人？听着，我像父亲一样跟你谈话，是因为我关心你——我不想看着你的才能逐渐耗干。”

“怎么可能耗干呢？就因为我不穿那些丑陋的演出服？”

“不，因为如果你持续让你的影片亏钱的话，你就算有世界上所有的天赋也帮不了你。”

“我是最大的票房筹码，在今年的所有选票中我是第一。”

“尼丽，当股东们把数据加一加，他们就不会在意电台的排行榜和电影杂志的选票了。拍一部轰动但是不赚钱的电影，对他们有什么好处呢？”

“我不相信他们亏了钱。”她顽固地说，“他们只是在为电视担心，希望我的电影能养活整个片场。哦，当然……我得玩命工作，好让头儿坐在他的宫殿里，或者到他的海滨别墅去糟蹋刚出道的女演员。谁为所有的这些买单？我，和我的天赋。”

“尼丽，去年有三部低成本制作、根本没有明星的影片比你的上两部电影获得了更大的利润，一部投入八十万的电影收入了四百万。如果你不相信你的影片亏了钱，那你去问问你的经纪人。”

“谁能相信他们，他们跟片场串通一气。他们要兜售其他演员，所以尽糊弄那些已经有片约的人。”

“那么，相信我，只是试着——”

“好吧，我相信你，这是不是意味着我明天就要穿得像根冰棒那样出场？”

“尼丽，你穿着那身衣服看起来很美。”

“我觉得很丑。”她又给自己倒了一杯酒。

“不，你只是希望穿泰德·卡萨布兰卡设计的衣服，但是做不到。所以其他任何人的设计都不能让你满意。”

“那不是真的。”她啜泣起来，轻轻地揉着眼睛，“你现在说的话听起来就像米切尔医生。”

“是吗？你相信他，显然他也这样告诉过你。”

她笑了：“好吧，也许你是对的。”

“好姑娘，明天你会来吧？”

她点了点头，又倒了杯酒。已经快六点了，她从摄影场罢工的时候已经给米切尔医生打了电话，约好九点碰面。九点——那得到十点才能结束，那就不可能在十一点之前到家、十二点之前上床了，如果她要背夜总会那场戏的歌词的话……她打了个电话取消预约，然后回了家。

她坐在床上，晚餐放在面前的托盘里。她试着记住歌词。早些时候她干吗要喝那些苏格兰酒呢？她的脑子彻底丧失功能了。也许她现在应该睡觉。对啊，这就对了。九点睡觉，定个五点的叫醒电话。从五点到七点她可以轻松地记住台词，经过八小时的睡眠她会感觉很棒的。

她把碰都没碰的晚餐盘子退了回去。也许省一顿，她明早的体重会是一百零三磅。另外，药丸在空腹里总是起效更快。她服下两粒红的、一粒黄的，又倒了半杯苏格兰酒。舒服、放松的睡意袭来，她啜饮着她的酒，等待着药力真正发挥作用。麻醉的感觉会在她的体内渗透、传递，把她拖入睡眠。但是这还只是睡意，这还不够。她还能思考——一旦思考，她就会想到自己是孤单一人，然后她会想到泰德和那个姑娘，而她自己一无所有。她很孤独——孤独得就像她在笨娃娃组合里，跟查理和狄基巡回演出的时候，独自在陌生的旅馆房间里——没人关心她。

汗湿了她的脖子，顺着后背滴了下来——她感到湿冷。她跌跌撞撞地起床换了睡衣。米切尔医生说得对——她在培养抗药性。也许再吃一粒黄色的……不，那样她早上会像宿醉一样头昏眼花，她还得背歌词。基督啊，她今天仅仅为了拍完早上的戏，就吃了三粒绿色的药丸。她倒了满满一杯苏格兰酒。也许再吃一粒红的……对，它们发散得比较快。她快速吞下一粒，没把苏格兰酒全喝光，而是一点儿一点儿地抿着，直到药丸起作用。也许她该阅读，读书总是让她昏昏欲睡。安妮又给她寄了一本莱昂的书，这一本又是艺术类的。她快速浏览着书页，这本书得到了很好的评论——但评论它好在哪里呢？书根本卖不出去。

突然，她希望安妮在她身边，安妮总是知道该做什么。真丢人，安妮在电视上这么出风头，要不然她可以去找她，给她每星期两百块钱，让她做贴身秘书。天哪，这难道不是做梦吗？不过，安妮一定很有前途，打开电视你不可能看不到安妮，她展示着美发喷雾或者唇膏。不过，她为什么不能当吉莲女郎呢？特别是，如果关于她和那个叫吉尔默的传言是真的话。即便如此，安妮也很有品位。不像詹妮弗，想象一下，业内都在传说好莱坞争相邀请她，而她拒绝了他们！詹妮弗拒绝了好莱坞！那个娼妇在法国电影里靠展示乳房、屁股一定挣了不少钱。艺术工场的珍宝。

艺术工场个屁！如果好莱坞拍出这样的片子，一定会是下流影片。最近好莱坞越来越他妈的讲道德了，不准穿低胸衫，不准湿吻，每个合同里都附加道德条款。但就是这样的好莱坞在恳求詹妮弗回来当他们的明星，当然，他们会遮住她的乳头和屁股。但他们会像捧明星一样捧她，给她跟真正的明星挣的一样的钞票，就因为她走出去过，秀了一把她的奶子。

她又长长地吞下一口酒，她不困，只是醉，而且，饿。天哪，她在饿肚子！她真希望没把盘子送下去。冰箱里有鱼子酱。不……她不能吃。该死的泰德让她迷上了鱼子酱！但是演出服太紧了，都是喝酒喝出来的。天哪，她一点儿东西都没吃，现在，如果她喝下所有的酒——不，那样对约翰不公平。他今天这么体贴。有趣……她以前怎么从没注意到，他的眼睛在晒黑的皮肤衬托下那么蓝。他一定快五十岁了，但他很帅。约翰……这儿……在她身边。天哪，那样多好，如果他把她揽在怀里，她会觉得备受呵护。

她看了一下钟，十点半。也许约翰可以过来，他可以告诉他老婆，有一场戏要讨论。他这会儿也许正坐着为她操心，不知道她是否会来表演呢。她笑了。不，她今晚不能叫他过来，她已经在头发上涂了羊脂。但是，明天，她会像匹马那样奋力地工作，然后叫他过来共进晚餐，一起工作。那比一次快速的性交有意义得多，她要把他留下来，让他把她搂在怀中，直到她睡着。也许他可以常常留下。她会配合他的工作，让电影按时面世。她会要求他执导她所有的影片。他的孩子已经成年——也许他就可以经常陪她。她最好给他打个电话，告诉他她正在用功。这会是个好的开始——至少，他睡觉的时候会想着她。

她打电话到片场，拿到了他不公开的号码，然后打到他家。一个女人接的电话，尼丽摆出她最轻快的腔调："是斯蒂克斯夫人吗？"

"不，我是夏洛特，女服务员。"

"哦，斯蒂克斯先生在吗？"

"不在，女士。他们晚上出去了，要我留口信吗？"

"不，不用了。"尼丽挂了机。

跟他老婆出去了！也许他正坐在罗曼诺夫夜总会里对老婆说着她的坏话。她简直可以听到他说："我让她言听计从。她很容易搞定——也许她是大明星，但骨子里她只是个怕死的小耗子，只要你知道该怎么控制她。"好吧，没人能控制尼丽·奥哈拉！她也许生来是只小耗子，但她现在是明星，她可以做她喜欢的他妈的任何事情！

她下了床，踮着脚下楼。突然她停住了："我为什么要踮着脚走？这是我的房子！"

厨房里没人。她打开冰箱，取出一大罐鱼子酱。"尼丽，我们开舞会啦！"她大声说道。她拿出一把勺子，从罐头里舀鱼子酱吃，几下就吃完了。

“现在干吗？来吧，尼丽，你可以做你想做的任何事情，因为你是明星……一个他妈的大天才……

“呃……他妈的一个大天才，你什么都可以拥有。”她踉跄着斜跌在冰箱上，“让我瞧瞧，再来点儿鱼子酱？为什么不呢？这是你买的。”她开了另一个罐头，“啊哈，我们得带点儿到楼上去，万一我们待会儿想吃。尼丽，没有什么好东西是你得不到的。”

她伸手出去从吧台拿了一瓶新的苏格兰酒，东倒西歪地上了楼。她又倒了一杯酒，走到浴室的小柜子前。“现在，尼丽，你想要啥——红的、黄的还是蓝的娃娃？随便你要什么，宝贝儿。”她咽下两粒红色药丸，晃回床上，拿起电话就打。管家接了电话。

“听着，查利，取消早上的叫醒电话，明天打电话给片场，告诉他们奥哈拉小姐得了……喉……喉炎。我不接任何电话，我要睡觉……吃饭……睡觉……吃饭……也许一个星期。我明天起床的时候想吃煎饼，涂上黄油和大堆的糖浆。我想要彻底放纵一次！”

一九五六年

尼丽精心打扮了一番。白色的宽松裤、肥大的衬衣可以把她腰际的赘肉掩盖起来。天哪，这次减十磅怎么这么难？新影片的试妆还有几天就要开始了。现在，突如其来，头儿想要见她。她不知道发生了什么，在开车去片场的路上，她一个劲儿地在想。

这个邀请是前一个下午很晚的时候送到的。艾迪·弗兰克，她的一个跟班，送来的口信。尊敬、随意而又简单。

“哦，奥哈拉小姐，如果方便的话，头儿想明天和您共进午餐。”

如果方便的话！哈！如果头儿召唤，还有什么人敢不方便呢。伙计，他们的记性可真差。三年前她得了奥斯卡奖的时候可是他赶着来见她。好吧，新影片会敲定一切的。天哪，多棒的角色，还有那些歌……她肯定会再获奥斯卡提名的，说不定还能再得一次奥斯卡奖呢。

她坐在那张昂贵的美国早期的办公桌对面，试着表现得热切而且年轻。他喜欢她那样。她肯定头儿一定生来就是这么老，从未改变——一团蓬乱的白发，多年来晒黑的皮肤跟褐红色的陈腐斑点混迹一处。他的眼神闪着愉快的光，小手摆弄着他桌上的电影报纸。

“亲爱的，知道我为什么找你吗？”

“不知道，先生。不过，能见到你总是让人高兴的，先生。”（哦，她了解所有那些得体的礼节。）

“你看了昨天的报纸吗？”

（哦，天哪，那个评选，令人讨厌的评选。）

“一九五六年度‘片场毒药’小姐——尼丽·奥哈拉。不太妙，是吧？”他和气地问道。

她觉得坐立不安。“哦，你知道那些评选的。”她用上了她最小女孩气的嗓音，“当我看到时我真的很伤心。不过，有些人告诉我这并不意味着什么，不过是新闻界的人每年聚在一起挑选一个笑柄罢了。去年他们把这个名称给了斯特华特·雷恩，而他是二十世纪公司顶级的明星。”

“不，他不是，”语调仍然很温和，“他战后就再没以前那么好了，他的每部影片都赔了钱。但片商聘了他两年，所以他们对此没有声张。”

“好吧，可我的影片很棒。”

“对票房来说是的，对我们来说——不是。”

她扭动身子。好吧，又来了——超过时间啦，错过排练啦，励志性谈话……

“这部新片造价高昂，”他说，“投入增加了。我们在和电视竞争。等到人们在自己家里就能看到免费的娱乐节目时，他们就不再出门看电影了。电视也不再是个小匣子了，它变大了，而且越来越大。”

她拨弄着手指上的角质。真他妈的——又不是她发明的这该死的东西，他该去跟杰尼罗·沙诺夫发牢骚才对。

“我们在《活过今夜》里投入的钱比我们以前在任何一部电影里投入的都多。有一点点延误我们就死定了。山姆·杰克逊将按紧凑的时间表来工作。”

“山姆是我最欣赏的制片人之。”她说。

“我跟山姆做了笔交易，他比拍摄计划每提前一天，就能得到一千美元的奖金。”

这真是下三烂的把戏。

“可一旦他落后了一天，他就得马上被开除。”

“你是说把山姆开除出这部影片？”

“不管谁达不到我们的要求，我们都将开除他。好莱坞已经变了，亲爱的。我们已经让一些不想要的签约演员走人了。你眼下的合同还有一年到期，等到……如果我们重新协商的话，那就不会跟以前一样了。”

“你他妈的说对了，当然不会一样。”她想，“我要组织一个团体，发起诉讼。我会得到一些补偿的。”她的税务代理人已经跟她解释过这些了。

“不，亲爱的，”他叹了口气，“一切都变了。现在我不能不提醒股东们留心他们的事务。现在我得向他们负责，而他们唯一要的责任就是利润。”

她点点头，想知道这次面谈什么时候才完。这不过是场例行的激励性谈话！他一定是疯了，把她诓来听这个。她很饿——至少他已经订了午餐。她没吃早饭，只是吃了一粒药丸。

“所以我得把你从这部影片里开除。”他说。

她惊闻晴天霹雳般瞪着他。

“亲爱的，我冒不起险。如果山姆·杰克逊干得不好，他可以被替换。但如果你在电影里出场，我却不能换掉你，否则我就得从头开始……全部重拍。”

“但你不能在还没开始的时候就把我换了。”她结巴地说。

“为什么不能？看看你，你又胖了。按照日程，下个星期就试镜了，你根本来不及准备好。不，这太冒险了，我将用珍妮·洛德。”

“珍妮·洛德！为什么？她完全是个新人。”他不可能是说真话，他只是想吓唬她罢了。

“她拍过的三部低成本电影都很赚钱。这个月每一本影迷杂志上都有她的报道。这部电影将会让她成名，非常出名。为了保险起见，我让布瑞克·尼尔森跟她演对手戏。”

她对布瑞克·尼尔森感到疑惑。他的片酬很高，而通常她的电影里不会有其他高片酬的影星。她是整个影片中唯一的明星。顺着思路，她又想到了她的合约。他不是在开玩笑，但是在她已经被预告出演以后，他有权这样开除她吗？而且毫无借口？

“从法律上说，你没什么好争取的了。”他说，仿佛看穿了她的心思，“我们重写了角色，所以需要一名更年轻的女演员。”

“年轻的女演员！听着，我才二十八，还远没到要走下坡路的时候！”

“你看起来像四十岁了。”他漫不经心地说。

“我没有化妆。”她辩解道。

“你眼角下有褶纹……还开始有双下巴。你简直是一团糟。”

眼泪从她有雀斑的面颊上落下。一个星期的睡眠和节食，她就会焕然一新。他知道这一点。为什么他要这样对待她？他的秘书打断了他，说有巴黎的电话接了进来。他拿起话筒，脸上夸张地熠熠生辉。“您好！”他像人们通常对不可思议的远距离通话那样大喊大叫，“是的。”他的声音减低了音量，“我能很清楚地听到您的声音。很好，不是吗？是的，恰多特先生……是的，我今天早上收到了您的信，这就是我打电话的原因。您的要求太……呃，”他发出柔和的笑声，“不可能都是比较和缓的说法了，当然我很想跟诺斯小姐拍片，而且我诚挚地希望与您共同制作。但是，只拍一部片子，而您占百分之五十的海外版权是不可行的。当然，影星是您的——我们会给她穿上衣服，把她完全包裹起来。我们怎么知道她还会具有同样的吸引力呢？是的，我注意到她在之前的三部电影里都是穿衣服的。但说实话吧，她并不会演戏。什么？好吧，也许她是得过这些奖项……也许是因为我不懂法语。但是在说英语的地方，我们怎么能肯定呢？而且您不给我拍第二部影片的选择——这公平吗？我花了所有的钱做广告，然后其他的制片公司就把她挖走，去拍第二部片子。我想要拍三部，您可以拿到您的份额，她也可以有自己的拍片计划。钱将存进瑞士的银行……多少……哦，我的好人，您是从哪里得到这些数据的？没人能满足您的要求的，恰多特先生。”他默默地拿着话筒，脸上显出受罪的表情，“恰多特先生，一个叫路易·艾思特华德的人今天下午会跟您联系……什么？哦，是我们当地时间晚上八点。我不太清楚时差。好吧，明天早上。他会跟您协商细节问题。他说你们的语言，非常流利的法语。我们能期望你们在九月份到达这里吗？……现在，恰多特先生，如果我们得等到明年二月，我们的份额要达到百分之五十七。我想报告我的股东，我们能以百分之五十六的份额来给詹妮弗·诺斯拍片……很好，这也是我所希望的。您已经开始拍摄她的新片了吗？……从现在到十一月间您要拍两部——上帝啊，我妒忌您。从现在到十一月我能拍完一部就谢天谢地了。但是您不用通过联邦政府的审查，也没有他妈的电视。等着瞧吧——要不了几年，您也会感受到的。电视，就像癌细胞，会扩散到任何地方。”

他挂上电话以后立即安排了另一个越洋电话。他把玩铅笔时，尼丽耐心地等待着。后来他把电话狠狠地挂上了，厌恶地说：“晚了二十分钟！”

突然他像是想起了她。“好吧，你可以走了。”他摆摆手，“我以为我们要共进午餐的。”她很震惊。

“你可以省掉午饭，有了这个肚子，你被解雇得更快。要不是我多次见过你这副样子，我会以为你已经怀孕四个月了。我得等路易·艾思特华德打来电话。”他叹了口气，“想象一下，我做的这笔生意，以及我干的那些巴结的把戏，都是为了让一个裸体荡妇来为我们演电影。要在十年前，这一行会把她轰出去，可现在，每家片场打破了头，想得到她。这个国家已经变了，我们都在走向道德堕落。都是被电视逼的。我一贯支持干净的美国电影，可是现在我们不得不动用我们所能得到的一切来跟电视斗争——屁股、乳房、法国荡妇。”

“她不是法国荡妇，”尼丽说，“她是个美国姑娘，非常漂亮。我和她曾是室友。”

他真的来了兴趣：“你跟詹妮弗·诺斯曾是室友？”

“十一年前，我们都在《直冲云霄》那部戏里，她只是个花瓶式的模特儿。后来她跟托尼·波拉结了婚，就离开了这里。”

“对啊！波拉是跟一个叫詹妮弗的结了婚……”他摇了摇头，“不，不可能是同一个姑娘，这个姑娘才二十三岁。”

尼丽讽刺地笑了：“在法国电影里，每个人都是二十三岁。就是和我同住过的那个詹妮弗。詹妮弗已经有……天哪——我不知道——我那时十七岁，她那时好像是二十一……”

“这么说她已经三十二了。”他很震惊。

“没错，”尼丽说，“而我二十八岁你就嫌我老了。”

“那个姑娘一定很懂得珍惜自己，而且她很可靠，到十一月份拍两部电影。”他摇了摇头，“她得过几个国外电影节的奖项，所以现在她觉得自己是个演员。算我运气——法国电影请她去裸体……而我能在她成为女演员的时候挖到她。”他大声地叹气，整个身体都晃了起来。

“那我该干什么？干坐着吗？”尼丽问。

“干坐着并且减肥，我会每个星期付你钱的。”

“我什么时候能拍下一部影片？”

“我们再看吧……”

她怒目圆睁：“你以为你是谁？竟然这样对待我！”

“是片场的头儿，而你不过是我捧出来的一个拖鼻涕小毛孩——只是现在你还没付清。所以你就干坐着吧，好给你他妈的一个教训。看着珍妮·洛德等新星起来，也许这会让你的脑子清醒一点儿。现在滚吧，我还有更重要的事要做。”

她站起身来：“我如果从这儿走出去，就再也不会回来了。”

他笑了：“随你的便，那你就到哪儿都不会再有工作了。”

回家的路上尼丽一直在抽泣，把车子横冲直撞地开到蜿蜒的山间峡谷里。她真的不在乎。她还能做什么呢？回到家坐在空空荡荡的大房子里吗？即使是双胞胎，都不真正需要她，他们喜欢他们的保姆，而且他们已经上学去了。一旦她在影片中被撤换的消息传了出去——而且又是“片场毒药”评选的首位——她就真的要孤零零一个人了。没人会给一个输家打电话。天哪，人们怎么能这么势利？她曾经那么卖力地工作，那么艰难地尝试——可现在，每个人都反过来折磨她。

她回到家，从酒柜里抓出一瓶苏格兰酒，然后去卧室，拉下百叶窗遮住日光，拔掉电话。她吞下了五粒红色的药丸。五粒红药丸现在几乎不起作用了。昨晚她吃了五粒红的、两粒黄的，不过睡了三个小时。她脱了衣服，上了床。

她醒来的时候一定是半夜了。她打开百叶窗。夜晚……无所事事，她晃进浴室，下意识地上了磅秤。她减轻了两磅。嘿，她有主意了——如果她只是吃药和睡觉，不吃东西，她很快就会减掉十磅。她吃了一粒维他命药丸——这会保持她的健康，然后猛灌一气苏格兰酒，吞下更多的红色药丸。

等她醒来时，她能透过帘子看到隐约的阳光。她趺趺撞撞地去了浴室。她头昏眼花，但是并不困。不，她不要上磅秤，她要等着让自己大吃一惊。她感到整个人都空了，最好再吃两粒维他命……是啊，这里面什么营养都有。她往脸上敷了点儿面霜，又给头发抹上羊脂。让这成为一次真正的美容治疗，等治疗结束她会看起来活像个洋娃娃。这次她服了五粒黄的和两粒红的，那会加快药效的，剩下的苏格兰酒足够好好喝上一顿的……

等她睁开眼睛时，一切看起来整洁而且明亮。她胳膊上绑着的该死针头是什么？还有那个头朝下挂着的瓶子？上帝！这是医院的房间！她试着坐起来，一个护士赶紧过来了。

“放松点儿，奥哈拉小姐。”护士用训练有素的愉快声调劝说道。

“我在这儿干吗？发生了什么事？”

护士递给她一张报纸。上帝啊！在头版上——有一张她的照片，脸庞清爽，笑容满面，是她初到片场的照片之一。但是旁边的大幅照片——一个女孩被两个男人架着，她的头垂在后面，两只光脚露了出来……天哪，那是她！她读着大字标题——“明星服药过量”，还有图片说明：“片场头儿声明：只是意外。”看看头儿怎么来补救这一切吧，她第一次笑了。他肯定很害怕——怕她死了。他不敢说把她从电影里开除了。她急切地读下去。

“奥哈拉小姐五天前跟我谈过一次，”——天哪，她已经昏迷那么久了吗？——“我建议，也许她太累了，承受不了下一部影片的紧张制作。她向我肯定她不累，只是需要几天的休息。显然这就是她试图做的，为新影片保持体形。如果她醒过来——”头儿哽咽了，不得不停下来擦去眼中的泪水。眼泪！他的狗屁眼泪比哪个演员都收放自如。他可能只是害怕她留下了什么不利的自杀遗言。她继续读着：“如果她醒过来，她将在我们最宏大的影片里扮演最耀眼的角色，我们要用珍妮·洛德替换她的说法不是真的，没人能代替得了尼丽·奥哈拉。万一奥哈拉小姐不能好转，我们考虑改写剧本，这样也许珍妮·洛德有望出演。但我们衷心希望尼丽恢复过来，像尼丽这样的明星一代只能出一个。”

她有种奇妙的感觉，每个与她合作过的明星都对她大加颂扬，甚至包括她根本不认识的演员，甚至行业版也用好几个专栏来褒奖她。这就像是死了一次，而且能看到自己葬礼上每个人的表现。她喜欢这种感觉。天哪，他们一定盼着她死。头儿一定没料到他把自己逼到了死角，这回他不得不让她出演这部电影了。

“我病得很厉害吗？”她问护士。

“病！几个小时前我们还以为你活不过来了呢。你已经在氧气室里待了二十四个小时。”

“但我只是服了几粒药丸，我真的只是想睡上一会儿。”

“很幸运，你的管家叫了医生。他起来发现你几乎停止了呼吸，又想起你已经三天没吃东西了。”

她咧嘴一笑：“我打赌我现在一定又漂亮又骨感。”

护士转身走了。不一会儿，医生进来了。

“我是凯嘉医生。”

她记起了这个名字——这是头儿的私人医生。

“很好，我们成功了。”他轻快地说。

确实成功了，她想。但想到头儿会得知这一切，她只是虚弱地笑了笑。

“做傻事了吧。这又能证明什么呢？”他问。

“这让我得到了这部电影，笨蛋。”但她仍保持着忧伤的微笑，并适度地加了几滴眼泪。然后她温柔地说：“不能演这部电影，我就不想活了。”

“哦，是啊……是的……这部电影。我们得看看，现在还说不准你身体是否可以胜任了。”

她坐了起来：“我完全恢复了！”

“你刚度过危险期，我们还得观察一下。如果我认为你的身体没恢复好，我会告诉片场的。不能让你再复发了。”

这就是原因，难怪派他出场。他的私人医生会说她还不够强壮。

她甜蜜地笑了：“好吧，希望你会发现我已经恢复了。因为是头儿的主意，是他让我减肥的，而且越快越好。因为我不够瘦，是头儿第一个给我绿色药丸的——那时我才十八岁——它彻底摧毁了我的食欲。我多次空腹工作，每星期只吃一顿——服从他的指令。所以，我想，你会发现我足够强壮的。让我们来瞧瞧……离试妆没几天了，我足够瘦了，可以参加。然后在我们开拍前，我还有整整一个星期可以休息。”

第二天，她的律师和经纪人来到她的床边。事情很容易搞定。有了头儿在报纸上的声明，她现在不可能从电影中被开除了。这份声明比任何合同都管用。而且公众的同情心也会向着她这一边。但是她可不敢错过一天的拍摄，她的经纪人警告她：“只要有一天……迟到了一个小时，你就会被开除。他现在已经气疯了，他做得出来，哪怕牺牲影片也在所不惜。你让他自食其言了，而他不喜欢被打败。”

开拍的第一天她很紧张。她看到山姆·杰克逊跟演职人员站在一起，他看起来也很紧张。每个人看起来都很紧张。但她已经学习了剧本，对每一场戏都很熟悉。

“我们先预演一遍，然后试着在摄像机上一遍通过，”山姆建议道，“让我们从你在夜总会跟观众席的对话开始。你要求他们安静，然后开始唱歌。”他转身叫道：“各就各位！开始！”场景都安排好了，她演了一遍，一切都很顺利。可为什么每个人都这么紧张？为什么山姆总是躲着她的眼睛？这不像他。他感到困窘是因为他在试用期，有可能从影片中被开除吗？每个人都知道头儿是个杂种。等今天拍完她得跟山姆谈谈。

她看着他们安装好升降架和摄像机。山姆这样歇斯底里是为了那一天一千块的奖金吗？没有人能只拍一次就通过的。上帝啊，如果他们一天能拍完整整一场戏，那才叫棒呢。

灯光倾斜下来，开拍提示板在她眼皮下敲响……上帝啊，她从来没有一次性地通过整场拍摄，没人做到过。

一切进行得很顺利。她漏了一两处，但是作为第一遍……天哪，他可以在此基础上完成最后的成片。拍完的时候，她微笑着转向他。

“你的歌剧唱砸了。”

她耸了耸肩膀：“有两处。录音已经录好了，但我的嘴型错了……下一次——”

“好吧，我们再来一遍，我希望这是最后一遍。”

天哪，他简直疯了。他从来没有用这种恐吓的办法来拍片，但他也是被吓坏了。

她回到位置上，这次她脚崴了一下，被手持麦克风的线绊到了，她本来该拿着它的。

“停！”他叫道，他走了过来，“你感觉不舒服吗，尼丽？”

“我感觉很好。嘿，放松一点儿。山姆，你不能指望第二遍就能拍成。”

“我指望第一遍就成功。”

“山姆，你疯了吗？我知道你有压力，但你不能制造恐慌。你表现得好像我们得赶拍速成品一样。即使是头儿，听说你想一次性拍成也会感到可笑的。”

他不理她，转向演职人员：“准备第三次重拍。”

她刚想发脾气停拍，又停住了。仁慈的上帝啊，这不正遂了头儿的意愿吗？她走了回去，全身发抖。尼丽·奥哈拉，得从一个受了惊吓的导演那里忍受这些。他知道全体人员都在旁边看着。从没有人这样对待过她，没有人当着她的面掉脸走开。以前掉脸走开的都是她！

她强迫自己走回原位，一个女孩帮她补妆的时候，她站在灯光下发抖。开拍提示板再次敲响——第三次重拍。她一开始就说错了台词，摄像机停了下来。第四次，又错。第五次，第六次……

到了下午很晚的时候，他们在重拍第十五次。这太荒谬了。她这辈子从来没有重拍过八次以上。都是山姆害的，是他把他的紧张带给了她。她现在一句台词都记不得了，仿佛自己命悬于此。

“晚餐休息——每个人七点钟的时候回来。”他叫道。

晚餐休息！即使早年，她都没有在晚上工作过。而他根本没跟她商量。她大步走过去：“我猜，你是计划晚上拍摄我周围的场景。”

他的注意力集中在取景器上：“我还是拍同样的场景，直到你能给我提供最终的成片。”

“不是我，小子。我很配合。我准时来，准时走。我可不想累到屁股开花，好让你去拿一天一千的奖金。”她走开了。

“如果你走了，我就要去汇报。”

“随你的便，”她咆哮着，“我有这个权利！”

其他的演职人员七点悉数到达，他们一直等到十点。一个电话打到尼丽家里。他们得知，她已上床睡觉了。山姆·杰克逊站起来解散了众人：“明天不开工了，等待通知。”

他上了他的车，开向海边，来到一栋小房子前，按响了铃。门开了，一个拥有黑色长发、身穿绒布浴袍的美丽少女站在门廊里。她引着他进了屋。

“好了，珍妮，你得到那个角色了。”

她张开嘴巴，让笑容展现她匀称的牙齿：“哦，山姆，你办成了！我太高兴了！”然后她转向坐在椅子里默默抽烟的小个子白发男人，“你听到了吗？山姆把她给解决了。”

小个子男人笑了：“很好。”他站了起来，解开她松松垮垮的浴袍带子。浴袍完全掉了下去，显露出她的完美身材。这个身高还不到年轻美女肩膀的小个子男人，把他被日光晒黑的手轻轻探向她隆起的乳房。

“好好看着，山姆，但是不准碰——这是我的。”

山姆点点头：“遵命，先生。”

“我只是想让你知道。你很年轻，可能会有一些想法。”

少女转身拥抱小个子男人：“但是我爱你，你知道的。”

男人点点头：“好的，山姆——干得不错。现在走吧，后天通知大家开工。我来提出解约，给尼丽发封电报，告诉她不必回复，签我的名。”

山姆点点头，走了出去。白发男人转向美丽少女：“好吧，现在你就要成明星了，珍妮·洛德。你将贵为女王——但你得一直记着，我才是你的皇帝！”

“遵命，先生。”她跪了下去，开始和他做爱。

Anne

安妮

一九五七年

安妮心事重重地挂上了话筒，凯文·吉尔默伸出手去握住她的手："又是尼丽？"她点点头，他拍了拍床，"躺到我这儿来，我们谈谈，看有什么办法。"

她在床上躺了下来："不是那么简单的，凯文。"

"我听见你在电话里支支吾吾的。我猜，她是想来跟你住。"安妮沉默着，凯文笑了起来，"你还是个拘谨的新英格兰人，不是吗？为什么不挑明了对她说：'不错，我这里是有两张床，但我的男朋友经常要来跟我过夜的。'"

安妮拿起必须要学的剧本："因为没有理由这么说。凯文，我担心，尼丽的情况很糟。"

"为什么？因为他们不请她演戏？她已经干坐冷板凳七个月了，可照样收入一大笔钱。如今没有长期合同没什么丢人的，没有片场再跟人签长期合约了。"

"但是她的口气很古怪……沮丧。她说她得离开了。"

"她可以有不少选择。只要她到这儿，所有的百老汇制作人都会追着请她，她还可以拍电视——随便她想要什么。"

"但是我听到一些有趣的传言……"安妮伸手取了一支香烟。

凯文拉住她的手，阻止她点烟："跟我在这里，我们用不着尖声喊叫。"

安妮笑了："凯文，如果我在摄像机前忘记了台词，我就会尖声喊叫。"

"用提示板嘛。"

"不用更好。我喜欢它们放在那里，只是以防万一。如果我知道我要说什么，会更好一些。"

"你真的在乎我吗，安妮？"他问。

"我非常在乎，凯文。"她把剧本放下，耐心地等待着，每次都是这样开始。

"但是你并不热烈地爱着我。"

她笑了："那是年轻人的爱，只属于初恋。"

“还在挂念那个浪荡作家？”

“我好几年没见过莱昂了。最后一次听说他时，他在伦敦写什么电影剧本。”

“这就是你无法爱上我的原因吗？”

她伸手拉他的手：“我很愿意有你陪伴，凯文，无论是在床上，还是在为你工作的时候。也许这就是爱。”

“如果我提出跟你结婚，你会不会多爱我一点儿？”

她的回答字斟句酌：“开始的时候很可怕。我不喜欢被当成某人的‘女人’，但是，现在，影响已经造成……”她不动感情地说着。这样的对话他们已经经历了很多次。

“什么影响？你很有名，每个人都知道你是吉莲女郎。”

“也是吉尔默的女人。但现在这已经无关紧要。我想要个孩子，我仍然想……”

“安妮，”他下了床，开始踱步，“你已经三十一了，要孩子太晚了。”

“我知道有的女人四十岁才生第一个孩子。”

“但是我五十七了，有一个成年的儿子和一个已婚的女儿——还有个两岁的外孙。如果我跟你结了婚，生个孩子比我们的外孙还小，成何体统？”

“很多男人在老年结婚，开始新的家庭。”

“我跟伊芙莲结婚二十五年了——愿她得到安息——我已经历了抚养孩子的一整套——夏令营、保姆、背带、麻疹。我没有耐心重来一遍。现在我有了一些自由，也有自己花不完的钱，我想过一种没有负累的轻松的生活。我想有个姑娘能自由地跟我去旅行，去享乐。我在婚姻里没有得到过多少乐趣，总是在奋斗。我开始做生意的时候，伊芙莲抚养孩子，除了偶尔周末去大西洋城，我们哪儿都不去。即使是在那儿，她也总是担心女佣靠不住，或者哪个孩子会生病。然后，等到我的生意做大，孩子成年，一切已经太晚，她病了。我那样过了五年；五年里我眼看着她死掉。后来我遇见了你——在她死后的第一个忌日——我马上就知道你就是我的女人。”

她努力摆出笑容：“很高兴我符合你的计划。但是，一个姑娘不可能只计划做某人的女人——她希望为人妻，并且，为人母。”

“我考虑过，安妮——但是我的孩子不会乐意的。”他在她床边坐下，轻轻地说，“另外，我比你清楚，一旦我们结了婚，你就更加视我为理所当然了。”他回到自己的床上，拿起报纸，很快就沉浸到《时报》的财经版块里了。

安妮也回到了自己的剧本中。再过几个月，他又会旧事重提，而且同样会如此收场。凯文对不能跟她结婚感到歉疚，但是对她来说，这真的已经无关紧要。也许考虑生育孩子是太晚了，而且，一纸婚书也无法确实保证忠诚和快乐——看看詹妮弗，还有可怜的尼丽。

的确，每个人都知道她是凯文的情人，但她也是吉莲女郎……是他使这成为可能。她喜欢她的工作，收入颇丰，而且能使她保持忙碌。她也喜欢凯文——不，比喜欢还多一些。也许这就是爱。不是像她跟莱昂在一起时感受到的那种爱，跟凯文在一起没有极乐。对他们之间的肉体结合她毫不动心，她常闹不明白，自己到底有什么地方吸引凯文。每当她回忆起自己委身莱昂时的那种狂热——他们深沉的亲吻，发烧一般的拥抱，整夜在对方的臂弯中睡去——她和凯文的关系看起来就完全是不动声色的了。

开始的时候，他们只是纯粹的工作关系，后来逐渐共同参加一些社交活动。她喜欢有他陪伴，而且她发现跟一个男人约会要比抵制许多男人的接近容易。她对他的公司来说是有价值的，而他对她在镜头前的毫无经验也富有耐心。正是他的耐心使她获得了成功。每次排练他都在现场逡巡，检查每一处灯光，跟她一起琢磨表演方式，帮她选择合适的服装。她对他的依赖增长了，总想听到他的建议和判断。她知道那些漂亮的小模特儿向他献身，她也看到有钱的离婚女人和试用的新人约他出去，她知道那个五十岁的时髦而且出名的前影后疯狂地邀请他。不错，凯文·吉尔默有的是选择的机会，但是他想要她。她抗拒了他一年，但是她也没遇到能让她感到兴奋或浪漫的男人，所以，最后，她把自己给了吉尔默。

她回忆起他们的初次结合，她所能做到的只是顺从。她听任他摆布，来满足他——没有更多的了。而他从来不要求更多。有时她勉强自己反应得稍微热乎一些，凯文就把这当成了激情。很快她发现，虽然他那么成熟世故，在性事上却完全是天真的。显然，他和他妻子结婚的时候还非常纯洁，而他的妻子想必也是同样的贞洁高雅和缺乏想象。他们也许从未超越温柔地亲吻和机械地做爱。他在妻子死后，一定有过其他女人，其中一些无所不至——但他把这种性爱方式跟行为不端的女子联系在了一起。安妮跟他妻子一样，是位淑女，所以他把安妮的性冷淡当成淑女的自然属性，而作为绅士，他也不想要求更多。

不，跟凯文在一起从来没有高潮低谷，但也许这就是成熟的爱。有时候，她告诉自己，她很幸运，大多数女孩从没有感受过莱昂·柏克式的爱，极少数女孩能够拥有凯文般稳固的爱。即使他不愿跟她结婚，也并不是问题。她从来没有强求过，虽然她知道她可以做到让凯文跟她结婚——只要威胁他说她要离开就行了。不，她对他们的现状非常满意。她知道凯文永远不会离她而去。

尼丽在下一个星期到了。安妮震惊于尼丽的变化，但她努力掩饰了这一点。她发胖了，看起来脸很浮肿，虽然穿着一套昂贵的衣服，看上去还是很邋遢，指甲油是残的，丝袜上有一处抽丝，整个人看起来皱巴巴的。但最要紧的是，她的面容表情中有些什么像是死了。尼丽不再神采飞扬了。当她说话的时候，眼神空洞，没有焦点。

安妮一直扮演着耐心听众的角色，而尼丽则滔滔不绝地咒骂着她所有的不幸：头儿的歹毒阴谋、破裂的婚姻、好莱坞的罪恶……

关于自己，安妮没有说太多。她说了自己的工作和与凯文的亲密关系。当尼丽用依稀的小女孩声调问她是不是“做了那个”的时候，她笑着点了点头，看起来尼丽对此很高兴。

凯文扮演的是亲切的男主人角色。即使尼丽侵犯了他的私人生活，他也把他的苦恼隐藏了起来。他送两个姑娘满城地去看表演，逛夜总会。不管尼丽到哪里都能引起轰动，欢呼声使她容光焕发。再也没有失败的日子，没有无休止的酗酒，她买了些新衣服，在两个星期里减了十磅，而且，极少在一夜里服药超过三粒。她又开始神采奕奕了——重新成为安妮熟悉的那个蹦蹦跳跳的姑娘。

九月一个炎热的夜晚，当他们离开一家剧院时，一大群人从舞台门口拥向尼丽，挡住了他们上出租车的路。人们又是笑又是招手，纷纷要求她在本子上签名。尼丽被这种友好的骚扰折磨着，直到凯文在一名警察的协助下，才清出了一条出场的通道。

在出租车里，凯文抹着脸上的汗，疑惑地摇着头：“简直是疯了！他们那么疯狂只为了见你一面吗？如果你要开口唱歌，还不知道他们会怎么样呢？”

“他们会癫狂上天的。”尼丽笑起来，“我的影迷总是很狂热，”她补充说道，圆溜溜的眼睛突然变得严肃起来，“《广播世界》里安排了我所有的电影，他们为这个花了要命的钱。不过我从来没拍过没有前途的戏，我拍的都是大手笔——”

凯文瞪着她，仿佛从她的话里洞悉了什么，兴奋让他的声音发颤：“你说得对，你的电影总是热映，你的影迷依然拥护你，他们要你。尼丽——让我们来个壮举！听我说——我将买下一个小时的电视网黄金时段。我的上帝——那一定很轰动！”

“你在开玩笑吧？我拍电视？整整一个小时的直播——不能重拍？天哪，还不如让我去死呢。”

“如果都唱你熟悉的歌，你就不需要重拍，”凯文坚持道，“没有噱头，没有其他表演，只是你站在那里歌唱。”

“别再提了，”尼丽答道，“我听说过那些电视机的效果——它们会让你看起来胖十磅，而且老二十岁。再说，我为什么要拍电视呢？约翰逊·哈里斯代理公司正在帮我和麦德隆公司谈一个三部电影的合约呢。”

随着尼丽的出现引起持续的新轰动，凯文对他的创意也越来越念念不忘。“说服她，”他请求安妮道，“我会给她几个星期的时间排练。我们要介绍一种新产品，公共宣传能给吉莲公司带来上百万的收益。”

“如果她不愿意，我不能强迫她，”安妮坚持道，“如果哪里出了问题，我会觉得有责任的。”

“怎么会出问题呢？她又不是好莱坞的摄像机炮制出来的没有才华的温室花朵。尼丽是在杂耍班子里长大的，她在百老汇演出过，有舞台经验。电视里充斥着没有才华的演员，每天都有从未听说过的人跳进电视成为明星，就只因为像尼丽这样有才华的演员都不参与进来。我又不是叫她连续演出一个星期，只要一场，一场壮举——她自己也会收益颇丰的。”

“我同意，凯文。但是你是最好的推销员——你自己去说服她吧。我是她的朋友，我不打算介入的。”

凯文提起这个话题好几次，但每次尼丽都委婉地拒绝了他。她在享受她的第一个真正的假期，首度接触到影迷的狂热，多年受片场压榨，终于有了迟到的补偿。

凯文抓住每个机会让尼丽观看演出和重温过去。他买了海伦·劳森首演晚会的门票，希望看到海伦能激发起尼丽的野心，激活她为观众表演的热情。

海伦的首场演出规模巨大，她因为又一次不成功的婚姻尝试，从百老汇的舞台上消失了一段时间，这一回她当上了牙买加一份巨大产业的女主人。隐退时她兴高采烈地接受采访，表示她已经找到了“生活中唯一的真爱”。照片上，徐娘半老的海伦挽着一个面目模糊的灰发老头儿。她卖掉在纽约的公寓和家具，打算去牙买加过一种简朴的家庭主妇的幸福生活。这种幸福维持了六年，然后海伦回来了，伴随着更多的头版故事。牙买加成了“充斥着有钱有闲的人和臭虫的热带小城”，除了喝酒和闲聊，无事可做。而那个出色的男人也成了“一个老是醉醺醺的无耻之徒，还跟其他女人‘私通’”。她在墨西哥离了婚，并立刻接受了一场新音乐剧里的重要角色。

这是个典型的海伦·劳森式的首场演出，所有该来的人都在观众席上，等着向她欢呼，欢迎皇后回家。她一出场，掌声便震耳欲聋，但十分钟后，空气里就弥漫出一种沉重的“失败的味道”。当尼丽坐在座位边缘，从心理上接受着海伦的每一个鞠躬时，凯文感到了一阵希望的涌动，但这希望很快就落了空，因为尼丽嘀咕着：“我第一次见到她的时候就觉得她老了，但是，天哪，跟现在比起来，她那时简直还是个孩子呢。”

凯文不得不承认尼丽说得没错，海伦不再是人到中年了，她的中年都快过去了。她发福了不少，但双腿依然美好，而且她依然摇晃着一头浓密的黑色长发。

“伙计，她有没有看一下染发瓶子？”尼丽耳语，“我喜欢黑色的头发，但她一定是在跟这个颜色开玩笑。简直是漆黑一片！”

“她应该用吉莲的黑色染剂，”凯文评论说，“看上去会更自然一些。”

“用什么都白搭，”尼丽不屑地说，“而且现在她得不到一个好剧本。她为什么还要来演这场戏呢？她有的是钞票。”

“她还能干什么呢？”凯文小心地说，“一个演员只有在舞台上才有生命。”

“呃！”尼丽扭开脸，“都是老调重弹。”

“这才刚开始呢，”安妮小声说道，“也许后面会好些。”

“这场戏很失败，我闻都闻得出来。”尼丽答道。

尼丽说对了。安妮看着海伦奋勇战斗，一个粗俗的中年女人却试图扮演浪漫角色，她感到一阵同情。海伦的嗓音还像以前那样充满活力，微有一丝颤音。但要么是歌剧不对，要么是调子不准。随着表演的进行，她的卖力程度也在增长，仿佛她在尝试把她一生的心血都投入这场失败的演出。

谢幕了好几次，首场演出的观众给了皇后道义上的臣服。但当他们从剧院鱼贯而出时，所给的评价才更接近真实。“海伦的首次失败。”……“这不是海伦的错，是剧本太差。”……“编剧太糟糕。”……“啊，但老海伦应该能补救的，还记得《阳光女郎》吗？没有剧本，没有乐谱——只有海伦，那就足够了。”……“听听，每个人都说这是次失败。”……“是啊，但在她的年纪，复出已经太晚了。为什么她不能保持美好回忆不被破坏呢？”……“他们对赛马还更仁慈一些——至少他们把冠军从马群中分出去。”……“是的，据我所知，这就是海伦的本来面目。”……“但是这个丑老太婆跟谁在一起呢？”……“哦，她的腿和头发还是很美。”……“好吧，她还有点儿东西剩着。”……“但是，亲爱的，我在学校学过声乐，那是颤音效果。”……

“我不能去后台，”尼丽说，“我知道她一定听说我从前面出去了。但是，天哪，我能说什么？比如说演出真是棒极了？”

“想去莎迪夜总会吗？”凯文问道，“她会去那里接受问候。”

“想打赌吗？”尼丽回答，“听着，没有人比海伦更清楚这是场惨败。她可不会愿意在莎迪夜总会里干坐着，瞪着眼睛等着《时代》和《讲坛》最早的评论出来。另外，弗兰克·萨拉今天在波斯夜总会有首场演唱。他在加利福尼亚的希诺夜总会引起了轰动，我每天晚上都去，我可不想错过他在纽约的首场。”

凯文疲倦地给波斯夜总会打电话订了座位，观看海伦首场演出的同一批专栏作者和观众已经聚在了那里。领班看见尼丽来了，马上在临近舞池的地方新添了一张桌子，在桌子后面，慷慨地付了小费。指望视线不被遮挡的观众一肚子不乐意。尼丽一进来，观众中马上掀起了一波热潮。

凯文点了香槟，但尼丽几乎没碰。安妮看着人群，想着第二天要拍的广告。已经很晚了，她能看出演唱不会按时开始。明天她只得用那个“傻瓜提示板”了。她看着簇拥在门口的人群，首场秀永远如此——人们永远不耐烦地等着被领到座位上去，把小费折起来暗递出去好得到更好的座位。满头大汗的服务生永远在一路小跑，在舞池边安插临时的加座，无视已经有座但被遮住的客人的抱怨。一开始坐在舞池边上的人，现在已经成为第三排的了，舞池也变得只有原先的一半大小。看起来房间里已经不可能再塞进一个人了，安妮看到一个服务生在舞池边缘又飞速安插了一张盘子大小的桌子，正好对着他们。

海伦进来了，一个清瘦的年轻男子陪着她。他是她演出中的主要伴舞，阴柔而且俊美，对成为众人瞩目的中心有一种视若无睹的骄傲。海伦一定很清楚他和他男性“室友”的事，不过，他把他“护驾”的角色扮演得完美无缺。他握着她的手，全神贯注地听她说的每一句话。海伦把他引入周围的座位和大声寒暄的朋友中，为他介绍，他则会心微笑，频频举杯。领班一副耐心顺从的模样，应答着海伦咆哮般的召唤。当她穿过房间时，安妮能听见她高声叫着：“我知道这些花里胡哨的酒吧在有演出的时候都是不供应烈酒的，所以快给我来上几瓶葡萄酒，别磨蹭！”

灯光终于暗了下来，弗兰克·萨拉被介绍出场。他是名铿锵有力的歌手，意大利歌唱得尤其好。观众已经读过其他城市对他的报道，热切地盼望着他一展风采。他被要求了好几次“再来一个”。接着，他发表了一段动人的感激之词以后，提高了声调，庄重地转向舞池边，用一种隆重的敬畏态度介绍：“音乐喜剧的巨人、所有人的皇后、伟大的女性、闪耀数十年的明星……海伦·劳森！”

海伦挤出机械的笑容，亲切地起身向观众招手示意，四周响起了由衷尊敬的掌声。

随后，弗兰克转身看着尼丽，观众也跟随着他的视线。他的声调放软了，眼神也因为赞赏变得柔和起来：“现在，一百年只诞生一位的明星……每个人都喜爱的姑娘……每个歌手都崇拜的歌手……”他停了下来，思索着，好像没有足够美好的字句来形容尼丽似的，然后他笑了，简单地说，“尼丽·奥哈拉小姐。”

掌声震耳欲聋，一些人站起来欢呼。随后，突然，齐刷刷地，观众们站了起来，喧闹、鼓掌，要求尼丽唱上一首。凯文也站了起来。安妮不知道该怎么办。所有人都站了起来，除了海伦·劳森和她的年轻舞者。海伦坐在那里，脸上挤出僵硬的笑容，无声地拍拍手。舞蹈演员愣愣地瞪着她，等候她发号施令。

最后尼丽站起身来，走向麦克风。她亲切地感谢每一个人，并试图婉拒唱歌的要求。但观众掀起了更为坚定的请求，她无可奈何地耸了耸肩膀，转向乐队。快速地商量了一下键盘以及和弦以后，她走到舞台中间，开始演唱。

她光彩照人，嗓音清澈而高昂。观众的反应好像复活节集会一般，疯狂地崇拜和爱慕。她唱了六首歌才得以告退，激动地回到座位上，眼里闪烁着兴奋的泪光。

专栏作家们过来祝贺她，一些衣冠楚楚的女士请求她为她们的女儿签名。尼丽愉快地签下了一堆菜单、卡片和纸张。当人潮终于平息时，她吞下了一整杯香槟。“你们知道，我可以这样。”她说。

“在夜总会上唱歌？”凯文满怀希望地问。

“不，喝香槟酒。这酒不错。”她又倒了一杯，“喝苏格兰酒或者伏特加更安全些，但今晚例外。只是我最好不要上了瘾——太容易发胖了。瞧瞧那边的老妖婆——她的赘肉可都是固体的葡萄酒。”

“尼丽，你今晚很出色。”凯文又开始了。

“当然，唱那些经典老歌很容易出色，他们现在再也写不出这样的歌了。”

“在我的创举中，你要唱的正是老歌。”

她咧嘴一笑：“哦，我们又回到这个话题了，嗯？”

“尼丽，大家崇拜你——”

“那是自然，他们也崇拜我的电影。但税收和开销太大了，即使好莱坞都无法开机，这是我的错吗？”

“据说不是因为税收和开销，尼丽。”

她的眼睛眯了起来，不再是他们玩笑的说话方式：“你说什么，芦柴棒先生？”

“据说是你让开销猛增……而且你不可信赖……还说你已经失声了。”

安妮紧张地移动着身子，试图捕捉凯文的眼神并给他个警告的暗示。但凯文根本不看她，眼睛紧紧地盯着尼丽。

尼丽摆出笑容：“好啊，你刚听过我演唱，所以不要相信你在报纸上读到的任何东西。”

“我是不相信，因为我今晚听见了你的歌声，这个房间里的每一个人都不会相信。但是这只是一小部分人，公众还是会相信他们读到的，尼丽，所以你还是要多拍点儿影片。”

她的笑容消失了：“听着，败兴致先生，我这会儿过得非常愉快，我站起来为我的晚宴歌唱，你还想从我这里得到什么？”

“一个壮举。”

她叹了口气：“我们又来了，老一套先生。”

“我的意思是，尼丽，今晚，你向这里的每一个人证明了你依然能像天使那样歌唱，为什么不向全世界证明呢？你知道一场大型的电视节目能影响到多少人吗？我会在广告里做几个星期的全国宣传——到时候举国上下都会收看——”

“忘了这茬儿吧。”她伸手去拿香槟，“嘿，瓶子空了，再来一点儿。”

凯文又要了一瓶。安妮看了看表。尼丽瞥见了，好脾气地抓住了她的胳膊：“来嘛，别跟催命鬼儿似的，这是我的狂欢之夜。”

“但是已经一点半了。我明天还有表演，一大早就得排练。”

“那又怎样？”尼丽笑起来，“安妮，那些不过是拍广告，又不是要你上演德米尔的经典大作。另外，我认识你的老板——我会帮你说情的。”她冲凯文眨了下眼，“我们要喝光这一瓶新酒……好吗？不过，首先，让我们去补个妆。”

安妮叹了口气，跟着来到了洗手间。女侍对尼丽大献殷勤，几个正在扑粉补妆的女人围住她没完没了地赞美，尼丽表现得优雅谦和。安妮在一旁耐心地等待，直到房间里渐渐空了。最后，尼丽在镜子前坐了下来，开始梳头。

“听着，安妮，要凯文别再烦我了。他人很好，什么都好，可就是像张破唱片，重复个没完。你告诉他，要他彻底死心，我绝对不会去演什么电视节目。”

“你不能因为他的尝试就怪罪他。”安妮说。

“好吧，但够了就是够了。另外——”

门开了，海伦昂首阔步地走了进来。有那么一瞬间，她冷冷地注视着安妮；然后，突然改变了主意一般，她点头说道：“见到你太好了，安妮。我听说你变成电视明星了。”

安妮摆出一个微笑，试图想出应答的话。海伦免去了她的这个麻烦，她在尼丽身边坐了下来，和气地拍了拍她的背：“你今晚表现得不错，小姑娘。真希望我今晚的那出破戏里也能有像科勒·波特或者厄文·柏林这样的作曲家。我听说你从前门走了——为什么不到后台来跟我打个招呼呢？”

“啊……我们……啊……赶着来这里，你知道，要保留一份预订座位是多么难。”尼丽结结巴巴地说。

“得了，少跟我来这套，”海伦说，“但是见鬼吧，没人喜欢到一场失败演出的后台去。为什么我要让自己被议论，来演这场破戏呢……但这就是我一辈子的风格，我是为了给那两个不出名的作曲家一个机会。”

尼丽友好地咧嘴一笑：“会有人给他们机会的，但如果你都不能弥补他们的作曲，就没人能做到了。”

“我总是给人机会——像你这样的人就是这么起家的。我解雇一个过气的夜总会歌手，好给年轻的孩子一个机会，但是没人来谢我——包括你，亲爱的。”

尼丽的笑容消失了：“不是你的演出让我跻身好莱坞的，海伦，我是凭我自己在夜总会的表现。”

“但你是怎么得到它的呢？用我作跳板。”

“好吧——谢谢，海伦。当我回忆往事时，我总在每个夜里感谢你——但是我要再次感谢。我很感激。走吧，安妮。”

“少跟我装模作样。我看过报纸，你现在没有片约了。你爬得高了，不是我一手提拔的那个街头小流浪儿了，不过——”

尼丽跳了起来，怒目圆睁，瞪着海伦。女侍靠近了些，为单调工作中这场意外的好戏而兴奋不已。

“走吧，尼丽，”安妮急忙说，“凯文在等着呢。”

尼丽把安妮的手甩到一边，瞪着海伦：“你叫我什么？！”

海伦站起身来，直截了当地面对她：“街头流浪儿。你还能是什么？一个三流玩杂耍的，连学都没上过。我很惊讶你居然能看懂乐谱。我给你机会演出，不过是因为我跟安妮是亲密伙伴。”

“亲密伙伴！你不过是想要她帮你拉皮条而已。”尼丽爆发了。

“你放屁！安妮和我是真正的好朋友。我们有过一个误会，但我只是作为朋友，想提醒她不要跟某些英国浑蛋扯上关系。我这么做是为她好。”她转向安妮：“他果然是个浑蛋，不是吗，我说对了，不是吗，安妮？我总是把你当成我真正的朋友之一。”

“走吧，安妮，”尼丽说，“这个甜蜜告白搞得我要吐了。”她拍着自己的胃。

海伦不理她，向安妮扬起她那残留的旧式笑容：“我是说真的，安妮，我从来没有过真正的朋友，每个人都是过河拆桥。我一直都喜欢你，天使，我为你的成功感到非常兴奋。现在我回纽约了，我们可以见面，做伴娱乐，就像过去一样。”

“安妮，我们走！”尼丽插进来。

“你急什么？”海伦故作天真，“你还能去哪儿？据我所知，你手头就只剩下大把的时间了。”

“等你歌剧的评论出来，你也会有大把的自由时间的。”尼丽答道。

海伦耸了耸肩膀：“就算我的演出评价不高，我到明天中午也会有六部新戏。你的日程表上有什么？还有更多像今晚这样的免费演唱会吧？”

“有你那样的颤音，要不了多久，你连免费演唱都不会有了。”尼丽反唇相讥，“而且，今晚我没有听到任何要你演唱的要求。”

海伦的脸慢慢红到了脖子。当她搭腔时，声音在颤抖：“像你这样过气的小淘汰货色，懂什么叫颤音？我已经当了三十年的顶级歌手，只要我喜欢，还可以继续保持顶级的地位。但你最好继续免费演唱，因为这就是你所能得到的全部了。当然啦，你还能得到些掌声——随便哪个观众都会为不用花钱的东西鼓掌的。但是你已经完蛋了，被淘汰出局了。

“现在，别挡着我的路，过气货，你可能无处可去，我可是有个小伙子在外面等着我呢。”

“小伙子！”尼丽嘲弄地笑了，“你叫他小伙子？但最好别老让他在那儿等着，因为从现在，到永远，你都只能找个同性恋带你出去——那就是说，如果由你来买单的话。”

“你应该知道得更清楚才对！你还跟一个同性恋结婚了呢。”海伦反咬一口，“上帝啊，你连那个娘娘腔老公都保不住，甚至用双胞胎孩子作为筹码都不行。对了——孩子也是娘娘腔吗？”她转身想走，但尼丽挡住了她的去路。

“你叫我的孩子什么？”尼丽的声音发颤。

“生了两个娘娘腔小孩又怎么啦？我听说他们对他们的那些妈妈很不错。现在，你给我让开……”她搡开尼丽，向门口走去。

“不许走，你这个老妖婆！”尼丽叫道，扑向海伦，一把揪住她的头发。海伦想推开她，但尼丽抓着不放。

突然，尼丽吃惊地大喘了一声，站在那里瞪着她手里的东西。与此同时，海伦恐惧地用手捂住了自己的头。

“假发！”尼丽尖叫起来，举起那顶长长的黑发给安妮看，“上帝做证，她的头发跟她一样虚假！”

“把我的头发还我，你这个小婊子，”海伦尖叫着，“花了我三百块呢！”

尼丽把假发戴在头上，满屋子跳起舞来：“嘿，来抓我吧，黑发女郎！”

海伦在她后面追：“还给我，你他妈的！”

“你戴着它丑得可怕，海伦，我觉得你现在这样子要有趣得多——小平头。”

海伦摸索着她短短的、凹凸不平的头发。“我让它在里面长起来，”她愠怒地说，“牙买加的土鳖发型师不知道怎么用染发剂。等我在这儿长期居住以后，就用不着了。好了，尼丽，把假发给我！”

尼丽快速一晃，冲进了一间被围栏隔开的厕所。海伦紧追过去，但尼丽手脚很快，把门扣上了。不一会儿，她们听见了厕所冲水的声音。

“嘿，你他妈的在干什么？”海伦尖声喊着，转向安妮：“上帝啊，我打赌她把它扔到马桶里了。我要杀了她，这个小婊子！”

海伦高声诅咒，安妮和女侍则努力劝说尼丽恢复理智。她们得到的唯一答复是威胁似的一次又一次的马桶冲水声。海伦梆梆地捶门，尼丽咯咯大笑，又冲了一次厕所。这次传来一阵奇怪的汩汩的水流声，涌出的水流随之四溢，一大汪水从门板下淌了出来，很快流向整个房间。

门开了，尼丽踮着脚小心翼翼地走了出来，神经质地傻笑个不停。“哦……见鬼……”她喘着气，“那蠢玩意儿在厕所里都冲不下去！”

女侍小心地捞起那浸湿的一大团——看起来像淹死的动物尸体。

“全毁了！”海伦扯着嗓子叫道，“现在我该怎么办？”她转向安妮，脸上全是眼泪："我现在怎么出去呢？"

安妮看着她，说不出话来。水流在整个房间蔓延。

在一片沉默中，女侍清了清嗓子："奥哈拉小姐——事情不太妙，您可能把抽水马桶搞坏了。"

尼丽大笑道："把账单寄给我吧，"她说，"每一分钱都太值得了。"她拿起她的钱包，在里面掏了一会儿，抽出一张五元钱的票子来，"拿着，"她说，"你们的厕所是全城最好的。"她转向安妮："走吧，让这个老秃鹰安静地哭一会儿。"

"我希望你的那个娘娘腔不要一个人在外面受凉了。"她甜甜地对海伦说。

安妮跟着她出了门，到了外面。她说："这不公平，尼丽。"

"公平！我恨不得杀了她呢。"

"但是这样不对，她真的没法儿出来了，除非等到大家都走了。"

"好啊，这样她才会记住今晚。明天她就可以另买一顶假发，但是明天，我依然会记得她说我孩子的话——还有说我的话。我不是过气了吗？我只能免费唱歌了，嗯？怎么，那可怜的……"她大踏步地走向座位："凯文，你还希望我表演那个壮举吗？"

凯文的脸上露出了一个大大的笑容。

"好吧，你交易成功了。"尼丽说，猛地跌坐进椅子里，给自己倒了一些香槟，"把合约拟好，跟我的经纪人和律师搞定它们。"

"明早第一件事就是这个。"凯文快活地说。

他们谈论着表演的事。俱乐部里渐渐空了。尼丽和安妮看着那个坐在海伦桌子旁的焦急的年轻人，他的眼睛一直盯着门。

"我想知道海伦·劳森怎么了，"凯文付账的时候说，"被一些歌迷堵住了？"

"没错，可能其中一个歌迷把她的头皮给揭了。"尼丽一派天真地说。

他们经过洗手间的时候，安妮穿过空荡荡的房间，回头看了看海伦的桌子。那个年轻的舞者正气急败坏地翻着口袋，试图凑出足够的钱，支付领班递来的账单。凯文开心地握住了安妮的手臂。"关于电视的事，你不会改变主意吧，尼丽？"

她兴高采烈地把手臂拐进凯文的臂弯："不会。我会全心全意地为你和你那些小小的老式产品歌唱——不过，你可得付我一大笔钱。"

"非常乐意。"凯文答道。他怀着无声的感激看着安妮。女人确实有意思——你磨破了嘴皮子都没有进展，但这时，只要让她们一起在洗手间里待上十分钟，什么事都可能发生……

凯文让报纸登满了即将开始的电视壮举。几家主要的杂志也采访了尼丽，电视专栏预言这将是一次惊人的突破，媒体时代正在来临。终于，电视观众也可以看到天才演员了。

凯文请来了顶级的编舞、顶级的导演和制作人。他加快了新产品的生产，好在演出中得以介绍，给安妮制作了特殊的行头来展示新的迷人线条。将在十一月初直播的这场演出被公认为本季度电视界的最大盛事。

尼丽搬到了酒店里，安置了一架钢琴。整个十月，她都在酒店房间和诺拉工作室之间两点一线地穿梭，排练、节食，按照过去的戒律来工作。她决定演给好莱坞看看，呛死海伦·劳森。她被淘汰了？不可信赖？只能免费唱歌？她真想看看海伦读到报纸时的脸。每份报纸都在说她得到了电视史上所支付的最高单价，他们还赞誉尼丽敢于尝试新媒体的勇气。

尼丽一点儿都不怕。没错，现场直播没法儿重拍，好，这样更好，她可以向好莱坞展示——展示一切。在所有的采访里她都扮演了那个咯咯发笑、紧张而热切的年轻的尼丽。“当然她很害怕。”……“当然她有很多担心。”但背地里，她知道那很容易……简直易如反掌。她怎么可能出错呢？十二首经典歌曲里，有六首是她唱熟的。没有从未尝试过的东西，甚至不需要学习任何一出场景——你只要看着“傻瓜板”上的提示就行。天哪，如果好莱坞知道这么容易，他们都会挤进电视里来。但她要把这个选择留给自己。

正式演出前夜，尼丽吃了三粒速可眠。彩排安排在第二天上午十点。她准时到了，休息得充分，跃跃欲试。第一个小时用来给她试妆。到了十一点半，实际的彩排开始了。她开场白说得很流畅，富有年轻的激情，然后她开始唱第一首歌。唱到三个小节的时候，导演喊：“停！”他走出监控室，走下侧廊：“尼丽，你唱错机位了。”

“我不明白。”尼丽甜甜地说。她就管唱歌，摄像机是摄影师的事。

“一号摄像机用来拍你的开场白，但等你开始唱歌时，你就转向二号机。”

“哪个是二号机？”

“有红灯的那个，你唱前半部分的时候对着它，然后和声部分转向三号机，最后的八个小节再对着二号机结束。”

“天哪，我得上过麻省理工学院才能认清那些。为什么我们要那么多摄像机呢？”

“亲爱的，这个听起来难，做起来容易。只要记住红灯——那就是在拍你的摄像机，你就不会错过了。”

她重新开始，留心地看着摄像机。一切进展顺利，但她错过了放提示牌的地方。下一次，她注意力集中在提示牌上，又错过了摄像机。

“别为提示牌操心，”导演请求说，“它会跟着你的，你只要跟着摄像机。”

“但是我习惯了摄像机跟着我。”她强烈抗议。

导演很耐心：“你会适应的，现在我们再试一次。”

又排演了两次。导演一脸平静的绝望，看起来很憔悴："尼丽，你两次走过了粉笔画的记号，出了摄像机的范围。"

"但是我唱歌的时候一定得动。"

"可以，宝贝儿，但让我们标出记号，这样我可以计划好机位。"

"我做不到。我跟着我的感觉在动，而且每次的感觉都不一样。"

就这样经过数小时声讨摄像机的排演，尼丽开始化妆，头发也松散开来。到五点的时候他们还没有完整表演过一遍。

导演叫了晚餐休息。他走向尼丽，漫不经心地用手臂环住尼丽的肩膀："六点的时候我们从头顺着来一遍，即使你犯了错也不要停。我来记数，然后我告诉你错误的、改动的和需要停的地方。你好有时间补个妆，在直播前歇口气。"

对尼丽来说，最后一次彩排简直是一场噩梦。摄像机的红灯看起来在不停地跳着，时关时开，写着乐章的提示牌在热炽灯下看起来模糊一片。她应该投入到一首歌曲中，深入地去感受它，唱出她认为最完美的曲调……她的眼睛应该闭上，然后恐慌地睁开，那里没有出色的好莱坞摄像机在追随她，等着记录她的每一个移动；也没有人能把最好的拍摄片段剪接编辑在一起——没有，只有那些她必须跟着的红眼怪物和写了字的晃个不停的提示板。她跟不上它们——她不该闭上眼睛。它们在哪儿？她含混地轻哼一句歌词。他说，继续……

老天，板在哪儿？哪个摄像机？在左边——对了，红眼睛亮着呢。感谢上帝，这首歌唱完了。基督啊，现在干吗？板上说什么？哦，对了，介绍安妮和产品。哦，感谢上帝，安妮在说话了——她可以喘口气了。上帝！她得冲到舞台侧翼！急疯了的女服务生在那里帮她移着手臂——三分钟的换衣服时间，只有三分钟让她换掉衣服，而安妮已经演完一半了……

"不行！"她尖叫道，"我做不到！如果我要操心粉笔记号、摄像机和快速换衣服，我就根本没办法真正现场演唱。如果我想闭上眼睛，我就要闭上眼睛，那样我才能有感觉。我做不到——做不到！"

凯文在监控室里。他冲下侧廊，跟导演一起试图让她冷静下来。

"我不演了，我让自己看起来像个傻瓜！"尼丽的嗓子都叫破了。

"尼丽，你是职业演员，"导演恳求道，"一旦观众坐满剧场，你听到掌声，一切感觉都会来的。"

"不，"她抽泣着，"我需要一个星期的摄像机排练，同时跟八样东西我肯定唱不好。我不能站在固定的粉笔记号上，盯着摄像机和提示牌。我做不到——我会跑调跑得比风筝还远！"

"尼丽，"安妮搂抱着她，"回忆一下在费城的时候，临场才通知，你是怎么一下子就跳进《直冲云霄》的角色里的？”

“那时我没什么可失去的，”尼丽说，“是个小孩，不怕冒险失去名声。现在我是明星——如果我看上去很糟糕，或者跑了调，我就完了。”

“你会很好的。”导演一再重复。

“不，不！我不演了！”

“尼丽，你必须演，”安妮坚持道，“我们已经给演播时段付了钱……演出还有一个小时就要开始了。”

“我做不到。”她抽抽搭搭。

“那你就再也没戏可演了。”导演突然爆发了。

“谁想演呀？只要我不再接近任何一家电视工作室，这根本影响不了我多久！”

“我的意思是任何媒体都不要你了。”导演冷冷地说。

“谁说的？”

“电视与广播艺术家联合会。如果你在演出中这样拒演，就是违约。联盟的所有公司都会执行规定，不录用你。电视与广播艺术家联合会、美国电影演员协会和英国演员协会。”

“要是我突然倒地而死呢？”

他冷静地笑了：“很不幸，我认为那多半不可能。”

“你不能宣称我突然得了喉炎吗？”她哀求说。

导演叹了口气：“尼丽，广播电视网的医生会坚持给你做检查的，广播电视网跟所有的广告商都有合作——他们花了一大笔钱。现在，你瞧，你还有一个小时——别再想演出的事情了，去你的化妆间放松一下。”

尼丽去了化妆间，急匆匆打电话联系了她酒店的一名服务生。二十分钟以后，他到了，拿出一个小瓶子，换到二十元小费。尼丽瞪着瓶子。“你们这些红色的小娃娃，”她温柔地说，“现在看在上帝的分上，是你们发挥作用的时候了，我就靠你们了。我甚至不能用烈酒来帮助你们——他们会说我喝醉了的。”她迅速吞下六粒，“来吧，宝贝儿们，”她一边躺下，一边喃喃自语，“来吧，我还什么东西都没吃，在空腹里面你们这些小家伙会很快起作用的。”

十分钟后，她开始感觉到熟悉的头重脚轻的反应，她让这感觉在体内渗透。这还不够，他们会用黑咖啡让她清醒过来的，她挣扎着起来又吃了两粒。“来吧，宝宝，让尼丽头昏眼花，这样她就病了……”她模糊地听到观众进场的声音，演奏师在调音。她再吞下两粒，朦胧中听到有人在叫她的名字，但是她的意识已经飘远了……

电视网不得不放了一段过去的录像，他们宣称是技术难关使尼丽·奥哈拉的演出无法直播。凯文没有怪罪尼丽，但是电视网这样做了。尼丽的演唱是试播，他们说。已经安排了许多大牌明星参加新一季的电视直播演出，如果让尼丽就这么逃了，以后说不定会有其他的麻烦。她被吊销了一年的所有工作许可——电影、俱乐部演出和电视。

开始她并不介意。她回到加利福尼亚，泡在游泳池里。报纸和业界评论无情地抨击她。他们说她喜怒无常，暗示她酗酒，他们一致声明她已经被淘汰了。

有时，她日以继夜地在床上度过，直到她的管家强迫她到游泳池去。有时，午夜时分她跳上汽车，开往酒吧。她不施粉黛地站在那里，头上包一块丝质的大花手帕，可以不被认出来，舒服地湮没在无名之辈中，喝喝啤酒，很开心能沾染些人气。她不在乎，她有足够的钱，可以常年赋闲。风头总会过去，那时她将恢复体形，或许可以去百老汇演出。那将很有趣，她会展示给他们瞧瞧。这期间她可以吃任何她想吃的东西……而且喝酒。总是会有可爱的红色和黄色小药丸陪伴着她——现在，又多了一种有蓝色条纹的!

安妮对尼丽的行为感到震惊。她的第一个直觉反应是跟到加利福尼亚去，绝不能让尼丽单独待着。但是她自己的电视任务又不可忽视……而且，那也是她对凯文的责任。她私下里对尼丽的出走感到愧疚，她这一走引起的损失巨大。凯文被迫支付时段的费用、广告费、乐师和超时的费用，而且没有高水平的节目可供播出。

但几星期过去后，她对尼丽的担忧就都淹没在终日紧张的电视直播中了。她做了新一轮的试妆，有时几乎忍受不了灯光的炙烤。即便如此，她也从未想过放弃——她也没有其他特别的事情想做。

有的时候，关于尼丽的报道会出现在报纸的专栏中——或真或假。每个人都相信尼丽正在进行某种刻意的自我毁灭，但安妮仍无法将这个神经质、饱受折磨的尼丽同以前住在五十二号大街上她楼下那个眼睛明亮的女孩联系起来。那才是真正的尼丽。好莱坞制造出来的这个幻影终将消失，真正的尼丽将会回来。

一座城市看起来不可能真正改变一个人。十多年过去了，在某种意义上，她觉得她和第一次来到纽约时没有区别。如果她坐下来仔细分析自己的话，她会发现，对她来说，纽约不再是一个令人悸动的童话世界了。百老汇是康尼岛的拱廊，四十二号大街就像腰子。五十号大道也不再让她激动，甚至洛克菲勒中心门口的巨型圣诞树也不再壮观。在表演和夜总会的首演式上，她看到的都是乏味的老面孔。

但这个世界仍然比劳伦斯维尔的世界要好。在劳伦斯维尔，生活从蛰居的人们身边溜走。至少她现在能上银幕，那里是故事发生的地方，虽然她失去了一些东西。

有时她会凑近镜子，试图客观地看清自己。她变了吗？她现在化妆了——早年，她去摩洛哥夜总会的时候，真的只薄敷一点儿脂粉和口红吗？现在，没有彻底而精致的脸部化妆，不涂眼影和睫毛膏，她会感觉像没穿衣服一样。而她的衣服——她依然坚持穿风格简单、色调柔和的服装，但都是知名设计师的精工裁剪之作。詹妮弗的貂皮大衣早就被丢弃了，她自己的这一件出自纽约顶尖皮货设计师之手。

但有过那么一次，那么飞速的一瞬，时间的流转在艾伦的眼中停滞了。他们在移民夜总会意外相遇。她和凯文在一起。艾伦介绍了他的妻子，一个迷人的年轻姑娘，她戴着一枚方方正正的大钻戒，跟艾伦曾经给她的一模一样。那一刻安妮有了个疯狂的念头——也许艾伦有满满一抽屉这样的戒指，各种尺寸，以备各种需求。

她曾多次设想，当她偶遇艾伦的时候，她会说些什么，有何感受。但就像绝大多数预想多次的会面，等实际发生的时候，它们都是平淡无奇的，毫无戏剧性。艾伦的头发稀疏了，但是他仍然打着条纹领带，仍然跟奇诺一起出游。奇诺突然老了，他得了大多数老年人饱受其苦的麻痹症。除了眼睛，他身体的其他部位看起来都已经僵死了。

她知道艾伦想表现得冷漠、简慢，但他的眼中涌起了旧日的爱慕："安妮……你看起来真美。"

"你看起来也不错，艾伦。"

"我们总是在电视上看到你，不是吗，奇诺？"

"是啊，当然。"奇诺答道。

然后是一阵沉默。上帝啊，难道十年后重逢竟无话可说吗？

"每次电视里有你的广告，艾伦总要把你指出来。"这时艾伦的妻子说。

"我真高兴你们会看，绝大多数人都是见广告一出现就跑去冰箱拿啤酒的。"

"不，我总是看的，虽然我从来不用吉莲的产品，我的美容师说——"被艾伦在手臂上轻压了一下作为警告，她突然停住了。

凯文化解了尴尬："我肯定，任何像你这样年轻可爱的姑娘都不太需要化妆品。"

女孩高兴得脸红了，咯咯地笑起来。

"我们的座位呢？"奇诺尖声抱怨起来，"如果我们去摩洛哥夜总会，而不是来这个鬼地方的话，根本就不会像这样傻站着。"

领班示意凯文，他的位置安排好了。咕哝了几句道别以后，安妮和凯文走开了。奇诺正开始另一番长篇大论，激烈声讨这里糟糕的服务，和为什么他们不去摩洛哥夜总会。

安妮感到悲哀。人们分离多年，然后再次相遇，但重聚只是证明了不可再聚，毫无温暖的回忆，有的只是尖酸的认识，意识到时光的流逝，一切快乐和美好的东西都不复旧日模样。她很庆幸莱昂远在英国。她会讨厌这样与他相遇，发现他的头发已经稀疏，而他约会的姑娘过于年轻、过于无趣。她宁愿一切都尘封在记忆之中。

她还想到了詹妮弗。詹妮弗害怕回来吗？到了最后关头，她还是拒绝了世纪公司的邀请，仍然留在欧洲。她是害怕好莱坞吗？如今她是欧洲顶级的明星。她的电影在美国也同样风行。她在银幕上看起来美艳绝伦。安妮深知灯光技巧所制造出来的奇迹，而且，当然，詹妮弗已经三十七岁了，但她表现出来的公众形象要年轻十岁，她在美国人的想象中也是如此。也许她留在欧洲是明智的。如果尼丽是个例子的话，好莱坞确实很可怕。

Jennifer

詹妮弗

一九五七年

詹妮弗害怕好莱坞——怕得要死。去年，半瓶速可眠和一次洗胃迫使克劳德重新考虑，放弃了跟世纪公司签约。但是，今年，另一个近乎荒诞的条件开了出来，这次利润太过诱人，不容放弃。签三部电影，能得到免税存入瑞士银行的一百万美元！当然克劳德要和她对半分账，但纯收入也有五十万！她无法拒绝。三十七岁的她看起来依然保持着原样——正面的灯光可以掩藏所有的小细纹。克劳德会全权过问每件事，他将检查摄像机镜头上蒙的纱和柔和光线。

当然，还需要应付那些无意中被人拍下的照片，纽约的艾德维德总是有不少记者，而且好莱坞将有更加盛大的招待仪式，带闪光灯的照相机是蒙混不过去的。不过，克劳德会想办法的，也许她可以来个嘉宝式的进场——避开所有的照相机。

在签约之后一个星期，一天清早，克劳德来到她的公寓。

“我刚收到电报——钱已经到账了。”

“分开付的吗？”她问。

“是的，这是你的账号——把它放在保险柜里。我留着自己的那份。”

她开心地在床上舒展开来：“太棒了，不是吗？我离开前可以有三个月的假。也许我要去卡布里岛，然后再去纽约。我将戴一顶黑色假发，和安妮去看所有的演出，尽情地玩乐一番。上帝啊，能重新说英语了，该有多好。”

克劳德揭开被子，突然把她从床上拖起来，然后猛地推开窗户，让日光照进来。

“你疯了吗？”她问。

“站在那儿别动——站在窗边。”

她打了个寒噤。那是九月，太阳勉强在巴黎多云的天空里探出头来，阳光微薄而且阴冷。

他叹了口气：“是啊，非做不可了。”

“什么非做不可了？”

“脸部拉皮。”

“你疯了！”她推开他，披上长袍。

他把她拽到镜子前：“这儿，在日光里看看你自己。不！不要把头抬起来微笑——在放松状态下看看你自己。”

“克劳德……我总是要化妆的，而且我知道自己最好看的角度。谁会有机会看见我现在这样呢？”

“好莱坞！化妆师，片场发型师……话会传得很快的。”

“但我还不是丑老太婆。作为三十七岁的人，我看起来还是非常棒的。”

“但是你看起来不像二十七岁！”

她瞪着镜子。不错，她下巴下面有点儿松弛。不是很厉害，真的……如果她把头仰回去并且微笑的话，它就消失了。但是，在放松状态下，它确实存在。克劳德把它称为垂肉。是的，她明白他的意思——那些皮肤上难以名状的松弛显示出了二十几岁和三十几岁之间的差异。并没有实际的皱纹，但是紧致的、青春的容貌已经不再。在咖啡馆里或者在美化人的灯光下，没人会注意到这些东西……但是它们确实存在。也许他是对的，但是上帝啊！三十七岁就做拉皮！每次她想到拉皮，总会想起那张六十多岁苍白的老脸。她回忆着她在纽约看到过的一个老妖怪，涂着厚厚的睫毛膏，脸抹得煞白，旁边有人嘀咕说：“她六十五岁了，脸做了拉皮，但这对她也不管用。”不，那太冒险了。

“克劳德，别被好莱坞吓着。我在那里待过。没有你想的那么艰难。每个人都怕别人。我会过关的。”

“我不想让你仅仅是过关！”他咆哮着，“你是欧洲的性感女神。整个好莱坞都在等着看你怎么跟他们的性感标志——梦露、伊丽莎白·泰勒——较量，而那些姑娘都很年轻。”

“我既不是伊丽莎白·泰勒，也不是玛丽莲·梦露，我是詹妮弗·诺斯。我就是我！”

“但你是什么呢？一张脸蛋儿、两个乳房罢了！那就是你的全部……你曾经的全部！”

“我最近的七部电影都没有拍一个裸露的镜头！”

“那是因为形象已经生根了。你就是穿着麻布袋子，大家也都知道那底下是什么。他们已经在心里熟悉了你身体的每一寸，你穿什么都无关紧要。千万别往自己的脑子里灌输这样的念头，以为你还能提供其他什么东西。”

“但是这种形象也会存在美国人的心里。他们也看过我所有的电影。”

“詹妮弗，你不相信我的判断吗？”他的态度转变了，试着摆出温和的笑容，

“你确实还有其他的东西。欧洲有许许多多的脱星，但她们都赶不上你。因为你还有一样额外的要素——甜蜜，一种法国姑娘无法具备的年轻的甜蜜。她们可以很热辣、很俏皮或者很天真——但是你有一种美国式的新鲜。这种新鲜只能跟青春同在，一张青春的脸。除了金色的头发和性感的乳房，你还需要其他东西来传递印象——天真的、女孩子气的……甚至是纯洁的。现在，你的身材没有问题，它依然很棒——但是你得减掉十磅。”

“哦，不！你不能！尼丽就是这样毁掉的。你别让我吃那些让人兴奋的药丸。如果那样，我每个晚上都得吃三到四粒安眠药来保持循环。我一百一十八磅重，五英尺六英寸高——够瘦的了。”

“对裸体电影来说，是的。不过对他们将要让你参加的高端时尚来说，就不是了。不过你不用吃那些令人兴奋的药丸。我都安排好了，你将去瑞士接受睡眠疗法。”

“睡眠疗法。那是治疗神经崩溃的，不是吗？”

“对减肥也有好处。我已经告诉他们你想减掉十磅。他们会让你睡上八天。你就睡觉……醒来就瘦了，休息充分，容光焕发。那以后，你的脸会更松弛一些，那时你再去做拉皮。”

在洛桑的群山之间穿行的时候，詹妮弗带着疑惑想起了玛利亚。虽然她对一切都记得很清楚，但那完全像上辈子的事情了。

医疗中心环境优美。她用假名登了记，只有少数几个靠得住的人知道她的真实身份。

“你不必担心，”主治医生说道，“你只管睡觉，我们会叫醒你，让你起来吃饭。有一个护士会全天候地监护你。你不会意识到自己在吃东西，你还会被领着在房间里走动，去浴室洗澡，但是你对这些也都完全意识不到。另外，为了防止肺部积水，还必须做一些运动。护士会每个小时改变一下你的睡姿。等你醒来以后，你就会减掉十磅。”

詹妮弗笑了：“但我也同样减了一个星期的寿。另外，我一直有个印象：睡眠疗法是针对精神失常者的。”

“没错。当然，它不能治愈长年累积而成的深度精神失常。治疗那个我们得用精神疗法，甚至可能要用电击。但是睡眠疗法对疏解情境性的压力效果显著。我给你举个例子。好莱坞有个已婚女人现在在这里，她的丈夫是个大导演。他们的一个小孩在游泳池里玩耍时淹死了。她伤心欲绝，无法面对今后的日子。她的丈夫和朋友很同情她，她自己也知道时间会治愈伤痛，但她就是无法继续面对生活。她感觉自己无法度过那些解除痛苦记忆的年月。这时候，睡眠疗法就派上用场了。你知道，大脑里分很多小小的区，每个区都有一个想法或一段记忆。如果我们反复想同一件事情，这个区就越变越深，想法也就根深蒂固。演员背台词也是这个道理。但一旦思维停止，这个区就像唱片一样被改录了，并被及时淡忘了。深刻的惨剧和对孩子的爱深深地刻在这个女人脑子里，三个星期的睡眠疗法会帮助创伤的愈合。等她醒来时，她会意识到她已经失去了孩子，但是创伤和无法抑制的痛苦已经过去。用五年时间才可能得到的解脱用三个星期就能够实现——免除了她多年的苦痛。”

詹妮弗咧嘴一笑：“好吧，如果我是个不快乐的胖姑娘，我也要来个三星期的疗程。现在，我只是想减掉十磅。”

他点点头：“八天就够了。”

一切都很简单。一名微笑的护士拿给她一杯香槟。“为优质睡眠和快乐心情干杯。”她慢慢地啜饮。不一会儿，来了个年轻医生。他检查了她的脉搏和血压，然后一支皮下注射针管轻轻地推入她的手臂。她放下杯子，有一种从未体验过的感觉，这感觉从脚趾尖开始，逐渐移过她的腿，掠过她的屁股……然后，她突然飘浮到了空中，失去了一切知觉。

她一定睡了整整一夜，她想。当她睁开眼睛时，阳光明媚，护士拿着早餐盘子进来了。詹妮弗笑了：“他们说我会在睡眠状态中吃饭，可是我现在完全醒了。”

“但您确实睡了。”护士咧嘴笑了。

“睡了多久？”

“八天。”

詹妮弗坐了起来：“你是说……”

护士点点头：“小姐瘦了十二磅——现在一百〇六磅。”

“哦，简直神了！”詹妮弗大叫起来，“上帝啊，多么奇妙的发明！”

她回到巴黎，克劳德很高兴。“我已经安排好了拉皮手术。”他说。这次她没有争辩。体重的突然减轻让她看上去有些憔悴。突然，他说：“脱衣服。”

她惊讶地瞪着他：“克劳德——我们已经很多年没有那样了。”

“我没打算跟你做爱。”他恼火地说，“我想看看体重减轻有没有影响到你的身材。”

她褪掉衣服：“没什么影响。而且，就算有，又怎么样？在美国我又不演裸戏。”

他冷静地检查着她的乳房：“我已经安排你去打一个疗程补充荷尔蒙的针，来保持你乳房的紧致。等你拉皮恢复以后就去打。”

“你是怎么找到这些扮靓的地方的？”

“这可不容易，但是已经安排好了。你明天去整形医疗中心，还是用假名。”

克劳德说得没错，确实很不容易。手术本身就很不舒服，但是恢复的过程才差点儿要了她的命。六个星期与世隔绝。瞪着她那肿胀的、斑斑点点的脸，充血的眼睛，耳朵后面可怕的黑色缝线，真想知道自己是否能恢复正常，她害怕自己犯了个错误。但是慢慢地，随着时间的推移，缝线拆掉了，伤疤从触目惊心的亮红色变成了淡淡的粉红，她知道，那会逐渐消失的。

浮肿消了下去，她的情绪高涨起来。克劳德总是对的，手术绝对成功。她怀疑她在二十岁的时候看上去也没有这么完美。她看上去不像二十岁，但她光彩照人，脸上连一丝细纹都没有，紧致的皮肤看起来无懈可击。她肯定她能通过好莱坞最苛刻的审视。

詹妮弗在十二月的一个晴朗天气里到达艾德维德。当照相机闪个不停、记者们一拥而上时，她突然对克劳德充满了感激。她注意到几个女记者仔细地打量着她，而她自如而自信地微笑着。她不怕强烈的阳光，不怕近距离细看。她知道自己看起来很完美。报纸也注意到了这一点，每一份报纸都说她甚至比银幕形象还要动人。

她执意在纽约逗留了一个星期，跟安妮细聊近况。她们花了好几个钟头聊了詹妮弗的冒险经历和她的众多短暂恋情。最后，安妮说了她跟凯文的关系。

詹妮弗叹了口气："我不管你把他说得多好，可他不跟你结婚就是浑蛋。"

"这没什么，"安妮坚持道，"我也并不真正爱他，这样更好。"

"你还在寻找梦中的白马王子？"詹妮弗问，"你知道，安妮，我猜，女人只能要么爱人，要么被爱，但两者几乎不可能兼得。"

"为什么？"

"我不知道，但似乎就是不行，你该了解的。艾伦爱你，甚至想跟你结婚。凯文也爱你，但是你可以轻易离开他们中的任何一个。你爱莱昂……可他也能轻易离开你。"

"不，是我自己太愚蠢。如果你知道有多少个夜晚……甚至现在，我还是醒着躺在那里，在脑海中重温一切。我本来可以做到的，本来可以成功的。"

"重新回到劳伦斯维尔吗？"

"是的。不会永远那样的。他的作家事业还会是那样。他的第一本书将会反响很好，但是不嫌钱。然后他就会写那些糟糕的商业性书籍——那是一种挑战的姿态——然后再写上一些，最后写电影剧本。那就是他在伦敦正在干的事情。

"在这里，事情也会同样地发生，只不过换成他在纽约写电视剧本，或者去好莱坞写，不管怎样，我们都会在一起。我只是恐慌，要是我当时就能想到……"

"但是一个能像那样断然离开的男人……安妮，他绝没有真的在乎过你。"

安妮坚定地摆正下巴："他爱我。我知道他爱。"

"当然。就像艾伦以为你爱他，就像凯文以为你爱他，他对此太肯定了，甚至觉得他不用跟你结婚。安妮，如果你真的觉得凯文爱你，让他跟你结婚。被爱真的很难得，这种事在我身上就从未发生过。”

“哦，别这么说，詹。整个欧洲都爱你……现在，你又得到了美国人的心。”

“他们爱的是我的脸蛋儿和身体，不是我！这区别可大了，安妮。”接着她耸耸肩膀，“也许我压根儿不可爱。”

“我爱你，詹——真的。”

詹妮弗微笑着：“我知道你爱，真遗憾我们不是同性恋——我们会是很棒的一对。”

安妮笑了：“就算我们是，也许还是不行。就像你说的，总是一个爱，一个被爱，除非女同性恋者不遵此例。”

詹妮弗望向远处：“不……即使是女同性恋，也是一个爱，一个被爱。”她在镜子里研究着自己的脸，“好吧，你得到了凯文，我得到了好莱坞。”

“可是你很享受你的成功，不是吗？”安妮问。

詹妮弗耸耸肩：“有时候是。但是我恨这个工作，我从来不是个事业型的女人，我不是个专注的女演员。虽然我总是聚光灯下的焦点，开始是因为王子，后来是跟托尼，但是结果都是一样——我从中都是一无所获。真的——无论是王子、托尼，还是我的事业。我的脸蛋儿和身材给我带来了这一切。哦，上帝，我宁可把我的一生奉给某个仅仅是爱我的人……”

“如果这真的是你想要的，詹，你会找到的。我相信你会。”

詹妮弗伸出手去抓住安妮的手：“为我祈祷吧，安妮。我想摆脱这些无耻的勾当，我想要个男人来爱我……我想要个孩子。现在还不是太晚。为我祈祷吧，让我能遇见合适的人，这样，我就可以对克劳德、对其他所有的人说，让他们去死吧！”

Anne

安 妮

一九六〇年

一九六〇年的春天，凯文·吉尔默的心脏遭受了一系列的重创。有两个星期，他面无血色，奄奄一息地躺在氧气舱里。刚恢复力气说话的时候，他抓住了安妮的手："安妮，我能熬过这一关吗？"

她握住他的手，对他点头。他看起来放心多了。

"答应我一件事，"他低语道，"如果我能挺过来，你愿意嫁给我吗？"

她努力做出一个似是而非的微笑："别说话，凯文，好好休息，快点儿好起来。"

他眼中涌出了眼泪："求你啦，安妮，我很害怕。我不能独自面对。求你……我只有知道你会跟我结婚……知道你永远在我身边，我才熬得过去。"

"凯文，你需要休息，你会好起来的。"

"你想要孩子恐怕太晚了，安妮，不过，我会给你其他的一切。我要把公司卖掉……我们去旅游。只要你说肯嫁给我，永远不离开我。"

她微笑着："好吧，凯文，我答应你。"

她在他床边守了六个漫长的星期。他逐渐好起来，不停地说着他们的婚礼，说着他们要做的事情，以及他将如何对她好。她逐渐被说服了。为什么不跟凯文结婚呢？她还在等什么？她已经三十五岁了——仁慈的上帝啊，三十五了！这怎么可能？你感觉内心还跟从前一模一样。但是，时光如箭，突然你已经三十五了。一年接着另一年，发生了这么多事——可又好像什么都没发生。她已经失去了拥有美满爱情和孩子的机会，但是作为补偿，她很独立，而且富有。她的原始投资翻了不止一番，亨利帮她在另外几个领域做了成功的投资。每年凯文给她公司的几百股股票——这些股票有望在将来的某一天增值一倍。不，钱绝不是问题，就算她不再工作——也不靠凯文的资助——她已经是个富有的女人。

不过，钱从来都不是个问题，即使是开始只有五千元银行存款的时候。她不像詹妮弗……詹得给母亲寄钱，所以她非得挣钱不可。她为詹妮弗在好莱坞取得了旋风般的成功感到骄傲——出演了五部美妙的彩色电影，一个替身代她唱歌，另一个替身在远距离镜头中代她跳舞，但当镜头拉近时，却总是詹妮弗。她美得不可思议。她的名字曾经和某个导演及某个风云人物联系在一起，最近的一个裙下之臣是一位制片人。但是安妮从她的来信和电话里知道，詹妮弗仍在寻觅。

快要出院的时候，凯文开始计划他们的蜜月。“你肯定你不介意放弃你的事业？”他焦虑地问。

“我的事业？”她大笑，“凯文，是你把一切放在银托盘里交给了我。”

“不，安妮。我帮你开创了你的模特儿生涯，但是其余的都是靠你自己。你很出色，你是公司的栋梁。”

“好吧，只要你乐意，你可以随时把栋梁从公司里带走。我认为公司和栋梁两者都不会活不下去的。”

他紧抓住她的手：“我爱你，安妮。我将把公司卖掉……”

她点点头：“现在你该休息一会儿了。我走了以后，你再计划我们的蜜月。”

他拉着她的手：“非走不可吗？”

她把声音放得很轻柔：“我还在为你工作，今晚有一场秀。”

“安妮……你知道——我们不能再有性事了。要持续很长一段时间，也许永远都不行了。”

“别为那个担心，凯文。”

他开始抽泣：“我会失去你的，我知道我会的！”

即使不考虑自己，她也感受到了剧变。疾病的可怕力量，能剥夺一个男人的尊严。她温柔地拍着他：“我会在你身边的，凯文。我保证。”

八月，凯文又带着以往“舍我其谁”的强者姿态回到他的办公桌边，健壮而又充满活力。氧气罩里那些被恐惧支配的日子已经成为模糊的记忆。不错，他是有一点儿冠状动脉血栓，但那并没让他倒下。他甚至比以前更健康了。休息对他很有好处，他将和安妮结婚。当然，他有时会害怕孤独，万一晚上再发生个什么状况……

“我希望尽可能地为公司着想，”他告诉安妮，“我将保留一千两百万的股份，并且保留董事会荣誉主席的职位。只要公司仍然冠我的名，我就要确保它保持品位。我预计能够在明年一月结束所有的事务，最晚二月。可以吗？不过，如果你想的话，我们现在就可以结婚……”

她笑了：“我们已经等了这么久，就让我们把事情做好。我希望结婚和度蜜月。”

“那就二月了！那将是我给自己的最后期限。婚礼和蜜月旅行，我们将周游世界。”

“真的是整个世界吗？我的意思是，不仅仅是伦敦、巴黎和罗马，而且包括东方、印度、希腊、西班牙？”

“没问题。”他关切地注视着她，“我注意到你以特别的方式提到了西班牙。好吧，我们把西班牙从头到脚搜个遍，我们会找到尼丽的——我保证我们会的。”

她一直在为尼丽担心。电视事件以后，尼丽无所事事地过了一年演出许可吊销期。然后，随着一轮巨大的宣传攻势，她跟一家大型的电影制片公司签下一个大型彩色电影中的角色。她体态轻盈，魅力四射，精力充沛，成为公众注意的焦点。这个事件轰动一时——尼丽·奥哈拉复出了。但是电影开拍几个星期以后，以往流行的那些传言又开始在报端出现。尼丽延迟了电影制作……尼丽有着不光彩的过去……尼丽得了喉头炎。随后，突发事件来了——电影停拍了，损失高达五十万！尼丽再一次被打上了“不可信赖”和“不可合作”的标签，甚至有传言她已经失声了。

十天后，她没打任何招呼就来到了安妮的公寓。她没有钱，但是律师正在安排卖掉她的房子，这样她就能有一大笔钱了。虽然担心会被打扰，安妮还是让她搬了进来。电视工作迫使安妮必须过一种规律的生活，有固定的钟点来学习剧本，固定的钟点来试妆，还要有充分的时间来保证休息，面对镜头前还要做美容。

尼丽的入侵从开始的时候就像一场飓风。电话铃声响个不停；记者们川流不息，要求采访；影迷们被发现在房子四周逡巡。但是安妮知道尼丽需要她，而且这些打扰不过是几个星期。

但是几个星期延长成了几个月，整个公寓始终处于混乱状态，三个女佣辞了工。尼丽在半梦半醒之间到处乱晃，打坏了一盏灯和一张桌子。安妮不停地倒空瓶子里的药，但尼丽似乎有着无穷无尽的药物来源和无穷无尽的藏匿之所。她不在药物作用下睡着的时候，就总是碍手碍脚、两眼愣怔，操着一瓶苏格兰酒到处晃，一边尖声咒骂着好莱坞。

是凯文坚持让她搬走的。他把她领到一间酒店套房，她可以作为他的客人住在那里，爱待多久待多久。

等卖房子的钱来了以后，尼丽悄悄地跟酒店结了账。几个星期后，她又在格林尼治村的警察局里冒了出来，因为被人投诉举办喧闹派对，因扰乱治安罪被拘捕。在报纸的照片上简直认不出她来了——肥胖、污斑、红眼，头发耷拉在眼皮上。

安妮冲去找她。尼丽躲在第五大道尾端一栋时髦的房子里，但是房子看上去是租来的。到处乱扔着空的威士忌酒瓶，大部分家具破破烂烂、脏兮兮的，随意被烟头烫出了污斑。皱巴巴的亚麻床单，看起来好像自打尼丽住进来起就从没换过。

“让我跟你一起住，安妮，”她咕哝着说，“我有的是钱，我只是受不了孤独，这就是为什么我老要开派对。看看那些粗坯都干了些什么——这房子我刚租下的时候可华丽了。”她悔恨地看着四周，“因为这些损坏，租房子给我的那个女士会杀了我的，所以我得离开这儿……”

“尼丽，你得振作起来。我跟你的经纪人谈过，你仍然很有名望——你可以在百老汇演出。”

“不，我不可靠，他们都怕我。”

“除非你挺直腰板——来一场演出证明你很可靠。”

“我没法儿唱歌了，安妮。我失声了。”

“过着这样的生活，谁都没法儿唱歌的。而且你不该抽烟，尼丽，你烟抽得比我多。你瞧，你为什么不到医院里去住上几天——”

“不！那正是戈得医生说的，他是我的新心理医生，希望我去康涅狄格州的某个精神病疗养庄园，一个月要花一千块。但我并不是个疯子，我只是不快乐。”

“我同意，我指的是正规的医院——就像西奈山或者名医馆。让他们帮你戒掉药物，让你的生活规律起来——”

“不，让我跟你一起住，我会乖的，不吃药。我发誓。”安妮以前听过这样的誓言，不过她还是答应考虑一下。她离开以后给尼丽的医生打了电话。他非常担忧。他也认为在医院住上几个星期会有帮助，但无法根治。尼丽需要彻底的精神治疗。

那个晚上尼丽失踪了。也许是她害怕承担责任。没人知道。她有十万多美元，但以她那样的挥霍方式，这么一大笔钱也维持不了多久。她出现在伦敦，英国的报纸在头版报道了她的到来，并表示了热情的欢迎。她出席派对，沐浴在掌声之中。她跟派拉蒙公司签了约，但在最后关头又取消了。随后，突然有传闻她去了西班牙，她似乎在那里定居了。她拍了一部电影——前期宣传很精彩，但是一直没有上演——一段时间后，她逐渐从新闻里销声匿迹。安妮的信被盖上“地址不详”退了回来——尼丽似乎已经消失了。

Jennifer

詹妮弗

一九六〇年

詹妮弗十一月到了纽约，没有对外宣布。她的电话让安妮大吃一惊。

“我马上来看你，”她热切地说，“我在雪莉酒店。”

“我马上过去。出什么事了吗？”

“没有，样样事情都很好——简直是神了！安妮，我在报上读到凯文要卖掉公司。婚期是什么时候？”

“我们暂定的是二月十五日。”

“太好了，也许我们可以来个双重婚礼。”

“哦，当然，我们——什么？詹，你说什么？”

“赶快过来，我用的是酒店的电话，记得吗？”

安妮到的时候，詹妮弗正等得不耐烦：“我已经让人备好了三明治和可乐。我们可以来一个真正的旧式闲聊茶会，你有时间吗？”

“整个下午。詹，他是谁？快告诉我！”

詹妮弗的眼睛闪闪发亮：“哦，安妮，我真开心！我甚至不介意下星期五我就要四十岁了。我仍然有经期，所以我仍然可以生孩子，而且……哦，四十岁了也没关系。”

四十！这个词让安妮感到一阵突然的震惊。詹妮弗四十了！她看起来很美。她回忆起海伦四十岁的时候多么显老。还有她自己的母亲，四十二岁就去世了。但是詹妮弗仍然保持着不可思议的完美身材和紧致皮肤，她看起来只有二十五岁。

“记得我在华盛顿的时候参加共和党的集会吗——就在政党提名大会之前？”詹妮弗问。

安妮笑了：“记得！凯文发誓说，你得为民主党的上台负责。”

詹妮弗咧嘴一笑：“好吧，那是片场的一个公关活动。我乐意为片场做任何事，因为他们把我从克劳德那里解放了出来。那花了他们很多钱，但是为了让我高兴，他们还是那样做了。”她战栗了一下，“我以前总得听克劳德的指令，我对他来说不过是一块畅销的肉而已。倒不是说现在的片场多么尊敬我，但他们表现得更为巧妙一些，他们佯称我很有天赋。”她直白地大笑起来。

“不过，詹——你在上一部电影里很出色。”

“我认为我不太糟，那是我的第一个严肃的角色。但是这部电影在哪里都不卖座。”

“那并不意味着什么。最杰出的明星也有失败的时候。你在上个月的票房评选中名列第三。”

詹妮弗耸了耸肩：“听着，要不是遇见了他，我这会儿一定很生气。因为电影票房收入极为不佳，片场简直疯了。他们冲去找了顶级的作家来帮我写新剧本……还有顶级的导演……”她又耸耸肩，“不过，我根本不介意。今天早上我在眼睛下面又发现了两条新的皱纹，即使这个也没让我感到烦心。”

“他是谁？”安妮问道。

詹妮弗推开她原封未动的三明治，啜了一口可乐：“好吧，你记得华盛顿的大型集会吧？他在那里，每次鸡尾酒会上我们都会碰面，他总是和蔼可亲，但是他不像其他所有的男人那样为我倾倒。他总是保持距离、彬彬有礼，不过……”

安妮恼火了：“詹，到底是谁？”

詹妮弗眯缝起眼睛：“威斯顿·亚当斯。”她等待着安妮的反应。

安妮惊讶得几乎跳了起来：“你的意思是，那个参议员？”詹妮弗点了点头。

“你……和威斯顿·亚当斯！”

詹妮弗跳了起来，在房间里转着圈：“对！威斯顿·亚当斯，资深参议员，社会名流，百万富翁——世袭的百万富翁。不过，安妮，即使他一文不名，我也不在乎。我爱他。”

安妮靠向椅背。威斯顿·亚当斯！他五十岁左右，风度翩翩，声名显赫，广受爱戴。

“不过，詹，我听说他是共和党的希望，他们想栽培他做——”

詹妮弗点点头：“没错，而他愿意为了我放弃这一切。”

“你们是怎么开始的？”

詹妮弗的目光变得柔和了：“哦，就像我说的，我们相遇了。我结识了成打的参议员，跟他们每个人合了影——你一定想不到那些参议员是多么有求必应，他们比演员还会作秀。除了威斯顿·亚当斯——他拒绝和我拍照。”

“干得好！”安妮说，“这是吸引你注意的一种方法。”

詹妮弗摇摇头：“他是认真的。我离开的前一天，所有那些吵吵闹闹的活动都结束了，他说他想跟我谈谈——邀请我共进晚餐。那天晚上我去了他的公寓。我以为会是个大型派对呢，但结果只有我们俩。”

“他在内心里一定是个浪漫的民主主义者。”安妮笑了。

“不，什么都没发生。我的意思是，没有性事——他甚至没有尝试。他有个仆人一直在边上——不是守在我们身边，但是你知道他在那里。他解释说，他拒绝拍照并不是有意粗鲁，而是他做不来这种事。然后我们聊天，他问了我很多问题，而且他确实在听我说话。我们谈到了巴黎，他年轻的时候去过巴黎大学文理学院，他想知道战后巴黎发生了怎样的变化。”

“这事儿你为什么一直保密呢？”安妮说，“他又没有结婚。”

詹妮弗开心地咧嘴笑了：“这将不再是秘密了。上星期是他妻子去世两周年的忌辰，他觉得现在不会让人感觉不妥了。”

“哦，没错，他们真是非常忠贞。”

“只是对外如此。那是一场安排的婚姻。你如果留在劳伦斯维尔也会这样。他和他妻子都来自上流社会的权贵之家。哦，他那时以为他爱她，但是她是属于冷淡的类型——讨厌性爱。不过这并不是他跟我在一起的原因，”她急忙说道，“他跟我在一起两个月都没有尝试过。我们偷偷溜到其他城市去约会——堪萨斯城，芝加哥……我戴着黑色假发。然后他去了加利福尼亚——我们做了！安妮，他棒极了，非常温柔。他爱我，而且取悦我！当他看到我的乳房的时候，他简直惊呆了——他还以为它们是垫出来的呢！他从来没有看过我在国外演的电影。安妮，他是第一个为我着迷的人，而不只是为我的肉体。而且他是那么害羞，一开始，他甚至不敢碰我的乳房。不过，我教会了他，现在——哇哦！”

“他发现了性爱。”安妮带着微笑说道。

“发现？他表现得像是他发明了性爱！不过，你知道吗，我并不介意这样，因为他一开始被我吸引不是因为这个。而且，安妮，他想要孩子。他的妻子是马里兰州人，五大三粗，平胸，一直都没有孩子。”

“但是，詹，他并不真的年轻了——你怎么能肯定你那样就能怀孕呢？”

“好吧，我已经堕胎七次，我身体内部已经准备好了，随时愿意而且能够受孕。当我告诉威我想要息影并且生个孩子的时候，他高兴得哭了，他是真的哭，安妮。他以为生活中他想要的所有东西都已经错过——一个他爱的姑娘，和孩子。所以他才埋头于事业。如果我影响了他的事业，他也毫无怨言。他说，共和党至少在八年内还得不到总统的位子，而且他们不能仅仅因为参议员跟电影明星结婚就开除他。他想要的正是我想要的——家庭和孩子。”

“威斯顿知道你的真实年龄吗？”

詹妮弗开心地点点头："他很高兴，当然啦，我没有告诉他我耳朵后面的小折痕，我的意思是，还是别吓着这个男人。他更倾向于相信我是从香格里拉出来的不老精灵。不过，他很高兴我不是二十来岁，他认为那样我会嫌弃他太老。一次我去他的农场看他。整个周末我都坐在那里，扎个马尾辫，也不化妆，他说我美极了。哦，安妮——这一切太棒了。我下个星期回好莱坞去发布这个爆炸性新闻。我得拍完我的下一部电影——他们已经拍了外景，而且试了服装——但是到此为止了！让他们叫去吧，我将不再工作了，管它呢！我的戏已经演完了。"

"你什么时候结婚？"

"哦，从今晚开始我们的关系就公开了。我们要去戏院，然后去21夜总会跟贝尔森参议员夫妇参加一个晚餐派对。明天我们会在所有的报纸上公开，威会害羞地承认我们已经订婚了。"

安妮笑了："我今晚可能会见到你，我们也要去21夜总会。那里晚餐很晚，所以等你到的时候我们可能已经在那里了。这将是个枯燥的长时间晚餐，因为是跟几个要买凯文公司的人在一起。"

詹妮弗激动地抓住了安妮的手："哦，我的好姐妹，这难道不是棒极了吗？我们都是在顶峰的时候退出，拥有成功、财富和我们又敬又爱的男人。"

安妮笑了，但是她体验到一种熟悉的心里一沉的感觉。她在21夜总会看见他们的时候，詹妮弗容光焕发。她得承认，威斯顿·亚当斯参议员是个仪表堂堂的男人。他个子很高，一头修剪过的铁灰色头发，平坦的小腹一看就是每天都去健身俱乐部的成果。詹妮弗来到他们桌边，互相介绍一番以后，参议员走上来亲切示意。"我感觉我好像跟你很熟悉了，"他对安妮说，"我常在电视上看到你——而且，当然啦，詹妮弗总是不停地提起你。"

她整个晚上都注意着詹妮弗。詹妮弗的眼睛一刻也离不开参议员的脸，满眼都是充满崇拜、小姑娘纯情恋爱的眼神。安妮妒忌她。她看着凯文。感谢上帝让他恢复过来，他这么善良、可亲。哦，上帝，为什么她对他就是没有任何感觉呢？如果她有的话，他们几年前就结婚了。想想看，她为了莱昂那么操心，甚至提出愿意供养他。而且跟莱昂在一起，有比单纯性爱更多的东西，她想每一秒钟都跟他亲近，潜入他的思想……"哦，天哪，我在干什么呢？"她想，"没有什么莱昂，就像亨利说的，我是在跟想象中的人物恋爱……"

第二天，所有的报纸头版都是詹妮弗。威斯顿·亚当斯参议员坦承他们将在一九六一年初结婚。在铺天盖地的狂喜、兴奋和大字标题中，詹妮弗回到了好莱坞，拍她的最后一部电影。

一九六一年

詹妮弗在一月的第一个星期回到纽约。亚当斯参议员得在华盛顿再逗留几天，安妮陪着她去买结婚礼服。

“什么都要与众不同，”她坚持道，“要引人注目，但是——你知道——要含蓄。你得帮我，安妮。”

她们在博格朵芙商店的试衣间里，突然，詹妮弗倒在墙上：“安妮……你有阿司匹林吗？”

她脸色煞白，眼睛瞳孔放大了。服务员急忙跑去找阿司匹林。詹妮弗坐了下来。“别这么害怕的样子，安妮。”她费劲挤出一个微笑，“是月经，来早了，可能是太兴奋了的缘故，我猜。疼得钻心。”

安妮松了一口气：“你吓死我了。”

詹妮弗点了一支烟：“现在过去了，但是那种疼——真能把骨头都压碎。我猜，生孩子也像这样，如果这是个例子的话。我生孩子的时候要找个好的无痛手术医生。”

服务员拿着阿司匹林回来了，销售领班也跟着跑过来，很关切的样子。

“我也这样发作过，”这个女人说，“疼得满地打滚，感谢上帝这玩意儿一个月只来一次。”

“你很幸运，”詹妮弗说，“最近我每两三个星期就来一次。”

售货小姐摇了摇头：“比我的一个女朋友好多了，她开始更年期了，整整一个月都不来，她直担心自己得了病。”

詹妮弗挑了三件衣服。售货小姐向她道谢，为自己的侄女要了张她的相片，并祝她好运。

随后，她们坐在棕榈园喝饮料的时候，安妮随便问道：“对了，詹，你上次做妇科检查是什么时候？”

詹妮弗努力回忆：“让我想想，最后一次堕胎是在瑞典——在那里是合法的——那是四年前了。医生说我健壮得像岩石一样。”

“哦，再检查一次也没什么坏处，我的医生很不错。”

詹妮弗点点头：“也许我是该查查了。”

盖仑医生冷静而轻松地写着她的病情报告。内部检查做完了，她穿好衣服，坐到他的桌子对面。“这种情况持续多久了？”他问。

“几个月了。我一直没理会它，但是安妮非要我来。而且，现在，每次例假持续——都要十天。我下个星期要结婚了，我希望确定一切都没问题。另外，我想马上怀上孩子。”

他点点头："参议员也来了吗？"

"没有，他在华盛顿。他下个星期来这里。"

"好吧，那我建议你今晚住院。"

"今晚？"詹妮弗把香烟捻灭了，"有什么问题吗？"

"完全没问题。要不是你说下个星期要结婚的话，我会建议等等看，观察下一个月经周期。你的子宫里有点儿息肉，这是很常见的。你到医院来，做一个刮削术，第二天就可以出院，你会有几天轻微流血。但如果你现在就做，到结婚那天你就全好了。"

出于担心，安妮跟盖仑医生重新确认了一遍。他没有向詹妮弗隐瞒任何病情。那只是个简单的小手术。她帮詹妮弗收拾了包裹，陪她一起进了医院。

詹妮弗被带进手术间的时候，她坐在空空的病房里。她很高兴没有什么严重的病症——詹妮弗那么想要孩子，而且她应该有个孩子。真奇怪……她们那么亲密，詹却从来没有解释过她为什么打掉了托尼的孩子。

盖仑医生一小时内出来了，安妮马上感觉到出了什么问题。

"她还在麻醉中，没醒过来。"他说。

"怎么啦？"她问道，"我敢说——有什么问题。那不只是息肉？"

"那确实是息肉——跟我想的完全一样。她的内部没有问题，"他说，"不过，麻醉师给她检查心跳的时候，在她的胸部发现了一个核桃大小的肿块。她自己一定知道。"

安妮感到一阵虚弱："但是大多数的肿块都不意味着什么。我的意思是——有的只是囊肿，是吗？"

"我取了肿块出来，"他轻轻地说道，"这非常简单，一点点的切口，不会留下明显的疤痕。我立刻做了活体解剖。安妮，那是恶性的。她必须明天过来把乳房切除。"

安妮恐惧得全身发冷。哦，上帝，为什么是詹妮弗？为什么是现在？她感觉到泪水顺着脸颊流了下来。"得由你去告诉她，"她抽泣着说，"我做不到！"

詹妮弗慢慢睁开眼睛，挣扎着醒来。手术结束了，她朝身边护士模糊的身形微笑："一切都顺利吗？"

"盖仑医生来了。"她轻快地说。

他温柔地摸了一下她的前额："醒过来了？"

"嗯……告诉我，只是你所想的——息肉——是吗？"

"是的，那个部分一切都很好。詹妮弗，为什么你不告诉我你的乳房里有肿块呢？"

她的手本能地摸向胸部，摸到了小小的绷带。

"我取了肿块出来。你有了多久了？"

“大……”她又感到昏昏欲睡，“大概一年……也许不止。”

“你接着睡，我们以后再谈。”

在麻醉的蒙眬中她感到了恐惧，她伸出手去抓住了他的手臂：“以后再谈什么？”

“恐怕我明天还得带你来这儿，再做一个小小的切除。”

“切除？什么样的？”

“我们得做一个乳切术。理查德医生来做。他是我们最好的胸外科医生。”

“什么是乳切——你说什么？”

“我们得切掉你的乳房，詹妮弗，肿瘤是恶性的。”

她挣扎着坐起来：“不！不可能！哦，上帝啊——不！”她倒了下去，头晕目眩。有什么东西注射进了她的手臂。

她断断续续地坠入睡眠。过了一会儿，她醒来抓住护士的手，哀求道：“那是做梦，是吗？我只是在麻药作用下做了个梦，是吗？——他说我的乳房？告诉我……”

“现在……放松。”护士轻柔地说。

她看见了这个女人脸上的同情。那不是梦，哦，上帝，那是真的！

安妮冲进凯文的办公室，哭着告诉他一切。他一言不发地听着，然后问道：“盖仑医生说手术有希望吗？”

安妮恼怒地瞪着他：“有希望？我说的你都没听见吗？”

“我都听见了，她肯定要失去她的乳房。这很可怕，不过这并不是世界末日。安妮，你知道吗？有多少女人在成功的手术以后，能快乐地活上很长时间？关键是要及时控制住。”

她感激地看着他。这就是凯文，他总是掌控一切，发现每件事情的光明面。他打电话给盖仑医生。医生说他有一切理由相信手术会很成功。理查德医生也同意。这是个小肿瘤，而且乳房手术的存活率很高。如果不发生转移的话，手术会非常成功——但是这一点必须等到乳房切除以后，做了淋巴腺检查，才可以下定论。

凯文“事实就是事实”的反应，让安妮多少宽慰和镇定了一些。她回到医院，詹妮弗已经完全醒了。很奇怪，她情绪平静。她伸出手来抓住安妮的手。“盖仑医生给威打了电话，”她低声说，“他马上飞来这里。”

“他告诉他了吗？”她问。

詹妮弗摇了摇头：“我让他一个字也别说，我觉得该由我来告诉他。”她朝护士虚弱地笑了：“我没事了，你能让我和我的朋友单独待一会儿吗？”

“至少两个小时之内不要让她喝流质。”护士说：“你今晚需要预订特别看护吗？”

“不，手术要到明天才开始呢，盖仑医生已经给我预订了一个从手术开始那天的全天候看护。我很好——请让我们单独待一会儿。”

她看着护士离开——然后跳下了床。

“你干什么？”安妮惊慌失措。

“我要离开这儿——马上！”

安妮拉住她的胳膊：“詹妮弗，你疯了吗？”

“你瞧，他们不能毁了我的身材。威怎么还能想和我亲近？！”

“你自己说他爱的是你，而不是你的乳房。快别傻了。”

但是詹妮弗已经在衣柜旁收拾起衣服来：“我要离开这儿，趁这个机会。他把癌细胞拿出去了——他不能拿走我的乳房！”

“詹妮弗，这是他们能确保安全的唯一方法。那可能会转移到另一个乳房的。”

“我不在乎！我不能给威生孩子已经够糟的了，但是我不能畸形地去面对他。”

“你现在离开就等于自杀，你觉得这对威公平吗？嫁给他也许一年以后就让他面对这个？他的上一任妻子就是病死的。而且这跟生孩子有什么关系？你还是可以生孩子。盖仑医生说你内部一切健康。”

“但是我不能怀孕，盖仑医生是这么说的。怀孕可能激活卵巢里的恶性肿瘤。乳房和卵巢之间有某种直接的联系。事实上，他说，手术以后他得在我的卵巢上做个X射线的治疗，来确保不孕！那我还能给威什么？没有孩子，却有个残废的身体……”

“你给他你自己！那就是他真正想要的全部。你瞧——你说过你讨厌为自己的肉体而活。行，你来证明。如果你想要孩子，你可以领养。”

慢慢地，詹妮弗爬回到床上。

安妮急切地讲下去：“没有人会知道，除了你和威。他爱你，不会介意孩子的事，这一点我很肯定。而且，如果你领养一个孩子，那跟你自己生的没什么区别。手术也没什么。说实话，詹，有今天的止痛技术——有你能买到的完美的假体——詹，这不是世界末日。”

詹妮弗瞪着天花板：“你知道，很有意思。我这辈子里，癌症意味着死亡、恐惧和一些可怕到我不敢面对的东西。现在我得了癌症，有意思的是，我怕的根本不是癌症本身——即使那已经是死亡宣判。我怕的只是，它对我和威的生活造成的破坏——不能为他生孩子，而且变得畸形。”

“不会的。詹，有些人遇到交通事故，脸被毁容了。还有些女人天生就是平胸。他们都能面对。而你又一直都说不想为身体而活，好吧，拿出点儿勇气来。相信你自己——试着证明这一点，而且，试着信任威。”

詹妮弗无力地笑了：“好吧。不过，我最好脱了这件病号服，而且要化化妆。我希望在我告诉他的时候，是我看起来最美的时候。”她坐起来梳了梳头。当她披上薄如蝉翼的睡袍时，她低头凝视缚着小小绷带的乳房。“再见吧，宝贝儿，”她说，“你还不知道，但是你快要没了。”

凯文也来了。威斯顿七点到达的时候，他和安妮都在那儿。安妮布好了灯光。詹妮弗浑身上下看起来都是电影明星的样子，她几乎兴奋起来了。简短地寒暄几句以后，凯文和安妮走了。

他们刚走，威斯顿就冲向床边，把詹妮弗抱在怀里：“上帝啊，我简直给吓死了。医生在电话里好奇怪——说你需要动手术，暗示我得推迟婚礼。可是，现在，你看上去好美……是什么手术，亲爱的？”

她深深地望着他：“那很糟糕，我会留下疤痕，而且将再也不能生孩子了……我将——”

“嘘……一个字也别说了，”他爱慕地看着她，“我得告诉你，我那么做都是为了你。我的意思是，孩子的事，在我的年纪来说，有没有真的已经无所谓了。但是我想让你高兴。你看起来那么想要孩子，所以我就做出样子，好像那对我很重要。所有我在乎的，是你——你明白吗？”

她紧紧地抱着他。“哦，威！”宽慰的泪水从她的脸上流了下来。

他抚摸着她的头发：“你是担心会失去我吗？哦，我的小美人儿——你永远不会失去我。你没有发现我的生活都只是因为你吗？”他隔着薄薄的睡袍亲吻着她的乳房，“我想要的只是你——不是孩子，你……你是唯一能激发我内在的女性。上帝啊，詹妮弗，在我认识你之前，我老是怀疑我体内是不是缺少什么东西。我把这怪罪于伊莲娜，可怜的伊莲娜——那不是她的错。她不能激发我，而且我可能也对她太冷淡。但是你……一开始，我们刚碰面的时候，我老躲着你——记得吗？”

她点点头。他躺在她的怀里，她抚摸着他的头。他亲吻着她脖子上光滑的肌肤：“但是你改变了我，让我发现我不是要躲你，我只是害怕，想逃避我自己。你走进我公寓的那一瞬间，我明白了，我知道一切都将有所不同。詹妮弗，是你教会我如何去爱，我无法放弃。”他爱抚着她的乳房，“这是我的宝贝儿，”他温柔地说，“它们才是我想要的孩子，它们那么完美，每天晚上我都把脸贴在上面……”他的手摸到那块小小的纱布，停了下来，“这是什么？他们对我的宝贝儿做了什么？”

她的笑容僵住了：“没什么……我患有小囊肿……”

“这里不能留疤！”他真的很担心。

“不会，威斯顿——他们是用针把它抽出来的，不会留疤。”

“那还差不多。让他们拿掉你的卵巢好了，我压根儿不介意，那不是你——我从来没见过你的卵巢。但是他们绝不能伤害我的宝贝儿……”他又爱抚起她的胸部来，“为什么医生打电话的时候听起来那么严肃？什么都不告诉我——就只告诉我赶紧过来。”

“他——他知道我很想要孩子——而且……”

"为什么他不直接告诉我你要做个子宫切除术呢？"他摇摇脑袋，"那些医生——他们总是卖关子。但是我很高兴我来了。现在我可以回去了，想着我把你抱在怀里。"他抱紧了她，"我想保持这个记忆。星期五之前我没法儿回来。"然后他写下一个号码，"让安妮等手术一结束就给我打电话，如果我不在那儿，他们会找到我的。"

他在门边停下来看着她，目光笼罩着她全身，好像他以前从来没有真正见过她似的："我爱你，詹妮弗……只有你——你会相信的，是吗？"

她报以微笑："是的，威，我知道……"

他走后的很长一段时间，这笑容仍然冻结在她的脸上。

盖仑医生在午夜进来了。"我们八点开始，"他轻快地说，"詹妮弗——一切都会没事的。"

她笑了："一定是这样。"

凌晨三点，她溜下了床，悄悄打开病房门，医院的过道灯光昏暗，但她能看见护士在电梯附近。她关上门，迅速穿好衣服。感谢上帝，她穿的是宽松的裤子和粗布衣服——那本来是用来瞒过摄影记者的。她拿块真丝大花手帕把头发包住，然后踮着脚走进过道。

她蹑手蹑脚地贴着墙走，然后躲在水冷却器的拱门里。值班的护士坐在亮晃晃的灯下，在她的本子上写着什么，要去电梯就非打她面前过不可。她不得不站在那里，祈祷夜里护士有时会离开她的位置。她还祈祷不要有人发现她躲在那里。

大钟一直嘀嗒嘀嗒地响着，护士没完没了地写她的本子。汗顺着她的脖子流下来，她感到阵阵热浪，好像她是在火炉旁边。妈的——那是暖气管。突然，蜂鸣器响了起来。哦，感谢上帝！一个病人在按铃，但是护士继续写，她聋了吗？铃声又响了起来，这次听起来更加迫切了。"快去应铃！"詹妮弗暗暗叫道。像是得了提示，铃声又响了一次，而且一直响着。那个迟钝的护士抬起头来，看了看箭头指向的房间号码，然后顺着走道走过去了。

詹妮弗看着护士进了一个房间之后飞快地跑向电梯。不——电梯可能半天才会来，而且声音太大了。走楼梯……她跑下八层楼梯，来到门厅时，已经上气不接下气。她小心地看了看四周，没人注意她。开电梯的人在抽烟，一边跟收银员聊天。她跑到大街上，走过几个街区，然后叫了一辆出租车。凌晨四点，她回到了自己住的酒店。

早晨，当护士发现她的房间空了的时候，她通知了盖仑医生。他立刻给詹妮弗住的酒店打电话。电话没人接。他让助理经理打开了房门。

她躺在床上，穿着她最漂亮的衣服，浓妆艳抹，手里抓着一个空的安眠药瓶子。旁边有两张条子。安妮读道：

安妮，除了这样，没有别的办法能保留对我最美好的记忆。感谢上帝，我有这些药丸。很抱歉，你结婚的时候我不能在你旁边了。我爱你。

詹

给威斯顿·亚当斯的字条上写道：

亲爱的威，我必须离开——为了拯救你的宝贝儿。感谢梦想曾经几乎成真。

詹妮弗

亚当斯议员对字条没做任何解释。被记者们追问得没办法的时候，他只是简单地低语了一声“无可奉告”。安妮的嘴巴封得很紧。盖仑医生拒绝讨论詹妮弗的病情。她在一个小手术的前夜过世——他能说的就这么多。

葬礼是一场噩梦。狂乱的人群拥堵在教堂外面，第五大道交通堵塞。骑着马的警察被派来维持秩序和疏导城市交通，各家报纸都刊载了詹妮弗的生平故事，安妮的照片登在头版——而且，忙中添乱的是，詹妮弗的母亲来了，对每个殷勤的记者大肆发布灰姑娘式的故事，象征性地抽搭几声，并列出详细的清单，要求拿走詹妮弗所有的衣服、毛皮制品和珠宝。

安妮本来还能应付詹妮弗的母亲，但是克劳德·恰多特的到来造成了新的混乱。他出示了一份遗嘱，声明他才是合法的继承人。亨利·贝拉米疯狂地搜寻着最新的一份遗嘱。最后，把癫狂推向高潮的是，尼丽来了。

她太慌乱了，错过了葬礼。她本来在西班牙，现在搬来跟安妮住。她的出现抓住了公众的注意力，报纸放过了詹妮弗，转而大做尼丽的文章。她现在瘦得惊人，容光焕发，渴望工作——不过，当然得等她从詹妮弗的悲剧中恢复过来以后。

无论如何，安妮通过了她的电视亮相，现在开始录制广告。公司新的掌门人用高薪挽留她，她在詹妮弗事件中的表现让她人气大增。因为詹妮弗的惨剧，她将自己的婚礼推迟到了四月。

过了三个星期，公众的骚动才平息下来。不过，刚平静两天，报纸两天没有提到詹妮弗，突然，大幅标题又铺天盖地。参议员威斯顿·亚当斯从议院辞职。他遭受了些许打击，打算旅游一年。

詹妮弗的自杀开始了新一轮的炒作，盖仑医生忧心忡忡。不错，他确实告诉了参议员詹妮弗的病情——毕竟，作为她的未婚夫，他有权知道事实真相，但是真相是给参议员本人的，不是提供给新闻界的。

安妮录制了几条广告，然后和凯文飞到棕榈滩，在那里度过了她几年来最愉快的一个星期，而且她避开了尼丽首次电视亮相的歇斯底里。尼丽的新经纪人开出天价，帮她在一个顶级的综艺节目里签下了客串演出。那场演出是录播的，这让尼丽安心。

安妮在棕榈滩观看了这场演出。尼丽的表演精彩绝伦，一切都那么迷人——她的嗓音完美无瑕，她本人艳光四射，大眼睛散发着灼人的神采。尼丽不再是个孩子了，不过她俏皮的品性仍在。颤抖着的嘴唇、神经质的笑声、孩子气的取悦——这些通通未改。看起来难以置信，但她比以前更加出色了。观众再一次欢呼着“天才”“活着的神话”……这是个奇迹般的复出，她又签下了好莱坞的一场电影。

尼丽重回巅峰。

Neely

尼丽

一九六一年

尼丽随随便便地把东西团进包里。“我到了那儿会有新衣服的，”她告诉安妮，“老天爷呀，我把我大多数的行头都留在西班牙了，现在我能留点儿放在你这里吗？”

“在你回来之前，我可能已经结婚了。尼丽，我要去周游世界，这套公寓可能会转租出去的。”

“好吧，我想我就带这些。我就像吉卜赛人一样，总是到处乱跑。不过这样也好，我就只当是狂欢。对了，詹妮弗的钱后来怎么处置了？”

“会全部给她母亲的。那个巴黎人是个骗子——亨利在遗嘱里发现了几处破绽。如果她在克劳德代理的时候拍的电影再版，克劳德可以得到百分之五十的收入。但是剩余的归她母亲，主要都是些珠宝和毛皮制品。他们将重新发行她的影片，不过那不是现钱。”

尼丽耸了耸肩：“听着，对一个没有天赋的女孩子来说，她过得可真是不错。你认为她为什么要那样？我的意思是指自杀。”

“我告诉你，尼丽，我真的不知道。”

“好吧，我猜得出来。我不认为她像谣传的那样得了什么病——有人说是结核病，我甚至听说一种离奇的传闻，说是某种不可治愈的癌症。我认为她服药的真正原因是因为她年老色衰了。”

“那太可笑了！詹妮弗比任何时候都漂亮。”

“但是她的最后一部电影是个大失败。哦，因为公众的注意，新的一部应该能挣钱，但是我听说也不是很热门，她在走下坡路了，没错。”

“尼丽，她息影了，她本来要结婚了。”

“对，我在西班牙读到了所有的报道，她突然遇到了真爱什么的。但是，得了吧，那参议员不是洛克·哈德森，詹在跟托尼结婚的时候就已经厌倦了整天闲坐着，而托尼还是又年轻又英俊的。不，我认为她只是无法面对，她变老了，美貌很快就会消失，而她又不愿仅仅因为参议员而安定下来，所以她服了药。至于我，我可不用担心，我有天赋，胖还是瘦都不成问题。你瞧海伦，当然她不像我——她是单靠技术，现在她的嗓子没了，她将到好莱坞在某些电视系列片里扮演角色。但是，即使她的嗓子坏了，她还是能够挺下去，因为她有天赋。”

“海伦会挺过去的，”安妮慢慢说道，“因为她没有真正的感情，任何不快对她来说，都不过是孩子式的不快，有了新玩具马上就能治愈。但是，任何嗓子——包括你的嗓子——都必须小心呵护。”

“不，我的嗓音是从内在发出来的，它在于我感受事物的方式。而且我接受了教训——男人会离开你，你的容貌也会消逝，你的孩子会长大成人，所有你认为了不起的事情都会变味。你真正所能依靠的，只有你自己和你的天赋。”

三个星期后，尼丽回来了，她的状态近乎崩溃边缘：“安妮——我的嗓子——录音的第三天，嗓子哑了！我没法儿唱歌了！”

安妮试着让她镇静下来。有很多好嗓子的人……这样的事情总是经常发生在歌唱家身上。

“不，我完了，”尼丽恸哭道，“我在每个医生那里都做了检查，我的声带甚至连一个小结都没有。他们说这是神经性的，但这不是。上帝在惩罚我那样评价詹。他们不得不报废那部电影。我彻底完蛋了，他们再也不会找我了。”

“上帝不会做那样的事情，”安妮抚慰地说，“如果有人惩罚你，那也是你自己惩罚自己。”

“哦，没错，我最近的这个心埋医生也是这么说的——他说我有一种自我毁灭的冲动，总是为了虚构的罪恶而惩罚自己。那简直是放屁！我从来没做错过什么。”

尼丽新找了个心理医生，麦辛珈医生经常被提起。安妮坚持让尼丽跟她住在一起。她有把握，集中的治疗和朋友的支持能让尼丽走出困境。她以前也总是突然就恢复了。

尼丽做了努力。她努力保持整洁，不把公寓搞得一团糟。但是她睡不着觉。她跟音乐家们出去，然后回来在起居室坐到天亮，一边吃速可眠药丸，一边听她的老唱片。

一天早上，安妮醒来，发现尼丽蜷缩在起居室里，脸上挂满眼泪：“我完了，安妮，我试着跟我的唱片一起唱，可是我做不到。”

“但是麦辛珈医生说那是神经性的，你的嗓音会恢复的，尼丽。”

“他说好莱坞让我紧张，所以我今晚才试试的。第一次，一个人在这里，没有镜头，没有好莱坞。安妮，我的嗓子像是闭合了，我唱不出来。”

“这才几个星期，尼丽——给它一点儿时间。”

尼丽站了起来。“也许，”她晃进洗手间，吞下几粒药丸，“给我点儿苏格兰酒好吗，安妮？没有那个，药丸发生不了作用。”

安妮递给她一个瓶子，这又将是一个尼丽服药的日子。这天是星期天，她本来计划待在家里，她已经邀请了凯文过来吃饭，她想给他做一道拿手的蒸蟹肉。但是现在尼丽要睡上一整天。

她打电话给凯文，准备到他那里去过这一天，晚点儿他们可以去露恰餐厅吃饭。

尼丽听见门关上了。她睡不着，但是假装睡着很容易。每次她喝酒吃药，安妮总是很紧张——害怕她失去控制或是怎样。尼丽坐了起来，又给自己倒了一杯烈性酒。她点了一支烟。上帝啊，这是最后一支了。可以肯定，是安妮为了安全，把其余的都藏了起来。好吧，她很快就会睡着的。

她又把杯子倒满。她发现她喝得太快了，只好一点儿一点儿地抿，再吃上几粒药。她摸到枕头底下——她在那里藏了三粒红色的药丸。她把它们吞下，慢慢地抿着苏格兰酒。药丸终于起作用了，她感到昏昏欲睡，但是她还是睡不着。她再倒了一杯，他妈的，酒瓶都快空了，而且没有香烟了。好吧，也许得再吃几粒药丸。但是她已经吃了这么多——那样是危险的。麦辛珈医生已经警告过她，说有朝一日她的耐受力会不如常人。那又如何？如果她的天赋都没了，为什么不吃呢？还需要克制什么呢？她只剩一万美元了，老天爷呀。不，她离开好莱坞的时候是一万美元，但是她支付了双胞胎的学费——那是一千两百美元——还有三个星期每天二十五美元的心理医生诊疗费。她的路费花了好几百，而且她还时不时地开出几张现金支票！也许她只剩五千块了，那能支撑多久？再说她也不能永远跟安妮住在一起——安妮下个月就要结婚了。老天爷，她从哪儿能弄到钱呢？房子卖掉了——没有保险……也许她干脆把瓶子里剩下的药都吃掉得了。泰德会抚养孩子的，而且他们也并不真的关心她——当她在加利福尼亚看到他们的时候，他们只会说“给我拿”“给我用”“给我买”。

没人在乎她是死是活，没人关心她。也许上帝会的，如果有上帝的话。

“嘿，上帝，你真的在上面吗？”她说，“你是一把胡子的白发老头儿吗？你能听懂我吗？告诉我，是哪里错了？我要求的从来不多。天哪，我所想要的不过是一栋房子和一个爱我的男人。我尽力了——可你为什么每次都把一切搞砸？如果你不想让我成功，为什么要给我一副好嗓子？你又为什么要把它拿走？”她倒光了最后一点儿苏格兰酒，把瓶子扔在地上：“嘿，詹，你在上面吗？我知道你不会带着白翅膀飞来飞去，或者是别的什么，但是如果真的有灵魂，而且你在某个地方的话，也许你能听见我。你有过这样的感觉吗？天哪，我想跟你一起……那比现在这样好。我在这里还有什么呢？有的是难挨的一天又一天、一夜又一夜——我跟那些一无是处的男人去喝吉烈酒吧，他们不过是想被人看见跟我在一起，而且由我来买单。”她把杯子里的酒喝光了。

“天哪，我已经三十二了……不再年轻了。应该有一个奇妙的天堂……不是什么乱七八糟的有竖琴和天使的那种天堂，而该是像人间一样，只是没有烦恼。没错，应该有的。毕竟，有那么多聪明人都相信会有。比如总统和克莱尔·布斯·鲁斯。也许我该做个天主教徒或者什么的，我猜我生来是的，但是我从来没去过教堂。但是确实有个天堂，詹，因为，你想想那些被希特勒残害的婴儿，想想那些生来又聋又瞎的人，比如海伦·凯勒，如果后面没有天堂等待着他们的话，就太不公平了。为什么像海伦·凯勒那么善良的女士会看不见也听不见呢？为什么像你这样拥有一切的人最后会一无所有呢？当然，会有个天堂。你看我的姐姐，跟呆查理生活在一起。如果最后没有天堂的话，为什么我这么成功，而我的姐姐却只能一无所有地困在阿斯托里亚？肯定的，嘿，詹……你死之前感到受伤害了吗？会留下疤痕吗？跟我一起，詹……我得再吃点儿药——我要去跟你碰面。”

她跑进浴室。她把瓶子藏在浴盐[1]后面了。只剩六粒了！她迅速吞下它们。但是六粒还不够。或者阿司匹林？也许一整瓶阿司匹林能代替安眠药丸？妈的！阿司匹林只剩五粒了。她把它们吞下了。没有苏格兰酒了，不过酒柜里还有一些安妮为凯文留的波旁威士忌，那能代替苏格兰酒……她摇摇晃晃地走出浴室——她拿着的杯子在瓷砖地面上砸碎了。哦，天哪……她每次打破东西都会让安妮发疯。她停下来捡起碎片。这不过是玻璃罢了，但是对于安妮来说，这就像水晶或者别的什么。她捡起一个长条碎片。伙计，这个可以做到——在手腕上一割，她就能有一个像詹妮弗那样的葬礼了。他们也会为她争斗吗？泰德·卡萨布兰卡会要求把她葬在他那里吗？还是她那半截入土的姐姐会跳起来要求掌管一切？天哪，想象一下要在阿斯托里亚某个讨厌的公墓里度过余生。安妮会为了尊严而战，但是她想要个最盛大的葬礼，甚至……甚至比詹妮弗的更加盛大。好吧，不可能比那更盛大。也行，就跟詹妮弗的一样好了。但是要是没有天堂和上帝怎么办？那时她已经死了，却不能享受天堂。但是——她握着玻璃片——如果她差点儿死了，也会造成同样的轰动，就像以前在好莱坞……也许他们甚至会请求她回去，每个人都会抱歉。那时，如果她不紧张了，兴许她就能唱歌，一切都会重新变得美好……

“好吧，让我们先喝点儿波旁威士忌。”她说，摇晃着走向酒柜。她找到了酒瓶和酒杯，倒了满满一杯，仍旧抓着碎玻璃，走回卧室。她爬上床，深深地喝了一大口波旁威士忌，然后研究起手腕来。如果她割这一边——不要割到大动脉，因为这

1 浴盐，一种结晶体，用以使浴水软化并带香味。

真的会死的，但是只割这一边的小小凹痕……只割到出血就行。她用玻璃割了下去——割了大概一英寸长，但是没有碰到主动脉——很好，血出来了。她躺回去看着它缓缓流出。天哪，好多血！流得真快！嘿！也许她割到了什么重要的东西！天哪，止不住了！她拿起电话。安妮他妈的在哪儿？血越流越快，现在那些该死的药丸倒又起作用了。是波旁威士忌的缘故……

她拨了接线员。传来一个漠不关心的声音。

"我是尼丽·奥哈拉，"她嘟哝着，"我快死了……"

"您的号码是多少？"接线员问道。

"我的号码？"她朝下看着电话，什么都是模糊一片，"我不知道……号码没有登记……我记不住。快救命，我割了脉……血……"

"您的地址？"

"东六十二号大街，靠近公园。安妮·威莱斯的公寓……"

"那个电视明星？"接线员的声音不再冷漠了。

"没错……没错……"尼丽让话筒掉了下去。她的眼睛闭上了，她强迫它们睁开。上帝啊，她毁了安妮的床单。她的手臂了无生气地垂在床边，血染污了安妮的金黄色地毯。天哪，安妮再也不会让她待在这儿了。"拜托，接线员，快……"全是血，仍在流个不停……但是她没有死，如果你还能清醒地思考，你就不会死……"我是困……不是死……只是想睡觉……该死的药丸……每次都这样，它们现在倒起作用了……"

尼丽睁开眼睛，又马上闭上了。闻起来像是在医院，那意味着她还活着！她回忆起来了，铃声、救护车……她再次睁开眼睛。安妮和凯文坐在房间那头。安妮跳了起来："哦，尼丽，你终于醒了！感谢上帝！"

尼丽虚弱地笑了："很抱歉搞脏了你的公寓。"

"别说了。"

"我在哪儿？"

"帕克·诺斯医院。"

尼丽皱了皱鼻子："为什么不去名医馆？我听说那里很棒。"

凯文穿过房间："听着，年轻的女士，你能来这儿已经他妈的算是很幸运了。你知道我们到家的时候他们正想把你送到哪儿吗？贝佛市！"

尼丽挣扎着坐了起来："哦，天哪，那正是我所需要的。"

"幸亏我们决定回家，安妮想看看你怎么样了。我们发现了救护车和警察。他们正想把你带到贝佛市去，那是法律规定的——所有试图自杀的人都得去贝佛市，待在那里过观察期。"

“天哪！”

“是凯文避免了这个，”安妮说，“他指着玻璃碎片，坚持说那是一场意外。”

凯文皱着眉：“我不得不塞许多二十美元的钞票给他们，让他们同意我的看法。而且我们没时间挑选医院了——你当时真的很危险，而这家医院是最近的。”

“我并不是真的自杀。”尼丽说。

“是啊，直到真的死了才是真的自杀。”安妮说。

“我上报纸了吗？”

“头版。”安妮把一张椅子拉到尼丽的床边，“尼丽，我们得做些什么来改变你的生活。”

泪水涌出了尼丽的眼睛：“还能做什么呢？我再也不能唱歌了。”

“问题就在那儿，”凯文轻轻拍着他的头，“你的喉咙没有任何病变。”

“你去跟我的喉咙说吧。我真的很想，可就是一个音节都唱不出来。”

“好吧，再过几天你就可以出院了。然后怎么办呢？”凯文问道。

尼丽眼泪汪汪：“我会搬出安妮的公寓的——不必担心。我去住酒店。”

“我不是这个意思，尼丽……总是吃药、酗酒，下一次你就不会这么幸运了。”

尼丽伸了个懒腰：“只要我能睡觉，真正的睡眠——比如一个星期——然后我就会好的。用现在的方式，我能得到的睡眠不超过几个小时。我已经很久没有真正地睡过一晚上的觉了……”

“睡眠疗法！”安妮突然说道。

凯文和尼丽都疑惑地瞪着她。

“是的，睡眠疗法。”安妮重复道。她解释詹妮弗如何在瑞士接受睡眠疗法来减肥，但是这种治疗是用来帮助神经衰弱的。

尼丽很起劲：“一个星期的睡眠！哦，上帝，我打赌我就能唱歌了。但是要去瑞士——那要花好大一笔钱。”

“如果那是正规的治疗，我肯定我们这里也会有的。”凯文声称。

麦辛珈医生表示反对。是的，他知道睡眠疗法，但是尼丽的神经衰弱已经根深蒂固，他感觉她至少需要在疗养院里治疗一年。“这不是情境式的情绪低落。”他坚持道，“这个姑娘深度受困，从她的病历来看，很明显她十年前就有自杀倾向。她刚来找我的时候，我就建议她去疗养院，但是她拒绝了。从那以后她精神高度紧张，而且嗜药。但是现在她没有选择了，她必须去。”他推荐了几家疗养院。

尼丽一家都不肯去：“我去跟那些疯子住在一起？没门儿，先生。我想要个奢侈的治疗，就像詹妮弗做的一样。开始时喝香槟，富有同情心的护士，可爱的针管……还有睡眠，美美地睡上一觉。”

狂打了一气电话以后，凯文最终选定了纽约北部的一家大型私人疗养院。是的，他们知道睡眠疗法，他们很高兴能接收奥哈拉小姐，并给她施以治疗。是的，治疗将在极端保密的状态下进行——报纸不会知道。

三月一个宜人的星期日，凯文和安妮开车载着尼丽去了“避难庄园”。当安妮看到宽敞的场地和精心打理的草坪时，她放心了。尼丽给自己装备了几粒药丸，好鼓起勇气。

他们走进一座庞大的覆盖着常春藤的都铎式大厦，然后被引进一间陈列着最近那些捐赠人的画像的画室。疗养院的负责人霍尔医生欢迎了他们。他跟尼丽握了握手：“我是您的超级影迷，奥哈拉小姐。”

尼丽虚弱地笑了。

“现在，您能填完这几张表格吗……”

尼丽在几张纸上签了名。“好了，让我们开始睡眠疗法吧。”她欢欣鼓舞地说。

霍尔医生按了下铃，一个穿白衣服的大块头强壮女人进来了。

“这是雅恰医生，我的助理，她会带奥哈拉小姐去她的房间。”

尼丽抓住了安妮的手：“我不知道怎么感谢你才够。一个星期以后你能来接我吗？”

安妮点点头。尼丽转向凯文：“我知道你付了这次治疗的钱，非常感谢。”

他摇了摇头：“我想付来着，不过是安妮付的，她坚持要这么做。”

尼丽带着害羞和困倦的笑容看着安妮：“安妮……你总是这样，嗯？谢谢。”

“只要你好起来，尼丽。”安妮说。

“我就是想睡上老长一段时间。”她靠在雅恰医生的手臂上走了出去。

安妮起身想走，霍尔医生清了清嗓子：“威莱斯小姐……吉尔默先生，我们能谈谈吗？”

“谈什么？”安妮重又坐下来。

“这个所谓的睡眠疗法。我在电话里跟麦辛珈医生谈过了，而且我拿到了奥哈拉小姐过去的病历，麦辛珈医生送来的。睡眠疗法解决不了问题，你知道。”

“但是你说——”安妮不知所措。

“我说我们可以实施睡眠疗法，但那时我还没有看过她的病历，也没有和她的医生谈过。不错，睡眠疗法可以让她打起精神，作用甚至能保持几个星期，或者一个月——然后老毛病又会发作，最后她会毁了自己的。她已经有这个倾向，你知道。她很有天赋——我们有责任把她治愈。”

“怎么治呢？”安妮问。

“不是睡眠疗法，也不靠药丸。这个姑娘已经药物上瘾了。安眠药上瘾可以跟其他毒瘾一样严重，而且更难治愈，因为很不幸，病人在外面要搞到药丸太容易了。这比可卡因、海洛因或吗啡的毒瘾更难戒除。你知道吗？在她试图自杀那天她吃了五十粒药丸。我跟她的药剂师核对过了，她的药方前一天刚更新过。麦辛珈医生从来不给她药——每一张药方上都是一个新的药剂师的名字。而她被发现的时候，五十粒装的瓶子已经空了，而且她还喝了大量的酒——两样同服很危险。而且她还想靠割脉完成自杀。她的抗药性已经是一个吸毒者的抗药性了。”

“那您的意见是？”这回是凯文发话。

“我建议尝试深度的精神治疗，不包括电击——无论如何，现在还不需要。我希望她不需要。但我想，伴随着真正的治疗，我们能给世界带回一个很有天赋的亮眼睛女孩。”

“需要多长的时间呢？”安妮问。

“至少一年。”

安妮的笑容很沮丧：“你根本说服不了尼丽。如果不给她做睡眠疗法的话，她会立刻离开这里。”

霍尔医生笑容倦怠。“她签了这个。”他拍拍一张纸，“她自己授权了。当然，她以为她只是签个字，但是在这种情况下她必须留在这里至少三十天。”

“三十天，”安妮深思着说道，“但是我了解尼丽，三十天以后你无法说服她继续留下。”

“如果我们不能，你可以做这个授权。”

“我？”安妮吓坏了，“不行！”

霍尔医生笑了：“那我们能拿到帮她做精神治疗的许可证。”

“怎么？”

“如果我们的精神医师认为她需要进一步的治疗，我们会把案例提交法庭，三个其他地方的精神医师会被召集过来。如果他们的诊断意见相同，法院会授权三个月——每三个月她需要自动授权一次。这个我们常干。”他轻松地说，“这能够消除病人亲友的歉疚感。”

“但是这好像是在蒙骗她，”安妮提出异议，“她以为她是来睡上一个星期的，我们承诺她……”

“威莱斯小姐，我很崇拜奥哈拉小姐，她是个伟大的天才。在这里治疗每月需要一千五百元，可来自全国的要求治疗的人都得排队等候。我们让奥哈拉小姐优先入院，是因为她是一名艺术家——她必须被治愈。我为她请求这个机会，我向你请求。”

“但是尼丽那么讨厌疗养院。”

“奥哈拉小姐现在没有能力自己决定将来。事实上，如果由她自己做主，她将没有未来。”

凯文突然拍了板：“我想，霍尔医生知道得最清楚，我们至少可以试一试。”

安妮沉默地点点头：“我们什么时候能见她？”

“两个星期里不能见。但是你可以每天给我打电话，我会向你汇报她的进度。我保证等你来探视她时，她的健康情况会有明显的改善。”

在他们开车回城的路上，安妮一言不发。“一个月一千五，要付上一年？”凯文对她说，“安妮，你最好让我来付。”

“不，这是我的义务。凯文，我在想……如果我跟吉莲续约……他们给我每星期两千……”

“那我们的婚事怎么办？还有我们的旅行？”

“已经等了这么久——为什么不再等几个月？而且，把尼丽留在‘避难庄园’，我不能长途旅行，我得去看她。”

“你不想跟我结婚，是吧，安妮？”

“我想，但是——”

“不。那就是你为什么要自己来付尼丽的账单。你不想感觉欠我什么。”

“凯文，在你准备好要结婚之前，你让我等了那么多年。我想，我们至少再给尼丽几个月的时间。”

“也就是直到尼丽恢复正常之前，我们都不能去度蜜月——好吧，我等——但为什么我们不能结婚呢？你为什么还要工作？”

“如果我要给尼丽付账，我就不得不工作。我那天跟亨利·贝拉米谈过了，他告诉我，我的财产将近一百万。当然啦，其中绝大部分是股票的账面数字，但是都是热门股。可要支付尼丽的医疗费，我就非得动用我的本金不可。那就意味着要卖掉一些股票。亨利不想让我那么做——他认为电话电报公司的股票还会继续上涨，那会是一场损失。但是，如果我跟吉莲公司再签上半年的合同，我就能负担尼丽了。这样我们就得等到十月，那时候，尼丽也该恢复得差不多了。那时我们就结婚，然后旅行。我保证。”

凯文看着远处。他不得不照办。尼丽这个该死的小丫头片子，每次她到城里来，都只会带来麻烦。

安妮叹了口气：“可怜的尼丽，我猜，他们已经告诉她事实真相了。真不知道她会怎样。”

开始尼丽还挺有耐心。她坐在雅恰医生的办公室里，单调地回答医生提出的问题，一支接一支地抽烟，等着打针，然后美美地睡上一觉。最后，雅恰医生的电话响了。尼丽估计那是霍尔医生打电话来指示什么，雅恰医生简单地答着："是的，医生。当然，医生。我很高兴，我完全同意。"

尼丽打了个哈欠。他们取得一致了，那太好了。现在来吧，开始治疗吧。雅恰医生按了下铃，尼丽看着这个女人穿着走形的鞋子。为什么它们不是漂亮的白色鞋子呢？为什么是又笨重又丑陋的牛津鞋呢？天哪，她一定是生来如此——当她是个孩子的时候就穿着畸形鞋子。尼丽因为这个念头笑出声来，雅恰医生惊讶地转过身。这时，一双崭新的白色鞋子出现了，鞋子上面是一个穿白色制服的护士，她走了进来。

"这是奥哈拉小姐，"雅恰医生说，"带她到四号楼。"

"睡眠疗法在那里做吗？"尼丽跟在护士后面愉快地问道。这个护士仅报以微笑，领着她走过一串地下的通道。在每一个入口她都拿出一大把钥匙开门，她们一走过去之后，她又立刻把门锁上。

"嘿，那个地方在哪儿？在新泽西吗？我们已经走了一英里。"

"'避难庄园'有二十座楼，还不包括体育馆和专业治疗楼。它们都是独立的建筑，但是在地底下有过道彼此相连。我们已经经过了管理大楼，穿过了二号楼和三号楼，现在已经接近四号楼了。"她的声音里有一种主人翁的自豪感。

四号楼像一个私人农庄，尼丽发现不同年纪的妇女在一间大房子里看电视。她们看起来都很体面，她想。护士领她走进一个长长的过道，过道旁是很小的格子间。天哪，这卧室真蹩脚，她在五十二号大街的卧室有这里的三倍大。每个格子间有一张床、一扇窗、一张梳妆台和一把椅子。不过，也许她是要到楼上的豪华包间之类的房间。显然这里并不是做睡眠疗法的地方。

护士在走道尽头的一个小格子间停了下来："这是您的房间。"

尼丽刚想抗议——但是去他妈的，她就要睡觉了，周围环境不美又有什么关系呢？她倒在床上。"好吧，拿针来打。"护士离开了房间。时间一分一分地过去了。她看着手表。这帮该死的家伙到底在哪儿？她叫了起来："嘿，有人吗？"

两个护士突然出现了："您想要什么，奥哈拉小姐？"

"你知道我要什么，我是打算来睡觉的。"

护士交换了一个好奇的眼神。

"我来这儿做睡眠疗法的。"尼丽重复了一遍。

"您在四号楼。这是调节部门。"

"调节什么？"

"所有的新病人都要到这里住几天，我们好对他们的病情进行评估。然后他们再去最适合他们的部门。"

尼丽走到梳妆台前打开她的手袋，拿出一支烟："给霍尔医生打电话，肯定搞错了。”

一个护士跳过来抓住了尼丽的火柴。

“嘿，你干吗？”她叫了起来。

“这里不允许点火柴。”

“我连点香烟都不行？”

护士拿走了她的手袋：“您不能抽烟，这里有专门的抽烟钟点——必须有人监督。”

尼丽试图夺回她的包，但是她是以一敌二。“给霍尔医生打电话！”她要求道。

“这就是霍尔医生的指示。”一个护士说，“好了，奥哈拉小姐，到五点钟可以发给您两支烟。现在，出去会会其他病人吧。”

“什么？我在这滑稽的农庄里还要社交应酬？我是尼丽·奥哈拉——我的朋友都是千挑万选的。给安妮·威莱斯打电话，或者凯文·吉尔默。这太可笑了，我要走了！”她朝门口走去。

一个护士挡住了她。“她还戴着手表。”另一个说。她强行把表从尼丽的手腕上摘了下来。

“嘿，这只手表值一千块呢！”

“它会被妥善保管的。等您离开这里的时候，可以把它拿回去，还有您的其他个人物品。”

尼丽开始感到恐慌，她以前从未感受过这种无助的恐惧。“听着，给安妮·威莱斯打电话，”她恳求道，“她会把事情弄清楚的。”

又是半个小时过去了，尼丽在愤怒和恐惧两种情绪中不断转换。她想抽烟，两粒速可眠的药力已经过去，她完全清醒，而且恐惧。她按了铃，一个护士进来了。这个护士很有礼貌，但是搪塞推诿。奥哈拉小姐现在可以到吸烟室去抽烟了。事实上，她最好赶紧去，如果她错过了吸烟时间，到晚上九点前她就不能抽烟了。

“你们他妈的是谁？敢管我什么时候抽烟？”她尖叫道，“这不是慈善医院。来这里要花很多钱——我希望得到体面的待遇。”

“我们很尊重您，奥哈拉小姐。但是同样，您必须尊重‘避难庄园’的规定。”

“我不服从规定，规定得由我来定！我是尼丽·奥哈拉！”

“我们知道，我们都很崇拜您的工作。”

“那就按我说的做！”她要求道。

“我们服从霍尔医生和雅恰医生的规定。”

“好吧，给霍尔医生打电话！”她转过去背对着护士，恐惧阵阵啮咬着她的心。也许这是霍尔医生设下的什么圈套。不，她只是吓坏了，仅此而已。这不过是搞错了，霍尔医生不敢的。怎么，如果安妮和凯文发现的话，可是要付出代价的！

十分钟后，护士回来了。

“奥哈拉小姐，如果您想在晚饭前抽烟的话，只剩下十分钟了。”

“我不跟那些疯子在一起！”

护士出去了，尼丽开始来回踱步。伙计，她真的需要睡眠疗程，她需要一些药丸——她的手在发抖。天哪，最近老是这样，她不得不每个小时吃两粒药丸来保持镇静。但是睡眠疗法会打破这个习惯。麦辛珈医生认为她已经培养了抗药性。天哪，离开西班牙以后，每天居然要吃二三十粒药丸。但她很幸运，离开了西班牙，否则她就真的要病了。该死的马德拉医生——他给她打了第一针杜冷丁……哦，上帝，那真是一种绝妙的感受，带走了一切烦恼。第一针以后，她在床上躺了六个小时，感觉到如丝般温柔的快感，她从来没有过这么好的感觉，她觉得她可以比以往任何时候唱得动听，可以唱出甚至不存在的音符，可以不吃绿色药丸就保持苗条，可以演得比过去任何时候都生动。

当然，当药力消散以后，她觉得很糟糕。她将如何面对另外的一天、另一个情人、另一场派对？但是马德拉医生总是帮她摆平“后背疼”。她已经在好莱坞的电影拍摄中间学到了——宣称得了后背疼的毛病。X光不能准确显示出来，片场的医生会给你做检查，但是也无法反驳它。它总是能让她从工作中解脱几天，那也是马德拉医生干的——只有杜冷丁是马德拉医生的贡献，他们在好莱坞从来不肯给她那个。而马德拉医生对杜冷丁就很慷慨，每天给她打三针，让她度过了美妙的一年。

很快她就不只是躺在床上了，她在杜冷丁的作用下爬起来去夜总会，而且唱歌——她从来没唱过那么好。她在西班牙拍的电影——天哪，要是电影能在美国上映该多好。她达到了一个新的顶点，她苗条而又充满活力——只要有杜冷丁，根本不想吃东西——她的眼睛像燃烧的炭火。当然，那是瞳孔由于杜冷丁的扩张作用而变得又大又黑，而她的嗓音——清澈而又纯净。

然后就来了钱的问题。加利福尼亚发来电报：如果她不回来照顾两个双胞胎的话，泰德将起诉剥夺她的监护权。好像她乐意让自己的儿子跟他娶的小娼妇一起生活似的！而且那时，詹妮弗自杀了，这最终导致了她不得不离开西班牙——离开杜冷丁。幸亏有药丸的帮助，但是现在她需要的太多了——每天至少三十粒。三十粒速可眠……天哪，她今天只吃了六粒，最后一次服药至少已经是两个小时以前的事了。该死的霍尔医生在哪儿？什么时候开始治疗？

一个护士进来提示她开饭了，她是否愿意去饭厅？她不去！

“我想要一支香烟和一些速可眠——至少六粒——维持到霍尔医生开始采取睡眠疗法。”

她跌到床上，嗓子干渴。天哪，来点儿喝的，什么都行……这间三尺大的小鸽子笼开始让她感到憋屈。如果不快点儿给她治疗，她就要走出这里，他们不能拦住她——她又不是在监狱里。她听见脚步声，坐了起来。也许现在有人来处理这场闹剧了。一个护士进来了，端着一个晚餐盘子："奥哈拉小姐，如果您想在自己的房间里吃饭——"

护士还没来得及说完，尼丽的忍耐力已到了极限。她操起托盘朝房间的另一头砸去。护士急忙低头避让，另一个护士跑了过来。尼丽勃然大怒："我不想吃饭，我也不想社交，我只想睡觉。现在把香烟给我，给我做睡眠疗法，不然我就走人，我受够了！"

一个看起来职位高一些的护士出面调停："奥哈拉小姐，这里没有睡眠疗法。"

"你说什么？"

"我已经跟霍尔医生确认过了。不做睡眠疗法，不给镇静药物，您将做的是精神病的疗程。"

"我要走！"尼丽朝门口走去，但是她被四个护士截住了。"把你们的脏手拿开！"她叫道，"让我走！"她开始用拳头捶打她们。

一个护士叫着发号施令："带她去'山楂'！"

"我要回家！"尼丽叫道，来了更多的护士。尼丽发现自己被拖进一条走道。这怎么可能？她，尼丽·奥哈拉，被四个护士拖着，而且这狂乱的尖叫，居然是从她嘴里发出来的！但是她顾不得体面了，她被这个该死的圈套搞疯了。

她一路上跟她们争斗——穿过走道，通过开开锁锁的道道大门，到了另一栋大楼。在另一个走道入口，两个护士跑来交接。她被拽进另一条走道，带到另一个狭窄的小房间——即使在狂怒中，她还是发现了区别。这间房子里没有地毯，没有窗帘，没有梳妆台，只有一张床——就像牢房！她被安置在床上。她的宽松裤破了。感谢上帝，她还另带了一条。

一个年轻的护士进来，坐在她身边："来吧，奥哈拉小姐，来吃点儿东西。"

"我要回家！"尼丽叫道。

"先吃晚饭，然后见见其他病人。"

"我要睡觉。"尼丽抽搭起来。她中计了，她这辈子没有被这么暗算过。她朝窗子看了看，没有栅栏……但是有一种什么东西。只是一层隔离屏，可以割开的——但是用什么割呢？她冲出房间，跑进一间大的休息室。里面到处坐着病人，安静地看着电视。她急切地四下张望，什么能割穿屏障呢？她看到了书架，上面码着书籍、智力玩具……和一盘棋子！她抓起一个棋子，它有个很小的头……如果她戳得够狠的话，也许能捣破屏障。她紧抓着棋子跑回房间。

护士坐在床上，冷静地观望。“让她看好了，”尼丽想，“我比她强壮——让她来阻止我试试。”她打开窗户，护士没动。她试着用棋子在屏障上猛戳乱捶，一边抽泣个不停。哪里一定有比较薄弱的地方可以被戳开的，必须有……

“隔离屏是钢做的，”护士冷静地说，“而且就算你砸破了，跑出去，你还是在我们的地盘上。我们这里有二十五英亩，主要的大门都是锁住的。”

尼丽丢下棋子，坐到床边哭泣。护士试着安抚她，但是她抽泣得更厉害了。她想到了安妮和凯文，他们已经回纽约了，也许以为她幸福地睡了呢。她想起了安妮的公寓，为什么她不待在那里呢？在那儿，可以这里走走那里走走，想什么时候抽烟就什么时候抽烟，想吃几粒药丸就吃几粒药丸，还能喝酒……她想到了好莱坞，头儿……他现在在掌控着谁呢？还有泰德……加利福尼亚的时间比这里早些，也许才下午三点——天气和暖，艳阳高照，泰德多半和他老婆在游泳池里呢。而她，了不起的尼丽·奥哈拉，却被锁在一家神经病疗养院里！她哭得更凶了。

她一定哭了一个小时，因为当她最终抬头望去的时候，外面已经黑了。护士长来了。她浆过的制服上别着别针，标着她的名字施蜜德小姐。她看起来就像个大公牛女同性恋，尼丽这样认定。

“奥哈拉小姐，如果你不能镇静下来，我们就要对你采取措施了。”

好吧，这就有门了。她可以得到几粒药丸或者打上一针。她要让她们看看，她们不是说这里绝不给镇静药物吗？行，尼丽·奥哈拉要改变这句话，她要打破她们该死的规矩！她开始尖叫。

马上就对她采取了行动，强壮的护士再次出现。

“快，奥哈拉小姐，马上停止，您打扰其他病人了。”

“让她们见鬼去吧！”尼丽尖叫着。她放大了叫嚣的音量。

施蜜德小姐迅速地对两名护士点点头。她们抓住尼丽的胳膊，把她拖到大厅。她拼命挣扎，又踢又叫——但寡不敌众，还是被制服了。她发现自己被带到一间大浴室里，施蜜德小姐和两个护士叫她脱掉衣服。

“什么！好让你们这帮同性恋兴奋得要命？”她叫起来。施蜜德小姐点头示意。两个护士强行给尼丽脱衣服，她一丝不挂，高声尖叫着被强塞进一个浴桶。一个巨大的帆布顶篷罩在浴桶上面，只把她的头露在外面，头后面垫着一个枕头。一名护士备好纸笔坐在附近的桌边。

尼丽继续尖叫。事实上，泡澡感觉很好。她一向爱洗澡，喜爱一直泡到皮肤浸满水分。而这种洗澡很特别——水不停地流进流出，在她四周冒泡泡，感觉很放松。她一边持续尖叫，一边仔细体味这种感觉。

施蜜德小姐折回来，半跪在她身边，眼神很柔和：“奥哈拉小姐，为什么不试着放松一会儿，好让泡澡发挥作用呢？”

“让我出去！”尼丽叫道。

“你得待在这个浴桶里，直到你停止喊叫——或者直到你睡着。”

“哈！这该死的国家里全部的水都不够让我睡着！”尼丽喘了口气，又冲着施蜜德小姐的脸尖声叫着。

“我们曾经有个病人在浴桶里待了十五个小时。”施蜜德小姐答道，站起身来，“我一个小时后再过来，也许那时候你会放松一些。”

一个小时以后！尼丽感觉嗓音有点儿嘶哑。她的嗓子喊伤了。她想躺下放松片刻，但那正是她们所预计的，是她们期望的。她饿了……她想抽烟，想吃药。哦，天哪，那些药丸！她开始尖叫，诅咒霍尔医生，诅咒护士，诅咒医院……把所有的咒骂都用完了以后，她开始抽泣。但是她发现，她哭的时候，坐在桌边的小护士停止了记录。原来是这样——记下病人说的每个字，了不起的霍尔医生就可以看到。现在放松了，嗯？好吧，只要尼丽·奥哈拉在这里一天，谁都别想放松！

她又开始尖叫，用上了她最恶毒的语言。她注意到小护士记录这些猥亵词句的时候脸涨得绯红。她心里觉得有一点儿抱歉。这个女孩子很年轻——大概十九岁——而且这不是她的错，医院的规矩不是她定的。但是她还是持续尖叫着她曾学到过的所有脏话，一边用膝盖蹬着帆布罩子，虽然膝盖已经被擦伤了。突然她发现了一种把头缩到帆布罩子下面的办法。她潜了下去。

小护士赶紧过来把她的头拉出来，然后冲回去按响铃声。其他的护士来了，帆布罩子上脖子处的开口被收得更小。尼丽叫得更响了……护士记录得更快了……

她沉到帆布罩子里去的时候发现靠近活塞处有一个小洞，尼丽一边叫，让护士不停地写，一边用大脚趾扒拉着那个洞。洞变大了——很快可以放进去她的半只脚。她不停歇地暴躁诅咒，好让护士忙着记录个不停。然后，她效果惊人地把整个脚放进洞里，然后膝盖奋力扬向前胸。随着一记响亮的撕裂声，帆布罩子被扯成两半，尼丽跳出了浴桶。护士拉响警报，施蜜德小姐带着一帮护士跑来应对。一个新的帆布罩子被安上了浴桶，但是尼丽听见一个护士嘀咕道：“还从来没有人能把帆布撕开呢！”这让她感到了些许满足。

她一定是叫了个没完没了。已经换了个护士。这个护士也很年轻，但是她对尼丽的污言秽语眼睛都不眨一下。尼丽又哑又累，背部酸痛，膝盖也受了伤……她的脚指头好像撕帆布的时候被弄破了——但是她仍然叫个不停。门开了，一名医生走进来，他拉了张凳子坐到浴桶旁边。

“晚上好，我是克莱文医生。今晚我值班。”

她注意到了他大手表上的钟点。九点钟。她已经在这个浴桶里待了快三个小时了。

“我能帮助您做点儿什么？”

“我没疯，他们才疯了。”她想，“他现在坐在这里，好像我们是在白天一样。我只有头伸在这个挨千刀的浴桶外面，他还漫不经心地问是不是能够帮助我。”

“我能做什么吗？”

她转向他，眼泪从她的脸上流了下来。“你是什么精神病医生呀？”她喘着说，“你能帮助我吗？上帝啊，这里的每个医生都知道我为什么来这儿，你们都知道我中了圈套。答应给我做睡眠疗法的，可因为我坚持自己的权利，就把我丢进这个浴桶！”

“睡眠疗法？”他的惊讶是真实的。

“是啊，所以我才来这里，打算睡上八天。那个讨厌的霍尔医生答应我的，可等我的朋友一离开，哇哦！一切都变了。”

他看着护士。护士耸了耸肩。他又看看尼丽：“我只是例行公事，我完全不了解你的情况。我只是值班。明天我会上交我的报告，我想，一切都会弄清楚的。”

“就这样了，嗯？”她不叫了，她在这个年轻医生的眼神中感受到一丝关切，也许她能说服他，“我以为你会帮助我，”她恳求道，“这就是你为什么学医吗？你就是这样来帮助我的吗？写一份关于我的记录，然后回家，睡在你自己的床上，而我却湿漉漉地泡在这里？如果你还是人，还有那么一点儿同情心，你该给我支烟……一点儿吃的……几粒速可眠……而不只是在你的本子里写上一笔就走掉。”

他离开了房间。她扯着嗓子又尝试了一遍。她的嗓子酸痛，疲惫不堪。要是她能停下来……水嘟嘟冒泡，水温恰到好处，也许她就可以睡着了——但那样他们就得逞了！每个待在浴桶里的人最后都会睡着，但尼丽·奥哈拉决不会！如果她输了第一仗，她就全输了。她叫得更响了……

一个小时后，那个年轻的医生在施蜜德小姐的陪同下回来了。他打开包，往杯子里倒了点儿东西，递给施蜜德小姐：“我在家里跟霍尔医生谈过了，他同意今晚无论如何要先让她睡觉。”

施蜜德小姐把杯子送到尼丽唇边：“喝掉它。”

尼丽把头扭开了：“让我离开这里，不然我什么都不干。”

“喝掉它，”施蜜德小姐温柔地说，“你就会马上睡着，我们会让你出来。我保证。”

尼丽听懂了，她们说过，除非她睡着，不然不让她离开浴桶，但是他们现在给她服些东西让她睡着。这是她的胜利。不给巴比妥镇静剂，嗯？好吧，那这他妈的看起来像烟一样的东西是什么？难道是冰激凌苏打吗？她让施蜜德小姐把饮料倒进她喉咙，她把杯子喝了个精光。

耶稣啊！这就是秘方！她马上感觉到了反应，感觉无与伦比！她停止了叫喊，一种最不可思议的感觉贯穿了她全身。她们拿掉了帆布罩子……有人在用土耳其毛巾擦她的身体……有人帮她穿上睡袍……

“我们的‘山楂’已经满员了，”施蜜德小姐说，“奥哈拉小姐，您能理解吗？这里没有单人病房了，我们只能把您安置在集体宿舍里。”

尼丽摆了摆手。床……睡觉……那就是她想要的全部，她不介意在哪里睡。

她醒来时是夜里。她到底是在哪儿？一个长长的房间里放了许多床位。哦，老天爷呀，在疯人院！现在是什么时候？她下了床，坐在门外的护士跳了起来：“奥哈拉小姐？”

“现在几点了？”

“早上四点。”

“我饿了。”

很快，牛奶和饼干就被放在漂亮的托盘里送过来了。她们让她坐在过道的长椅上，她不能吵醒其他病人。她喝光了牛奶——现在她能抽一支烟吗？她不能。她们很有礼貌，但是她不能抽烟。好吧，她们还想怎样？她睡不着了，而且，有人在房间里打鼾。施蜜德小姐表示抱歉，几天以后才有单人间。

尼丽回到她的床上。几天以后！天一亮她就要离开这里，她们必须让她给安妮打个电话。

她一定是又睡着了，因为她知道的下一件事是巨大的骚动。每个人都起床了。一名护士进来了，一名新护士。

“早上好，奥哈拉小姐。起来把床铺好，盥洗室在楼下。”

“铺床？！”尼丽发火了，“想得倒美，小妹妹！我有十五年没自己铺过床了，我也没打算从现在开始自己铺。”

“我来帮你铺。”一个沙色头发的漂亮姑娘从房间那头跑过来，“我叫卡萝尔。”

“为什么你要帮我铺床？”尼丽看着这个姑娘很快把床单收拾齐整，一边问她。

卡萝尔笑了：“如果她们发现床没铺好，就会给你记个黑记号。今天是你第一天来这儿，你会习惯的。”

“我为什么要在乎什么黑记号呢？”尼丽又问。

“哦，你可不想一辈子待在‘山楂疗养部’吧，不是吗？你想接着转移到‘冷杉疗养部’，然后是‘榆树’，然后是‘灰烬’，再然后是出院病人医疗部。”

“听起来像学校一样。”

“就是那样的，这个部门是最重症病人的病房。我本来都快进‘榆树’了，不过我……我搞砸了，我现在已经在‘山楂’两个月了，我希望能很快转去‘冷杉’。”

尼丽跟着卡萝尔进了一间大盥洗室，那里有大约二十名妇女在刷牙和轻声闲聊。什么年龄的都有，有些四十来岁了；还有个看起来很可爱的妇人大概有七十了；卡萝尔二十五岁左右。有六七个姑娘跟尼丽一般年纪，还有一些要更年轻一些。她们像是学生在宿舍里那样闲聊。尼丽拿到一把牙刷，一名服务员拿着个大盒子过来了："好了，姑娘们，这里是你们的口红。"尼丽不敢相信自己的眼睛。在盒子里有二十管贴有名字的口红。她看到了她自己的，那是从她的包里拿出来的，被整洁地贴好了标签。她抹了点儿口红，又把它交还给了服务员。

然后，她排到队伍里去领衣服。一名服务员递给她一只胸罩、一条短裤，还有平底便鞋、裙子和女式衬衣。让她震惊的是，那是她自己的衣服，都贴上了姓名标签。她没有把这些衣服放进行李，一定是安妮在夜里托人送过来的。

这表示安妮知道她没有接受睡眠疗法！

恐惧让她失去了知觉。她慢吞吞地穿着衣服，试图在杂乱的恐慌中理出头绪来。她跟着卡萝尔到了一间很大的娱乐室。阳光从窗口铺洒进来，制造出一派欢乐的假象。她看了看钟，天哪，才七点半！她怎么能挨过这一天？

一个日班护士——威斯顿小姐——代替了施蜜德小姐。她好像是跟施蜜德小姐一个模子里铸出来的。六七个年轻的护士在她的指派下敏捷地跑来跑去。尼丽跟大家一起吃早餐。饭厅光线明亮，让人愉悦。四个人一张饭桌，女服务员殷勤忙碌着。她本来决定不吃东西的，但是腊肉和鸡蛋的第一缕香味就让她意识到她饿了。她大吃了一顿，然后跟其他人一起踱回娱乐室。

她发现她们显然都有良好的教养。她知道她们认出她来了，但是她们朝她礼貌而热情地微笑，并没有让她感到不自在。她看起来很糟糕。裙子需要一根腰带，那里本来是有的，却被拆掉了。她的头发用细绳扎着，膝盖也拉伤了——昨晚在浴桶里的纪念。她希望她能感受到温暖的情谊和良好的幽默感，就像其他姑娘看上去正在分享的一样，她们表现得好像很喜欢这个地方似的。

卡萝尔把她介绍给周围的人。天哪，每个人看起来都是那么神志清醒和正常。她坐了下来，想知道接下来会发生什么。一个护士进来了，每个人都拥了过去。她拿着个盒子，叫每个人的名字，甚至叫到了"奥哈拉小姐"。尼丽走了过去。天哪，她们真是条理分明——连她带来的香烟都贴好了标签。护士递给每个姑娘两支香烟，另一个护士站在旁边帮她们点上。尼丽退回去坐着，惬意地抽上了十二小时以来的第一支烟。第一口让她感到眩晕，第二口心满意足，第三口提神醒脑。想象一下，从昨天下午起她就没抽过一支烟，而她本来每天是要抽上两包的。她慢慢地站起身来，借着香烟稳定心神，走到威斯顿小姐坐着的桌边。

"我想打个电话，"她说，"我该上哪儿打呢？"

“不允许打电话的。”威斯顿小姐轻快地说。

“那我怎么联系我的朋友呢？”

“你可以写信。”

“能给我一支笔和几张纸吗？”

护士看了看手表：“我想，最好等一等，五分钟后有个医生要来看你。”

“霍尔医生吗？”

“不是，是菲尔德曼医生。这只是个例行检查。”

他是个药剂医生，而不是神经科医生。他从她的手指和胳膊上抽了点儿血，然后检查了她的心脏。

她让一个护士点着了她的第二支烟。一位迷人的黑发姑娘走了过来：“别为检查担心，他们只是为了确信你的健康，如果你在接受神经治疗的时候，却死于癌症或其他什么病，那可就麻烦了。”

尼丽看着她，发觉这个姑娘要是适当地打扮一下会非常漂亮。她骨骼轮廓端庄，黑色眼睛闪烁动人。她的体形一定曾经很美，虽然现在很胖。尼丽判断她三十岁左右。

那个姑娘坐了下来。她拿着一个正方形的盒子：“我叫玛丽·简。让我教你一招——你去健身房的时候，花上一美元，买一盒信纸。”

“但是我没钱。”

玛丽·简笑了：“这里什么都可以赊账——会记到你的账单上的。你可以把这个当手提包用。”她打开盒子，里面是一沓信纸——还有一包香烟。

“你从哪里搞来——”

这个姑娘用一个飞快的手势叫她别出声：“到了探视日，她们会允许你跟你的访客坐在一起，并在监视下抽烟。让每个来看你的人带上一盒香烟，然后你把它藏在这里，这样到了吸烟时间，你可以抽上一打。”

“但是她们要给你点烟的，如果你抽的超过了两支，她们会发现的。”

“护士们都很聪明，你可以轻易从别人的香烟上借个火，那是允许的。她们只是不允许我们这帮疯子用火柴罢了。护士们可不在乎你抽多少烟，她们认为我们的生活也该有点儿乐趣。”

尼丽笑了：“你可不是疯子，对吧？”

“不，我来这里是为了治治我的丈夫，结果却正好相反。他是个浑蛋——不过有的是钱——而且他给自己另找了个女人。他想要离婚，所以我就假装失去了理智——你知道，神经崩溃。这是我一生犯下的最大的错误。”

“为什么？”

“我不过是吃了几粒药丸——三粒——然后假模假样地留下一份自杀遗书。接着我就发现自己被送到了贝佛市。伙计，在那里你会真的被逼疯的。那些真正的神经病围着你，叫啊叫地叫个不停。我猜，我是受到了一点儿惊吓，我也开始大喊大叫，最后我被穿了紧身衣。所以，既然我的丈夫负担得起，我就来了这里，我自己授权签字。然后，等我想离开的时候，他又延长了我的委托期。我已经在这里五个月了，本来，我是在‘榆树’的，那里可真不错，在那里你可以抽烟、用皮带，甚至可以用更多的化妆品。但当我得知他又将我委托给了医院，我歇斯底里大发了一通脾气。所以我到了这个‘山楂’。而且我警告你——要和他们耍耍花样。我就没有，我每天都大发脾气，拒绝吃饭，拒绝合作。我在那个该死的浴桶里待了三个星期。你必须得耍花招，这是唯一的方式——他们的方式。我要假装乖得像个天使，这样很快我就可以转去‘冷杉’，在那里待上一段时间，然后是‘榆树’，然后是‘灰烬’，然后是出院病区……然后痊愈出院。”

恐惧让尼丽突然心中一凉：“但听起来这要花上好几个月。”

“这要一年左右。”玛丽·简欢快地说。

“你不介意吗？”

这个姑娘耸耸肩：“我当然介意，我介意得大喊大叫了一个星期。但是你斗不过他们，他们会把你的表现记录下来给你的律师看，或者给你的丈夫和任何对你负有责任的人看。这在纸上看起来会很糟——‘病人情绪癫狂，病人需要监禁，在浴桶中待十二小时。’这时他们就会对你的律师说，‘现在，再签署委托书，让她留院三个月。你难道不想让这个姑娘眼睛亮亮地、健健康康地回到你身边，回到这个社会上吗？’当然，就冲着每个月一千五百块钱，他们也能拖延点儿时间。所以我决定不跟他们斗了，我要坐到出院为止。况且，我又能损失什么呢？我已经没有地方可去了。汉克——就是我的老公——他跟那个女人在一起。但至少他没法儿跟她结婚，而且每个月，他得为我耗上一千五百块钱。”

“但是我只来这里八天——做个睡眠疗法。”

“做个什么？”玛丽·简奇怪地看着她。

尼丽解释了睡眠疗法。玛丽·简笑了：“他们这里从来不做这个。他们甚至连一片阿司匹林都不会给你。”

“昨晚他们给我吃了某些东西。”尼丽骄傲地说。

玛丽·简大笑起来：“伙计，他们不得不给你。你真的把帆布罩子撕开了吗？每个人都听说你撕开了。”

尼丽点点头：“而且我还要从这里出去。”

玛丽·简微笑着：“好吧，我支持你。如果你做成了，告诉我怎么做。看看佩姬——他们给她的丈夫洗了脑。”

佩姬走了过来。她二十五岁，一头金发，模样动人。“在跟她讲我们所有的悲惨经历呢？”佩姬问道。

“你为什么来这里？”尼丽问。

“因为我像风筝那么疯。”佩姬兴高采烈地说。

“不，她不是，”玛丽·简说，“她连着失去了两个孩子，都是死产，任何人都会沮丧不已的。”

佩姬努力挤出笑意：“我只知道，我一看见商店橱窗里的洋娃娃，就开始哭。我到这里来了以后更糟糕了。我已经做了四十次电击，才开始重新有了点儿做人的感觉。”

尼丽的嗓子因为害怕而噎住了。电击！玛丽·简读懂了她的心思：“别担心，即使你需要电击，他们也要得到许可。”

“谁是监护你的最近的亲戚或对你负责的人？”

尼丽松了口气：“安妮绝对不会许可的。”

玛丽·简笑了：“除非他们给她洗脑，就像他们对佩姬的丈夫那样。一旦霍尔医生和雅恰医生开始给人洗脑，你就马上可以知道他们会同意一切。佩姬的丈夫第一个探视日来这里，她一切正常——只是想离开这里。他好兴奋，说马上就去医院办公室给她办出院手续。哈！结果呢？他两个星期没再回来，而第二天佩姬就开始了电击疗程。”

“但是为什么？”

佩姬叹了口气：“我不怪吉姆。一开始我怪他，但现在我理解了。他们给他看我的图表。我很压抑，失眠，经常啼哭——所有症状都显示精神抑郁。死了两个孩子，而且被困在这里，谁能不哭呢？但是他们说服吉姆，让他相信，如果我回家的话，我多半会再度崩溃，也许永远恢复不过来了。吉姆自然想要一个快乐的妻子，所以他签了协议，又把我委托给了他们。”

尼丽听着。每个人都有个类似的故事，没有人是真的精神失常。事实上她们比她在外面认识的人都正常些。她正心不在焉地听第七个人的故事的时候，护士叫了：“女士们，集合了！”

“这是干吗？”尼丽问。

“去健身房。”玛丽·简解释说。

她们分成两列跟着护士，穿过走廊。一道道门开了又锁，最后她们进入一间大体育馆。那里有一个羽毛球场，有乒乓球桌——甚至有一张弹子桌。她们进去的时候，一群人正在离开，玛丽·简跟几个姑娘挥挥手。

“那是‘冷杉’的人，她们八点到八点半使用体育馆。那些跟我招手的姑娘——她们是上个星期刚提升的，从‘山楂’到‘冷杉’。”

别人选场地打羽毛球和乒乓球的时候，尼丽在边线上坐了下来。她买了一盒信纸，但是她拒绝试运动鞋。她不会在这里待上很久，她告诉她们。信纸呢？好吧，她得给安妮写信。她不能露出惊慌失措的样子。玛丽·简告诉她，如果她显示出害怕的样子，她们就会记下对她不利的记录。

她们在九点半的时候离开体育馆。又一拨人进来了。她们被领进另一栋房子——做职业疗程。所有的姑娘都冲向她们的活计。老师解释说，她可以做马赛克拼图、编织，或者做任何她想干的事。她什么都不想干！她坐在角落里。哦，上帝啊，这一切是怎么发生的？她看着窗外，一块块草坪开始发绿，她看见一只兔子跳过草地。兔子至少可以去它想去的地方，它是自由的。这种受监禁的感觉强烈得无法忍受，她瞪着那个指导老师，她正耐心地帮着其他姑娘。当然了——到了五点，这个老师就可以自由走人，去做她想做的事情。她需要一支香烟，她需要一粒药！哦，天哪，她愿意用任何东西来换这一粒药。她感觉到汗从脖子后面淌下来，她的头发湿答答的，背上很疼，这会儿是真的疼。她快要受不了了！她轻声呻吟，老师赶快冲向她。"我的背。"她抱怨道。

"你在体育馆里受伤了吗？"指导员很关切。

"没有，我过去就有背疼的病史，现在又发作了。"

指导员马上失去了兴致："下午两点，你跟你的精神病医师有个会诊，你可以跟他说。"

上午就这样过去了。到了两点钟她见到医生的时候，她已经准备好了要尖叫。

席勒医生脸红红的，人很瘦。她说话，他记录。她发泄了她的愤怒——这个不公正的圈套、承诺的睡眠疗法、她被呼来喝去的方式。她在监控下抽着烟，在诊疗过程中，病人可以想抽多少就抽多少。

"我的背真的很疼，"她恳求道，"请给我几粒速可眠吧。"他还写个不停。然后他说："你服用速可眠多长时间了？"

她丧失了耐心："哦，得了——别小题大做了。如果你们要把每个服这药的人都关进疯人院，好莱坞、麦迪逊大街和百老汇的人里，得有一半都来这里。"

"你认为，在白天的时候，吃安眠药来缓解疼痛是一件很正常的事情？"

"不，我宁可打上一针杜冷丁，"她说，她对他眉毛上挑的角度饶有兴味，"没错，杜冷丁。"她笑了，"在西班牙我随时享用，一天两到三次。而且我表现得很好，甚至接拍了一部电影。所以，你瞧，两粒倒霉的小速可眠对我来说不过是餐前小菜。现在，来吧，给我一点儿，要是我能一小时吃上两粒，我兴许还忍受得了这里。"

"跟我说说你的母亲，奥哈拉小姐。"

"哦，去他妈的！别跟我说我们要开始那些弗洛伊德式的胡扯。听着，我在加利福尼亚的时候全试过这一套。我花了五年的时间和两万美元，来说服我的心理医生我并不怀念我的母亲。要是我们从那儿聊起，我要到成了老太婆才能离开这里。”

“我会派人从加利福尼亚拿你的病历的。”他说。

“我在这儿待不了那么久。我今晚就给我的朋友写信。”

“但是你至少要待上三十天。”

“三十天！”

他解释她所签署的文件。她摇了摇头：“简直是欺诈。他们谋划好了一切。你刚到这里的时候，谁会想到你需要威廉·莫里斯事务所来帮你核查打印好的文件呢？”

他站了起来：“我明天同一时间再来看你。”

她耸了耸肩：“好吧，也就是说我这三十天是被绑定了，我或许能享受它。”然后她突然说，“三十天后我能走了，是吗？”

“我们再看吧。”他含混地说。

“什么叫‘我们再看’？”

“到这个期限结束的时候，我们将评估我们的发现。如果我们认为你适合——”

“我们？什么狗屁我们？来这里的是我，决定要走的也是我。谁能阻止得了我？”

“奥哈拉小姐，如果我们认为你不适合走，而你坚持要走的话，我们会跟你的监护人谈，也就是威莱斯小姐。我们会让她授权三个月，也就是说，如果你不同意自己授权的话。”

“要是安妮不答应呢？”

“那我们就采取措施取得您的授权——把您的案例呈交公正的法院……”

她吓得僵住了：“你们在这里搞了个完美的小阴谋。”

“这不是阴谋，奥哈拉小姐，我们是想治愈病人。如果我们在病人痊愈之前就让她出院，让她自己处理后面几个月的生活，也许会伤害到别人的……这样，就会毁坏我们的声誉。如果你在药物治疗型的医院动手术，想在切口愈合之前出院的话，医生也有权利监禁你。在‘避难庄园’，当我们让什么人出院的时候，他们一定已经准备好了承担他们在社会上的位置。”

“当然——社会位置是老龄化的家庭。”

他笑了：“我想，你前面还有好长一段丰富的人生呢。在这里待上一到两年是不会浪费的。”

“一到两年！”她战栗起来，“不！听着……三十天，可以，如果我非得困在这里。但是到此为止了！”

他再次笑了：“你现在要做罗夏墨迹测试。那会使我们更清楚地了解你的病情。”

尼丽抓住了他的胳膊：“听着，医生，我不懂那个测试——也许我的墨迹会显示我有某种疯狂——但是我跟其他人不同，这就是我成为明星的原因。你到达不了我的境界，除非你与众不同。不是吗？如果你蒙头逮住莎迪夜总会和蔡森夜总会里的所有人，给他们做罗夏墨迹测试的话，你得关上他们好多年。你没瞧出来吗？正是我们的小小怪癖成就了我们。"

"我同意。如果怪癖能为你所用的话，本来是件好事。但当它们改变了性质，开始走向自我毁灭的时候，我们就不得不插手来改变这一切。"

"我没有自我毁灭，只是一切都出了差错罢了。你瞧，片场把你当上帝似的捧了很多年，照管你的一切，我猜，它就变成了伟大母亲的形象。他们为你做一切事情——帮你订飞机票，帮你写发言稿，帮你安排新闻报道……他们甚至处理你的交通罚单，然后你逐渐陷入对他们的依赖。你似乎感觉到归属，就像是片场在保护着你。这时，他们丢下你不管了，就像是一种彻底的抛弃。那太吓人了，我感觉到好像我又仅仅是尼丽了。"

"什么叫'仅仅是尼丽'？"

"埃塞尔·阿格尼丝·奥尼尔，她不得不干自己那些无聊的琐事，洗自己的内衣，自己做早饭。尼丽·奥哈拉自己什么事都不用干，她只管饱受爱戴。如果你是一个真正的天才，就不能自己去操心琐事，这样你才能把全部精力集中在你的工作上。所以我才失去了我的嗓音——我没法儿一心二用。"

"但是埃塞尔·阿格尼丝·奥尼尔显然是同时做这两件事。"他说。

"没错，在十七岁的时候，你什么都能做。你没有什么可损失的。你白手起家，所以你可以攻取一切。我现在三十二岁了，近来我没有工作，但我仍然是某种活着的神话。我不能拿我的声望去冒险。所以我在好莱坞的那部影片里才会表现得那么僵。那只是单部电影的合同——没有片场在我背后帮我争取前程和保护我，他们只是在利用我，指望借我的名气快速捞上一笔。我知道那部电影很烂，他们也知道，但是他们认为那能赚钱。所以我失声了——是真的唱不出来了。麦辛珈医生对我是这么解释的，但是片场说我不合作、不可信赖，这样他们就可以从麻烦中脱身。"

"但是我记得你说片场扮演了母亲的角色。"

她叹息着："那是过去的事了。电视改变了一切，甚至头儿。他现在是个被吓破胆的老头儿，一举一动都要向股东汇报。我听说他们想解雇他。一切都变了。"

"那你就得跟着改变，成长起来。"

"也许吧，"她赞同道，"但是那并不意味着我就得战战兢兢呀。我是个明星，不管发生了什么，我都必须拿出明星的派头。"

他领她到门口："我们明天再谈。"

"我什么时候能见安妮？"

“两个星期以后。”

两个星期！尼丽回到主休息室。她飞快地把六根香烟塞进她的信纸盒子里，把烟盒还给了护士。没有火柴，但她会有办法的。

正是休息时间，姑娘们写信的写信，玩牌的玩牌。然后是抽烟时间，每个人都在监控下抽烟。尼丽给安妮写了一封愤怒的长信，告诉她发生的一切，结尾强烈要求立即出院。她把信折好放进信封，正准备封口，威斯顿护士过来了。“别封口，”她警告说，“只要在该贴邮票的一角写上你医生的名字。他会读这封信，如果他批准的话，他会寄出去的。”

尼丽惊得张大了嘴：“你的意思是，所有我写的东西，席勒医生都得看吗？”

“这是我们这里的规矩。”

“但这是不对的，一个人必须得有点儿隐私。”

“这么做是为了保护病人。”威斯顿小姐说。

“保护病人！你的意思是保护你们这儿的鬼把戏！”

“不，奥哈拉小姐，通常沮丧的病人会把她的敌意发泄到她所爱的人身上。比如说，有个女人被她的丈夫送到这里来，她本来是个真诚忠实的妻子，可当她在这里的时候她会产生幻觉，并写信给她的丈夫说她恨他，说她对他不忠——甚至提到他的朋友是她的情人。没有一句是实情，而她丈夫怎么知道呢？所以，在信寄出去以前，医生得先看看。”尼丽用手指摸着信，威斯顿小姐笑了，“听着，如果你写你讨厌这里，甚至抱怨席勒医生，那你不必担心。他会理解的，信也会被寄出去的。他所关心的不过是保护你——所以才制定这样的规矩。”尼丽交出了信。这下席勒医生将会读到她认为他长得像个茄子——活该！他和他那套规矩！她把头埋在两只手里。上帝啊，她必须离开这里！

玛丽·简拍了拍她的肩膀：“别那样坐着，她们会写你情绪低落。”

尼丽尖酸地放声大笑。

“别那样笑，”玛丽·简警告道，“那是歇斯底里。如果你要笑，笑得正常些。而且别一个人待着，他们会写你孤僻、不愿交际……”

“哦，行了！”尼丽叫道，“太过分了！”

“这是真的。你以为她们为什么要保持六个人来看管我们区区二十来人？我们始终处于持续观察之下。每星期护士长要跟医生碰两次头，把记录报告给他。每个人都替你做记录——职业疗程指导员、健身房的指导员……你已经有两个不良记录了——在体育馆里发脾气和在职业疗程中拒绝合作，不想做那些可爱的陶瓷小烟缸。你得记住，这里到处有老大，时刻盯着你。”

当她们下午稍晚的时候回到职业疗程的时候，尼丽开始做一个香烟盒子。“就当我花一千五百块买了个香烟盒吧。"她对自己说。她狂热地用砂纸打磨着木质的表面，希望老师在一旁看着。

五点钟，大家被带到了按摩室——淋浴、按摩、瑞典式淋浴。这真的非常舒服，但是她每一秒钟都心生憎恨。她妒忌其他的姑娘，她们表现得像在过夏令营，像过社交集会一样享受着一切。也许对她们中的一些人来说，这是对无趣生活的一种逃避，但对尼丽，这可不是假期。她的背在疼，手在抖。如果她不马上服药，她就要尖叫起来。恶心欲呕的感觉阵阵袭来。她不能病——那会是不良记录。她咬紧牙关，最后冲到洗手间里偷偷地呕吐，然后返回来做瑞典式淋浴。好吧，她得玩把戏，直到安妮来为止。然后她得让安妮相信她完全好了，她必须在三十天后出去。上帝啊，在这里关上一年，跟羽毛球、艺术、手工打交道，她就真的要疯了！

六点的时候她们回到了"山楂疗养部"。大家四散闲坐，那里有很多的书可读，还有糖果。毫无疑问，她们都发胖了。玛丽·简透露，她五个星期里增加了二十磅。

突然，卡萝尔，那个帮她铺床的可爱姑娘，站起来叫道："你侮辱我！"她冲着她身边的一个姑娘大喊。

那个姑娘惊讶地抬头看她："卡萝尔，我在看书，我一个字都没说。"

"你说我骨子里是个同性恋。"卡萝尔坚持道，"我要杀了你！"她扑向那个姑娘。

两个护士立刻把她们分开。卡萝尔被拖出房间的时候又踢又叫，反抗着护士，一边不停地咒骂。

"在澡桶里待两天会让她平静下来的。"玛丽·简议论道。

"那个姑娘说了什么吗？"尼丽问。

玛丽·简摇摇头："卡萝尔是个妄想狂，一个可怕的漂亮的姑娘。她可以几个星期完全规规矩矩，然后突然妄想出什么来。我不认为她能好起来，她已经在这里两年了。"

两年，那你就真的要疯了。现在尼丽彻底恐惧起来，她的背疼得抽搐……嗓子火烧火燎……但是她得坚持，她必须！这真的发生在她身上吗？上帝啊，其他的明星做了疯狂的事情，你会在报上读到他们去了疗养院。听起来那么愉快，那么轻巧，仿佛他们可以自由来去。他们也中过这种圈套吗？他们也经历过这种恐惧吗？还是她是唯一被强迫的一个？"听着，尼丽，"她告诉自己，"你能做到。你白手起家，然后登峰造极。你会从这里出去的，只要坚持住，姑娘。"

六点半开饭。然后她们洗澡。再然后，大家穿着睡衣睡袍四下坐开，有的在看电视。她闲散地看着一部电影，回忆起她曾经跟片中的男影星有过那么短暂的一段情。天哪，所有那些在外面的人是多么幸运。如果她能出去，她一定端正行为，不再胡闹，不再发脾气——每晚只吃两粒药丸。她需要一支烟——她已经抽完了她贮藏的存货，玛丽·简偷偷塞给她几支。其他的姑娘跟她讲她们的生活经历，她试着表现出兴趣。没有人是疯子，所有的人都是错误地来到了这里。

到了十点，每个人都上床了。她躺在宿舍里，很快就听见其他姑娘均匀的呼吸声。谁他妈的能在这个钟点睡着？每半个小时就会进来一个护士，在每个床上照一下。她闭着眼睛假装睡着了——如果不睡的话，他们也许会说她饱受困扰。她听见钟敲了十二点，然后一点。她想到了别人视作理所当然的所有奢侈享受，那是她无法享受到的，比如奢侈地打开床头灯看书，奢侈地点上一支烟，她甚至不介意没有药丸和烈性酒，但是就这样干躺着实在太可笑了。天哪，要是她能挨过这一夜，她就将真的无比坚强，没有什么再能打倒她了。

两点了。她得上洗手间。她们会把这作为神经质的行为记录下来吗？上帝啊，起夜是很正常的。她起来，走到大厅，两个护士跑到她身边："怎么了，奥哈拉小姐？"没什么，她只是想起夜，她夜里经常要起夜。

她去了公共厕所，一名护士在门外候着。哦，老天呀，连上厕所都毫无隐私可言……

Anne

安　妮

一九六一年

安妮坐在窗口抽烟。多么可怕的一次探视。尼丽又是哭又是闹，哀求着要出院。霍尔医生、雅恰医生和席勒医生都给她念了报告单，来说明尼丽确实饱受困扰，她有某种神经衰弱的自杀倾向，如果现在带她出院将等于签署了她的死亡证书。在跟医生交谈前，安妮已经许诺尼丽马上带她出院，可病情报告比尼丽的眼泪强有力得多。

她如何面对那愁苦的双眼，告诉她至少还要待上三个月呢？她已经签了委托书，凯文坚持要这么做。上帝啊，她做得对吗？医生们说，尼丽早该进疗养院了，要是那样就不会搞成现在这副样子，等尼丽好起来，她的事业将会更加出色。这对尼丽来说会很艰难，但从长远来看将是值得的。而且她又不是住在什么糟糕的地方——医院环境优美，冲着每个月一千五百块，它也必须优美。但是那双哀求的眼睛在她的脑海里挥之不去。被监禁起来一定很可怕，无论牢房多豪华。两个星期后她将再次探视尼丽，也许那时她会适应一些。

再次探视的时候，她发现尼丽情绪不错，她已经被转到了“冷杉疗养部”。“我提升了！”安妮一进来，她就高声叫道，“我现在升到可以用眉笔的级别了，还有一个梳妆台，每隔一天可以拿到一包烟。你带烟来了吗？太好了，我要把它们藏起来。我们还是得让护士点火，但‘冷杉’的夜班护士是我的一个影迷。昨天晚上她偷偷把我带到她的休息室里，让我看了晚间剧场里放的我的一部老电影。我们都疯了一样地抽烟。”

尼丽发胖了，但是她看起来很不错。她的背仍然很疼，她抱怨道。而且她一直失眠。但是她要撑到三个月出院。她很理解——他们给安妮洗了脑，他们对每个人都是如此。她恨这个地方，但是这里的姑娘都很好。只是她发现她们并不像看起来的那样正常。玛丽·简是个酗酒狂，派特·托美——那个上流名媛，号称她来这里只是因为她的丈夫想要得到孩子的抚养权——其实她根本没有孩子！她从十六岁开始就进进出出各种疗养机构。这些都是那个夜班护士告诉她的。“跟那帮疯婆娘比起来，我简直太正常了，”尼丽宣称道，“不过，从表面上看，她们都很好。”

五月，尼丽又降级了。因为她跟夜班护士的友谊，那个护士也被解雇了，她给尼丽偷来一瓶宁比泰。她们在她的床垫下面发现了这个半空的瓶子。当她们试图把药丸拿走的时候，尼丽闹得翻了天。她陷入狂怒，高声咒骂，最后不得不在浴桶里困了十个小时。她被重新送回了“山楂”。当安妮探视她的时候，她闷闷不乐，不愿说话。

安妮坚持每个星期去探望她。安妮又跟吉莲公司签订了新一季的合同。凯文已经把公司卖了，但是他还是常在片场转悠，他无声的出席比高喊的保护更加糟糕。

凯文私下里把一切都归罪于尼丽。他确信安妮的忠诚，他这样告诉自己。安妮是属于他的，无论是否成婚。只要看看以前他反对结婚的时候，安妮守了他多长时间。他知道像这样晃来晃去是不对的——公司的新主人大权在握，一切都在良性运转。但是他无法消磨时间。偶尔见见他的经纪人，日常刮胡修面，跟律师吃午饭……但这些都还不足以填充一整天的时间。然后他发现自己来到了片场，看安妮录制广告。每一次他来，他都对自己承诺，这是最后一次。

他又在这样告诉自己。这是六月里一个毫无来由的阴冷雨天。安妮在录制室里排演的时候，他在大厅外面坐着。好吧，再有三个星期，夏季的演出就要结束了，安妮已经答应他一起度假——但多半是在汉普顿的沙丘，这样她依然可以每星期去看望尼丽。

导演杰瑞·理查德逊带着个陌生人走过来：“凯文，我给你介绍一个朋友，我的一个老哥们儿，战争时期我们俩在一起。这是凯文·吉尔默，这是莱昂·柏克。”

这个名字让凯文僵住了。一定是同一个人——这不是一个常见的名字。他看起来更像一个演员，而不是作家，还有着一副好身材、麦色肌肤……凯文突然觉得自己苍白而且苍老，他还突然意识到了自己稀疏的头发。柏克的头发漆黑浓密，只是在鬓角处才有点儿发灰。这个浑蛋还有着俊朗的笑容。凯文紧张地笑了笑，跟莱昂握手。

“你要加入这里吗？”他问。

“不，我几天前才来纽约，刚跟杰瑞吃午饭。他告诉我有个老朋友在这里工作——安妮·威莱斯。我就顺便来打个招呼。”

“我来看看她是否有空，”凯文赶忙说，“是我发现了她……让她当上了吉莲女郎。跟我来，她在摄影棚里。”他拉住柏克的手臂。他必须在那里，看着安妮的反应。

她正在进行最后一次彩排。凯文和莱昂就在观众席上坐了下来。他知道她在强光后面看不见他们，就谨慎地留意着莱昂，观察他的反应。莱昂颇有兴致地观看着排练。“她在这里真的很出色。”他对凯文说，好像对这一发现很吃惊似的。

“她从一开始就很出色。”凯文小心地说。

“这是我第一次再次见到她，我以前在欧洲。”

“他们现在休息了。想过去打个招呼吗？”凯文让他的声音显得正常些。

“当然！”他跳起来，跟着凯文走过去。

两个男人走近的时候，安妮正在和制作人讨论一些改动。她看见凯文，马上微笑了，眨眨眼睛说：“马上就好。”她的视线刚掠过莱昂，马上现出了惊讶得难以置信的神色。

“没错，是我。”他明朗地笑着，走过来拉住她的双手。她虚弱地笑了，感觉到自己的嘴唇在颤抖。莱昂，比过去更加难以抗拒的迷人魅力……不知为什么，她发现自己的声音在说着很高兴见到他。

“我们能坐一会儿吗？”他问，“这些灯下面热得要命。你还得继续工作吗？”

“不，事实上我到录制以前都有空。”

“我有点儿事要去办公室一趟。”凯文说，“你们俩何不单独待上一会儿——你们一定有许多话要说。”他点了点头，走开了。安妮知道，这一定是他这辈子最为艰难的一次走开。

他竭力表现出因骄傲和尊严而产生的痛苦，被他僵硬的肩膀泄了密。她的心思不在他身上，他感到害怕——但是他努力地表现得勇敢。当她把莱昂带到她的化妆间时，她也在做同样的努力。他又回来了——就像那样，她想。“难道我忘了十五年来音信全无，还要把手臂伸向他？但那的确是我想做的，我很难做到看着他而不想伸手去触碰他。但是我现在有了凯文……要是没有凯文，我会怎样？这些年莱昂又在哪里？！”

他们在她的化妆间里坐下。她让他为她点着了香烟，审慎地等着他先开口。

“哦，看起来你是对的。”

“关于什么？”

“纽约……你的真爱。”他扬了扬手，比画着她周围的一切，“你喜欢这里，而且你做到了。安妮，我多么为你骄傲。”

“你也做到了，莱昂。”

“没有日进斗金，也没有飞黄腾达。不过，是的，你也可以说我做到了，因为我在做自己真正想做的事情，而且我相信，你还是当年那个对我说该给自己一个机会的姑娘。”

“你到纽约来做什么？”

“我们疯狂迷恋你们的商业电视，还有你们艺术家的迅速发家。一家报社派我来写一系列关于电视全貌的报道——收入破百万纪录的女演员，变成工厂主的牛仔明星——还有那个靠卖指甲油变成商业奇才的姑娘。”

她大笑起来：“你们那里没有电视吗？”

“还没有。噢，我想，很快会有的——我们比你们大约落后十年——不过，至少我能够帮助大不列颠群岛做好迎接电视入侵的准备。”他微笑着，“这跟我打算写的东西相去甚远，但这是天上掉下来的馅饼，报酬丰厚，还能给我个机会来看看美国。”

“你要在这里待多久？”

“大约六个星期，我想。”

“你见过亨利了吗？”

“我们昨天共进了午餐。亨利很累，他想把公司卖掉。乔治·贝娄试图把价格抬高，不然的话，约翰逊·哈里斯事务所就会买下他的股份，让他出局。”他点了一支烟，“我也见过乔治了，他看起来很富有，不过我并不妒忌他。他还是继续着你死我活的竞争。”

“一切都来之不易，莱昂。”

“是的，甚至连我要写的这点儿新闻报道都不容易。需要调查，有许多该死的数据要一审再审，不能只是凭想象来写，但是我乐在其中。”他倾身过来握住她的手，“你怎么样？没有结婚——也没有孩子——亨利说你还是单身。”

她向一边看去，希望她为了拍电视而化的浓妆能够掩盖她下意识的脸红。

他紧紧地握住她的手。“我又回到了起点。”他说，“这是我的一个遗憾。没有人像你一样，安妮，永远不会有。”他顿了顿，“我在这里逗留的时候，很希望能经常见到你。如果你不能够，我也能理解——亨利说你和这个凯文·吉尔默——”

“你可以见我，莱昂。”她坦然地说。

“太棒了！什么时候？”

“明天晚上，如果你愿意的话。”

“很好，我到哪里接你？”

“我给你打电话吧，”她急忙说，“我明天白天在外面有几个约会。”

他快速写下他的酒店和电话号码。她注意到他住的地方离她的公寓只有三个街区。她微笑着答应六点给他打电话。

“我们共进晚餐时再做打算。”他轻松地说，然后站了起来，“我得走了——我想，在镜头开拍前，你一定希望能有机会补个妆。我多么为你骄傲。那么，明天见……”

有很长的一段时间，她坐在那里一动不动。莱昂回来了，一切都没有改变。但是，不，她不再是二十岁了，岁月带来了变化。还有凯文——他给了她爱情、信任和她的事业。“凯文需要我，”她想，“莱昂不过是走过来瞧瞧；而我却表现得像个白痴，打算把这些印迹一脚踢开，打算忘掉那些音信全无的年月。明天我要打电话给他，说我很忙，或者，连电话也不打。让他等着好了，就像我等了他那么长时间。”

但是，她知道，她还是会去见他的。

到他们吃完晚饭前，凯文都没有提这件事。然后他漫不经心地问起莱昂到纽约来做什么，她解释了他此行的任务。凯文好像在研究他的白兰地酒杯，一边专心地听着。然后，他说：“好吧，现在我见过他了，我可以理解。一个二十岁的小姑娘是会被莱昂迷住的。他有点儿太招摇了——他的相貌和他那虚伪的英国风度——但我猜，一个年轻的、容易受影响的姑娘会认为他很迷人。”

“是的，”她啜着饮料，“但莱昂的部分魅力就在于，他并没有意识到自己的英俊。”

“哈，别开玩笑了！”凯文的言谈中带上了被激怒的痕迹，“那个鸟人很清楚自己的魅力，并且很好地运用自己的相貌。他的一举一动都不会是白费功夫的，他甚至知道怎么让男人喜欢他。要不是因为他是你的那个莱昂・柏克，连我都会喜欢他的。”

她笑了，伸手去拿一支烟。

“安妮，”他的声调很迫切，“说点儿什么。我在试图表现得冷静，就像他们在电影里演的一样。但是看在上帝的分上，帮帮我，说点儿什么好让我踏实——告诉我他冷淡地离开了你。”

“不，凯文，如果我那样说的话，我就是撒谎。”

“你不会再见他了吧？”

“如果你要我不见，我就不见。”

“但是你想见？”他恳求着一个否定的回答。

她躲避着他的眼睛：“也许我去见他才是明智的，对你我都是明智之举。我会发现我所认为的他的迷人之处现在看来都是有点儿孩子气的。就像你说的，他的外表打动了人——很厉害——但是我不知道莱昂・柏克现在是怎样的。也许我从来都不知道……也许我是把他梦想成某个形象了。亨利就那样警告过我。但是，如果我们希望有机会快乐，你和我，我就得去发现他的真面目。”

“你的意思是，因为这个臭小子得到了某家报纸的指派，我才得以让一切美满起来？如果他没有那份指派，你可能永远都不可能再见到他。你知道这一点！”

“我当然知道。凯文，我在乎你……非常在乎。我们在一起这么多年，这一点是无法抹杀的。但是，我跟莱昂是在情感的高潮处戛然而止的。也许我会发现那最终将以平淡收场，但是我得去发现。”

“不要，安妮，不要见他！”这已是严厉的声嘶力竭。

“凯文……别这样……”她窘迫地环顾餐厅四周。

“安妮，”他摸索着她的手，差点儿打翻了一杯水，“安妮，你是我的生命，没有你我活不下去。”

“你不会没有我的，凯文。”

他的眼睛盯住她：“这是一句诺言吗？”

她看到了他眼中的泪水。“是诺言。”她酸楚地说。

接下来的一天里她魂不守舍。她十几次地拿起电话，想通知莱昂取消约会，但总是没拨完号码就放下了。也许事情会平淡落幕，也许她会超然脱身。那样一切都解决了。向凯文承诺不离开他，但是并没有承诺不见莱昂。她必须见他。

他们在小小酒吧见面了。他坐在吧台边，一见到她进来就马上跳起来，领她到桌子边落座。“你就不是那种坐在吧台边的类型。”他说。他们一点完酒，他就马上专注地看着她：“安妮，你太美了。你简直一点儿都没变，哦，不，我说得不对，你变得更可爱了。”

“你也保养得相当不错。”她揶揄地说。

“我常常想念你，”他说，“有的时候想得太厉害了，我就用想象来安慰自己。我告诉自己，你已经发胖了，有六到七个拖着鼻涕的小毛孩拽着你的裙子。至少，这想象能把我拉回打字机前。”

她大笑起来：“哦，莱昂，我则习惯于假想你变成秃头了。”

然后交谈就变得很容易了。她告诉他詹妮弗的事情，小心地避开了事实的真相。不管怎样，她觉得詹妮弗的故事应该保密——那么美丽的身躯不该跟癌症沾边。他们谈到了尼丽，亨利已经把情况告诉他了，但是他很难相信这样的事情会发生在他所认识的那个活泼的尼丽身上。

“她拥有如此惊人的天赋，”他说，“她在英国简直红透了，她的电影给好莱坞的作品增辉。虽然他们把她包装得亮晶晶、甜兮兮的，但是她仍然流露出真正艺术家的风貌。她会从那里出来的，是吗？”

安妮的眼神黯淡了：“他们说她有自我毁灭的倾向，而且她的这种病态无法真正治愈，只能被控制起来。在医院的帮助下，她兴许能恢复机能，但是她将始终带有这种自我毁灭的冲动。至少医生是这么说的。”

他叹息着：“也许这就是我始终无法成功的原因。有的时候我想，所有伟大的艺术家都是有点儿疯狂的，而我太过正常。我头一碰到枕头就能睡着，不过量饮酒，甚至从未服用过一片阿司匹林。”

她笑了：“我猜，我也是二流角色。也许我烟抽得多了点儿，但是对酒仍然是浅尝辄止。而且，我有时看晚间电影会中途睡着，虽然我从来不承认这一点。”

他报之以笑容：“不，安妮，你是第一流的——没有人能像你一样，真的没有。你知道，进过我脑中的其他任何一个姑娘都会成为过去，她们就是无法在我脑中停驻。”

晚餐的时候，他们谈论着纽约和他所留意的变化。他向她推荐爱尔兰咖啡，她一喝就喜欢上了。当她还在赞不绝口的时候，他突然转向她：“一切都没改变，安妮。我现在就想拥你入怀，我感觉我们从未分开。”

“我也想在你怀中，莱昂。”

他咧嘴一笑：“那就成交，但我想我们最好马上买单离开这里。”

躺在他的身边，看着烟圈在床头的灯光中徐徐上升……太不可思议了。没有犹豫，没有过渡，他们一起被情欲之火灼融，梦想完全实现。当她将他揽在怀中的时候，她突然意识到爱是多么重要——比被爱更加重要。她还意识到自己必须做出抉择。莱昂以他自己的方式爱着她，这难道还不够吗？她会失去凯文对她温柔、无私和一厢情愿的付出吗？跟莱昂在一起，她每一秒钟都必须自己独立。她要放弃那些，来选择这一种爱吗？

他伸出手去抚摸着她光裸的脊背：“真好，安妮，每次都是这么好。”

“我也觉得，莱昂——而且只有跟你才这么好。”

“安妮，你有凯文·吉尔默。”他平静地说。他感觉到了她的僵硬，抚摸着她的头。“那是常识，亲爱的，而且每个人都知道他想跟你结婚。”他停顿了一下，“你知道吗？我昨天并不是碰巧去那里的。我是故意安排了跟杰瑞·理查德逊的见面，我想会会这个凯文·吉尔默，而且我也想见你。”

她推开他，坐了起来：“我还能做什么呢？这么多年就一直坐着祈祷你回来吗？莱昂……你没来过一封信，没有一个字的消息……什么都没有。”

“嘘，”他把手指放在她嘴唇上，“当然我能理解，我想写信来着——哦，天哪，我写了那么多信却都没有寄——但是我那该死的自尊……我的每一本书都是我给你的信，我这样告诉自己。那时我就能以胜利者的英雄姿态回到这里，把我的姑娘从她的男人身边带走。但是我没能成为英雄——而凯文·吉尔默也不是普通的男人，他是个好人，安妮，而且就我所知，他完全为你倾倒。”

她一言不发。

“如果我有骨气，过了今夜我就不该再见你。”

“莱昂！”她的声音里带着恐惧。

他大声笑了：“我是说如果我有骨气。恐怕我从来都没有多少，而且一看到你，原来有的那点儿也化为乌有了。”然后他非常严肃地说，“安妮，我在纽约的时候，无论什么时候你想要我，我都随时待命，但是仅此而已。”

“这是什么意思？”

“我这次任务结束以后就回伦敦。我有本新书要写，第一稿已经写好了。”

“你不能在这里写吗？”

“可以，但是我在这里无法生活，至少无法生活得同样好。我在那里有一座舒服的房子，而且可以写文章嫌点儿额外的稿费，那是一种完全不同的生活，但是我喜欢。”然后他补充说，“我挣的钱刚够我在打字机旁度过清苦的时光，写我想写的东西。这是一种寂寞的生存，但是始终有希望：也许这一次的书能够如愿。我相信自己所写的，我也相信自己所追求的。我要为此感谢你，但我也因此失去了你——但是，也许这是注定不可能有其他选择的……”

“为什么不能？”她固执地说，“要不是我在红酸果饭店里一时嘴快——要不是我坚持要你去写作——你也许已经是纽约最好的经纪人了，我们也会有孩子了，而且……”

“而且我们互相憎恨。不，安妮，当你追求成功时，婚姻就是拖累。即使你顺从我那疯狂的念头，跟我住在劳伦斯维尔也没用。我猜，我是生来注定孤独的。但是我真高兴能再次与你相聚。我会珍惜你给我的每一秒，等我再度归家，我可以在英国那些下雨的夜晚里，展开我的回忆。”他把她拥入怀中，她的伤痛在对他的爱念中奇迹般蒸发殆尽。

她回到公寓的时候已近黎明。把钥匙插进门锁时，她注意到了门缝里透出的光线。

“你那么急着抽身回来干吗呀？天还没亮呢。”凯文坐在起居室里，抽着烟。

她走过去，从他嘴里拿走香烟：“你自从心脏病发作后就没抽过烟。你现在又抽，想证明什么？”

他嗤笑着：“你这么关心我的健康做什么？在我看来，今晚以后我就没有将来了。”

“凯文，你干吗来这儿？”

“因为我知道你跟他在一起。跟我说说，他是不是释放了多年的压抑？你们是不是到处乱滚？”

“住嘴！你这样说没有任何好处。来吧，如果你想度过这一夜的话，就上床去。”

“你今晚跟我一起上床吗？”他看见她僵住了，“如果你肯的话，你就成了‘湿鸭子’，这就是那类女人的别称。好了，你肯吗？”

“凯文……自从你心脏病发作以后我们就没有性事了。我并不介意，我能理解以你的健康和……”

“和我的年龄——继续呀，说下去。”

“今晚不管我跟莱昂之间发生了什么，都不会影响我对你的感觉。”

“对那个我就该逆来顺受，是吗？让莱昂去扮演种马的角色，我来扮演蹒跚老迈的忠诚守护人？”

“你是我的朋友，是我生命的一部分……是我深爱着的。莱昂则是……是不同的。”

“不行，我无法忍受。你必须做出选择。”

“好吧，凯文，”她厌倦地说道，“如果你非要逼我……”他一把抓住她：“不——不！安妮，不要离开我！”他开始抽泣。她想把他推开，但是她没有，反而抚摩着他的头。看见一个男人被击垮是多么可怕。是她造成的吗？还是由于他衰弱的身体和他的年龄？

“凯文，我不会离开你的。”

“但是，你还是会去见他，你觉得我受得了吗，当我知道你是从他的怀里回到我身边？”

“凯文——”她搜索着用词，“你我都知道我跟莱昂在一起，但是他是要回去的。而且，他知道你，他甚至说你是一个好男人。”

“这就是他的英国方式。你不知道吗？所有的英国佬都很堕落。他分享完了你，就会把你一脚踢开。”

她忍耐地叹了口气。这不像凯文说的话，这都是出于他神经质的恐惧：“凯文，我会留在你身边。”

“为什么？他不想要你？”

她转身走进了浴室，开始换衣服。真是难以置信，历史再次重演了。凯文突然看上去就像艾伦·库珀——一模一样的母牛似的表情，一模一样的孩子式的发怒。而且一模一样的，又是莱昂在作壁上观，既不提要求，也不给承诺，而她痛苦得肝肠寸断。她其实又欠凯文什么呢？他们之间谈不上有什么激情，即便如此，自始至终她都未曾让他妒忌或挂念。她有的是机会——许多人比凯文更年轻、更有吸引力——但她视而不见。她给了他幸福的十四年时光——难道这还不能稍许补偿她欠他的恩情吗？但是凯文需要她，他一定抽着烟在那儿坐了一整夜。她知道坐着等待一个人的滋味。突然她对凯文感到一阵心软和同情。哦，天哪，他看起来那么衰老，而且脆弱。她不能伤害他。

她回到了起居室。他还坐在那里，眼睛空洞地瞪着——脸上是挫败和颓丧的神情。

她伸出手臂搂住他：“凯文，我爱你。已经很晚了，脱衣服上床睡一会儿。我在这里，一直都在，只要你需要我。”

他迷惑地朝着她：“你不再见他了吗？不见吗？”

“是的，凯文，我不会再见他了。”

她挣扎了两个星期，不给他打电话，试图从脑中将他抹去。他也从不给她打电话，但是她知道他在那里等着。而她不停地重复着自己所知道的自律格言，好让自己坚持下去。许多个夜晚她独自一人，满脑子迫切地想着电话，想着跑过三个街区去他住的酒店。她站在公寓的露台上，呼吸着夜晚怡人的空气，仰望星空。这样的夜晚是为爱而设的——去跟莱昂相对，而不是独自站在这里。凯文必定会打电话来，有意无意地查岗。他以前从来没有做过这种事，但是现在他会挑最不可思议的时候打电话。还有很多次，他走时话里有话地说："好吧，我的姑娘，到我的单身住所去，今晚那里有舒服的热水澡，还有你老男人的大床。"三个小时后，他悄无声息地折回她的公寓。"我睡不着，"他会说，"我能在这里过夜吗？"他发现她独自在家，脸上流露出解脱的神情，而她则报以微笑和暗暗的同情。

再次邂逅莱昂的时候，她正在21夜总会，跟凯文和吉莲公司的一个新股东在一起。那是六月底一个突如其来的湿热夜晚，气温达到了华氏九十度。她拍了一整天的广告，疲劳而且厌倦。抬头时，她发现莱昂走了进来。他身边带着一个凯文所谓的"美味小妞"，他被领班带向餐厅的另一区域，没有看见她。从她的位置，她可以观察他而不被发现。那个姑娘约莫十九岁，黑发垂肩。她有一张漂亮脸蛋儿，肤色很深，而且明显是精心晒出来的。低劣的白裙子挑逗地紧裹着她年轻的身体，细细的肩带袒胸露背。她的银色指甲长得匪夷所思，而这些手指正跟莱昂的手指交缠着。她仰着脸听他说话，一边甩着她的头发。有那么一刻，不知她说了什么，莱昂仰头哈哈大笑，然后欠身在她鼻尖轻轻一吻。安妮觉得自己像是病了。他跟这样的女孩一起过了多少个夜晚？这些夜晚她却整夜醒着，躺着思念他，想着他，描画着他孤独的样子，以为只要自己打一个电话……

这是她很久以来所记得的最糟糕的一个晚上。她被自己痛苦的深度吓住了。自从过去她跟莱昂相爱的那段日子以来，她从未感受过如此深厚激烈的情感。但是现在她所有的感觉都好像突然复活了——所有那些激情，她曾以为是年轻的一部分——它们并未消逝，只是沉睡着，等待被唤醒。她目不转睛地盯着莱昂和那个姑娘，幸好，凯文在很投入地讨论股票的事情。

这个貌似永远不会结束的夜晚终于结束了。离开夜总会的时候，她向莱昂投去最后一瞥，他正全神贯注地听那个姑娘说着什么。

她央告着头疼，但是凯文坚持要去她的公寓。他们刚走进家门，他就说："我也看到他们了。"

"谁？"

"你的情人和那个漂亮姑娘。你坐在那里，一点儿一点儿地啮咬着自己的心，不是吗？”他的声音令人不快，“现在，也许你知道我的感受了。”

“凯文，我累了。”

“那个姑娘年轻得能当你的女儿，安妮。”

“得了，凯文，我才三十六岁。”

“很多女孩十八岁就生孩子。哦，她就是能当你的女儿。你瞧，我的宝贝儿，你的莱昂还很抢手，他可以挑挑拣拣。事实上，不知你有没有想过，也许他是看在旧日的情分上才跟你睡觉的，因为同情，就像你同情我一样。好吧，振作起来——我们是一对，你和我，两个被抛弃的人。而且在某种程度上我更同情你，你多半还在梦想着那个美妙的爱的夜晚呢。好吧，那是他出于同情和内疚，施舍给你的唯一一个夜晚。”他发现她的眼睛因为痛苦而颜色变深了，这更加剧了他的恼怒，“没错，完全如此！他请求过你离开我，跟他结婚吗？当然没有！如果他结婚，也肯定是跟某个漂亮妞儿。你曾经也是，女士。当然，你现在还是一个漂亮女人——以你奔四十的年纪来说。但是他是在你二十岁的时候喜欢你的，即使在那会儿，他还是抛弃了你。是老好人凯文把你拣了起来，是凯文让你出名，让你富有。”他向门口走去，又停下来，“你知道，要是我愿意的话，我也可以找个二十岁的小妞。哦，别担心，我还是要你——但现在情形已经变了。我从现在开始计时，明天早上你把考虑结果报给我。下一季你工作的时候我不会再坐在那里候着了，我们要去做计划好的环球旅行——只是我不能肯定是否要先结婚，我得好好想想。”

他说话的时候，她目瞪口呆。等他说完了，她说：“凯文，你不是这个意思，这不像你。”

“是的，女士。终于轮到我发球了。长久以来我是多么感激你的恩惠——直到我看见今晚的你。天啊，嫉妒对人的改变多么巨大。你在我的眼前崩溃了，在那个漂亮妞儿旁边，你看起来枯萎而且过时。你脸上那些忧虑的皱纹……我心中的女神突然倒塌，我看见的只是一个憔悴的金发女人，带着一览无余的妒忌，盯着她被另一匹小母马夺走的种马。”

“凯文，请你走吧，你不是这个意思。”

“少跟我来装高高在上的大女人，结束了。你现在是个弃妇了！想要我证明给你看吗？他现在一定在家，他迫不及待地要带那个漂亮妞儿过夜呢。你敢现在给他打电话吗？告诉他你想见他。我来计时，你会得到全城最快的一次无情拒绝。”

她朝浴室走去。他追上去跟着她：“我还没说完呢，你别掉脸走掉。你刚才没在听吗？已经结束了，你少来摆高高在上的姿态。”

“凯文，你真的很恨我，不是吗？”

“不，我只是为你感到抱歉，就像你对我一样。”

“如果是那样的话，请你走吧——对大家都好，凯文。”

“哦，不，”他志在必得地笑了，“不看到你彻底死心，我是不会走的。”他操起电话打给他，“我敢肯定你记得他的号码。如果你不打，我来打，我会告诉他，你因为嫉妒而吃不下饭，都快要生病了。当然，我也记得他的号码。这两个星期以来我们俩都在一刻不停地想着他，不是吗？”他拿起话筒开始拨号。她从他手里把话筒夺走。他推开她，又把它抓了回去。“凯文！”他真的在拨号，让酒店接线生转莱昂·柏克了。“好了。”他把电话交给她，“跟他说，说——不然我来说。”

她接过了电话。他们接通了他的房间。她祈祷他不在那儿。这怎么可能发生的？简直是一场噩梦。她听见咔嗒一声……

“喂？”是莱昂的声音。

“莱昂？”她的声音胆怯、踌躇。

电话里停顿了一下：“安妮？”

“继续啊，”凯文低声嘶叫，“告诉他你现在想过去。”

她向他投去乞求的一瞥，他作势要抓过电话，她推开了：“莱昂……我想……想要过去。”

“什么时候？”

“现在。”

些微的停顿后，他用明快的声调说：“给我十分钟的时间，把事情重新安排一下，然后你直接过来。”

“谢谢你，莱昂。我马上去。”她挂上电话，看着凯文。他面如死灰。

“没错，”他叫道，“我早该想到的。他是想玩3P呀——你，莱昂，还有那个放荡女人一起。我早告诉过你英国人都是下流坯……那你只能去喽——因为你别无选择！”

“哦，凯文，”她呻吟道，“我们对彼此都做了什么呀？”

“我只是发现我把自己生命中的那么多年都浪费在一个贱货身上！而我以前还以为这个贱货是个淑女。”他走了出去，使劲把门摔上了。

有那么一会儿，她站着一动不动。她的愤怒逐渐被一种混合着遗憾和轻松的感觉所替代。凯文自己做出了抉择。天啊，嫉妒是一种多么可怕的东西——它把凯文这样的硬汉变成了狂怒的变态者。但是她并不怨恨他。她突然感到一阵轻松，头轻飘飘的，好像解除了什么千斤重担。不管怎样，她现在可以见莱昂了，她再也不用跟凯文结婚了。他们之间已经结束了……她自由了！

她整了整妆，快步走过三个街区，走向莱昂的酒店。

门开了。“我都开始放弃希望了。”莱昂说。

她的眼睛迅速扫了一下房间。

“她走了。”他飞快地说。

她假装没有听懂。

“你离开21夜总会的时候我看见你了。我那漂亮的小约会对象娇声叫唤：‘哦，那不是安妮·威莱斯吗？’她常看电视，很崇拜你。”

“是的，我看到你了，莱昂。”

“很好，至少这将你带回了我身边！”他穿过房间，在一张用桥牌桌临时替代的酒吧台上，调好两杯酒，“你知道，这年头演艺行业已经不一样了，”他说道，“我承认，我闹不懂。但是我说不出为什么，康妮·马斯特的上两张唱片卖出了一百万，而且英国公众都崇拜她，所以我得写写她激动人心的生活。”

“谁是康妮·马斯特？”

“今晚跟我在一起的那个迷人姑娘。不要告诉我你从没听说过她！”安妮摇了摇头，他笑了，“我们都是落伍的一代，你和我。别人提起歌星时，我们想到的都是狄娜和艾拉，或者尼丽。但是康妮·马斯特现在风靡一时。她才十九岁，每个制片公司都追着她。但是除非就着烈酒，否则她的唱片我一张都听不下去。”

她笑了：“我知道，每天我都听到一些以前从未听说过的人的消息。我猜，大概那些十几岁的人支持他们。”

“好吧，我已经为英国报纸和全世界的音乐迷尽了力，你打来的电话让我免于去做职责以外的服务工作了。”

“你的意思是你本来要跟她做爱？”

“为什么不呢？我孤独地坐在这里，等着你那永远不会打来的电话。哦，我理解……我真的理解。但是，她就在眼前，就蜷在你现在坐的那把椅子上，告诉我她恰恰崇拜老一点儿的男人。我还能做什么？这热烘烘的夜里，难道把她赶到外面去吗？”

安妮大笑起来：“得了，莱昂，别说得好像你很无助似的。”

“不，但是这些新生代能叫人放松警惕——这条年轻的梭鱼。”他穿过房间拉她站起来，“现在，你美丽，媚人，而又危险。但是我跟你在一起却感觉安全。”他抱紧她，吻她。他们的拥抱被突然响起的电话铃声中止了。

他拿起话筒。她看见他的眼神一凛，冷冷地说道：“我想，您还是跟女士本人谈比较好。”他转向安妮，递过电话。面对她眼神里的疑问，他明白地回答：“是凯文·吉尔默。”

“我不想跟他说话。”她缩了回去。

“我建议你接电话。”他说。她意识到在交接话筒的过程里，他并没有捂住话筒。凯文在听着呢。

她小心翼翼地接过话筒，好像话筒本身带电似的：“凯文？”

“安妮！安妮，原谅我！我刚跟莱昂·柏克说了，我今晚出了点儿事。我疯了，安妮，今晚的事情再也不会发生了。我说的话完全不是我的本意。安妮，你在听吗？”

“凯文，没用的，已经结束了。”

“安妮，求你……回家吧。我是无心的。你可以继续工作……可以做任何你想做的事——”他的嗓子哑了，“我明天就跟你结婚——或者随便你挑什么时候。我等着你，你说了算。我做什么都可以。求你啦！我只是看见你那么不开心，因为他和那个姑娘在一起——你从来没有用那样的方式看过我——我猜，我是疯了。我想伤害你，就像你伤害我一样。”他真的抽泣起来，“求求你，安妮……我知道我老了，甚至，如果你因为那方面的事，想见莱昂的话，我都答应你——只要你不告诉我。你做什么都可以，只是你不要离开我，不要从我的生命里消失。”他开始喘不上气来。

“凯文，你怎么了？”

“没什么，我猜，我走得太快了。我在你的公寓里，我一路跑着过来的。安妮，求你……对莱昂来说，你不过是他女人里的一个，但是对我，你是我的整个生命！”

“凯文……我们明天再谈吧。”

“安妮，我睡不着。今晚睡不着，我知道你在他那里，知道你正在做——”她听见他又开始喘，“安妮……求你啦。就今晚……只要今晚回来。让我睡在旁边的床上。只要让我知道你回来了。从此以后我再也不盘查你了。只要跟我在一起。求你啦，安妮……我比不过他——我没有青春，也没有健康。求你……求求你！”

“好吧，凯文。”她觉得手里的电话比铅还沉。

“你这就走吗？”他声音里的希望甚至比他的眼泪还撕裂人心。

“是的……马上。”她挂上电话，转向莱昂。

“又是半途而废？”他在倒酒，背朝着她。

“莱昂，我还能怎么办呢？”

他耸耸肩膀：“我只能说，这就在于你更想取悦谁。你自己还是你的良心？你想追求什么？快乐还是内心的安宁？”

“它们难道不是一回事吗？”

“不是，爱情通常并不伴随着内心的平静。我很肯定，跟凯文在一起你会得到内心的平静和良心的安稳。而跟我在一起，你不得不跟良心做斗争。不过，爱情总是带点儿挣扎的，不是吗？”

“你的意思是，你爱我？”她问。

“仁慈的上帝啊，一定要我用霓虹灯打出来你才知道吗？我当然爱你！”

“但是我怎么知道呢？这两个星期里你都没有给我电话，也没有试图说服我。”

“我们谈论的是爱情，”他激动地说，“而不是哀求！爱情不该激发人的奴性。如果我得靠摇尾乞怜、对等交易或者相互调适来得到爱情，那我宁可不要爱情。而且我藐视任何向我乞求爱情的人。爱情是用来给予的——不是用来说的，爱情不需要理由，也不需要同情。我就绝不会乞求你，安妮。我爱你，你必须知道这一点，我会一直爱你——”

“莱昂，你知道，我也爱你。一直爱……永远爱……”

“那我们还站在这里争论什么？你在这里，我也想要你在这里。”他微笑着，但是仍然站在房间的那一头。

“但是你要回英国……”

“而凯文在美国。”他笑了，“我谈的是爱情——你谈的却是地理。不过，它们听起来也很相似。”

“但是爱情意味着共同的计划……彼此相守。”

“爱是一种激情。对你来说，它却是带有很多附加条款的不可打破的合同。”他拉起她的手，“安妮，太晚了。不错，我是要回伦敦的，我在那里有自己的生活方式，你在这里也有。也许你该跟凯文在一起，他适合你的生活方式。我所能给你的，不过是再逗留几个星期而已。”

“也许我会喜欢伦敦的，莱昂，你没有想过这一点吗？”

“安妮，我是一个作家——也许不是最好的，但那是我的工作。你不再是那个二十岁的小姑娘，会热切地为我的草稿打字。你很快会厌倦的，而且你会越来越恨它。”

她转身跑出房间。她冲到大厅，按下电梯按钮。也许他会追过来，如果他追来的话——电梯门开了，她转身看看他紧闭着的静悄悄的房门，然后走进电梯。

她慢慢地走向她的公寓。当她到楼下的时候，她思量着走进入口，她必须把事情想明白。莱昂爱她，但是不能给她任何未来。凯文需要她，而且能给予她毕生的忠诚。凯文把事情都合同化了，每一个附加条款都合她的意——但是，如果得来的是她不想要的忠诚，这样的合同又有什么用呢？她总是给莱昂压力，逼迫他承诺。如果他不叫她去伦敦，那该怎么办呢？她愿意一直跟着他，去伦敦也并非世界末日。但是那就得求他，而莱昂讨厌那样。“爱是被给予的”，而不是纠缠。

她回到大楼的入口。凯文就在上面，他需要她。她怎能为了短短几个星期的快乐而伤害他呢？但是她突然想到了和他在一起虚度的那些年头——如果莱昂走了，像那样的生活还要继续过上很多年……但是莱昂现在在这里——而且她有机会跟他在一起。对，这就是答案。不要逼莱昂——享受他能给予的这几个星期，然后任其结束。那时候，如果凯文仍然想要她的话，好吧——就像他说的，他们两个被弃之人是一对儿。但是，不管怎样，现在莱昂还在，她要和他在一起——每一秒，每一分钟——只要她能够！

她转头就走。然后她跑了起来，直到莱昂的酒店，一路上都没停。电梯慢吞吞地开上去。他来开门。他一把张开手臂，紧紧地抱住她。她贴着他：“莱昂，只要你在这里，我就在这里。再也不问什么，也不管什么将来——从现在起，只有我们在一起的分分秒秒。我爱你。”

他捧起她的脸，注视着她的眼睛，平静地说：“我们要把每一秒钟当成一小时来用。我爱你，安妮。”

第二天，她见了凯文，他看上去很憔悴。她试图解释自己的感受，试图解释自己必须去见莱昂，等他走了，如果凯文还想要她……如果他不要……好吧，那她也能够理解。

凯文一言不发地瞪着她，然后他的脸慢慢开始充血，他在起居室里走来走去。“怎么，你跟你的英国种马一样不要脸？！”他的愤怒似乎给了他力量。他砰地摔门，离开了她的公寓，一边叫着他将让她为这场羞辱付出代价。

这一次，凯文没有再眼泪汪汪地打电话来求情。接下来的几天里，他孩子气地努力四处亮相，身边都带着形形色色出名的美人儿。凯文本来是很讨厌夜总会的，现在也想方设法地去订最好的位置，然后带着他所能找到的美艳女子，在众人的目光中迟迟到场。纽约每来一个新女星，她的名字就会马上跟凯文沾上关系。人们私下笑话说，凯文读完《欢迎明星手册》，就马上冲到飞机场，跟最新到来的女明星订下约会。

他最后、最拼命的一搏，是试图取消安妮跟吉莲公司的合约。既然他还在董事会占有一席之位，他就坚持说他有权维护他所创造的公司形象。他声称安妮已经“过时了”，吉莲女郎应该是更年轻、更清爽的新面孔。

他在董事会议上提出这一异议。活该凯文倒霉的是，投票并未通过。安妮又得到了两年的续约合同，而且薪金涨了一万美元。这是一份仅限电视的合同——这是安妮的另一项成功，过去她还要马不停蹄地应付报纸和杂志的广告拍摄安排。

安妮知道凯文的举动，但是她从来都不怨恨他。她只是感到遗憾——对事情不得不如此收场而感到伤心。

接下来的几个星期，她跟莱昂的关系逐渐升温，其程度超过了以往她所感受到的所有激情。莱昂对她享有的声名饶有兴趣，他们经常一下子就被人认出来，但是她会平息事态，并把她的注意力都放在他的工作上。这一系列报道怎么出炉？她听着他所希望的报道方式。他不想诟病美国的电视，但是他想以一种调侃的风格来撰写。她读他的稿子，还经常提出一些有价值的建议。

虽然他们各自保留着住所，但是莱昂每晚都在她的公寓度过。有一天他说：“我七点钟来接你，但是我要先到我的衣柜去换身衣服。”打那以后，他们就开玩笑地把他在酒店的房间叫作“衣柜”。但是，几个星期过去了，她知道他的任务已近尾声。他从不提要走，但是她知道时间在一点儿一点儿地过去。她感觉到绝望步步逼近——沉重而压抑的绝望。

但是，七月的一个夜晚，她忽然又充满了新的希望。那晚他们在山谷里的一家花园饭店用餐。“多么美好的联想，”莱昂望着明净的天空，微笑着说道，“这是我在伦敦最想念纽约的地方——宜人的气候。我们从来不敢指望能有一个这样的夜晚——那里一成不变地要下雨。”

“这是你第一次说纽约的好话。”她让自己的声音保持轻快。

“我太爱你了，所以开始看到纽约好的一面了。”他说，“但是你喜欢下雨吗？你知道，伦敦雨水多得要命。”

这事儿终于发生了！他流露出不想离开她的意思。她必须小心才是——不能强迫，必须是他自己的主意。她研究着他香烟的灰：“我从来没去过伦敦。”

“想象一下。”他只说了这么多。

这是她能够想象的全部。她跟亨利讨论了这件事。

“不可能的，”亨利坚持道，“我看过莱昂的房子，我去年去拜访过他。他认为那栋房子是座宫殿，但是那里没有中央空调，安妮，而且只有四间很小的屋子——没有电梯。”

“但是，我有的是钱，我们可以有最好的公寓——”

“你还没有吸取教训吗？”亨利断然地说，“没人能为莱昂买单——你必须用他挣的钱过活。”

“那我就用，”她带着决心说道，“我可以住在他想住的任何地方——但是没有他我活不下去。亨利，我跟他一起在哪里都会很开心——甚至在劳伦斯维尔。”

“你跟吉莲公司的合约怎么办？如果你毁约，你就再也不能拍电视了。”

“亨利，我现在有多少钱？”

“超过一百万。”

“那我干吗还要工作？”

“但你在伦敦做什么呢？”

“我跟莱昂在一起。”

“听着，安妮，你不是急于投入新生活的小孩子，莱昂也不是。他在那里困在自己的小世界里。你在那里没有朋友——他整天坐在打字机旁边——那你干什么呢？”

“我不知道，我只知道我没有他不能活。”

亨利寻思了一会儿，然后他说：“只有一种解决方式，你得把他留在纽约。”

“但是怎么留呢？他的任务结束了，而且他喜欢伦敦。”

“让时间来发挥作用。他每在这里多留一天，他对纽约就多一分习惯。让我想想，我来给我认识的巴特出版社的几个家伙打电话——也许我们可以帮他找点儿任务，让他帮他们的杂志写些文章。不过这得安排得像是碰巧。”

“这么做有什么好处呢？”

“这样他就得再多留一段时间，而时间会帮助你的。”

碰巧提供主意的是尼丽。安妮开车去做两星期一次的探望，她们坐在照管妥当的草地上闲谈。天热得很不舒服，但是尼丽想待在室外。尼丽胖了，但是她看起来在明显地好转。她已经转到了“灰烬”，离出院病人诊疗中心只差一步了。

“等我到了那里，”她快活地说，“我就能去纽约度周末了。”

“尼丽，你觉得那么做明智吗？”

“当然了。必须得那么做。天哪，你被这样关了六个月，不可能突然释放。他们会循序渐进。一开始先让你去出院病人的部门，在那里过上一个月，然后他们让你去本地的镇上过一晚，看电影或是去美容院。如果一切顺利的话，他们会试着让你回纽约度周末。你必须在星期一回到这里，他们会给你做检查，看你是否受到了什么困扰。再过一段时间，他们让你回家一个星期。然后他们就视你为痊愈，放你走了，但是你仍然得每天去见他们给你安排的神经科医生。在外面，总会有压力叫你烦恼。”

“你是指你的工作吗？”安妮问。

“哦，我就是指压力。在这里，没有这回事。如果我睡得着，我就睡，如果我睡不着——那又怎样？最多是不做职业治疗里那些漂亮的马赛克烟灰缸，或者在羽毛球比赛中出局。而且我想吃什么就吃什么。天哪，我有一百六十磅了，但是谁在乎呢？还有，安妮——我又能唱歌了，上帝啊，我唱得像他妈的金丝雀那么动听。”

“哦，尼丽，我太高兴了，我知道你会的。”

“最不可思议的事情发生了。每个月我们有一次舞会，那真像夏令营。所有的男疯子都打扮齐整，我们也都描眉画眼，然后我们在体育馆里聚会——当然了，在监视之下。我去参加是因为我没得选择。如果我不去，就会得到一次不良记录。好吧，我们有个三样乐器组合的乐队，有一次晚会上，我想捉弄捉弄大伙儿。那不太好，因为弹钢琴的是村里的学校教师，他会用双手弹曲子。我就开始唱歌了。突然，一个真正的疯子——他满头灰发，看起来疯得很厉害——拖着步子走过来了。他是个长期病人，我以前从未见过他——长期病人很少来舞会。他们都是无法治愈的，要一辈子关在这里被照管着。天哪，你得是个很有钱的疯子才行——这样的疯子我们那里还有几个。‘夏娃村舍’是给治不好的女病人住的，‘亚当村舍’是给长期的男病人的。当然啦，他们被隔在离我们十二英亩的地方——事实上，除了舞会，我们从来看不到一个男疯子。好吧，不管怎样，这个看起来完全被毁了的男人拖着步子走过来。一个护士冲过来拉他，但是霍尔医生在那里，他示意她随他去。原来他两年没说话了，医生想看看他要干吗。就这样，他慢慢地走到我旁边——我正在唱海伦·劳森的一首老歌——而他就站在那里。

"我接着唱下去——开始唱我自己的一些老歌，突然，他开始跟我一起唱，你从未听过这样和谐的合唱。那种感觉太美妙了，我简直想死。安妮，我的脊椎一阵刺痛——这只老公猫还真能唱。他身上好像有某种似曾相识的东西。我们在一起唱了一个小时，每个人都像疯了一样地鼓掌——甚至包括霍尔医生和雅恰医生。唱完以后，这个疯子用手碰了碰我的脸颊，说：'尼丽，你一直唱得不错，我们都是。'然后他拖着步子走开了。我还站在那里。接着霍尔医生走到我身边，说：'他来这儿两年了，病情一直在恶化。这个秘密守得很紧，但我看到你们互相认识。请你不要跟人谈论这件事。我们都管他叫琼斯先生。'其实，我根本不知道他是谁，但是我在这个鬼地方住着，已经变得狡猾了，我现在可以愚弄霍尔医生，所以我就继续演戏。我说：'那我怎么叫他呢？他叫我尼丽。'霍尔医生说：'你可以叫他托尼，但是要带上姓氏琼斯。'"

"托尼？"安妮没听明白。

"托尼·波拉！"尼丽宣布道，"他患有某种先天的脑科疾病，好在他跟詹妮弗没有孩子——不然孩子也很可能疯掉的。"那次堕胎！詹妮弗知道！她从来没有泄露过这个秘密。眼泪涌进了安妮的眼眶。

"尼丽，"她说，"詹从没对任何人说过，但是她肯定知道。请你不要告诉任何人。"

"为什么？他现在不是詹的老公了，詹死了，不是吗？"

"但是她到死都没有告诉任何人，她希望保密。看在他们两人的分上……求你。"

"好吧，不过，说了又有谁在乎呢？"

"哦，等你从这里出去了，就会造成巨大的流言。但是，别这样。托尼只是从银幕上淡出了，曾经有传言他在欧洲，但是没人知道，现在他们也不关心。就让事情保持这样最好。"

"没问题。"尼丽赞同地说，"但是，我的情况就不是秘密了，一家杂志要写我的人生前后两个部分的故事，他们将为此付我两万美元。乔治·贝娄要找人替我捉刀写稿。"

"乔治·贝娄，他怎么跟你接上头的？"

"哦，你应该看过专栏文章，他们暗示说我现在又胖又不能唱歌，或者说我又瘦又不能唱歌。所以，我写信说，他们只猜对了一半——我是胖了，但是歌唱得好得不能再好。然后我让霍尔医生给我录了一盘录音带，我寄给了亨利·贝拉米，要他放给新闻界听。他一定转交给了乔治，因为乔治马上就来探望我，而且他提供了这个机会。他希望等我出去了他能做我的代理，他在试图抬高价格买下亨利的股份，你知道。"

"莱昂说，约翰逊·哈里斯事务所要合并亨利的公司。"

尼丽耸了耸肩："如果乔治在几个星期里能筹到约翰逊·哈里斯开出的价，他就会把公司买下来。他应该能办到，如果他能从他那个酒鬼老婆那里骗到一部分钱的话。那个女人是个百万富翁。"

安妮晕了："哪个酒鬼老婆？乔治没有结婚呀。"

"乔治是个暧昧的家伙。他从一开始就是结了婚的——从我们刚认识他的时候。他跟这个富婆结婚二十年了，但是他说他是为了钱结婚的。他以为她很快就会不中用，虽然她的肝脏已经坏了，她却一直活着，而且掌控经济大权。我不知道他从哪里能搞来这笔钱——除非他这几个星期里把他老婆从山顶上推下去。而且以我对乔治的了解，他完全干得出来。我一直讨厌这个浑蛋。"

"至少他给了你这次出版的机会。"

"哦，他也将得到他的佣金。我告诉他我能用掉这两万块。你帮我付了在这里的费用，这笔钱我得还给你。而且，如果我出去的话，我还需要一些钱。但是我仍然希望亨利的公司别落在乔治手里，他净给我些黑交易。"

她离开尼丽的时候，有个念头逐渐成熟。等她开车到家的时候就已经打定了主意。她把车开进车库，给亨利打了个电话，说她得在晚饭的时候见他一面，马上。他们约定了在五十三号大街上的一家小饭店碰面。

"为什么不呢？"她一告诉他，亨利就说，"莱昂是写尼丽故事的最佳人选。他老早就认识她，而且至少这又将替你留住他一个月。"

"但是得由你去向乔治贩卖这个主意，让乔治去跟莱昂提，这样，我就跟此事无关了。"

莱昂愉快地接受了乔治的提议，但是他拒绝去探访尼丽。他想记住她以前的样子，记住她清新小脸的孩子气模样。他坚持说，他必须从这个角度来写。他通过电话和她交谈，然后把草稿寄给她修改。尼丽对故事铺陈的方式非常入迷，写作进展顺利。到了九月底，莱昂已经准备最后定稿了。

十月初，又一个急匆匆的召集电话后，亨利和安妮在21夜总会碰面了。当她提出最新想到的主张时，她的眼睛闪闪发光。他专心地听着，然后不停地摆手："你简直抵得上一支坦克师——但是这个办法没用的。"

"为什么？"

“他并不想拥有一家代理事务所。我知道这一点。莱昂喜欢写作。”

“但是，亨利，你可以试试。告诉他你不想让约翰逊·哈里斯事务所合并你花费毕生心血的事业。拜托你，试一试。”

“但是，安妮，即使我告诉他我借给他钱，他也迟早会发现真相的。”

“我只担心别离时刻的到来，亨利，已经没多少时间了。”

莱昂沉思着啜着咖啡：“我很荣幸，亨利……但我并不是你的合适人选。”

侍者帮亨利添咖啡。一直等侍者走开后，亨利才答道：“听着，莱昂，我在我的机构里倾注了毕生的心血。约翰逊·哈里斯事务所配不上我一手培植起来的那批明星，而乔治·贝娄也不该被废掉。哦，他们当然会接受他，让他当副总裁，但是他们会把他踢到某个不重要的位置上去，好让他被迫自动辞职。我跟你说，我愁得好多个晚上睡不着，所以我才提出借钱给你买下我的股份，跟乔治联手管理公司。”

“但是，为什么是我？你为什么不借钱给乔治？”

“你认为乔治为什么至今没有把价格抬高？”

“事情太难了，我估计。”

“不。有话放出去了——说乔治无法独自主持公司。他是个出色的生意人，但是对人不友善。有一半的明星要离开。但是，如果我指派你——如果我们操作得法，制造轰动的公众效应……先以一些传闻消息的小专栏开始……我如何去请你……然后组建起来……听着，还有很多人记得你曾经多么在行。”

莱昂摇摇头：“我很感激，而且很荣幸。但是，我是要走的，我在伦敦很快乐。我不想承担事务所的压力。我讨厌那些你死我活的竞争，而且我很享受写作生活。”

“那么，安妮怎么办？”

莱昂注视着他的香烟：“她是唯一需要考虑的因素。她知道你的提议吗？”

“不知道。”亨利希望他的声音听起来令人信服，“因为我想安妮会希望你在没有压力的情况下做出决定。”

“但那是一笔巨额的贷款，亨利。”

“我并不需要钱，我只是想退休。我最近的心电图说服我必须休息。但是我希望看到我的经纪公司继续办下去。你可以逐年还款，我并不担心。”

“如果我拒绝的话，你是不是会很难过？”

“是的，我会。莱昂，在我需要你的时候，你已经离开过我一次了。我现在又需要你了，我希望你跟乔治联手把公司办起来。”

一九六二年

一九六二年一月二日，贝拉米和贝娄事务所正式变成了贝拉米、贝娄和柏克事务所。乔治是总裁，莱昂是副总裁，亨利完全退休了，但是莱昂坚持他的名字必须保留在公司名称之中。他们为媒体和客户举办了香槟酒会。在酒会上，莱昂宣布他第二天将与安妮结婚，使这个开业酒会双喜临门。

当派对开得正热闹时，亨利把安妮拉到一边。没有人注意到他们这一场小小的会谈。

“他明年就会发现事实真相。”亨利悄声说道。

“为什么他肯定会发现呢？”

“安妮，明年你得交联合税，那时他就会发现是你借钱给他买下了这个公司，而且他得付贷款的利息，而你得申报利息。”

“但是为什么不能由你把钱借给他呢？我先把钱给你，然后——”

“那国家税务局就会来找我们俩的麻烦。安妮，我不像你有那么多余钱。我一个星期挣不了两千块，也没人给我吉莲公司的大笔股份。我也没有像亨利·贝拉米这样的家伙老早帮我在电话电报公司的股票上投资十万，现在好看着它们翻倍。如果我有资本收入，我就不能拿我自己的钱去投资——哦，去他妈的，说了你也不懂。但是我不能拿自己的钱买自己的公司。顺便说一下，我卖掉了你所有的吉莲股份，这样最好——它已经涨到了该公司市值的三倍，该大跌了。我还帮你将电话电报的股份减仓一半，你不会挨饿了，但是你在很大程度上得依靠这家公司，所以这并非儿戏。莱昂和乔治得好好干才行——你四分之三的积蓄都在其中。”

“到了明年，等莱昂发现的时候，你觉得他会如何反应？”她问。

“看情况而定了。如果他干得开心，事业进展顺利，而且他重新回到过去的轨道中，他多半会一笑置之。毕竟，他爱的女人秘密借钱给他，骗他跟她结婚，男人怎么能因此发火呢？”

“我唯一担心的是他对你的感激，”她说，“他一直在说他不能让你失望，说你提出这个建议是多么信任他。他说，他真的不想接手公司，但是你的信任让他不可能拒绝你。”

“胡说。我看他一秒都不耽搁地向你求了婚，我肯定这才是决定性的因素。”

“也许吧。无论如何，至少我在麻烦发生之前又争取到了一年的时光。也许如你所说，说不定不会有麻烦。即使有，我也不在乎。没有他我不能活。亨利，我尝试了十五年，但那不叫生活。我不惜贿赂、撒谎、欺骗，不择手段——只要我能拥有莱昂，做什么都是值得的。为我祈祷吧，保佑秘密揭穿时我会安然度过。”

“听着，如果我说得没错，那时你应该怀孕了，公司的事业也会有起色，莱昂说不定会私下庆幸你使了这些把戏，让他美梦成真。”

第二天，他们在亨利的公寓里结了婚，亨利的一位密友赫尔曼法官主持了婚礼，乔治和他太太是证婚人。安妮和莱昂赶去棕榈滩度了四天的蜜月。他们决定住在安妮的公寓里，莱昂和乔治每人每星期从公司支七百块开销，其余的利润都留在公司，等到每个财年结束再分红利。

不到两个月，莱昂就签下了英国的几个顶级明星。他们还从其他的代理所挖到了一些演员。公司增加了人力，莱昂希望在加利福尼亚设立办事机构，但是乔治更加谨慎一些。

“我们得慎重考虑，”他说，“我同意我们要扩充客户。但我们收入的大部分都是来自电视的。我们得搞到几个超级巨星，让他们签电视合同，然后我们就能坐收利润。我们需要卡萝尔·博奈特、丹尼·托马斯、朱迪·嘉兰……”

“我同意，”莱昂马上说，“但是我们根本请不动他们。他们都有一流的经纪人在为他们服务。另外，那太简单了。我想，我们应该自己造星——那才是真正的经纪代理。亨利一手捧红了海伦·劳森。现在，如果我们能创造出一位明星，那其他的明星就都会想跟我们签约了。”

乔治翻看着名单。“我们这里没有谁有这个潜质。”莱昂沉吟着，“如果彼得·谢伊跟麦德隆公司的电影和剧本一样出色，我们有必要再帮他签下一个三部电影的合约，也许我们可以把他打造成——”

乔治摇了摇头：“他是一个喜剧角色。我们需要的是带有浪漫气质的男明星，或者超级笑星，或者是女明星。另外，彼得将持续往返于英国和美国之间——你知道那些英国人。我无意冒犯你，”乔治马上加了一句，“但是不管他们在这里做得多好，他们都会带着我们的钱马上跑回他们的潮湿岛国。”

莱昂笑了：“那个潮湿的小岛可是个很活跃的地方，有人可以在那儿过得很快乐。”

“当然了，千好万好不如家好嘛，但是那对我们无益。现在我有个不成熟的想法。有一个人是我们可以请到的，而且如果我们把她打造成明星，我们就赢定了。她就是尼丽·奥哈拉。”

莱昂皱了皱眉：“这不值得。另外，她还在‘避难庄园’。而且我们要面对现实，乔治，她已经过时了。”

“像尼丽这样的人是永远不会过时的。公众把她当成失败者。他们以为经历了她的所有悲剧。她在她艺术生涯的顶峰自暴自弃，人们谈论起她来，就好像她已经死去。他们认为她再也不可能复出了。这些都是对我们有利的。因为我们把她带了回来，而且重新把她送上顶峰。如果我们能做到这些，我们就是完成了不可能完成的任务，那时，你就看着明星们怎么离开威廉·莫里斯、约翰逊·哈里斯和其他事务所吧。他们琢磨着，我们能将尼丽起死回生，那我们对他们还不知道将有多么大的帮助呢。明星就是这么一种有趣的东西——他们的才华可以保持很久，他们的感激却稍纵即逝。”

莱昂并未被说服：“但是要打造尼丽的话，我们不仅仅是在跟一个过气的明星打交道，我们是在跟一个有精神疾病的姑娘打交道。她随时有可能精神崩溃。安妮说她现在非常胖——而且，她也不再是十八岁了。”

“她三十三了，我完全同意你所说的。但是，她仍然是他妈的天才。我这儿有她上个星期在她当地的录音室里录的磁带。她目前在出院病人部，上个星期她来跟我们夫妇一起度过了周末。她胖得像猪一样，但是她可真能唱！”

莱昂耸了耸肩：“但是要让她瘦下来还需要一年，而且在压力下她还可能旧病复发。以前就发生过这种事。”

“她不用减肥，这才是关键。就让她保持这么胖，只要她唱歌，那就够了。”

“但是我们拿一个胖歌手怎么办呢？”

“我们帮她签音乐会。你知道全国巡回的单场演唱会多挣钱吗？莱娜·霍纳、嘉兰、利博莱斯——他们都赚了钱。人们不冲别的，就冲着好奇，也会来看尼丽的。不出一年，她的演唱会一项就足够维持我们的公司了，其他客户的收入都是净赚。而且如果我们能保持让她演出一年，其他的明星就会追着来求我们了。”

“如果你想试试的话，就试吧，”莱昂说，“不过，可别拉上我。你去推出你的新的美国情人，我来照管公司其他业务。”

“没那么容易，”乔治慢慢说道，“她向来不喜欢我，而且我太太也会对尼丽产生不良的影响，”他停顿了一下，“我太太喜欢喝上几杯。但是，尼丽喜欢你，而且她始终觉得受恩于安妮——”

“等一下，”莱昂马上说，“安妮工作很忙，我们的生活不需要尼丽。”

“我不过是要求你去说服她跟我们签约，然后麻烦的活儿由我来干。我来处理公关宣传和签约。我带她去做巡回演出。你所要做的全部，不过是打头一炮。她现在可以随时离开那家疯人院了，我们得给她订一间酒店套房。她没有钱，所以这笔钱得由公司来付——事实上，我们得付她所有的开销，包括她的装备和排练。我们要给她雇一个全天候的女佣——我正好认识这样一个女人，她是个丹麦的按摩师，壮得像头公牛——我们得登记花费的每一分钱，等她开始工作了，我们就从她的收入里扣除，直到我们取回我们投资的每一分钱。如果她失败了——好吧，至少这能帮我们合法避税。”

“这可真是一场豪赌。”

“我们损失不了什么，光是制造出来的轰动效应，就抵得上我们花费的区区几千块钱。另外，如果她成功了，她就可以还安妮钱了。你知道，你的妻子一直在帮她买单，她欠安妮将近两万美元。”

莱昂摇摇头：“我不看好，但是，如果你想要这样，我接受。只要我们协议好这是你的活计，我只负责开头，提议她签约，剩下的事，你来接手。”

乔治点点头：“你瞧着好了，我将把我们的小飞船发射登月，她会带着我们腾飞的。”

安妮进了公寓，打开空调。她很懊丧今天是女服务员休息的日子。打破纪录的高温天气，湿热异常。她冲进浴室，一阵剧烈地干呕，然后她在前额敷了条冷毛巾，虚弱地笑了。“别人都是早晨有妊娠反应，”她想，“我却是晚间想呕吐。”她估计自己多半是怀孕了，月经已经迟了十天。当然她不能十分肯定，二月份的时候她的月经迟了两个星期，她和莱昂都已经庆祝了——然后，一阵熟悉的腹部绞痛唤醒了她的美梦。这一次，她没告诉莱昂。就在昨天，在月经周期的第三十五天，开始有了呕吐反应。哦，上帝啊，求求你，希望这次是真的。她祈祷着。一切都是这样美好——现在又有了孩子！那应该是个女孩——一个长得跟莱昂一模一样的女孩。

她为自己的幸福感到害怕。没人有权这样幸福。她隐约地担心交所得税的那个时刻的到来，那时莱昂就会发现这中间所做的手脚。但是公司发展顺利，而且她那时又有了孩子，亨利相信他肯定会原谅这次欺骗。但是关于莱昂的任何事情你都说不准。

他们已经一起去看过尼丽，当尼丽蹒跚着走上前来迎接他们的时候，莱昂高深莫测的微笑也掩饰不住他的震惊。她胖得变形了——眼睛陷在胖起来的脸颊里，几乎找不到了，而且她连脖子都没了——但是她的眼睛闪着旧日那般热情的光芒。看着这样一个肉滚滚的庞然大物却带着孩子气的热切，实在有点儿不大协调。

尼丽二话不说地签了约。当莱昂拒绝接受感激，并抬出乔治，说是乔治天才地想出了这个主意时，尼丽冲他皱了皱鼻子。她不喜欢乔治，但既然莱昂是他的合伙人，而且安妮是她最好的朋友，她还是很乐意签约。不出一个星期，她就跟克里斯汀在市中心一家适宜居住的小酒店安顿了下来。克里斯汀就是乔治找来充当“牧羊犬”的强壮的丹麦女人。她可一点儿都不胖，只是身形庞大——看起来可以横渡英吉利海峡，而且她发誓她能逼着尼丽恢复完美体形。

“尼丽不需要减肥，”安妮赶忙说，“不要给尼丽任何关于她外形的压力，她只需要集中所有精力唱歌。”他们还警告克里斯汀要密切注意不让尼丽沾染药品和酒——看在一星期能挣两百美元的分上，克里斯汀承诺会二十四小时随叫随到。

而且看起来她也确实遵守了诺言。

安妮离开了浴室。她打开起居室的灯，给自己倒了一杯白兰地，希望能镇定一下她的胃。尼丽工作很努力，每天排练四个小时。乔治已经开始发动公众宣传。尼丽的第一场演唱会定在多伦多，那里离本地的评论家们足够远，可以避免恶评流传到纽约，好给尼丽一个机会调整她的行动。

她沉思地看着这所公寓。房子很漂亮，但是如果她怀孕了，她就不得不搬家。而且她得解除跟吉莲公司的合约，按照“不可抗力因素”的条款。她很高兴可以自由了，这样她就有时间去找新房子和添置家具了。她将怎么布置婴儿房呢？她心潮澎湃得眩晕了。哦，上帝，希望这次是真的！

两个星期后，她的希望被证实了。一开始，莱昂带着一种复杂的情绪接受了这个消息。他很高兴，但是这将彻底改变他们的生活方式。安妮必须在六月底停止工作——宝宝应该在一月中旬降临。她的腰围已经增加了一英寸。但是安妮让他放心，说一切都会很简单。他这才打消了疑虑，也跟着她一起热情高涨起来。

六月中旬他们飞去多伦多，听尼丽的演唱会。安妮坐在黑暗的观众席上恐慌得要命。这次亮相事关重大。乔治和莱昂想的是他们的投资，但是安妮意识到，如果演出不成功，对尼丽将是一次多么大的打击。尼丽在后台，看起来放松而且平静。她笑着说，她没什么可冒险的，也没什么可失去的——大不了就回疯人院继续做烟灰缸呗！乔治紧张得把指关节压得嘎巴作响；因为焦虑，莱昂的眼睛都眯上了。

灯光暗下来了，管弦乐队开始演奏尼丽电影里的一首热门乐曲。厚重的大幕徐徐分开，尼丽走到空荡荡的舞台上。她穿着一条平实的黑色裙子，长度适宜。她的腿型依然很美，而且黑色衣裙可以部分地掩盖她的赘肉，但是观众席上还是传来了清晰可闻的倒抽凉气的声音。他们下意识地期望着看到她早期电影中的形象。尼丽听到了这种声音，咧嘴一笑。

“我确实胖了，”她的声音很诚恳，“但是很多歌剧演员都很胖。只要跟我在一起，你们就不用去听歌剧了。我就站在这里，用整颗心为你们演唱——而且，我的心，现在也又大又胖，所以，如果你们喜欢的话，我要唱许多许多的歌。”

掌声震耳欲聋。尼丽还没有开始唱歌就受到了回到家中一般的欢迎。她的嗓音清澈而真切，余音绕梁。所有观众都像被催眠了，他们陷入了狂热，欢迎尼丽重新回到他们心中。安妮从未听到过这样的欢呼。

在蒙特利尔的演出也同样轰动，她打破了所有室内音乐会的纪录。在底特律，在她到达前的几个星期，票就销售告罄。这时，纽约的报纸开始登满了关于她复出的报道，但是乔治聪明地让她留在巡回演出途中，他带着她四处巡演直到九月。这期间莱昂掌管纽约的业务。安妮已经从吉莲辞职了，用她的自由时光装修着新找到的大房子。她的身形现在已经很明显了，但她体内的每一次胎动，都加剧了她的快乐。吉莲公司想给她放假，但是她坚持永久性辞职。虽然她满脑子想着未来，但当公司决定以后每星期更换一名广告女郎的时候，她内心还是感觉到一阵小小的满足的悸动。那意味着她将不可能被替代。

最后，乔治感觉已经是尼丽到纽约演出的时候了。首场演出定在十一月。他们跟百老汇的一家正规剧院签订了一天两场的个人演唱会。为期三个星期的演唱会票在开演前一星期被抢购一空。

尼丽在纽约的首场演出在多愁善感的气氛中取得了震撼人心的成功。观众噙着泪水，歇斯底里地欢呼，欢迎他们这个反复无常的孩子回家。安妮注意到，尼丽的脸庞开始显露出一些过去的特征。她依然很胖，但是看起来不再怪异，克里斯汀帮她按摩，减掉了三十磅。她的脖颈已经开始显形。虽然她还有双下巴，但一曲歌罢，尼丽魔力般的声音就能够让每个人忘记其他的一切。

在纽约演出的第二个星期，麻烦来了。乔治和莱昂试图将油水大的业务加以归类，比如电视嘉宾的拍摄计划、片约，还有一些百老汇演出的提议，但是莱昂坚持继续办演唱会。“至少再办一年，”他争辩道，“也许我们会少收入那么一点儿钱，我们不可能让她重新变得苗条和优雅——我们没法儿让她节食——但是严格地控制，加上克里斯汀的辅助，可以创造出奇迹。那时候我们就可以讨论接受电影和电视的片约。”

“我们现在就得让她拍电影或者演百老汇歌剧。”乔治顽固地说，“她拒绝再到各地巡回演唱了。”

“但是我们已经签下了在洛杉矶、旧金山和伦敦帕拉德姆的演出。”莱昂说。

乔治耸了耸肩：“昨晚我跟她大吵了一架。她又是顶级明星了。让我们面对这一现实，她又恢复了旧日当大牌的臭脾气，不再抱有感激，而是颐指气使。她跟我说，她想待在一个地方，我估计她这话的真正意思是，我们这个姑娘想要有人跟她上床。”

“仁慈的上帝啊，谁会想要她呢？”莱昂问。

乔治大笑起来：“听着，这个问题几个月来一直让我头疼。我们忘了我们的小飞船也是人。也许他们在疯人院里给她吃了硝酸钠之类的东西来抑制性欲，但现在她简直急不可耐了。有一段时间她在乐队里找了个性伴侣，那家伙一定是个性变态，他让她快活，直到他离开了乐队。离开？我看是被她的索求无度吓得逃生去了。后来她又找过几次一夜情，但是，现在，她告诉我她想要个家，要个固定的男人，他可以在她想要的时候随侍左右。我有一种预感，是约翰逊·哈里斯事务所在后面做了什么手脚。他们很有可能派遣他们旗下的某个帅哥，穿着黑色衣服和紧身短裤，去吻她的手，恭维她。我想，她正在想办法摆脱我们。”

莱昂笑了：“随她去吧。如果约翰逊·哈里斯事务所想要买走她的合约，就卖给他们好了——不过要出五十万。”

“我考虑过这个。”乔治说，“但是我们不能在鱼刚刚咬钩的时候就把诱饵扔了。我明天还约了保罗·埃尔森共进午餐。”

莱昂吹了声口哨：“那可真是大生意要上门了。”

乔治点点头：“他的上两部影片反响不错，如果我们能签下他，我们就可以得到好莱坞的一半明星。正好美国音乐公司流失了很多有天赋的演员，这个领域很大，他们的明星到处签一些短期的协议。我已经布下探子了，但是尼丽是我们的诱饵，我们得留住她。”

“好吧，那就全力以赴吧。”莱昂鼓励道。

“我已经全力以赴了。听着，莱昂，我们得面对事实。她一向不喜欢我，一开始的时候，她刚出来，没有选择。但是现在她红了，她不必再勉强自己去喜欢我了。昨天晚上，她骂我是‘肥腻腻的胖猪’。想象一下，她自己胖得像头奶牛，却管我叫猪。不行，莱昂——这次该你了。”

莱昂坐在尼丽的化妆间里。日场的演出已接近尾声。他看着镜子周围贴着的电报，这个领域的每个大明星都发来了祝贺和祝福。他听到了雷鸣般的掌声，管弦乐队开始演奏落幕音乐。他振奋起来，准备应付战斗。

尼丽惊讶地发现他在她的化妆间里，她很高兴。“感谢上帝，你的那个肥猪搭档没来，我们昨晚吵了个天翻地覆。”她接过克里斯汀递过来的一大瓶啤酒，一口喝干，“哇哦！多棒的味道！你想来点儿吗，莱昂？”

“不，谢谢，一起吃晚饭吧？”他问。

“太好了，安妮跟我们一起吗？”

“不，只有我们俩。”

她愉快地笑了：“乔治派来的先头部队，嗯？好吧，我就是不再继续巡演了。但是我可以跟你吃饭。我们去哪里可以吃到地道的蜗牛？”

“我们去路易丝餐厅，路易丝什么菜都做得很不错。”

“好极了。我能在那里大吃一顿吗？我想要好多大蒜、黄油，我还要黑麦土司，我要蘸着把它们都吃光。女歌手个人演出最妙的地方就在于——我不用担心男主角会害怕我的大蒜味儿。”然后她又沮丧地补充了一句，“不过，就算演出结束，我也没人可担心。”

“很快就会有的，”莱昂说，“你已经让整个纽约都臣服在你脚下了。”

“仅此而已，但是我无法拥有一个人在我怀中。我想要个男人，而且从现在起，我开始挑剔了。我还没有完美的十号身材，但是我不再胖得畸形了。我想要的不仅仅是性关系——我想要有人关心我，有个我所尊敬的人……所爱的人。”

“我们边吃蜗牛边谈。”他建议道。

尼丽叫了两打蜗牛。莱昂一边把玩着其中六只，一边听着她的抱怨。他不得不承认，她的怨言是真实的——除了演出，她没有生活。

“尼丽，”他伸出手去抓住尼丽的手，“我理解你的立场，但是只要你再去趟好莱坞、旧金山和伦敦，我们就让你在这里安顿下来，演电影或者百老汇歌剧。我会四处去帮你找机会的，找到合适载体的话，我们秋天就可以开始。一场百老汇音乐剧将是一个完美的开端。”

“谁陪我去好莱坞和伦敦演出呢？”她问。

“当然是乔治了。”

“那就免谈。”她一口回绝道。

“听着，你跟乔治是有过口角，但他并不是坏人。尼丽，你的成功全是他的主意。”

“要是没有我的天赋，也不会成功。”她愤怒地说。

“当然。但是，是乔治的慧眼看到了这一点，是他信任你。”

“你不信任吗？”

“说老实话，不，我一度很怀疑。”

“你认为我不再有天赋了？”

“我没有想到天赋的因素。我所想的是需要付出的辛苦的代价。对我来说，你的复出会带来减肥问题，还有紧张和压力。是乔治坚持说公众会接受你现在的样子，他说对了。”

尼丽丢下正准备往黄油酱汁里蘸的面包片，把盘子一把推开：“你把我说得像个怪物一样。”

“别这样，尼丽，你知道我的意思。我认为你很棒——你是个了不起的天才，性格也招人喜欢。”

“但是胖得要命，嗯？”

“不，只是不像芦柴棒那么瘦，不像你以前在电影里那样。”

“我猜，以我现在的模样，没有男人会真的爱上我。”她说，“我的双胞胎孩子去底特律的时候，我看见他们瞪着我。老天呀，这两个孩子真俊。我很高兴他们跟泰德一起生活。我在疯人院里的时候，他得到了监护权，我伤心得差点儿要了命。但是，我猜，他一定会坚持的。看起来，他的婚姻还在维持，但是我始终认为他是一个双性恋，不过孩子们不知道这些。我永远不会忘记他们看见我时的那张脸。巴德——就是高一点儿的那个——他说：‘天哪，妈妈，我在午夜场看过你的电影，但是你现在看起来完全不同了。’”

“你不用变瘦。”莱昂坚持道。

“如果我给自己一个理由，我就可以变瘦。”她伤心地说，“在片场的压力下，我没法儿变瘦——但是为了爱情就可以。就像以前，片场吼着叫我保持苗条，我却偷偷吃个不停。但是当我第一次遇见泰德，而且爱上了他，他叫我减掉十五磅，我就做到了。就像那样。因为我想要瘦，想要取悦他。这就是为什么我想留在这里，莱昂。我想要爱，想要找到一个人。我讨厌我在镜子里的模样。”

“尼丽，是你的声音和性格造就了你，而不是你的腰围。”莱昂坚持着。

她摇摇头：“我喜欢漂亮的衣服，我不想在舞台上一直穿着平淡无奇的黑衣服。但是我必须得穿，这样，能掩饰一些。但是要刺激我减肥，我得找到一个男人——那时，我就会变得很苗条，而且会珍爱我自己。”

“先去好莱坞、旧金山和伦敦演出，”他鼓励她，“其他的都会来的。”

她沉思了一会儿，然后说道：“好吧……如果是你而不是乔治带我去的话。”

“尼丽，我怎么可能去？”

“听着，我受不了乔治。如果我每天得看着他那张大饼脸进进出出，我会吐的。他甚至不会玩拉米纸牌游戏。你会玩吗？”

“玩得棒极了。不过，尼丽，我走不开。安妮就快生了，预产期在六星期后。”

“哦……我忘了。”突然她高兴起来，“把我的演唱会时间推迟，改到宝宝出生以后，这样我还能休息一段时间。”

“孩子刚出生，那时我也不能离开安妮。”

“安妮可以跟我们一起去。听着，我生过一对双胞胎，我很清楚，开头的几个月，他们所需要的不过是一个好保姆，在满三个月之前他们甚至不会看人。”

“让我考虑一下。”他说。

莱昂很容易地就把帕拉德姆的演唱会推迟了，改签到次年的二月中旬。但是洛杉矶和旧金山的演唱会日期无法改变。尼丽的演出期间还包括圣诞和新年。莱昂很不安，一直瞒着安妮，但是尼丽告诉了她。

她是顺路去看新房子的。新居一切准备就绪。因怀孕而变得笨拙的安妮，骄傲地带着尼丽参观了每个房间，特别是婴儿室。

她们在书房里坐了下来。安妮啜着雪莉酒，尼丽喝啤酒。外面微微飘起了雪花，安妮开始在壁炉里生火。“这是我们壁炉里的第一堆火，”她说，“许个愿吧，尼丽。”

“为什么？”

“通常第一次做什么事情的时候都是要许愿的嘛。”

“那我愿你今晚就能把孩子生下来。”尼丽说。

“什么？我的预产期至少还有一个月呢。”

“我知道。但是除非莱昂去，否则我是不去洛杉矶的。但是他要等到你生完孩子才能离开你，那时你也可以跟我们一起去。”

安妮知道尼丽和乔治之间有矛盾，但这是她第一次听说预定演唱会的变动，她听着尼丽的解释。

“可是我不能去伦敦，即使到了二月也不行，我不能离开我的宝宝。”她说。

“你当然可以，”尼丽争辩道，“小孩子那时候还不能算是个人呢。”

“对我来说，她现在就是人了，”安妮激动地说，“她每次在我体内动弹，我都要在脑中给她一个吻。”

“最初的几个月，他们不过是一团血肉而已。安妮，说句实话，所有那些他们对你微笑之类的胡扯——那完全是骗人的鬼话。医生告诉我，说他们只能看见光线和模糊的影子。不满三个月的话，他们根本认不出你，眼睛也无法聚焦。由一个好护士来照顾新生儿，比你自己强多了。”

“我等这个孩子等了这么久，尼丽。哪怕仅仅是意识到我体内有莱昂的一部分、有我们爱的结晶，我都觉得值得等待。我绝对不会离开我们的孩子。”

“如果莱昂非得出门呢？毕竟，他不可能永远待在一个地方呀。”

“那我们就一起旅行，我们三个。”

“好吧，他不去加利福尼亚，我也不去。”

“尼丽，求你……过圣诞节的时候我不能没有莱昂，而且，现在旅行对我来说太冒险了。”

“那我怎么办？”尼丽问道，“为什么都得依着你呢？你什么都有了，你总是什么都有。你有钱，有你所爱的男人，现在还有了孩子。我却什么都没有——只有工作。我又一次做到了，但是这就是我得到的全部。而且我还要工作，还你的钱。”

“尼丽，我可从来没有跟你要过这笔钱。”安妮抗议道。

“我知道，但是我告诉乔治和莱昂，我想还你钱。演完加利福尼亚那一场，我就可以全部还清了。况且，我是在帮你先生的事务所挣钱，你也能从中得到好处的。”她环顾着房子，“我住在一间脏兮兮的酒店房间里，只有克里斯汀那头公牛在身边，她还是来监管我的。我很孤独，我所要求的，不过是莱昂跟我一起去洛杉矶过他妈的十天。我无法独自面对好莱坞。这是我第一次回去。也许你以为站在那里很容易，我知道他们都在瞪着我，交头接耳地说：‘看哪，她多么胖。’然后我还得咧嘴一笑，去赢得他们的心。当然，我的天赋可以做到——但是我需要面对一开始那可怕的时分，当他们倒抽凉气的时候。我需要有人在每场演出前给我打气，我需要！如果我看不见一张友善的面孔，我就会去服药——或者喝酒。真正的烈酒，而不是啤酒。然后就完了。在疯人院的时候他们告诉我，一旦我又开始沾药物和烈酒，拜拜啦！”

“如果莱昂想去，那没关系。”安妮说。

“你以这样的方式表态，你他妈的知道得很清楚，他不会去。”尼丽发作了。

“不，尼丽。我的意思是，我一个人待着没问题。”

“光是没问题，他还是不会去。你得叫他去。无论如何，我可以不守约，我可以随时发喉头炎的。”

莱昂拒绝离开安妮，而且他对尼丽的威胁行径深恶痛绝。“那只小胖猪休想操纵我的生活，”他恼火地说，“她也许对公司是挺重要的，但是还没那么重要！”

“但是你们就快吸引到许多大牌明星了，”安妮劝说道，“乔治告诉我形势大好。但是如果尼丽离开公司，他们就会走人。而且她做得出来，她只要说你在她最需要的时候拒绝为她提供个人代理，就可以中止合同。”

“她想走就走！要是乔治和我非得把前途押在这堆赘肉上，那我们真是对自己太没有信心了。我不知道乔治如何，反正我是厌烦透了，不停地听到我们多么需要尼丽来吸引其他人。也许他是不相信他自己还有什么可以提供给客户的，但是亨利·贝拉米足够信任我，还借给我这笔贷款。亨利·贝拉米绝对不会让区区一个尼丽牵着鼻子走。”

“但是海伦·劳森就能做到。”安妮提醒他。

“他爱海伦，那不一样。是我们使尼丽复出的，那对她就够意思了。而且亨利对我的信任足以让我叫她走人。我不需要依赖任何人。”

第二天，莱昂回家比平时要早。他的眼睛闪着冷冷的怒火。他脱下外套，用一种很特别的眼神盯着安妮。她拖着臃肿的身子下了转椅，去给他调一杯酒。她感觉到了危机……也许公司出了什么事。他一言不发地接过了酒。

“跟乔治闹别扭了？”她问。

他坐了下来，将酒一饮而尽。然后他专注地盯着她：“告诉我，安妮，你觉得我应该跟尼丽去加利福尼亚吗？”

她踌躇着，这突然像一个别有深意的问题。她不喜欢他看着她的方式：“我到一月中旬才会分娩呢，当然啦，我不想没有你，一个人过圣诞，但是我试着客观一点儿……”

“告诉我该怎么做，安妮。”他用同样奇怪的声调说。

“这由你决定，”她答道，“不管你做何决定，我都会理解。”

“不，你来决定。你已经决定了其他的一切。告诉我，我们的孩子有几斤重？我知道那会是个女孩，因为你已经决定了。还有什么事是你不能控制的吗？”

“莱昂，你在说什么？”

“你！还有那个贝拉米、贝娄和柏克事务所。天哪，我一定成了全城的笑柄。我被安妮·威莱斯买下了。我猜，除了我自己，每个人都知道这件事。我是刚刚发现的——尼丽告诉我的。”

“尼丽？她怎么会知道？”安妮吓坏了，她从未见过莱昂的这种表情。

“我明白，亨利解释说这本来该保密的。但是，无论怎样，这事儿都会很快败露。原来我每星期要交给亨利确认的所有那些支票都交给了你，在退税的时候就会被发现。”

“但是尼丽怎么会知道呢？”

“亨利告诉了她。她似乎是想跑去告诉他现在的状况，希望他能说服你让我去跟她巡演。接着亨利就把这事儿说了出来。他说他很肯定，你会希望我去做对公司有利的事情，因为是你的钱在投资。尼丽等不及地冲到办公室来告诉我。当然，乔治摆出了合适的举动，假装很吃惊的样子。但其实每个人都知道，不是吗？”

“莱昂，没人知道。亨利不应该告诉尼丽，我本想在适当的时候告诉你的。我这么做都是因为我爱你，我想留住你，不让你回英国。”

“而且你做到了。你什么都可以买到！这是你从凯文·吉尔默那里学来的吗？每样东西都有价——只要能发现价码就行。”

“但是我的钱就是你的钱啊，”她努力克服着她的恐慌，“我这么做只是出于爱你，我想跟你结婚，为你生孩子——你难道不明白吗？”

“不，我只知道，乔治带着一脸的假笑站在那里说：‘振作起来，莱昂，我们处境相同——我们都是太太掌握经济大权。’但是我跟乔治不同，而且以上帝的名义，从现在开始，永远是事业放在第一位了。是你的钱在投资，我要把它们还给你——把每一分钱都还给你。但是，现在，某些比钱更重要的东西受到了威胁，那就是我的骄傲和自尊。只有一种方式能够挽回，那就是让你那该死的投资翻倍赢利！”

“莱昂！”她伸出手臂抱住他，但是他仍然僵硬地一动不动，“我是出于爱才这么做的，你明白吗？”

“我只明白一件事——贝拉米、贝娄和柏克事务所要成为全城最好的经纪公司……全世界最好的！你为我买的这家公司，我的姑娘，你的钱会物超所值的。我会让你看到的，我现在要做的第一件事就是签下预约，带着我们的胖猪去洛杉矶演出。我们要全速前进了——去他妈的圣诞节！”

一九六三年

詹妮弗·柏克在新年的第一天降生，她比预期提前了两个星期来到这个世界，让安妮和医生度过了一个极度忙乱的新年前夜。她用了十五个小时才出生，但是当她终于全身通红、嗷嗷大哭着到来的时候，安妮看不到她那张新生的脸蛋儿上的皱纹和褶子——她只看到她所赐予的小小的生命、美丽的奇迹。因为惊喜，她马上恢复了元气。

她很孤独，莱昂不在身边。虽然他每天都从加利福尼亚打电话过来，但是裂痕依然存在。她从他例行公事般地表示关心中感觉到了这一点。那件事就像横亘在他们之间的一扇铁门。但是随着孩子的到来，铁门打开了。她刚从麻醉的蒙胧状态中醒过来，他的电话就到了。她几乎是认错般地说道："是个女孩……"他却发自内心地大笑起来："我太高兴了！我太老了，不适合再学着跟儿子一起踢足球了。我想，等女儿长到十来岁，我教她跳舞，会更有乐趣。"

她在医院的时候，他每天给她打两到三个电话。尼丽在洛杉矶取得了前所未有的成功，现在她准备去旧金山。这意味着他还有三个星期不能回来，安妮会介意吗?

"当然不介意。"她马上说。她不想再次讨论关于公司和尼丽工作的事情，现在不想，因为一切刚刚重新变得美好起来。"詹妮弗·柏克那时将会是个大姑娘了，但是我会想办法让你的记忆保持鲜活的。"她戏谑地说。

"乔治说要给她拍几张宝利来快照，"莱昂说，"等照片一干就马上寄给我。"

"我已经寄出了几张他们在医院里给她拍的，她看起来就像个小老太婆。但是她真的会长成一个美人。莱昂，她的头发是黑的——如果那算是头发的话。"

月底，莱昂赶回纽约，小詹妮弗已经九磅重了。她的皱纹没有了，白生生、粉嘟嘟的，莱昂非常喜欢她。他温柔地笑着研究那张小脸。"我恐怕她长得像我，"他皱着眉头说，"安妮，你该更努力些的，我本来想要个跟你一模一样的女孩。"

"我努力了，而且实现了，我希望她长得像你。"

他是直接从机场飞奔回家看她和孩子的。这会儿他得去公司了。"我们今晚晚餐时再庆祝小女继承人的到来。"他承诺说。晚上，孩子的保姆古辛小姐帮安妮费劲地穿上了一件腹部塑身衣，那玩意儿很不舒服，但是在那么多个月的笨拙以后，她希望莱昂重新看见她恢复苗条优雅的样子。还不坏，她打量着镜子里自己的身形，这样想着。事实上，她的体重已经恢复正常，只是腰部有些松弛，但是穿上塑身衣就可以掩人耳目。毕竟她才产后一个月，但是，感谢上帝，今晚她终于能够和莱昂同房了。自从她怀孕的第七个月以来，他们已经很久没有性事了，可怜的莱昂。医生已经警告过她，开始的时候会有点儿疼。但是，没关系，只要重新把莱昂拥在她的怀中，感觉他的身体抵着她——什么都是值得的。

六点钟，他的秘书打电话过来，说莱昂在观看一场电影试映，问她能否在七点钟去丹尼餐厅跟他碰面。她挂掉电话，感到些许的失望。她预想的是在家里一起喝点儿鸡尾酒，然后去某个没有吵闹音乐的餐厅安静地用餐，在那里他们不会遇到任何熟人。她喜欢丹尼餐厅，但是去那里意味着每个人都得在桌边停步谈论生意。通常她并不介意与人寒暄，但今晚应该有所不同。

她坐在靠近吧台的桌边等着。当她终于看见莱昂的时候，已经是七点三刻了，她正在喝她的第二杯苏格兰酒。莱昂带着他的两个助理和比尔·马克——一位电视导演。他赶紧走到她身边，轻轻吻了她一下："原谅我，我们在全国广播公司看一盘录影带，结果那破玩意儿中断了，不得不重放一次。哦，亲爱的。你还记得吉姆·亨德利和波德·霍夫，"他一边说一边把两位年轻人带到桌边，"当然啦，你也认识比尔。"

他们坐在一张大桌子旁，谈论着他们看的录影带、一种新的喜剧演出编排方式。从谈话中，安妮推断出录影带是比尔·马克拍的，而且他想跟3B公司签约。贝拉米、贝娄和柏克事务所已被称为"3B"，并开始广为流传。他想让他们推销这一项目。莱昂很热情，他有把握——哥伦比亚广播网和美国广播公司会对此感兴趣，但影片男主角得换成乔伊·克林。乔伊已经和公司签约了，他是今年的新喜剧演员。

"乔伊要去参加尼丽在帕拉德姆的演唱会，"莱昂解释说，"事实上，他很快就会到这儿，我告诉他来接我。"

"接你？"安妮大吃一惊。

"哦，我的天使，"他带着真切的关心说，"这是三个小时前发生的事，乔伊要去华盛顿参加演出。"

"但是你不用去的，不是吗？"

"我当然得去！尼丽以为她明晚是个人演出，我得去跟她解释一下，让乔伊分一杯羹是多么重要。"

"这可不是个好差事。"波德·霍夫说。

莱昂笑了："尼丽知道在帕拉德姆有别的演员参加她的演出，但是在国内她还没有跟人同台过，一直都是单人演出。但是当我解释说我们刚刚跟乔伊签了约……尼丽其实很好说话的，只要你解释得法。"

他今晚就要走！这个念头一直在她脑中回旋。他今晚就要走了！

"你什么时候回来？"她问。

"两个星期后。我会一早就给你电话的。也许你可以飞过来度周末。小詹妮弗能让你脱身吗？"

"你今晚非走不可吗，莱昂？"

“我一定得走。我本来打算明天走的，但是我必须安排关于乔伊的公共宣传，而且我最好明天一大早就到场。”

他只计划在纽约待一个晚上！

乔伊·克林突然在餐厅门口探进脑袋。莱昂向他招了招手。

“车子在等着呢。”乔伊叫道，“而且这里不能停车。”

莱昂跳了起来：“叫出租车回办公室，波德。晚安，我的天使——我明天给你打电话。噢，波德，你送安妮回家，好吗？”

她周末没去华盛顿。当然，她可以去的，古辛小姐说自己能应付。但是莱昂没有再提及此事。星期五的时候他仅仅说了一句：“我明天再给你打电话，老时间。”

“你为什么不直接提出来，问他是怎么回事呢？”亨利说。

安妮盯着她的咖啡杯看，仿佛希望咖啡泡沫里能奇迹般地显出什么答案。“因为基本上没出什么问题，”她回答说，“只是说不清哪里不对劲。”

亨利·贝拉米叹了一口气。安妮看上去很苍白，而且瘦了很多。她要他带她出来吃饭的时候，声音听起来很失落。他也害怕她提出疑问。

“亨利，孩子已经三个月了，莱昂只陪她过了四天。加利福尼亚和华盛顿之间一天，华盛顿和伦敦三天。现在他已经去伦敦一个月了。尼丽成功了，我知道她在拖，但是莱昂没有理由在那儿逗留。”

“乔治怎么说？”

她笑了：“还是老一套。什么尼丽不能独自待着；什么莱昂就像她的上帝，她只听他一个人的；还说她给公司带来了大笔的收入。”

亨利的笑容很悲哀：“这就是成功经营者的故事，妻子永远是受害者。”

“但是他们现在已经有了一些大牌明星，公司形势很好。他们还得贴身照顾尼丽多久？她现在看起来很正常，我想，她完全可以独立了。”

“他们是这个行业里的新人，安妮。每个人都在看着他们哪。乔治从来不是个活跃而精力充沛的家伙，哦，他可真是个生意人。但是莱昂很有人格魅力，总会有尼丽或者其他明星需要贴身照顾。你得面对现实。”

“你的意思是，我一辈子都得如此度过？”

“习惯了就好了。”他说。

“不行，我做不到。”

他沉默了一会儿，然后说道：“安妮，事情不可能十全十美。我看过你的公寓，一套那样的房子会需要很多钱，而且莱昂是那种必须由他来付钱的男人。”

“但是，亨利，他为什么不让我跟他一起去伦敦？”

亨利研究着自己的指甲："你从来没有出过国，安妮。也许他觉得他应该带你到处看看，可是他又整天被困在剧院里。你像那样整天在旁边晃着，是不会有多少乐趣的。"

"如果他这样跟我解释，我会理解的。而且我也可以应付这种情况啊，我可以自己去观光……或者去找点儿别的演出看看，只要我能见上他那么一小会儿。"

"随它去吧，他就快回来了。"

"他一个星期之内回来。但是接下来呢？谁知道那时尼丽又会签下什么地方，那他就又得走了。"

"车到山前必有路。"这是亨利给出的建议。

十天后，莱昂回来了，但是他只能待一个星期。尼丽将要去欧洲拍电影，影片将以强大的阵容在法国和意大利拍摄。"这部电影她根本不嫌钱，"他解释道，"但是这可以向好莱坞和电视界证明，她是可以信赖的。其原因是我打算看到这部电影比预期提前拍完。"

"莱昂，带我跟你一起去。"她突然地说。

"不行。"

"为什么不行？"

"你知道，尼丽有时是个怪物。她在伦敦获得了巨大的成功。你不知道演出结束以后的盛况，他们爱戴她的程度简直叫人难以置信。她走过大街的时候，他们叫着她的名字，还几小时几小时地排长队，就为了能看上她一眼。约翰逊·哈里斯事务所的两个家伙冲过来，向她提出一个很诱人的电视拍摄计划。每个人都想抓住她，而且这些都对她造成了影响。"

"但是她欠着你和乔治的情，是你们解救了她。"

"她已经还清了欠你和欠公司的每一分钱，现在她在挣钱——为我们挣钱。现在形势已经倒了个个儿，她觉得该是我们感激她呢。"

"但是那与我跟着去有什么关系？"

"那样我会分心，尼丽会生气。"

"尼丽会生气！我是你的太太，而且我是她最好的朋友，她怎么会生我的气？"

"她现在又得势了，而且她自己知道这一点。别忘了，她允许乔伊·克林参加演出，而我们手头有乔伊下一季的许多电视业务。这笔生意每星期可以赚十五万，而且我们代理这笔生意，这样就有三十九个星期，每星期十五万。而尼丽与此直接相关。下一年我们会帮尼丽签一项特殊的合约——每月一次，每次二十万。所以，现在一切都仰仗尼丽。如果你在那里的话，自然要分掉我的部分时间。我想带你去看巴黎、罗马——我想跟你在一起。我就会忽视尼丽。求你啦，亲爱的，忍耐一下。

再过一年我就可以还你的贷款了。但是，眼下，尼丽还是3B公司的主心骨，需要小心伺候。”

“但是我肯定尼丽不会生我的气，是她对我说我可以离开宝宝去旅行的。”

“尼丽现在……嗯，她现在变了，她只想到自己。你得明白，安妮，你从来没有在她得势的时候接近过她，她总是落魄了才跑来找你，那时候她倒反而像个人——但是现在不是。我非得一秒钟都不含糊地盯着她，防止她跟别人顶撞，确保她按时履约。她又找回了大权在握的感觉。幸好我现在还能控制她，希望这种状况能保持下去。但是我必须把所有的时间都花在她身上。”

接下来的三个月安妮度日如年。她把时间都用来陪小詹妮弗，以至于保姆抱怨说太清闲了。不断有报道说尼丽取得了疯狂的成功。莱昂零星写信来，一星期打一个电话。电影进展顺利，只是开头的部分得重拍，因为尼丽瘦了许多。他会在六月里回家。然后，一个星期过去了，音信全无。

七月四日的时候，她给莱昂打去一个越洋电话。乔治五世酒店的接线生说他一星期前就已经退了房。不，没有提供下一站的地址，估计已经回国了。是的，奥哈拉小姐也在同一时间退了房。

她震惊得说不出话来。难道他是坐船回来的吗？但是这怎么可能，如果他急着回来看她和宝宝的话？她给乔治打电话，他听起来像在回避正题。是的，莱昂和尼丽应该回来了；不，他也五天没收到他们的消息了。

那天晚上，她躺在床上，勉强看着电视，什么都提不起她的兴趣。最后她把电视关了，拿起几份早晨的报纸来看。突然，专栏中一段文字跃入她的眼帘：

> 惊人复出的传奇歌星，新体形归功于新恋情？但是这段爱情故事多半不能以幸福告终，她的恋人是她的经纪人，而他确凿无疑已跟一位电视美人儿结过婚。

她的胃抽痛起来。这不是真的！但是莱昂说过尼丽瘦了许多。她觉得自己要吐了——或者要晕过去。等一下，她告诉自己。好吧，也许是尼丽爱上了莱昂，这很有可能。但是并不意味着莱昂在乎她。莱昂总是和她保持着一臂的距离。也许他意识到会发生这样的事情，所以不愿让她去欧洲。他是想保护她。也许莱昂也在度过难熬的时光……但是他现在在哪儿呢？

她拿起电话，本能地给加利福尼亚的比弗利山庄酒店去了个叫人电话。她祈祷是自己搞错了。接线生应答了：“是的，莱昂·柏克先生订了房间——他是三天前入住的。不，他现在不在。是的，奥哈拉小姐也入住了，她的房间现在没人接。现在加利福尼亚时间才晚上九点——需要晚一点儿再试吗？”安妮挂上电话，倒进枕头里。他已经去加利福尼亚三天了！没有打电话来！她胡乱地套上衣服，冲了出去。

亨利过了好久才来应门。“上帝啊，怎么回事？”他睡意蒙眬地说。他系着睡衣带子，把安妮领进起居室，开了灯，移来一张椅子：“坐，发生什么事了？”

安妮歇斯底里地叫道：“你看！”她指着地板上的晨报，“亨利，别跟我装聋作哑了。我刚刚发现莱昂已经回国好几天了。他跟尼丽在加利福尼亚，他甚至都没有给我打电话。”

“我们喝点儿什么吧。”亨利建议道。

“亨利……救救我！”她跌入一张椅子里，开始抽泣起来。

他冷静地调好一杯苏格兰酒，递给她：“现在，收起那些歇斯底里，面对现实。你想挽救你的婚姻，是吗？”

“那就是说你也相信这是真的！”

“当然，我在这之前就知道了。”

她说不出话来，瞪着他，好像她在这世上的最后一个朋友都背叛了她。

“现在，成熟一点儿，”他说，“这是可能发生的。你有几种选择：你可以带着尊严离去；或者，如果你的确想留住他，也具备足够的勇气，你可以控制局面，把他夺回来。”

“没有莱昂我活不下去。”她哭着说。

“那就要学着控制，跟他演戏，干脆把他推到尼丽的怀里去。”

“但是她胖得像猪一样，他根本不喜欢她。”

“那是以前了，”他的声音听上去很疲惫，“我昨天刚从加利福尼亚回来，我在蔡森酒吧正好碰到了尼丽和莱昂。她看起来光彩照人，体重最多不过一百磅。”

“尼丽？”

“我猜，爱情可以创造奇迹。她第一次去洛杉矶的时候减了十磅，也许在旧金山和华盛顿又减了十来磅，最后在欧洲的这三个月里发生了奇迹。我观察她，她什么都不吃，看起来随时都会崩溃。但是她痴恋莱昂，她的眼睛一直看着他，一秒钟都不离开……”

安妮把头埋在手里：“亨利，别说了！你是想杀了我吗？”

“不，我是想告诉你事实真相，你只有知道了实情，才能知道怎么去打这场仗。意外会把你击垮，所以你最好直面现实。现在，咬紧牙关。这才是痛入骨髓——莱昂并没有抗拒她。”

“不……不……”她在恸哭。

“现在，停止你的歇斯底里，让我们计划一下。”

她全然不信地看着他：“亨利，你一定是疯了！事情已经无法挽救了——完了！”

他耸了耸肩："很好，我会帮你办理离婚的。莱昂得支付一大笔离婚费用，还有孩子的赡养费。我肯定他会答应一切条件。"

她更加剧烈地痛哭："不……不，我不想放弃他。"

"那就振作起来，把酒喝掉，听我说。这世上老公变心的女人里，你不是第一个，也不是最后一个。你只需要搞清楚什么对你最重要，莱昂还是你的尊严？"

"但是一切都不同了。"

"是的，不同了，一些幻想消失了，但是你将依然拥有他。而且以我对你的了解，只拥有莱昂的一点点，也比完全失去要强。"

"亨利，如果他发现我已经知道了，他会怎么看我呢？"

"所以呀，"他不耐烦地说，"绝对不能让他知道。如果他知道了，你就得提出离婚，那可是尼丽求之不得的。听着……莱昂涉入这件事情是无心的，你必须认识到这一点。是突然昏了头，而且正好遇上了合适的时机。莱昂需要这样的事情来满足他的自我意识。他是个有创造欲的男人，安妮。他觉得你买下了他，骗他入了新行当，榨干了他的创造力。这当然是胡说——如果他真有创造力的话，是没人能够阻止的。但是，现在他又可以创造了，把一身赘肉的庞然大物雕琢成了苗条而有活力的明星。而且这位明星看起来还十分依赖他，没有他简直活不下去。他不再是一名经纪人了，他像是造物主，感觉可以凌驾生命。这种成就感太强烈了，没有哪个男人抵抗得住。而且尼丽在他手心里扮得楚楚可怜，其实她是条眼镜蛇！但是在他眼里不是。对莱昂来说，你是坚强的一方，是大亨——是他的催眠师。其实呢，安妮，你还没有尼丽一半坚强——世上像尼丽这样的人是打不垮的——但是你的镇定和自信，让莱昂感觉跟你在一起不如跟尼丽在一起那么像个男人。他甚至感觉到你阉了他——不是一次，而是两次。第一次是你不愿意为了他而放弃一座城市，现在则是你为他买下了经纪公司。"

"都怪你告诉了尼丽。"她呜咽着说。

"那是十月底的事情。你跟莱昂那时很幸福，而且尼丽是你最好的朋友——至少我当时那么认为。她跑来找我，因为她知道你听我的。她希望我说服你生完孩子跟他们一起去巡游，她哭哭啼啼，发誓说没有莱昂她就不去，没完没了……她说你根本听不进理由，因为你是个百万富翁，根本就不关心公司的生意，你甚至希望莱昂辞职。所以，我解释说，她把一切都想错了，公司是你的钱在投资。毕竟，我本来也很快要把这件事告诉莱昂的。我怎么会知道尼丽居然会利用这件事来反对你？上帝啊，你知道她跟我说过多少次她这辈子多亏了你？是你让莱昂说情，重新让她参加《直冲云霄》的演出；是你跟吉尔伯特·卡斯说，用她换下泰瑞·金；是你帮她付在'避难庄园'的费用。我从没想到尼丽这丫头会作为对手，与你争夺莱昂。这是我犯的一个大错，但我完全是出于好意。现在，你只有面对现实。跟你在一起，莱昂觉得自己不像个大男人——而尼丽的出现把他拔高了。你只能等着，直到他落回原处。”

“怎么办呢？”她求道。

“别着急，走着瞧！别再扮演上帝的角色，试着做回女人。让尼丽本性里的眼镜蛇游出来。莱昂不是傻子。”他停顿了一下，“你知道，你跟莱昂的事，从一开始就是个错误，但是你想要他。好吧，你得到了。但是你对他的依赖过了头，越陷越深。你得装得若无其事，这非常不容易——事实上，有时几乎是不可能的，因为他跟尼丽的事情在降温以前，还会越来越火热。但是，如果你能坚持到底，局势就会颠倒过来。他最后会恨她，她会阉了他——她对每个男人都是如此。你应该听过泰德是怎么说她的。开始的时候她又温柔又甜蜜，但是像所有的明星一样，她骨子里硬得像铁。到时候，如果你能抵住冲击，你就成了他所亏待的温柔的女性，他会感觉歉疚，会想要保护你。你们的婚姻会受到伤害，而且也许到那时候你已经不想再要他了——但是，如果你想要，你还是能拥有他。这将是一场精神和毅力的战斗，不过，我想，你能做到。”

“我试试吧。”她疲倦地说，“亨利……我的世界完全崩溃了，我想，今晚我该试试‘娃娃’。”

“什么东西？”

“速可眠，”她虚弱地笑了，“詹妮弗和尼丽管它们叫娃娃，我这辈子还从来没有吃过，但是，我想，今晚该吃上一粒。我想知道从哪儿能搞到一些。”

他走向他的药柜，回来的时候手里拿了一个药瓶：“拿去……这里是两个月的剂量，我把我自己的给了你。”

她虚弱地笑着：“你也？”

“吃了二十年，这是生意人的基本配备。吃一粒，然后上床。不要抽烟。如果你以前从来没吃过，它会起效很快的。”

她拿着药瓶走了，腿像灌了铅一样重。在坐出租车回家的路上，尼丽和莱昂在一起的令人不快的画面不断在她脑海中浮现。

回到家后，她站在浴室里，盯着瓶子看了一会儿。里面装满了亮亮的红色胶囊。她倒出来数了数，六十五粒。亨利可真够信任她的。但是为什么不呢？她不能认输，她还有个孩子需要母亲，还有个丈夫需要她去夺回。她所希望的，不过是几个小时的逃避，几个小时不受突袭的噩梦侵扰。她吞下一粒胶囊。“好吧，小娃娃，让我看看你是不是真有她们说的那么神。”她上了床，从地板上拣起她团成一团的报纸，开始看。不到十分钟，字体开始模糊了。太奇妙了……她的头轻飘飘的……她的眼睛闭上了……是一粒胶囊……她要睡觉了，明天她会有办法的。

一星期后，莱昂回来了。他说他们回家时绕了远路，后来在加利福尼亚逗留过。她假装很惊讶。他奇怪地看着她："你的意思是你不知道我在洛杉矶？"

"我怎么会知道？"她问，"我以为你在欧洲耽搁了。"

他转过身去，但是她还是及时注意到了他眼中的诧异。他本来预计回来后少不了一场麻烦，也准备好了借口——但是根本用不上。他们在移民夜总会餐厅共进晚餐，然后第一次在一起过夜。她很温柔地投入缱绻。这很难，她想伸出手去掐他，好在他身上留下属于她的印记。她被他与尼丽上床的画面折磨着，但她还是努力摆脱这些念头，回到他充满激情的怀抱里。

他们在一起过了美好的五天。她几乎开始相信一切如常，不管发生了什么，都已经是过去的事情了。然后尼丽来了。她已经签了十个月的电视特别节目，八月开始录制，第一场表演九月上映。但是七月份还有半个月无处打发，所以她到纽约来寻事。

这天是星期二。安妮不知道尼丽要来。她跟莱昂订了戏票，约好一位新人男歌手的经纪人晚点儿在科帕剧场碰面。好像全纽约的所有经纪人都在试图帮客户在尼丽的演出中露个脸。

五点钟莱昂的秘书打来电话。柏克先生被叫去跟赞助商一起开会，他不能去剧场了。他派波德·霍夫陪她去，他会晚点儿去科帕剧场找他们。

安妮丝毫没有意识到任何不妥。她逗孩子玩了一会儿，然后悠闲地洗了个澡，穿戴整齐。波德来接她去剧院。他们去了科帕剧场，那个经纪人已经在包厢里占好位子等着了。安妮解释说，莱昂有事耽搁了，晚点儿来会他们。

经纪人点点头："我就恐怕今天尼丽要来，他脱不了身。"她感觉到脸上一热，但是她摆出若无其事的微笑。"哦，是的……你说得对，尼丽什么时候到的，波德？"她问，试着装出对这一消息毫不吃惊的表情。

波德看起来很不自在："大概中午吧，我想。不管怎样，她一到，电话就打来了。"

安妮点了一杯酒："可怜的莱昂，他一直希望她留在亚利桑那州陪儿子呢。"波德和经纪人似乎彼此交换了一个眼神，或许这只是她的想象？到底有多少人已经知道事实真相？她强迫自己观看演出，并且热情地褒奖那位歌手。莱昂的空座位看起来像是在嘲笑她。因为他的缺席，她不得不保持笑容去尽妻子的义务。她看得出这个经纪人多么失望，但是他的失望无法与她自己的痛苦相提并论。"可能尼丽的演出有事情需要料理——她很依赖莱昂。我肯定他错过了这场演出一定感到非常遗憾，不过，波德会把看到的一切都向他原原本本地汇报的，是吧，波德？"

波德当然会，这两个男人之间似乎又交换了一下眼神。

凌晨三点的时候波德送她回家。她知道莱昂不会在家。她踮着脚走进去，吻了孩子一下，给她盖好被子。亲爱的，亲爱的小詹妮弗，长着和她爸爸一样的黑色头发和蓝色眼睛，她真漂亮。她感觉到喉头一紧，眼泪涌了上来。不——当莱昂回家的时候，她一定要保持冷静，不能哭。不管他编造什么故事，她都得活生生地咽下去。

五点，她轻轻地走进起居室。也许他已经回来了，不想打扰她，也许他睡在书房里。但是起居室和书房都是空的。哦，上帝！莱昂，为什么？还有尼丽——你怎么能这样对待我？她走进卧室，取出一粒红色药丸——莱昂回家前，她一天一粒，已经吃了一个星期。她感觉这是唯一能让她保持清醒、理智的东西了。他回家以后她就没再吃。但是现在又开始了，她想。感谢上帝，这些可爱的红色药丸，让夜晚不再难以忍受。打发白天要容易一些，她有孩子，而且总是可以找到亨利或者随便什么熟人一起共进午餐。

她认识许多在21夜总会或者小小酒吧吃午餐的女人，她们都同样焦灼地要填补白天空闲的时间，那里有莱昂助手的妻子，还有其他导演和委托人的妻子。但是在尼丽和詹妮弗之后，她没有跟其他任何女孩建立过紧密的友谊。牢固的友谊往往产生于人生的少女时代，三十岁以后，就很难交到新的朋友——因为那时已经没有什么希望、梦想和憧憬可供彼此分享了。你依然可以找到人来填充一个下午，一起吃午饭或者逛街。但是到了夜晚！小詹和古辛小姐早就睡着了，她发现自己却还醒着，想着莱昂，看见他的脸孔、他的微笑——想象他正跟尼丽在一起。想到实在受不了的时候，她就赶紧求助于忠实的红色小药丸。很快尼丽和莱昂都在脑中被抹掉了，只剩下一片空白和无梦的睡眠。那个星期就是这样过去的。

但是，现在，一切重新开始了，她躺在床上，想着尼丽将在这里逗留多久。也许只是短短几天。这时房间开始变得模糊，感谢上帝，药物起作用了。

她不知道睡了多久，但是她迷迷糊糊意识到了莱昂的存在，他悄无声息地在房间里走动。她挣扎着睁开眼睛……已经是白天了。他在浴室里。

“莱昂？”她坐了起来，看了看钟——八点！他刚回来吗？她看见他的衣服搭在椅子上。

他穿着短裤从浴室里走出来，微笑着：“抱歉，我吵醒你了。”

“几点了？”

“八点，我在穿衣服。”他快步走过房间，一屁股坐在那张纹丝没动的床上，想掩饰床单的整齐。他试图假装他在那里睡过！

“你几点睡的？”他一边穿鞋，一边不在意地问道。

“大概三点。”她撒了个谎。该死的药丸——她头昏眼花。

“我四点左右回来的。”他轻声说道，“你睡得很沉。”

她倒回枕头里：“尼丽到纽约来了。”

他一边说一边穿上一件干净的衬衣："是的，波德告诉我了。"

她知道他在观察她的反应。她闭着眼睛不动。

"她跟我一起去见赞助商。她希望在安排上做一些改动，有些问题得解决。她想在乐队中多安排一些弦乐，而且希望由赞助商来出这笔钱。她还坚持广播网占用正常开销的一半。花了好几个小时才谈妥。"

一直谈到早上八点？她还是闭着眼睛。

"然后我去跟赞助商们吃消夜，得抚慰一下他们——然后那个泰德·凯利……你知道他多爱喝酒。哦，对了，你不认识他。他是代理公司的。我跟他在P. J. 酒吧坐到三点半，安慰他。你们在科帕剧场的时候，我想给你打电话的，但是泰德坚持要一起来，而他那时已经喝了很多酒，所以我只能坐在那里照顾着他。感谢上帝，P. J. 酒吧四点钟就要打烊，我就马上回家了。"

"哦，天哪，我再也受不了啦，"她想，"我一定要叫出声了。"但是她咬紧了嘴唇，一声不响。

"你醒着吗，心肝儿？"她虚弱地点点头，他笑了，"你一定是累坏了。对了，今晚你自己找女伴安排活动吧，我得带尼丽和几个经纪人到民俗庄去谈点儿事情。"

她这时彻底醒了："不能带我去吗？"

"你会烦的。"他马上说，"都是公事，别人也都不带太太去。如果你去了，就变成社交场合了，那么他们也都得带上太太，那我们就会是一大堆人，就不能一门心思谈生意了。"

"但是尼丽就能去。"她争辩着。

他看起来很惊讶："那当然了，这是她的演出，做什么安排得她点头才行。"然后他笑着说，"我听见詹妮弗说话了，我敢肯定她发出了'巴巴'这样的音。我想，我会回来陪我的小美人儿吃早餐的。现在，你再睡一会儿。"

她接连五个夜晚没有看见他，但是每天一早她都听见他回来换衣服。有时，她醒来，假装相信他也是刚刚醒来。他回来的时候小心地把床弄乱，而且总有强有力的借口——有好多表演要看，要跟代理人开会，要给尼丽录音，要听尼丽新专辑里的歌曲。每个夜晚，她都服下红色药丸，借着药力的仁慈，陷入遗忘。

第六天，她又面临了新的危机。他刚走，据他说，又是跟泰德·凯利出去，而且只有他们俩。她假装信了，然后倒进枕头堆里，但是无法入睡。她走到浴室里，又吃了一粒红色药丸。

下午一点的时候她醒了。她按铃叫女仆，说她不太舒服，想在床上用餐。女仆用托盘端来了咖啡和吐司，还有下午的报纸。她慵懒地打开一份，翻到彩页——被一张尼丽和莱昂的大幅合影惊呆了："尼丽·奥哈拉小姐在摩洛哥夜总会跟她的经纪人莱昂·柏克共舞。”

尼丽看上去很美，她突然发现她已经很久没有见过尼丽了……多久？在孩子出生前——也许是八到九个月之前。尼丽根本不想掩饰她跟莱昂的关系，不，从她的眼神里就可以看得出这一点——她含情脉脉地冲着莱昂的眼睛微笑，而莱昂看上去也很快乐。哦，上帝啊，现在该怎么办？他的谎言被戳穿了。要是他没有告诉她跟泰德·凯利在一起就好了。她拿起电话拨叫亨利。

“把报纸扔出去，”他对她说，“别跟他提这件事。你没看到那张报纸，是完全可能的。”

“亨利，我忍受不下去了，”她哭着说，“我受不了……”

“到我这儿来，安妮，”他请求她，“我们好好谈谈。”

亨利在房间里踱来踱去。“这确实很难，”他说，“我没想到她这么无耻。我本来以为只是在他们外出巡演的时候偷偷情罢了。我猜，你可能会很孤单，但是我没想到他们像这样硬逼到你眼皮子底下了。”

“我还能怎么办呢？我一定成了全城的笑柄。我现在甚至不能出去吃午饭了。我昨天跟人说，莱昂希望尼丽能回到加利福尼亚去，说他讨厌做她的贴身护卫。我吃午饭的时候当着三个女人的面说的——我知道她们都在偷笑，现在我连脸面都保不住了。”她拿起报纸。

“要我给莱昂打电话吗？”他问，“作为一个朋友跟他谈谈，不说你在我这里……看看有什么我能够做的。”

她摇了摇头：“莱昂会知道的。他知道你是我唯一信任的人。”

他突然拿起电话。“你要干吗？”她问。

“我要给尼丽打电话，”他说，“我会假装是给她提供忠告，这正是她所需要的。你可以去卧室，在分机里听。”

她听着他兜了几分钟圈子，恭维尼丽的新体形和她的种种成功。最后，他绕到正题：“尼丽，我刚刚看了下午的报纸，你跟莱昂·柏克到底是他妈的怎么一回事？”

安妮不喜欢他脸上的表情。她走到卧室里，悄悄地拿起分机的听筒。

是尼丽在说话：“听着，亨利——我喜欢你，但是请你闭嘴。”

“尼丽，”亨利冷静地说，“我不在乎你的感觉——即使你觉得你不再欠安妮的情，你也得保护你的公众形象。每个人都知道莱昂跟安妮结了婚，虽然专栏里一直有各种遮遮掩掩的暗示，但是这一次……毕竟，你的赞助商肯定不想有什么丑闻，而且莱昂还在和安妮共同生活。”

“狗屁共同生活！”尼丽咆哮道，“他不过是每天早上回家换个衣服而已。他在等着，希望她能逮住他。但是她总是在睡觉。”

“也许只是你以为他想被逮住，尼丽。”

“胡说！他每天晚上都跟我在一起。他们昨天突然在摩洛哥夜总会拍下我们的时候，他甚至说：‘也许这样最好，让照片暴露真相，然后事情就好办了。’他就是这么说的。他只是不敢跟安妮透露这个消息，怕她会精神崩溃。而且……”尼丽犹豫着，“好吧，他也实在是爱他们的孩子。”

“尼丽，你这么做是要遭报应的，”亨利说，“你不能想要什么就伸手拿什么，根本不考虑别人的感受。每个人都会有报应的。”

“我不是普通人！”她尖叫起来，“而且，该是我随心所欲的时候了。你知道吗？我这辈子都是在付出，甚至当我还是个孩子的时候……那该死的‘笨娃娃’组合里的人根本不会跳舞，是我在支撑着整个演出。我的姐夫现在是曼茜百货的收银员——我走了以后，他连一场演出机会都捞不到。我帮片场挣钱，然后他们一脚把我踢了出来。但是什么都毁不了我，你他妈的知不知道，没有人能像我一样。我不用靠遵守普通人的戒条活着，因为我不是普通人。什么都毁不了我，我告诉你，杜冷丁、药物、疯人院、肥胖——什么都毁不了！是莱昂使我这样的。我跟他在一起的时候，甚至不用吃饭。我现在可以喝酒、吃减肥药甚至安眠药，都没关系。去他妈的，亨利，我的天赋让整个世界快乐。而莱昂让我快乐，难道我没有权利快乐吗？我需要莱昂，管他妈的安妮是谁！”

“是你在这世上唯一的好朋友！”

“哦，当然。听着，她已经够幸运的了，我把他老公白天的时间让给她。为什么她就像我不在她周围似的，对我视而不见？我很抢眼，我是明星。你发现报纸上照片的时候，她他妈的又在哪里？从我小时候起，我就比别人更在行。当然啦，她是有些优雅风度，但仅此而已。她现在又算什么？一个曾经在电视里卖指甲油的芦柴棒而已，还跟那个老怪物睡了好多年，所以拿着他的钱把莱昂买下来了，现在她还想扮什么贤妻良母。好吧，我没挣到我该得的钱，是因为我有骨气，我都是凭着自己的才华挣钱。她就凭着他妈的模样标致，这么多年来都顺顺溜溜。她现在快三十八了，我三十四，但是我的相貌不是问题，我从来不靠相貌吃饭。如果你是安妮的朋友，那你就告诉她给莱昂自由。然后她放下面皮，说不定凯文·吉尔默或者别的蠢蛋还会要她。对于迷住百万富翁，她可一向很在行！”然后，随着鼻子里的一哼，尼丽砰的一声挂上了电话。

安妮慢慢地把听筒挂了回去。她走到镜子前。眼睛下面的小皱纹今天变得很深，嘴巴四周也布满了细小的纹路。真有意思，她还从来没想到她的相貌跟莱昂有什么关系，但是——

“离开那面镜子！”亨利进了房间，“那个小妖婆眼睛下面有黑眼圈，一直长到下巴。而且我很高兴听见她说她能喝酒。她的肝脏不好。”

安妮开始发抖。亨利一把抓紧她：“振作起来……她那么说只是图个效果。她知道我会告诉你。”

“也许她说得对，亨利。也许莱昂想要脱身。”

“莱昂什么都没说。听着，安妮——你告诉我他故意把床搞皱。至少他还在对你说谎，他还在制造借口。”

“出于些微的仁慈。”她抽泣起来。

“挺住，安妮。尼丽说没有什么能毁掉她的天赋。是没有——除了她自己。她会毁了她自己，你看着吧。”

她摇摇头：“那是很久以后的事，我坚持不了那么久。”

“你当然能！而且你必须坚持！你已经接受教训了，你可以跟那只小疯猫一样坚强、强硬。”

那天晚上，莱昂甚至没有打电话来解释一下。他根本没有回来。午夜时分她正准备吃药时听见了孩子的哭声。詹是个好孩子——夜里总是乖乖睡觉，一定是出了什么事。哦，天哪，今天是古辛小姐放假的日子。她冲到婴儿室，宝宝的小脸涨得通红，放声啼哭。安妮轻轻地把她从婴儿床里抱了出来，找了块干净的尿片。詹尿了，但是没裹尿片。她给她换上，然后用瓶子装了点儿水给她喝。但是詹不肯喝，反而哭得更响了。她的皮肤摸上去很烫，她在长牙——长牙时就是这样的。她抹了点儿止痛药在那排小小的牙龈上，古辛小姐打包票说这很管用。但是宝宝还是焦躁地哭个不停。后来，为了保险起见，她给詹量了体温。华氏一百零三度！她抱着孩子冲到楼下大厅里，敲开了女仆的房门。那个睡眼惺忪的女人好心地给她披上袍子，帮她抱着哭闹的孩子，让安妮去联系医生。

那天是星期五，接待员说医生出城度周末去了。他们给了轮班医生的电话。他的接待员说他还没有来，但是他一个小时内会到的。“哦，上帝，”她想，“我该怎么办？莱昂在哪儿？”她给亨利打电话，但是不断的铃声说明他也出去了。当然了，他在西区港湾另有个地方。难道每个人都不在吗？

她很坚决地拨通了尼丽所住的酒店，跟接线生通报了自己的姓名。一阵停顿后，尼丽来接电话了。

“你好，尼丽。”安妮让自己的声音保持冷静，不受情绪影响，“莱昂在吗？”

“不在。”

“我得找他，事情很急。”

“好吧……”尼丽打了个哈欠，“如果他打电话给我，我转告他。”

“尼丽，孩子病了。”

“打电话给医生呗。”

“我打了，医生出去度周末了。孩子哭得很厉害，发烧一百零三度。”

“别慌，小孩子经常发高烧的，多半没事。给她吃半粒阿司匹林。”

“但是，如果莱昂打电话给你，请转告他。”

“当然，当然，晚安。我明天有个录音，得睡觉了。以前我的双胞胎也经常发高烧——没事的。”听筒挂上了。

她相信了尼丽。即使是尼丽，也不会那样没心没肺。上帝啊，莱昂在哪儿？

尼丽拿起电话，留了个“请勿打扰”的口信。该死的莱昂在哪儿？哦，对了，他跟编曲在维多利亚酒店，给她的新主题歌写歌词。他说要在那里待到两点，然后他会过来。她要打电话告诉他孩子的事情吗？啊，没事的，孩子经常发烧，这不过是安妮用她唯一的砝码来压他罢了。这个女人该有多绝望啊？好吧，她可不会低头。莱昂过来的时候她最好已经睡着了，这样她就不用给他口信了。对了，她可以在枕头上留个字条，就说她十二点服了药。让我看看，现在是一点十五分。如果她已经吃药迷糊过去了，等他来的时候她忘记了安妮的电话也就很正常了，他大概也就睡觉了。不过，也许看她睡着了，他会回家看他的臭老婆孩子。哦，去他妈的，她吞下三粒药丸，喝了一杯苏格兰酒。好吧，就让他回家一晚——其他的夜晚他全归自己。她昏昏沉沉地希望她的新歌会很棒。她的名字会出现在词作者里，这是莱昂想出来的一个噱头。每个写歌的人都希望她能录他们写的歌，或者在电视里唱这些歌。现在她要求作为共同创作者，就可以坐收渔利，很快她就能在ASCAP[1]取得很好的排名。药力开始发生作用了，她满意地笑着，坠入了梦乡。

凌晨两点，孩子被紧急送到了医院。轮班医生终于来了，一开始怀疑是小儿麻痹症，但是最终诊断结果是肺炎。

当莱昂发现尼丽已经睡下时，他就回家了。让他震惊的是家里灯火通明，但是没有安妮的影子。眼泪汪汪的女仆咕哝着事情的原委，他飞奔出公寓，冲到了医院。安妮脸色煞白地坐在候诊室里，一脸恐惧。她几乎没看见他。

“她怎么了？”他问。

“她在氧气舱里。有两个护士跟她在一起。她们不让我进去。”

“我跟几个歌曲作者在写尼丽的新主题歌。我们工作到很晚，我回家的时候发现你不在……”

“我给尼丽打过电话了。”她漠然地说。

1 ASCAP，美国作曲家、词作家以及音乐发行者协会。

“我没跟她在一起。”他几乎是光明正大地说，“你为什么要给她打电话？”

“因为我想她可能知道你在哪里，你已经出去一个星期了——处理她的业务，我推测。”

他小心翼翼地看着她：“电视演出有许多准备工作要做。我们决定她要有一首新的主题歌，还有新的形象。”

“莱昂，如果你不介意的话，我现在不想讨论尼丽的演出。我担心害怕的是孩子。”

他握住了她的手。这是一个下意识的自然的举动，但是把她从护卫状态中唤醒了。他们真的曾经很亲密吗？这个英俊的陌生人曾经属于她吗？他现在完全是个陌生人，在法律上跟她捆绑在一起，但事实上属于另一个人。然而她爱他。要承认这一点是可怕的，她希望能恨他，但是，如果可能的话，她甚至更加渴望他。她已经没有尊严了……她决不放他走，除非他提出，要求自由。哦，上帝，不要让这样的事情发生！多么可怕，要发生这样的悲剧才能把他带回她身边。

等待似乎永无休止，但医生终于出来了。他们屏住了呼吸。医生在微笑！这说明一切平安无事。是的，烧已经退下去了。感谢上帝，我们有青霉素，而且感谢上帝，婴儿有那么神奇的生命力。

以后的每天晚上七点，莱昂都会到医院。安妮在孩子的病房旁边要了个房间，二十四小时在医院守候。莱昂会偷偷地啧啧出声，满脸挚爱地逗弄着婴儿床上的小人儿。他坚持每天晚上带安妮到医院里的饭店吃饭，并至少在医院待上两个小时。这起码可以干扰他跟尼丽共度良宵，安妮冷酷地想。

十天后，他们带小詹妮弗回了家。莱昂在房子里到处布置了鲜花。他们在家中用餐，一起逗孩子玩。那个夜晚是他几个星期来第一次跟安妮做爱，然后在彼此的怀抱中睡去。

四点的时候电话铃突然响起。安妮首先醒来。她在黑暗中抓起话筒。

是尼丽。安妮从她含糊的吐词中听出来她已经服了药。“叫那个浑蛋接电话。”她咆哮着。

“他睡着了，尼丽。”

“把他喊醒。”

“不行。”

“你给我听着，把他喊醒——不然的话我过来自己喊。”

莱昂睁开了眼睛。安妮用口形说出尼丽的名字。他接过了电话。

“怎么了，尼丽？”他的身子越过安妮，接过电话。她能够听到尼丽尖厉的声音。

“我等了你一晚上。”她大声抱怨。

“孩子今天出院回家。”

“那又怎样？她七点钟就该睡觉了，不是吗？”

“这是她回家的第一个晚上。”

安妮闭上了眼睛。他在为偷得一晚陪伴妻子而道歉。

“好吧……马上过来。”

“尼丽，现在是凌晨四点。”

“你最好过来。我已经吃了七粒药丸，我还要再吃十粒。”

“尼丽！明天你约了《生活》杂志来采访！”

“去他妈的蛋！你不赶紧滚过来，我就哪里都不去！”

“好吧，尼丽，我马上过去。”

安妮看着他起床。“我应该挂掉的，”她想，“他今晚肯定不想去那里——她在逼迫他。如果我能挂掉电话，这就将是我的第一次胜利。”她躺了下去，闭着眼睛。他衣着整齐地探身过来：“安妮……你能理解吧？”

“我知道你不想去。”她说。

“安妮——这样是亏待了你，我想，我们该把事情解决掉。”胜利的感觉消失了。他是要丢下她和孩子而选择尼丽吗？

“莱昂，事情会好起来的，”她急忙说，“不要在深更半夜匆忙下决定。”

“但是我们不能再这样下去了——你，我，还有尼丽。”他说。

“我能——因为我知道事情不会一直这样的。莱昂，你是被捆住了。”

“尼丽需要我，安妮，她是个杰出的天才，但是毫无准则，她需要手把手的指引。而你很坚强。”

泪水涌进了她的眼睛：“不，我并不坚强。唯一坚强的是我对你的爱。”

他转身，马上离开了房间。

新一季的电视节目开始了，安妮重新开始工作。亨利把她介绍给一个新的专场演出的制作人。她发现演出很容易，对方马上跟她签了约。每天的演出可以使她保持忙碌，也可以使她少去注意莱昂越来越多地跟尼丽泡在一起。

九月底，莱昂跟尼丽一起去好莱坞录制她的第一场演出。尼丽的演出很轰动，收视率排进了前十位。而莱昂作为全部事务的幕后主持，也受到了广泛的赞誉。安妮不得不惊异于尼丽的力量——好几个大牌明星马上跟乔治和莱昂签了约。《精彩综艺》杂志报道了3B公司——纽约城最热门的经纪公司。而这一切都归功于尼丽。

回纽约的时候莱昂安排了几次短途旅行。安妮觉得共同旅行是个机会。夜晚他紧紧地抱着她，她几乎忘了他也用同样的方式抱着尼丽。但是尼丽总是从加利福尼亚打来骚扰电话，提醒她尼丽永远是放在第一位的。

圣诞节后，他回到了纽约，给詹妮弗带了许多玩具，带给她一件昂贵的珠宝。她很清楚他又在玩分身术——跟尼丽过圣诞，但是及时回纽约陪她和小詹补办庆祝。

三天后，尼丽打来电话，要他马上回去。安妮坐在书房里，悄悄地在分机里听着。

“我会很快过去的。”莱昂的声音里有一丝恼怒。

“今晚就来！”尼丽尖叫道，“你知道明天是什么日子吗？新年前夕！”

“但是一月一日是我女儿的第一个生日。”他坚定地说。

“狗屁！今天就给她庆祝——小孩子又不知道区别。”

“但是我知道。现在你乖乖的，有那么多派对邀请你参加，我们公司有个小伙子会护送你去。我最晚不超过五号就过去，我必须在这里观看《甜心美人》的首场演出。”

尼丽嗤之以鼻：“那个玛姬·帕克斯算个屁。”

“我去年看过她的《蓝色天使》，”莱昂说，“她很有潜质。”

“他们不得不用麦克风放大她的音量，”尼丽坚持着，“她是唱得不错——你瞧，如果别人真的有长处，我总是第一个承认的。她像用乐器一样用着自己的嗓子。但是，我听说，他们差点儿把她换掉。后来他们决定用麦克风给她扩音。她唱歌的声音都憋在嗓子里，她是不会红很久的，几年里就会被淘汰。当初要不是蔡克·怀特指点我走上正途，我也会很快被淘汰的。”

“好吧，公司想跟她签约，”莱昂坚持说道，“我得去参加首场演出。”

“你的意思是你要浪费时间为她服务？”尼丽的声音带着威胁。

“当然不会。乔治也不会。她才十九岁，波德·霍夫帮她料理事务。那个姑娘很喜欢他，由他来贴身照顾她。”

“波德·霍夫是一条臭咸鱼，”尼丽说，“他坐在那里，想着自己是上帝赐予女人的尤物，他和他的黑西装、黑领带。天哪，你们公司的家伙看起来都像穿着制服。好吧，我想，你需要那样的家伙……”尼丽打了个哈欠，“那些该死的药丸终于起作用了，你什么时候来呀？”

“最晚五号。”他保证说。

“爱我吗？”

“你知道我爱。”他飞快地说。

“有多爱？”

“死去活来。”

“比你爱安妮和孩子多吗？”

“似乎是的。现在，尼丽，我得挂了。安妮在家里，她有可能拿起电话的。”

“我希望她拿。”

“你以伤害别人为乐，是吗？”

“不，但是，如果她知道了，她就会放弃你。”

“也许她已经知道了。”莱昂说。

“你告诉她了？”

“不，但是安妮并非毫无知觉——她也不是傻子。纽约流言传得很凶。”

“那她为什么还不放手？”

莱昂沉默了。

“好吧，去他妈的。我来打电话跟她说，然后她就不得不让你走了。她的自尊让她非这样做不可。”

“不要。”莱昂说。

“我就要——”

“不要，那样没用的。而且，我已经……你知道，我们已经说清楚了。”

“什么时候？你没告诉我。”

“就在昨晚。”

安妮希望自己没喘出声来，他们从来没有像昨晚那么亲近过。

“发生了什么事？”

“没什么，她只是说她都知道了，但是她会睁一只眼闭一只眼。她说她绝不离婚。”

“那好，我们逼她离，我们可以掀起舆论的轩然大波。”

“这招你已经试过了，尼丽。专栏作家喜欢你，他们想保护你，没把他们看见的全写出来。”

“我打电话说愿意接受采访。我就说你想跟我结婚，我也想跟你结婚，可是你还有个老婆赖着不走。”

“那你知道你的演出会怎么样吗？合同里有道德条款。你的赞助商是卖快餐的，他们把你解约也会同样快。”

“谁在乎？我们可以去欧洲，拍另外一部电影。”

“尼丽，我的公司还有合作伙伴。那样做会对公司有害，我不能只想着我自己。”

“哦，你和那个该死的公司。好吧，等我有了一百万，我就帮你赎身，然后告诉他们都去死。我想要你白天黑夜地跟着我，每一秒钟都在一起。”

他笑了：“五号见，尼丽。”

“嘿，别急着挂，明天中午给我电话，我的时间。”

“我会的。”

“爱我吗？”

“我崇拜你。”

然后他们挂了机。

一九六四年

《甜心美人》成了那个季度的热门音乐。安妮看着那个瘦瘦小小的女孩用邪邪的笑容捕获了观众。她才十九岁，没有受过专门训练，但是她全身都流露着“星味”。

“我们运气好，”乔治轻声说道，“莱昂昨天晚上坚持跟她签了约。今晚演出过后，全纽约都会追着想要她。”

“这个绝对要让你头疼了。”莱昂隔着安妮，侧过身轻声地说。

乔治笑了：“你在开玩笑吧？有波德·霍夫或者肯·米切尔，或者我们公司的随便哪个给她服务，已经够她高兴的了。”安妮的思绪回到了另一个夜晚。那是许多年前，当时她正坐在莱昂的旁边，观看尼丽在百老汇的首场演出。她那时还是个可爱的孩子，没什么气质。十九年了……那时她就爱着莱昂，现在她仍然爱他。从偷听的尼丽的电话中，她意识到她已经赢了——虽然这胜利有点儿索然无味。莱昂在对尼丽撒谎，假装他提出过离婚。他其实并不想离开她，他不想跟尼丽缠在一起。现在，尼丽性格里的眼镜蛇已经显露出来。

明天就是五号了，但是莱昂根本没提要走。事实上，他还说要参加八号一场新的首演式。但是她真的赢了吗？还是陷入了僵局呢？总有个尼丽在那儿——也许一直都会在。他很迷恋尼丽的身体吗？尼丽的身体跟她的有什么不同吗？她无从知道。

拥挤的后台也跟从前的一样。玛姬·帕克斯看上去那么年轻，那么怯生生的——敬畏地跟着她神气的经纪人，面对着前来道贺的名人，一个字都说不出来。

在梢后的开幕庆祝派对上，安妮坐在莱昂和乔治的中间。有那么一会儿，莱昂起身去另一桌处理事务，玛姬移过来坐了他的位置：“我想告诉你，威莱斯小姐，我一直很崇拜你。”

安妮笑了：“你是说专场演出吗？天哪，那不值一提。”

“哦，我喜欢你在专场演出中的样子。”玛姬坚持道，“但是你当吉莲女郎的时候，我简直迷得昏死过去。我记得我那时十岁，从我妈妈的皮夹里偷出一美元，去买了一支吉莲的口红，我希望能看上去像你一样。”

安妮微笑着。她突然懂得了海伦·劳森的感受。年轻是如此美好，以为自己可以永远年轻。她知道她在玛姬·帕克斯的眼里是成功的标志，看起来光鲜水滑，嫁了个成功人士，自己的事业也小有成就。玛姬不怎么漂亮——她穿了条绿裙子，那裙子根本无法彰显她的优点，她的衣服是黑色丝绸缝制的，是她曾经在中低档成衣店里购买的那种。安妮注意到玛姬艳羡地看着她的貂皮大衣，但是玛姬是否知道，她丰厚浓密的头发现在必须微微染一染？而且，她眼睛下面的纹路必须用精确的化妆来小心掩饰。在今晚这样柔和的灯光下，她看起来引人注目。她知道，她走进来的时候，很多脑袋都扭过来看她。她在电视上看起来也很美，有合适的化妆和合适的灯光，她也许可以继续美上十五年。但是她再也不想假装比实际年龄年轻了。她想愚弄谁呢？每个人都知道她的年纪。

玛姬喋喋不休。莱昂很明显地不耐烦了。一个小时后他们离开了，把她留给乔治照顾。那个晚上莱昂看起来很疲惫。

尼丽留了很多口信，他厌倦地给她回电话。他没有试图避开安妮说话，但是他把话说得简短而又平淡。是的，演出很轰动。是的，他们已经跟玛姬·帕克斯签约了。当然她只是小有天赋。是的，他还有几天就可以走了。

但是玛姬的成功还不止这点儿。她的专辑卖得出奇地好，而且单曲排名进了前十名。到了四月，乔治帮她签下了数额巨大的电视协议，节目在接下来的一季度里每个星期系列推出，全部由3B公司代理。

莱昂又开始了在纽约和加利福尼亚之间穿梭往返。尼丽的演出反响良好，她签了下一季度的合约。3B公司在加利福尼亚的办事处也开张了，好几个大客户离开了约翰逊·哈里斯事务所，转投到他们旗下。

尼丽在加利福尼亚掀起了社交热浪。她租了大型豪宅，雇了全套家佣，她举办的盛大派对网罗尽时尚名流。

乔治叫莱昂回纽约的时候，尼丽正在录制那一季的最后一场演出。电视网想减少玛姬在下一季度的节目安排。“你负责想点子，”乔治说，“我负责吆喝——现在得你来把演出安排好。”

莱昂偷偷地离开了加利福尼亚。他留给尼丽一张字条，许诺四十八小时内就回来。他希望用这种方式避免正面冲突，这样他觉得更安全些。演出已经录了三分之二。

莱昂跟赞助商和电视网的人碰了面，一切进展顺利。加利福尼亚的导演打电话过来，尼丽大发脾气，但是还算合作。

莱昂放心了，决定不急着回去。他带着安妮上剧院……还带着小詹妮弗去中央公园第一次骑了小马驹。

他们躺在床上看夜场电视的时候，插播了新闻快报：“尼丽·奥哈拉被紧急送往医院，生命垂危。”

几秒钟后乔治的电话打来了。他已经给加利福尼亚打了电话，得知尼丽小命难保，她吞了半瓶药丸。莱昂马上穿衣服，安妮帮他收拾行装。半夜一点半还有一趟去加利福尼亚的班机，他差不多能赶上。尼丽的戏还没有全录完，但是乔伊·克林可以飞过去补救，他们有一些在广播时间的同场演出的片段。

莱昂走进病房时，尼丽很虚弱，眼神空洞。她已经脱离危险了——可以活下去了。她伸出手臂："哦，上帝！莱昂，当我发现……一切都完了，我只想死！"

"发现什么？"他温柔地抱着她，抚摸着她的头发。

"我在拍摄场地的时候，在报纸的行业专栏上看到的，上面说你被叫回去料理玛姬·帕克斯的事宜。"

"然后你就因为这个……"他震惊得说不下去了。

"听着，莱昂，我可以接受你时不时地跟老婆睡觉，我甚至可以宽恕你利用其他姑娘来投机——但是我绝对不能忍受你用我的时间去把别人捧成明星。"

"但是，尼丽，公司并不是只有你一个客户。"

"是我造就了你们的破公司——我也可以毁掉它，你给我记着这一点！如果我走了，你们队伍里的一半都会跟着我走。你需要我，小子，所以，从现在起，只要我动下手指，你就得随叫随到！"

莱昂站起来，走出房间。"莱昂，回来！"她叫道。

他头也不回地走出了大厅。

莱昂坐了下一班飞机回到纽约。他打电话叫乔治紧急开会。"问一个问题，"他说，"你还清你太太的钱了吗？"

乔治笑了："没有，我也不打算还。"

"我刚刚把最后一笔钱还给安妮，我现在完全清账了。从现在起，每一笔投资都是我自己的钱，没有什么可以操纵——"

"除了我的股份。"乔治再一次笑了。

"当然。即使如此，我还是决定解聘尼丽。她不值得我们受此折磨，我们不再需要她了。"

"你不认为这会损害我们的利益吗？"乔治问。

莱昂摇摇头："根本不会。玛姬的演出可以给我们带来两倍的收入——那可是每星期一次的演出。别忘了——我们已经捧红了乔伊·克林。尼丽迟早要烟消云散的——也许不是一年两年的事，但是她迟早会垮掉；我们不能等到那时候。我们使她复出了，而且得到了回报，我们把她开除，继续前进。"

"你为什么认为她不能持久？那家疯人院把她调理得非常好。"

莱昂大笑起来："一个人每天要打两支杜冷丁，能够维持多久？"

"她说那是维他命针。"乔治说。

"某种维他命！听着，我们公司已经培养出了一些不错的人，你我是最佳拍档，乔治。你会做生意——这方面没人比得上你——而我懂得恰当地处理有天赋的演员和客户。我们不要再浪费我们的一半力量，用来在全国各地往返旅行，扮演这条八爪鱼训练有素的护士和情人。天哪，乔治，她是活生生地吃人！天知道安妮是怎么挺过来的。但是我们已经够了，我知道约翰逊·哈里斯事务所的阿贝·金曼赶着过去跟她洽谈——我们放弃她吧。"

乔治咧嘴一笑："好吧，不过，你以私人名义发个电报过去。我想，这是你应得的报偿。"

尼丽跟约翰逊·哈里斯事务所签了约，她毫不留情地抨击她过去的经纪人不称职。但是3B公司并未受到影响。九月，玛姬·帕克斯推出的演出获得了巨大的成功。

新一季开始，尼丽的收视率不错。约翰逊·哈里斯事务所的三个经纪人全天候地照应她。

"你觉得她能行吗？"安妮问。

莱昂点点头："一阵子还行，但是她有自我毁灭的狂热劲儿。她拥有的东西太多了——大房子、仆人，还有太多哗啦啦的烈酒随便她喝。她又是明星了，以前这就差点儿害死她。"

"如果她垮了……"安妮忍不住，感到忧虑。尼丽的毁灭性是如此值得怜悯。

"她迟早有一天会垮的，"莱昂说，"必然如此。"

"然后呢？"

"然后她又会恢复，一次接一次，直到她的身体无法承受。这就像内战，她的激情对战她的才华和体能，总有一边要让步，总有东西被破坏。"

一九六五年

安妮后悔曾经开口说要举办新年前夜派对了。她瞪着川流不息的客人——他们不停地来来去去，挤进电梯，把吧台围了个里三层外三层。乔治和莱昂两个人费力才帮她挤进去。但是举办派对不像参加派对那么简单。去别人的派对，你可以想走就走，可是你自己的派对，你只能待在那里。

百老汇的庆祝演出开始了。已经一点多了，自午夜时分她跟莱昂短短一吻后，她就没再看见他。现在是一月一日了，詹的第二个生日。她从人群中穿出去，走过大厅去婴儿室。小小的夜灯隐约勾勒出酣睡的孩子的轮廓。"新年快乐，我的天使，"安妮悄声说道，"我爱你……哦，天哪，我多么爱你！"她俯身去亲吻那个明净的小额头，然后悄无声息地离开了房间。起居室里是喧闹的人墙，书房里的人也成堆，吧台被围得水泄不通。她进了她的卧室，关上房门。不，这样不好——女主人不应该躲起来。另外，如果她把门关上的话，别人会敲门的，那样太不礼貌了。她把门打开，把灯关掉。这样好一点儿，如果她把门开着，把灯关掉，就没人能看见她。她希望他们不要进来，她的头都快裂开了。

她平躺在床上。那些吵闹的笑声听起来很远，还有音乐……哪里传来杯子打碎的声音……迸发出的哄堂大笑……突然她听见了脚步声。哦，天哪，有人来了。她就说她只是得躺一会儿。两个黑影进了房间。她静静地躺在床上，希望他们离开。

“把门关上。”一个姑娘轻声说道。

“瞎说，那样会引起注意的。”

这是莱昂……但是她听不出那个姑娘是谁。

“我爱你，莱昂。”声音听起来很耳熟。

“哦，得了，你还是个小孩子。”

“我不在乎。我爱你，我的演出比上个星期出色，这都是因为你来亲自督办一切。”

他默默地吻她。

“莱昂……你会每个星期都来吗？”

“我尽量吧。”

“不是尽量——你必须！”声音不依不饶，“莱昂，我是公司最赚钱的明星之一……”

“玛姬，你是想勒索我的爱吗？”他轻轻地说。

“尼丽·奥哈拉就是这么干的吗？”

“我跟尼丽之间没什么。”

“哈！好吧，不管怎样，你跟我之间会有许多。天哪，我要你！”

他再一次吻了她：“现在，做个乖女孩。在我们被发现之前回派对上去吧。”

安妮不出声地躺在那里，直到他们离开。然后她起来，拉平她的衣服，到浴室里取出一粒红色药丸。真够奇怪的，她感觉不到恐慌。这次是玛姬·帕克斯……她感觉这一次伤害没有那么深了。她仍然爱着莱昂，但是爱得少了。尼丽走了以后，他对她比以前专注多了，但是她丝毫没有胜利的感觉，似乎她的某一部分也随着尼丽去了。她现在明白，总是会有某个尼丽或者玛姬……但是每一次，伤害会少一点儿，随之她对莱昂的爱也会少一点儿，直到有一天，一无所剩，没有伤害，也没有爱。

她梳了梳头发，补了补妆。她看上去很好。她拥有莱昂，有漂亮的房子、漂亮的孩子，有自己喜欢的事业，还有纽约——有她想要的一切。而且从现在起，没有什么能严重地伤害到她。白天她总是可以保持忙碌，到了夜晚——那些寂寞的夜晚——也总是有漂亮的药丸陪伴左右。今晚她要吃上两粒，为什么不呢？毕竟，这是新年前夜！

后　记

据辽宁教育出版社与吉尼斯世界纪录有限公司联合出版的2000年版《吉尼斯世界纪录大全》载，二十世纪世界各国销量超过三千万册的小说共有三部，其作者都是美国女作家。这三部小说是玛格丽特·米切尔的《飘》、哈泼·李的《杀死一只知更鸟》和本书——杰奎琳·苏珊的《纯真告别》(原译名《迷魂谷》)。

《纯真告别》出版于一九六六年，出版后头六个月就销售六百多万册，创下吉尼斯世界纪录。一九六七年该书被美国二十世纪福克斯搬上银幕。同年，美国著名作曲家约翰·威廉姆斯又把它改编成爵士音乐剧。小说、电影、音乐剧都大获成功。据悉，目前好莱坞正在重拍经典影片《纯真告别》。

作者是女人，主角是女人，虽然不能因此说这是一本写给女人看的书，但此书能深深打动的，多半还是女性这一独特群体。

《纯真告别》讲述了三个年轻姑娘在百老汇和好莱坞的奋斗经历。三位主人公各怀理想攀登人生的巅峰，最后却都走上了同样的不归之路，只能借助药物获得片刻的安宁。作者杰奎琳·苏珊自己曾是电影演员、模特儿，在演艺圈打拼多年都未大红大紫，美人迟暮、病入膏肓之年转攻写作，反倒一举成名。

严厉的评论家批评她根本不会写作，只不过是在打字。而她的“打字”方式也别具一格。当时杰奎琳已是四十多岁的癌症病人，每天坐在桃红色的电动打字机前工作七到八个小时。她没有受过专业训练，只懂得按照自己的喜好来写作，每本书稿她都要打上五遍：第一遍，不管风格、文体地乱写，打在廉价的白纸上，这种纸她扔得满地都是；第二稿打在黄纸上，这一遍主要设计人物；第三稿是粉红色纸张，专攻故事情节；第四遍用蓝色纸，这一稿要不停地删、删、删……

她的写作生涯取得成就，就在于她到很老了才开始动笔。

杰奎琳·苏珊一生富裕，荣宠一身，充满传奇色彩。一九一八年八月，她出生于美国宾夕法尼亚州的费城，是家中独女。父亲是肖像油画家，风流成性，倒无意中历练了杰奎琳的叙事和戏剧天分。他常借口带小杰姬（杰奎琳昵称）出去看戏而溜出去。到剧院门口，他就让杰姬独自进去，自己则溜去与情妇幽会。厮混完事，他再接女儿回家，一路上他会让杰姬复述戏剧情节，好在进家门的时候高谈阔论！

杰姬在中学时代参加智商测试，得了全班的最高分——140分。但这个最聪明的姑娘也是全班最懒惰的学生。身为教师的母亲多次对她说，她天生是当作家的材料，她毫不动心地回嘴："当明星才带劲儿，写作太苦了！所以我要当女演员。"

高中时期，杰姬已经开始抽大麻、嗑药、纵情于舞会，母亲指望她成为女教师，但高中一毕业，十八岁的她就只身到了纽约，闯荡演艺圈。她的自信并未给她带来成功。在最初的日子里，无人赏识她的才华，她只能在一些商业广告和演出中扮演一些小角色。到纽约一年多，她才得到第一个体面点儿的角色，薪水每星期二十五美元。

年轻时代的杰奎琳明艳动人，十几岁就在选美中博得"费城最美小姐"的称号。几乎在能够找到的所有照片上，她都画着厚厚的眼影，浓密的深褐色头发梳得一丝不苟。她似乎格外钟情埃及艳后克里奥帕特拉的扮相，总把眼角描画得高高挑起。

在代理人——丈夫欧文·曼斯菲尔德的帮助下，杰奎琳逐渐在演艺界争得一席之地。她育有一子，他患有先天的自闭症，四岁起被送往专门机构治疗，从此再没有出来。情绪低落的杰姬染上了药瘾，跟《纯真告别》里的主人公一样，每个失眠之夜，她都求助于药丸，把它们叫作"小娃娃"。

一九六二年，在一次乳房活组织检查中，杰姬被查出患有乳腺癌，她很快就接受了乳房切除手术，但是，除了她的丈夫，没人知道这一秘密。杰姬始终认为疾病意味着失败。在患病的日子里，她每天都去纽约中央公园，在自己的"许愿山"下许愿，祈祷上帝再给她十年的寿命，好让她证明自己是全世界作品最畅销的作家。

上帝又给了她十二年的寿命。在这十二年里，她实现了自己的心愿，最后在丈夫怀中死去。

从一九六二年起，杰奎琳创作了大量的作品。尽管评论家们对她的书籍有这样那样的批评，但她的书确实非常好卖，《纯真告别》《爱情机器》和《一次不足够》三本书先后成为《纽约时报》畅销榜的第一名。

《纯真告别》手稿完成时差点儿被出版商退回，在一九六六年第一次发表时引起了强烈的争议。当时的美国社会还比较保守，《时代》评论此书是"月度下流书"。但杰奎琳坚持不懈地携此书参加各种电视谈话节目和巡回书展，《纯真告别》很快成为《纽约时报》畅销榜的第一名，并在榜首保持了二十八周。杰姬所到之处，人们纷纷向她索要亲笔签名。

小说同时展开三条线索，女主人公次第出场。其中，安妮是花费笔墨最多的人物，也是作者较为偏爱的角色。她有意识地把安妮塑造成浊世中的一株青莲，与自私的尼丽和散漫的詹妮弗相比，安妮这个角色带有更多清教徒色彩。她是爱情的苦行僧，坚定、高雅而且自爱，似乎是三个人中最不可能染上药瘾的。但是命运同样没有放过她。杰奎琳借助这一角色，来表达悲剧结局的必然性。

她在接受采访时说，《纯真告别》一书在她脑中已经酝酿很长时间。多年来，她眼睁睁地看着身边的人去攀登顶峰，最后却跌进了虚幻的谷底。她所要表达的，也许就是这种殊途同归的无奈。电影《纯真告别》在美国大热，影片中几位年轻演员一举成名。考虑到观众的感受，故事的悲剧结局被改用一种乐观的形式来表现。看到这一幕，杰奎琳马上从电影首映式上起身离场。她觉得，那些姑娘别无选择地被领上一条悲伤的不归路，影片的表现手法根本就不现实。

在《纯真告别》中的几乎每一位女性身上，都可以窥见作者本人经历的影子。如患有乳腺疾病的詹妮弗、同性恋的玛利亚、育有先天残疾的孩子的贝拉……作者一生都在奢华的酒会、名人派对和旅行中度过，并且是众所周知的双性恋者，传言她与著名女歌手埃瑟·墨梦和时尚名流可可·香奈尔女士都有过性关系。她与丈夫欧文的真实情感如何，如鱼之饮水，很难为外人猜测。但欧文始终如一地辅佐她的事业，并在她成名以后放弃自己的职务，一心为她工作。她生命的最后几年，化疗耗干了她的体能。深知自己时日无多的杰姬曾经试图跳楼自杀，欧文不得不用手铐把她跟自己铐在一起，防止她再觅短见。

最后，她住进了医院。在生死关头她表现出强烈的求生意志，昏迷了七个星期，依然活着。大限来临之时，她留给欧文最后一句话："让我们他妈的离开这里，亲爱的。"

在美国，杰奎琳的《纯真告别》常与《飘》《杀死一只知更鸟》相提并论。在二十世纪六十年代的美国，女权主义崛起不久，走入社会的现代女性成长为一种新生力量，她们的种种努力和挣扎，成为文艺作品关注的焦点。美国文学评论界普遍认为，杰奎琳等一批女写手为后来的女性主义作家铺平了道路。而当时女性所面临的裂变与困惑，今日的中国女性也许并不陌生。

很长一段时间以来，单纯以女性为主角的文艺作品大行其道：ABCD数位女郎，经历线索近似，性格观念各异，共同展开对两性、情爱、社会、事业、家庭等话题的探讨。从这个意义上来说，《纯真告别》在时间上先行一步，是早年纯情版的《欲望都市》。模式是我们所熟知的，但故事仍然新鲜动人，值得一看。

此类模式的好处大概在于，任何类型的女性，都能在阅读中找到自己，哪怕是部分的自己。我在电脑前埋头翻译时，就心有戚戚焉，多次下意识地将"她们"错打成了"我们"。

事实上，《纯真告别》甫一出版，就在读者中引起了"到底谁是谁？"的强烈好奇与猜测。一般读者和书评人按图索骥，演艺圈中人自觉不自觉地对号入座。普遍的看法是，书中的歌剧天后海伦一角，是以杰奎琳的同性情人埃瑟·墨梦为原型；尼丽是以明星朱迪·嘉兰为原型；性感美丽的詹妮弗是以玛丽莲·梦露或卡萝尔·兰蒂丝为原型；而十八岁就只身到纽约的安妮，则脱胎于杰奎琳本人！

我不知道我喜欢谁多一些。作为翻译，我得在三位主角身上平分感情；但作为读者，我忍不住暗自琢磨个人好恶。安妮是善良隐忍的“绵羊型”女人，貌似温柔，内心倔强。她对理想足够执着，对爱情一以贯之，但最后，她收获了最多的伤害。尼丽是所谓的“猎鹰型”的女子，敏锐、直接、自我，带有强烈的目的性，是现代女性比较极端的一个典型，她在攫取的过程中也摧毁了自己。詹妮弗是“蝴蝶型”，花哨、单纯而易折，她用前卫的手段，追求她最传统的目的。当现实无法满足她可怜的小小心愿时，她黯然离去。三个初出茅庐、白纸一张的年轻姑娘，在梦想与现实的碰撞中各自成长异化，最后殊途同归。

《纯真告别》在美国出版的时候，女作家海伦·戈莉·布朗曾经评价道：“我无法相信书中的姑娘不是真实的人物，因为我认识她们……”这或许就是这本通俗小说在西方社会长盛不衰——再版、排成电影、写出续集，一出再出的原因。

“本故事纯属虚构，请勿对号入座”——聪明的书籍大多开篇就自行捅破臆想的泡沫，但这本书不打算这么做。这里是百老汇，这里是好莱坞，我们邀您对号入座。痴迷投入也好，冷静观望也罢，且玩味这一场事业、爱情与梦想起落的人生大戏。

蒯乐昊

图书在版编目（CIP）数据

纯真告别 /（美）杰奎琳·苏珊著；马爱农，蒯乐昊译．—北京：北京联合出版公司，2018.5（2019.6重印）
ISBN 978-7-5596-1771-2

Ⅰ．①纯… Ⅱ．①杰… ②马… ③蒯… Ⅲ．①长篇小说－美国－现代 Ⅳ．①I712.45

中国版本图书馆CIP数据核字（2018）第041831号

纯真告别

作　　者：（美）杰奎琳·苏珊
译　　者：马爱农　蒯乐昊
责任编辑：刘　恒
产品经理：魏　傩
特约编辑：丛龙艳

北京联合出版公司出版
（北京市西城区德外大街83号楼9层　100088）
北京联合天畅发行公司发行
天津光之彩印刷有限公司印刷　新华书店经销
字数 427千字　710毫米×1000毫米　1/16　印张 22.75
2018年5月第1版　2019年6月第7次印刷
ISBN 978-7-5596-1771-2
定价：49.80元
